EVA VÖLLER
Ein Traum vom Glück

Weitere Titel der Autorin:

Die Ruhrpott-Saga:
Ein Traum vom Glück
Ein Gefühl von Hoffnung
Eine Sehnsucht nach morgen

Über die Autorin:

Geboren und aufgewachsen am Rande des Kohlenpotts, hat Eva Völler sich schon als Kind gern Geschichten ausgedacht. Trotzdem verdiente sie zunächst als Juristin ihre Brötchen, bevor sie ihr Hobby zum Beruf machte. Mit der Ruhrpott-Saga über das Ruhrgebiet und seine Bewohner hat sie sich einen Herzenswunsch erfüllt.

EVA
VÖLLER

Ein
Traum
vom Glück

ROMAN

RUHRPOTT
Saga

Lübbe

Dieser Titel ist auch als Hörbuch und E-Book erschienen

Vollständige Taschenbuchausgabe
der bei Bastei Lübbe erschienenen Paperbackausgabe

Copyright © 2022 by Bastei Lübbe AG,
Schanzenstraße 6 – 20, 51063 Köln
Bei Fragen zur Produktsicherheit wenden Sie sich bitte an:
Produktsicherheit@bastei-luebbe.de

Vervielfältigungen dieses Werkes für das Text- und Data-Mining
bleiben vorbehalten.

Textredaktion: Anna Hahn, Trier
Umschlaggestaltung: Johannes Wiebel | punchdesign, München
unter Verwendung von Motiven von © shutterstock.com: Daboost |
Andrius_Saz | Vyntage Visuals | tenkl | Jose Angel Astor Rocha
Satz: hanseatenSatz-bremen, Bremen
Gesetzt aus der Adobe Caslon Pro
Druck und Verarbeitung: GGP Media GmbH, Pößneck
Printed in Germany
ISBN 978-3-404-18476-7

2   4   5   3

Sie finden uns im Internet unter:
luebbe.de
Bitte beachten Sie auch: lesejury.de

Für meinen Vater und all meine anderen Altvorderen,
die nie wirklich gegangen sind

TEIL 1

Kapitel 1

Katharina zuckte zusammen, als die Türklingel durchs Haus schrillte. Ihre Hand mit der Stecknadel rutschte von dem glatten Stoff ab.

»Verdellich«[1], sagte ihre Nachbarin Elfriede, die vor ihr auf dem Schemel stand. »Jetzt hasse mich gestochen.«

»Tut mir leid.«

»Et hat geschellt«, sagte Elfriede überflüssigerweise. »Wahrscheinlich der Kohlenkerl, der wollte heute noch kommen«, erwiderte Katharina, ihr Gewicht auf den Knien verlagernd, während sie die nächste Stecknadel zwischen den Zähnen hervorzog und in den Stoff schob.

»Is euer Deputat schon widder alle? Ihr stocht aber auch auf Deubel komm raus.« Elfriede wies mit dem Kinn auf den bullernden Ofen in der Ecke.

»Ich hab's gern warm«, sagte Katharina lapidar. »Und die Kinder auch.«

»Wo kann ich mich denn eigentlich im Spiegel bekucken?«, wollte Elfriede wissen.

»Bei mir im Schlafzimmer. Aber damit warten wir noch, bis das Kleid fertig ist.«

Elfriede deutete auf die *Constanze*, die aufgeschlagen auf dem Tisch neben ihr lag. »Et sieht dann aber wirklich so aus wie auf dem Bild da, oder nich?«

»Hast du ein enges Mieder?«

»Soll dat heißen, ich bin für dat Kleid zu dick umme Mitte?«

---

[1] Siehe Glossar am Ende des Romans

»Nicht, wenn *ich* es nähe«, sagte Katharina.

Sie heftete weiter den Kleidersaum ab, der ihr vor der Nase hing, umweht von Elfriedes strengem Körpergeruch. Viel länger würde sie das nicht aushalten können. Sie wollte endlich fertig werden.

Es klingelte erneut. Unten machte niemand auf, vermutlich war ihre Schwiegermutter Mine noch in der Waschküche oder im Hühnerstall beschäftigt. Und Inge war noch nicht aus der Bücherei zurück. Über die Schulter rief sie: »Bärbel, geh mal eben runter und mach die Tür auf! Sag dem Kohlenkerl, ich komme gleich! Und wehe, er kippt die Kohle wieder so nah bei der Haustür ab!«

»Aber ich hab doch Stubenarrest!«, ertönte die helle Stimme ihrer neunjährigen Tochter aus dem Nebenzimmer.

»Der ist für zwei Minuten unterbrochen.«

Nebenan fiel ein Stuhl um, und Katharinas Tochter kam aus dem benachbarten Raum geschossen. In einem Wirbel fliegender blonder Zöpfe, schief sitzender Kleidungsstücke und dünner Beine umrundete sie mit waghalsigem Schwung den Schemel, auf dem die Nachbarin zur Anprobe stand, bevor sie in großen Sätzen die Treppe hinuntersprang. Deutlich war zu hören, dass sie immer zwei Stufen auf einmal nahm und den Rest auf dem Geländer hinabrutschte.

»Dat Bärbel bricht sich noch den Hals«, kommentierte Elfriede.

»Das ist noch gar nichts«, sagte Katharina. »Du solltest mal sehen, wie sie auf Bäume klettert.«

»Dat Blach gehört öfters verschwatt, dann würd et dat schon sein lassen. Kricht dat überhaupt ma Senge?«

»Nein«, sagte Katharina.

»Ein Fehler«, erklärte Elfriede bestimmt. »Willsse wissen, wie ich dat bei meine Blagen mach?«

»Hm«, gab Katharina unbestimmt zurück. Elfriede Rabes

Erziehungsmethoden waren kein Geheimnis. Nebenan verging kein einziger Tag ohne elterliche Züchtigung, unschwer zu erkennen am durchdringenden Geheul der drei Rabe-Sprösslinge.

»Dreh dich mal ein Stück im Uhrzeigersinn, Elfriede. Nein, nicht zum Ofen hin. Andersrum.«

»Aber die Uhr hängt überm Ofen.« Ein Hauch von Ärger klang aus Elfriedes Stimme. »Dauert et noch lange? Ich muss noch wat für dem Fritz sein Henkelmann morgen kochen.«

»Ich hab's gleich. Wenn wir fertig sind, gibt es ein Gläschen Persiko, was hältst du davon?«

»Da sach ich nich Nein, dat weiße doch.«

»Mama, es ist überhaupt nicht der Kohlenkerl!«, rief Bärbel von unten.

»Wer denn dann?«

»Ein ganz armer Mann! Ich glaube, er ist ein Bettler! Er sieht schrecklich hungrig aus!«

»Wir geben nichts! Sag ihm das! Und mach die Haustür wieder zu!«

»Er sagt, er heißt Johannes und will zu Oma.«

»Noch en Mieter?«, erkundigte sich Elfriede mit scheinheiligem Mitleid. »Habt ihr dat wirklich so nötig? Aber da hasse wohl leider nix mitzureden, oder? Is ja der Ollen ihr Haus. Da kannsse wahrscheinlich froh sein, wenne die Kerle nich noch hier oben bei dir reingesetzt kriss.« Elfriede hielt inne und blickte sich suchend in der beengten Stube um. »Wo hasse denn den Persiko? Ich könnte getz schon en Schlücksken vertragen.«

Katharina widerstand dem Drang, die Nachbarin vom Schemel zu schubsen. Sie bekam Geld für das Kleid und konnte es sich nicht leisten, darauf zu verzichten. Elfriede war die schlimmste Klatschbase der ganzen Nachbarschaft, aber sie kannte Gott und die Welt und empfahl Katharina regelmäßig weiter. Sie war das, was Karl immer als *wichtigen Multiplikator* bezeichnet hatte – eine zufriedene Kundin.

»Sag dem Mann, er soll in einer halben Stunde noch mal vorbeischauen!«, rief Katharina in Richtung Treppe. Bis dahin war Mine sicher fertig mit dem, was sie gerade tat. Es wurde schon dunkel.

»Er sagt, du sollst mal bitte runterkommen, Mama«, rief Bärbel.

Katharina steckte die letzte Nadel in den Saum und richtete sich auf. »Warte kurz, Elfriede. Ich bin gleich zurück.«

Sie eilte nach unten. Die ausgetretenen Stufen knarrten unter ihren Füßen. Der Durchzug wehte eiskalte Luft herein. Bärbel stand unten im Flur und beäugte neugierig den Fremden, der draußen vor der Tür stand. Katharina schob die Kleine zur Seite und zog die Haustür bis auf einen handbreiten Spalt zu.

»Was wollen Sie?«, fragte sie den Mann durch die schmale Öffnung hindurch.

Der Fremde, ein hoch aufgeschossener, magerer Mensch in schlichter Kleidung, blies sich in die vor Kälte rot angelaufenen Hände, ehe er die Mütze vom Kopf zog und einen knochigen, bis auf kurze Stoppeln kahl geschorenen Schädel entblößte. Er verneigte sich vor ihr. »Guten Tag. Mein Name ist Johannes Schlüter. Ich bin aus russischer Gefangenschaft zurückgekehrt und möchte zu Frau Wilhelmine Wagner.« Atemwolken verschleierten sein hohlwangiges Gesicht, während er zu weiteren Erklärungen ansetzte.

»Auch dat noch, ein Spätheimkehrer«, unterbrach ihn Elfriede, die soeben von Neugier getrieben die Treppe herunterkam. »Da musse aufpassen, Käthe. Die klauen, watse inne Finger kriegen.« Missbilligend schüttelte sie den Kopf. »Die sind schlimmer wie die Polacken.« Argwöhnisch betrachtete sie den Mann. Dann trat sie entschlossen einen Schritt vor und schlug ihm die Tür vor der Nase zu. »So wat will dat Mine ganz bestimmt nich im Haus«, verkündete sie. »Et gibt genuch andere anständige Kumpels, die gerne inne Nähe vonne Zeche wohnen wollen.«

Hinter ihr ging die Tür zur Kellertreppe auf, und Mine trat in den Flur. Ihre dürre kleine Gestalt verschwand fast unter der verblichenen Kittelschürze und der Strickjacke, die sie darüber trug. Unter dem Arm hatte sie einen Korb mit Eiern.

»Da war ein Mann, der wollte zu dir, Oma«, erklärte Bärbel. »Ein Spätheimkehrer aus Russland. Mama, wieso sind die schlimmer wie die Polacken?«

»*Als* die Polacken«, korrigierte Katharina ihre Tochter. »Außerdem will ich nicht, dass du das Wort benutzt, das hab ich dir schon oft genug gesagt.« Elfriedes Schnauben ignorierte sie kurzerhand. »Sein Name ist Johannes Schlüter«, teilte sie ihrer Schwiegermutter mit. »Kennst du jemanden, der so heißt?«

Ihre Worte hatten eine unerwartete Wirkung auf Mine. Deren gerade noch rosig durchblutetes Gesicht wurde von einem Moment auf den anderen so fahl wie ihr strohiges Haar. Sie taumelte einen Schritt rückwärts, und bei dem Versuch, sich an der Wand abzustützen, ließ sie den Korb mit den Eiern fallen.

»Watt denn!«, sagte Elfriede mit ungläubig gedehnter Stimme. »Hasse gerade *Johannes Schlüter* gesacht, Käthe? Dat is doch der Jung vonne Mathilde!« Zusammenhanglos schloss sie: »Von die kaputten Eier kannsse noch Suppenstich machen, Mine.«

Mine verschwand kurz in der Küche und kam mit einem tiefen Teller zurück. Sie klaubte die zerbrochenen Eier vom Boden auf, indem sie alles mit den bloßen Händen in den Teller schaufelte. In ihrem Gesicht arbeitete es.

Mathilde … Es dauerte ein paar Augenblicke, bis bei Katharina der Groschen gefallen war. Mathilde war ihre Schwägerin gewesen, die ältere Schwester von ihrem Mann Karl. Mines einzige Tochter. Sie hatte einen Lehrer geheiratet und war von Essen weggezogen, ins Niedersächsische. Irgendwann war sie krank geworden und gestorben. Wie lange mochte das her sein? Zwanzig Jahre? Oder noch länger? Katharina konnte sich nicht erinnern. Sie hatte ihre Schwägerin Mathilde nie kennengelernt, nur ein paar Fotos gesehen. Als sie mit Karl zusammenkam und ihn schließlich heiratete, hatte seine Schwester schon nicht mehr gelebt. Aber Katharina entsann sich, dass Karl ihren Sohn erwähnt hatte – seinen Neffen Johannes.

Elfriede hatte gerade eben Mines Enkel ausgesperrt!

In diesem Moment klingelte es erneut an der Haustür, und eilig machte Katharina sie auf. Doch diesmal hatte wirklich der Kohlenlieferant geklingelt. Johannes Schlüter stand ebenfalls noch draußen, aber er hatte sich auf die Straße zurückgezogen, ein langer, dunkler Schatten in der verschneiten Umgebung. Katharina gab ihm durch ein kurzes Winken zu verstehen, dass er zurückkommen solle.

Der Pritschenwagen mit der Kohle stand tuckernd vorm Haus, und die Ladefläche hob sich bereits ächzend zur Schräge. Die Eierkohlen kollerten mit ohrenbetäubendem Gepolter bis vors Kellerloch. Katharina entwich ein zorniger Aufschrei, als einige versprengte Stücke in den Hausflur flogen. Erst am Morgen hatte sie das Linoleum ausgiebig gewischt und auf Hochglanz gebohnert. Nicht etwa, weil sie es gern tat (sie hasste es wie die Pest!), aber ein reinliches Ambiente war gut fürs Geschäft. Sie hatte im Laufe des Nachmittags zwei neue Kundinnen empfangen und bei beiden für Frühjahrskleider Maß genommen. Allein für diese Aufträge hatte sich das Wienern und Polieren gelohnt.

Doch meist war das Putzen ein Kampf gegen Windmühlenflügel. Wenn der Wind ungünstig stand, wurde der Kohlenstaub hereingeblasen, sobald die Fenster zum Lüften offen standen. Er verteilte sich überall im Haus, wenn die beiden Grubenarbeiter am Wochenende ihr schmutzstarrendes Zeug zum Waschen mitbrachten oder sich auf der Fußmatte die Schuhe abtraten. An besonders schlimmen Tagen überzog der Staub sogar das Gemüse in den Beeten und die Wäsche auf der Leine mit dunklen Schlieren.

Katharina hatte sich in stummem Grimm gebückt, um die Kohlestücke aufzuheben und wieder nach draußen zu werfen. Statt mitzuhelfen, rannte Bärbel in Hausschuhen hinaus und beobachtete unter begeisterten Kommentaren die Entladung der Kohle.

Katharina schrak zusammen, als neben ihr Karls Neffe auftauchte. Kurz sah sie seine rettungslos verdreckten Stiefel, dann ging er neben ihr in die Hocke und half ihr beim Aufklauben der restlichen Kohle. Nur der Staub blieb am Boden haften, durchfeuchtet von dem Schnee, den der Wind hereingetrieben hatte.

»Danke«, sagte sie, während sie sich unvermittelt Auge in Auge mit ihm wiederfand. Sie richteten sich beide gleichzeitig auf. Er nahm abermals die Mütze ab und verneigte sich, als hätte das eine Mal vorhin nicht gereicht. Katharina musste gegen den Impuls ankämpfen, sich von ihm abzuwenden, denn er sah schrecklich aus. Das kurz geschorene Haar betonte seine totenkopfähnlichen Züge. Die Nase stand scharf in dem ausgemergelten Gesicht, die Augen lagen in tief eingesunkenen Höhlen.

»Tach, Jung«, sagte Mine. Sie stand immer noch an derselben Stelle. Ihre Stimme klang brüchig und ungewohnt zittrig.

»Guten Abend, Großmutter«, antwortete Johannes. Katharina registrierte seinen ausgesucht höflichen Ton und sein geschliffenes Hochdeutsch. Kein Hauch von Ruhrpottplatt. Angestrengt versuchte sie sich zu erinnern, was Karl ihr sonst noch über ihn erzählt hatte, aber es war zu lange her.

»Zieh dir was Warmes an!«, befahl sie ihrer Tochter. »Und dann wird geholfen!«

Bärbel rannte die Treppe hoch. Kohlenstaub wehte von ihren Pantoffeln, und Katharina seufzte ergeben.

»Da kommsse gerade richtig zum Scheppen«, sagte Mine zu Johannes. Ihre Stimme klang jetzt wieder so gleichmütig und beherrscht wie immer. »Die Schippe is unten im Kohlenkeller. Da hängt auch en Kittel, den kannsse drüberziehn.«

»Guten Abend«, sagte Katharina bemüht freundlich zu Johannes, während sie ihm die Hand reichte. »Es tut mir leid, dass der Empfang vorhin so unhöflich ausgefallen ist. Ich bin Katharina, die Frau von deinem Onkel Karl. Die Kleine von eben ist meine Tochter Bärbel. Wir sind aus Berlin und wohnen seit Kriegsende hier.«

Johannes räusperte sich. Er erwiderte ihren Händedruck und machte abermals einen Diener. »Angenehm.«

»Ich bin die Nachbarin«, sagte Elfriede. »Elfriede Rabe. Kennsse mich noch?«

»Nein«, erwiderte Johannes höflich. »Ich war nur ein einziges Mal hier.«

»Nä, dat is nich wahr«, widersprach Elfriede, während sie den Neuankömmling mit unverhohlener Neugier musterte. »Alsse noch klein wars, kam dat Mathilde öfters mit dich vorbei. Ohne dein Vatter, dem gefiel dat hier nich. Als dat Mathilde dann tot war, warsse nur noch einmal hier bei deine Omma, dann nich mehr.«

»Ich kann mich leider nur an meinen letzten Besuch hier erinnern«, sagte Johannes.

Elfriede zuckte mit den Schultern. »Wat is denn getz mit dem Persiko?«, fragte sie Katharina.

Katharina reagierte nicht darauf, sie war schon halb auf dem Weg nach oben, um sich fürs Kohleschippen umzuziehen. Je mehr Leute mithalfen, desto schneller war die Arbeit erledigt. Eine unerklärliche innere Abwehr hielt sie davon ab, sich länger mit Karls Neffen zu unterhalten. Etwas an ihm verstörte sie, und es dauerte eine Weile, bis sie dahinterkam, was es war: Er glich ihrem Mann. Karl wies ganz ähnliche Gesichtszüge auf – die klare Stirn, das kantige Kinn, die kühn vorspringende Nase, die dichten Brauen. Auch ihr Schwiegervater Jupp hatte so ausgesehen, jedenfalls auf den alten Fotos. Wäre Johannes nicht derart abgemagert gewesen, hätte Katharina die Familienähnlichkeit auf den ersten Blick erkannt.

Karl. Sie hatte sein Gesicht vor Augen, während sie sich oben in ihrer Schlafkammer einen Pullover überstreifte und die Schürze umband, die sie immer zur Gartenarbeit trug, bevor sie, angetan mit uralten Stiefeln und Fäustlingen, wieder nach unten ging.

Johannes hatte sich bereits Jupps alten Bergmannskittel angezogen und schwang die Schaufel, um die Kohlen über die Rutsche durchs Kellerloch abwärts zu befördern. Er arbeitete schweigend und schnell. Mine war in den Keller gegangen, um den neuen Kohlevorrat dort gleichmäßig zu verteilen und aufzuschichten.

Bärbel sprang um Johannes herum und sammelte weggerollte Stücke auf, die sie zurück auf den großen Haufen warf. Katharina holte sich ebenfalls eine Schaufel aus dem Keller und schippte fleißig mit.

Unterdessen kam ihre fünfzehnjährige Tochter Inge von der Bücherei nach Hause.

»Du musst auch mithelfen, Inge!«, rief Bärbel ihrer großen Schwester schadenfroh entgegen.

Inge verdrehte die Augen, doch sie fügte sich in ihr Schicksal. Wenn die Kohle vor dem Haus lag, mussten alle anpacken, ganz egal, wie spät es war. Es kam nicht infrage, den Vorrat über Nacht draußen zu lassen – bis zum nächsten Morgen hätten Langfinger alles geklaut.

Ohne auf Johannes zu achten, eilte Inge ins Haus, um sich ebenfalls für die Arbeit umzuziehen.

Katharina konnte nicht umhin, Johannes' effiziente Arbeitsweise zu bewundern. Seine geschwächte Konstitution war ihm kaum anzumerken. Er schaufelte die Kohle, als hätte er jahrelang nichts anderes gemacht.

Vielleicht hat er das ja tatsächlich nicht, schoss es ihr durch den Kopf. Es war bekannt, dass die russischen Kriegsgefangenen wie die Sklaven schuften und die niedersten Arbeiten verrichten mussten. Seit dem Ende des Krieges waren nach und nach Hunderttausende ehemalige Wehrmachtssoldaten aus Russland heimgekehrt, und wie man hörte, hatten die meisten grauenhafte Geschichten zu erzählen. Auch über die vielen Namenlosen, die in Wahrheit nicht vermisst, sondern längst tot waren. Erfroren, verhungert, umgebracht, an Krankheiten gestorben, während ihre Familien immer noch auf ein Lebenszeichen warteten.

Die meisten Heimkehrer hatten vor dem Rücktransport mit ihren Angehörigen in Briefkontakt gestanden. Das war für die Menschen zu Hause ein Grund gewesen, auf ein Wiedersehen zu hoffen. Doch auch die anderen Familien, die nie eine Antwort auf ihre Suchmeldung erhalten hatten, hegten diese Hoffnung. Denn es gab wohl auch Lager, aus denen keine Nachrichten verschickt werden durften, nicht einmal die armseligen Rotkreuz-Karten, die konfisziert wurden, wenn sie mehr als ein Dutzend Wörter enthielten. Diese besonderen Lager mussten Orte sein, die schlimmer waren als die Hölle. Das, was Katharina bisher darüber gehört hatte, war zu entsetzlich, um genauer darüber nachzudenken.

Deshalb konnte und wollte sie nicht mehr daran glauben, dass Karl noch lebte. Sie hatte sich schon vor Jahren mit seinem Tod abgefunden und sich damit zu trösten versucht, dass er nun wenigstens alles überstanden hatte.

Ganz im Gegensatz zu Mine, die die Hoffnung niemals aufgeben würde, dass ihr einziger Sohn doch noch zurückkam. Auch nach all den Jahren zündete sie jeden Sonntag in der Kirche eine Kerze für seine Rückkehr an.

Seit Johannes' Ankunft hatte ihre Schwiegermutter nicht viel von ihren Gefühlen offenbart, doch Katharina ahnte, was Mine beim Anblick ihres Enkels umtrieb: Wenn es möglich war, dass der Junge nach dieser langen Zeit noch nach Hause kommen konnte, dann konnte Karl es auch. Ganz bestimmt, eines Tages. Mine *konnte* nichts anderes glauben, denn Karl war ihr Sohn.

Katharina kam ein Spruch in den Sinn, den sie vor vielen Jahren einmal gehört hatte, über den Unterschied, einen Mann oder ein Kind zu verlieren. *Ein Mann geht von der Seite, ein Kind vom Herzen.* Seit sie selbst Mutter war und ihren Mann verloren hatte, wusste Katharina, dass es stimmte.

Es war schwer gewesen, Karl loszulassen, aber sie hatte es geschafft. Wäre es um eins ihrer Kinder gegangen – niemals hätte sie die Hoffnung aufgegeben, nicht bis ans Ende ihrer Tage.

---

*

Inge kam wieder nach draußen, ohne Schaufel, denn im Haus gab es nur zwei. Sie hatte stattdessen die Kohlenschütte aus dem Keller geholt und sammelte herumliegende Brocken ein, um dann mit Schwung eine größere Ladung aus der Schütte in den Schacht zu kippen.

Wie Katharina hatte sie alte Schuhe und einen verschlissenen Pulli angezogen und zusätzlich eine Schürze vorgebunden. Ein verdrossener Ausdruck stand auf ihrem hübschen jungen Gesicht, und Katharina fühlte sich bei dem Anblick unwillkürlich an Leo erinnert, Inges leiblichen Vater. Sie dachte kaum noch an ihn, aber manchmal, wenn Inge auf bestimmte Weise das Gesicht verzog, stellten sich Erinnerungen ein. Auch Leo hatte, wenn seine Laune sank, häufig diese Miene aufgesetzt – eine Mischung aus Langeweile, Widerwillen und Ärger. Zu Beginn ihrer Bekanntschaft hatte Katharina selten diesen frustrierten Gesichtsausdruck bei ihm gesehen, dafür gegen Ende umso häufiger. Ihre Beziehung mit Leo war der größte Fehler ihres Lebens gewesen, so viel stand fest. Abgesehen natürlich davon, dass daraus ihre Tochter entstanden war, weshalb Katharina auch selten um Leos willen mit dem Schicksal haderte. Zudem hatte Inge von Anfang an einen Vater gehabt, der diesen Namen verdiente: Karl hatte all das, was Leo versäumt und verweigert hatte, mehr als wettgemacht.

Katharina fiel auf, dass Inge scheue Seitenblicke in Johannes' Richtung sandte. Inzwischen hatte sie ihn bemerkt und fragte sich sicher, wer dieser fremde Mann war und warum er ihnen beim Kohleschippen half.

»Das ist übrigens Johannes Schlüter«, erklärte Katharina, ein wenig betreten wegen ihrer wiederholten Nachlässigkeit. Johannes war ein Mitglied der Familie, und es gehörte sich, ihn allen ordentlich vorzustellen. »Er ist Papas Neffe. Johannes ist heute Abend aus russischer Kriegsgefangenschaft zurückgekehrt und besucht Oma Mine. Johannes, das ist meine Tochter Ingrid, genannt Inge.«

Johannes streckte Inge die Hand hin. »Sehr erfreut.«

Inge ließ die Kohlenschütte sinken und nahm die dargebotene Hand. »Entschuldigung«, sagte sie mit verlegener Stimme. »Ich dachte, Sie ... ähm, du gehörst zum Kohlenkerl. Äh, zum Kohlen*lieferanten*.«

»Als hätt der faule Sack schomma beim Scheppen geholfen«, meldete sich Elfriede abfällig aus dem Hintergrund. Mittlerweile hatten sich weitere Nachbarn vor dem Haus eingefunden, offenbar hatte Johannes' Ankunft sich herumgesprochen. Katharinas Freundin Hanna und deren Bruder Stan schauten ebenfalls vorbei und begrüßten den Neuankömmling.

»Stan Kowalski«, stellte sich Stan vor. Er lächelte Johannes freundlich an. »Eigentlich Stanislaus, aber darauf höre ich schon lange nicht mehr. Seit fast fünfundzwanzig Jahren im Lande und damals gleich mit vierzehn auf der Zeche Pörtingsiepen angelegt.« Ein mitfühlender Ausdruck trat auf sein Gesicht. »War bestimmt nicht leicht in Russland, oder?«

Johannes hob nur stumm die Schultern, ohne mit dem Kohleschippen aufzuhören.

»Stan ist Steiger auf der Zeche«, erklärte Katharina. Wie immer spürte sie Stans Blicke auf sich – nicht ansatzweise aufdringlich oder lästig, aber dennoch wünschte sie sich, er hätte sie auf andere Weise ansehen können. Wie ein Freund, ohne Hintergedanken. Sie mochte und schätzte Stan aufrichtig, doch sie wusste auch, dass er sich immer noch Hoffnungen machte, die zu nichts führten. Nicht nur, weil sie eine verheiratete Frau war, sondern weil sie das, was er fühlte, nicht teilen konnte.

An ihm lag es bestimmt nicht. Er war ein ansehnlicher, großherziger, liebenswerter Bursche Ende dreißig, er verdiente weit besser als die meisten anderen Männer, die sie kannte, und vor allen Dingen war er ledig. Die Frauen liefen ihm in Scharen hinterher, er hätte zehn an jedem Finger haben können. Junggesellen, die all das von sich sagen konnten, waren in diesen Zeiten dünn gesät. Doch sein Interesse galt allein Katharina, die wiederum nicht recht wusste, wie sie ihm ein für alle Mal beibringen sollte, dass aus ihnen beiden nichts werden konnte.

»Eigentlich müssen wir diese Heimkehr feiern«, meinte Stans Schwester Hanna. »Noch einer, der überlebt hat.« Ihre melodiöse Stimme hob sich überdeutlich von dem hier allseits gebräuchlichen Platt ab, und wie üblich wurde sie von den anderen Anwohnern mit Missfallen beäugt. Hanna Morgenstern war jemand, der eigentlich gar nicht hätte da sein dürfen, eine von den wenigen Entkommenen, die im deutschen Alltag noch präsent waren. Sie war Polin, Witwe eines Juden, früheres Mitglied der französischen Résistance. Sie hatte nicht nur überlebt, sondern anschließend auch die Stirn besessen, herzukommen und den Leuten durch ihre bloße Anwesenheit zu demonstrieren, dass sie nicht in jenem dunklen Abgrund verschwunden war, in den so viele Deutsche sie nur zu gern hätten fallen sehen.

Über die Jahre hinweg war es Katharina nicht verborgen geblieben, wie die Nachbarschaft über Hanna dachte.

Den meisten gefiel es nicht, auf diese Weise mit der Vergangenheit konfrontiert zu werden, nachdem doch in den letzten Jahren alles, was sich nicht vergessen ließ, erfolgreich geglättet, bagatellisiert und entnazifiziert worden war. Und so schlecht konnte es den Juden und Polacken ja wohl nicht gegangen sein, wenn eine von denen hier durch die Straße spazierte, angezogen und geschminkt wie Marlene Dietrich, auf hohen Hacken und mit einer Zigarette in einer silbernen Spitze.

Hannas Bruder Stan hatte im Gegensatz zu seiner jüngeren Schwester dauerhaft Wurzeln im Pütt geschlagen. Bereits zu Zeiten der Weimarer Republik war er im Ruhrgebiet ansässig geworden, gemeinsam mit seinem Onkel, ebenfalls ein Bergmann, der damals eine Deutsche geheiratet hatte. Die beiden hatten keine Kinder gehabt und daher Stan nach Kräften gefördert. Mit viel Fleiß und Ehrgeiz hatte er sich weitergebildet und es zum Steiger gebracht. Er war ein angesehener Kumpel und wurde von allen respektiert. Für die Leute war er zwar weiterhin der *Polacke*, aber das war inzwischen nur noch ein launiger Spitzname, von der Art, wie fast jeder hier einen hatte.

Ganz anders das höhnische *Madame*, das die Leute sich für Hanna ausgedacht hatten. Katharina hätte ausspeien können, als sie auf den Gesichtern der reihum versammelten Anwohner dieselbe dumpfe Ablehnung wahrnahm, die ihr damals bei ihrer eigenen Ankunft vor fast sechs Jahren zuteilgeworden war. Seinerzeit hatte sie ebenfalls ihren Spitznamen verpasst bekommen – die *Schickse*. Ursprünglich ein jiddisches Schimpfwort für nichtjüdische Frauen, hatte sich der Ausdruck im Ruhrgebiet als Bezeichnung für leichtlebige, verruchte Frauen etabliert. In den Augen der Leute war sie anscheinend eine wandelnde Versuchung für alle Männer, darauf aus, sich jeden zu angeln, der nicht schnell genug weglaufen konnte.

Rückblickend ließ sich nicht ergründen, wer von den Nachbarn damit angefangen hatte, sie so zu nennen. Es hätte theoretisch jeder sein können. Die Nachbarin Elfriede oder deren Mann Fritz. Witwe Krause drei Häuser weiter. Die Czervinskis aus dem Haus an der Ecke. Die Möllers von schräg gegenüber mit ihrem verfetteten Mops. Herr Brüggemann mit der Augenklappe, seines Zeichens ehemaliger Blockwart.

Katharina erinnerte sich an die scheelen Blicke und das Getuschel, dessen Inhalt kein Geheimnis war, denn oft wurden solche Unterhaltungen in Hörweite geführt. *Lippenstift und Dauerwelle und Nylonstrümpfe, ja, dat kann die Schickse aus Berlin! Und sich dann mit zwei Blagen bei de arme alte Omma einnisten.*

»Wir feiern lieber ein andermal«, sagte sie entschuldigend zu Hanna. Und dann schaufelte sie weiter die Kohlen ins Kellerloch, ohne noch einmal aufzublicken.

Kapitel 2

Nach der Arbeit wartete Johannes, bis Katharina und die beiden Mädchen wieder ins Haus gegangen und nach oben verschwunden waren.

Dann erst versuchte er, sich im Flur die Stiefel auszuziehen. Doch sosehr er auch daran zog und zerrte – er bekam sie nicht von den Füßen.

»Lasse an und komm erst ma rein«, sagte Mine zu ihrem Enkel. Sie ging voraus in die Küche und befahl ihm, sich dort an den Tisch zu setzen.

Johannes legte den Kittel ab. Den Mantel hatte er bereits vor dem Kohleschaufeln ausgezogen und an der Garderobe im Flur aufgehängt. Die Sachen, die er darunter trug, waren abgetragen, wirkten aber nicht zerlumpt – ein grob gestrickter Pullover, dazu eine an den Knien geflickte Hose aus dickem Stoff. Unter dem Stuhl, auf dem er saß, hatte er seinen Rucksack deponiert. Viel schien nicht darin zu sein, er lag schlaff zusammengefallen auf dem Fußboden.

Mine hängte den verdreckten Kittel an einen Türhaken und wandte sich dann wortlos dem Herd zu. Sie brachte das Feuer in Gang und stellte die große gusseiserne Pfanne auf die Kochplatte, dann schnitt sie mit geübten Bewegungen geräucherten Speck klein und ließ ihn aus. Während er in der Pfanne vor sich hin schmurgelte, schälte sie ein halbes Dutzend große Kartoffeln und hobelte sie in dünne Scheiben, die zum Speck in die Pfanne kamen. Auf dieselbe Weise verfuhr sie mit zwei dicken Zwiebeln. Sie wendete alles sorgfältig, gab Salz dazu und ließ es anschließend unter gelegentlichem Umrühren auf kleiner Flamme braten. Im großen Topf daneben erhitzte sie Wasser. Die ganze Zeit drehte sie sich nicht zu ihrem Enkel um und sprach kein einziges Wort. Er selbst schwieg ebenfalls.

Irgendwann fragte sie schließlich: »Hasse Läuse?«

»Momentan nicht«, antwortete er. »In meinen Sachen auch nicht. Wir haben vor dem Rücktransport noch saubere Kleidung bekommen.«

Die Küchentür öffnete sich knarrend, und Bärbel kam hereingehüpft. »Ich hab's gerochen«, sagte die Kleine mit einem Kichern. »Bräterkes! Krieg ich auch welche, Oma?«

Mine deutete mit dem Kinn zum Tisch. Bärbel setzte sich und begann sofort ohne jede Scheu eine Unterhaltung mit Johannes.

»Wie lange warst du in Russland gefangen?«

»Fast sechs Jahre.«

»Mein Vater war auch Soldat. Er ist vermisst. Kennst du ihn?«

»Er ist mein Onkel. Ich bin ihm vor langer Zeit einmal begegnet, als ich hier zu Besuch war.«

»Hast du ihn auch in Russland getroffen?«

Mine hielt jäh die Luft an, doch die Antwort fiel wie erwartet aus.

»Leider nicht.«

»Warum warst du in Gefangenschaft?«

»Weil ich bei der Wehrmacht war.«

»Das war mein Vater auch. Vielleicht ist er auch in Gefangenschaft gekommen.«

»Ja, vielleicht. Es gibt immer noch sehr viele Kriegsgefangene in Russland.«

»Warum durftest du nach Hause und die anderen nicht?«

»Das weiß ich nicht. Man hat es uns nicht gesagt. Mir nicht, und den Übrigen auch nicht.«

An dieser Stelle geriet das Gespräch ins Stocken.

»Deck den Tisch«, sagte Mine zu Bärbel, während sie die Schalen aus den zerbrochenen Eiern pickte. Sie kippte die zerlaufene Masse über die Bratkartoffeln und rührte ein paarmal um, dann legte sie einen Untersetzer auf den Tisch und stellte die heiße, dampfende Pfanne darauf. Bärbel hatte drei Teller vom Wandbord genommen und auf dem Tisch verteilt, auf derselben alten Wachstuchdecke, die bereits bei Johannes' letztem Besuch dort gelegen hatte. Mine entsann sich, wie der stille, verlegene Junge, der damals ungefähr so alt gewesen war wie Bärbel jetzt, mit dem Fingernagel ein paar Rillen hineingedrückt hatte. Auch die hatten sich über die Jahre erhalten. Anscheinend erinnerte er sich ebenfalls daran, denn er fuhr mit den Fingerspitzen darüber, als würde er einer verlorenen Fährte nachspüren.

Mine entging nicht, wie sehr seine Hände zitterten. Wie stark sein Körper sich angespannt hatte, wie seine Nasenflügel bebten, als der Duft des Essens ihm entgegenwehte. Es kostete ihn sichtlich Beherrschung, ruhig sitzen zu bleiben, und sie wusste warum.

Der Hunger war ihr ein vertrauter Begleiter gewesen, sie hatte ihn mehr als einmal nur knapp überlebt. Im Steckrübenwinter 1916/17 hatte es Tage gegeben, an denen sie vor Entkräftung nicht mehr hatte aufstehen können, weil sie alles, was es noch zu beißen gab, ihren Kindern überlassen hatte. Zwei ihrer Schwestern waren damals verhungert, und die anderen in der Familie, die in jenem Winter dem Tod von der Schippe gesprungen waren, hatten auch nicht mehr lange gelebt. Zwei weitere Schwestern und der Vater waren im Folgejahr an der Spanischen Grippe gestorben, zwei Brüder im Schützengraben an Chlorgas zugrunde gegangen.

Doch sie selbst lebte noch und häufte ihren Enkelkindern nun Bratkartoffeln auf die Teller. Ein paar Essiggurken packte sie als Dreingabe daneben. Das Kind bekam eine kleine Portion, der hungernde Mann den Rest, und sie legte noch die Gabeln dazu, die Bärbel vergessen hatte. Sie selbst aß nichts. Ein Stück Brot mit Gurke würde ihr später reichen.

Sie stand auf und machte sich wieder am Herd zu schaffen, denn sie wollte den Jungen nicht beim Essen beobachten, weil es ihm den Genuss daran verdorben hätte. Auch ohne hinzusehen wusste sie, dass er die Mahlzeit auf eine bestimmte Weise verzehrte. Die meisten lange hungernden Menschen aßen so, wenn ihnen eine Speise gereicht wurde, die ihnen keiner mehr wegnahm – nicht gierig und überstürzt, sondern bedächtig, Bissen für Bissen. Jedes Stück musste ausgiebig gekaut und lange im Mund behalten werden, auch wenn der Wunsch, alles blitzschnell hinunterzuschlingen, übermächtig war. Der Vorgang des Essens wurde auf beinahe religiöse Weise zelebriert, das Ende ewig hinausgezögert.

Bärbel hatte längst aufgegessen, als Johannes noch kaum ein Viertel seiner Portion vertilgt hatte.

»Hol ma wacker eingemachte Kirschen hoch«, sagte Mine zu ihr.

»Au ja! Kann ich auch welche haben?«

»Wenne hinterher beim Abwaschen hilfs.« Mine reichte Johannes ein Glas kaltes Wasser. Er bedankte sich höflich und trank es sofort in durstigen Zügen leer. Sie füllte nach und stellte es ihm hin.

Er blickte sie an. In seinen Augen flackerte etwas auf, und sie spürte, dass es Angst war.

»Darf ich hierbleiben?«, fragte er leise.

Sie nickte schweigend. Er war das Kind ihrer Tochter. Und er hätte Karl sein können.

Nach dem Essen scheuchte sie Bärbel nach oben, dann opferte sie eine genau bemessene Menge kostbarer Kaffeebohnen, die sie fein mahlte und in einer Tasse mit heißem Wasser aufgoss. Anschließend rührte sie noch einen Löffel Zucker hinein.

Johannes schloss die Augen und sog den aus der Tasse aufsteigenden Duft lange ein. Mine wollte ihm erklären, dass echter Bohnenkaffee heiß am besten schmeckte, aber dann ließ sie es sein. Er war erwachsen, ein fast sechsundzwanzigjähriger Mann.

Sie füllte eine Waschschüssel mit warmem Wasser und stellte sie auf den Boden, dann holte sie Jupps alten Stiefelknecht aus den Tiefen ihres Kleiderschranks. In seinen späten Jahren hatte ihr Mann ihn oft gebraucht, weil es mit dem Bücken nicht mehr geklappt hatte.

Es kostete Johannes einige Mühe, doch schließlich gelang es ihm, die festsitzenden Stiefel mitsamt den Strümpfen abzustreifen. Zum Vorschein kamen Narben, wie Mine sie schon öfters an den Füßen anderer Kriegsheimkehrer gesehen hatte – Folgen von Erfrierungen, häufig vereiterten Blasen und bis auf die Knochen entzündeter Geschwüre. Wie sie schon vermutet hatte, wies er auch Hungerödeme auf, man erkannte es an den geschwollenen Knöcheln.

Mine gab ein paar Schnitzer Kernseife in die Schüssel, und Johannes stellte mit einem tiefen Aufseufzen seine Füße hinein.

»Samstag kannsse richtig baden«, sagte sie.

*

Nach dem Fußbad kredenzte Mine ihm einen Aufgesetzten mit schwarzen Johannisbeeren.

»Nur ausnahmsweise«, stellte sie klar. »Nich datte denks, du kriss dat getz immer.«

Er nickte und trank den Alkohol in winzigen Schlucken, wieder mit geschlossenen Augen. Mine schenkte sich selbst auch einen ein. »Wie bisse eigentlich hergekommen?«

»Zu Fuß und per Anhalter.«

»Wat?! Von Russland?«

Er lachte, ein überraschend voller Klang.

»Nein, von Herleshausen. Es sollte von da aus weitergehen, nach Friedland zum Ankunftslager, aber ich hab mich vorher abgesetzt.«

»Warum dat denn?«

»Weil ich in kein Lager mehr wollte. Die registrieren einen da, Großmutter.« Der kurze Anflug von Heiterkeit war wie weggeblasen, sein Gesicht wurde mit einem Mal völlig ausdruckslos, als würde er bereuen, dass er schon zu viel verraten hatte.

»Sach lieber Omma Mine für mich. Wir sind ja hier nich inne Märchenstunde. Jung, wegen wat hasse Angst?«

Er schluckte schwer, dann fuhr er mit erkennbarer Anspannung fort: »Man erzählt sich, dass viele Freigelassene in die russischen Lager zurückgebracht werden. Sie werden von kommunistischen Einsatzkommandos verschleppt und wieder in die Waggons nach Osten gesperrt.«

Mine runzelte die Stirn. Ob das tatsächlich stimmte? Wundern würde es sie jedenfalls nicht. Die deutschen Kommunisten steckten mit dem Iwan seit jeher unter einer Decke, ein einziges verfilztes Gesocks. Jemand vom Roten Kreuz hatte ihr erzählt, dass die Spätheimkehrer in der Ostzone kein Sterbenswörtchen über ihre russische Lagerhaft verlieren durften, aus Sorge der Parteibonzen um den guten Ruf ihrer sowjetischen Brüder. Wer sich nicht daran hielt, durfte gleich in den Bau einziehen. Oder vielleicht sogar wieder in ein russisches Arbeitslager.

Mine hätte ihrem schwelenden Zorn gern Luft gemacht, doch es lag ihr nicht, viele Worte zu verlieren, also beschränkte sie sich auf wenige.

»Inne Hölle solln se braten.«

Johannes hob sein Glas. »Darauf trinke ich.«

Sie spendierte ihm noch einen Schnaps, und ganz gegen ihre

Gewohnheit gönnte sie selbst sich auch noch einen und ließ sich sogar zu einem Trinkspruch hinreißen.

»Prost, Jung. Un keine Sorge. Hier bisse sicher.«

*

Später am Abend kehrten die beiden Hauer von ihrer Schicht zurück. Sie bewohnten das vordere Zimmer, das früher Mines und Jupps gute Stube gewesen war. Im Grunde hatten sie und ihr Mann den Raum nie wirklich gebraucht, nicht einmal damals, als ihre Kinder Karl und Mathilde noch bei ihnen gelebt hatten. Meist hatten sie alle in der Wohnküche zusammengesessen, und geschlafen hatten sie zu viert in der angrenzenden Schlafkammer, Mine und Jupp im Ehebett und die Kinder in Stockbetten. Im Obergeschoss hatten Jupps Eltern gewohnt, mit denen zusammen sie vor vielen Jahren das Haus gebaut hatten.

Später, als Karl heranwuchs, wurde in der guten Stube ein Schrankbett für ihn aufgestellt, und noch später, als Jupps Eltern nicht mehr lebten, hatten Karl und Mathilde oben jeweils ein eigenes Zimmer bezogen.

Nach Kriegsende hatte Mine die Möbel in der guten Stube abschlagen und auf den Dachboden schaffen lassen, um das Zimmer wegen der ständigen Zwangseinquartierungen zweckmäßiger einzurichten, mit vier Pritschen, vier Stühlen, einem Tisch und ein paar Wandhaken. Nachdem die letzten Flüchtlinge im vorletzten Jahr endlich ausgezogen waren, hatte Mine regelmäßig mindestens zwei der Schlafplätze an ledige Bergleute vermietet. In stetem Wechsel logierten immer wieder andere in der Stube, meist junge Burschen. Sie kamen aus dem gesamten ehemaligen Deutschen Reich und zum Teil sogar von noch weiter her, alle auf der Suche nach einem besseren Leben und einem neuen Anfang. Nirgendwo konnten Gelernte und Ungelernte mehr verdienen als im Pott. Landauf, landab wurden sie von den Arbeitsämtern angeworben und strömten in Scharen ins Revier an der Ruhr, zu den lärmenden, rußenden Hütten, Fabriken und Zechen.

Die beiden Männer, die derzeit das Zimmer bewohnten, hießen Pawel und Jörg. Meist waren sie nur zum Übernachten da. Pawel war vierundzwanzig, stammte aus Warschau und war im Krieg Zwangsarbeiter gewesen. Der zwei Jahre jüngere Jörg kam aus einem norddeutschen Kaff, dessen Namen Mine sich nicht merken konnte. Ihre Mahlzeiten nahmen sie entweder auf der Zeche oder im Wohnheim ein, wo viele der anderen alleinstehenden Bergleute untergebracht waren, die keine private Bleibe hatten. Sie duschten täglich in der Waschkaue und gingen nach Feierabend oft erst einmal in die Kneipe, bevor sie zum Schlafen anrückten. Sonntags waren sie zu irgendwelchen Unternehmungen unterwegs oder lagen faul im Bett. Den Ofen in der Stube mussten sie selbst befeuern. Mine hatte kaum Arbeit mit ihnen, abgesehen von der wöchentlichen Wäsche, die sie für ein paar Mark extra im Monat gern erledigte. Sie stanken nicht, lärmten nicht und spuckten nicht auf den Boden, und wenn sie irgendwem im Haus nicht passten, dann höchstens Katharina, weil sie sich von den jungen Kerlen begafft fühlte. Dagegen ließ sich nicht viel ausrichten. Kein gesunder Mann brachte es fertig, die Augen von ihr zu lassen, höchstens vielleicht der Papst.

Mine richtete eins der freien Feldbetten in der Stube für Johannes zum Schlafen her, während er auf den Lokus ging. Sie arbeitete leise und nur bei Kerzenlicht, denn Pawel und Jörg hatten sich sofort nach ihrer Heimkehr hingelegt und schliefen bereits.

Als sie fertig war, ging Mine geräuschlos zurück in ihr eigenes Schlafzimmer und überließ ihren Enkel seiner ersten sicheren Nacht in Freiheit.

*

31

Johannes wusste noch von seinem früheren Besuch, wo sich das Örtchen befand, und er erinnerte sich auch lebhaft an den Ekel, den er seinerzeit bei der Benutzung des Plumpsklos im Keller empfunden hatte. Von einer hölzernen Verschalung umgeben, nahm es eine Ecke der Waschküche ein, und soweit Johannes es nach all den Jahren beurteilen konnte, hatte sich auch im Inneren des kleinen Kabuffs nicht viel verändert. An der Wand hing immer noch eine Kordel mit passend zurechtgeschnittenem Zeitungspapier. Ein glatt gescheuerter Holzsitz umrahmte das Loch über der Senkgrube, und der aufsteigende Gestank beim Hochklappen des Deckels erfüllte die Luft sofort mit durchdringenden Fäkaliendünsten. Damals war ihm hier drin das Essen hochgekommen, heute waren es nur die Erinnerungen. Er hockte sich auf den Sitz und hing ihnen nach.

In seinem Elternhaus hatte es ein richtiges Bad mit Wanne, Waschbecken und einer emaillierten Toilettenschüssel mit Wasserspülung gegeben, ein Komfort, den er als Kind nur selten als solchen erkannt und gewürdigt hatte. Das war ihm erst viel später bewusst geworden, besonders in der Gefangenschaft, wo die verseuchten Latrinen so vielen Männern den Tod gebracht hatten. In einem Winter waren sie um ihn herum wie die Fliegen gestorben, ein paar Dutzend jede Woche, und weil sie wegen des frostharten Bodens nicht begraben werden konnten, wurden ihre Leichen hinter der Lazarettbaracke zu grausigen Wällen aufgetürmt. An ihm selbst war die Seuche wie durch ein Wunder vorübergegangen. Er wusste bis heute nicht genau, was dort grassiert hatte, Cholera oder Ruhr oder beides.

Jedenfalls war das Klo, auf dem er gerade saß, unter sämtlichen sanitären Anlagen, mit denen er seit Kriegsende in Berührung gekommen war, ein unvorstellbarer Luxus. Er blieb mindestens zehn Minuten darauf sitzen und kostete es aus, alle Zeit der Welt dafür zu haben, in dem sicheren Wissen, dass niemand ihn runterwerfen würde.

Mit einer Spur von Belustigung entsann er sich eines Donnerbalkens in einem Lager, den man so angebracht hatte, dass er zur Rückseite hin offen war, sodass ein Posten mit aufgepflanztem Bajonett die Ärsche aller Benutzer im Auge behalten konnte. So sollte sichergestellt werden, dass niemand bloß vorgab zu müssen. Wer auf dem Abtritt hockte und nicht konnte, lief Gefahr, das Bajonett in den Arsch zu kriegen. Da überlegte sich jeder dreimal, ob es wirklich so dringend war.

Passiert war dabei während Johannes' Aufenthalt in diesem Lager allerdings keinem was, außer dem Posten selbst. Der hatte sich des Öfteren einen Becher Wodka zu viel hinter die Binde gekippt, und einmal war er in besoffenem Zustand kopfüber in die Jauche gefallen. Noch Wochen später hatten sie alle bei der Erinnerung daran in der Schlafbaracke Tränen gelacht.

Johannes hörte ein Geräusch in der Waschküche und erstarrte zu absoluter Reglosigkeit. Hatten sie ihn schon aufgespürt? Nein, völlig ausgeschlossen. Keiner wusste, dass er im Ruhrgebiet war. In seinen Akten stand nirgends, dass er hier eine Großmutter hatte. Auch während der vielen Verhöre hatte er es nie erwähnt, in keinen der Lebensläufe hineingeschrieben, die er vor den Vernehmungen häufig hatte verfassen müssen.

Nicht zu viel verraten, so hatte stets die unausgesprochene Devise gelautet, denn je weniger man von sich preisgab, umso weniger angebliche Ungereimtheiten konnten sie einem hinterher vorhalten.

Er wollte sich zwingen, an andere Dinge zu denken, um die Angst in Schach zu halten – diese Angst, von der er genau wusste, wie absurd sie war. Ihm war vom Verstand her völlig klar, dass es an Verfolgungswahn grenzte, aber er konnte das Gefühl nicht abstellen. Es tröstete ihn auch nicht, dass viele andere in den Lagern ebenfalls darunter litten. Von denen war jetzt keiner hier, um ihn damit zu beruhigen, dass seine zwanghafte Furcht ganz normal sei und bald verfliegen werde, spätestens in der Heimat, wo die Apparatschiks vom NKWD nichts zu melden hatten.

Jetzt *war* er in der Heimat, aber dummerweise verspürte er bisher keine Besserung, ganz im Gegenteil.

Langsam, millimeterweise, öffnete er den Riegel der Klotür. Er schob ihn so sacht zurück, dass kein Laut zu hören war. Danach drückte er, wieder mit äußerster Langsamkeit, die Tür einen Spaltbreit auf und lugte hindurch. Was er sah, verschlug ihm den Atem.

*

Katharina hatte ungeduldig darauf gewartet, dass im Haus Stille einkehrte. Im Erdgeschoss war es wie erhofft dunkel, als sie schließlich mit Taschenlampe und Handtuch bewaffnet nach unten in die Waschküche ging. Bevor sie die steile Kellertreppe hinabstieg, zog sie den Schlüssel ab, steckte ihn von der anderen Seite wieder hinein und schloss die Tür ab, nur für den Fall, dass in der nächsten Viertelstunde einer der Männer aufs Klo wollte. Wer unbedingt noch mal musste, konnte sein Geschäft draußen im Garten erledigen. Inge und Bärbel schliefen längst tief und fest, und Mine hatte für den Fall der Fälle ihren Nachttopf unterm Bett.

In der Waschküche brannte noch Licht, was Katharina kurz stutzen ließ. Strom war teuer, und ihre Schwiegermutter die Knauserigkeit in Person. Offenbar wurde Mine doch allmählich alt.

Der Schlauch, über dessen offenes Ende die gelochte Tülle einer großen Metallgießkanne gestülpt war, hing bereits in der Halterung an der Wand. Das Endstück war an einen Abzweig vom Wasserhahn angeschlossen. Ihr Schwiegervater Jupp hatte diese nützliche Vorrichtung vor vielen Jahren installiert, damals, als Karl und seine Schwester noch Kinder gewesen waren. Im

Sommer hatten sie immer hier unten in der Waschküche geduscht. Natürlich kalt. Im ganzen Haus gab es keine Warmwasserleitungen.

Katharina zog den Bademantel aus und drehte das Wasser auf. Die Badelatschen waren aus Gummi, die behielt sie an.

Den Winter über kostete es enorme Überwindung, in den eiskalten Keller zu gehen und sich unter die noch viel kältere Brause zu stellen, aber Katharina tat es regelmäßig mit Todesverachtung, wenn sie das Gefühl hatte, es zu brauchen. Und das war heute der Fall, denn beim Schaufeln war sie ins Schwitzen geraten, ganz zu schweigen von all dem Kohlenstaub, mit dem sie sich vollgeschmiert hatte.

Sie schrie unterdrückt auf, als die eisigen Wasserstrahlen ihren nackten Körper trafen, doch mit zusammengebissenen Zähnen hielt sie es aus. Diesmal wusch sie sich sogar die Haare. Es war eindeutig eine Tortur, aber es führte auch auf unerklärliche Weise dazu, dass sie sich hinterher besser und stärker fühlte. Karl hätte dazu sicher einen passenden Spruch parat gehabt. Einmal hatte er gesagt, der schwerste Kampf sei immer der gegen sich selbst. Im Grunde passte das recht gut auf ihre gelegentlichen abendlichen Eisduschen. Allerdings beging sie nicht den Fehler, sich einzureden, dass sie das kalte Wasser dem warmen vorzog. So war es beileibe nicht. Sie badete gern heiß, so heiß, dass sie es kaum in der Wanne aushielt. Aber Badetag war immer nur samstags. Das war in Mines Leben der Lauf der Welt. An den übrigen Tagen musste es die Katzenwäsche am Spülstein oder vor der großen Emailschüssel tun, mit der Hand im Waschlappen und den Füßen auf dem zerlumpten alten Handtuch, das man hinterher zusammen mit dem Waschwasser noch zum Putzen verwenden konnte.

Katharina hatte bisher keine Energien darauf verschwendet, diese festgelegten Abläufe zu durchbrechen, etwa, indem sie häufiger die große Zinkwanne im Keller aufstellte und das zum Baden benötigte Wasser erhitzte. Es dauerte einfach viel zu lange, bis man endlich drinsaß.

Den plötzlich vor dem Klo auftauchenden Schatten ahnte sie mehr, als dass sie ihn sah.

Sie fuhr so schnell herum, dass sie fast ausgerutscht wäre. Johannes stand dort, mit abgewandtem Gesicht und eingezogenen Schultern.

Mit einem Aufschrei sprang Katharina unter dem eisigen Brausestrahl hervor und streifte sich in fliegender Hast den Bademantel über. Eilig drehte sie das Wasser ab und wickelte sich das mitgebrachte Handtuch um den Kopf.

»Schon gut, du kannst wieder gucken.«

Er drehte sich zögernd zu ihr um, und sogar im matten Licht der Deckenlampe war zu erkennen, dass sein Gesicht feuerrot angelaufen war. »Ich habe sofort weggeschaut«, versicherte er, das personifizierte schlechte Gewissen.

»Ja, klar«, gab sie sarkastisch zurück. »Deshalb hast du auch direkt Laut gegeben, als ich hier runterkam und den Bademantel ausgezogen habe.«

»Ich dachte … ich dachte …« Seine Stimme brach ab. Was immer er auch gedacht hatte, er konnte es ihr offenbar nicht erklären. In diesem Moment sah er so verzweifelt aus, dass Katharinas Wut schlagartig verflog.

»Das nächste Mal rufst du einfach, dass hier besetzt ist«, teilte sie ihm mit.

Er nickte stumm.

Sie deutete auf die Duschvorrichtung. »Das Ding hier kannst du übrigens auch gern benutzen, wenn du möchtest. Wir haben allerdings nur kaltes Wasser. Gebadet wird immer samstags.«

Wieder nickte er bloß. Aus einem Impuls heraus wollte sie ihn fragen, wie lange es her war, dass er das letzte Mal gebadet hatte. *Richtig* gebadet, in einer Wanne mit sauberem, warmem Wasser. Ließen die Russen ihre Gefangenen überhaupt je baden? Doch dann scheute sie vor der Frage zurück. Hatten die Deutschen etwa die KZ-Häftlinge baden lassen? Und was brachte einem ein heißes Bad, wenn man so unterernährt war, dass überall spitze Knochen hervorstanden? Jetzt, da Johannes weder Mantel noch Kittel trug, war unschwer zu erkennen, dass er jahrelang gehungert haben musste. Seine Schlüsselbeine zeichneten sich wie Stecken über dem Ausschnitt des schäbigen Pullovers ab. Seine Handgelenke waren kaum dicker als die darunterliegenden Knochen. Höchstwahrscheinlich hatte er sich heute Abend in Mines Wohnküche zum ersten Mal seit ewigen Zeiten richtig satt gegessen.

Katharina hatte gegen Ende des Krieges und in den beiden Jahren danach auch hin und wieder gehungert, aber das waren nur kurze Episoden gewesen, die meist bloß bis zur nächsten Hamsterfahrt oder bis zum nächsten Schwarzmarktgeschäft angehalten hatten. Die Kinder hatten sie und Mine immer irgendwie satt bekommen, auch im schlimmen Hungerwinter von 1946/47, denn in Mines Garten wuchs auch in schlechten Jahren immer genug Obst und Gemüse, um das Lebensnotwendige auf den Tisch zu bringen. Zum Ende der Zwangsbewirtschaftung hin waren sie zwar alle ziemlich dünn gewesen, aber nie bis aufs Gerippe abgemagert.

Immerhin ließen sich die körperlichen Folgen des Hungers rasch heilen, im Gegensatz zu manchen anderen Wunden, die der Krieg geschlagen hatte. Katharina schlang fröstelnd die Arme um sich. Nur nicht an Berlin denken!

Sie musste endlich nach oben, raus aus dem Keller. Hier unten war es viel zu kalt, sie holte sich noch den Tod, wenn sie nicht achtgab.

»Gute Nacht«, stieß sie hervor, dann hastete sie zur Treppe und rannte nach oben.

Kapitel 3

»Mehr nach links!«, schrie Bärbel in Klausis Ohr. Er saß vor ihr auf dem Schlitten und musste ihn lenken. Sie selbst hatte ihre Füße auf der hölzernen Abdeckung der Kufen abgestellt. Klaus Rabe war zwar ein Jahr jünger als sie, erst acht, aber er war größer und schwerer und trug bessere, widerstandsfähigere Stiefel. Solche, die richtig viel Schnee aushielten, nicht bloß rutschige Gummistiefel mit feuchten Rosshaarsocken darin, wie Bärbel sie anhatte, weil ihre Winterstiefel, mit Schuhcreme eingerieben, zu Hause standen. Außerdem gehörte ihm der Schlitten, weshalb er für sich das Privileg beanspruchte, vorn zu sitzen. Was jedoch nicht bedeutete, dass er wusste, was er tat, denn er schaffte es immer wieder, von der schon glattgefahrenen Bahn abzukommen und seitwärts im Gebüsch zu landen. Oder, was noch schlimmer war, an einem Baum. So wie der, auf den sie gerade zurasten.

»Links!«, wiederholte Bärbel kreischend. »Nicht rechts!«

Als ihr aufging, dass Klausi rechts und links nicht auseinanderhalten konnte, war es bereits zu spät. Mit einem weithin hörbaren Krachen prallte der Schlitten gegen den Baum, unmittelbar gefolgt von Klausi selbst, dessen Stirn schmerzhafte Bekanntschaft mit dem Stamm machte. Bärbel kam vergleichsweise glimpflich davon, weil sie nur gegen Klausi geschleudert wurde, dessen dicke Winterjacke den Aufprall ein wenig abfederte. Die Nase tat ihr weh, aber es war nicht allzu schlimm. Hauptsache, es blutete nicht.

Auch bei Klausi floss kein Blut, sie mussten also nicht nach Hause, wie er sofort erklärte. Dass an seiner Stirn eine gewaltige

Beule heranwuchs, schien ihn weniger zu stören als das schadenfrohe Gelächter der anderen Kinder, die den Schlittenhang bevölkerten. Er rieb nur einmal kurz über die Schwellung und beachtete sie danach nicht weiter, denn er hatte schon Schlimmeres erlebt. Klaus Rabe und seine beiden Brüder waren ständig von Blessuren gezeichnet. Sie fielen die Treppe hinunter oder von Bäumen, sie stürzten beim Rollerfahren oder holten sich blaue Flecken beim Raufen. Doch solange kein Knochen brach und kein Blut floss, mussten sie nicht extra vom Spielen nach Hause, das war eine der Regeln, die Klausis Mutter Elfriede ausgegeben hatte.

Bärbel und Klausi fuhren noch ein paarmal mit dem Schlitten den Hang hinunter, diesmal nicht ganz so verwegen wie zuvor, doch nach einer Weile begann Bärbel zu frieren. Ihre Füße fühlten sich an wie Eisklumpen, und ihre Augen tränten von dem kalten Wind, der ihr ins Gesicht wehte.

Dennoch hatte sie keine Lust, nach Hause zu gehen, denn dort wartete bloß Arbeit auf sie. Ihre Mutter hatte ihr aufgetragen, Schuhe zu putzen und anschließend ihr Bett abzuziehen. Bärbel hatte lustlos mit dem Schuhputzen angefangen und bei immerhin drei Paaren schon die Schuhcreme aufgetragen, aber dann hatte Klausi geklingelt und gefragt, ob sie mitwollte. Natürlich wollte sie.

Er hatte einen neuen Schlitten zu Weihnachten bekommen (eigentlich gehörte er nicht nur ihm, sondern auch seinen beiden Brüdern, aber die hatten gerade die Windpocken und durften nicht raus), und Bärbel brannte schon seit Tagen darauf, den Schlitten mit Klausi auszuprobieren. Das Schuhputzen konnte warten. Der Schnee würde vielleicht morgen schon wieder weg sein. Oder dermaßen von Kohlenstaub verdreckt, dass man das Schlittenfahren vergessen konnte.

Damit sich niemand Sorgen um sie machen musste, hatte sie Johannes kurz mitgeteilt, dass sie mit Klausi zum Schlittenfahren gehen wollte, worauf Johannes sich erkundigte, ob ihre Mutter das denn erlaubt habe.

»Sie hat's nicht verboten«, antwortete Bärbel wahrheitsgemäß, und gleich darauf war sie auch schon rausgestürmt.

»Lass uns noch zum Bach runtergehen«, sagte sie zu Klausi, als sie vom Schlittenfahren endgültig die Nase voll hatte. Er erhob keine Einwände, so wie er auch sonst meist bereitwillig bei allem mitmachte, was sie vorschlug.

Klausi war der mittlere Rabe-Bruder, wobei der Altersabstand zwischen den drei Jungs so gering war, dass es nicht weiter ins Gewicht fiel – Manfred, genannt Manni, war nur dreizehn Monate älter als Klausi, den wiederum lediglich vierzehn Monate von seinem jüngeren Bruder Wolfgang, genannt Wolfi, trennten. Zusammen mit Bärbel bildeten Manni, Klausi und Wolfi ein unzertrennliches Vierergespann, wobei Elfriede Rabe unverhohlen der Ansicht zuneigte, dass ihre Söhne nur halb so viel ausfressen würden, wenn Bärbel sie nicht ständig zu allerlei Unfug angestiftet hätte. Katharina glaubte zwar, dass Elfriede übertrieb, aber im Großen und Ganzen war sie derselben Meinung. Allerdings fand sie im Gegensatz zu Elfriede Gefallen an dem Gedanken, dass ihre kleine Tochter schon in jungen Jahren lernte, sich in der Männerwelt durchzusetzen.

Bärbel und Klausi stromerten durch den Wald unterhalb der schneebedeckten Hänge, bis sie den Hesperbach erreicht hatten. Rauschend und gluckernd bahnte er sich seinen Weg durch das bewaldete Tal, das an dieser Stelle den trügerischen Eindruck einer gänzlich unberührten Natur erweckte, obwohl das Gelände von Pörtingsiepen nur einen Katzensprung entfernt war. In der großen Steinkohlenzeche arbeiteten, wie Bärbel wusste, über tausend Menschen, und wäre es nicht so ungemütlich kalt gewesen, hätte sie Klausi gefragt, ob er mit ihr zusammen am Zechentor auf den Schichtwechsel warten und Ausschau nach den Männern halten wollte, die aus den Tiefen des Schachts kamen, über und über schwarz von Kohlenstaub, bis auf die Augen, die wie unheimliche weiße Murmeln in den dunklen Gesichtern leuchteten.

Dort tuckerte auch regelmäßig die Hespertalbahn vorbei, deren Waggons vor Beginn jeder Schicht am zecheneigenen Bahnhof Hunderte von Bergleuten ausspien und im Gegenzug scharenweise andere Kumpel verschluckten, die Feierabend hatten und nach Hause wollten.

Auch Güterzüge verkehrten auf der Bahnstrecke, vollgeladen mit Abraum und Kohle und oft umweht von rußigen Staubwolken. Bärbel hätte für ihr Leben gern die Züge aus der Nähe beobachtet. Oder, wie Klausi und seine Brüder es manchmal taten, Stöcke auf die Gleise gelegt und dann aus dem Gebüsch heraus zugesehen, wie die Hindernisse von der heranschnaufenden Dampflok zermalmt wurden. Doch dieses Vergnügen musste sie sich verkneifen. Katharina hatte Bärbel streng verboten, auch nur in die Nähe der Bahnschienen zu gehen, und nachdem dieses Verbot einmal durch einen dreitägigen Hausarrest untermauert worden war, hielt Bärbel sich daran.

Sie war kein zu Ungehorsam neigendes Kind, im Gegenteil, es bedrückte sie, wenn ihre Mutter ihretwegen traurig oder zornig wurde. Deshalb setzte sie im Rahmen ihrer Möglichkeiten einigen Ehrgeiz daran, Katharinas Gebote zu befolgen. Vorausgesetzt, selbige waren klar umrissen – woran es allerdings häufig haperte, denn Schlupflöcher fanden sich so gut wie immer. Etwa im Fall des Schuhputzens – ihre Mutter hatte nicht genau festgelegt, wann Bärbel damit fertig sein sollte, folglich war es sicher nicht allzu schlimm, dass sie es auf später verschoben hatte.

Es schwante Bärbel durchaus, dass sie sich darin vielleicht irrte, aber falls es wirklich gegen eine Regel verstieß, so zumindest gegen keine ausdrückliche wie das unmissverständliche und strikte Verbot, bei den Gleisen zu spielen oder in den Bach zu steigen.

Bärbel achtete bei ihren Spielen im Wald sorgsam darauf, dem Bach nicht zu nahe zu kommen, nachdem sie vor zwei Monaten aus Versehen hineingefallen und tropfnass und unterkühlt heimgekommen war, was nicht nur zwei Tage Stubenarrest, sondern auch eine böse Erkältung nach sich gezogen hatte.

Klausi zeigte Anzeichen von Lustlosigkeit. »Dat macht kein Spaß hier. Ich muss die ganze Zeit den Schlitten alleine ziehen.« Er rieb sich die Stirn. »Der Kopp tut mich auch weh.«

»Er tut *mir* weh«, verbesserte Bärbel ihn.

Klausi zog die Brauen zusammen. »Nä, dat ist doch *mein* Kopp, du Dusseldier!« Er kratzte sich die Wange, wo sich im Laufe der letzten Stunde rötliche Pusteln gebildet hatten. »Ich glaub, ich krich auch die Windpocken«, verkündete er. »Dat juckt anne Backe wie die Hölle. Guck ma, hab ich da schon Flecken?«

»Jede Menge«, stellte Bärbel nach einem prüfenden Blick fest. »Wenn du jetzt nach Hause gehst, darfst du zwei Wochen nicht mehr raus. Also spielen wir lieber noch ein bisschen.« Sie sprach aus Erfahrung, denn sie selbst hatte erst im Dezember Windpocken gehabt, was wohl auch der Grund dafür war, dass nun Wolfi und Manni sie am Hals hatten.

Sie dachte kurz nach, wie sich die knappe Zeit bis zum Dunkelwerden sinnvoll nutzen ließ. »Wir könnten einen Damm bauen«, sagte sie dann eifrig. »Mit dem Schlitten. Wir stellen ihn ins Wasser, und dann legen wir lauter Steine und Äste und Moos drüber, bis das Wasser gestaut wird.«

»Au ja!«, rief Klausi, sehr angetan von Bärbels Idee. »Dann wundern die sich nachher hinten beim Haus Scheppen, dat auf eima der Bach weg is!«

»Wieso beim Haus Scheppen?«

»Weil da der Hesperbach innen Baldeneysee mündet.«

Ja, das hatte Bärbel in Heimatkunde gelernt und auch schon mit eigenen Augen gesehen, aber sie wusste auch, dass Haus Scheppen bloß eine Ruine war, wo sich niemand aufhielt, dem das Fehlen des Baches auffallen konnte, schon gar nicht um diese Jahreszeit. Doch bis zur Mündung war es ja noch ein ganzes Stück, also würde irgendwer zwischen hier und dort auf alle Fälle darüber staunen, dass der Bach plötzlich nicht mehr floss!

Mit Blick auf Katharinas Verbot legte Bärbel eine passende Aufgabenteilung fest. Klausi musste den Schlitten in den Bach stellen, und sie würde ihm aus sicherer Entfernung die Steine und Äste anreichen, die er zwecks Errichtung des Dammes auf und unter dem Schlitten (sowie auch drum herum – der Bach war um einiges breiter als der Schlitten) aufschichten sollte.

Unseligerweise erwies sich das ganze Unterfangen von Beginn an als Fehlschlag. Der Schlitten glitt Klausi aus den in gestrickten Fäustlingen steckenden Händen und wurde von dem kräftig dahinsprudelnden Bach fortgerissen. Zwar nur ein paar Meter weit, bis er an einem ins Wasser ragenden Felsbrocken hängen blieb, aber im ersten Schreck beging Klausi den Fehler, dem Schlitten hinterherlaufen zu wollen. Dabei stolperte er und fiel der Länge nach in den Bach. Zum Glück gelang es ihm sofort, sich hochzustemmen und wieder ans Ufer zu waten, und er schaffte es sogar, sich vorher den abgetriebenen Schlitten zu schnappen und ihn unter Triumphgeschrei an Land zu zerren. Aber anschließend gab es keinen trockenen Fleck mehr an seiner Kleidung. Sogar der Bommel von seiner Pudelmütze hing triefend herab.

Bärbel betrachtete den klatschnassen Nachbarsjungen in einer Mischung aus Entsetzen und Resignation.

»Klausi, ich glaube, jetzt müssen wir doch nach Hause.«

*

Wie Bärbel bereits auf dem Heimweg befürchtet hatte, setzte es ein Donnerwetter.

»Hatte ich dir nicht verboten, am Bach zu spielen?«, fragte

Katharina ihre jüngere Tochter, nachdem sie von der aufgebrachten Nachbarin das ganze Ausmaß des Vorfalls erfahren hatte.

»Nein, du hast mir bloß verboten, *im* Bach zu spielen. Und ich war ja gar nicht im Bach. Bloß der Klausi.«

»Dat has *du* dem armen Jung eingebrockt, du kleines Rabenaas!« Elfriede stand in Katharinas Küche, beide Hände in die Hüften gestemmt. Mit ihrer gesamten Körperhaltung signalisierte sie, dass sie Bärbel am liebsten die gleiche Tracht Prügel verabreicht hätte, die sie vorher ihrem Sohn verpasst hatte. »Der Klausi hätte glatt ersaufen können!«

»Der Bach geht doch bloß bis zum Knie«, rief Bärbels Schwester Inge, die im Nebenzimmer saß und durch die offene Verbindungstür jedes Wort der laut geführten Auseinandersetzung mithören konnte.

»Und Klausi hat den Freischwimmer«, fügte Bärbel hinzu, damit erst gar keine falschen Vorstellungen aufkamen.

Elfriede erkannte, dass weitere Tiraden zwecklos waren. Wutschnaubend räumte sie das Feld und trampelte die Treppe hinab. Gleich darauf knallte unten in anklagender Lautstärke die Haustür hinter ihr zu.

Katharina machte ihrem Ärger Luft. »Bärbel, das gibt zwei Tage Hausarrest, damit das klar ist.«

»Wieso? Ich hab doch nichts gemacht!«

»Ja, ganz genau. Du solltest Schuhe putzen und dein Bett abziehen. Beides hast du nicht erledigt.«

»Ich mach's gleich noch. Du hast nicht gesagt, dass es sofort sein muss, Mama.«

»Das stimmt, Mama«, pflichtete Inge ihrer Schwester von nebenan bei.

»Halt dich da raus, Inge.« Eindringlich sah Katharina ihre jüngere Tochter an. »Bärbel, du bist spielen gegangen, ohne dich abzumelden.«

»Das ist nicht wahr. Ich hab's Johannes gesagt.«

Katharina merkte sich vor, mit Johannes darüber zu reden. Doch damit war der Fall keineswegs erledigt. »Das mit dem Schlitten im Bach – es war deine Idee, oder?«

Bärbel nickte kleinlaut. »Aber Klausi wollte es auch!«

»Er will meist das, was du willst, das muss dir doch klar sein! Auch wenn es der verrückteste Blödsinn ist!«

»Ein Damm ist nicht blöd«, verteidigte Bärbel sich. »Biber bauen auch Dämme!«

»Du bist aber kein Biber«, stellte Katharina klar. »Deinetwegen ist Klausi in das kalte Wasser gefallen und musste in seinen nassen Sachen den ganzen Weg durch den eisigen Wind nach Hause gehen. Er könnte schwer krank werden. So krank, dass vielleicht sogar der Doktor kommen muss.«

Bärbel unternahm den Versuch, ihre Mutter zu beruhigen. »Klausi ist sowieso schon ziemlich krank. Er hat heute auch die Windpocken gekriegt, sein ganzes Gesicht war vorhin voller Pusteln. Und weil er auf der Schlittenwiese mit der Stirn so doll gegen den Baum geknallt ist, hatte er schlimmes Kopfweh. Auf dem Heimweg hat er dann sogar noch gebrochen, also hat er wahrscheinlich auch einen verdorbenen Magen. Da lohnt es sich wenigstens, wenn der Doktor kommt.«

Im Nebenzimmer prustete es.

Katharina bemühte sich heldenhaft um einen strengen Gesichtsausdruck. »Geh Schuhe putzen. Und zwar sofort.«

*

Johannes stand auf der obersten Sprosse der Leiter und reparierte das Dach des Hühnerhauses. Die Bewohner des Stalls waren gackernd ins Freie geflüchtet und pickten auf dem verschneiten Boden herum. Der Hahn, ein aggressiv aufgeplusterter Gockel, war anfangs auf Johannes losgegangen, aber mittlerweile begnügte er sich damit, die Hennen herumzuscheuchen und ab und zu empört zu krähen.

Unermüdlich schwang Johannes den Hammer und nagelte alles, was lose war, wieder fest. Im Laufe der Jahre hatten sich einzelne Bretter gelockert, und auch die Dachpappe hing an manchen Stellen löchrig herab. Eigentlich hätte man, wenn man es vernünftig machen wollte, neue Bretter und neue Dachpappe gebraucht. Oder am besten gleich von Grund auf den kompletten Hühnerstall neu zusammengezimmert. Aber nach allem, was Johannes seit seiner Ankunft vor drei Wochen mitbekommen hatte, fehlten dafür die nötigen finanziellen Mittel. Die Familie kam anscheinend gerade so über die Runden. Ihm war nicht verborgen geblieben, dass es im Haus Geldsorgen gab. Etwa, wenn Bärbel sich einen Sonntagsbraten wünschte und Katharina entgegnete, dass das Fleisch zu teuer sei.

In den ersten Tagen hatte er nicht groß darüber nachgedacht, er war dazu schlichtweg nicht in der Lage gewesen. Die meiste Zeit über hatte er nichts anderes getan, als in Mines Küche zu sitzen und zu essen. Sie hatte ihm Berge von Bratkartoffeln vorgesetzt, mit allen nur erdenklichen Beilagen – Spiegeleier, Speck, Mettwurst, Heringe, eingemachte Bohnen und Sauerkraut. Häufig gab es auch Eintöpfe: Linsen-, Erbsen- oder Graupensuppe, dick eingekocht und mit Brühwurst und fettem Speck angereichert. Zum Frühstück brachte Mine Milchreis mit Zimtzucker und Apfelkompott auf den Tisch, so sämig, dass der Löffel darin stehen blieb, oder auch in der Pfanne geröstetes, mit verschlagenem Ei übergossenes Brot.

Rückblickend kam es Johannes so vor, als stünde seine Großmutter von früh bis spät nur am Herd, um ihn zu bekochen. Es löste immer noch ein überwältigendes Glücksgefühl in ihm aus, sich bei jeder Mahlzeit richtig satt essen zu dürfen, doch mittlerweile fragte er sich mit zunehmender Sorge, wie es weitergehen sollte. Er konnte sich unmöglich dauerhaft als nutzloser Kostgänger hervortun.

Doch bevor er selbst das Thema ansprechen konnte, hatte Mine es getan.

Nach dem Frühstück hatte sie ihn prüfend gemustert. »Getz siehse schon deutlich besser aus. So, als könnste widder wat arbeiten. Dat Dach vom Hühnerstall is undicht. Dat kannsse heute reparieren.«

Er hatte sofort zugestimmt, erleichtert über die Aussicht, sich nützlich machen zu können. Mine hatte ihm im Keller die Leiter und Opa Jupps Werkzeug gezeigt. Hammer, Säge, Feile, Meißel, Zangen, außerdem ein kleines Sammelsurium an Nägeln und Schrauben. Einige Teile aus dem Werkzeugsortiment hatte sie nach dem Krieg auf dem Schwarzmarkt verhökern müssen, weil sie Geld für Kleidung und Schuhe gebraucht hatten. Als Katharina nach ihrer Flucht vor den Rotarmisten mit den beiden Kindern hier eingetroffen war, hatte sie nichts besessen außer einer löchrigen Decke. Mehr als diese knappe Bemerkung ließ Mine über das Thema nicht fallen, und ehe Johannes weitere Fragen stellen konnte, hatte Mine sich wieder in die Küchenarbeit gestürzt. Er hatte das Dach des Hühnerstalls inspiziert und Mine danach mitgeteilt, dass er es notdürftig wiederherrichten könne, aber für eine ordentliche Reparatur wenigstens ein paar neue Bretter nötig seien. Sie hatte es achselzuckend und ohne weitere Kommentare zur Kenntnis genommen, worauf er sich – ebenfalls wortlos – an die Arbeit gemacht hatte.

Inzwischen bestand kein Zweifel mehr daran, dass seine Großmutter nicht gern viele Worte machte, sowohl ihm selbst als auch allen anderen gegenüber. Meist hüllte sie sich in Schweigen, und auf Fragen reagierte sie ausgesprochen zugeknöpft. Ihre zurückhaltende Art kam ihm entgegen, denn sein Bedürfnis nach persönlicher Ungestörtheit war mindestens so ausgeprägt wie das ihre. Während der hinter ihm liegenden Jahre hatte er kaum je Gelegenheit zum Alleinsein gehabt. Die Baracken der unterschiedlichen Arbeitslager, in denen er gehaust hatte, waren stets von den Geräuschen der Mithäftlinge erfüllt gewesen, ihr Reden, Husten, Fluchen und Weinen hatten jeden Winkel erreicht. Im Hintergrund lauerte derweil unablässig der NKWD wie die Spinne im Netz und sorgte dafür, dass keiner der Insassen sich jemals unbeobachtet fühlen konnte. In manchen Lagern war es schlimmer, in anderen etwas erträglicher gewesen, aber nirgends hatte man für sich sein können. Ganz anders im Haus seiner Großmutter. Obwohl er sich das Zimmer bei Nacht mit Jörg und Pawel teilte, hatte er ein richtiges Bett für sich allein. Es bestand keine Gefahr, dass seine Decke verschwand, wenn er kurz den Raum verließ, geschweige denn, dass plötzlich jemand im Nebenbett starb, so wie er es viele Male im Laufe der Lagerhaft miterlebt hatte. In den Baracken hatten nur die Stärksten überlebt, und die Schwachen hatten nur den Trost gehabt, dass sie nicht allein gestorben waren.

Nach diesen Erfahrungen war Johannes die ungewohnte Privatheit in Mines Haus genauso willkommen wie die reichhaltige Nahrung. Doch in Bezug auf Katharina befand er sich in einem Dilemma. Über sie hätte er nur zu gern geredet. Er wollte mehr über sie erfahren. Nein, das traf es nicht – er wollte *alles* über sie wissen, möglichst jede Einzelheit aus ihrem Leben. Aber weder war Mine die geeignete Informationsquelle, noch taugte er selbst dazu, entsprechende Informationen durch geschicktes Nachfragen zutage zu fördern.

Das Wenige, das er über Katharina in Erfahrung gebracht hatte, bestand aus Halbwissen, Gerüchten und allerlei Anzüglichkeiten, die seine Zimmergenossen Jörg und Pawel ihm – zumeist ungefragt – hatten zuteilwerden lassen. Dabei waren auch diese Unterhaltungen immer denkbar kurz ausgefallen. Das Haus war klein, und die Türen standen häufig offen. Irgendwer befand sich immer in Hörweite oder kam zufällig vorbei, und es wäre Johannes zutiefst peinlich gewesen, bei einem Gespräch über Katharina erwischt zu werden.

Sie selbst sah er durchaus hin und wieder, doch er wusste immer noch kaum etwas über sie. Die Familie fand sich zwar oft in Mines Küche zum gemeinsamen Essen ein, aber dann wurde meist nur über Alltägliches gesprochen und nie über Vergangenes. Gelegenheiten zu Gesprächen unter vier Augen, etwa mit den Mädchen oder gar mit Katharina selbst, hatten sich bisher selten ergeben – was allerdings auch nicht unbedingt Zufall war: Einmal hatte Johannes mitbekommen, wie Katharina ihre Töchter ermahnte, ihn möglichst in Ruhe zu lassen, da er sich dringend schonen müsse und nicht mit Fragen belästigt werden dürfe. Aus der Familie schien niemand seine Nähe zu suchen. Warum auch, er war für alle ein Fremder. Ein ungebetener Gast, den keiner brauchte.

Umso überraschter war Johannes, als er während seiner Reparaturarbeiten am Dach des Hühnerstalls bemerkte, wie Inge aus der Kellertür trat und herüberkam. Angetan mit einer dicken Strickjacke und Gummistiefeln, trug sie vorsichtig mit beiden Händen eine dampfende Henkeltasse vor sich her, die sie ihm über die Leiter nach oben reichte.

»Es ist nur Muckefuck«, sagte sie entschuldigend. »Aber schön heiß. Bei der Kälte tut dir was Warmes sicher gut.« Ein erwartungsvolles Lächeln stand auf ihrem reizenden jungen Gesicht.

»Danke, das ist sehr nett.« Johannes hockte sich auf dem Dachbalken etwas bequemer hin, nahm die Tasse entgegen und trank ein paar Schlucke.

Inge stand unten und schlang fröstelnd die Arme um sich, und Johannes spürte, wie sie in einer Mischung aus Verlegenheit und Neugier darauf wartete, dass er eine Unterhaltung in Gang brachte. Doch die Art von geselliger Konversation, die ihr vorschweben mochte, hatte er so gründlich verlernt wie kaum etwas anderes in seinem Leben. Während seiner Gefangenschaft war er so gut wie nie mit dem weiblichen Geschlecht in Berührung gekommen. Einmal hatte ihn eine Ärztin untersucht und ein hartnäckiges Geschwür an seinem Bein aufgestochen, aber sie hätte vom Alter her seine Mutter sein können und hatte nur wenig gesagt. Ein anderes Mal hatte er ein paar Minuten lang radebrechend mit zwei russischen Frauen aus einem benachbarten Lager geredet, politische Häftlinge, die man zufällig am selben Einsatzort eingeteilt hatte wie ihn und seine Mitgefangenen. Die Frauen waren jung und leidlich hübsch gewesen. Sie hatten von ihm wissen wollen, wo er herkam und wie viele Jahre er absitzen musste. Er komme aus Deutschland, hatte er geantwortet, und fünfundzwanzig Jahre betrage seine Strafe. Allen Kriegsgefangenen hatte man fünfundzwanzig Jahre aufgebrummt, warum, wusste keiner. Trotzdem wurden immer wieder welche entlassen und durften heim, aber auch hier kannte niemand den Grund. Er hatte den Frauen auf ihre Fragen hin erzählt, dass er gern las und Klavier spielte, worauf ihm die eine der beiden mitgeteilt hatte, dass sie Geige spielte und sang. Sie hatte in wunderbarem Sopran ein Lied angestimmt, was wenig später den Posten auf den Plan gerufen hatte, der die Unterhaltung mit rüden Drohungen beendet hatte.

In seinem ersten sibirischen Winter hatte ihm eine junge Bäuerin, ebenfalls Russin, nach einem Arbeitseinsatz in einem Bergwerk ein Stück Brot geschenkt und ein paar Stofflappen für seine Füße, die ihm damals fast abgefroren waren.

Während Johannes noch darüber nachsann, mit wie vielen Frauen und Mädchen er insgesamt in den vergangenen sechs Jahren überhaupt in Kontakt gekommen war – von *Kennenlernen* konnte in diesem Zusammenhang keine Rede sein –, überwand Inge ihre Schüchternheit und platzte mit einer Frage heraus.

»Fühlst du dich denn überhaupt schon wieder stark genug, um so eine schwere Arbeit zu machen?«

Beinahe hätte er die Frage mit einem einfachen *Ja* beantwortet, schließlich sah sie mit eigenen Augen, dass er wieder arbeiten konnte. Gerade noch rechtzeitig begriff er, dass die Frage nicht für sich stand, sondern nur den Auftakt zu einer zwanglosen Unterhaltung bieten sollte.

»Die Arbeit ist wirklich nicht schwer, und es geht mir gut.« Zu seinem eigenen Erstaunen brachte er sogar ein fröhliches Lächeln zuwege. »Dank der vielen köstlichen Mahlzeiten von Oma Mine bin ich inzwischen wieder recht gut im Futter.«

Tatsächlich hatte er seit seiner Ankunft einiges zugenommen, auch wenn er von seiner einstigen Statur noch weit entfernt war. Doch den Gürtel, der die schlotternde Hose um seinen Leib hielt, musste er inzwischen schon zwei Löcher weiter schnallen. Die Ödeme an seinen Knöcheln hatten sich zurückgebildet. Sein Haar war etwas nachgewachsen, und wenn er sich morgens beim Rasieren im Spiegel betrachtete, blickte ihm nicht länger das Gesicht eines Totenkopfs entgegen, sondern jemand, der fast wieder so aussah wie früher.

»Ich wollte dich fragen, ob du vielleicht was zum Lesen möchtest«, sagte Inge. »Also, ich meine Bücher.«

Damit hatte Johannes nicht gerechnet. Erstaunt blickte er auf das junge Mädchen hinab. »Sehr gern sogar!«

Das war noch untertrieben. Er brannte förmlich darauf, endlich wieder zu lesen. Mit den Büchern war es in der Gefangenschaft ähnlich gewesen wie mit den Frauen – er hatte nur selten welche zu Gesicht bekommen. Die wenigen Bücher, die in den Baracken kursierten, wurden gehütet wie kostbare Schätze, doch sie ließen sich nicht so gut vor den Wachen verstecken wie andere, kleinere Besitztümer, deshalb wurden sie auch eher beschlagnahmt. Johannes konnte sich nicht erinnern, wann er den letzten Roman gelesen hatte.

»Ich habe alle möglichen alten Bücher von Papa oben«, sagte Inge strahlend. »Unter anderem jede Menge Karl-May-Bände. Wenn du willst, kann ich sie dir runterbringen. Ich kenne sie schon.«

Johannes kannte sie auch, jedenfalls die meisten, aber das störte ihn überhaupt nicht. Es würde ein Hochgenuss sein, sie alle noch einmal durchzuschmökern, und im Stillen dankte er seinem verschollenen Onkel dafür, dass er die Bücher hiergelassen hatte, bevor er fortgezogen war. Nach Berlin, wo er Katharina zur Frau genommen hatte … Was er wohl für ein Mensch gewesen war, sein Onkel Karl? Und was für ein Leben hatte er mit Katharina geführt, bevor der Krieg ausbrach?

In jedem Fall hatte er ein Faible für Bücher gehabt. Johannes entsann sich, wie seine Mutter einmal davon gesprochen hatte, dass sein Onkel eine Leseratte war und früher immer stapelweise Romane unterm Bett liegen gehabt hatte.

»Ich würde mich sehr über die Bücher freuen«, sagte er. »Lesen ist eine Lieblingsbeschäftigung von mir.«

Ihr Lächeln bekam etwas Verklärtes. »Von mir auch!«

Das hatte Johannes sich bereits gedacht. Er sah sie öfters mit Büchern aus der Leihbücherei heimkommen, und wenn sie sich in Mines Küche zum Essen hinsetzte, hatte sie hin und wieder ein Buch unterm Arm klemmen, in dem sie eben noch gelesen hatte. Einmal hatte er bereits angesetzt, sie darauf anzusprechen, aber Bärbel hatte auf ihre unbekümmerte Art dazwischengeplappert, und dann war die Gelegenheit vorbei gewesen.

»Zweimal in der Woche helfe ich nach der Schule in der Bücherei aus«, berichtete Inge stolz, während Johannes seinen Muckefuck trank. »Deshalb kann ich dort kostenlos Bücher ausleihen. Ich könnte dir auch welche mitbringen, wenn du mir sagst, was du gern liest.«

»Gibt es dort auch Romane amerikanischer Autoren? Die mag ich sehr.«

»Natürlich. Wir haben Bücher von Faulkner, Hemingway, Fitzgerald«, zählte Inge auf. Ein Hauch von Röte stieg in ihre Wangen. »Und natürlich *Vom Winde verweht* von Margaret Mitchell. Mein absoluter Lieblingsroman, ich habe ihn schon zweimal gelesen.« Als müsste sie sich verteidigen, fügte sie hinzu: »Aber er ist kein bisschen seicht. Die Autorin hat dafür sogar den Pulitzer-Preis gewonnen. Soll ich dir das Buch besorgen?«

»Das wäre großartig. Den Roman kenne ich noch nicht und würde ihn gern lesen.« Johannes konnte sein Glück kaum fassen, und nachdem Inge mit der leeren Tasse wieder ins Haus zurückgekehrt war, hielt seine Freude über die versprochene Lektüre noch eine Weile vor. Erst nach einer Weile kam ihm zu Bewusstsein, dass er eine hervorragende Gelegenheit vertan hatte, mehr über Katharina herauszufinden. Er hätte Inge einfach nur einige beiläufige Fragen stellen müssen, beispielsweise über Berlin. Etwa, ob Inge sich nach ihrer Heimatstadt zurücksehnte. Oder in welchem Stadtteil sie und ihre Eltern dort vor ihrer Flucht gewohnt hatten. So hätte er ganz zwanglos das Gespräch auf Katharina lenken können, vor allem auf die Frage nach ihrem Alter. Er wusste, dass Bärbel neun war und Inge fünfzehn; es war eine der wenigen Informationen, die ihm ohne besondere Anstrengung zuteilgeworden waren. Beide Mädchen hatten kurz vor dem Jahreswechsel Geburtstag gehabt, Jörg hatte ihm davon erzählt, da er zufällig am selben Tag wie Inge Geburtstag hatte – am 26. Dezember.

»Pech, in der Weihnachtswoche geboren zu sein«, hatte der junge Bergmann gemeint. »Wenn der Geburtstag des Herrn gefeiert wird, denkt kein Schwein an deinen eigenen.«

Daraufhin hatte Johannes sich bei Jörg erkundigen wollen, wie alt Katharina sei (sie kam ihm kaum älter vor als er selbst, doch wie konnte das möglich sein, wenn sie bereits eine fünfzehnjährige Tochter hatte?), aber just an dieser Stelle war das Gespräch abgebrochen, weil Mine an der offenen Zimmertür vorbeigegangen war. Johannes hegte die Befürchtung, dass ihr sein schuldbewusster Gesichtsausdruck aufgefallen war, und womöglich kannte sie auch den Grund dafür. Seine Großmutter besaß einen unbestechlichen Blick. Dass ihm daran gelegen war, alles nur Erdenkliche über Katharina herauszufinden, würde gewiss ihre Ablehnung wecken – schließlich war Katharina die Ehefrau ihres Sohnes Karl, dessen baldige Rückkehr sie herbeisehnte.

Das war einer der Gründe, warum Johannes nicht einfach herumlaufen und Leute ausfragen konnte. Wenn überhaupt, musste er es so anstellen, dass niemand ihn für neugierig oder gar aufdringlich hielt. Er musste gleichsam operieren wie die schlauesten Verhörspezialisten vom NKWD, die im Laufe der Jahre versucht hatten, ihn aus der Reserve zu locken. Manche von denen hatten es sich auf die Fahnen geschrieben, den Befragten glauben zu machen, nur ein unverfängliches Gespräch über dieses und jenes zu führen. Am Ende saß man da und konnte nicht fassen, dass man wegen Verrats an den sowjetischen Idealen zu jahrzehntelanger Lagerhaft verdonnert worden war – hier endete selbstredend die Vergleichbarkeit, aber von der Methodik her ließen sich Parallelen ziehen.

Johannes überlegte hin und her, wie es sich am besten anstellen ließ, seinen Informationshunger in Bezug auf Katharina zu befriedigen, ohne dabei unangenehm aufzufallen. Schließlich gelangte er zu der Einsicht, dass er dafür die Menschen seiner Umgebung stärker für sich einnehmen und ihr Vertrauen gewinnen musste. Das wiederum führte zu der schmerzhaften Erkenntnis, dass es in seinem neuen Leben niemanden gab, dem an seiner Gesellschaft lag. Inge wollte ihm Bücher bringen, weil sie ihn bemitleidete. Mine hatte ihn gefüttert, weil er der halb verhungerte Sohn ihrer verstorbenen Tochter war. Für Katharina war er ein vom Krieg geschundenes Opfer, das man in Ruhe lassen musste.

Er saß nicht mehr im Lager, aber dafür in einem anderen, viel engeren Gefängnis: dem Schneckenhaus seiner Einsamkeit.

Kapitel 4

An diesem trüben Februarmorgen nahm Katharina den direkten und kürzesten Weg von Fischlaken nach Werden, weil es unaufhörlich nieselte und sie nicht länger als nötig laufen wollte. Sonst wählte sie häufiger einen Umweg, um von ihrem eigentlichen Ziel abzulenken.

Sie kam sich an diesen Tagen manchmal vor wie eine Spionin. Oder schlimmer noch: wie eine Verbrecherin, die um jeden Preis vermeiden musste, allzu häufig auf derselben Route zum immer gleichen Tatort gesichtet zu werden.

Die Leute redeten sowieso schon über sie, und wenn sie wüssten, was *die Schickse* ein- bis zweimal im Monat in Werden trieb, hätten sie den schlimmsten nur denkbaren Grund gehabt, mit dem Finger auf sie zu zeigen. Katharina hätte keinen Schritt mehr aus dem Haus tun können, ohne dass man hinter ihrem Rücken über sie herzog. Sosehr sie auch versuchte, diese Sorge mit trotzigem Gleichmut zu bekämpfen – sie machte sich nichts vor. Wenn sie aufflog, würde das Stigma sündhafter Verworfenheit nicht nur ihr selbst anhaften, sondern ebenso ihren Töchtern und nicht zuletzt auch Mine. Fischlaken war wie eine Blase, innerhalb derer sich Gerede schneller verbreitete als der Kohlenstaub, der von den Zechen herüberwehte. Obwohl es schon seit über zwanzig Jahren ein Stadtteil von Essen war, wirkte es in seiner ländlichen Abgeschiedenheit wie ein Dorf. In früheren Jahrzehnten waren hier diverse Fabriken betrieben worden, doch von der ehemals in Fischlaken ansässigen Industrie war nicht mehr viel übrig. Hätte es nicht noch Pörtingsiepen gegeben, eine der größten Zechen im ganzen Ruhrgebiet, hätte wohl kaum jemand in der weiteren Umgebung Notiz von dem Ort genommen.

Das hinderte Katharina jedoch nicht daran, ehrgeizige Pläne für die Zukunft zu schmieden. Ihr Credo lautete, dass der Tag, an dem alles besser werden würde, nicht mehr fern war.

Auf diesen Tag arbeitete sie hin. Sie hatte ein klares Ziel vor Augen. Eine Hoffnung und einen Traum, und dafür lebte sie.

Das Balletttanzen hatte sie viel zu früh aufgeben müssen (inzwischen wäre sie natürlich ohnehin zu alt dafür), aber das Nähen beherrschte sie dank ihrer Mutter fast genauso gut. Sie war wild entschlossen, diese Einnahmequelle auszubauen und sich damit eine Existenzgrundlage zu schaffen. Die Zeit schien ihr dafür so günstig wie noch nie. Nach den Jahren des Krieges und der Entbehrungen wollten die Frauen endlich wieder hübsch aussehen und sich schick kleiden, und nichts sah an einer modebewussten Frau so elegant aus wie ein maßgefertigtes Kleid. Die Ware von der Stange war im Verhältnis dazu oft zu teuer oder saß nicht richtig. Selber machen war daher angesagt, die Modezeitschriften mit den modernen Schnittmusterbogen standen hoch im Kurs.

Vielen Frauen fehlte jedoch entweder die Zeit zum Nähen, oder ihre Fähigkeiten reichten dafür nicht aus. Zudem gab es längst nicht in jedem Haushalt eine Nähmaschine, und wo doch eine vorhanden war, war sie häufig von minderer Qualität oder funktionierte nicht richtig. Katharina hatte ihre Näharbeiten über Jahre hinweg mit Mines uralter Singer ausgeführt und Monat für Monat eisern gespart, und zu Weihnachten hatte sie sich endlich eine – wenn auch nur gebrauchte – Bernina gekauft, eine Zickzack-Maschine mit Zierstichautomatik. Die Anschaffung hatte ihre gesamten Rücklagen aufgezehrt, aber bestimmt würde sich die Ausgabe bald amortisieren. Die Frauen wollten wieder neue Mode, und immer mehr von ihnen kamen zu Geld, das sie dafür ausgeben konnten. Diese Frauen interessierten sich nicht dafür, dass Alfried Krupp, dessen Rüstungsimperium Hitler als Waffenschmiede gedient hatte, gerade vorzeitig aus der Haft entlassen worden war – sie wollten lieber alles über die prunkvolle Hochzeit des Schahs von Persien mit Prinzessin Soraya erfahren, die aktuell auf den Titelseiten der Illustrierten prangte. Sie wollten wissen, was für ein Kleid die bildschöne junge Braut des Monarchen getragen hatte und mit wie vielen Diamanten es besetzt war. Dieses Kleid brachte sie zum Träumen. Es waren Träume davon, wie schön sie selbst aussehen könnten – in gefälligen neuen Kleidern, auch ohne Diamanten.

Auf ihrem Weg nach Essen-Werden malte Katharina sich unter ihrem abgeschabten alten Regenschirm in allen Einzelheiten ihr künftiges Modeatelier aus. Groß musste es nicht sein, aber exklusiv, mit einem ansprechenden Empfangsbereich, einem hellen Raum, in dem zugeschnitten und genäht wurde, einem verspiegelten Boudoir für die Anprobe sowie einem kleinen Büro für die Abrechnungen und die Erstellung der Einkaufslisten.

Sie hatte vor, Modelle zu schneidern, die sich an der Pariser Haute Couture orientierten, aber dabei würde sie einen unverkennbar eigenen Stil konzipieren, so wie auch ihre Mutter es gemacht hatte, für die das Feinste gerade gut genug gewesen war. Zu ihrem Repertoire würden Kleider für den Alltag ebenso gehören wie exquisite Abendroben. Außerdem natürlich Jacken, Röcke, Blusen, jugendliche Dreiviertelhosen. Sie würde auf Messen fahren und in erlesenen Stoffen aller Couleur schwelgen. Schwere Seide für die Abendmode, weich gewebter Wollflausch für wärmere Mäntel, farbig gemustertes Pepita für flotte Tageskleider, Taft und Crêpe Georgette für sommerliche Oberteile, gestärktes Leinen für modische Kragen, Frottee für legere Strandkleider, Plissee für schwingende Röcke, glänzend merzerisierte, dünne Baumwolle und zarter Musselin für bequeme Negligés und Unterkleider.

Dazu gehörte natürlich eine reichhaltige Auswahl an Zubehör wie Knöpfen, Litzen, Spitze, Biesen und Schnallen. Auch wichtige Accessoires wie Gürtel, Hüte, Handschuhe, Schals und Täschchen durften nicht fehlen. Sie würde nicht alles selbst zum Kauf anbieten, aber Prospekte vorhalten und die Kundinnen beraten, das gehörte bei einem gehobenen Salon selbstverständlich dazu.

Gedanklich vollständig in die Ausstattung ihres künftigen Ateliers vertieft, hätte Katharina um ein Haar das herannahende Auto übersehen, das mit Vollgas die Straße entlanggerast kam. Sie konnte gerade noch zurückspringen, als es mit ohrenbetäubendem Hupen und quietschenden Bremsen dicht vor ihr durch eine tiefe Pfütze brauste und sie über und über mit Wasser bespritzte.

»Mistkarre!«, schrie sie dem neuen VW hinterher. Es gab noch nicht viele Leute, die sich einen Wagen leisten konnten, nicht mal die kleineren Modelle. Es versetzte Katharina immer einen Stich, wenn sie ein fabrikneues Auto sah, denn es verdeutlichte ihr jedes Mal, wie leicht es einigen wenigen offenbar fiel, vom gerade beginnenden Aufschwung zu profitieren, und wie weit die allermeisten noch davon entfernt waren. Sogar ein gut verdienender Steiger wie Stan hatte einen halben Jahresverdienst hinblättern müssen, als er sich im vorigen Jahr seinen gebrauchten DKW zugelegt hatte.

Sie selbst und die Mädchen waren meist zu Fuß unterwegs, außer, wenn sie in die Innenstadt mussten. Busfahren ging zu sehr ins Geld, und das alte Rad, mit dem sie und Inge bis vor ein paar Monaten noch herumgefahren waren, hatte ihnen jemand geklaut. Katharina hoffte immer noch voller Ingrimm, dass es dem Dieb unterm Hintern verrosten möge.

Irgendwann, daran zweifelte sie nicht, würde sie auch ein Auto besitzen, egal wie lange es bis dahin noch dauerte.

Fahren konnte sie bereits. Ihre Mutter hatte einen großen,

glänzend polierten Horch besessen, und unter ihrer Aufsicht hatte Katharina schon mit siebzehn Jahren ihre ersten Fahrversuche auf einem Übungsplatz unternommen. Später, während ihrer Ehezeit, hatten Karl und sie auch immer einen Wagen gehabt, mit dem sie während der Sommermonate wundervolle Ausfahrten ins Grüne gemacht hatten.

Der Gedanke an Karl bedrückte sie. Bis vor Kurzem war es gar nicht mehr so oft vorgekommen, dass sie an ihn dachte, und wenn sie dann doch einmal die Erinnerungen überkamen, waren sie gut auszuhalten gewesen. Bittersüß und traurig, aber es hatte sie nicht mehr so aufgewühlt wie früher. Sie wusste, was der Grund dafür war, dass sich das auf einmal geändert hatte. Es lag an Johannes. Er sah Karl einfach zu ähnlich. Und er war nach all den Jahren heimgekehrt, obwohl niemand mehr damit gerechnet hatte.

Seither war Mine felsenfest davon überzeugt, dass auch Karl bald nach Hause kommen würde. Diese Gewissheit verströmte sie mit jedem Blick und jeder Geste.

Es schien sie dabei nicht zu verunsichern, dass diejenigen Gefangenen, die in den Lagern überlebt hatten, ihren Angehörigen schon seit längerer Zeit Karten schicken durften, das hatte auch Johannes bestätigt.

An ihre Berliner Adresse konnte Karl logischerweise nicht mehr schreiben, da wohnten sie ja nicht mehr. Aber er hätte bestimmt auch seiner Mutter eine Karte geschickt, wenn er noch am Leben gewesen wäre. Für Katharina war das der Beweis, dass er es nicht geschafft hatte. Er war gestorben, so wie Millionen anderer Soldaten. Ein geliebter Vater, Ehemann und Sohn, den der Krieg seiner Familie entrissen hatte.

Wütend wischte Katharina sich über die Augen, wobei sie nicht wusste, ob die Nässe in ihrem Gesicht von dem Wasser herrührte, das von dem vorbeifahrenden Auto hochgespritzt war, oder vom Regen, der in den letzten Minuten stärker geworden war und von dem böigen Wind unter den Schirm gewirbelt wurde.

Vom Weinen kam die Feuchtigkeit jedenfalls ganz bestimmt nicht. Sie weinte nicht. Nie. Damit hatte sie bereits vor langer Zeit aufgehört. Und sie würde nicht wieder damit anfangen, schon gar nicht an diesem Tag. Sie ruinierte sich dadurch nur das bevorstehende Treffen mit Clemens. Seit sechs Wochen hatten sie sich nicht gesehen, die letzte Verabredung hatte sie absagen müssen, weil sie erkältet gewesen war.

Ihr Treffpunkt befand sich in der Nähe der mittelalterlichen Kirche St. Ludgerus, in einer malerisch anmutenden Gründerzeitvilla, die wie durch ein Wunder diverse Bomben- und Artillerieangriffe der Alliierten überstanden hatte. Während etliche benachbarte Gebäude dem Erdboden gleichgemacht worden waren, stand sie immer noch in alter Pracht dort und hatte bis auf ein paar Scharten an der Fassade und zersprungene Fensterscheiben im Krieg nichts abbekommen. Als im April '45 die GIs eingerückt waren, hatten die Bewohner vorausschauend weiße Tücher in die zerstörten Fenster gehängt, so wie fast alle Ortsansässigen, deren Häuser noch gestanden hatten. Die Alliierten hatten die mittlere Etage vorübergehend als Offiziersunterkunft konfisziert, sie aber nach zwei Jahren wieder geräumt. Mittlerweile sah man der Villa nichts mehr von den früheren Beschädigungen an, sogar der Garten hinter dem schmiedeeisernen Zaun wirkte wieder gepflegt und ordentlich, mit sauber gestutzten Buchsbäumen und hügelig angelegten Rabatten. Während ringsumher noch zahlreiche trostlose Trümmergrundstücke und zerfallende Mauerreste die Umgebung dominierten, stand das Haus von Dr. Clemens Jacobi da wie aus der Zeit gefallen, so solide und auf festen Fundamenten ruhend wie er selbst.

Im Erdgeschoss befand sich seine Arztpraxis, die vor ihm schon sein Vater und davor sein Großvater betrieben hatte, und die beiden Obergeschosse bewohnte er zusammen mit seiner

Frau und deren betagter Mutter, die allerdings gerade beide verreist waren, womit einem Treffen mit seiner heimlichen Geliebten nichts im Wege stand.

Ein Hauch von Bitterkeit stieg in Katharina auf, während sie läutete und dem melodischen Klingelgeräusch nachlauschte, das hinter der dicken Eichentür durchs Haus tönte.

Als jedoch im nächsten Moment die Tür aufgerissen wurde und Clemens vor ihr stand, waren alle negativen Gefühle vergessen.

»Endlich«, begrüßte er sie mit rauer Stimme. Er zog sie in die Diele und drückte mit der Ferse die Tür hinter ihr ins Schloss, während er sie trotz ihres nassen Mantels bereits an sich presste und voller Verlangen küsste. Sie ergab sich seiner ungestümen Leidenschaft und blendete alles andere aus.

*

Clemens Jacobi war vierzig und damit acht Jahre älter als Katharina, doch in ihrer Gegenwart fühlte er sich oft wie ein Jüngling. Sie weckte ein so überschäumendes Begehren in ihm, wie er es vor der Bekanntschaft mit ihr kaum je verspürt hatte. Schon auf der Treppe nach oben zogen sie sich gegenseitig aus, und als sie das kleine Mansardenzimmer unterm Dach erreicht hatten, wo sich ihre Zusammenkünfte meist abspielten, trug Katharina nur noch das taillierte Mieder und die daran festgeknöpften Nylonstrümpfe, deren Nähte jedoch völlig verrutscht waren. Der rechte Strumpf wies an der Rückseite eine Laufmasche auf, wie Clemens mit einem flüchtigen Blick bemerkte, ein Schaden, der ihr bestimmt nicht gleichgültig sein würde. Doch dann zog sie ihn hinüber zu dem frisch bezogenen Bett, und er konnte nur noch daran denken, wie sehr er sie begehrte, liebte und brauchte. Ohne Katharina fühlte sich sein Leben öde und leer an – eine Feststellung, die ihn erstaunte, da er meist vor lauter Arbeit gar nicht zum Nachdenken kam. Zeit für sich selbst hatte er nur selten. Sein Beruf als Arzt forderte alles von ihm, und das bisschen Freizeit, das ihm nebenher blieb, entfiel hauptsächlich auf elementare Bedürfnisse wie Schlafen, Essen oder – eher selten – auf die Lektüre eines Buchs oder eines Fachartikels.

Gleichwohl bildete neben seiner Arbeit auch das Zusammenleben mit seiner Frau und seiner Schwiegermutter eine feste Konstante, wie ein Gerüst, das im Wesentlichen aus Gewohnheiten bestand. Gewohnheiten, bei denen er jedoch regelmäßig außen vor blieb. Seine Mittagspause in der Praxis, eigentlich die Zeit, in der er sich mit seiner Frau und seiner Schwiegermutter zum Essen hinsetzen sollte, verbrachte er oft in der Sprechstunde, weil immer mehr Kranke im Wartezimmer saßen, als er im Laufe des Vormittags hatte behandeln können. Auch das Abendbrot nahmen die beiden Frauen häufig ohne ihn ein, denn nachmittags erschienen ebenfalls oft unerwartet viele Patienten, die er nicht einfach fortschicken konnte. Ähnliches spielte sich an den Abenden und Wochenenden ab – während seine Frau und ihre Mutter gemeinsam Radio hörten oder mit einer Handarbeit im Wohnzimmer saßen, ließ er den Tag ausklingen, indem er mit dem Rad oder dem Wagen zu Hausbesuchen fuhr. Wenn er danach heimkehrte, lag seine Frau oft schon im Bett und schlief. Dann setzte er sich für eine Viertelstunde allein ins Wohnzimmer, hörte leise eine Schallplatte und rauchte dazu eine Pfeife.

Rückblickend wusste Clemens recht genau, wann sich diese tiefgreifende Entfremdung eingeschlichen hatte. In der ersten Zeit nach Agnes' Totgeburt vor zwölf Jahren hatte er noch ein starkes Gefühl von Zusammengehörigkeit empfunden. Aber in der Folge hatte sie sich nach und nach immer mehr von ihm zurückgezogen. Begonnen hatte es vermutlich damit, dass ihr Gynäkologe ihr geraten hatte, kein Kind mehr zu empfangen, da ihr Körper eine weitere Schwangerschaft wahrscheinlich nicht verkraften werde. Als gläubige Katholikin lehnte sie Verhütungsmittel ab, weshalb rasch klar wurde, dass sie nicht mehr mit Clemens schlafen wollte. Diesen Teil ihrer Ehe hatte sie ohnehin nie als sonderlich angenehm empfunden.

Anfangs hatte Clemens noch geglaubt, es handle sich um ein vorübergehendes Problem, das sich mit der Zeit von allein geben werde, doch dazu war es nicht gekommen. Nichtsdestotrotz hatte er nach einigen Monaten der Enthaltsamkeit versucht, sich seiner Frau wieder sexuell zu nähern. Im Nachhinein musste er einräumen, dass sein Vorgehen ziemlich plump gewesen war, aber die Vehemenz, mit der sie ihn zurückgewiesen hatte, beseitigte alle etwaigen noch verbliebenen Zweifel: Zwischen ihnen spielte sich im Bett nichts mehr ab, und dabei würde es bleiben.

Manchmal kam Clemens sich vor wie das wandelnde Klischee eines zu kurz gekommenen Ehemannes – seine Frau wollte ihn nicht mehr, also musste er sich anderweitig holen, was sie ihm versagte. Viele Männer taten das, manche sogar mit Billigung ihrer Frauen. Aber im Gegensatz zu diesen Männern hatte Clemens den Kardinalfehler des Ehebrechers begangen: Er hatte sich rettungslos verliebt.

Niemals würde er genug von Katharina bekommen. Er wollte nur sie, und das für immer. In seinem Leben gab es nur einen einzigen großen Traum – sie vor aller Welt zur Seinen zu machen. Und er wusste, dass sie dasselbe wollte. Sein Inneres begehrte schmerzhaft dagegen auf, weil er es nicht schaffte, diesen gemeinsamen Wunsch wahr zu machen.

»Woran denkst du?«, fragte Katharina. Sie lag nach dem Liebesakt in seinen Armen, den Kopf an seiner Schulter und die flache Hand auf seiner Brust. Ihr Atem kitzelte seinen Hals. Ein Gefühl, das er am liebsten bis in alle Ewigkeit ausgekostet hätte.

»Daran, wie sehr ich dich liebe und wie unendlich du mir fehlst, wenn wir uns nicht sehen«, erwiderte er wahrheitsgemäß.

»Du hast ihr immer noch nichts gesagt«, stellte Katharina fest, und obwohl sie erkennbar um Gleichmut bemüht war, spürte er ihre Niedergeschlagenheit und Enttäuschung. Beim letzten Mal hatte er ihr – wieder einmal – versprochen, endlich alles zu klären. Und er hatte es abermals nicht hinbekommen.

Sie machte ihm keine Vorhaltungen. Das war nicht ihre Art. Doch gerade ihre Zurückhaltung machte für Clemens alles noch schlimmer, weil es sein Versagen erst recht in den Mittelpunkt rückte. Katharina hatte Verständnis dafür, dass es nicht leicht für ihn war. Sie hatte begriffen, wie hoch die Hürden waren, die sich vor ihm auftürmten. Dass er Agnes zum Beispiel nicht ohne Weiteres die Koffer vor die Tür stellen konnte. Ebenso wenig konnte er ihr alles überlassen. Es war sein Haus, so wie es vorher schon das Haus seines Vaters und davor seines Großvaters gewesen war. Sein Zuhause, in dem er aufgewachsen war und immer gelebt hatte. Mit der Arztpraxis darin, die es schon seit über sechzig Jahren gab. Hier befand sich seine gesamte Existenz, sein Leben.

Dass er dieses Leben mit Katharina teilen wollte, war nicht die Frage. Es ging nur noch darum, saubere Verhältnisse zu schaffen. Das wiederum setzte voraus, dass Clemens Agnes dazu brachte, ihn freizugeben. Davon war er momentan weiter entfernt denn je. Sein diesbezügliches Unvermögen stand im Raum wie eine immer höher wachsende Mauer. Eine Barriere zwischen ihm und Katharina, die irgendwann unüberwindlich werden würde.

Immer, wenn Clemens dazu ansetzen wollte, mit Agnes über eine Trennung zu sprechen, drängten sich ihm die unzähligen praktischen Fragen auf, die damit verknüpft waren. Wo sollte Agnes hin? Was war mit ihrer Mutter? Diese konnte, hinfällig und nach ihrer Vertreibung aus Ostpreußen schwer depressiv, unmöglich abermals aus ihrer sicheren Umgebung herausgerissen werden.

Doch es ging auch nicht an, dass er selbst auszog und lediglich zum Arbeiten weiter ins Haus kam. Die Leute würden sich die Mäuler zerreißen. Agnes würde zur Zielscheibe von Häme und scheinheiligem Mitleid werden. Nachbarn, Bekannte und Patienten würden ihr mit ihrem Getuschel das Leben zur Hölle machen.

Er hätte mit Katharina natürlich auch ganz fortziehen und die Praxis verkaufen können. Mit dem Erlös hätte er für sich und Katharina ein neues Haus erwerben können. Aber welche berufliche Alternative bot sich ihm dann? Irgendwo ganz neu anfangen, als kleiner Arzt in einem Krankenhaus, für einen Bruchteil des Einkommens, das ihm jetzt zur Verfügung stand? Wie sollte er davon zwei Familien ernähren, sowohl Katharina und ihre beiden Töchter als auch seine Frau und deren Mutter? Er verfügte zwar über Ersparnisse, aber es war nicht so viel, dass es für eine gesicherte Zukunft gereicht hätte.

Katharina wiegte sich immer noch in dem Glauben, er müsse seiner Frau einfach nur reinen Wein einschenken, der Rest werde sich dann schon finden. Doch die traurige Wahrheit war, dass Agnes längst Bescheid wusste. Der Himmel allein mochte ahnen, wie sie es herausbekommen hatte. Ein guter Freund von Clemens, der ebenfalls eingeweiht war, hatte dazu nur nüchtern angemerkt, dass Frauen für derlei Vorgänge einen eingebauten Radar besäßen.

Agnes hatte ihn weder mit Vorwürfen überhäuft noch ihm eine tränenreiche Szene gemacht. Ihre einzige Forderung hatte darin bestanden, sie nicht bloßzustellen. Nicht in dieser Formulierung, nein. Sie hatte andere Worte gefunden, solche, die ihm seine ganze Machtlosigkeit aufgezeigt hatten.

»Ich hoffe, du hast nicht vor, mich und Mutter aus dem Haus zu jagen«, hatte sie leise zu ihm gesagt. Und als er die hilflose Angst in ihren Augen gesehen hatte, war ihm sein Vorschlag, gemeinsam über eine gütliche Trennung nachzudenken, im Hals stecken geblieben. Und dann hatte sie geweint. Sie hatte sich in seine Arme gekuschelt wie ein verschrecktes Kind, und er hatte sie gehalten und sein Kinn auf ihren Scheitel gelegt, außerstande, für klare Verhältnisse zu sorgen, und ohne den Hauch einer Idee, wie ihm das gelingen könnte.

Nur an einer Tatsache hatte er von Beginn an keinen Zweifel gelassen, so viel konnte er immerhin zu seiner Ehrenrettung vorbringen – sofern Katharina dies je zur Sprache bringen würde.

»Diese Frau – ich liebe sie und kann sie nicht aufgeben.«

Agnes hatte zitternd in seinen Armen gelegen und nichts erwidert. Irgendwann hatte sie den Raum verlassen, leise und still, und sie hatten nie wieder darüber geredet. Sie hatte nicht gefragt, wer die Frau war, die er liebte, und sie hatte auch nicht wissen wollen, wie es zu der Affäre gekommen war. Das Gerüst aus Gewohnheiten in ihrem Leben hatte gewankt, aber es war nicht zusammengebrochen. Sie gingen einander aus dem Weg, indem er sich mehr denn je hinter seiner Arbeit verschanzte, und wie aus einer unausgesprochenen Übereinkunft heraus ließ Agnes ihm den Freiraum, den er brauchte.

Einmal im Monat nahm sie den Wagen und fuhr mit ihrer Mutter weg. Freunde und Verwandte besuchen, zur Erholung in einen Kurort, zum Einkaufen in eine andere Stadt. Manchmal blieben die beiden mehrere Tage fort, mindestens aber immer einen. Sie wusste, dass die Geliebte ihres Mannes ins Haus kam, wenn sie nicht da war. Und sie schien es akzeptiert zu haben, so wie auch er vor Jahren hingenommen hatte, dass sie das Bett nicht mehr mit ihm teilen wollte.

Auch ihre Mutter war im Bilde, Clemens erkannte es an den vernichtenden Blicken, die seine Schwiegermutter ihm gelegentlich von der Seite zuwarf, doch sie hätte sich, ganz dem alten Adel gemäß, dem sie entstammte, nie so weit herabgelassen, auch nur ein Wort des Missfallens zu äußern. Und so waren die Monate vergangen, einer nach dem anderen, inzwischen fast ein halbes Jahr. Seine verschwiegenen Zusammenkünfte mit Katharina fanden jedes Mal in der kleinen Kammer unterm Dach statt, einem ehemaligen Dienstbotenzimmer, das er sich als Schlafraum hergerichtet hatte. Im Ehebett nächtigte er schon lange nicht mehr, und nie wäre er auf den Gedanken gekommen, es für die Schäferstündchen mit seiner Geliebten zu nutzen. Auch das gehörte zu der stillschweigenden Vereinbarung zwischen ihm und Agnes.

Katharina wand sich aus seinen Armen und stand vom Bett auf. Nackt ging sie zu der Spiegelkommode neben der Zimmertür und strich sich mit beiden Händen das Haar aus dem Gesicht, bevor sie das Mieder wieder anlegte, das sie vorhin während ihrer leidenschaftlichen Umarmung abgestreift hatte. Mit ernster Miene betrachtete sie Clemens im Spiegel.

»Du bedeutest mir sehr viel, Clemens«, sagte sie leise, während sie langsam einen ihrer Strümpfe überzog. »Ich vermisse dich, wenn wir uns nicht sehen, und ich wäre gern immer mit dir zusammen. Jeden Tag, weißt du.«

Ihre Offenheit überraschte und bewegte ihn. Über ihre Gefühle ihm gegenüber hatte sie bisher nie gesprochen, obwohl er selbst mit seinen Empfindungen nicht hinterm Berg hielt.

Er schluckte hart, denn nicht nur ihre Worte hatten ihn aufgewühlt. Auch der Anblick ihres unbekleideten Körpers setzte Begierden in ihm frei, die ihm das Atmen erschwerten und auf der Stelle zu einer weiteren Erektion führten, obwohl er seine Lust gerade erst gestillt hatte.

»Du sagst jedes Mal, dass du die Sache bald mit deiner Frau klären willst«, fuhr sie fort. Fragend blickte sie ihn im Spiegel an.

»Ja«, gab er mechanisch zurück, da sie eine Antwort zu erwarten schien. *Die Sache klären.* Es war exakt die Formulierung, die er dafür immer verwendete. Das konnte alles Mögliche bedeuten – oder in Wahrheit gar nichts, so wie in seinem Fall.

»Aber es passiert nichts«, hob sie treffend hervor. »Wir verabreden uns jeden Monat heimlich hier in deinem Haus, ohne dass sich was zwischen uns ändert. Wie lange soll das noch so weitergehen?« Ein Ausdruck verhaltener Wut zeigte sich auf ihrem Gesicht. »Sollen die Leute mich auf ewig für deine Putzfrau halten?«

Unwillkürlich zog er den Kopf ein. Sie bezog sich auf einen Vorfall, der sie auf unentschuldbare Weise gedemütigt hatte, und dafür trug er die alleinige Verantwortung.

Nach ihrem letzten Besuch war sie vorm Haus von einem Nachbarn angesprochen worden, der wissen wollte, ob sie vielleicht noch eine weitere Putzstelle suche, seine Frau könne wegen ihres schlimmen Rückens etwas Unterstützung im Haushalt brauchen. Katharina hatte aus dieser seltsamen Anfrage sofort die richtigen Schlüsse gezogen und Clemens zur Rede gestellt, woraufhin er zugeben musste, dass den Nachbarn ihre regelmäßigen Besuche aufgefallen waren. Jener Nachbar, der zugleich sein Patient war, hatte sich bei ihm erkundigt, wer denn die hübsche Blondine sei, die neuerdings während der Abwesenheit seiner Frau immer vorbeikomme. Leider war ihm nur eine ausgesprochen idiotische Erklärung eingefallen. »Meine Frau mag es nicht, wenn in ihrer Gegenwart das Haus durchgeputzt wird, deshalb kommt die Reinigungskraft immer dann, wenn sie nicht da ist.« Schon hundertfach hatte er sich für diese Lüge verflucht, aber sie war nun in der Welt und ließ sich nicht rückgängig machen.

Katharina musterte ihn eingehend. »Du verschweigst mir etwas«, sagte sie unvermittelt. »Und es hat mit mir zu tun. Was ist es?«

Er erschrak zutiefst. Wodurch hatte er sich verraten? Wie betäubt beobachtete er, wie sie den durchsichtigen Strumpf über ihren Oberschenkel hochzog und befestigen wollte. Es war der unversehrte, nicht der mit der Laufmasche. Trotzdem schien etwas daran ihren Unwillen zu wecken. Dann sah Clemens, was der Grund dafür war: Der Knopf am Strumpfband war abgerissen – hatte er das angerichtet, vorhin, im Eifer des Gefechts? Stumm sah er zu, wie sie einen Pfennig aus ihrer Handtasche holte und ihn anstelle des verschwundenen Knopfs zur Befestigung des Strumpfs benutzte.

»Willst du Schluss mit mir machen?«, fragte Katharina ihn geradeheraus. Sie wandte sich zu ihm um. »Suchst du nach einer passenden Gelegenheit, um es mir zu sagen?«

»Um Gottes willen, nein!«, entfuhr es ihm. Bestürzt erwiderte er ihren Blick. »Ich liebe dich über alles, das weißt du doch!«

»Was ist es dann? Was verheimlichst du mir?«

Seine Erregung war verflogen. Er wandte den Kopf zur Seite und zog die Bettdecke über seine entblößten Genitalien, bevor er gequält antwortete: »Agnes weiß über uns Bescheid.« Als er sie wieder anschaute, nahm er widerstreitende Gefühle in ihrem Gesicht wahr. Ein kurzes Aufflackern von Freude, das jedoch sofort von Misstrauen abgelöst wurde.

»Seit wann?«, wollte sie wissen.

Er rang mit sich, blieb aber bei der Wahrheit. »Seit fast vier Monaten.«

Sie sog ungläubig die Luft ein.

»Ich wollte es dir sagen«, beteuerte er. »Aber … Es ist alles sehr kompliziert.«

»Deine Frau *weiß* es, und sie hat nichts dagegen unternommen?« Fassungslos sah Katharina ihn an. »Soll das etwa heißen, sie fährt immer bloß deshalb weg, damit wir uns hier treffen können?«

Er nickte schweigend.

Mit ruckartigen Bewegungen zog sie sich den zweiten Strumpf an. »Wie hat sie davon erfahren? Hast *du* es ihr gesagt? Oder hat sie es selbst herausgefunden?«

Auch auf diese Frage hätte er ihr gern eine Antwort gegeben, die ihn besser dastehen ließ.

»Sie hat es selbst herausgefunden«, gab er zu.

Katharina bemerkte die Laufmasche und stieß einen unterdrückten Fluch aus. Clemens wusste, wie achtsam sie immer mit ihren Strümpfen umging. Feine Nylons waren für modebewusste junge Frauen wie Katharina sehr wichtig, und sie kosteten eine Menge Geld.

»Ich kaufe dir neue Strümpfe«, sagte er spontan. Ein weiterer Fehler, wie ihm sofort klar wurde. Sie nahm weder Geld noch Geschenke von ihm an, das sollte er langsam begriffen haben. Ein paarmal hatte er vorgeschlagen, sie finanziell zu unterstützen, denn er wusste, wie knapp sie bei Kasse war. Doch sie hatte es immer abgelehnt. Die ersten Male noch freundlich, zuletzt eher brüsk. Und heute mit heftigem Zorn.

»Steck dir deine Strümpfe sonst wohin«, fuhr sie ihn an. »Ich will keine Geschenke von dir! Denn wenn ich sie nehme, bin ich deine Hure. Das war ich sowieso schon die ganze Zeit. Aber damit ist es jetzt vorbei. Zwischen uns ist es aus.« In fliegender Hast streifte sie ihre restlichen Kleidungsstücke über, zum Schluss den Mantel, der immer noch feucht vom Regen war.

Clemens war vom Bett aufgesprungen. »Ich kann dich nicht so gehen lassen!« Ungelenk versuchte er, sie zu umarmen, doch sie stieß ihn weg und wandte sich zur Tür.

Er stellte sich ihr in den Weg. »Bitte bleib! Lass uns über alles reden! Zusammen finden wir eine Lösung!«

»Du hast schon genug geredet. Du hast mir monatelang was vorgemacht, mich hingehalten!«

Er wusste nicht, was er darauf antworten sollte. Die Wahrheit sprach für sich. Aus dem Spiegel sah ihm sein bleiches, erschüttertes Gesicht entgegen.

Katharina bemühte sich erkennbar um Haltung. »Lass mich vorbei, Clemens.«

»Tu mir das nicht an«, bat er leise. »Lass uns nicht so auseinandergehen! Ich finde einen Weg!«

»Das hast du schon mehr als einmal gesagt. Aber es war eine Lüge. Alles war eine einzige Lüge!«

»Das ist nicht wahr! Unsere Liebe war echt! Sie *ist* echt!«, verbesserte er sich sofort. Er verlegte sich aufs Betteln. »Bitte verlass mich nicht! Ich schwöre dir, dass ich Agnes um die Scheidung bitten werde!«

Aufgebracht schüttelte sie den Kopf. »Spar dir deine Schwüre. Und jetzt lass mich endlich durch!«

»Und wenn ich dir verspreche, dass ich mich so schnell wie möglich von Agnes trenne?« Er fasste sie beim Arm. »Bleibst du dann bei mir?«

»Versprich nichts, was du sowieso nicht halten kannst«, sagte sie nur, dann riss sie sich los, drängte ihn zur Seite und ging.

Kapitel 5

Katharinas schwelende, von verletzten Gefühlen begleitete Wut brauchte ein Ventil – und fand eins. Als sie nach Hause kam, schlug ihr bereits der durchdringende Geruch nach geschmortem Sauerkraut entgegen. Mine stand am Herd und kochte mal wieder hingebungsvoll für Johannes. Mit einer Menge Zwiebeln, Schmalz und Mettwurst, was den Essensduft entsprechend verstärkte. Ohne Frage würden auch die Mädchen und sie selbst in den Genuss dieser Mahlzeit kommen, Mine bereitete immer genug für alle zu, und Katharina konnte nicht verhindern, dass ihr sofort das Wasser im Mund zusammenlief – sie hatte den ganzen Tag noch nichts Richtiges gegessen. Aber das steigerte ihren Ärger höchstens noch. Ohne auch nur einen Blick in die Küche zu werfen, stellte sie den tropfnassen Schirm in den Schirmständer unter der Garderobe und ging rasch nach oben. Dort fand sie ihre schlimmsten Befürchtungen bestätigt. Die Mädchen hatten die Tür zum Schlafzimmer offen gelassen, obwohl sie ihnen ständig einschärfte, sie immer sorgfältig zu schließen. Denn das Schlafzimmer war zugleich ihre Nähstube. Auf dem Tisch, an dem sie arbeitete, hatte sie bereits am Morgen eine Bahn teuren Chiffon ausgebreitet. Die Maße der Kundin, sorgfältig auf Seidenpapier vorgezeichnet, waren schon mit Schneiderkreide auf den Stoff übertragen. Vor dem Zubettgehen hatte sie alles noch zuschneiden wollen. Und jetzt war der gesamte Raum von Essensdünsten erfüllt! Katharina riss sofort alle Fenster auf, dann hob sie den Chiffon an die Nase und schnüffelte ahnungsvoll daran.

Sauerkraut mit Zwiebeln und Mettwurst.

Ihr Zorn kannte keine Grenzen, als sie wieder nach unten eilte und durch die offene Küchentür den Rest der Familie um den Tisch sitzen und aufs Essen warten sah.

Und man sprach dabei über sie! Abrupt blieb sie im Flur stehen. Johannes saß mit dem Rücken zu ihr. Mit zur Seite geneigtem Kopf lauschte er Bärbel und hatte offenbar nicht bemerkt, dass Katharina sich in Hörweite befand.

»Als Mama so alt war wie Inge, war sie eine ganz berühmte Ballerina«, erzählte Bärbel gerade mit unbefangenem Eifer. »Alle Leute sind ins Ballett gegangen, wenn sie getanzt hat. Aber dann kam Inge auf die Welt, deswegen musste Mama mit dem Tanzen aufhören. Und dann ist auch noch unsere Oma gestorben. Die andere Oma, die in Berlin. Die kennen wir leider nicht, weil sie schon tot war, als Inge geboren wurde. Mama hatte auf einmal niemanden mehr. Sie war ganz allein und bitterarm, denn die Nazis haben unserer Oma in Berlin das Geschäft weggenommen. Der Vater von Inge war auch nicht mehr da. Aber dafür hat Mama dann ja ganz schnell Papa gefunden, der hat sie geheiratet und sich um Mama und Inge gekümmert. Leider kenne ich Papa überhaupt nicht, weil er vermisst ist. Und dann sind Mama und Inge und ich auf der Flucht vor den Russen fast gestorben, aber daran erinnere ich mich auch nicht mehr, weil ich noch zu klein war.«

»Na, getz weiße ja wohl endlich dat Wichtigste«, sagte Mine zu Johannes. Doch den Blick hielt sie dabei auf Katharina gerichtet, die immer noch im Flur stand und alles mitbekam.

Johannes hatte Bärbels Erklärungen aufmerksam zugehört. Mit einem Mal holte er tief Luft und fragte die Kleine unvermittelt: »Eine Sache wüsste ich gern noch: Wie alt ist deine Mutter denn eigentlich?«

»Zweiunddreißig«, sagte Katharina mit schneidender Stimme.

Johannes fuhr zu ihr herum, das Gesicht starr vor Schreck.

Er öffnete den Mund, als wollte er etwas sagen, aber es wurde nur ein Luftschnappen daraus.

»Gibt es sonst noch etwas, das du unbedingt über mich wissen willst?« Sie funkelte ihn wütend an. »Soll ich vielleicht einen Lebenslauf schreiben? Oder fragst du lieber meine Kinder über mich aus?« In ihrem Zorn hätte sie am liebsten irgendwelche Sachen durch die Gegend geworfen, vorzugsweise nach Johannes. Sie hatte von Anfang an gemerkt, dass er sich nicht gerade als ihr Neffe betrachtete. Sie war die Frau seines Onkels und damit seine Tante. Nur angeheiratet, nicht wirklich verwandt mit ihm, aber trotzdem.

Seit Wochen gab er sich alle Mühe, seine geheimen Sehnsüchte vor ihr zu verbergen, das spürte sie genau, denn für männliche Gemütsregungen hatte sie schon immer feine Antennen gehabt.

»Es tut mir leid«, brachte er schließlich stammelnd heraus. Langsam erhob er sich. Ein gehetzter Ausdruck stand in seinen Augen. Brennende Scham hatte ihm die Röte ins Gesicht getrieben. Im nächsten Moment senkte er die Lider und drehte zugleich das Gesicht zur Seite, als sei es von immenser Bedeutung, jede noch so leise Gefühlsaufwallung zu verbergen. In dieser seitlich abgewandten Haltung schob er sich an ihr vorbei durch den Flur in Richtung Haustür. Er riss sie auf, trat ins Freie und zog die Tür leise hinter sich ins Schloss.

»Er hat seine Jacke nicht angezogen«, stellte Inge fest. Sie sah Katharina mit großen Augen an. In ihrer Stimme schwang ein vorwurfsvoller Unterton mit.

»Und er hat noch nichts zu essen gekriegt, und draußen ist es arschkalt«, fügte Bärbel hinzu.

»Du sollst solche Worte nicht sagen«, entfuhr es Katharina, aber nicht als gezielte Zurechtweisung, sondern eher aus Gewohnheit.

»Johannes gehört zur Familie«, betonte Inge. »Wieso findest

du es so schlimm, wenn er mehr über uns erfahren möchte? Wir haben ihn vorher auch über alles Mögliche ausgefragt. Bärbel und ich haben ihm mehr Fragen gestellt als er uns. Wenn du nicht dabei bist, kann man sich viel besser mit ihm unterhalten.« Inges Miene verdüsterte sich. »Vielleicht, weil du ihm das Gefühl gibst, hier unerwünscht zu sein.«

»Das ist nicht wahr!«

»Ach, wirklich? Wieso interessierst du dich denn dann überhaupt nicht für ihn? Du fragst ihn nie was! Du redest kaum mit ihm. Und du erzählst ihm auch nichts von uns. Deshalb traut er sich meist nicht, irgendwas zu fragen, wenn du dabei bist. Es war gemein von dir, dass du ihn so angeblafft hast!«

Katharina wollte widersprechen, aber dann fuhr sie sich erschöpft mit der Hand über die Stirn. Inge hatte recht. Johannes hatte nichts verbrochen. Wahrscheinlich drehten sich einige seiner Fantasien um sie, seit er sie nackt im Keller gesehen hatte. Männer waren nun mal so, vor allem die jüngeren. Außerdem gab es Schlimmeres. Er hatte ihr nichts getan, im Gegenteil. Er war immer höflich und freundlich zu allen und versuchte, niemandem zur Last zu fallen. Sie hatte ihn auf eine Art runtergeputzt, die er nicht verdient hatte.

Wortlos ging sie zur Garderobe und schlüpfte in ihren Mantel. Dann nahm sie Johannes' Jacke vom Haken und folgte ihm nach draußen.

*

Sie fand ihn im Garten beim Hühnerstall. Er hatte sich eine Zigarette angezündet und rauchte in tiefen Zügen. Eine Rauchwolke umhüllte sein Gesicht, als sie zu ihm trat und ihm die Jacke reichte. Er nahm sie schweigend entgegen und zog sie an.

»Es tut mir leid, dass ich dich so angeschnauzt habe«, sagte sie einfach.

»*Dir* tut es leid?«, vergewisserte er sich ungläubig.

Sie nickte. »Es war nicht richtig von mir. Bitte entschuldige. Ich hatte … ich hatte einen schweren Tag. Du gehörst zur Familie, und es ist dein gutes Recht, mehr über uns zu erfahren. Du kannst mich jederzeit fragen, wenn du was wissen willst.« Sie deutete auf seine Zigarette. »Kann ich auch eine haben?«

Er holte ein abgeschabtes Etui mit Selbstgedrehten aus der Hosentasche und hielt es ihr hin. Sie steckte sich eine zwischen die Lippen, und er zückte eine Packung Streichhölzer und zündete ihr die Zigarette an. Die Flamme schützte er mit der hohlen Hand geschickt vor dem feuchtkalten Wind. Fröstelnd trat sie ein wenig näher an ihn heran, sodass sie beide unter dem schmalen Vordach des Hühnerstalls standen. Das Federvieh hatte sich ins Innere der kleinen Hütte verzogen, von drinnen gluckste und gackerte es leise. Es roch nach Stroh, Hühnermist und altem Holz. Doch daneben nahm Katharina auch den Geruch des Mannes neben ihr wahr, nach feuchter Wolle, Zigarettenrauch und einem Hauch von Seife. Johannes wusch sich oft, wie sie bemerkt hatte. Die Duschvorrichtung im Keller benutzte er mindestens so häufig wie sie selbst. Er hatte sogar einige technische Verbesserungen daran vorgenommen. Den wackligen Schlauch hatte er mittels einer von ihm montierten Halterung befestigt und mit irgendeinem Werkzeug größere Löcher in die Brausetülle gestanzt, sodass ein kräftigerer Wasserstrahl herauskam. Und die Dichtung des Anschlusshahns tropfte jetzt nicht mehr, weshalb Katharina davon ausging, dass er bei dem Teil ebenfalls Hand angelegt hatte.

»Danke übrigens, dass du die Dusche repariert hast«, sagte sie, denn ihr fiel ein, dass sie noch kein Wort darüber verloren hatte.

»*Repariert* ist übertrieben, das waren nur Kleinigkeiten«, entgegnete er. »Habt ihr schon mal überlegt, eine richtige Dusche einzubauen? Eine mit warmem Wasser?«

»Schon ungefähr tausend Mal«, sagte sie trocken. »Warm zu duschen – das wäre einfach himmlisch! Aber finde mal jemanden, der das für uns macht, ohne dass wir hinterher am Hungertuch nagen.«

»*Ich* könnte es machen. Man bräuchte natürlich einen Badeofen, aber da täte es auch ein gebrauchter. Notfalls auch ein defekter, da ist sicher leichter dranzukommen.«

»Was macht man mit einem defekten Badeofen?«, erkundigte sie sich halb amüsiert, halb erstaunt.

»Man repariert ihn«, gab Johannes lapidar zurück.

»Soll das heißen, du kannst kaputte Badeöfen reparieren?«

Er hob die Schultern. »So schwer ist das nicht.«

»Hast du das schon einmal gemacht?«, fragte sie, gegen ihren Willen neugierig geworden.

Er nickte.

»Aber du warst doch in Gefangenschaft!«

Um seine Lippen zuckte die Spur eines Lächelns. »Gerade dort musste alles Mögliche repariert werden. Im Lager. Bei den Arbeitseinsätzen. Kein Mensch kann sich vorstellen, wie viele Dinge bei den Russen kaputt sind. Egal, ob neu oder alt. Im Lager hatten wir natürlich keine Badeöfen. Aber auf einer großen Baustelle hatte ich mal damit zu tun. Eine ganze Fuhre von den Dingern musste repariert werden, bei jedem waren Teile defekt oder fehlten ganz.«

»Du hast auch auf einer Baustelle gearbeitet?«

»Auf vielen.«

Verlegen zog sie an ihrer Zigarette. Es war ihr peinlich, dass sie so wenig über den Alltag von Kriegsgefangenen wusste. Natürlich war ihr bekannt, dass die Männer in den russischen Lagern ein entbehrungsreiches Dasein fristeten und zu unmenschlich harten Arbeitseinsätzen gezwungen wurden, aber von Baustellen war nie die Rede gewesen. Die ganze Zeit über war ihr ein Bild im Kopf herumgegeistert, auf dem die Häftlinge mit Schaufeln und Hacken über der Schulter durch eine unwirtliche Landschaft marschierten und in Erzgruben oder bäuerlichen Kombinaten schufteten.

Sie erzählte ihm von ihren Gedanken.

»Das habe ich tatsächlich auch gemacht«, meinte er zustimmend. »Sehr lange sogar.«

»Und was sonst noch?«, erkundigte sie sich neugierig. Sie interessierte sich wirklich dafür, wie sie zu ihrem eigenen Erstaunen erkannte.

»Ich habe Dächer gedeckt, Schuppen gebaut, Fundamentgruben ausgehoben, Pumpen für Brunnen montiert, Ziegelmauern hochgezogen, Wände verputzt, Gerüste errichtet, elektrische Leitungen verlegt. Außerdem war ich in zwei Bergwerken. In dem einen habe ich Kohle, in dem anderen Alaun abgebaut. Das waren die wichtigsten Arbeiten, zu denen ich im Laufe der Jahre eingeteilt worden bin. Auf manchen Einsätzen war ich nur ein paar Wochen, auf anderen länger als ein Jahr. Ich wurde mehrmals in andere Lager verlegt, insgesamt achtmal.«

»Aber woher konntest du all diese Arbeiten?«

»Zuerst hatte ich keine Ahnung davon. Woher auch? Vor dem Krieg war ich Abiturient. Ich wusste, was man mit einem Hammer und einem Schraubenzieher anstellt, aber das war es auch schon an praktischen Vorkenntnissen. Man musste bei den Arbeitseinsätzen gut aufpassen und schleunigst alles lernen. Wer es nicht beizeiten begriffen hat oder zu schwach für die Schinderei war, bekam weniger zu essen. Die Männer, die nicht eingesetzt werden konnten, sind meist durch die Unterernährung über kurz oder lang so krank geworden, dass sie starben.«

Beim letzten Satz war seine Stimme leiser geworden, und Katharina überkam eine erdrückende Ahnung von dem Leid, das er und all die anderen Männer erfahren hatten. Nicht zum ersten Mal hoffte sie aus tiefster Seele, dass Karl dieses Schicksal erspart geblieben war.

Johannes fuhr mit seiner Schilderung fort. »Anfangs habe ich tatsächlich nur geschleppt und geschaufelt, doch nach und nach habe ich mir bei den gelernten Handwerkern eine Menge abgeschaut. Wer über dem Plansoll lag und gute Arbeit ablieferte, wurde weniger schikaniert und bekam zu den Mahlzeiten größere Portionen.«

Aber immer nur so viel, dass es gerade so zum Überleben reichte, dachte Katharina. Sie zog erneut an der Zigarette und blies den Rauch aus.

»Ich wusste gar nicht, dass du rauchst«, sagte er.

»Tu ich auch eigentlich nicht mehr. Silvester hatte ich damit aufgehört. Einer meiner guten Vorsätze fürs neue Jahr.« Sie lachte. »Wie heißt es so schön? Der Weg zur Hölle ist mit guten Vorsätzen gepflastert.«

Johannes lachte ebenfalls, und überrascht stellte sie fest, wie sehr sich sein Gesicht dabei veränderte. Er sah nicht mehr aus wie Karl, sondern wie … er selbst. Der kurze Augenblick geteilter Freude führte zu einer eigenartigen Verschiebung ihrer Wahrnehmung, als hätte sein Lachen sie unversehens in die Lage versetzt, mehr Facetten seines Wesens zu erkennen – seine Einsamkeit, seine unerfüllten Bedürfnisse, seine tiefe Sehnsucht nach all dem, was ihm so lange verwehrt geblieben war. Er war noch ein Junge gewesen, als der Krieg ihm alles genommen hatte, und nun war er ein Mann, der verzweifelt nach einem neuen Halt und Platz im Leben strebte.

Aber Katharina spürte auch, dass er trotz dieser Verlorenheit eine Kraft in sich trug, die ihn befähigte, alles zu überstehen, was ihm angetan worden war.

Sie wusste nicht, woher sie diese Gewissheit nahm, doch etwas von seinem Innersten schien sich ihr auf eine unerklärliche Weise mitzuteilen. Vielleicht lag es daran, dass sie einander in gewisser Weise ähnelten und dass sie deshalb seinen Hunger nach Leben so gut nachempfinden konnte. Diesen unbändigen, ungestillten Drang, der auch sie erfüllte. Und mit einem Gefühl von leiser Verwirrung sah sie plötzlich auch den Mann in ihm, wurde sich seiner Anziehungskraft und maskulinen Ausstrahlung bewusst.

Sie sah die tiefblaue Iris seiner Augen, den Schwung seiner Brauen, das hell gesträhnte Haar, die Linien seines Mundes.

Es war das erste Mal überhaupt, dass sie ihn auf diese Art wahrnahm. Zuvor hatte sie ihn bestenfalls bemitleidet, weil er so viel durchgemacht hatte, und in der Folge hatte sie seine Anwesenheit zumeist verdrängt, zweifellos aus einem Schutzreflex heraus, um nicht zu viel über ihr eigenes Kriegselend und Karl nachdenken zu müssen.

Aber Johannes war nicht wie Karl, und er stand auch nicht für Karl. Er war ein anderer Mann, der überlebt hatte.

»Du hast gesagt, ich darf dir Fragen stellen«, sagte er. »Ich hätte eine.«

»Schieß los.«

»Wie war es für dich? Das Tanzen?«

Verblüfft blickte sie ihn an. Das hatte sie noch niemand gefragt. Meist scheuten die Leute sich, das Thema anzuschneiden, weil der Grund, warum sie damals hatte aufhören müssen, mit peinlicher Offensichtlichkeit auf der Hand lag. Alle wussten, dass sie mit siebzehn ein uneheliches Kind zur Welt gebracht hatte, die schlimmste Schande, die einem jungen Mädchen widerfahren konnte.

»Das Tanzen war eine Zeit lang mein Leben«, sagte sie. »Aber die Leute stellen es sich meist anders vor, als es in Wahrheit ist. Auf der Bühne sieht es immer mühelos und glamourös aus, doch es ist unvorstellbar harte Arbeit. Man hat ständig Schmerzen. Der Rücken, die Füße, die Gelenke – es kommt immer wieder zu Zerrungen und Verletzungen. Ich kann nicht mehr zählen, wie oft ich blaue Zehen oder verstauchte Knöchel hatte.«

Aufmerksam hatte Johannes ihr zugehört. »Trotzdem hat es dir Spaß gemacht, oder?«

»Ja. Ich habe sehr gern getanzt. Sonst hätte ich es nicht gemacht.« Sie zögerte. »Manchmal hat es sich angefühlt wie ein Kampf. Ein Kampf gegen mich selbst. Als müsste ich mir beweisen, dass ich stärker war als meine inneren Widerstände. Irgendwas in mir wollte immer, dass ich aufgebe, weil es wirklich schwer und anstrengend war. Weil immer diese Angst da war.«

»Angst?«

»Vor dem Misserfolg. Vorm Scheitern. Davor, dass ich nicht gut genug war, um die Beste zu werden. Ständig sagten alle, ich sei ein Jahrhunderttalent. Ich habe die Giselle getanzt und den Schwan, und zeitweise bin ich sogar für die Primaballerina eingesprungen, obwohl ich noch so jung war. Das hat auch zu Neid in der Compagnie geführt, nicht alle konnten mich gut leiden. So gesehen musste ich nicht nur gegen mich selbst, sondern auch gegen andere kämpfen.« Nachdenklich hielt sie inne. »Es war schlimm für mich, als ich aufhören musste, aber nicht so schlimm, wie viele dachten. Irgendwie war es auch eine Erleichterung – zu wissen, dass ich loslassen konnte.« Sie lachte, kurz und verbittert. »Richtig schlimm wurde es erst, als Leo mich sitzen ließ.«

»Leo – das ist Inges leiblicher Vater, oder?«

Katharina nickte. »Sicher hat sie's dir schon erzählt. Es ist ja kein Geheimnis. Leo war der Sohn eines Fabrikanten und meine erste große Liebe. Und gleichzeitig war er mein erster großer Fehler, doch wer weiß so was schon mit sechzehn. Ich will aber nicht zu viel Schlechtes über ihn sagen, denn es lag auch an seiner Familie, dass nichts aus uns wurde. Sein Vater hat ihm den Geldhahn zugedreht und gedroht, ihn zu enterben, und gleichzeitig hat seine Mutter ihm eine bildschöne Ersatzbraut aus einer steinreichen und rein arischen Familie präsentiert, die hat er dann mit Kusshand genommen. Danach waren alle wieder ein Herz und eine Seele.«

»Ich wusste gar nicht, dass du aus einer jüdischen Familie stammst«, sagte Johannes.

»Tu ich auch nicht, jedenfalls nicht direkt. Der zweite Mann meiner Mutter war Jude. Als ich mit Inge schwanger wurde, ging man schon gegen Juden vor. Er war Hochschullehrer und wurde aus dem Amt geworfen.« Erneut hielt Katharina inne, von schmerzlichen Erinnerungen überwältigt. Ihr Stiefvater David war ein wunderbarer Mann gewesen, still, großzügig, hochgebildet, und er hatte ihr nahegestanden wie kaum ein anderer Mensch. »Gleichzeitig schaukelte sich der Boykott jüdischer Geschäfte immer mehr hoch«, fuhr sie fort. »Meine Mutter hatte ihr Atelier im selben Haus, in dem wir wohnten. Die Leute haben Judensterne und Hassparolen an die Türen und Fenster geschmiert.« Sie schluckte. »Dann wurde meine Mutter schwer krank. Leukämie. Sie konnte nicht mehr arbeiten. Ich bin eingesprungen, so gut es ging, denn ich konnte damals schon sehr gut nähen. Meine Mutter hatte mir alles beigebracht. Aber die Kunden blieben aus – wegen der Schmierereien am Haus, und weil ich keine gefragte Schneiderin wie meine Mutter war, sondern nur ein billiges Flittchen vom Ballett, hochschwanger und sitzen gelassen. Wir sind in finanzielle Schwierigkeiten geraten und mussten nach und nach alles verkaufen. Das Auto. Das Klavier. Das Silberbesteck. Den Großteil von Mamas Schmuck. Davids Münzsammlung. Dann starb meine Mutter, drei Wochen, bevor Inge auf die Welt kam. Ich weiß nicht mehr, wie ich die restliche Zeit bis zur Geburt überstanden habe. Und als ich nach der Entbindung im Krankenhaus lag, hat David sich umgebracht. Er warf sich vor einen Zug.«

»Mein Gott«, sagte Johannes mit rauer Stimme.

Katharina sah ihn an. Ihre Blicke tauchten ineinander, und verwundert erkannte Katharina, wie stark er an dem Schmerz, den sie damals durchlitten hatte, Anteil nahm. Er selbst hatte nicht minder schlimme Dinge durchgemacht, wie sie wusste.

Seine Mutter war gestorben, als er noch ein kleiner Junge gewesen war. Während seiner Lagerhaft war dann sein Vater umgekommen. Beim gemeinsamen Essen in Mines Küche hatte Johannes einmal erwähnt, dass er erst ein Jahr später davon erfahren hatte, zu einer Zeit, als sein Leben ohnehin nur aus Hoffnungslosigkeit und Verzweiflung bestand. Es grenzte an ein Wunder, dass er all die Jahre durchgehalten hatte, ohne sich aufzugeben.

»Die Zeit damals war der schlimmste Tiefpunkt in meinem Leben«, fuhr sie leise fort. »Aber es war auch der Anfang von etwas Neuem. Als ich aus dem Krankenhaus zurück nach Hause kam, lernte ich Karl kennen. David hatte schon vorher die notwendigen Schritte in die Wege geleitet, um das Haus zu verkaufen. Das Geld sollte mir zukommen. Käufer des Hauses war die Firma, für die Karl damals arbeitete. Er kam zu mir in die Wohnung, um alles mit mir zu besprechen. Wir saßen im Wohnzimmer am Tisch, und nebenan schrie Inge in der Wiege. Ich holte sie rüber und war verzweifelt, weil sie nicht aufhören wollte zu weinen. Da sagte er: Lassen Sie mich mal, und nahm sie mir ab. Er wiegte sie in seinen Armen, und auf einmal war sie still und guckte ihn mit großen Augen an. Ich habe ihn gefragt, ob er Erfahrung mit kleinen Kindern hat, und da meinte er, das sei lange her. Er sei vor etlichen Jahren für einige Wochen bei seiner Schwester zu Besuch gewesen, in Hannover. Damals sei gerade ihr kleiner Sohn auf die Welt gekommen, den habe er oft umhergetragen, wenn er weinte.«

»Damit muss er mich gemeint haben«, sagte Johannes. Er wirkte erschüttert. »Davon hat Vater mir nie erzählt.«

»Dein Vater hat wohl nicht besonders viel von der Familie deiner Mutter gehalten. So was kommt vor. Im Leben passt nicht immer alles zusammen, und bei Verwandten manchmal am allerwenigsten.«

Johannes nickte angestrengt.

Katharina sammelte sich, ehe sie mit sanfter Stimme fortfuhr: »So war Karl. Von Anfang an. Hilfsbereit und gütig und immer für andere da. Auch für mich und Inge. Nach ein paar Wochen hat er mich dann gefragt, ob ich ihn heiraten will.«

»Du musst ihn sehr geliebt haben.«

»Das habe ich«, stimmte sie sofort zu. »Aber das kam erst viel später. Zu Beginn war er eher wie ein Vater für mich. Er war fast doppelt so alt wie ich, und als Mann interessierte er mich anfangs überhaupt nicht. Außerdem war er bereits verwitwet, seine erste Frau war drei Jahre vorher bei der Geburt des gemeinsamen Kindes gestorben. Das Kind leider auch. Er hat lange um beide getrauert und fing gerade wieder an zu leben, als wir uns kennenlernten. Trotzdem war das mit uns zunächst …« Sie brach ab und unterdrückte ein Schmunzeln, weil es sich auch nach all den Jahren immer noch anhörte wie eine Phrase aus einem Kitschroman. »Es war eine Vernunftehe. Er tat es für mich und Inge. Um uns zu beschützen. Als ledige Mutter war man einfach unten durch, verstehst du? Ist ja heute auch nicht viel anders. Mit einem unehelichen Kind ist man ein für alle Mal erledigt. Obendrein wäre ich über kurz oder lang ein Fall für die Armenfürsorge geworden, denn aus dem Verkauf des Hauses wurde letztlich doch nichts mehr. Die Nazis haben es kurzerhand im Nachhinein als jüdisches Eigentum deklariert und mir weggenommen. Die Ehe mit Karl war meine Rettung, anders kann man es nicht nennen. Es war eine Art gegenseitige Vereinbarung. Er brauchte jemanden, der ihm den Haushalt führte und für ein schönes Heim sorgte, und ich brauchte jemanden, der mich und mein Kind vor dem Rest der Welt in Schutz nahm.« Sie lächelte erneut, diesmal versonnen. »Er versprach mir, mich jederzeit freizugeben, falls ich je einem anderen Mann begegnen sollte, dem ich mein Herz geschenkt hätte. Mit diesen Worten hat er es ausgedrückt: *Ein Mann, dem du dein Herz geschenkt hast*. Aber so einen gab es nicht, abgesehen von Karl selbst. Nach einer Weile habe ich erkannt, dass *er* der Mann ist, der an meine Seite gehört. Später hat er mir gestanden, dass er vom ersten Augenblick an in mich verliebt war, aber er ließ mir alle Zeit, die ich brauchte. Er war ein guter und liebevoller Ehemann. Und den Kindern war er ein wunderbarer Vater, auch wenn er von Bärbel wegen des verdammten Krieges nur so wenig hatte.«

»Ich bin froh, dass er mein Onkel war«, sagte Johannes. »Ich wünschte, ich hätte ihn besser gekannt.« Dann fragte er unvermittelt: »Oder glaubst du, dass er noch lebt?«

»Nein«, sagte sie. »Das halte ich für ausgeschlossen. Nicht nach so vielen Jahren ohne jede Nachricht. Und was denkst du?«

»Ich denke dasselbe.«

Sie nahm einen letzten Zug von der Zigarette, dann warf sie die Kippe auf den Boden und trat sie energisch aus.

»Wir sollten lieber wieder reingehen, bevor die anderen die ganze Mettwurst aufessen und uns bloß das Sauerkraut übrig lassen.«

Gemeinsam kehrten sie ins Haus zurück.

Kapitel 6

»Wenn wir Pfirsiche hätten, könnten wir jetzt Kullerpfirsich-Bowle machen«, sagte Hanna, während sie für sich und Katharina Sekt einschenkte. Sie und ihr Bruder Stan hatten sich einen nagelneuen Kühlschrank gekauft, natürlich auf Raten, so wie fast alle es machten. Jetzt konnten sie endlich richtig kalten Sekt trinken, auch wenn das eher selten vorkam – die Preise für Sekt waren nach wie vor happig, weil der Kriegszuschlag für Schaumwein immer noch nicht abgeschafft war.

Hanna hatte in der Stadt zwei Flaschen Kessler besorgt und feierte mit Katharina die Anschaffung des Kühlschranks.

»Oder kann man Kullerpfirsiche auch mit Pfirsichen aus der Dose machen?«, sinnierte sie, nur um sich gleich darauf selbst die Antwort zu geben. »Egal, wir haben weder solche noch solche. À ta santé!« Sie prostete Katharina zu.

»À la tienne«, gab Katharina zurück. Sie sprach ein paar Brocken Französisch, zwar nicht genug, um sich zu unterhalten, aber es reichte immerhin, um das meiste von Hannas Flüchen zu verstehen. Hanna fluchte oft und ausgiebig, und häufig verfiel sie dabei ins Französische. Mit zwanzig war sie der Liebe wegen nach Paris gezogen. Dort hatte sie bis zum Kriegsende gelebt – die letzten Jahre in Verstecken der Résistance, nachdem ihr Mann Alphonse, ein französischer Jude, von den Nazis deportiert und umgebracht worden war.

»Dein Liebhaber hat übrigens wieder angerufen«, sagte Hanna übergangslos. »Tut mir leid, wenn ich dir damit die Laune verderbe, aber ich muss es dir ja erzählen.«

Katharinas Herzschlag geriet kurz aus dem Takt. »Was hast du ihm gesagt?«

»Dasselbe wie beim letzten Mal. Dass du nicht zu sprechen bist, außer, die Lage hätte sich verändert.«

»Und was hat er geantwortet?«

»Dass er nicht aufgibt und sich wieder meldet. Dann hat er sich höflich für die Umstände entschuldigt und aufgelegt.«

Katharina trank den gekühlten Sekt und ließ sich von Hanna nachschenken, aber ihre eben noch so gute Laune hatte tatsächlich einen empfindlichen Dämpfer erlitten. Vier Wochen waren seit ihrem letzten Treffen mit Clemens verstrichen, und sie war wild entschlossen gewesen, ihn so schnell wie möglich zu vergessen. Doch Hanna hatte ihr bereits prophezeit, dass er sie nicht so einfach gehen lassen werde.

»Er ist die Sorte Mann, die ihr Eigentum mit aller Kraft verteidigt«, hatte ihr Kommentar gelautet. »Deshalb fällt es ihm ja auch so schwer, auf sein bisheriges Leben zu verzichten. Er will alles behalten, was er besitzt – sein Haus, seine Praxis, seinen guten Ruf. Und seine wunderschöne Geliebte.«

»Dann soll er sich eben eine neue suchen«, hatte Katharina nur knapp erwidert. »Und sein Eigentum bin ich sowieso nicht.«

Doch so leicht war es nicht, ihn aus ihren Gedanken zu verbannen. In den ersten Tagen hatte sie ständig darauf gelauert, dass Hanna herüberkam und ihr seinen Anruf ausrichtete. Hanna und Stan waren die einzigen Besitzer eines Telefonapparats in der näheren Umgebung, und weil Hanna als Katharinas engste Freundin ohnehin von Beginn an in die Affäre eingeweiht gewesen war, hatte es sich wie von allein ergeben, dass sie als eine Art Verbindungsstelle zwischen Clemens und Katharina fungierte. Es war die einzige verlässliche Möglichkeit, in Kontakt zu bleiben.

Hanna hatte alles mit viel Fingerspitzengefühl und absoluter Diskretion gehandhabt. Dessen ungeachtet war die Situation für Katharina immer unerträglicher geworden. Besonders problematisch hatte es sich immer dann gestaltet, wenn Stan, der von alldem nichts ahnte, sich während der Anrufe im Haus aufhielt. Er arbeitete im Schichtdienst und war daher auch oft tagsüber daheim – ein Grund mehr, warum es so nicht hatte weitergehen dürfen.

In den ersten beiden Wochen nach ihrem Zerwürfnis hatte Clemens sich nicht gemeldet, und Katharina hatte bereits angefangen, ihre Beziehung als Teil der Vergangenheit zu betrachten. Aber dann hatte er doch wieder angerufen und Katharina damit in inneren Aufruhr versetzt. Obwohl sie überzeugt gewesen war, mit dieser Beziehung fertig zu sein, kam sie nicht gegen ihre Gefühle an. Ohne es zu wollen, hatte sie damit begonnen, ihren Wunsch nach einem Wiedersehen gegen die verhassten Schattenseiten einer heimlichen Liebschaft abzuwägen. Dabei siegte zwar regelmäßig die Vernunft, doch zwischendurch schlug das Pendel auch zur anderen Seite aus. Zu präsent war immer noch das Herzklopfen der ersten Verliebtheit, die sie im vergangenen Sommer in seine Arme getrieben hatte.

Zum ersten Mal waren sie einander in seiner Praxis begegnet. Der Arzt, zu dem sie sonst immer ging, war in Urlaub gewesen, und Clemens hatte die Vertretung inne. Bärbel hatte sich bei einem Sturz vom Baum die Rippen geprellt, und Katharina hatte sichergehen wollen, dass nichts gebrochen war.

Clemens hatte während der Untersuchung mit der Kleinen gescherzt – und gleichzeitig hatte er Katharina mit Blicken verschlungen. Als aus unerfindlichen Gründen das Gespräch auf Bärbels Vater kam, hatte sie beiläufig erwähnt, dass ihr Mann vermisst sei. Bevor sie mit ihrer Tochter die Praxis wieder verließ, hatte Clemens sie um ihre Telefonnummer gebeten, damit er sie in den kommenden Tagen anrufen und sich nach dem Befinden des Kindes erkundigen könne. Ihnen beiden war klar gewesen, dass das nur ein Vorwand war. Sie hatte ihm gesagt, dass sie kein Telefon besitze, ihn aber anrufen werde. In der Woche darauf hatte sie sich ein Herz gefasst und es getan. Viel später hatte er ihr bei einem ihrer heimlichen Treffen gestanden, dass ihr Anblick ihn wie ein Blitz getroffen habe und dass er in seinem ganzen Leben noch nie eine Frau nach ihrer Telefonnummer gefragt hatte.

Ihre erste Verabredung war ein gemeinsamer Ausflug mit einem Schiff der Weißen Flotte gewesen. Bei dieser sommerlichen Bootspartie auf dem Baldeneysee konnten sie so tun, als handle es sich um ein zufälliges Aufeinandertreffen. Sie hatten dicht nebeneinandergesessen, die umliegenden Uferabschnitte betrachtet und über alles geredet, was ihnen in den Sinn kam. Zu dem Zeitpunkt hatte Katharina bereits gewusst, dass es nicht beim Reden bleiben würde. Seine humorvolle Art, sein angenehmes Äußeres, und ja, nicht zuletzt auch sein persönlicher Hintergrund als angesehener Arzt – all das hatte sie sofort für ihn eingenommen. Inmitten der ärmlichen Verhältnisse, in denen sie schon so lange feststeckte, war er ihr wie ein leuchtendes Fanal erschienen. Für sie versinnbildlichte er einen Aufbruch in eine bessere Welt, in die er sie mitnehmen würde, wenn sie ihn nur fest genug an sich binden konnte.

Doch offenbar war ihr das nicht gelungen, auch wenn sie es sich eine Zeit lang eingeredet hatte. Er liebte und begehrte sie, ohne Frage, aber wohl nicht genug. Und sie vermisste ihn immer noch und sehnte sich nach seinen Umarmungen. Zugleich wusste sie nicht mehr genau, was sie wirklich für ihn empfand, denn der Rausch der ersten Verliebtheit war von bitterer Desillusionierung verdrängt worden.

Hanna wechselte erneut das Thema. »Wie geht es eigentlich deinem Neffen? Er ist jetzt schon bald drei Monate bei euch, oder?«

Katharina nickte und fühlte sich bemüßigt, eine Erklärung hinzuzusetzen. »Johannes ist nicht mein Neffe, sondern der von Karl.«

»Hat er sich schon nach einer Stelle umgeschaut?«

»Er verdient sich ein bisschen Geld mit Aushilfsarbeiten. Er klingelt bei den Leuten und fragt, ob sie was auszubessern haben. Anscheinend hat er gut zu tun.«

»Ja, das habe ich mitbekommen. Hatte ich dir nicht erzählt, dass er uns eine zusätzliche Stromleitung in den Keller gelegt hat? Dem ollen Czervinski hat er eine Trockenmauer gebaut, und bei einem älteren Ehepaar in Kupferdreh hat er das komplette Dach neu gedeckt. Aber wirklich Geld verdienen kann man als Tagelöhner nicht. Und krankenversichert ist er dabei auch nicht. Hast du schon mal mit ihm darüber gesprochen, dass es auch andere Möglichkeiten für ihn gibt?«

Katharina schüttelte den Kopf. Sie hatte selbst genug um die Ohren. Die Aufträge für Näharbeiten häuften sich. Mittlerweile schneiderte sie fast den ganzen Tag, und meist hatte sie Mühe, nebenher noch ihren Haushalt zu erledigen. Ohne die Hilfe von Inge hätte es nicht funktioniert. Ihr Einkommen stieg dabei auf erfreuliche Weise an, aber das ganze Drumherum war alles andere als ideal. Was sie brauchte, war ein richtiges Atelier, in dem es nicht ständig nach Essen stank. Und ein oder zwei reguläre Hilfskräfte mussten ebenfalls her, denn mehr Aufträge bedeuteten auf längere Sicht auch mehr anfallende Arbeit, und sie konnte sich schließlich nicht vierteilen. Allerdings wusste sie inzwischen, dass man für eine Geschäftsgründung mehr benötigte als nur gute Vorsätze. Doch sobald sie sich erst einmal gründlich reingekniet hatte, würde es schon klappen.

Bei Johannes war es sicher ähnlich. Bestimmt würde er eine Stelle finden, wenn er sich ernsthaft darum kümmerte.

»Es ist ein wahrer Jammer, dass er so viele Jahre verloren hat«, meinte Hanna. »Er kann einem wirklich leidtun.«

»Ja«, stimmte Katharina zu. »Aber ich denke, er ist auf einem guten Weg.«

»Er ist ziemlich stark«, sagte Hanna. »Ein großer, breitschultriger Bursche mit Händen wie Schaufeln.«

Katharina runzelte die Stirn. Hannas Bemerkung irritierte sie, auch wenn sie nicht genau wusste, warum. Aus irgendwelchen Gründen störte es sie, wie ihre Freundin über Johannes redete.

Nichtsdestotrotz hatte Hanna recht. Das verhungerte Gespenst, das Anfang des Jahres bei ihnen aufgetaucht war, gab es nicht mehr. Johannes war zwar immer noch schlank, hatte aber erkennbar an Gewicht zugelegt und wurde zusehends muskulöser, Folge von harter körperlicher Arbeit in Verbindung mit reichlichem Essen. Er futterte weiterhin wie ein Scheunendrescher und verdrückte gewaltige Portionen. Nachdem er in der ersten Zeit jeden Bissen zehnmal durchgekaut hatte, aß er mittlerweile seinen Teller immer in Rekordzeit leer. Mine schien ihren ganzen Ehrgeiz daranzusetzen, dass er so viel wie möglich zu essen bekam, auch außerhalb der Hauptmahlzeiten. Sie schmierte ihm ganze Berge von Schnitten aus Konsumbrot mit Schmalz oder Margarine, und dazu äußerte sie Sätze wie *Damitte wat auffe Rippen kriss, Jung.*

»Was ist er eigentlich von Beruf?«, erkundigte Hanna sich. »Ich meine, was hat er gelernt?«

»Er hat Abitur gemacht und war dann Soldat.« Katharina blickte Hanna befremdet an. »Wieso willst du das überhaupt wissen?«

Hanna grinste Katharina an. »Was glaubst du denn, du Lämmchen? Ich suche ganz bestimmt keinen neuen Mann fürs Leben.« Triumphierend fuhr sie fort: »Stan könnte Johannes vielleicht eine Stelle auf dem Pütt beschaffen! Nein, nicht nur vielleicht – *ganz bestimmt* sogar! Da kann er im Gedinge richtig gut verdienen.«

»Gedinge?«

»So nennt man im Bergbau die Akkordarbeit. Für einen tüchtigen Hauer sind da hundert Mark die Woche drin.«

Katharina machte große Augen. »So viel?«

»Hat Stan jedenfalls gesagt.«

»Ich spreche mit Johannes darüber«, erklärte Katharina ohne zu zögern.

Der restliche Abend wurde dann noch sehr lustig. Sie leerten die Sektflasche und öffneten die zweite, und anschließend legte Hanna eine Schallplatte auf und forderte Katharina auf, ihr was vorzutanzen. Kichernd zog Katharina ihr Kleid aus, weil sie es nicht vollschwitzen wollte. Mit erhobenen Armen drehte sie im Unterrock ein paar rasante Pirouetten.

»Du hast unglaubliche Beine«, sagte Hanna bewundernd. »Von dem Rest ganz zu schweigen! Kein Mensch nimmt dir ab, dass du zwei Kinder gekriegt hast!«

»Das macht die Beleuchtung.« Katharina musste aufstoßen und kicherte abermals.

Hanna legte eine andere Platte auf und zog sich ebenfalls das Kleid aus. »Jetzt geht's lo-hos«, trällerte sie beschwipst. »Darf ich bitten?«

Sie versuchten sich an einem Jitterbug und schütteten sich aus vor Lachen, als Hanna bei einer besonders gewagten Tanzfigur auf dem Hintern landete.

Nach der Anstrengung machten sie es sich wieder auf den Sesseln bequem und rückten dem Rest der zweiten Sektflasche zu Leibe, deren Inhalt dank des neuen Kühlschranks immer noch erfreulich kalt war. Katharina beschloss, von dem nächsten Geld, das am Monatsende übrig blieb, auch einen Kühlschrank anzuschaffen, und sie tat Hanna ihren Entschluss kund.

»Mach das«, sagte Hanna. »Hauptsache, du hast nicht zu viele Sachen gleichzeitig auf Pump laufen.« Sie hickste. »Sonst verlierst du die Übersicht, und dann steht der Gerichtsvollzieher vor der Tür und klebt den Kuckuck auf den Küchenherd, so wie letzte Woche bei den Rabes.«

»Davon habe ich gar nichts mitbekommen«, sagte Katharina betroffen. Wie gut, dass Elfriede das Kleid schon bezahlt hatte!

Inzwischen konnte man alles Mögliche auf Raten kaufen – Möbel, Haushaltsgeräte, Autos. Das verleitete anscheinend manch einen, sich mehr zuzulegen, als dem Geldbeutel guttat.

Aber ein Kühlschrank musste sein, von diesem Entschluss würde sie nicht abrücken! Bislang hatten sie immer alles in Mines hölzernem Eisschrank kaltstellen müssen, ein abgeschabtes, tropfendes Ungetüm, das im Vorratskeller stand und seine besten Tage schon lange hinter sich hatte.

Wobei natürlich auch eine neue Waschmaschine dringend nötig gewesen wäre, am besten eine mit richtiger Schleuderautomatik, dann würde die mühsame und zeitraubende Plackerei an der Handkurbel beim Auswringen der Wäsche entfallen.

Doch Hanna hatte natürlich recht, mehr als ein Ratenkauf war nicht drin, wenn man überwiegend von der Hand in den Mund lebte, so wie es in den letzten Jahren bei ihr der Fall gewesen war. Von der Hinterbliebenenversorgung hatte sie kaum das Nötigste an Essen und sonstigem Lebensbedarf kaufen können. Wenn Mine sie nicht zusätzlich unterstützt und ein bisschen was von ihrer Knappschaftsrente abgezwackt hätte, wäre Katharina nicht imstande gewesen, regelmäßig für das Schulgeld ihrer Tochter aufzukommen. Inge besuchte das Lyzeum, und für Katharina stand außer Frage, dass das Mädchen wenigstens die Mittlere Reife erwerben sollte. Zum Glück zog Mine dabei mit ihr an einem Strang; Karl und seine Schwester Mathilde hatten ebenfalls die Schulausbildung mit dem Einjährigen abgeschlossen, auch wenn es damals, wie Mine gelegentlich fallen ließ, *en fetten Haufen Kohle* gekostet hatte.

»Wenn du allerdings die Frau von dem Arzt wärest, könntest du dir alles Mögliche kaufen und es gleich bar bezahlen«, meinte Hanna träumerisch. Sie lag mehr in dem Sessel, als dass sie saß, die Füße auf dem kleinen Couchtisch und den Kopf seitlich auf der Lehne des Sessels. Das rote Haar fiel ihr ins Gesicht, und sie pustete ungeduldig einige Strähnen zur Seite, um sich noch einen Schluck Sekt zu gönnen.

»Dazu müsste Clemens sich zuerst scheiden lassen, und das kriegt er sowieso nicht hin«, stellte Katharina mit schwerer Zunge fest. Sie hatte eindeutig zu viel getrunken. Aber gewisse Dinge sah sie dennoch völlig klar. »Ich brauche keinen reichen Ehemann. Ich werde es selber schaffen, verstehst du?«

»Ja, das wirst du!«, stimmte Hanna sofort bereitwillig zu. »Weil du nämlich eine Frau bist, die genau weiß, was sie will! Im Gegensatz zu mir!« Trübselig verteilte sie den restlichen Sekt auf die beiden Gläser. »Statt irgendwo von vorn anzufangen, hänge ich hier immer noch in diesem Kohlenkaff fest und spiele für meinen Bruder die Haushälterin! Früher habe ich eine Gemäldegalerie in Paris geleitet, mit acht Angestellten. Künstler und Kritiker aus aller Welt gaben sich bei uns die Klinke in die Hand. Alphonse und mir gehörte eine Sechszimmerwohnung mit Blick auf die Seine, wir hatten ein Hausmädchen und einen Koch.«

»Ich weiß«, sagte Katharina, die diese selbstquälerische Aufzählung schon mehrmals gehört hatte, vor allem, wenn es vorher Sekt gegeben hatte.

Hanna überging den Einwurf. »Vorbei, *finis, perdu*.« Sie hielt inne, dann seufzte sie resigniert. »Ich sollte nicht so viel jammern, was? Bei dir war's ja fast genauso. Und du hast auf der Flucht viel mehr durchgemacht als ich.«

Katharina zuckte stumm mit den Schultern. Sie wollte nicht daran erinnert werden, das führte doch zu nichts.

»Als ich noch in Paris lebte, habe ich immer auf Stan herabgesehen«, sagte Hanna düster. »Was habe ich mir nicht alles auf mein Luxusleben eingebildet! Ich glaube, das ist jetzt meine Strafe dafür.«

»Unsinn.«

»Doch, es ist ganz sicher so! Weißt du, als Kinder hatten wir unsere Träume, Stan und ich. Mein Traum bestand darin, in die weite Welt hinauszuziehen und Prinzessin zu werden. Stan wollte bloß ein ordentliches Auskommen, ein Haus und ein Auto. Das hat er alles erreicht. Ich wollte wohl zu hoch hinaus.«

»Es kommen auch wieder bessere Zeiten.«

»Fragt sich nur, wann. Ich kann mich ja nicht mal dazu durchringen, nach Paris zurückzuwollen. Weil da sowieso nichts mehr wie früher ist.«

Genau wie in Berlin, dachte Katharina. Wer es schaffte, eine Zuzugsgenehmigung zu ergattern, fand sich in einer zerrissenen Stadt wieder. Sie und Karl hatten im Osten Berlins gelebt, da, wo jetzt die Russen das Sagen hatten. Allein bei dem Gedanken daran grauste es sie.

»Vielleicht können wir ja irgendwann nach Düsseldorf oder München ziehen«, sagte sie. »Es heißt, das wären Städte mit einer großen Zukunft.«

»Auf jeden Fall ist es dort nicht so dreckig wie in Essen«, stimmte Hanna zu, jetzt wieder ein fröhliches Grinsen im Gesicht. »Oh, ich höre eine Autotür zuknallen! Da kommt wohl mein werter Bruder von der Arbeit!«

Es war tatsächlich Stan, sauber geschrubbt und nach Bergmannsseife riechend. Pfeifend holte er sich eine Flasche Bier aus dem neuen Kühlschrank und kam zu den Frauen ins Wohnzimmer. Er gab seiner Schwester einen Kuss auf die Wange. Dann lächelte er Katharina an. »Je schöner der Abend«, sagte er galant.

Katharina hatte sich eilig ihr Kleid wieder übergestreift.

»Höchste Zeit, dass ich verschwinde. Es ist schon spät.«

»Ach was, du bleibst noch auf ein letztes Glas«, wehrte Hanna ab, während sie eine andere Schallplatte auflegte, diesmal das bekannte Lied von Zarah Leander. Die Klänge von *Ich weiß, es wird einmal ein Wunder geschehen* erfüllten den Raum, und so saßen sie noch eine Weile beisammen. Sie rauchten und tranken, Stan von seinem Bier und Katharina und Hanna jede ein Gläschen Danziger Goldwasser, von dem Hanna eine angebrochene Flasche aus den Tiefen ihrer Anrichte zutage gefördert hatte. Stan erzählte von den Aussichten, die Johannes im Bergbau hätte. Der Junge könnte sogar Steiger werden, wenn er sich ins Zeug legte.

So wie Stan, der seinen Lebenstraum wahr gemacht hatte.

Hanna ließ die Schallplatte von vorn laufen.

Ich weiß, es wird einmal ein Wunder geschehn, und dann werden tausend Märchen wahr, sang Zarah Leanders rauchige Altstimme.

Irgendwann auch für mich, dachte Katharina. Der Tag ist bestimmt nicht mehr fern.

*

Der Zufall wollte es, dass Katharina erst am darauffolgenden Abend mit Johannes über Stans Angebot sprechen konnte, weshalb er in Unkenntnis der neuen Chance zunächst auf andere Weise versuchte, sich bessere Einkünfte zu erschließen.

Das wiederum geschah keineswegs aus eigenem Antrieb, sondern hauptsächlich deshalb, weil Mine ihm deswegen zusetzte. Schon vor einer Weile hatte sie ihn gedrängt, endlich bei der Stadtverwaltung einen Antrag auf Heimkehrerbeihilfe einzureichen. Irgendein bestens informierter Mensch hatte ihr erklärt, dass im Vorjahr ein Gesetz in Kraft getreten war, von dem Spätheimkehrer besonders profitierten.

»Du solls dir bloß dat holen, wat dir zusteht, Jung. Dat is *dein* Geld, verstehse? Willse dat dem Vatter Staat vielleicht innen Rachen schmeißen? Vierhundert Mark sind vierhundert Mark!«

Vierhundert Mark waren in der Tat eine gewaltige Summe, viel mehr, als Johannes je besessen hatte. Ein richtiges Vermögen, und es wurde ihm gleichsam offeriert, ohne dass er dafür auch nur einen einzigen Finger krumm machen müsste. Abgesehen natürlich von jenem unseligen Antrag, den er dafür zu stellen hatte. Ohne Antrag keine Leistung. Der Antrag war die kaum erfüllbare Bedingung, die zwischen ihm und dem Geldsegen stand.

Mine wusste um seine Nöte, sie sprach sie offen an.

»Ich weiß, dat dich dat mit dem Amt Angst macht«, sagte sie. »Dat du denks, die könnten dich widder an dat Kommunistenpack ausliefern. Aber wir sind hier nich inne Ostzone. Die Russen haben hier nix zu melden! Dat muss doch mal in dein Kopp rein!«

Da war es natürlich bereits drin, zumindest theoretisch. Johannes war sich vollständig darüber im Klaren, dass er an paranoiden Anwandlungen litt, aber das bedeutete nicht, dass er sie einfach abstellen konnte. Er hatte zwar geglaubt, inzwischen davon nahezu geheilt zu sein, aber seit Mine den Vorschlag (der eigentlich ein Befehl war) aufs Tapet gebracht hatte, dass er sich Geld vom Amt holen solle, war es wieder um seinen Seelenfrieden geschehen.

Keine offizielle Stelle wusste, wo er sich aufhielt, und das hatte ihm ein beruhigendes Gefühl von Sicherheit vermittelt. Er besaß keinen Pass und keine Entlassungspapiere, die das Ende seiner Kriegsgefangenschaft bezeugten. Bisher hatte er alle behördlichen Registrierungen erfolgreich umgangen. Das würde sich mit dem Antrag ändern. Auf dem Amt würde man einen schriftlichen Vorgang über ihn anlegen. Er würde alles Mögliche zu Protokoll geben und sich einen Ausweis ausstellen lassen müssen, und in der Folge wäre er endgültig aktenkundig. Damit war dem Unheil Tür und Tor geöffnet.

In diesen Tagen hörte man allenthalben (und er hatte es ohnehin schon die ganze Zeit geahnt), dass es in den Alliierten-Gebieten von kommunistischen Spionen nur so wimmelte. Nach außen hin unverdächtig, mischten sie sich emsig unters

Volk, bekleideten wichtige Ämter und ordentliche Positionen und hatten sich doch dem Verrat verschrieben. Sie hatten überallhin Kontakte und fanden Zugang zu jedweder noch so geheimen Information. Insofern wäre es nur eine Frage der Zeit, bis einer dieser Spione herausbekäme, dass er als Spätheimkehrer auf dem Entlassungstransport abgehauen war. Daraus würde man schlussfolgern, dass er Dreck am Stecken haben musste, denn sonst hätte er ja mit allen anderen Männern des Transports weiter nach Friedland fahren können, um sich dort korrekt als Heimkehrer registrieren zu lassen. Niemand würde nachvollziehen können, dass er sich abgesetzt hatte, um gerade dieser Registrierung zu entgehen – getrieben von der übermächtigen Furcht, die Verantwortlichen könnten die Entlassung als Irrtum einstufen und ihn sofort wieder nach Russland abschieben.

Kein Schwein würde ihm diesen Beweggrund für sein Untertauchen abkaufen, zumal jeder vernünftige Mensch dergleichen nur für eine haarsträubende Ausrede halten konnte. Also würde man ihm irgendwelche üblen Machenschaften unterstellen, die darauf abzielten, den sowjetischen Idealen zu schaden. Von diesem Punkt war es bis zu einer nächtlichen Verschleppung oder gar gleich einer Eliminierung kein großer Schritt mehr.

Vor dem Betreten der Amtsstube sagte sich Johannes ein ums andere Mal, dass das alles hanebüchener Schwachsinn war, gewachsen auf dem von Todesangst vergifteten Boden seines armen Verstandes, der durch die Gefangenschaft Schaden genommen hatte. Einsicht, so beschwor er sich selbst, war immer der erste Weg zur Besserung.

Der zuständige Beamte hieß Hagemann. Er war ein hagerer, mit dicker Brille und verkniffenem Gesichtsausdruck bewehrter Vertreter seiner Zunft, der auf den ersten Blick alle Klischees eines pflichtbewussten Hüters amtlicher Vorschriften erfüllte. Er thronte hinter einem wurmstichigen, von penibel gestapelten

Akten und Formularen bedeckten Schreibtisch. Draußen auf dem Gang saßen noch mindestens zehn andere Antragsteller – Johannes hatte über anderthalb Stunden gewartet, bis er an die Reihe gekommen war –, aber Herr Hagemann schien alle Zeit der Welt zu haben.

»In der Tat haben Heimkehrer einen Anspruch auf ein Entlassungsgeld von hundertfünfzig Mark. Daneben kann Übergangsbeihilfe in Form von Bekleidung oder Gebrauchsgegenständen im Wert von zweihundertfünfzig Mark gewährt werden, auf Antrag auch in bar, womit man auf einen Gesamtbetrag von vierhundert Mark käme«, dozierte er, nachdem Johannes sein Ansinnen vorgebracht hatte.

Zu diesem Zeitpunkt waren noch keine Personalien aufgenommen worden, was in Johannes die Hoffnung weckte, sein Antrag möge sich schon im Vorfeld als unzulässig erweisen.

»Voraussetzung ist allerdings, dass Sie sich die benötigten Mittel nicht aus eigenen Kräften beschaffen können. Und auch nicht mithilfe von im Sinne des Bürgerlichen Gesetzbuchs unterhaltspflichtigen Angehörigen.« Herr Hagemann blickte ihn durchdringend an.

Johannes merkte, wie ihm der Schweiß ausbrach. »Nein«, sagte er, nur um etwas zu äußern.

»Dann nehmen wir jetzt erst mal Ihre Personalien auf.«

Es war zu spät, Johannes konnte nicht mehr zurück. Mit einem unguten Gefühl offenbarte er Herrn Hagemann auf dessen Befragen hin seinen Namen, Geburtsdatum und -ort, die Wohnadresse und einiges mehr.

»Und Sie haben wirklich keinerlei Papiere?«

»Nein. Es ist alles weg.«

»Was ist mit dem D-zwo-Schein aus Friedland?«

»Auch weg. Ich wurde überfallen und ausgeraubt. Es ist leider nichts mehr da.«

Herr Hagemanns Blick wurde stechend. Johannes erkannte,

dass der Beamte ihm nicht glaubte. Hätte er sich doch bloß nicht auf diesen dämlichen Antrag eingelassen!

»In Friedberg wird eine Kartei geführt, Sie können dort ein Duplikat der Bescheinigung anfordern. Und beim städtischen Einwohnermeldeamt können Sie sich einen Ausweis ausstellen lassen. Sie benötigen sowieso einen.«

»Ach so«, sagte Johannes, nur noch von dem Wunsch beseelt, schnellstmöglich aus diesem Amtszimmer zu verschwinden.

»Den Antrag auf Übergangshilfe kann ich trotzdem schon aufnehmen und bearbeiten«, sagte Herr Hagemann. »Sofern die wichtigste Voraussetzung erfüllt ist.«

»Welche wäre das?«

»Dass Sie Heimkehrer sind.«

Diese Frage konnte Johannes mit reinem Gewissen bejahen. »Das bin ich!« Er zählte sämtliche russischen Lager auf, in denen er inhaftiert gewesen war, und berichtete knapp, was er dort durchgemacht hatte.

Herr Hagemann hörte ihm unerwartet aufmerksam zu.

»Fünfundzwanzig Jahre Lagerhaft?«, fragte er stirnrunzelnd, als die Rede auf das Urteil kam, das gegen Johannes ergangen war. »Und dann durften Sie nach sechs Jahren schon raus?«

»Praktisch *alle* Kriegsgefangenen haben fünfundzwanzig Jahre gekriegt«, sagte Johannes. »Das war quasi eine Einheitsstrafe. Von ganz oben angeordnet.«

»Ganz oben?«

»Vom ZK. Also dem sowjetischen Zentralkomitee.«

»Sie scheinen eine Menge darüber zu wissen.«

»Nicht mehr als alle anderen Kriegsgefangenen.« An diesem Punkt der Unterhaltung gewann Johannes den sicheren Eindruck, dass er im Begriff war, sich um Kopf und Kragen zu reden. Augenblicklich ging er in die Defensive.

»Sprechen Sie eigentlich auch Russisch?«, wollte Herr Hagemann wissen.

»So gut wie gar nicht«, log Johannes.

Der Beamte notierte sich etwas. »Und Sie sagen, dass Sie in den Lagern von politischen Funktionären verhört worden sind?«

»Ein paarmal. Nicht öfter als andere.«

»Man sagt, diese Verhöre sind die Methode, mit der die Russen es immer wieder versuchen«, meinte Herr Hagemann.

»Was versuchen?«, gab Johannes sich ahnungslos.

»Die Leute in den Lagern umzudrehen.«

»Umzudrehen?«

»Es heißt, die Funktionäre vom NKWD legen es drauf an, die Insassen zu isolieren, indem sie sie dazu bringen, ihre Mitgefangenen zu denunzieren.«

»So was soll vorgekommen sein«, sagte Johannes ausweichend.

»Bei Ihnen auch?«

»Nein«, versetzte Johannes in kühler Beherrschung. Er biss die Zähne zusammen, weil die Erinnerungen über ihn hereinbrachen, aber er gab nichts davon preis. Das hatte er in den sechs Jahren gelernt – er konnte dichthalten. Er war nie umgefallen, kein einziges Mal. Viele andere allerdings schon. Sie hatten dem perfiden Druck nicht standgehalten, hatten die Namen ihrer Lagerkameraden genannt, die sich verbotene Nahrungsvorräte angelegt hatten oder ein Versteck mit Büchern, Briefen oder Zigaretten. Wer bereit war, andere zu verpfeifen, bekam besseres Essen und konnte auf seine angeblich kurz bevorstehende Entlassung hoffen.

Damit hatten sie die Leute immer wieder geködert, hatten es ihnen wie die große Verheißung unter die Nase gehalten – das Versprechen, dass man nach Hause durfte. Bald schon, *skoro*. Das war das Zauberwort gewesen, immer und immer wieder – bald.

Es war die gemeinste aller Lügen gewesen, aber sie erfüllte ihren Zweck. Kein Lagerinsasse traute mehr dem anderen, jeder verheimlichte seine Gedanken und verbarg seine armselige Habe in den raffiniertesten Verstecken, aus Angst vor dem allgegenwärtigen Verrat, der für den Angeschwärzten meist Essensentzug und Bunkerhaft nach sich zog.

Das dahinterstehende Prinzip war einfach: Es sollten sich keine Gemeinschaften bilden, denn dann hätten die Gefangenen vielleicht Front gegen die Lagerleitung machen können, was wiederum das Plansoll in Gefahr gebracht hätte. Die Männer sollten sich gar nicht erst aneinander gewöhnen. Deshalb wurden sie auch immer wieder in andere Lager verlegt, meist einzeln und möglichst weit weg, um jegliches Gefühl von Zugehörigkeit, Solidarität oder gar Freundschaft auszuradieren.

Der Beamte riss ihn aus seinen bitteren Gedanken. »Zurück zu Ihrem Antrag. Wer Heimkehrer ist, regelt das Gesetz über Hilfsmaßnahmen für Heimkehrer.« Er legte den Finger auf ein Blatt mit Kleingedrucktem. »Paragraph eins dieses Gesetzes bestimmt, dass Heimkehrer im Sinne der maßgeblichen Vorschriften nur diejenigen sind, die innerhalb von zwei Monaten nach ihrer Entlassung aus ausländischem Gewahrsam Aufenthalt im Bundesgebiet genommen haben oder nehmen.«

Johannes musste kurz überlegen, was genau dieser Behördenhengst meinte. »Das habe ich. Ich meine, das bin ich. Also Heimkehrer.«

»Das wird man im Grenzdurchgangslager Friedland sicher bestätigen können«, meinte Herr Hagemann. »Ich korrespondiere sowieso regelmäßig mit den zuständigen Stellen. Wenn Sie wollen, fordere ich selbst ein Duplikat der nötigen Bescheinigung an.«

Das hätte gerade noch gefehlt! Auf keinen Fall durfte es dazu kommen, die Folgen waren nicht absehbar!

»Danke, aber darum kümmere ich mich schon selber«, erklärte Johannes sofort mit gespieltem Gleichmut. »Ich melde mich wieder, wenn ich alle Unterlagen beisammenhabe. Vielen

Dank erst mal.« Er erhob sich von dem wackligen Stuhl, der für die Besucher der Behörde vorgesehen war. Mit einem gemurmelten Abschiedsgruß räumte er das Feld und holte tief Luft, als er endlich wieder draußen war. Doch das bedrohliche Gefühl, einen Prozess unheilvoller Ereignisse in Gang gesetzt zu haben, verfolgte ihn den gesamten Heimweg über wie ein dunkler Schatten.

Kapitel 7

Nach den Hausaufgaben mussten Inge und Bärbel ihrer Mutter beim Putzen helfen, eine Arbeit, die regelmäßig zu langen Gesichtern und vielen Seufzern führte. Vor allem Inge fühlte sich ungerecht behandelt, es kam ihr oft so vor, als hätte sie niemals frei. Täglich außer sonntags bis zum späten Mittag Schule, die Zeit für den Schulweg noch nicht mitgerechnet (seit sie kein Rad mehr hatte, dauerte es entsprechend länger), danach ein schnelles Mittagessen, meist bei Oma Mine, anschließend jede Menge Hausaufgaben, und hinterher ging es nahtlos weiter mit Nähen, Bügeln oder Putzen, bis es Zeit fürs Abendbrot wurde – welches sie oft auch noch selbst herrichten musste, weil ihre Mutter anderweitig beschäftigt war.

Dabei war es keineswegs so, dass sie mehr gearbeitet hätte als Katharina, ihr war durchaus bewusst, was ihre Mutter leistete. Sie stand als Erste auf, heizte den Ofen an, kochte zum Frühstück Haferbrei für sich und die Mädchen, schmierte Schulbrote und fing dann meist auch schon mit den Schneiderarbeiten an. Sie saß stundenlang hoch konzentriert vor der Nähmaschine, entwarf neue Schnitte und trennte alte Kleidungsstücke auf, bei denen der Stoff wiederverwertet werden sollte. Zwischendurch ging sie zum Einkaufen, kümmerte sich um die Wäsche und nahm sich Flick- oder Stopfarbeiten vor. Mindestens zweimal die Woche empfing sie auch Kundinnen, die sich ein neues Kleid nähen oder ein vorhandenes ändern lassen wollten, und dafür musste alles picobello aufgeräumt sein. Kein Kohlenstaub durfte den Blick durchs Fenster trüben, das Linoleum musste glänzend gebohnert sein, und vor allem durfte es im Haus nicht nach Bratfisch, Sauerkraut oder Schmorzwiebeln stinken. Ständig gab es Krach deswegen. Katharina bat Mine wiederholt inständig, an den Kundentagen etwas anderes zu kochen oder wenigstens die Küchentür zu- und die Fenster aufzumachen, worauf Mine meist nur mit einem ungerührten Schulterzucken reagierte und die Küchentür beim nächsten Mal doch wieder aufließ. Es war wie ein Machtkampf, den beide nicht offen austragen konnten, doch anscheinend galt dafür die stille Regel, dass Katharina und die Mädchen ihre Ansprüche gefälligst nicht zu hochschraubten. Das Haus gehörte Oma Mine, und sie waren nur Gäste und zahlten keine Miete, folglich sollten sie auch nicht aus den Augen verlieren, wer hier zu bestimmen hatte. So jedenfalls kam es Inge oft vor. Sie hatte diesen schwelenden Nervenkrieg gründlich satt.

Schon lange wünschte sie sich voller Inbrunst ein eigenes Zimmer. Ein Reich, das sie ganz für sich allein hatte, mit all ihren Lieblingsbüchern, einem Plattenspieler, einem Plüschteppich und einem Heizkörper, der sich erwärmte, wenn man an einem Regler drehte. Sie träumte von einer Toilette mit Wasserspülung, denn nichts war ihr so zuwider wie das grausig stinkende Plumpsklo im Keller, und wenn der Himmel ein Einsehen hatte, käme auch noch eine glänzende emaillierte Badewanne mit modernen Armaturen dazu. Eine, bei der man nur das heiße Wasser aufdrehen musste, um zu baden. Sie würde ein richtiges Shampoo aus der Drogerie benutzen, nicht diese selbst zusammengerührte Pampe aus Eigelb, Öl und Seife. Für ihre Achselhöhlen hätte sie so viel von dem teuren, schweißhemmenden Odorono-Balsam zur Verfügung, wie sie wollte, oder sie würde sich mit der neuen desodorierenden Seife waschen, die ihre Freundin Bille kürzlich zum Geburtstag bekommen hatte. Inge hatte sich den Namen gut gemerkt: 8x4. Diese Seife mit dem feinen Duft wollte sie auch haben.

Aber ganz oben auf der Wunschliste stand das eigene Zimmer. Sie war neun gewesen, als sie damals aus Berlin geflohen waren, aber sie erinnerte sich noch in allen Einzelheiten an ihr Zimmer dort. Ein richtiges Kinderzimmer war das gewesen, mit einem Himmelbett, gerafften Tüllgardinen, einer bemalten Kommode, kistenweise Spielsachen und einem Regal voller Kinderbücher. Sie wusste sogar noch ganz genau, wie sie ausgesehen hatten, all die Pommerle-, Goldköpfchen- und Pucki-Bände und dazu noch etliche andere. Ihr Lieblingsbuch hatte sie mitgenommen, es hieß *Zöpfle bei den Sommereltern*, aber es war auf der Flucht verloren gegangen, zusammen mit allem anderen. Neulich hatte sie eine Ausgabe davon in der Bücherei entdeckt und sich ausgeliehen, aber es war irgendwie nicht mehr dasselbe gewesen. Sie verstand nicht, warum es ihr früher so unsagbar gut gefallen hatte.

Dafür gab es inzwischen eine Menge anderer Bücher, die ihr zeitlebens immer am Herzen liegen würden, eine tröstliche Gewissheit, die sie ein wenig mit dem Verlust ihrer Kinderbücher versöhnte. Gerade las sie zum dritten Mal *Vom Winde verweht*, ein Jahrhundertwerk, das seinesgleichen suchte, das sagte sogar die Bibliothekarin Fräulein Brandmöller, die ihr den Roman empfohlen hatte. Von Fräulein Brandmöller wusste sie auch, dass es eine großartige amerikanische Verfilmung des Buchs gab, doch die Nazis hatten eine Aufführung in Deutschland verhindert, und nach dem Krieg hatte es bei den Verleihfirmen an Geld gefehlt. Aber laut der Bibliothekarin war es nur noch eine Frage der Zeit, bis der Film in die deutschen Kinos käme. Dann würde er selbstverständlich auch in Essen in der wiederaufgebauten Lichtburg laufen, und Inge war fest entschlossen, eine der Ersten zu sein, die dort für eine Karte anstanden.

»Hallo, jemand zu Hause?« Die Hand ihrer Mutter wedelte vor ihrem Gesicht herum. »Wie lange willst du denn noch dieselbe Stelle bearbeiten?«

Inge hörte abrupt auf zu bohnern. »Ich möchte ein eigenes Zimmer, Mama. Keine aus meiner Klasse muss sich mit ihrer kleinen Schwester ein Klappbett im Wohnzimmer teilen.«

»In deiner Klasse hat auch keine so schöne Kleider«, konterte Katharina.

Dem konnte Inge nichts entgegenhalten. Die meisten Mädchen auf ihrer Schule kamen aus einem gut situierten Elternhaus und konnten sich mehr leisten als sie. Aber ganz egal, wo sie ihre Sachen besorgten – Inge stach sie regelmäßig aus. Sie besaß zwar nicht viele gute Kleidungsstücke, aber die vorhandenen waren von erstklassiger Qualität, die schicksten und modischsten der ganzen Schule. Die anderen Mädchen beneideten sie regelmäßig darum, und sogar zwei Lehrerinnen hatten bereits wissen wollen, wo sie ihre Garderobe schneidern ließ. Auf diese Weise hatte ihre Mutter schon wieder neue Kundinnen gewonnen.

»Wir könnten doch oben den Dachboden ausbauen«, sagte Inge, die sich nicht vom Thema abbringen lassen wollte. »Bei Bille im Haus haben sie das auch gemacht. Danach hatten sie ein komplett neues Zimmer.«

»Wir?«, fragte ihre Mutter mit hochgezogenen Brauen. »Wen genau meinst du damit?«

»Na, Johannes!« Inges Antwort kam spontan, obwohl sie sich bisher darüber noch gar keine Gedanken gemacht hatte. Der Einfall war ihr gerade erst gekommen. »Der kann alles! Er ist ein handwerkliches Universalgenie!«

Auf die Verwendung dieses Wortes war sie stolz, weil es einen gewissen Bildungsgrad signalisierte. Sie hatte ein Faible für klangvolle Substantive wie *Besonnenheit* oder *Vielzahl*, oder für Adjektive wie *lieblich, bedeutsam* oder *zutreffend*. Ausgesuchten Verben galt diese Vorliebe natürlich nicht minder. Sie hätte solche Ausdrücke gern häufiger verwendet, nicht nur in schriftlichen Arbeiten, sondern auch bei Unterhaltungen mit

Erwachsenen, aber nicht immer fielen ihr zur rechten Zeit die passenden Begriffe ein.

Den Mädchen in der Schule durfte sie damit allerdings nicht kommen, da wäre sie sofort als Wichtigtuerin unten durch gewesen. Ideal war es, wenn man nicht groß auffiel, außer mit schicker Kleidung. Und eventuell noch mit Strümpfen aus Nylon oder Perlon, aber die waren auf gar keinen Fall drin, weshalb sie weiterhin mit den unmodernen plattierten vorliebnehmen musste. Auch Schminke war noch verboten. Das war der nächste Punkt auf der Wunschliste.

»Stell den Bohnerbesen weg«, sagte Katharina. »Du kannst noch den alten Pulli aufribbeln, den ich aufs Sofa gelegt habe.«

Inge verdrehte die Augen. Wolle aufribbeln war eine der stupidesten Arbeiten überhaupt, nur Stopfen war schlimmer. »Kann das nicht Bärbel machen? Wo ist sie überhaupt?«

»Zum Spielen raus.«

Jetzt fühlte Inge sich wirklich ungerecht behandelt, aber statt zu maulen wählte sie einen anderen Weg. »Eigentlich wollte ich in die Bücherei. Ich hatte Fräulein Brandmöller versprochen, noch mal vorbeizukommen.«

Das hatte sie tatsächlich getan, aber wohlweislich ließ sie unerwähnt, dass sie dieses Versprechen mit einem »Falls ich es nach den Hausarbeiten noch schaffe« eingeschränkt hatte.

Katharina sah auf ihre Armbanduhr. »Na schön, meinethalben. Aber vorher gehst du noch in den Garten und sagst dem *Universalgenie*, er möchte doch bitte zum Anprobieren der neuen Jacke mal kurz raufkommen.«

Dazu fand Inge sich gern bereit. Für ein Gespräch mit Johannes war sie immer zu haben. In seiner Gegenwart fühlte sie sich auf erfreuliche Weise erwachsen, er war der erste Mann, der sie nicht wie ein unmündiges Kind behandelte. Johannes interessierte sich für ihre Meinung, und man konnte sich wunderbar mit ihm über alle möglichen Themen austauschen. Deren Bandbreite reichte von Büchern über Musikstücke bis hin zu tagespolitischem Geschehen.

In der Kammer, die er sich mit Jörg und Pawel teilte, hörte er oft Radio, und Inge brachte regelmäßig die WAZ mit nach Hause, die Fräulein Brandmöller im Abonnement bezog und Inge überließ, sobald sie die Zeitung gelesen hatte. So konnte sich auch Johannes immer über aktuelle Ereignisse informieren, sodass ihnen nie der Gesprächsstoff ausging.

Doch auch die männliche Aura, die Johannes umgab, wirkte ungeheuer anziehend auf Inge. Nie zuvor war sie einem Mann begegnet, der so umfassend einer von ihr verehrten literarischen Figur entsprach, sowohl optisch als auch von seinem Wesen her: Er war wie Ashley Wilkes – blond, hochgewachsen und mit ritterlichen Tugenden ausgestattet. Doch er schien auch einiges von Rhett Butler zu haben, vor allem dessen zupackende, kraftvolle Art.

In ihren Augen war er allerdings zu alt, um ähnliche Gefühle in ihr wachzurufen wie etwa Klaus-Peter Voss, ein Unterprimaner, der in Werden wohnte und mit dem sie – natürlich zusammen mit etlichen anderen Jugendlichen – im letzten Sommer häufig schwimmen gewesen war. Obendrein war Johannes ihr Cousin, auch wenn sie bis vor Kurzem nichts von ihm gewusst hatte.

Nichtsdestotrotz beeindruckte er sie auf eine Weise, die aufregend neu für sie war. Obwohl er so viel mehr von der Welt kannte als sie, gab er ihr das Gefühl, dass ihre Ansichten es wert waren, beachtet zu werden.

Wie erwartet fand sie ihn im Garten bei der Arbeit vor. Der März und der April waren die Monate, in denen die Beete für die Bepflanzung vorbereitet werden mussten, und auch Inge hatte in den vergangenen Wochen schon einige Male mit angepackt. Wie jedes Jahr hatte sie Unkraut gejätet, Laub und Steine weggerecht und mit der Hacke den umgegrabenen Boden aufgelockert.

Es war selbstverständlich, dass sie Oma Mine zusammen mit ihrer Mutter bei der Arbeit half, schließlich profitierten sie jeden Tag von dem Garten, und der beackerte sich nun mal nicht von allein. Den ganzen Sommer und Herbst über konnten sie Obst und Gemüse in Hülle und Fülle ernten, aber das setzte natürlich entsprechenden Einsatz voraus.

So gesehen war es ein Segen, dass neuerdings auch Johannes da war, der nun ebenfalls seinen Beitrag leisten konnte – und inzwischen wohl den Löwenanteil der anfallenden Arbeit übernommen haben dürfte. Das hatte sich letztlich wie von allein ergeben, weil ihm alles schneller und leichter von der Hand ging als den Frauen. Jedenfalls grub er den Boden in der Hälfte der Zeit um, die sie sonst zu dritt dafür benötigten, und es schien ihn kaum mehr anzustrengen als ein Spaziergang. Er brachte zudem einige landwirtschaftliche Erfahrung mit – während seiner Gefangenschaft hatte er auch Feldarbeit leisten müssen.

Zur Freude aller hatte er sich auch schon ums Düngen gekümmert, aus Inges Sicht eine der scheußlichsten Aufgaben, die der Garten einem abverlangte. Bereits vor Wochen hatte Johannes die Senkgrube im Hof geleert und die Jauche vom Plumpsklo auf die Beete ausgebracht, alles mithilfe einer primitiven Jochstange, an der auf beiden Seiten die überschwappenden Kübel baumelten. Inge dankte dem lieben Gott immer noch aus tiefstem Herzen dafür, dass Johannes diese stinkende Last – buchstäblich – von ihren Schultern genommen hatte.

Bekleidet mit kniehohen Gummistiefeln, einer groben Wolljacke und einer abgeschabten Schiebermütze – alles alte Sachen von Opa Jupp – stand er in einem der Beete, als Inge in den Garten kam. Mit einer Harke arbeitete er gerade die schwarze Erde vom Komposthaufen in den Boden ein. Ein Bereich mit Roter Bete und Spinat war schon fertig angelegt, eine Reihe mit Melde sollte als Nächstes folgen. Mit der Aussaat von weiterem Saatgut würden sie noch ein oder zwei Wochen warten, das hatte Mine bereits entschieden. Der Frühling hatte in diesem Jahr mit Kälte und viel Regen angefangen, und für die meisten anderen Gemüsesorten begann die Pflanzzeit ohnehin erst später im April oder im Mai.

Johannes blickte auf, als Inge näher kam.

»Mama hat deine neue Jacke zum Nähen vorbereitet und fragt, ob du mal eben für eine Anprobe hochkommen kannst.«

»Natürlich. Ich bin hier sowieso fürs Erste fertig.«

Er lehnte die Harke gegen den Gartenzaun. »Gehst du wieder in die Bücherei?«

Inge nickte. »Soll ich dir neue Bücher mitbringen?«

»Das wäre fabelhaft.«

»Wir haben gerade die Gesamtausgabe von Ernest Hemingways Kurzgeschichten hereinbekommen, *49 Stories*. Die wollte ich dir sowieso mitbringen. Den neuen Roman *Über den Fluss und in die Wälder* haben wir bestimmt auch bald in der Ausleihe, dann besorge ich den sofort für dich.«

Ein Ausdruck von Freude trat auf Johannes' Gesicht, denn Hemingway war einer seiner unangefochtenen Lieblingsschriftsteller.

Inge selbst hatte einen etwas anderen literarischen Geschmack, aber die Verfilmung von *Wem die Stunde schlägt* liebte sie über alles. Erst vor wenigen Monaten hatte sie den Film gemeinsam mit ihrer Mutter und deren Freundin Hanna in der Lichtburg gesehen. Es war ein hartes Stück Arbeit gewesen, ihre Mutter davon zu überzeugen, dass die Ausgabe für die teuren Kinokarten sich lohnte, aber hinterher hatte es daran keinerlei Zweifel mehr gegeben. Johannes wäre bestimmt genauso begeistert von dem Film gewesen wie sie.

Auf dem Weg zur Bücherei überlegte sie, ob er seit seiner Rückkehr überhaupt schon mal im Kino gewesen war. Bestimmt hätte er ihr davon erzählt, weil es zu ihren gemeinsamen kulturellen Interessen gehörte. Andererseits – falls er sich *Die*

Sünderin angeschaut hätte, hätte er es ihr vielleicht doch lieber verschwiegen, weil es ihm peinlich war, denn Hildegard Knef trat in dem Film *nackt* auf! Das hätte Inge nur zu gern gesehen, einfach um sich von dieser ungeheuerlichen Freizügigkeit selbst ein Bild zu machen. Aber unter sechzehn durfte man nicht rein, und außerdem hätte ihre Mutter es sowieso nicht erlaubt. Doch Inge hatte gehört, dass viele Männer in den Film gingen, möglicherweise also auch Johannes.

Im Übrigen erfuhr sie längst nicht alles, was er in seiner freien Zeit unternahm, schließlich führte er ein eigenes Leben. Hin und wieder bekam sie mit, dass er abends wegging, hauptsächlich zusammen mit Jörg und Pawel in die Kneipe, aber meist blieb er zu Hause und las. Und *sie* war diejenige, die für regelmäßigen Nachschub an Lesefutter sorgte und damit dazu beitrug, dass er sich wohlfühlte.

Von leisem Stolz erfüllt setzte sie ihren Weg fort. Es hatte wieder angefangen zu regnen, doch das störte sie nicht. Wozu hatte sie einen Schirm? Sicher darunter geborgen, konnte sie sich in ihrer Fantasie ausmalen, woanders zu sein. In einem Land, in dem unter heißer Sonne die Baumwolle gedieh, die von schwarzen Sklaven geerntet wurde. Auch dort hatte ein Krieg alles verändert, doch die Menschen hatten trotz aller Tragödien nie aufgehört, an ein besseres Morgen zu glauben.

Manchmal, wenn Inge an Scarlett O'Hara dachte, kam ihr in den Sinn, dass ihre Mutter womöglich ebenso war. So durchsetzungsstark und kompromisslos. So entschlossen, alle Probleme aus dem Weg zu räumen.

Ja, dachte Inge. Mama ist wie Scarlett, zumindest ein bisschen. Sie wird immer an ein besseres Morgen glauben, und sie wird dafür sorgen, dass es eines Tages kommt.

*

Johannes ging durch den Keller ins Haus und zog sich in der Waschküche die verdreckten Stiefel aus. Da er während der Arbeit ins Schwitzen geraten war, wusch er sich sorgfältig am Spülstein und zog ein frisches Hemd an, bevor er nach oben ging.

Im Haus war es still. Inge war unterwegs zur Bücherei, Mine zu Besorgungen in der Stadt, und Bärbel war schon vor einer Weile mit den Rabe-Jungs zum Spielen verschwunden.

Nur das leise Rattern der Nähmaschine war zu hören, als Johannes die steile Treppe zum Obergeschoss emporstieg.

Oben klopfte er an die Tür von Katharinas Schlafzimmer, in dem sie auch nähte. Bisher war er nur ein einziges Mal hier oben gewesen, vor gut vier Wochen, als sie bei ihm für eine neue Jacke Maß genommen hatte. Sie hatte ihm von sich aus angeboten, ihm eine Jacke zu nähen, und als er erklärt hatte, sich das leider nicht leisten zu können, hatte sie seinen Einwand mit der Bemerkung vom Tisch gewischt, dass es für Familienmitglieder selbstverständlich nichts koste und er unmöglich länger in dem mottenzerfressenen Russenmantel herumlaufen könne.

Johannes erinnerte sich an jede Sekunde, die er wegen des Maßnehmens in Katharinas Schlafkammer zugebracht hatte, einem kleinen, bis in den letzten Winkel mit Nähbedarf vollgestellten Raum.

Nebenan im nicht minder beengten Wohnzimmer hatten die Mädchen *Mensch ärgere dich nicht* gespielt und dabei herumgealbert – durch die offene Verbindungstür hatte er beobachten können, wie sie die Köpfe zusammensteckten und lachten. Doch er hatte nur Augen für Katharina gehabt. Er hatte auf ihren gesenkten Kopf hinabgeblickt, auf die Stelle, wo die hellen Locken sich in einem Wirbel teilten und nach vorn fielen, sodass ihr Nacken freilag. Eingehend hatte er die von einem zarten Flaum bedeckte Haut dicht unter ihrem Haaransatz betrachtet, ebenso wie die Wölbungen ihrer Ohrmuscheln, die im einfallenden Sonnenlicht wie Perlmutt schimmerten.

Die ganze Zeit, während sie mit ihrem Zentimeterband um ihn herumging und seine Maße nahm, berührte er sie kein einziges Mal, und doch waren diese Augenblicke für ihn intimer als alles, was er je zuvor erlebt hatte. Nichts kam dem Gefühl gleich, sie aus nächster Nähe anzusehen, nicht einmal seine Begegnungen mit Lene, seiner ersten und bisher einzigen Freundin, die ihm bei ihren gemeinsamen Waldspaziergängen einiges erlaubt hatte, damals vor fast sieben Jahren. Er erinnerte sich noch genau an sein wildes Herzklopfen und die atemlose Begierde, wenn er sie unter ihrer Bluse berühren durfte. An ihr leises Stöhnen, wenn er ihren Hals küsste. Drei Monate waren sie miteinander gegangen, während der Krieg bereits die Welt um sie herum in Stücke riss.

Eigentlich hätte er schon wie die meisten anderen Jungen im Jahr davor einrücken müssen, frisch von der Schule entlassen und mit dem Notabitur in der Tasche, aber eine Sportverletzung hatte ihm Aufschub verschafft.

Dann war er doch noch an die Front geschickt worden, mit vielen anderen jungen Männern, eine geballte Ladung Kanonenfutter für einen Endsieg, zu dem es nicht kam. Lene hatte ihm schreiben wollen, doch daraus war nichts geworden. Im letzten Brief seines Vaters hatte gestanden, dass sie einem Bombenangriff zum Opfer gefallen war, verschüttet im Luftschutzkeller, zusammen mit ihren Eltern und ihren beiden jüngeren Brüdern. Sein Vater hatte es ihm mit dem ihm eigenen bitteren Sarkasmus mitgeteilt. *Für Führer, Volk und Vaterland, dulce et decorum est, etc. pp.* Der Brief war mit einem P. S. versehen: *Pfeif auf Horaz und bleib am Leben, mein Junge.*

Das hatte er geschafft. Sein Vater nicht. Er war beim letzten Bombenangriff auf Hannover ums Leben gekommen.

Johannes klopfte erneut an die Tür von Katharinas Schlafzimmer, und seine Gedankengänge brachen abrupt und vollständig ab, als das Rattern der Nähmaschine verstummte und ihre Stimme ertönte.

»Herein!«, rief sie.

Er öffnete die Tür. Sie war aufgestanden und lächelte ihn an. »Da bist du ja. Komm rein. Wir können gleich anfangen.«

*

Seine Verlegenheit war förmlich mit Händen zu greifen. Er hatte sich gewaschen, Hände und Gesicht rot geschrubbt mit Seife, und er hatte ein sauberes Hemd angezogen, eins von denen, die Opa Jupp hinterlassen hatte und die Johannes nicht mehr zuknöpfen konnte, weil sie ihm mittlerweile zu eng waren. Meist trug er noch ein langärmeliges Unterhemd darunter, die waren derartig ausgeleiert, dass sie ihm besser passten.

Ohne besondere Aufforderung stellte Johannes sich vors Fenster, genau wie beim letzten Mal. Da war das Licht am besten, hatte Katharina ihm erklärt.

Die Jacke hatte sie aus einem gebrauchten Herrenmantel geschneidert, den sie für das Nähen eines Kleides in Zahlung genommen hatte. Der Mantel war aus erstklassigem, komplett mit Seidentaft abgefüttertem Tweed, von einer edlen englischen Marke und kaum getragen. Ein teures Stück, das sich mit relativ wenig Aufwand zu einer guten Jacke umarbeiten ließ. Katharina hatte die Ärmel herausgetrennt und die Schulterpartie vom Kragen her mit angesetzten Teilen vom gekürzten Saum verbreitert, und die dabei entstandenen Nähte hatte sie mit angeknöpften Schulterstücken kaschiert. Den Rücken hatte sie mit einer Kellerfalte versehen und dafür das restliche Stück vom Saum eingearbeitet. Alles war genau bemessen und kein Teil vergeudet, es war kaum was von dem Mantelstoff übrig geblieben.

»Pass auf, es ist nur geheftet, da sind noch überall Nadeln drin«, sagte sie, während sie ihm dabei half, die Jacke vorsichtig überzustreifen. »Dreh dich mal langsam um.« Sie trat ein paar Schritte zurück und begutachtete das perfekt sitzende Kleidungsstück. Ihr Herz klopfte schneller vor Freude und Stolz über die gelungene Arbeit. Impulsiv nahm sie seine Hand und zog ihn vor den Spiegel. »Sieh mal!«

Er starrte sich im Spiegel an und schluckte schwer. Seine Lippen bewegten sich, er schien etwas sagen zu wollen, brachte aber nichts heraus.

»Gefällt sie dir nicht?«, fragte sie verunsichert.

Sein Blick im Spiegel wanderte zu ihr. »Ich habe noch nie eine so schöne Jacke besessen.«

»Sie passt wie angegossen«, stellte sie fest. Sie lächelte flüchtig. »Aber wer weiß, wie lange. Du kannst sie bestimmt noch ein paar Wochen tragen, bis es zu warm dafür wird, doch wenn du in der Schulterbreite noch weiter zulegst, ist sie dir garantiert im nächsten Herbst zu klein.«

»Falls ja, gebe ich eine neue Jacke bei dir in Auftrag. Eine bezahlte natürlich«, fügte er hinzu, offenbar in Sorge, sie könnte es falsch auffassen. »Bis dahin habe ich genug Geld.«

»Oh, hast du mit Stan gesprochen? Über die Arbeit bei der Zeche?«

Er nickte. »Morgen gehe ich zur ärztlichen Untersuchung nach Heisingen, und wenn da alles in Ordnung ist, kann ich nächste Woche schon auf Pörtingsiepen anfangen.«

»Ach Mensch, Johannes, das freut mich für dich!«

Unwillkürlich lauschte sie ihrer eigenen Bemerkung nach. Etwas hatte sich gerade zwischen ihnen verändert, und es dauerte einen Augenblick, bis sie realisierte, dass sie ihn eben zum ersten Mal im direkten Gespräch beim Namen genannt hatte.

»Zieh die Jacke aus«, sagte sie entschlossen. »Du sollst noch was anderes anprobieren.«

Verwundert streifte er die Jacke mit ihrer Hilfe wieder ab. »Was denn?«, wollte er wissen.

»Es ist eine Überraschung. Eigentlich solltest du's zum Geburtstag bekommen.«

»Der war doch schon vorige Woche.«

»Eben. Ich hab's nicht mehr rechtzeitig geschafft.« Sie hatte ersatzweise ein Buch gekauft, was sonst. Mine hatte was dazugegeben, und sie hatten es ihm als Gemeinschaftsgeschenk überreicht. Inge hatte es ausgesucht und gemeint, es sei der Renner unter den Sachbüchern. Es trug den Titel *Von Göttern, Gräbern und Gelehrten.* Johannes hatte sich sehr darüber gefreut und es innerhalb von zwei Tagen ausgelesen.

Den selbst gestrickten Pulli, den Katharina ihm eigentlich hatte schenken wollen, hatte sie wegen einer eiligen Auftragsarbeit vorläufig liegen lassen müssen. Aber jetzt war er so gut wie fertig, sie wollte nur noch Ärmelschoner aus Wildleder aufnähen.

»Das Hemd musst du auch noch ausziehen«, sagte sie.

Er hatte sie offenbar missverstanden und zog sich auch das Unterhemd mit aus, sodass er mit nacktem Oberkörper vor ihr stand. Das Haar fiel ihm zerzaust ins Gesicht, rasch strich er es beiseite und blickte sie verlegen an.

Sie merkte, wie ihr der Atem stockte. Wieder hatte sich etwas zwischen ihnen verändert, doch diesmal wusste sie sofort, was es war. Sie brauchte nicht einmal den Bruchteil einer Sekunde, um zu erfassen, was der Anblick seines halbnackten Körpers bei ihr auslöste. Hitze stieg in ihre Wangen, und sie wandte sich hastig von ihm ab, um den Pulli aus dem Wohnzimmer zu holen.

Die Wolle war weich, mit einer Beimischung von Mohair, und sie hatte die Farbe seiner Augen, blau wie Lapislazuli. Katharina hatte eine Weile danach gesucht, und der hohe Preis hätte sie um ein Haar abgeschreckt. Aber nur beinahe, denn sie hatte den fertigen Pulli schon vor sich gesehen, und wenn sie eine vollendete Arbeit erst einmal vor Augen hatte, ließ sie sich so leicht nicht mehr davon abbringen.

»Du darfst nicht hinschauen«, rief sie ins Schlafzimmer hinüber. »Schließ die Augen!«

»Ich hab sie zu«, versicherte er.

Zögernd ging sie wieder zu ihm, von der Ahnung erfasst, womöglich einen Fehler zu begehen.

»Hier«, sagte sie. »Zieh das an.« Sie stülpte ihm den Pulli vorsichtig über den Kopf, dann griff sie nach seinen Händen und führte sie in die Ärmel, so wie sie früher auch ihren Kindern beim Anziehen geholfen hatte. Doch er brauchte keine Unterstützung und zog den Pulli, nachdem sie ihm den Weg gewiesen hatte, mit einer einzigen fließenden Bewegung selbst an.

»Du hast geguckt«, platzte sie heraus.

Er grinste sie spitzbübisch im Spiegel an. »Wie soll ich sonst sehen, was es ist?«

Wieder eine Veränderung, diesmal die entscheidende. Sein verstrubbeltes Haar, sein Lachen. Seine Augen, die in nie geahnter Intensität leuchteten.

Gebannt erwiderte sie seinen Blick im Spiegel.

Es muss an dem Pulli liegen, dachte sie. Weil er so perfekt gestrickt ist und so gut zu seiner Augenfarbe passt. Weil er damit auf wundersame Art vollkommen aussieht. Weil ich ihm vom Tanzen und von Karl erzählt habe. Und weil ich mich so verdammt einsam fühle.

Woran auch immer es wirklich lag – es ließ sich nicht mehr rückgängig machen. Sie spürte es mit unausweichlicher Gewissheit, und ebenso klar war ihr, dass es tatsächlich ein Fehler war. Aber in diesem Augenblick war sie nicht imstande, danach zu handeln.

Er drehte sich zu ihr um und hielt ihren Blick fest.

»Danke«, sagte er mit rauer Stimme. »Der Pullover ist ein Traum.« Er räusperte sich. »Ich habe einen Badeofen organisiert«, fuhr er zusammenhanglos fort. »Jetzt muss ich bloß noch eine Möglichkeit finden, ihn herzubringen.«

Sie legte ihren Zeigefinger auf seine Lippen, dann stellte sie sich auf die Zehenspitzen und küsste ihn.

TEIL 2

Kapitel 8

Für Johannes war dieser Kuss, als würde die Zeit als Ganzes zerspringen, sodass davon nur Bruchstücke zurückblieben. Er nahm die Abläufe nicht mehr in chronologischer Reihenfolge wahr, nur noch in einzelnen Bildern.

Ihre großen, fragenden Augen, als sie ihn zum Bett zog. Ihre um ihn geschlungenen Arme. Die flaumbedeckte Stelle an ihrem Nacken, als sie an ihm herunterglitt und seinen Leib liebkoste, dort, wo er noch nie von einer Frau berührt worden war.

Ihre Finger, die sich in seine Schultern gruben, ihre Brüste, die sich ihm entgegenreckten, als sie ihre Unterwäsche abstreifte.

Dann war es, als würde sich alles nach und nach wieder zusammenfügen, als könnte er nun auch Bilder sehen, die aus ihnen beiden bestanden. Seine zitternde Hand in ihrem Haar. Seine erhitzte Haut unter ihren Lippen, als sie ihm den Pulli auszog, sein zum Bersten angeschwollenes Glied in ihrer Hand, nachdem die Hose endlich vollständig abgestreift war.

Als sie seine Finger zwischen ihre Schenkel lenkte, wurden seine Sinne wieder vollständig eins miteinander. Er sog ihren Geruch in sich ein, er spürte die seidige Feuchtigkeit und hörte ihr erregtes Keuchen. Sein Inneres bestand nur noch aus einem Wirrwarr betäubter und zugleich hellwacher Empfindungen, die alle auf dasselbe Ziel hinstrebten. Seine Hände und sein Mund schienen mit eigener Entscheidungsgewalt ausgestattet zu sein, sie vollführten aus der Hitze des Augenblicks heraus unerhörte Dinge, die er sich niemals vorher erträumt hätte.

Sie schob sich über ihn und nahm ihn in sich auf.

»Ja«, stöhnte sie. »Ja!« Und dann sagte sie ihm ins Ohr: »Du musst aufpassen.«

Das war für eine Weile seine letzte bewusste Wahrnehmung. Es gab nur noch ihren Körper und ihn selbst in ihr, seine Hände, die ihre Hüften hielten und sie bewegten, auf und nieder und immer schneller, bis ihr Keuchen sich in ein abgehacktes Stöhnen verwandelte, das in einem erstickten Aufschrei gipfelte. Zugleich brach mit Urgewalt sein eigener Höhepunkt über ihn herein, alles an Wollust übertreffend, was er je erfahren hatte. Es spielte keine Rolle, dass sie sich im selben Moment von ihm zurückzog, denn er entsann sich dumpf, dass sie von *Aufpassen* gesprochen hatte. Mit zusammengebissenen Zähnen warf er den Kopf in den Nacken, völlig geräuschlos, so wie es ihm während der Lagerhaft in Fleisch und Blut übergegangen war. Deshalb hörte er auch die Schritte auf der Treppe und erstarrte augenblicklich zu absoluter Reglosigkeit.

Katharina, die schwer atmend neben ihm zusammengesunken war, richtete sich ruckartig auf.

»Wer ist da?«, rief sie, blitzschnell ihren Schlüpfer anziehend. Wahllos griff sie anschließend nach dem nächstbesten Kleidungsstück. Es war sein neuer Pullover. Sie streifte ihn sich über.

»Ich bin's, Mama!«, rief Bärbel, nun bereits im Flur und vor der Schlafzimmertür. Überflüssigerweise fügte sie hinzu: »Ich bin wieder zu Hause.«

Bei diesem Stand der Dinge wurde es dunkel um Johannes. Katharina hatte die Tagesdecke über ihn geworfen. Gerade noch rechtzeitig, ehe Bärbel ins Zimmer trat.

»Oh, ist das der neue Pulli, den du für Johannes gestrickt hast? Der ist aber schön! Ich hab ihm noch nichts verraten, damit das Geschenk eine Überraschung bleibt, auch wenn er es erst nachträglich bekommt. Oder willst du den Pulli jetzt selber behalten?«

»Nein, ich wollte nur mal sehen, ob mir so was auch steht.«

»Auf alle Fälle!«, bekräftigte Bärbel. »Du siehst damit wunderschön aus! Warst du im Bett? Hab ich dich geweckt?«

»Hm«, kam es vage von Katharina. »Wieso bist du überhaupt schon wieder da?«

»Klausi hat sich mit Wolfi geprügelt. Dann ist Manni dazwischengegangen, und dabei hat er leider sehr schlimmes Nasenbluten bekommen. Es hat einfach nicht aufgehört, deshalb mussten wir heim.«

Johannes verbrachte einige schamvolle Minuten unter der Tagesdecke, bis Bärbel in allen Einzelheiten die Prügelei der Rabe-Jungs geschildert und ihren Mantel ausgezogen hatte.

»Geh mal rasch in den Keller und hol eine Schütte Kohlen rauf«, bestimmte Katharina.

»Aber ich hab doch erst heute Mittag Kohlen hochgeholt!«

»Hol trotzdem welche. Ich will nachher noch was kochen.«

»Wirklich?« Bärbels Stimme hörte sich erfreut an. Ihre Mutter kochte nicht allzu oft, aber wenn sie es doch einmal tat, gab es häufig Süßspeisen, deren köstlicher Duft das ganze Haus erfüllte. »Was machst du denn?«

»Milchreis«, erklärte Katharina. »Mit Zucker und Zimt und Birnenkompott.«

Das war für Bärbel Anreiz genug, sofort in den Keller zu flitzen, um die gewünschten Kohlen zu holen.

Katharina zog hastig die Decke weg. Johannes sprang aus dem Bett und stieg blitzschnell in seine Hose, während Katharina rasch den Pulli auszog und in ein mit Streublümchen bedrucktes Kittelkleid schlüpfte. Mit fliegenden Fingern knöpfte sie es zu.

Sie waren beide erst halb angezogen, als die Kleine plötzlich wieder im Zimmer stand – ohne Kohlen. »Hab ganz vergessen, die Kohlentröte mitzunehmen«, sagte sie kichernd. »Hast du auch ein bisschen geschlafen?«, wollte sie anschließend unbefangen von Johannes wissen, der mit offener Hose und nacktem Oberkörper neben dem Bett stand.

Er nickte wie vom Donner gerührt, während sie bereits wieder davonhüpfte, diesmal mit dem Behältnis für die Kohle.

»Hattest du vorhin die Kellertür offen gelassen, als du hochgekommen bist?«, fragte Katharina.

Er blickte sie konsterniert an. Sein Herz schlug immer noch wie rasend, der Geschlechtsakt und das unvermutet auftauchende Kind hatten offenbar sein Denkvermögen lahmgelegt. Er war so durcheinander, dass er die vorwurfsvoll klingende Frage kaum einzuordnen vermochte. Die Kellertür war selten verriegelt, solange jemand zu Hause war. Er und Mine gingen unten häufig ein und aus, es gab in letzter Zeit viel im Garten zu tun. Und es gehörte zu Bärbels Gewohnheiten, durch den Keller ins Haus zu gehen, wenn sie vom Spielen kam, dann konnte sie gleich unten in der Waschküche ihre schmutzigen Schuhe ausziehen – dort, wo sie sowieso meist geputzt wurden. Das Risiko, dass sich zwischendurch Unbefugte über den Keller Zutritt verschafften, war äußerst gering: Diebe warteten für gewöhnlich, bis alle Bewohner aus dem Haus waren.

Er setzte zu einer Rechtfertigung an, aber Katharina schnitt ihm das Wort ab. »Schon gut, du konntest ja vorher nicht ahnen, dass wir …« Mit hochroten Wangen hielt sie inne und knöpfte sichtlich aufgelöst ihr Kleid fertig zu. »Ich wusste ja selber nicht, dass … Nie hätte ich gedacht, dass ich so … Lieber Himmel, wie soll ich das bloß dem Kind erklären?!«

Erst jetzt meldete sich sein Verstand zurück – wie konnte er so schwer von Begriff sein? Bärbel hatte sie beide mehr oder weniger in flagranti erwischt! Die Kleine glaubte nun allen Ernstes, sie hätten zusammen ein Nickerchen gemacht, unbekleidet und im Bett ihrer Mutter! Und zu allem Überfluss hatte er diese kindliche Annahme mit seinem Nicken auf Bärbels Frage hin sogar noch selbst bestätigt!

Die Situation ging eindeutig auf sein Konto. »Es tut mir leid.

Ich habe nicht nachgedacht. Ich hätte ihr sagen sollen, dass ich mich für eine Anprobe ausgezogen habe.«

»Und ich mich zufällig ebenfalls?« Katharina schüttelte grimmig den Kopf. »Da muss ich mir schon was anderes einfallen lassen. Bärbel ist kein kleines Kind mehr. Sie ist neun und ziemlich schlau für ihr Alter.« Entschlossen drückte sie ihm den Pulli in die Hände. »Am besten gehst du jetzt sofort wieder runter und tust so, als wäre nichts gewesen. Kein Wort zu irgendjemanden, hörst du?! Wir müssen unbedingt dichthalten, das ist dir doch klar, oder? Das vorhin mit uns beiden – das hätte nie passieren dürfen! Und es war nicht deine Schuld, sondern ganz allein *meine*«, fügte sie mit nachdrücklicher Betonung hinzu, als wollte sie noch dringend klarstellen, wer hier die Verantwortung trug. »Ich habe den Kopf verloren, so weit hätte ich es auf keinen Fall kommen lassen dürfen!« Voller Ungeduld schob sie ihn in Richtung Treppe. »Nun mach schon, verschwinde, bevor die Kleine wieder raufkommt! Ich sorge dafür, dass sie es niemandem verrät!«

Er war von dem Drang erfüllt, etwas zu erwidern, doch er wusste ja nicht einmal genau, was er denken sollte. Die Worte, die sich in seinem Kopf formen wollten, wehten davon wie Staub im Wind. Schweigend klemmte er sich seinen neuen Pullover unter den Arm und ging zurück nach unten.

*

An den folgenden Tagen gingen sie einander aus dem Weg. Katharina blieb den gemeinsamen Mahlzeiten in Mines Küche fern, mit der Begründung, sie habe gerade zu viel zu tun – was nicht einmal gelogen war, denn ihre Nähmaschine stand wegen der wachsenden Kundschaft kaum noch still.

Doch das schlechte Gewissen ließ sich damit nicht ausschalten. Sie zerfleischte sich in Selbstvorwürfen. Wie hatte sie sich nur dazu hinreißen lassen können, Johannes am helllichten Tag zu verführen? Was musste er jetzt von ihr denken?

Ihre Beschämung steigerte sich sogar noch, nachdem ihr klar geworden war, dass es für ihn das erste Mal gewesen sein musste. In ihrer Erregung hatte sie bestimmte Anzeichen nicht sofort richtig deuten können, aber dafür fielen sie ihr im Nachhinein umso deutlicher auf. Seine bebenden Hände, die befangenen Blicke, seine ungestüme Unbeholfenheit.

Sicher war nicht alles gänzlich neu für ihn gewesen, wahrscheinlich hatte er früher schon mit Mädchen herumgeknutscht, denn er konnte gut küssen – nein, *sehr* gut, es hatte ihr förmlich den Boden unter den Füßen weggezogen! Womöglich hatte sie sich in dem Moment davon täuschen lassen und ihm ausreichende Erfahrung unterstellt. Ein Irrtum, den sie sich selbst zuzuschreiben hatte.

Sicherlich hatten die meisten jungen Männer in seinem Alter schon mit Frauen geschlafen, aber der Krieg hatte auch hier vieles über den Haufen geworfen. Er war fast noch ein Junge gewesen, als die Front ihn verschluckt hatte, und in den Jahren seiner Gefangenschaft hatte er bestimmt keine Gelegenheit gehabt, Frauen näherzukommen, jedenfalls nicht auf diese Weise.

Bei alldem war es umso verwunderlicher, dass sie den Liebesakt mit ihm auch noch im Rückblick als überwältigend, ja sogar als unvergleichlich empfand. Sie war mit einer solch mühelosen Selbstverständlichkeit zum Orgasmus gekommen, wie sie es zuvor noch nicht erlebt hatte. Sogar mit seinen linkischen Zärtlichkeiten hatte er sie an den Rand der Ekstase gebracht. Es war beinahe, als wären ihre Körper füreinander geschaffen, und in dieser Hinsicht war es auch für sie das erste Mal gewesen – das Gefühl von vollkommener Übereinstimmung und absoluter Verschmelzung. Die Geschmeidigkeit seiner Gliedmaßen, der Geruch seiner Haut, das Prickeln in ihren Fingerspitzen, als sie sein Glied berührt hatte, der Anblick seines Gesichts, als er gekommen war – all das hatte sie in Verzückung versetzt.

Obwohl sie auch mit Karl und Clemens im Bett meist auf ihre Kosten gekommen war (und sogar ein- oder zweimal damals mit Leo), hatte ihre Lust sich nie so spontan an der bloßen körperlichen Nähe eines Mannes entzündet wie bei Johannes. Allein ihn zu berühren und anzusehen hatte ihr Begehren angefacht.

Sie konnte nicht aufhören, immer wieder daran zu denken und sogar Lust dabei zu empfinden, wodurch ihre Schuldgefühle sich weiter verstärkten.

Sie hatte Bärbel darauf eingeschworen, Stillschweigen zu bewahren.

Ihre Tochter hatte sie nur groß angeblickt. »Ist es ein Geheimnis, so wie die Karte bei einem vergrabenen Schatz?«

»So ähnlich. Nur noch viel geheimer.«

Bärbel hatte sich den Mund zugehalten und irgendwas genuschelt.

»Was hast du gesagt?«

»Ich werde schweigen wie ein Grab und niemandem sagen, dass ihr zusammen Mittagsschlaf gehalten habt.«

Katharina hatte gelacht, aber eigentlich war ihr zum Heulen zumute gewesen, weil sie Bärbel damit belasten musste. Es erinnerte sie auf fatale Weise an das andere Geheimnis, jenes, das sie mit Inge teilte.

Die Russen waren zu dritt gewesen, ein Trupp rachsüchtiger Rotarmisten, wie sie damals gegen Kriegsende in Scharen durchs Land gestreift waren.

»Frau, komm!«, hatte einer der drei mit gutturalem Akzent zu Katharina gesagt, mehr war nicht nötig gewesen. *Frau, komm* – das hatten sie nach dem Einmarsch auch zu unzähligen anderen Frauen gesagt, wahrscheinlich zu Hunderttausenden, doch vom wahren Ausmaß dieser Tragödie ahnte sie an jenem

Tag noch nichts. Bis dahin hatte sie nur von ein paar Dutzend gehört, aber das war genug, um zu wissen, was ihr bevorstand.

Inge war damals genauso alt gewesen wie Bärbel heute. Neun Jahre und sehr klug für ihr Alter. Katharina hatte sie auf einen Trümmerblock gesetzt und die dreijährige Bärbel daneben. Sie hatte die Hände der Kinder ineinandergelegt und sie beschworen: »Schaut woandershin. Und rührt euch nicht von der Stelle, bis ich wieder da bin. Inge, du bist schon groß, du trägst die Verantwortung dafür, dass ihr beide hier sitzen bleibt und nicht weint.«

Die Russen hatten wenigstens den Anstand besessen, sie hinter eine Mauer zu zerren, sodass die Kinder nicht mit ansehen mussten, wie die Männer abwechselnd und mehrmals – teilweise auch gleichzeitig – über sie hergefallen waren. Unter rohen, hasserfüllten Ausrufen und mit äußerster Brutalität hatten sie ihre Lust an ihr gestillt. Trotzdem hatte einer der drei sie hinterher töten wollen, er hatte seine Pistole an ihren Kopf gehalten und sie lauthals beschimpft. Katharina hatte kein Wort verstanden, bezweifelte aber nicht, dass er abgedrückt hätte, wenn die beiden anderen ihn nicht davon abgehalten hätten. Sie hatten ihn damit abgelenkt, dass sie den Schmuck unter sich aufteilten, den sie Katharina abgenommen hatten – ihren Ehering, eine Perlenkette, eine goldene Brosche, die Diamantohrringe ihrer Mutter. Alles war sorgsam in ihrem Mantelsaum eingenäht, aber die Männer hatten das Versteck schnell gefunden. Aus reinem Vergnügen an der Zerstörung hatten sie anschließend auch noch sämtliche Papiere und Fotos verbrannt, die Katharina bei sich trug.

Dann waren sie weitergezogen, lachend und lärmend und durchdrungen von der Gewissheit, dass sie sich nur das genommen hatten, was ihnen zustand. Dem Sieger gehörte nun mal die Beute. Und hatten sie nicht ihr Leben und das ihrer Kinder verschont? Was war schon die Schändung der einen oder anderen Frau im Vergleich zu den furchtbaren Gräueltaten, welche die SS an den Menschen in Russland begangen hatte?

Katharina hatte sich mit mechanischen Bewegungen das Blut von den Schlägen und Misshandlungen abgewischt und ihre Kleidung wieder angezogen, und anschließend hatte sie Inge das Versprechen abgenommen, das Geschehene unter allen Umständen für sich zu behalten.

Bärbel war zum Glück noch zu klein gewesen, um es zu verstehen. Das meiste davon hatte sie im Laufe der von Chaos, Hunger und Angst begleiteten Flucht in den Westen ohnehin bald wieder vergessen. Die Kleine hatte nur noch vage Erinnerungen an einen Raubüberfall, bei dem sie dem Schlimmsten knapp entronnen waren. Aber Inge hatte genug mitbekommen, um zu begreifen, was hinter der Mauer passiert war, und deshalb war es unerlässlich, dass es ihr niemals über die Lippen kam.

Katharina wusste, dass nach den Moralvorstellungen der meisten Menschen eine attraktive Frau die Sünde gleichsam mit sich trug, vor allem, wenn sie jung und hübsch war. Mit geschminkten Lippen und onduliertem Haar forderte sie die Männer praktisch zur Tat heraus und machte sich selbst zum Gegenstand der Begierde. Da war es in den Augen der Leute nur folgerichtig, dass sie zumindest eine Mitschuld daran hatte, wenn sie vergewaltigt wurde.

Das hat sie davon, die Schickse!

Genau so und nicht anders hätte man hier über sie geredet, wenn es herausgekommen wäre. Aus diesem Grund durfte keiner davon erfahren. Niemals.

Eine Zeit lang hatte sie befürchtet, schwanger zu sein, ihre Periode kam ohnedies immer sehr unregelmäßig, aber irgendwann war doch endlich wieder Blut in ihrem Schlüpfer aufgetaucht, sodass sie fortan alles daransetzen konnte, das Geschehene zu vergessen.

Trotzdem hatte es danach fast fünf Jahre gedauert, bis sie so weit war, sich wieder einem Mann hinzugeben. Clemens war ein einfühlsamer Liebhaber und hatte ihr Lust im Bett verschafft, aber in der ersten Zeit nach der Vergewaltigung hatte es sie nur mit Abscheu erfüllt, von Männern berührt zu werden, auch wenn es ganz harmlos war oder unbeabsichtigt geschah, etwa im Gedränge in der Straßenbahn oder beim Einkaufen im überfüllten Kaufhaus. Aufdringliche Männerblicke hatten sie angewidert, doch sie ließ sich nach außen hin nichts anmerken. Sie hörte nicht auf, sich zu schminken, und sie trug weiterhin trotzig ihre selbstgenähten figurbetonten Kleider. Dabei fühlte sie sich manchmal wie eine Schauspielerin, die ihr ruiniertes Leben mit einer Maskerade kaschieren wollte.

Erst als im Jahr darauf Hanna Morgenstern die Bühne betrat und mit ihren roten Haaren, ihren Stöckelschuhen und ihren engen Röcken die biedere Nachbarschaft in Unruhe versetzte, hatte sich bei Katharina ein Wandel vollzogen. Sie hatten sich sofort miteinander angefreundet, und von da an gewann Katharina ganz allmählich ihr gesundes weibliches Selbstbewusstsein zurück. Warum sollte eine Frau es nicht in vollen Zügen genießen, gut auszusehen? Das war ein Motto, nach dem Hanna gern lebte, und Katharina brauchte nicht viel Ermunterung, um es auch für sich zu entdecken.

Allzu penetrante Männerblicke störten sie nach wie vor, aber sie konnte damit umgehen und es größtenteils ignorieren, ebenso wie das Getuschel der Leute. Sie wusste, was sie wollte, und dafür stand sie ein, das war die Hauptsache.

*

Diese und ähnlich lästige Gedanken versuchte sie mit aller Kraft zu verdrängen, als sie sich in der dritten Aprilwoche für ihren Termin bei der Bank zurechtmachte. Sie hatte sich dafür extra ein neues Kostüm geschneidert, dezent gemustert, aber mit einem burschikosen Schalkragen. Dazu trug sie eine schlichte weiße Bluse und ihre guten Schuhe, das bessere der beiden Paare, die sie für wichtige oder festliche Anlässe besaß. Schuhe waren immer noch horrend teuer. Davon abgesehen fand Katharina die derzeit aktuellen Modelle eher plump, weshalb sie sich weiterhin an die Angebote bei den Tauschbörsen hielt; dort gab es noch die schmaleren Pumps, die früher in Mode gewesen waren und ihr besser gefielen. Die Handtasche stammte ebenfalls noch aus der Vorkriegszeit, doch wie die Schuhe war sie gut erhalten und hochwertig verarbeitet. Auch der weit ausgestellte Mantel passte zum Kostüm – sie hatte ihn erst vor zwei Jahren genäht und noch nicht allzu häufig getragen.

Das Haar trug sie an diesem Tag hochgesteckt, um seriöser zu wirken, und hinter die Ohren sowie auf die Innenseite der Handgelenke tupfte sie Parfüm – ein bisschen Extravaganz durfte sein, schließlich wollte sie für ihr künftiges Geschäft werben.

Als sie vor dem Verlassen des Hauses einen letzten Blick in den Spiegel warf, fand sie sich sehr adrett und hübsch, und die vielen ehrlich bewundernden – und teils neidischen – Blicke, die ihr im Bus sowie auf ihrem anschließenden Weg zur Bank folgten, bestätigten dieses Urteil.

Auch der Sachbearbeiter, der sie zu der vorher vereinbarten Besprechung in der Bank empfing, war erkennbar beeindruckt von ihrer Erscheinung. Er begrüßte sie mit offener Herzlichkeit und führte sie in sein Büro. Dort hörte er ihr aufmerksam zu und machte sich Notizen, während sie ihm ihre Pläne darlegte.

Dann fing er an, ihr Fragen zu stellen, und bald merkte Katharina, dass es doch nicht so gut für sie lief wie erhofft. Immer häufiger fiel ihr der zweifelnde Ausdruck in seinem Gesicht auf. Schließlich blickte er sie stirnrunzelnd an und sprach seine Bedenken laut aus.

»Bei Ihnen kommen mehrere Probleme für eine mögliche

Kreditvergabe zusammen.« Er hielt inne und hob beruhigend die Hand, als er ihre Enttäuschung bemerkte. »Es sind keine Hürden, die sich nicht überwinden ließen.«

»Ich tue *alles*«, entfuhr es ihr. Sofort erkannte sie peinlich berührt, wie sich das anhören musste. Doch ihre Sorge, der Bankberater könnte es als unanständige Offerte aufgefasst haben, erwies sich glücklicherweise als unbegründet.

Er lächelte nur flüchtig. »Oft reicht es, wenn man von mehreren Problemen eines löst, um sich alle anderen gleich mit vom Hals zu schaffen.«

»Was muss ich machen, um den Kredit zu bekommen?«, fragte sie geradeheraus.

»Eine Sicherheit stellen«, gab er sachlich zurück. »Viele Leute wollen in diesen Tagen ein Geschäft gründen und brauchen dafür Geld, und meist gibt es kaum Zweifel daran, dass ihre Pläne Hand und Fuß haben – genau wie bei Ihnen. Doch entscheidend ist für die Bank immer die verfügbare Sicherheit.«

»Meinen Sie die Sicherheit, dass Sie das Geld auch von mir zurückbekommen?«

»Genau genommen ist damit eine Sicherheit gemeint, die eine Rückzahlung auch dann gewährleistet, wenn der Kreditnehmer aus irgendwelchen Gründen selbst *nicht* mehr dazu imstande ist. Etwa, weil er krank ist oder stirbt. Oder in Konkurs fällt.«

»Ich bin kerngesund und werde ganz sicher keine Pleite hinlegen.«

»Diese Selbsteinschätzung reicht der Bank leider nicht aus.«

»Welche Sicherheiten kann ich denn bieten, um das Geld zu bekommen?«

»Ein Pfand zum Beispiel, etwa in Form von Wertsachen. Eine Grundschuld. Oder eine Bürgschaft. Die beiden ersten Möglichkeiten scheiden aus, wie ich Ihren bisherigen Antworten entnehmen konnte. Aber eine Bürgschaft könnte ihre Chancen auf jeden Fall verbessern.«

»Das heißt, ich müsste Ihnen jemanden nennen, der das Geld an meiner Stelle zurückzahlt, wenn mir die Luft ausgeht?«

Der Berater nickte. »Und zwar selbstschuldnerisch und ohne die Einrede der Vorausklage.«

Sie hatte keine Ahnung, was damit gemeint war, aber das spielte keine Rolle, denn sie hatte sowieso keinen Bürgen an der Hand. Alle Leute, die sie kannte, waren ähnlich klamm wie sie, außer vielleicht Stan, der als Steiger sehr gut verdiente. Aber er hatte selbst mehrere Ratenkredite laufen, für Kühlschrank, Plattenspieler, Waschmaschine und neuerdings noch einen elektrischen Küchenherd. Außerdem hatte er viel Geld in das Auto gesteckt, an dem dauernd irgendwas kaputtging. Und auch aus einem anderen Grund kam er nicht infrage – bestimmt würde er gewisse Erwartungen daran knüpfen, wenn sie ihn um eine Bürgschaft bat.

Clemens schied ebenfalls aus. Katharina hatte ihn seit ihrem letzten Treffen nicht gesehen und auch nichts mehr von ihm gehört. Sie hatte Hanna gebeten, ihr erst gar nicht zu erzählen, wenn er wieder anrief – so war es ihr ganz gut gelungen, ihn aus ihren Gedanken zu verbannen. Im Übrigen hatte sie mit ihrem Gefühlsaufruhr nach der Sache mit Johannes schon genug zu kämpfen. Noch mehr Schwierigkeiten dieser Art konnte sie sich bei ihren Plänen nicht leisten.

Blieb noch Mine. Katharina hatte keine Ahnung, ob ihre Schwiegermutter Ersparnisse besaß, aber viel war es garantiert nicht, und sie würde etwaige Rücklagen unter keinen Umständen für ein Modeatelier aufs Spiel setzen wollen, das war so gut wie in Stein gemeißelt. Auf dem Haus lag zudem noch eine Hypothek, und die Witwenrente von der Knappschaft reichte zwar zum Leben, aber ganz sicher nicht zum Abstottern fremder Schulden. Katharina konnte froh sein, dass Mine sie mit dem Schulgeld für Inge unterstützte, zumal es im nächsten Jahr noch teurer werden würde, sobald auch bei Bärbel der Wechsel aufs Lyzeum anstand.

»Eine Bürgschaft scheidet aus«, sagte sie.

»Das macht den Kredit nicht unmöglich, verzögert ihn aber auf jeden Fall. Denn als nötige Sicherheit kann dann nur der Nachweis regelmäßiger Einkünfte in gewisser Höhe dienen, und daran mangelt es noch. Ihre Hinterbliebenenversorgung reicht dafür leider nicht aus.«

»Aber in den letzten Monaten habe ich mit dem Nähen schon gut dazuverdient! Ich habe Ihnen doch eben die Zahlen genannt, und Sie sagten, die seien gar nicht übel!«

Er lächelte ein wenig gequält. »Ja, aber das ist schwarzes Geld. Sie haben noch kein Gewerbe angemeldet.«

»Bedeutet das, ich müsste nur ein Gewerbe anmelden, um den Kredit zu bekommen?«

»Wenn Sie damit weiterhin so viel verdienen wie jetzt, müsste es klappen.«

Diese Auskunft klang vielversprechend, doch das war noch lange kein Grund zur Freude: Wenn sie offiziell genug Geld verdiente, verlor sie ihren Anspruch auf die Hinterbliebenenversorgung. Auch wenn es sich um einen läppischen Betrag handelte – sie konnte nicht darauf verzichten. Jedenfalls nicht sofort. Es bedeutete, dass sie zuerst eine Weile sparen musste, wenigstens noch ein paar Monate, um das Risiko möglichst gering zu halten.

»Wie lang muss der Zeitraum sein, für den ich regelmäßige Einkünfte nachweisen muss?«

»Ein Jahr, wenn wir die bisherigen Zahlen zugrunde legen«, antwortete der Sachbearbeiter. »Und die Einkünfte sollten aus selbstständiger Schneiderei stammen, das macht es einfacher.«

Sie rechnete es im Geiste durch. Ein weiteres halbes Jahr sparen, dann die Anmeldung des Gewerbes, mit ordentlich verbuchten Einnahmen und Ausgaben. Sie würde Rechnungen und Quittungen schreiben und alles abheften, so wie früher im Atelier ihrer Mutter. Katharina wusste noch, wie es ging – sie hatte damals oft bei der Büroarbeit geholfen. Anschließend ein weiteres Jahr richtig klotzen, wie gehabt in ihrem Schlafzimmer, und nebenher immer noch tüchtig auf die offizielle Geschäftseröffnung sparen. Und nach Ablauf des Jahres mit den gesammelten Belegen erneut zur Bank, um den Kredit zu beantragen.

»So machen wir das«, sagte sie entschlossen. »Vielleicht brauche ich dann gar nicht mehr so viel Geld von der Bank.«

»Das würde ich Ihnen sehr wünschen«, meinte der Sachbearbeiter mit spürbarer Sympathie. »Noch was.« Er zögerte. »Darf ich Ihnen einen gut gemeinten Rat erteilen?«

»Nur zu.«

»Für den Gewerbeschein muss ein Antrag gestellt werden.«

»Ich weiß.«

»Nun, bestimmte Gewerbe erfordern bestimmte Voraussetzungen. Vor allem im Bereich des Handwerks. Sie wollen eine eigene Schneiderei eröffnen, das zählt zum Handwerk.«

»Eigentlich soll es ein Modeatelier werden.«

»Ja, aber wenn ich Sie richtig verstanden habe, bedeutet das in Ihrem Fall eine Maßschneiderei, wo in erster Linie Sie selbst die verkaufte Mode fertigen werden. So weit richtig?«

Katharina nickte zögernd, sie ahnte bereits, worauf er hinauswollte. »Deshalb hatten Sie mich gefragt, ob ich gelernte Schneiderin bin, oder? Ich müsste eine sein, um mich damit selbstständig zu machen, habe ich recht?«

Er breitete resigniert die Hände aus. »Leider habe ich hier schon mehrfach miterleben müssen, wie hoffnungsvolle Existenzgründer an den Hürden einer kleinlichen Bürokratie gescheitert sind.«

»Ich nähe so gut wie jede Meisterin«, sagte Katharina mit Nachdruck. »Meine Mutter war eine der besten Schneiderinnen Berlins. Sie hat die halbe Hautevolee der Stadt eingekleidet. Und mir hat sie alles beigebracht, was sie wusste. Ich hab's von klein auf gelernt. Als sie starb, konnte ich es fast so gut wie sie.«

Sie lachte bitter. »Aber anscheinend reicht das nicht, oder? Ich müsste für eine eigene Schneiderei irgendwelche Abschlüsse haben, stimmt's? Tut mir leid, damit kann ich nicht dienen. Ich bin bloß gelernte Ballerina, und nicht mal darin habe ich einen Abschluss. Und selbst wenn ich einen echten, dreifach gesiegelten, vierfach gestempelten und außerdem noch goldgerahmten Meisterbrief für irgendeinen Beruf vorzuweisen hätte – er wäre auf meiner Flucht aus Berlin verloren gegangen, so wie alles andere, was ich dabeihatte.«

»Eben«, sagte der Sachbearbeiter ruhig. »Verloren, verschwunden, verbrannt, vernichtet, so wie die Zeugnisse und Bescheinigungen von Millionen anderer Menschen. Da kann man nichts machen. Daran sollten Sie denken, wenn Sie bei den Behörden die nötigen Anträge stellen. Verstehen Sie?«

»Ja«, sagte Katharina langsam. »Ja, ich verstehe.« Sie holte tief Luft und lächelte ihn an. »Ich danke Ihnen sehr!«

»Keine Ursache. Ich bin auf Ihrer Seite, und wenn es so weit ist, können Sie auf mich zählen.« Sein Händedruck zum Abschied fiel noch herzlicher aus als der erste. »Ich wünsche Ihnen alles Gute. Sie werden es schaffen, davon bin ich überzeugt!«

Kapitel 9

Über einen halben Kilometer tief unter der Erde war es schwarz, staubig und heiß, eine Welt, die sich von der da oben so grundlegend unterschied wie die Nacht vom Tag. Hier unten war es *immer* Nacht, die Dunkelheit nur erhellt von den Grubenlampen der Kumpel und den Leuchten entlang der Strecke.

Johannes war seit der ersten Woche vor der Kohle.

»Du kannst ja schon alles«, hatte Stan nach ein paar Stunden im Lehrrevier befunden und ihn zur Abbausohle mitgenommen. Dort hatte er ihm nur kurz die Abläufe gezeigt und ihn dann sofort mit einem herzhaften *Glückauf* auf die Strecke geschickt. Anfangs hatte Johannes als Schlepper die Kohle aufs Band geschippt, mit einer gewaltigen, breiten Schaufel, die man hier *Weiberarsch* nannte, aber schon nach ein paar Tagen hatte Stan ihm den Umgang mit dem Bohrhammer gezeigt und daraufhin erklärt, von nun an sei er Hauer.

Hier unten hatte Stan als Steiger bei der Einteilung der Kumpel die Entscheidungsgewalt, und nachdem alle gesehen hatten, dass der Neue diese Arbeit nicht zum ersten Mal machte und mehr Kohle aus dem Flöz schlug als viele andere, war er im Lohngefüge auch ohne Lehrzeit und Fortbildung entsprechend aufgerückt.

Um ihn mit dem Fachvokabular der Bergleute vertraut zu machen, hatte Stan ihm ein Buch zum Lernen gegeben.

»Daraus kannst du pauken. Hab ich damals auch gemacht. Wenn du das draufhast, kann dir keiner mehr an den Karren fahren, dann sprichst du unter Tage dieselbe Sprache wie alle anderen auch. Dass du das Handwerk bei den Russen gelernt hast, spielt keine Rolle. Jedenfalls nicht für mich, und solange ich für die Eingruppierung zuständig bin, bleibt's dabei. Von den Spätheimkehrern oder Flüchtlingen hat eh kaum einer irgendwelche Zeugnisse. Außerdem kann jeder sehen, dass du den anderen noch ordentlich was vorkloppst.«

Johannes hatte als Hauer Anrecht auf Gedingelohn und würde dadurch entsprechend mehr in der Lohntüte haben, so hatte Stan es ihm erklärt. Die Aussicht auf mehr Geld spornte Johannes an, denn mit Geld war man wer. Auf jeden Fall mehr.

Der Gedanke setzte sich fest und begleitete in Versform das Stakkato des Abbauhammers in seinen Händen. *Mit Geld ist man wer. Auf jeden Fall mehr.* Es war ein unaufhörlich wiederkehrender Reim, der im Zusammenwirken mit dem Hammer ein alles verschlingendes Vibrieren erzeugte. Daraus wiederum schien sich ein Kokon zu entspinnen, der aus Lärm, Ruß und Staub bestand und ihn sicher vor der Außenwelt abschirmte.

Den ganzen Tag im Akkord Kohle zu hauen war fraglos eine merkwürdige Methode, sich einen Rückzugsort zu schaffen, aber Johannes machte sie sich auch hier zu eigen, so wie er es schon während seiner Lagerhaft getan hatte, mit stoischer, blinder, alles ausblendender Plackerei. In gewisser Weise koppelte sein Geist sich von seinem Körper ab und glitt in einen seltsamen Ruhezustand, gehalten und gewiegt von dem sinnlosen Vers und ähnlich stumpfem, stummem Singsang, etwa dem Fachwortschatz der Bergleute, welchen er sich in alphabetischer Reihenfolge binnen weniger Tage angeeignet hatte.

Abwetter. Abteufen. Alter Mann.

Solange er hämmerte, konnte ihm nichts geschehen. Außer, dass er dadurch zu mehr Geld kam, und dagegen konnte eigentlich keiner was haben.

Arschleder. Auffahren. Ausbiss.

Zur Frühstückszeit stopfte er schweigend die Brote in sich

hinein, die Mine ihm mitgegeben hatte, und hinterher war er der Erste, der wieder an die Arbeit ging.

Ausfahrt. Ausrichtung. Ausschram.

»Du musst aufpassen, dass die anderen dich nicht für einen Halbbekloppten halten«, sagte Stan einmal nach der Schicht zu ihm. »Ich hab sie schon über dich witzeln hören.«

»Was denn?«

»Na, zum Beispiel *Der stumme Iwan.* So was eben. Du solltest mehr aus dir herausgehen. Mit den Kumpels reden.«

»Worüber denn?«

»Was man so bequatscht beim Buttern oder in der Waschkaue. Sag, was du denkst. Was dich innerlich beschäftigt. Mach einfach mal dein Maul auf, dann passt das schon.«

Die anderen redeten über Fußball und Frauen und die unfähigen Politiker, die es trotz Gründung der viel gepriesenen Montanunion nicht schafften, dass die Kohle, die der Kumpel im Revier unter Einsatz von Leben und Gesundheit aus dem Schacht holte, da blieb, wo sie hingehörte und wo sie gebraucht wurde – im Inland. Stattdessen wurde sie zwangsexportiert, als Strafe für den verlorenen Krieg, und die Bundesrepublik musste für teures Geld bei den Siegermächten Importkohle zukaufen, damit die Deutschen sich nicht den Arsch abfroren. Ein weiteres politisches Thema war der Koreakrieg. Die Männer hatten Sorge, das Ganze könnte in einen dritten Weltkrieg ausarten, und wenn es nach ihnen gegangen wäre, hätten die USA und die Vereinten Nationen sich da besser rausgehalten.

Sie redeten über die Tauben und die Karnickel, die sie züchteten, über die Köttel, die ihnen die Haare vom Kopf fraßen (es dauerte eine Weile, bis Johannes dahinterkam, dass damit Kinder gemeint waren), über die blinden Grubenpferde, die hier unten im Stollen früher die Loren gezogen hatten, über die neuesten Schrämmaschinen, die immer mehr Kumpels die Arbeit wegnehmen würden, und dann wieder über Frauen, allerdings nicht unbedingt ihre eigenen, und der Inhalt dieser Unterhaltungen war oft nicht jugendfrei.

Es waren der Art nach vergleichbare Männergespräche, wie Johannes sie aus den Lagern kannte, besonders die über Frauen.

Über Sport war dort seltener gesprochen worden, denn man hatte im Lager kaum Aktuelles mitbekommen – Nachrichten aus der Heimat drangen nur sporadisch und auf langen Umwegen zu den Kriegsgefangenen vor.

Von der Taubenzucht, für viele Zechenkumpel eine elementare Freizeitbeschäftigung, verstand er nicht das Geringste und konnte daher nicht mitreden. Beim Sport war es ganz ähnlich, weil er keine der Mannschaften und Spieler kannte, über die alle anderen sich dauernd unterhielten. Stan meinte, er werde dafür sorgen, dass sich das änderte, und er hatte bereits angekündigt, ihn demnächst zu einem Fußballspiel mitzunehmen.

Über Frauen wollte Johannes sich nicht auslassen, obwohl er jetzt über einschlägige Erfahrungen verfügte, genauer gesagt: über eine. Doch er vermied beharrlich jeden Gedanken daran, weil das zu nichts führte, und wenn die Männer mit schlüpfrigen Reden anfingen, hielt er sich heraus.

Es gab andere, besser geeignete Themen, über die er sich mit den Kumpels hätte austauschen können, etwa den Ablauf seiner ärztlichen Untersuchung in Essen-Heisingen, wo er sich zusammen mit Dutzenden anderer Bergbau-Anwärter hatte aufstellen müssen, eine Prozedur, die allgemein *Hengstparade* genannt wurde. Wie bei einem militärischen Appell hatten sie dagestanden, völlig nackt, die Hände vor den Genitalien, denn die Untersuchung war zur peinlichen Überraschung aller nicht von einem Arzt, sondern einer Ärztin durchgeführt worden. Mit gleichmütiger Miene hatte sie in ihrem weißen Kittel die Reihen abgeschritten und alle von vorn bis hinten begutachtet, ein paar allzu schmächtige und kurzatmige Bewerber aussortiert und den Rest ohne große Umschweife für grubentauglich erklärt.

Oder er hätte den Kumpels von den Arbeitsbedingungen in den russischen Bergwerken erzählen können, die ungleich härter, primitiver und gefährlicher waren als in den deutschen Zechen. Jede Woche waren dort Männer gestorben – verschüttet, erschlagen, erstickt. Wenn reihenweise die Stempel zum Stützen der Firste wegbrachen, weil das Holz nichts taugte, dann war es nun mal so. Jederzeit musste man mit tödlichen Stollenbrüchen oder Schlagwetterexplosionen rechnen, denn die Fördermenge zählte mehr als das Leben der Lagerhäftlinge. Im Licht uralter Handlaternen hatten sie die Kohle mit der Keilhaue aus dem Flöz hacken müssen, einen pneumatischen Bohrhammer hatte dort keiner gehabt. Mit Glück gab es unter Tage einen Käfig mit Kanarienvögeln als Gaswarner. Hörten sie auf zu singen oder fielen gar tot von der Stange, musste man rennen, wenn man nicht sterben wollte. Manche waren lieber unten im Schacht geblieben. Es hieß, dass es keinen leichteren Tod gab als den in bösen Wettern.

Wer hier in Essen auf dem Pütt über fehlende Arbeitshandschuhe klagte, hätte sich nach drei Monaten in einem russischen Bergwerk gefreut, überhaupt noch am Leben zu sein.

Er hätte den Männern auch erzählen können, dass im russischen Bergbau ziemlich viele deutsche Worte verwendet wurden, die auf seltsamen Wegen in den Osten gelangt waren und kaum anders klangen als ihr ursprüngliches Pendant. *Steiger. Arschleder. Stempel. Gesenk. Feldspat. Förderstollen. Durchschlag. Bergamt.*

Die erste richtige Unterhaltung mit den Kumpels brachte jedoch nicht er selbst in Gang, sondern jemand von seiner Schicht.

»He, Jung, wieso warsse eigentlich so lange in Gefangenschaft?«, fragte einer, während sie unten auf der fünften Sohle gemeinsam ihre Frühstücksbrote verzehrten.

Bevor Johannes eine seiner üblichen wortkargen Antworten anbringen konnte (»Das weiß ich nicht« oder »Das weiß keiner«), präzisierte der Bergmann seine Frage.

»Verdammt lange, sechs Jahre, oder? Mein Bruder, der Achim, war auch in russischer Gefangenschaft, aber er kam schon siebenvierzig zurück. Und ein paar andere Kumpel von hier auch. Ich hab gehört, dat alle, die nach so vielen Jahren immer noch da festsitzen, Leute von der Waffen-SS sind.«

Die anderen Männer äußerten zustimmende Bemerkungen. Jeder kannte mindestens einen Heimkehrer, und viele von den ganz Späten hatten wahrscheinlich Dreck am Stecken.

»Das ist nicht wahr!«, entfuhr es Johannes. »Ich war keiner von denen!« Sofort riss er sich zusammen und verfiel wieder in Schweigen, doch der Kumpel, der ihn gefragt hatte, ließ nicht locker. Er hieß Heinz und war schon etwas älter, früh ergraut und mit vielen Sorgenfalten im Gesicht.

»Nich datte denks, ich will dich inne Hacken treten, Jung. Keiner will dich wat unterstellen. Sach doch ma, wie kam dat denn alles?«

Und mit einem Mal, Johannes wusste selbst nicht, wie ihm geschah, erzählte er von der Gefangennahme. Wie er von den Russen mit den Überlebenden seines Trupps in ein provisorisch eingezäuntes, bereits heillos überfülltes Lager gesteckt worden war. Wie zwei von denen ihn zusammengeschlagen hatten, weil er seine Stiefel nicht schnell genug auszog (einer der beiden hatte sie im Tausch gegen seine eigenen ausgelatschten Treter herausverlangt).

Als er wieder aufgewacht war, hatte er eine fremde Uniformjacke über dem Gesicht liegen gehabt. Irgendwer hatte sich seine Wehrmachtsjacke genommen und ihm diese dafür dagelassen, mit Schulterstücken und Kragenspiegel der Waffen-SS. Notgedrungen hatte er sie wegen der Kälte anziehen müssen. Zu seinem Pech hatte sie ihm auch noch wie angegossen gepasst. Als SS-Junker hatte man ihn folglich deportiert, und SS-Junker war er geblieben. Im Anschluss waren alle Versuche, seine Wehrmachtszugehörigkeit zu beweisen, zum Scheitern verurteilt gewesen. Nicht, dass es am Ende einen großen Unterschied gemacht hätte – auch die Wehrmachtsleute kassierten ihre fünfundzwanzig Jahre Strafhaft. Die Insassen der meisten Lager stammten aus allen möglichen Truppenkategorien, keiner wurde benachteiligt oder gar bevorzugt, abgesehen von ein paar Generälen, die in separaten Lagern untergebracht waren. Und die verräterischen Abzeichen hatte er sowieso schon in der ersten Woche von der Jacke abgetrennt.

Aber vielleicht – und es war dieses nagende *Vielleicht*, das ihn immer wieder an die Nacht der Gefangennahme zurückdenken ließ – wäre er ohne die vertauschte Jacke doch schon sehr viel früher freigekommen.

Er teilte den Männern sein gewohnt düsteres Resümee aus der Geschichte mit. »Wenn man erst mal auf einer Liste steht, ist es vorbei.«

»Hier stehsse höchstens auffe Lohnliste vonne Zeche«, meinte Heinz pragmatisch. »Un solange du da drauf bis, bisse auffe sichere Seite.«

---
*

Auf dem Rückweg aus der Stadt ging Katharina noch beim Bäcker vorbei, um Brötchen zu kaufen. Sie war das ewige Konsumbrot leid, und da es sowieso gerade teurer geworden war, konnte sie genauso gut noch ein bisschen was drauflegen und sich und den Kindern wieder mal ein paar frische Brötchen gönnen. Gern hätte sie dazu auch Butter gegessen statt der öligen Margarine, aber das war eine Ausgabe, die sie sich lieber verkniff. Dafür ging sie kurz entschlossen noch in die Metzgerei. Wenigstens ein Stück Fleischwurst musste heute drin sein! Dann hatte sie auch gleich was Ordentliches zum Abendbrot und musste dafür nichts mehr extra besorgen. Die letzten Monate hatte das Einkaufen nicht mehr viel Spaß gemacht. Obwohl die Rationierungen vorbei waren und man wieder alles besorgen konnte, stand man oft vor leeren Regalen, wenn man nicht früh genug da war. Neulich hatte sie im Konsum nicht mal mehr Mehl bekommen. Aus Angst vor dem dritten Weltkrieg hatten die Leute mit Hamsterkäufen angefangen. Hoffentlich ging diese verfluchte Koreakrise bald zu Ende!

Die Frau hinter der Metzgertheke war dieselbe wie immer. Feist und rotgesichtig dräute sie über den Auslagen und nahm die Bestellungen auf. Zwei Kundinnen waren vor Katharina an der Reihe, und die Wartezeit rief unwillkommene Erinnerungen in ihr wach. Hier in diesem Laden hatte sie während der Rationierung immer ihre Fleischmarken eingelöst. Es war noch gar nicht so lange her, erst im vergangenen Jahr waren sie endgültig von dieser Schikane befreit worden.

Einmal hatte sie hier für ihre Marken Fleischwurst gekauft, und die fette Frau des Metzgers hatte akribisch die festgelegte Menge abgewogen. Die Waage hatte ein paar Striche zu viel angezeigt, und die Frau hatte kurzerhand eine Scheibe von der Wurst abgeschnitten und sie sich in den Mund gesteckt. Dasselbe hatte sie schon bei der Kundin getan, die sie vor Katharina bedient hatte. Schnipp und weg. Schmatzend und kauend hatte sie sich Katharina zugewandt: »Wat darfet sein?«

»Wat darfet sein?«, wiederholte sie ungeduldig. Katharina schrak zusammen und kehrte in die Gegenwart zurück. Sie hatte nicht mitbekommen, dass sie schon dran war.

»Ein Pfund Fleischwurst«, sagte sie.

Die Frau des Metzgers wog ein Stück ab. »Darfet ein bissken mehr sein?«, wollte sie wissen.

»Nein«, sagte Katharina grimmig. »Ich will exakt ein Pfund.«

»So genau kricht man dat nich hin.«

»Früher mit den Marken ging's ja auch.« Ihre schroffe Antwort verschaffte Katharina einen Hauch von Genugtuung, aber im Grunde lohnte es den Ärger nicht. Rückwirkend konnte sie an der Vergangenheit nichts mehr ändern. Sie sollte künftig einfach wieder woanders einkaufen, so wie immer in der letzten Zeit. Vorhin war sie sowieso nur aus alter Gewohnheit hier gelandet, weil sie in Gedanken weit weg gewesen war.

Mit beleidigter Miene schnitt die Metzgersfrau ein Stück von der Wurst ab und legte es zur Seite. Wahrscheinlich würde es später mit anderen Resten in den Fleischsalat wandern, der hier als Hausmacherprodukt angeboten wurde. Sie wickelte die Fleischwurst in Wachspapier und kassierte das Geld, dann wandte sie sich geschäftig der nächsten Kundin zu. Im Laden gab es viel zu tun, aber das war in den schlechten Zeiten auch nicht viel anders gewesen, auch wenn die Kunden da gezwungenermaßen kleinere Mengen eingekauft hatten. Alle Leute in der Gegend waren damals erbarmungswürdig dünn gewesen, nur der Metzgersfamilie war kein Mangel anzumerken. Trotzdem hatten sie ihre Kinder regelmäßig zur Schwedenspeisung geschickt und CARE-Pakete eingeheimst, man nahm eben mit, was zu kriegen war.

Unwillkürlich stellte Katharina sich die Frage, ob sie zu jener Zeit nicht womöglich dasselbe getan hätte, und zu ihrer Beschämung kannte sie die Antwort nicht.

In der Straße vor Mines Haus spielte eine Schar Kinder, unter ihnen auch Bärbel. Kreischend und lachend liefen sie durcheinander, und es fiel Katharina nicht schwer, schon von ferne zu erkennen, um welches Spiel es sich handelte: *Wer hat Angst vorm schwarzen Mann.*

Bärbels Zöpfe hüpften und flogen munter hin und her, beide bereits ohne Schleife und in Auflösung begriffen.

Wer hat Angst vorm schwarzen Mann?

Niemand!

Und wenn er kommt?

Dann laufen wir!

Wild stoben die Kinder davon und wichen dem Fänger aus,

in diesem Fall Wolfi. Geschickt sprang Bärbel im letzten Moment zur Seite, bevor der Rabe-Junge sie schnappen konnte.

Beim Anblick des strahlenden kleinen Gesichts zog sich Katharinas Herz vor Liebe zusammen.

Ach, Karl, dachte sie in einer Aufwallung von Wehmut. Wenn sie dich nur kennengelernt hätte!

Bei seinem letzten Fronturlaub zu Hause war Bärbel erst zwei Jahre alt gewesen. Sie konnte sich nicht mehr an ihn erinnern. Inge, die sehr an ihm hing, hatte ihn lange vermisst und immer wieder nach ihm gefragt, aber für Bärbel war es fast so, als hätte es ihn nicht gegeben.

»Komm mit rauf«, sagte sie zu ihrer Tochter. »Es gibt Brötchen mit Fleischwurst.«

Dafür brauchte Bärbel keine zweite Aufforderung.

»Ich komm gleich wieder runter!«, rief sie ihrem Lieblingsfreund Klausi Rabe zu.

»Wehe nicht!«, rief er zurück.

Kichernd ergriff die Kleine die Hand ihrer Mutter und ging mit ihr ins Haus.

Katharina deckte oben in der Küche den Tisch für sich und die Mädchen – drei angestoßene Steingut-Teller, auf jeden ein Messer, ein Schälchen mit Essiggurken, den Margarinetopf, eine Tube Mayonnaise und die in Scheiben geschnittene Fleischwurst. Dazu gab es Pfefferminztee.

Sie forderte Bärbel auf, sich die Hände zu waschen, und flocht ihr anschließend die Zöpfe neu. Ihre Tochter hatte Mühe, dabei still zu sitzen, sie schielte bereits hungrig auf den gedeckten Tisch. Katharina blickte auf den zarten Nacken hinunter und wurde erneut von sentimentalen Gefühlen überwältigt. Wie konnte es sein, dass ihre Jüngste so schnell groß geworden war? Es kam ihr wie gestern vor, als sie mit dem übermüdeten, vom langen Marsch geschwächten Kind auf dem Arm das erste Mal hier ins Haus gekommen war, damals, als sie gedacht hatte, es vielleicht nicht zu schaffen, und nichts so sehr in ihr gebrannt hatte wie der verzweifelte Wunsch nach einem sicheren Ort für ihre Töchter.

Sie beugte sich hinab und küsste Bärbel auf den Nacken.

»Weißt du, wie lieb ich dich hab?«

»Ich hab dich viel lieber!«, behauptete Bärbel sofort.

»Nein, ich dich!«, setzte Katharina lächelnd das altbekannte Spiel zwischen ihnen fort.

»Ich lieb dich tausendmal mehr!«

»Und ich dich eine Million mal!«

»Eine Milliarde!«, trumpfte die Kleine auf.

Damit hatte sie gewonnen.

Ein paar Minuten später kam Inge von der Bücherei zurück. Gemeinsam setzten sie sich zum Essen an den Tisch. In der Ecke bullerte der Ofen leise vor sich hin. Endlich war es nicht mehr ganz so kalt draußen, der Frühling hatte nach der ersten Aprilhälfte richtig Einzug gehalten, und so reichte es meist, wenn Katharina nur einmal am Tag Kohlen nachlegte, damit die Wohnung nicht auskühlte.

»Wie war es heute in der Bücherei?«, fragte Katharina.

»Toll«, schwärmte Inge. »Ich wünschte, ich dürfte immer da arbeiten!«

»Na ja, man könnte überlegen, ob du dort eine Lehre machst, wenn du mit der Schule fertig bist.« Katharina hatte nicht vergessen, wie sehr es sie im Gespräch mit dem Bankberater frustriert hatte, keinen Berufsabschluss in der Tasche zu haben. »Bibliothekarin – das klingt nach einem spannenden Beruf. Eventuell auch Buchhändlerin, das ist bestimmt auch eine interessante Sparte.«

Inges Augen leuchteten. »Darüber habe ich auch schon nachgedacht. Ich werde mal mit Fräulein Brandmöller drüber reden und sie fragen, was sie dazu meint.«

Katharina war in aufgeräumter Stimmung, als sie nach dem

Abendbrot hinunter in den Garten ging, um die restliche Wäsche hereinzuholen, die sie am Mittag aufgehängt hatte. Gleich darauf erfuhr ihre gute Laune jedoch einen Dämpfer, denn unten vor der Kellertür lief sie Jörg über den Weg, mit dem Johannes sich die Schlafkammer im Erdgeschoss teilte. Pawel war vor zwei Wochen ausgezogen, er hatte einen Schlafplatz in einem Knappenwohnheim gefunden.

»Guten Tag, schöne Frau«, sagte Jörg, und seine Augen taxierten sie, als hätte er jedes Recht dazu. Er hatte einen über den Durst getrunken, das roch man nur zu deutlich. In nüchternem Zustand war er eher scheu.

»Tag, Jörg.« Katharina wollte schnell an ihm vorbeigehen, doch er hatte noch was zu sagen. »Vorhin, als Sie weg waren, war ein Mann da. Er hat geklingelt und wollte wissen, ob Sie da sind.«

»Hat er seinen Namen gesagt?«

»Nein«, sagte Jörg. Ein Rülpsen entwich ihm, zusammen mit einer gewaltigen Bierfahne. Katharina hielt angewidert die Luft an.

»Aber ein feiner Pinkel war das«, fuhr Jörg fort. »Mit Krawatte und Hut.«

Clemens, durchfuhr es Katharina. Er war hier gewesen!

»Hat er sonst noch was gesagt?«

Jörg schüttelte den Kopf. »Ist sofort wieder abgezogen.«

»Danke fürs Bescheidsagen«, meinte Katharina geistesabwesend. Ob er wohl heute noch mal wiederkommen würde? Sie umrundete Jörg, der immer noch leicht schwankend vor ihr stand.

»He, vielleicht können wir ja mal zusammen was trinken gehen!«, rief er ihr hinterher, als sie schon auf der Kellertreppe war. »Wie wäre es mit jetzt gleich?«

Sie sparte sich eine Antwort. Sobald sein Rausch verflogen war, würde er sich vermutlich für seinen Vorstoß schämen.

Normalerweise himmelte er sie nur verstohlen an und schaute weg, wenn sich ihre Blicke kreuzten. Trotzdem war sie erleichtert, dass auch er demnächst ausziehen wollte – ab Mai würde er bei Prosper in Bottrop arbeiten und war dort ebenfalls in einem Wohnheim für ledige Bergleute untergekommen.

Katharina hoffte inständig, dass Mine nicht wieder andere Kumpel einquartierte, doch bisher war davon nicht die Rede gewesen. Da Johannes jetzt Geld nach Hause brachte, war es wohl auch nicht mehr nötig. Katharina wusste nicht, wie viel vom Inhalt seiner Lohntüte er bei Mine ablieferte, aber es war sicher nicht wenig.

Während sie die Wäsche von der Leine nahm, dachte sie über Clemens' Besuch nach. Ob sich daraus schließen ließ, dass sich die Verhältnisse bei ihm zu Hause geändert hatten? Hanna hatte ihm ausgerichtet, dass er sich vorher nicht mehr zu melden brauchte. Doch Katharina hatte ihre Zweifel daran. Seine Frau ließ ihn bestimmt nicht plötzlich gehen – warum auch, nachdem sie die Affäre so lange widerspruchslos geduldet und sogar noch durch ihr regelmäßiges Wegbleiben unterstützt hatte.

Er hatte noch nie bei ihr vorbeigeschaut. Manchmal hatte sie vagen Ärger darüber empfunden, dass er kein bisschen neugierig darauf war, wo sie wohnte. Andererseits hatte er so wenigstens nicht mitbekommen, wie kümmerlich sie hier lebte.

Dabei musste Mine sich für ihr Häuschen keinesfalls schämen, es wirkte adrett und ordentlich, mit Blumen im Vorgarten und einem sauber geharkten Kiesweg vor der Tür. Das Haus war Mines ganzer Stolz, ebenso wie der Garten, und nie würde sie zulassen, dass es irgendwelche verlotterten Ecken gab – ganz im Gegensatz zu manchen anderen Nachbarn, die sich lieber mit einer Flasche Bier in den Hof setzten, statt ihre Zäune zu reparieren oder dem Unkraut zu Leibe zu rücken.

Dennoch, im Vergleich zu den Lebensverhältnissen, die Clemens gewohnt war, musste ihm das Haus wie ein Armenquartier vorkommen.

Sofort schob Katharina diesen Gedanken voller Trotz beiseite. Es konnte ihr völlig egal sein, was Clemens über ihr Zuhause dachte. Bislang hatte er sich kaum für ihr persönliches Umfeld interessiert. Er kannte weder ihre Töchter – abgesehen von jenen beiden Malen, als sie mit Bärbel in seiner Sprechstunde gewesen war – noch hatte er eine Vorstellung davon, wie hart sie jeden Tag darum kämpfte, sich ein besseres Leben aufzubauen. Ab und zu stellte er Fragen und wollte mehr über sie erfahren, aber häufig hatte sie den Eindruck, dass er in ihren Antworten nur Anknüpfungspunkte suchte, um wieder auf eigene Themen umzuschwenken. Meistens war er derjenige, der von sich erzählte, wenn sie nach dem Liebesspiel in seinem Bett lagen und einander in den Armen hielten. Er sprach von seiner Arbeit, seinen Kollegentreffen, seinen Problemen mit den Handwerkern beim Einbau des neuen Bades. Dann wurde es meist auch schon wieder Zeit für sie, nach Hause zu gehen, denn sie konnte immer nur wenige Stunden bleiben.

Zorn erfüllte sie bei dem Gedanken an all die Heimlichkeiten und das demütigende Versteckspiel, und sie war froh, dass das nun hinter ihr lag. Falls Clemens tatsächlich noch ein weiteres Mal hier auftauchte, würde sie ihm klarmachen, dass es kein Zurück gab.

Ihr Ärger erhielt zusätzliche Nahrung, als sie die dunklen Schlieren auf den frisch gewaschenen Handtüchern bemerkte. Der verfluchte Kohlenstaub! Irgendwann hatte der Wind gedreht und wieder eine Ladung davon herübergeweht. Aber letztlich war es ihre eigene Schuld – sie hätte die Wäsche nicht so lange auf der Leine lassen sollen, das hatte sie jetzt davon.

Als sie mit dem Wäschekorb unterm Arm zur Kellertür zurückging, begegnete ihr Johannes, der gerade auf dem Weg in den Garten war. Er trug die alte Arbeitsjacke von Opa Jupp und hatte den Spaten über der Schulter. Zusätzlich zu seinen Schichten im Pütt kümmerte er sich nach wie vor um die Gemüsebeete, eine Entlastung, die Katharina sehr zu schätzen wusste, weil sie ihr deutlich mehr Zeit zum Nähen verschaffte. Sonst hatte sie immer selbst mit anpacken müssen. Mine konnte mit ihren achtundsechzig Jahren unmöglich alles allein bewältigen.

Seit jenem Nachmittag vor gut zwei Wochen war Katharina nicht mehr mit Johannes allein gewesen. Hin und wieder waren sie sich unten im Flur oder vor der Haustür über den Weg gelaufen, aber bis auf eine kurze Begrüßung war kein Wort zwischen ihnen gefallen.

Er nickte ihr mit undeutbarer Miene zu. Katharina widerstand dem Impuls, wie sonst rasch an ihm vorbeizugehen, denn die Gelegenheit, mit ihm über alles zu sprechen, würde vielleicht nicht so bald wiederkommen. Sie hatte sich schon längst vorgenommen, reinen Tisch zu machen, das war sie ihm und sich selbst schuldig.

»Können wir reden?«, fragte sie ihn.

Ein kurzes Flackern in seinen Augen war die einzige erkennbare Regung.

»Warum nicht«, gab er in neutralem Tonfall zurück.

Sie blickte am Haus hoch. Oben stand das Fenster von Mines Schlafzimmer offen, womöglich war sie schon wieder zu Hause. Katharina stellte den Wäschekorb ab.

»Lass uns durch den Garten gehen, dann hört uns keiner.«

»Wir können uns unten auf die Bank setzen«, schlug Johannes vor, während er den Spaten an die Hauswand lehnte. Seine Stimme klang ruhig und bedächtig, doch Katharina spürte seine innerliche Zerrissenheit.

»Gute Idee, gehen wir zu der Bank.«

Gemeinsam schritten sie den schmalen Weg entlang, der an den Beeten vorbeiführte. Inzwischen waren die meisten Gemüsesorten ausgesät, die sie den Sommer über ernten würden –

Möhren, Zwiebeln, Porree, Erbsen, Blumenkohl, Kohlrabi und Wirsing. Mit den Stangenbohnen und Gurken musste noch bis nach den Eisheiligen gewartet werden, und auch die Kartoffeln kamen erst im Mai in die Erde. Schon bald würde nach und nach alles sprießen und wachsen, dann würde es jeden Tag frisches Gemüse geben. Im Sommer kam auch Obst dazu – Erdbeeren im Juni, danach Herzkirschen, Himbeeren, Stachelbeeren und Johannisbeeren, und schließlich Pflaumen, Äpfel und Birnen im Herbst. Mine würde alles, was sie nicht sofort essen oder für den Winter einkochen konnten, Woche für Woche auf ihren Handkarren laden und auf dem Markt verkaufen, so wie sie es schon immer gehalten hatte. Damit verdiente sie sich ein nettes Zubrot zu ihrer Rente.

Der Garten war ein Segen, ohne ihn hätten sie die schlimme Zeit nach dem Krieg wohl nicht so gut überstanden. Katharina würde niemals den Tag vergessen, an dem sie und die Kinder nach einer wochenlangen Odyssee voller Schrecknisse und Todesangst hier angekommen waren, ausgehungert und erschöpft bis in die Knochen. Mine hatte ihnen Spiegeleier gebraten und hinterher eine Schüssel mit eingemachten süßen Pflaumen auf den Tisch gestellt. Katharina hatte müde den Kopf auf die Arme gelegt, den Blick auf die zufriedenen Gesichter ihrer Kinder gerichtet, voller Dankbarkeit, dass Mine sie alle ohne zu zögern aufgenommen hatte. So war sie eingeschlafen, am Tisch sitzend, und erst eine Stunde später von Mine geweckt worden, die inzwischen die Kinder zu Bett gebracht hatte.

Der Garten war ein wenig abschüssig angelegt, im oberen Bereich als Zier- und weiter unten als Nutzgarten. Vor und neben dem Haus wuchsen diverse Blumensorten und Fliederbüsche, und ein Stück unterhalb davon lag die Wäschewiese mit der aufgespannten Leine.

Direkt hinterm Haus befand sich der betonierte Hof und daran angrenzend das eingezäunte Gelände rund um den Hühnerstall. Dahinter lagen die Beete.

In den weiter hangabwärts gelegenen, grasbewachsenen Bereichen des Grundstücks gab es Obstbäume und Beerensträucher, und dahinter, jenseits des Zauns, der den Garten einfriedete, erstreckten sich Wiesen und Felder, die zum Tal hin weiter abfielen.

Nur ein paar Schritte vom unteren Gartentor entfernt hatte Opa Jupp vor vielen Jahren eine Bank aus Eichenholz aufgestellt, mit Blick ins Tal. Dort hatten Mine und er nach getaner Arbeit sitzen und die von der Abendsonne vergoldete Aussicht genießen können.

Katharina und Johannes setzten sich auf die Bank, ein halber Meter Sicherheitsabstand zwischen ihnen. Eine Weile blickten sie schweigend in die Ferne. Über der Stadt, die sich jenseits des Waldstücks am Nordufer des Sees ausdehnte, ballte sich schmutziger Dunst. Im Laufe der letzten Jahre war die nach dem Krieg eingebrochene Produktion von Industriegütern und die Kohleförderung wieder hochgefahren worden, überall qualmten die Schlote. In lärmender, Ruß spuckender Vielfalt sorgten die über ganz Essen verteilten Zechen, Kokereien, Brikettfabriken und Stahlhütten dafür, dass der Kohlenstaub in jede Ritze und jeden Winkel der Häuser drang. Er ließ sich auf den Gärten und Wiesen nieder, überzog die Dächer und Fassaden, und wenn er vom nächsten Regenguss wieder fortgespült wurde, blieben überall schmutzige Rückstände haften.

Katharina räusperte sich. »Als Erstes muss ich mich bei dir entschuldigen. Mein Benehmen war unverzeihlich.«

»Nein, das stimmt nicht«, fiel er ihr ins Wort. »Ich wollte es auch. Sogar noch mehr als du, das kannst du mir glauben.«

Sie unterdrückte ein Lächeln. »Das meinte ich nicht. Sondern mein Betragen hinterher. Wie ich dich die ganze Zeit geschnitten habe. Das tut mir leid. Ich hätte schon längst mit dir

über alles sprechen sollen. Aber ich hab's rausgeschoben, weil …
Ich weiß auch nicht genau, warum. Auf jeden Fall möchte ich
dir sagen, dass es mir leidtut.«

Er nahm es schweigend zur Kenntnis. »In Ordnung«, sagte
er nach einer Weile.

»Wirklich?«

»Ja.«

Damit hätte sie es bewenden lassen können, aber sie wusste,
dass noch nicht alles zwischen ihnen geklärt war. Behutsam
suchte sie nach Worten, um es anzugehen, doch es blieb nur der
direkte Weg.

»Das mit mir war dein erstes Mal, oder?«

Sie blickte ihn an. Flammende Röte schoss ihm ins Gesicht.

»Es muss dir nicht peinlich sein, Johannes. Währenddessen
hatte ich es gar nicht bemerkt, es wurde mir erst hinterher klar.
Und ich wollte dir dazu noch sagen, dass es … ja, es war großartig.« Und dann fügte sie entschlossen hinzu: »Für mich jedenfalls. Nicht, dass ich viele Männer hatte. Aber ein paar waren es
doch. Und es war selten so gut wie mit dir.«

So, jetzt war es raus. Ihre Wangen brannten. Es hatte enorme
Überwindung gekostet, ihm das so geradeheraus zu sagen. Ihr
selbst war es mindestens so peinlich wie ihm. Aber sie war froh,
dass sie es getan hatte, denn der Gedanke, dass er sich mit der
Vorstellung herumschlug, in seiner Männlichkeit versagt zu haben, hatte sie wirklich belastet.

Sie suchte seinen Blick, um ihm zu beweisen, dass sie die
Wahrheit sagte. Eine Zeit lang sahen sie sich in die Augen, und
Katharina spürte verwirrt, dass ihr Herz auf einmal schneller
schlug. Doch sie hielt seinem Blick stand, bis er sich als Erster
wieder zur Seite wandte und ins Tal schaute.

Irgendwann sagte er leise: »Ich bin froh.« Er atmete tief
durch. »Ich bin froh«, wiederholte er.

Erleichtert erkannte sie, dass sie richtig entschieden hatte.

Indem sie ihm mehr oder weniger zu verstehen gegeben hatte, dass er ein ganzer Mann sei, hatte sie sein inneres Gleichgewicht wiederhergestellt.

»Ich bin auch froh«, erwiderte sie. »Und ich hoffe sehr, dass wir wieder gute Freunde sein können.«

Waren sie das denn je gewesen? Wohl kaum. Sie hatten einander so gut wie gar nicht gekannt, als sie ihn mit in ihr Bett genommen hatte. Katharina merkte, dass sie eine unglückliche Formulierung gewählt hatte, aber eine passendere fiel ihr nicht ein.

Johannes schien damit weniger Schwierigkeiten zu haben.

»Du möchtest also, dass wir wieder einen ganz normalen Umgangston pflegen? Sowohl im Beisein anderer als auch wenn wir uns zufällig allein begegnen, so wie heute?«

Er konnte sich sehr gewählt ausdrücken, das war ihr vorher nicht in dem Maße aufgefallen, und zum ersten Mal machte sie sich bewusst, wie gebildet er sein musste. Er las Bücher in einem Tempo wie andere Leute ihre Illustrierten, mindestens drei pro Woche. Inge kam kaum damit nach, ihm neue zu beschaffen.

»Ja, du hast recht, einen normalen Umgangston pflegen, genau das meinte ich«, antwortete sie. »Meinst du, das kriegen wir hin?«

»Von meiner Seite aus – auf jeden Fall.« Mit ernster Miene schloss er: »Wir müssen einfach nur darauf achten, dass uns nicht wieder die Leidenschaft übermannt.«

Erst das kurze Zucken in seinen Mundwinkeln zeigte ihr, dass er einen Scherz gemacht hatte. Auf ihre Kosten, aber nichtsdestotrotz witzig. Ein Kichern entwich ihr, und sie nickte zustimmend. »Ja, darauf müssen wir achten.«

Sie unterhielten sich noch über einige Belanglosigkeiten, bevor sie sich erhob und wieder zum Haus zurückging. Johannes blieb allein auf der Bank sitzen. Als sie auf ihrem Weg durch den Garten kurz den Kopf wandte, sah sie ihn immer noch in die Ferne schauen, regungslos und mit durchgedrückten Schultern. Sie fragte sich, was er jetzt wohl dachte – *wirklich* dachte.

Doch dann sagte sie sich, dass es vielleicht besser für sie war, wenn sie es nicht so genau wusste.

Kapitel 10

Tatsächlich wusste Johannes eine ganze Weile selbst nicht genau, was er denken sollte, so aufgewühlt war er von der Unterhaltung. Unter all den widersprüchlichen Empfindungen, die ihn gefangen hielten, war jedoch das Gefühl von Freude vorherrschend. Immer wieder besann er sich auf ihre Worte, wonach es großartig für sie gewesen sei. *Großartig.* Und *gut wie selten.* Mit anderen Worten, es hatte ihr auf alle Fälle besser gefallen als ihre meisten Erlebnisse mit anderen Männern. Und das, obwohl er selbst es vorher noch nie getan hatte.

Er konnte nicht umhin, sich zu fragen, wie es wohl erst für sie wäre, wenn er noch einige Übung auf diesem Gebiet gewann, und an dieser Stelle vermochte er seine Fantasien kaum noch zu zügeln. In allen Einzelheiten stellte er sich vor, was er beim nächsten Mal besser machen könnte.

Nur dass es offenbar kein nächstes Mal mit Katharina geben würde. Sie wollte nur noch mit ihm befreundet sein.

Sofort verdrängte er diesen Gedanken nach Kräften. Vorerst erfüllte es ihn mit Hochstimmung, sich endlich wieder in ihrer Nähe bewegen zu können, ohne von Schamgefühlen überwältigt zu werden. Mehr noch, er durfte sich ganz unbefangen geben und ihr im menschlichen Miteinander sogar näherkommen, denn sie hatte ihn ausdrücklich zu einem freundschaftlichen Verhalten ermuntert. Sein Bedürfnis, alles über Katharinas Leben zu erfahren, war ungebrochen, ja sogar stärker denn je.

Aber dabei musste nichts überstürzt werden. Auf keinen Fall durfte er den Eindruck erwecken, aufdringlich oder neugierig zu sein, oder ihr sonst wie auf die Pelle rücken.

Er holte den Spaten vom Hof und hob auf der unteren Wiese ein paar Löcher aus. Mine wollte weitere Obstbäume pflanzen. Außerdem plante sie ein Gewächshaus am Rand der Gemüsebeete, sie hatte schon einen Glaser bestellt.

Nachdem er im hinteren Teil des Gartens mit der Arbeit fertig war, ging er vors Haus, um im Vorgarten Unkraut zu rupfen. Mine hatte häufig Probleme mit dem Bücken, Katharina hatte genug mit ihrer eigenen Arbeit zu tun, und die Mädchen waren oft urplötzlich außer Reichweite, wenn es darum ging, lästige Aufgaben im und ums Haus zu erledigen. Er selbst hatte neben seiner Arbeit in der Zeche keinerlei Verpflichtungen, und abgesehen davon, dass er vielleicht lieber gelesen hätte, erfüllte ihn die Gartenarbeit mit Zufriedenheit. Er bewegte sich dabei ausgiebig an der frischen Luft und konnte, anders als beim Kohlenabbau, jederzeit mit eigenen Augen sehen, was er geschafft hatte – die Erfolge zeigten sich sofort, sei es in Gestalt eines unkrautfreien Kieswegs oder als frisch bestelltes Beet mit schnurgeraden Gemüsereihen. Körperlich bereitete ihm die zusätzliche Arbeit keine Probleme; obwohl er rund achtundvierzig Stunden die Woche auf dem Pütt zubrachte und im Akkord Kohle abbaute, fühlte er sich auf der Höhe seiner Kraft. Er hatte sogar den Eindruck, dass ihn die viele Arbeit immer noch stärker machte.

Während er sich um den Vorgarten kümmerte, hielt ein Wagen vor dem Haus, und ein Mann stieg aus. Er war um die vierzig, mittelgroß und schlank. Gekleidet mit Filzhut, Krawatte und einem modernen Trenchcoat, sah er außerdem so aus, als könnte er sich den neuen Wagen, mit dem er gekommen war, mühelos leisten. Beim Näherkommen zeigte sich ein zögerliches Lächeln auf seinem schmalen, gut aussehenden Gesicht.

»Guten Tag«, begrüßte er Johannes. Höflich lüpfte er den Hut. »Ist Frau Wagner zu Hause?«

Johannes klopfte sich die von der Gartenarbeit verschmutzten Hände an der Hose ab. »Moment, ich sehe sofort nach. Wen darf ich melden?«

»Clemens Jacobi. Doktor Jacobi.«

Johannes ging ins Haus. In der Küche war niemand, und auch Mines Schlafzimmer war leer. Sicherheitshalber rief er die Kellertreppe hinunter: »Oma Mine? Bist du hier?«

Keine Antwort. Im Garten hatte er sie vorhin auch nicht gesehen, also war sie wohl noch nicht von ihren Besorgungen zurück.

Er ging wieder nach draußen. »Meine Großmutter ist noch nicht wieder da. Kann ich ihr etwas ausrichten, wenn sie wiederkommt?«

»Großmutter? Oh, da haben Sie mich missverstanden. Ich möchte Frau *Katharina* Wagner sprechen. Ist sie da?«

Richtig, Katharina hieß ja auch Wagner. Es war Johannes peinlich, dass er nicht gleich daran gedacht hatte. Es gab nur ein Klingelschild an der Haustür, und darauf stand *Wagner*.

»Werden Sie erwartet?«, fragte Johannes, mit einem Mal deutlich weniger entgegenkommend als zuvor.

Der Mann zögerte und schüttelte schließlich stumm den Kopf.

»Dann sollten Sie besser zuerst einen Termin mit ihr ausmachen. Sie hat viel zu tun und nimmt keine Kunden ohne Absprache an.«

Johannes wusste selbst nicht, was ihn dazu trieb, diese Halbwahrheit vorzubringen, aber er hatte das Gefühl, den Mann abwimmeln zu müssen.

»Ich möchte Katharina einfach nur kurz sprechen«, sagte der Mann. »Können Sie bitte nachschauen, ob sie da ist?«

Im nächsten Moment tauchte Katharina in der Haustür auf. Anscheinend hatte sie den Besucher durchs Fenster gesehen.

»Was willst du hier?«, fragte sie den Mann – nicht besonders freundlich, wie es Johannes schien.

»Können wir bitte reden? Nur kurz?«

»Lebst du mittlerweile allein?«

Der Mann sah sie nur flehend an. »Bitte, Katharina! Ich will doch nur mit dir sprechen!«

Schweigend erwiderte sie seinen Blick, und Johannes beobachtete, wie es in ihrem Gesicht arbeitete. Ihre Hände hatten sich zu Fäusten geballt, ihr ganzer Körper befand sich in Anspannung.

»Wir können ein Stück fahren.« Der Mann deutete auf den Wagen – und sah auf einmal ziemlich belämmert drein, denn wie aus dem Nichts war eine Kinderschar aufgetaucht und drängte sich um das Auto.

»Ein nagelneues Porsche Coupé dreihundertsechsundfünfzig!«, hörte man Manni, den ältesten der drei Rabe-Jungs, beeindruckt ausrufen.

Die Kinder schnatterten durcheinander und drückten sich die Nasen an den Scheiben des Wagens platt. Angelockt von dem Lärm, kamen gleich mehrere Erwachsene aus der Nachbarschaft dazu, um ebenfalls das neue Fahrzeug zu bestaunen. Neugierige Blicke trafen auch den Besitzer, dem es erkennbar peinlich war, plötzlich im Mittelpunkt der Aufmerksamkeit zu stehen. Unverkennbar galt die zunehmende Schaulustigkeit der Nachbarn aber auch Katharina, die in ihrem geblümten Kittelkleid und mit offenem Haar im Vorgarten stand. Die blonden Locken, die ihr bis auf die Schultern fielen, und das eng anliegende Kleid ließen sie wie die personifizierte Versuchung aussehen. Die nackten, vor dem Oberkörper verschränkten Arme hoben ihre vollen Brüste deutlich hervor, und das ebenmäßige Gesicht mit den herzförmig geschwungenen Lippen zog auch ohne Schminke unweigerlich alle Blicke auf sich.

Johannes, der genau spürte, dass er nicht der Einzige war, dem all diese Details ins Auge stachen, hätte sich am liebsten schützend vor sie gestellt, damit sie keiner mehr angaffen konnte.

Auch Clemens Jacobi starrte sie an wie vom Donner gerührt. Seine Miene zeigte einen Ausdruck von unverhüllter Sehnsucht. Aber er schien zu begreifen, dass dies ganz und gar nicht der passende Moment für ein persönliches Gespräch war, im Gegenteil – weitere Nachbarn kamen aus ihren Häusern, begierig darauf, zu erfahren, was es mit der Ansammlung von Menschen auf sich hatte. Sie alle beäugten zuerst das Auto, dann den Fremden, und schließlich Katharina, die immer noch mit ablehnend verschränkten Armen vorm Haus stand. Es war offenkundig, dass die Leute sich auf der Stelle eine bestimmte Vorstellung von der Situation machten.

Das fiel anscheinend auch dem Besucher auf.

»Ich melde mich wieder«, sagte er leise zu Katharina. »Morgen um drei rufe ich an. Ich würde mich freuen, wenn du drangehst. Es ist sehr wichtig.« Dann wandte er sich nach einem kurzen Abschiedsgruß ab und ging zu seinem Wagen. Die Erwachsenen traten zurück, damit er einsteigen konnte, aber die Kinder wichen nur widerwillig zur Seite.

Nachdem er das Auto angelassen hatte, bildeten sie eine Gasse, sodass er losfahren konnte. Hinter dem davonbrausenden Fahrzeug schlossen sie sich wieder zusammen und blickten ihm nach, bis es um die nächste Straßenbiegung verschwunden war.

Katharina hatte sich abrupt umgedreht und war ins Haus zurückgegangen.

Die Nachbarin Elfriede Rabe kam zu Johannes herübergeschlendert. Ihre Kittelschürze umspannte ihren feisten Körper, und sie verbreitete einen durchdringenden Geruch nach gedünsteten Zwiebeln.

»Wer war dat denn?«

»Keine Ahnung.«

»Wollte der wat von dat Käthe?«

»Ich weiß es nicht.«

»Sah aus, als hätt der ganz schön wat anne Füße«, sagte Elfriede. »So wat könnte dat Käthe gut brauchen. Aber dat darf dat ja nich.«

»Was darf sie nicht?«

»Sich einen zulegen. Denn der Karl könnte ja noch wiederkommen.« Vertraulich senkte sie die Stimme. »Dat Mine würde nie erlauben, dat der Karl für tot erklärt wird. Nich in hundert Jahren. Un solange dat Käthe hier wohnt, musse eben Rücksicht auf die Olle nehmen.« Sie dachte nach. »Der Mann eben sah aus wie einen, mit dem dat Käthe en Krösken am Laufen haben könnte, wat meinsse?«

Ein weiterer Nachbar kam herüber, Herr Brüggemann, der bei einem Luftangriff sein rechtes Auge verloren hatte. Während der Nazizeit hatte er sich als Blockwart wichtiggemacht und die Leute herumkommandiert. Er war als glühender Verehrer des Führers aufgetreten, und es war kein Geheimnis, dass er immer noch alle möglichen NS-Devotionalien in seinem Keller hortete. Nach seiner Entnazifizierung hatte er dank guter Drähte zu früheren Parteimitgliedern einen miserabel bezahlten Posten als Hausmeister ergattert und nahm sich immer noch wichtig.

Er hatte die Daumen hinter seine ausgeleierten Hosenträger gehakt und musterte Johannes von oben bis unten.

»Hasse wat ausgefressen?«, wollte er wissen. »Krisse getz Ärger?«

»Nä, dat eben gerade war einer, der zu Käthe wollte«, stellte Elfriede den Irrtum richtig.

»Ach so. Ich dachte, dat wär noch so einen wie der andere.«

»Welcher andere?«, fragte Johannes.

»Einen, der vor ne halbe Stunde da war und nach dich gefragt hat.« Herr Brüggemann ließ seine Hosenträger schnalzen. »So einen vonne Behörde.«

»Welche Behörde?«

»Dat hat der nich gesacht.«

»Woher wissen Sie es dann?«

»Weil der so aussah wie einen vonne Behörde.«

»Hat er denn gesagt, wie er heißt?«

»Nä.«

»Und was wollte er? Mich sprechen?«

Herr Brüggemann schüttelte den Kopf. »Nä, bloß wissen, watt du für einen bis und wat du so machs. Mit wat für Leute du dich triffs und so wat.«

»Wird sich bestimmt bald aufklären, was der wollte.« Scheinbar gelassen beugte Johannes sich wieder hinunter, um mit dem Unkrautjäten fortzufahren und damit das Ende der Unterhaltung zu signalisieren. Mit keiner Regung ließ er sich den eisigen Schrecken anmerken, der ihn erfüllte. Die Spitzel vom NKWD hatten irgendwie herausbekommen, wo er jetzt lebte! Er war hier nicht mehr sicher!

Seine Vernunft sagte ihm, dass diese Annahme absolut unsinnig war und bloß ein Symptom der hartnäckigen Paranoia, die sich während der Lagerhaft in ihm festgesetzt hatte. Die vielen Verhöre, die fortwährenden Bespitzelungen, der allgegenwärtige Hunger – all das hatte tiefe Spuren in seiner Psyche hinterlassen. Er wusste ganz genau, dass seine Furcht keine reale Grundlage hatte, denn hier im Westen liefen bestimmt keine Spione des NKWD herum und versuchten, ehemalige Kriegsgefangene wieder zurück in die Lager zu verfrachten. Das war vollkommen absurd.

Und doch war jemand hier gewesen und hatte nach ihm gefragt. Jemand, der aussah, als käme er von einer Behörde.

In der folgenden Nacht fand er lange keinen Schlaf.

*

Am Nachmittag des darauffolgenden Tages rief Clemens wie angekündigt bei Hanna Morgenstern an. Ihr Telefon klingelte um Punkt fünfzehn Uhr.

»Bitte«, sagte er. »Legen Sie nicht auf. Ich muss wirklich dringend mit Katharina sprechen.«

»Sie geben wohl nicht auf, oder?«

»Niemals«, sagte er schlicht.

»Zufällig haben Sie Glück. Sie ist hier bei mir und nimmt Ihren Anruf entgegen.«

Das Herz schlug ihm bis zum Hals, er hatte Mühe, ruhig zu bleiben.

»Katharina?«

»Du hast mich gestern in eine unmögliche Lage gebracht«, sagte sie mit schneidender Stimme. »Die Leute zerreißen sich sowieso schon das Maul über mich. Dass du hier auftauchst, ist Wasser auf ihre Mühlen!«

»Das tut mir leid. Erzähl ihnen irgendwas, dir fällt schon was ein.«

»Wie wär's damit: Ich könnte ihnen ja vorlügen, dass ich ein Kleid für deine Frau nähe«, sagte sie zornig. »Ich nehme an, sie hat immer noch nicht die Scheidung eingereicht?«

»Nein, das hat sie nicht.«

»Warum zur Hölle warst du dann gestern überhaupt hier?«

»Weil ich unbedingt mit dir sprechen muss. Ich hätte gern stattdessen mit dir telefoniert, aber du lässt dich ja seit Wochen verleugnen.«

»Jetzt hast du mich am Apparat. Also rück schon raus, was willst du mir so dringend sagen? Aber ich warne dich – wenn es wieder nur dieselbe Leier ist, lege ich sofort auf.«

Ihre Wut auf ihn schien ungebrochen, und wie schon so oft verfluchte er sich, weil er alles ruiniert hatte. Was immer er auch hatte falsch machen können – er hatte es getan. Es gab kaum einen Fehler, den er nicht begangen hatte. Und nicht nur sein eigenes Leben hatte er auf den Kopf gestellt. Er hatte allen wehgetan – Katharina, seiner Frau und deren Mutter.

»Meine Schwiegermutter ist gestorben«, teilte er ihr mit.

»Soll ich dir etwa mein Beileid aussprechen?« Ihre Stimme klang unversöhnlich. »Soweit ich weiß, wart ihr nicht gerade ein Herz und eine Seele.«

»Ich erzähle es dir eigentlich nur, weil sich die Umstände dadurch grundlegend geändert haben. Meine Frau ist zur Kur gefahren. Sobald sie zurückkommt, werde ich mit ihr über alles sprechen und die Trennung verlangen. Ich werde einen Weg finden, damit wir beide zusammenkommen können, du und ich. Das hatte ich sowieso die ganze Zeit vor. Und das Beste kommt noch.« Er machte eine bedeutungsvolle Pause, bevor er die nächste Karte ausspielte. »Es hat sich nämlich herausgestellt, dass meine Schwiegermutter heimliche Ersparnisse besaß, sogar ziemlich viel. Ein richtiges Vermögen. Anscheinend hat sie damals bei ihrer Vertreibung aus Ostpreußen einen Haufen Diamantschmuck retten können, den sie dann irgendwann nach der Währungsreform zu Geld gemacht hat – fast hunderttausend Mark.«

Er hörte, wie Katharina am anderen Ende der Leitung die Luft anhielt. So ähnlich war es ihm auch ergangen, als in der vergangenen Woche das Testament seiner Schwiegermutter eröffnet worden war.

»Meine Frau ist die Alleinerbin. Sie würde also bei einer Scheidung nicht mit leeren Händen dastehen und könnte ein standesgemäßes Leben führen. Sie kann tun, was ihr beliebt, und woanders noch mal ganz neu anfangen. Schließlich muss sie auf ihre Mutter jetzt keine Rücksicht mehr nehmen. Und sie ist jung genug, um sich einen anderen Mann zu suchen, mit dem sie ein schöneres Leben hat als mit mir.«

Katharina hatte ihm aufmerksam und ohne ihn zu unterbrechen zugehört. Das weckte Hoffnung in ihm. Vielleicht hatte er doch noch eine Chance bei ihr. Ganz egal, wie er es anstellen musste – er wollte sie zurückgewinnen. Die vergangenen Wochen hatten ihm gezeigt, dass er nicht ohne sie leben konnte. Allein die Aussicht, sie vielleicht nie wiederzusehen, hatte ihn in eine tiefe Depression gestürzt. Sie gestern aufzusuchen war ein Akt der Verzweiflung gewesen, der letzte Versuch, sie umzustimmen. Er hatte einen Plan geschmiedet und war zu ihr gefahren, und wenn dieser große blonde Bursche vor dem Haus nicht so schwer von Begriff gewesen wäre, hätte er ihr das Ganze gestern schon erklären können.

Wenigstens sprach sie jetzt mit ihm. Es war also an der Zeit, den nächsten Trumpf zu ziehen.

»Ich wollte dich fragen, ob du mit mir wegfährst«, sagte er.

Ihr Schweigen drang durch die Leitung. Clemens umfasste den Hörer fester. Jetzt kam es drauf an. Würde sie sein Ansinnen rundheraus ablehnen oder mehr darüber wissen wollen?

»Wohin?«, fragte sie nach einer Pause. Es klang, als sei sie gegen ihren Willen neugierig geworden.

»Nach Italien.«

»Was willst du in Italien?«

»Für ein paar Wochen in die Sommerfrische fahren. Mit dir.«

»Wir haben noch keinen Sommer.« Ihre Antwort kam mechanisch. Sie hatte nicht *Nein* gesagt. Seine Hoffnung verstärkte sich.

»Es ist fast Mai«, erwiderte er. »Da unten ist es bereits ziemlich heiß. Du kannst also Sommersachen einpacken. Ich habe schon alles organisiert. Die Praxis bleibt für drei Wochen zu. Ich dachte, wir fahren an den Gardasee. Da soll es traumhaft schön sein.« Er legte sein ganzes Herz in seine Stimme. »Bitte sag Ja und komm mit!«

»Ich kann nicht einfach für drei Wochen weg, Clemens. Wie stellst du dir das vor? Ich habe Kinder, die in die Schule müssen. Und eine Menge Nähaufträge, von denen ich lebe.«

»Deine große Tochter ist doch schon fünfzehn, sie könnte

sich bestimmt eine Zeit lang um Bärbel kümmern. Und den Arbeitsausfall vergüte ich dir, darum musst du dir keine Sorgen machen.«

Er hatte es kaum ausgesprochen, als er auch schon begriff, dass er einen kapitalen Fehler begangen hatte. Wieder einmal.

Ihre Antwort fiel entsprechend aus, wenn auch etwas freundlicher im Tonfall als befürchtet.

»Es geht nicht, Clemens«, sagte sie ruhig. »Ich will das nicht mehr. All die Heimlichkeiten und Ausflüchte – damit muss Schluss sein. Ich müsste die Kinder belügen, meine Schwiegermutter – was soll ich denen denn sagen, wo ich hinfahre und wer das bezahlt? Was glaubst du eigentlich, was die Leute von mir denken, wenn ich braun gebrannt und erholt zurückkomme, aus einem Urlaub, den sich hier in der Straße kein Mensch leisten kann?« Sie hielt inne und holte tief Luft. »Es ist trotzdem sehr nett von dir, dass du mich eingeladen hast, Clemens. Das war eine schöne und großzügige Geste von dir. Und wenn die Umstände anders wären … Doch das sind sie nicht.« Ihre Stimme zitterte ein wenig, er konnte hören, wie schwer es ihr fiel, weiterzusprechen. »Es tut mir sehr leid. Das mit uns … Es hat mir wirklich viel bedeutet, Clemens. Aber es geht nicht. Ich kann nicht mehr. Es bleibt dabei, zwischen uns ist es aus. Leb wohl.«

»Warte …«, rief er erschrocken.

Doch sie hatte bereits aufgelegt.

*

Hanna, die im Hintergrund ein Hemd ihres Bruders bügelte, hatte sie während des Telefonats beobachtet und Katharinas Anteil am Gespräch mitgehört.

»Du bist wirklich hart geblieben«, stellte sie fest. »Genau so, wie du es dir vorgenommen hast. Aber zwischendurch klang es für mich so, als würdest du doch noch überlegen.«

»Wenn, dann nur kurz«, meinte Katharina. »Bis zu dem Moment, als er mir schon wieder Geld angeboten hat.«

»Er wollte mit dir wegfahren, oder? Nach Italien.«

Katharina nickte stumm. Eine Reise nach Italien war ihr absoluter Traum. In der letzten Zeit hörte sie häufig von Leuten, die dort Ferien machten. Bis sie selbst sich so eine Reise leisten konnte, würden wahrscheinlich noch Jahre vergehen. Auch wenn sie davon überzeugt war, es eines Tages zu schaffen – fürs Erste war es nur Zukunftsmusik. Wenn doch bloß nicht alles so lange gedauert hätte!

»Auf Italien muss ich wohl noch ein paar Jahre warten«, meinte sie nüchtern.

Hanna wendete das Hemd auf dem Bügelbrett und nahm die Rückseite in Angriff. Mit einem Mal sah sie ein wenig verlegen aus. »Stan und ich wollen übrigens auch nach Italien. Irgendwann diesen Sommer. Er hat ja jetzt den Wagen, und da dachten wir, dass Urlaub im Süden doch mal toll wäre.« Unversehens hellte ihre Miene sich auf. »He, du solltest mitkommen, Kathi! Die Mädchen können sicher zwei, drei Wochen ohne dich klarkommen. Mine ist ja auch noch da, und Inge ist doch schon fünfzehn und kann sich um die Kleine kümmern.«

Katharina runzelte nachdenklich die Stirn. Hanna benutzte dieselben Argumente wie Clemens, aber bei ihr klang der Vorschlag deutlich verlockender als bei ihm. Es wäre eine Reise mit ihrer besten Freundin und deren Bruder, den alle schätzten und mochten. Vielleicht würde sie hinterher trotzdem ein paar schräge Blicke ernten, aber höchstens aus Neid, nicht, weil jemand sie für unmoralisch hielt.

Doch kaum hatte sie das Ganze in Erwägung gezogen, verwarf sie es auch schon wieder. Stan würde sich wieder gewisse Hoffnungen machen, darauf wollte sie es nicht ankommen lassen. Er war ein guter Freund, und das sollte auch so bleiben.

»Du würdest gern, aber du willst nicht«, sagte Hanna, die

Katharina offenbar die Gedanken vom Gesicht abgelesen hatte. »Es ist wegen Stan, stimmt's?«

Katharina seufzte. »Du weißt, dass ich ihn sehr gern mag. Aber …«

»Aber er ist nicht der Richtige«, schloss Hanna an ihrer Stelle. Katharina hob die Schultern.

»Und dieser Arzt – der wäre es, wenn er frei für dich wäre, oder?«

»Die Frage stellt sich momentan überhaupt nicht, Hanna. Ich bin immer noch verheiratet, und der einzige Weg zu einer neuen Ehe besteht darin, dass ich Karl für tot erklären lasse. Und das wird Mine bestimmt nicht einfach so hinnehmen.«

»Glaubst du, dass deine Schwiegermutter dich rauswirft, wenn du es versuchst?«

»Keine Ahnung. Ich will es jedenfalls lieber nicht drauf ankommen lassen.«

»Nehmen wir mal an, du wärest frei, und Clemens auch. Würdest du ihn dann heiraten?«

Katharina wollte die Frage bejahen, zauderte dann aber. »Ich weiß nicht«, antwortete sie schließlich ehrlich. »Die ganze Zeit dachte ich es, doch in der letzten Zeit war ich mir nicht mehr sicher.«

»Was hat sich geändert?«

»Es ist … es ist nicht mehr dasselbe zwischen uns.«

»Hast du das Vertrauen zu ihm verloren? Weil er dir die ganze Zeit vorgemacht hat, dass er nur auf die passende Gelegenheit wartet, seiner Frau reinen Wein einzuschenken, obwohl sie schon längst alles wusste?«

»Ja, genau«, stimmte Katharina zu. Doch das war nur ein Teil der Wahrheit. Den anderen Teil – den, der Johannes betraf – verschwieg sie wohlweislich, denn sonst hätte sie ihr Inneres nach außen kehren müssen, und das befand sich nach wie vor in Aufruhr. Sie hatte es zwar endlich geschafft, ihre Beziehung zu ihm auf eine kameradschaftliche Ebene zu bringen, aber warum musste sie dann ständig daran denken, wie es mit ihm im Bett gewesen war? Wieso zerbrach sie sich immer noch den Kopf darüber, was er wohl nach ihrem Gespräch auf der Gartenbank gedacht hatte?

In Wahrheit hat sich viel mehr geändert, dachte Katharina. *Alles* hatte sich geändert, wenn sie ehrlich zu sich selbst war.

Um nicht länger darüber nachdenken zu müssen, berichtete sie Hanna vom restlichen Inhalt des Telefonats, das sie mit Clemens geführt hatte.

Hanna pfiff durch die Zähne. »Hunderttausend Mark, ich fasse es nicht! Da steht die Dame ja wirklich glänzend da!« Verständnislos schüttelte sie den Kopf. »Und er hat trotzdem noch immer nicht die Trennung verlangt?«

Katharina gab dem Bedürfnis nach, Clemens in Schutz zu nehmen.

»Ihre Mutter ist gerade erst gestorben, das wäre vielleicht ein bisschen viel auf einmal gewesen. Aber er hat versprochen, alles in die Wege zu leiten, sobald sie aus der Kur zurück ist.«

»Jetzt aber mal Klartext, Kathi. Angenommen, er lässt sich wirklich scheiden – wirst du ihn dann heiraten?«

Katharina blickte zu Boden. »Ich sagte doch schon – ich weiß es nicht.«

Kapitel 11

Inge hatte den Tisch im Wohnzimmer ausgezogen und schnitt konzentriert eine Stoffbahn für ein Kleid zu. Sie hatte den vorbereiteten Schnittmusterbogen sorgfältig und mit ausreichend Nahtzugabe nachgezeichnet, aber der Georgette, den die Kundin sich ausgesucht hatte, war glatt und rutschig und schien der Schere immer wieder ausweichen zu wollen. Stumm fluchend mühte sie sich ab und fragte sich, wie lange sie wohl noch herumprobieren musste, bis ihr das Zuschneiden auch nur annähernd so leicht von der Hand ging wie ihrer Mutter. Katharina betonte zwar immer, sie hätte es keineswegs über Nacht gelernt und auch erst begreifen müssen, was der Fadenlauf mit der Webkante zu tun hatte, aber Inge war sich ziemlich sicher, dass sie höchstens halb so lange dafür gebraucht hatte wie sie selbst. Ihre Großmutter war nach allem, was Inge bisher über sie gehört hatte, eine feste Größe in der Berliner Modewelt gewesen. Sie hatte Katharina das Nähen von klein auf beigebracht. Eine Zeit lang hatte zwar das Balletttanzen an vorderster Stelle in Katharinas Leben gestanden, aber sie hatte nie aufgehört, nebenher auch zu schneidern. Bestimmt hatte sie es genauso mühelos erlernt wie die komplizierten Tanzschritte, die man beim klassischen Ballett beherrschen musste.

Vor gut zwei Jahren war Inge einmal mit ihrer Mutter und ihrer Schwester in einer Aufführung gewesen, sie hatten sich *Der Nussknacker* angeschaut. Die Karten hatten bestimmt ein Vermögen gekostet, aber sie hatten sie nicht selbst bezahlen müssen, denn Stan und Hanna hatten sie Katharina zum dreißigsten Geburtstag geschenkt. Inge hatte mit großen Augen in der

Vorstellung gesessen und nicht glauben können, dass ihre Mutter in ihrer Jugend ebenso schwerelos über die Bühne geschwebt war wie diese Ballerina im *Nussknacker*.

Katharina habe sogar noch viel besser getanzt, hatte Hanna hinterher mit felsenfester Überzeugung erklärt, schließlich sei Berlin vor dem Krieg eine Weltmetropole gewesen, mit den besten Ensembles und dem anspruchsvollsten Publikum im ganzen Land. »Noch zwei Jahre, und eure Mutter hätte als Primaballerina getanzt«, hatte sie zu Inge und Bärbel gesagt.«

Katharina hatte das Gesicht verzogen und gemeint, das könne Hanna doch gar nicht wissen und so grandios sei sie nun auch wieder nicht gewesen, aber Inge war der Ansicht, dass sie das nur sagte, weil sie nicht wollte, dass Inge sich ihretwegen schlecht fühlte. Denn wäre Katharina damals nicht mit ihr schwanger geworden, hätte sie nicht mit dem Tanzen aufhören müssen.

Häufig überlegte Inge auch, wie ihr Leben wohl verlaufen wäre, wenn ihr leiblicher Vater zu ihr gestanden hätte. Gelegentlich hatte sie ihre Mutter gefragt, wie er denn so gewesen war, doch immer, wenn die Rede auf Leopold Bruckner kam, reagierte Katharina einsilbig. Inge vermutete, dass sie sich schämte, weil sie sich ihm mit gerade einmal sechzehn Jahren hingegeben hatte, sogar ganz ohne Ring am Finger, denn sie war nicht mal mit ihm verlobt gewesen. Aber in Inges Augen war das nicht verwerflich, schließlich hatte ihre Mutter ihn sehr geliebt. Selbst wenn man es als Fehltritt betrachten wollte, wäre Katharina durch das schreckliche Leid, das ihr in der Folgezeit widerfahren war, gestraft genug gewesen. Nicht nur, dass der Mann, den sie zu lieben geglaubt hatte, sie auf Druck seiner Familie eiskalt fallen gelassen hatte – binnen kürzester Zeit waren auch noch ihre einzigen Angehörigen gestorben!

Wenigstens hatte sich das Schicksal bald darauf als großmütig erwiesen und Karl Wagner auf den Plan treten lassen. Ihn betrachtete Inge seit jeher als ihren eigentlichen Vater, und sie vermisste ihn immer noch sehr, obwohl er nun schon seit so vielen Jahren fort war und auch nicht mehr wiederkommen würde. Bereits vor längerer Zeit hatte Katharina ihr erklärt, dass es keine Hoffnung mehr gab, denn durch das Rote Kreuz hatten inzwischen alle überlebenden Kriegsgefangenen Kontakt zu ihren Angehörigen aufnehmen können. Wer sich nicht meldete, lebte nicht mehr, das war eine einfache Gleichung, ob man nun daran glauben wollte oder nicht. Irgendwann, wenn Oma Mine den Tatsachen ins Gesicht blicken konnte, würden sie ihn für tot erklären lassen.

Inge fluchte halblaut, weil der widerspenstige Stoff schon wieder unter der Schere wegrutschte und sie sich zu allem Überfluss an einer der Stecknadeln stach.

»Du hast ein böses Wort gesagt«, meinte Bärbel, die hinter dem Tisch auf dem abgeschabten alten Sofa saß und hingebungsvoll ihre Puppe kämmte. Die Puppe hieß Claudia und hatte nur noch ein Auge, aber die Haare waren alle noch dran. Außerdem besaß sie dank Katharina die schönsten Puppenkleider, die ein Kind sich nur wünschen konnte. Momentan trug sie ein Brautkleid à la Soraya, genäht aus taftgefüttertem Tüll.

»Hör einfach weg«, gab Inge zurück, während sie das Blut von ihrem Zeigefinger saugte. Entnervt legte sie die Schere zur Seite und stand auf, um das Radio anzumachen. Sie suchte den britischen Sender und trällerte mit, als die Titelmelodie aus *Der dritte Mann* gespielt wurde. Sie *liebte* dieses Stück!

Nebenan ratterte die Nähmaschine, ihre Mutter hatte ein Kleid in Arbeit, mit dem sie heute noch fertig werden wollte. Danach würde sie die von Inge zugeschnittenen Stücke prüfen und zusammenheften. Vor Kurzem hatte Katharina einen eigenen Schnitt für ein Frühjahrskleid kreiert, von dem Inge die erste Ausfertigung besaß. Seither hatten sich weitere Kundinnen eingefunden, die genau das gleiche Modell besitzen wollten – darunter die Frau eines Lehrers, die zufällig gerade ihren Mann vom Unterricht abgeholt hatte, als Inge das Kleid zum ersten Mal angehabt hatte. Es war ein tailliertes, weit ausgestelltes Modell mit großem Zierkragen und schmalen, über den Ellbogen glockig auslaufenden Ärmeln.

Eigentlich war es ein Schnitt für schlanke Frauen, aber Katharina schaffte es irgendwie, dass ihre Kleider auch an fülligeren Kundinnen gut aussahen – von denen es seit dem Ende der Rationierungen immer mehr zu geben schien. Fräulein Brandmöller, die seit ihrer Jugend im Turnverein war und streng auf ihre schlanke Linie achtete, äußerte sich zuweilen verächtlich über die um sich greifende neue Gefräßigkeit. »Kaum gibt es wieder genug zu essen, futtern die Leute sich um den Verstand!«

Inge hatte schon vor einer ganzen Weile beschlossen, niemals fett zu werden, schon deshalb nicht, weil sie auf keinen Fall so aussehen wollte wie Elfriede Rabe. Aber das hielt sie nicht davon ab, sich zu den Mahlzeiten satt zu essen, denn bisher hatte sie nicht feststellen können, dass sie davon zulegte – abgesehen von den Partien ihres Körpers, an denen sich seit dem letzten Jahr Kurven entwickelten, gegen die sie jedoch nicht das Geringste einzuwenden hatte.

Davon abgesehen vertrat sie, was selten vorkam, in diesem Punkt eine andere Meinung als Fräulein Brandmöller: Sie hatte Verständnis für die Leute, die gern viel aßen. Sie erinnerte sich selbst noch zu gut an das schmerzhafte Magenknurren auf der Flucht und in den Hungerjahren danach. Häufig hatte es nicht mal die sowieso schon winzigen Rationen auf die Lebensmittelmarken gegeben, weil man schlichtweg nirgends mehr was kaufen konnte. Der Garten war mehr als einmal plötzlich abgeerntet gewesen, über Nacht von anderen Hungerleidern leer geklaut. Katharina hatte es zwar meist geschafft, doch noch irgendwas Essbares aufzutreiben, und in der Schule hatte es ja auch die Schwedenspeise gegeben, aber Inge war trotzdem oft hungrig zu Bett gegangen.

Wie konnte man da kein Verständnis dafür haben, dass die Menschen sich für die durchlebte Entbehrung mit reichlichem Essen entschädigen wollten?

Vor allem jemand, den der Hunger fast umgebracht hatte, so wie Johannes. Es schnürte Inge immer noch die Kehle zu, wenn sie daran zurückdachte, wie erbärmlich abgemagert er hier angekommen war, nur Haut und Knochen, kaum mehr als ein Gerippe. Sie hätte Fräulein Brandmöller gern erzählt, wie die riesigen Portionen ihrer Großmutter ihn innerhalb weniger Monate in einen anderen Mann verwandelt hatten. Mittlerweile wirkte er fast so athletisch wie ein Ringer, auch wenn die harte körperliche Arbeit im Garten und in der Zeche bestimmt viel dazu beigetragen hatte.

Neuerdings assoziierte Inge ihn nicht mehr mit Ashley Wilkes oder Rhett Butler; kürzlich hatte Fräulein Brandmöller ihr in einer amerikanischen Illustrierten Fotos der Schauspieler gezeigt, die bei dem Film mitgemacht hatten und viel älter wirkten, als es den Romanfiguren auch nur ansatzweise gerecht geworden wäre. Vor allem Ashley hatte ausgesehen wie sein eigener Großvater, was zu Inges Verdruss sogar dazu geführt hatte, dass ihr der Roman nun – zumindest teilweise – verleidet war.

Aus Inges Sicht hatte sich noch kein literarischer Ersatz gefunden, der sich für Vergleiche mit Johannes geeignet hätte, aber inzwischen schien es auch nicht mehr nötig zu sein – sie hatte zusehends den Eindruck, dass Johannes weit besser aussah als die meisten Schauspieler und infrage kommenden Romanfiguren.

Als hätten ihre Gedanken ihn auf geheimnisvolle Weise herbeizitiert, stand er im nächsten Augenblick im Türrahmen, so groß und breitschultrig, dass das Zimmer mit einem Mal viel kleiner wirkte als sonst.

»Ich hatte angeklopft«, sagte er entschuldigend.

Inge drehte das Radio leiser. »Tut mir leid, die Musik war so laut.«

»Ich will nicht lange stören, nur was fragen. Ist deine Mutter da?«

Nebenan im Schlafzimmer war das Rattern der Nähmaschine verstummt. Katharina kam durch die Verbindungstür ins Wohnzimmer.

»Habe ich doch richtig gehört. Grüß dich, Johannes. Was liegt an?«

Katharina lächelte ihn freundlich an, doch in Inges Augen wirkte dieses Lächeln aufgesetzt. Plötzlich schien eine seltsame Spannung in der Luft zu liegen – eine Wahrnehmung, die Inge in der letzten Zeit häufiger gehabt hatte, wenn die beiden sich zusammen in einem Raum befanden.

»Nächstes Wochenende ist Kirmes«, sagte Johannes. »Ich war sehr lange mehr auf keiner und habe große Lust, hinzugehen. Aber allein macht es keinen Spaß, deshalb wollte ich euch fragen, ob ihr mitkommt. Natürlich seid ihr alle herzlich eingeladen.«

»Au ja!«, rief Bärbel begeistert. Sie hüpfte auf dem Sofa herum wie auf einem Trampolin. »Wir gehen auf die Kirmes!«

»Ich weiß nicht …«, begann Katharina.

»Bitte sag Ja!«, flehte Inge, bevor ihre Mutter irgendwelche Ausreden erfinden konnte, warum sie auf keinen Fall mitkönnten. »Wir waren so lange nicht mehr auf der Kirmes!«

Genau genommen waren sie erst im letzten August auf einer gewesen, aber Inge kam es tatsächlich wie eine Ewigkeit vor. Es war ihr erster Kirmesbesuch gewesen, abgesehen von einem Besuch auf einem Berliner Rummelplatz vor vielen Jahren. Doch der zählte nicht, denn dort war es langweilig gewesen, weil sie nur aufs Kinderkarussell gedurft hatte, und das auch bloß zweimal, weil wegen des Krieges das Geld knapp war. In den beiden letzten Kriegsjahren hatte es keine Kirmes mehr gegeben, und in der ersten Zeit danach erst recht nicht, weil das ganze Land in Schutt und Asche lag.

Die kleinen Schützen- oder Volksfeste, die inzwischen wieder mehr oder weniger regelmäßig in der näheren Umgebung stattfanden, boten nicht annähernd so gute Unterhaltung wie eine richtige Kirmes.

»Es täte dir bestimmt gut, mal rauszukommen, Mama«, fuhr Inge fort.

»Kirmes! Kirmes! Kirmes!«, rief Bärbel jauchzend. »Haben die auch wieder Ponys? Ich will auf einem Pony reiten!«

Erleichtert sah Inge, wie sich der Gesichtsausdruck ihrer Mutter veränderte. Erneut umspielte ein Lächeln ihre Mundwinkel, und diesmal war es echt.

»Na gut, ihr Quälgeister«, sagte sie nachsichtig. »Aber nur, wenn ihr euch bis dahin gut benehmt.«

Inge strahlte Johannes an. Er lud sie auf die Kirmes ein! Binnen Augenblicken hatte sich sein Heldenstatus bei ihr weiter verfestigt.

»Fast hätte ich es vergessen«, sagte er. »Hier sind die Bücher vom letzten Mal.« Er legte einen kleinen Stapel Taschenbücher neben das Radio.

»Ich sorge gleich morgen für Nachschub«, versprach Inge.

»Das eilt nicht«, meinte er. »Ich will zuerst den Badeofen einbauen. Morgen hole ich ihn zusammen mit Stan her, und wenn alles klappt, können wir vielleicht am Samstag schon heiß duschen.«

Eine heiße Dusche! Und ein Besuch auf der Kirmes! Für den Rest des Tages hatte Inge das Gefühl, auf Wolken zu schweben.

*

»Hast du sie gefragt?«, wollte Stan am nächsten Morgen von Johannes wissen, als sie sich zu Beginn der Frühschicht auf der Hängebank vor dem Förderkorb trafen.

»Ja, sie will mitgehen«, sagte Johannes, der zunächst nicht hatte glauben wollen, dass es wirklich so einfach sein würde. Von allein wäre er gar nicht auf die Idee gekommen, einen Kirmesbesuch vorzuschlagen. Erst Stan hatte ihn darauf gebracht.

»Nächstes Wochenende ist Kirmes, da solltet ihr hin«, hatte er gemeint. »Du und Katharina und die Mädchen. Die lieben es! Wir waren letzten Sommer zusammen da, meine Schwester, Katharina, die Mädchen und ich. Lade sie doch einfach ein. Es wäre für euch alle eine schöne Abwechslung.«

Stan, der sich in der Steigerkaue umgezogen hatte, trug wie die anderen Zechenarbeiter einen schmutzigen Grubenanzug, Helm und Lampe. Vor der Brust hatte er die Kaffeeflasche und um die Hüften einen vollbepackten Gezähegürtel hängen. Johannes hatte ihn auch schon mit Arschleder im Streb gesehen, etwa wenn ein steiler Auftrieb kontrolliert werden musste. Stan war trotz seiner gehobenen Position als Steiger oft mit den Kumpels vor der Kohle und packte ohne Umschweife mit an, wenn die Situation es erforderte. Gelegentlich war er allerdings auch im Anzug unterwegs, etwa wenn er an Konferenzen der Zechenleitung teilnahm oder der Direktion Bericht erstattete.

Vor ihnen stand bereits eine Schlange von Bergleuten, die auf den Förderkorb warteten.

»Ist doch prima, dass ihr zusammen auf die Kirmes geht«, sagte Stan. »Höchste Zeit, dass du wieder ein bisschen Spaß im Leben hast. Bislang hast du ja rein gar nichts unternommen, außer zweimal die Woche mit Jörg in der Kneipe ein Bierchen zu zischen.«

»Der ist inzwischen weg. Vorgestern nach Bottrop gezogen, ins Bullenkloster.«

»Ich weiß. Aber kein Grund für dich, jetzt jeden Feierabend zu Hause zu hocken und Trübsal zu blasen.«

»Ich habe meistens noch genug im Garten zu tun.«

»Eben«, sagte Stan trocken. »Umso wichtiger, dass du auch mal was anderes machst. Etwas, bei dem du nicht malochen musst. Irgendwas außer Lesen.«

Johannes lachte. »Heute Abend hole ich zum Beispiel mit dir den Badeofen.«

»Ich hab's nicht vergessen. Hoffentlich kriegen wir das Trumm in mein Auto.«

»Müsste von den Maßen her passen.«

»Ich vertraue deinem Auge. Wenn du willst, helfe ich dir beim Einbau.«

»Das wäre prima, danke!«

Die Schlange wurde kürzer, weil der Förderkorb zwischenzeitlich oben gewesen und mit einer Ladung Männer wieder nach unten gefahren war. Bergleute von der Nachtschicht kamen auf ihrem Weg zur Waschkaue mit müden, tiefschwarzen Gesichtern an ihnen vorbei.

»Ist eigentlich dieser Kerl noch mal bei euch aufgetaucht?«, wollte Stan wissen. »Der sich angeblich nach dir erkundigt hatte?«

Johannes schüttelte den Kopf. Mittlerweile hatte er seine Verfolgungsangst wieder so weit unter Kontrolle, dass er wenigstens nachts durchschlafen konnte. Es verstrich allerdings kaum ein Tag ohne ausgiebiges Grübeln. Wieder und wieder ging er in Gedanken mögliche Gründe durch, die hinter diesem rätselhaften Besuch stecken mochten. Er hatte das untrügliche Gefühl, dass es mit seinem nicht zustande gekommenen Antrag auf Heimkehrerbeihilfe zusammenhing. Dieser Herr Hagemann vom Amt hatte sicher wegen des ominösen D-2-Scheins nach Friedland geschrieben und dabei herausgefunden, dass Johannes in Wahrheit nie dort gewesen war. Ob man ihm daraus irgendeinen Strick drehen konnte?

Nicht minder quälend war die Frage, was zum Teufel dieser Clemens Jacobi von Katharina gewollt hatte. Wer war der Kerl überhaupt?

Es kostete ihn einige Überwindung, aber er fragte Stan danach, denn der kannte Gott und die Welt und kam viel herum.

»Sag mal, Stan, kennst du zufällig einen Herrn Doktor Jacobi? Clemens Jacobi.«

»Der Name sagt mir was. Warte … Ja, das ist ein Arzt mit einer Praxis in Werden. Wieso fragst du?«

»Der Mann fuhr dieser Tage mit seinem neuen Wagen bei uns vor und wollte Katharina sprechen.«

Stan schob seinen Helm ein Stück nach hinten und runzelte die Stirn. »Hat er gesagt, warum?«

»Nein. Und sie wollte auch gar nicht mit ihm reden, also ist er wieder gefahren.«

Stan nickte nachdenklich. »Das ergibt Sinn.«

»Inwiefern?«

»Es kommen manchmal Telefonate für Kathi bei uns an … Kann sein, dass das dieser Jacobi ist, der da für sie anruft. Hanna weiß mehr darüber, aber sie meint, dass es mich nichts anginge. Womit sie natürlich recht hat. Kathi ist eine erwachsene, vernünftige Frau. Und eine wunderschöne dazu. Würde einen schon sehr wundern, wenn sie so viele Jahre lang immer nur brasselt und sich krummlegt, ohne mal ein bisschen Spaß zu wollen. Hm, du sagst also, sie hat ihn weggeschickt?«

Johannes nickte. Aus ihm unerklärlichen Gründen mochte er es nicht, wie Stan über Katharina redete. Wobei ihn weder der Kosename störte noch die – zutreffende – Beschreibung ihres Äußeren, sondern eher Stans Annahme, dass sie die Gesellschaft dieses Arztes gesucht hatte, um *Spaß* mit ihm zu haben. Es lag auf der Hand, worauf Stan damit anspielte – auf dieselbe Art von Spaß, die sie mit ihm, Johannes, im Bett gehabt hatte.

Damit unterstellte Stan ihr eine gewisse Leichtlebigkeit, ja

Bedenkenlosigkeit, doch so war Katharina nicht. In ihr war nur dieser tiefe, fast verzweifelte Lebenshunger, der sich in einem schwachen Augenblick Bahn gebrochen hatte. Es war keine Spur von Kalkül dabei gewesen, als sie ihn geküsst und aufs Bett gezogen hatte.

Nein, Katharina war ganz sicher keine Frau, die sich einen Mann suchte, um *Spaß* zu haben. Im Gegenteil. Sie war ein Mensch mit Prinzipien. Aber zugleich war sie auch voller Sehnsüchte.

Das Läuten der Anschlagglocke ertönte. Der Förderkorb war für die nächste Fahrt bereit. Der Anschläger öffnete das Sicherheitsgitter, und nachdem weitere Bergleute von der Nachtschicht ausgestiegen waren, fanden auch Johannes und Stan einen Platz und konnten einfahren. Nach dem Fertigsignal ging es abwärts. Schlagartig wurde es dunkel, nur die Grubenleuchten glommen in der Finsternis auf. Der Korb rauschte in rasender Geschwindigkeit den Schacht hinunter. Um sie herum brausten die ausziehenden Wetter, während der vergitterte Korb hinabsauste, Hunderte von Metern, ehe er mit einem Ruck auf der Hauptfördersohle zum Stehen kam. Gemeinsam mit den anderen Bergleuten traten Johannes und Stan hinaus und blieben im hell erleuchteten Füllort stehen.

»Auf der Kirmes gibt's übrigens auch eine Tanzerei«, sagte Stan, als hätten sie ihre Unterhaltung nicht vorhin unterbrochen. »Da wollen Hanna und ich hin. Frag doch Katharina, ob sie nicht auch Lust hat. Zusammen mit dir natürlich. Dann wären wir zu viert und könnten eine nette Sause machen.«

Johannes bezweifelte stark, dass sie sich darauf einlassen würde. Sie hatte ihm deutlich erklärt, wie sie zu ihm stand. Freundschaft ja, sogar gern, aber auf keinen Fall mehr. Sie zum Tanzen einzuladen würde diesen Rahmen sprengen. Sie würde garantiert Nein sagen. Und er fürchtete, auf diese Weise die gerade erst wiederhergestellte gute Basis zu zerstören.

»Ich weiß nicht, ob Katharina da mitmacht.«

»Deswegen sollst du sie ja fragen«, sagte Stan. »Wobei ich mir ziemlich sicher bin, dass sie *doch* mitwill, denn sie tanzt für ihr Leben gern. Du weißt bestimmt, dass sie früher beim Ballett war, oder?«

Johannes nickte.

»Und du? Kannst du auch tanzen?«

»Früher schon. In der Schule hatte ich einen Tanzkurs. Im Jahr darauf habe ich noch mal hospitiert, weil's mir Spaß gemacht hat. Später hatte ich dann eine Freundin, wir sind öfters zum Tanztee gegangen. Aber ich habe keine Ahnung, ob ich's immer noch kann.«

»Das klappt schon, so was verlernt man nicht. Hanna und ich tanzen auch gern. Wir können uns abwechseln, dann ist es lustiger. Du mit Hanna, ich mit Kathi, Kathi mit dir, ich mit Hanna.« Stan grinste. »Oder Kathi mit Hanna. Die beiden tanzen manchmal abends bei uns zusammen, nur so aus Jux, wenn sie ihren Weiberabend veranstalten. Also, was ist? Fragst du sie? Zu viert macht es einfach mehr Spaß, und Kathi würde sich endlich nicht mehr fühlen wie das fünfte Rad am Wagen, so wie sonst, wenn wir zusammen ausgehen.«

»Ich kann's ja versuchen.«

»Prima.« Stan schlug ihm auf die Schulter. »Wir sehen uns zum Schichtende.« Er machte sich zu seinem Kontrollgang auf, während Johannes zum angrenzenden Hauptquerschlag weiterging, wo schon der Personenzug wartete, der die Kumpel zur Abbaustelle beförderte. Während der Fahrt dachte Johannes darüber nach, wie Katharina wohl reagieren würde, wenn er sie fragte, ob sie mit zum Tanzen gehen wolle. Nachdem seine diesbezüglichen Überlegungen sich eine Zeit lang im Kreis gedreht hatten, befasste er sich im Geiste wieder mit dem unbekannten Besucher, der sich nach ihm erkundigt hatte. Doch diesmal gelang es ihm zu seiner Erleichterung rasch, die bedrückenden

Gedanken in eine andere, gesündere Richtung zu lenken, nämlich auf die ebenfalls ziemlich wichtige Frage, ob ihm die Arbeit eines Steigers liegen könnte. Stan hatte ihn ermuntert, darüber nachzudenken.

»Du hast Abitur und lernst schnell, und praktische Erfahrung bringst du auch mit, sogar buchstäblich von der Pike auf. Das sind ideale Voraussetzungen. Und der Verdienst kann sich sehen lassen. Du würdest es hinkriegen, Johannes. Du bist ein kluger Kopf, und arbeiten kannst du wie sonst kaum einer.«

Der Beruf brachte einige Verantwortung mit sich. Ein Steiger musste vor der Betriebsleitung dafür geradestehen, dass während seiner Schicht die Förderung der Kohle reibungslos vonstattenging und jede Störung im Betriebsablauf schnellstmöglich beseitigt wurde. Zugleich war er vom Bergamt mit besonderen gesetzlichen Pflichten ausgestattet und musste die Einhaltung aller Sicherheitsvorschriften zum Schutze der Bergleute überwachen. Das konnte ihn in ein Dilemma bringen, weil höhere Sicherheit regelmäßig auf Kosten der – meist auf ehrgeizigem Niveau – festgelegten Fördermenge ging. Wurde jedoch weniger gefördert, sanken die Gedingelöhne, was wiederum die Kumpel dem Steiger übel nahmen.

Andererseits konnte schon die kleinste Nachlässigkeit zu furchtbaren Grubenunglücken führen. Bei der gewaltigen Schlagwetterexplosion auf der Zeche Grimberg 3/4 vor fünf Jahren hatten mehr als vierhundert Männer ihr Leben verloren. Das Unglück von Dahlbusch mit achtundsiebzig Toten lag nicht einmal ein Jahr zurück. Johannes hatte die Kumpel auf Pörtingsiepen darüber reden hören; bei vielen war die Angst unter Tage ein häufiger Begleiter.

Die Ausbildung fand in zwei Stufen statt, zuerst parallel neben der Arbeit und danach im Vollzeitstudium. Sie dauerte lange und war nicht ohne. Allerdings war man während dieser Zeit finanziell abgesichert und bekam nach dem Examen sofort eine gut bezahlte und sichere Stelle, ein Vorteil, den aktuell keine andere Berufsausbildung bieten konnte. Die Universitäten waren seit dem Kriegsende überfüllt, von Studenten, die kaum was zu beißen hatten, weil sie sich die Studiengebühren buchstäblich vom Munde absparen mussten, und das bei Stellenaussichten, die meist alles andere als rosig waren.

»Du musst es ja nicht heute oder morgen entscheiden«, hatte Stan gemeint. »Überleg's dir in aller Ruhe, und wenn du so weit bist, sagst du mir Bescheid, dann regle ich das mit der Anmeldung für dich. Bis dahin solltest du dir aber klarmachen, dass du jetzt als Hauer zwar gutes Geld verdienst, aber dass das nicht ewig geht. Wenn du nicht bei einem Unfall draufgehst, kommt über kurz oder lang die Silikose. Dann wirst du, wenn du Glück hast, irgendwann kaputtgeschrieben und pfeifst für den Rest deines kurzen Lebens auf dem letzten Loch. Glaub mir, das willst du nicht. Besser früh aus dem Abbau raus als zu spät.«

Johannes wusste, dass er sich Gedanken über seine berufliche Zukunft machen musste, und er sah durchaus, dass sich hier dank Stan eine Chance für ihn auftat, die er woanders kaum erwarten konnte.

Früher, während der Schulzeit, war immer klar gewesen, dass er eines Tages studieren würde. Er hatte zwar nach dem Abitur noch keine Vorstellung gehabt, in welche Fachrichtung es gehen würde, aber sein Vater hatte diverse Male hervorgehoben, dass Jura auf alle Fälle eine gute Sache sei, falls ihm nichts Besseres einfiele. Wären nicht Krieg und Gefangenschaft dazwischengekommen, wäre er jetzt vermutlich Jurist. Doch sein Vater war tot, und für ein Studium an der Universität fehlte das Geld. Der Steigerberuf stellte mit seinen weiteren Aufstiegsmöglichkeiten zumindest eine brauchbare Alternative dar – und anscheinend momentan auch die einzige.

Während Johannes sich mit dem Abbauhammer im Streb abschuftete – wegen des steil stehenden Flözes halb sitzend, halb liegend –, versanken alle Gedanken an Ausbildung und berufliche Zukunft wieder in dem erlösenden Geratter, begleitet vom bergmännischen Glossar.

Backenbrecher. Beraubestange. Berechtsame.
Blindschacht. Bremsberg. Bruchbau.

Doch die Bilder in seinem Kopf passten nicht zu dem Bergbauvokabular, denn sie alle zeigten nur Katharina.

Kapitel 12

Mine bereitete Pannas zum Abendessen vor, auf die Art, wie ihre Mutter es früher schon immer gemacht hatte. Bereits am Vortag hatte sie grob zerkleinerte Blutwurst mit einem Rest Leberwurst in Brühe aufgekocht und den Sud mit Majoran und Muskatnuss gewürzt, bevor sie eine ordentliche Portion zuvor ausgelassenen Speck dazugegeben und alles mit Buchweizenmehl angedickt hatte. Den dabei entstandenen Brei hatte sie mit gekochten Graupen angereichert und in einer Kastenform erkalten lassen. Heute hatte sie das Ganze in fingerdicke Scheiben geschnitten, die nun in der Pfanne gebraten wurden. Während des Bratens ließ sie die Haustür und die Küchentür offen stehen, damit es ordentlichen Durchzug gab, und so wunderte es sie kein bisschen, dass wenig später Inge auftauchte und fragte, ob sie die Küchentür oder das Fenster schließen könne. Am besten beides.

»Kann deine Mutter mich dat nicht mehr selber fragen?«, gab Mine säuerlich zurück.

»Mama möchte nicht, dass es deshalb wieder Streit gibt, Oma Mine. Aber sie hat recht, weißt du. Es riecht oben fürchterlich nach Essen, wenn hier die Tür offen ist. Der Geruch legt sich sofort auf die Stoffe. Es hilft auch nichts, wenn wir bei uns die Türen zumachen. Die sind nicht dicht. Es zieht durch alle Ritzen rein.«

Mine war nicht bereit, auch nur einen Meter Boden preiszugeben. »Sach deine Mutter, dat ich hier auch gerne frische Luft hab und dat ich deshalb Durchzuch will. Und Durchzuch krisse nur mit Fenster *und* Türe auf.« Sie deutete auf die

Pfanne mit dem brutzelnden Pannas. »Dat da is auch *euer* Abendessen.«

Inge beugte sich erfreut schnuppernd näher. »Pannas! Lecker! Gibt es Kartoffelbrei dazu?«

»En ganzen Pott voll. Mit Röstzwiebeln. Is alles inne gute halbe Stunde fertich. Kannsse auch deine Mutter sagen.«

Inge verzog sich wieder. Mine nahm die große, gusseiserne Pfanne vom Feuer, stellte sie zum Warmhalten beiseite und setzte den Topf mit den geschälten Kartoffeln auf. Dann schnitt sie Zwiebeln in Ringe, überstäubte sie mit Mehl und schwitzte sie in einer kleineren Pfanne mit einem Stich Margarine an. Dabei überlegte sie, als weitere Beilage auch Apfelkompott aufzutischen. Heute gab es einen Esser mehr als sonst – Stan Kowalski aus der Nachbarschaft war da. Er baute gerade mit Johannes im Keller einen Badeofen ein. Johannes hatte das Ding irgendwo organisiert, und zusammen mit Stan hatte er es mit dessen Auto hergebracht und in den Keller geschleppt.

Von unten tönten abwechselnd Flüche und Hammerschläge, wobei die Flüche mit der Zeit weniger geworden waren, nach Mines Erfahrung ein Zeichen dafür, dass es mit der Arbeit voranging und dass das Ergebnis über kurz oder lang funktionieren würde.

Johannes hatte schon in der vergangenen Woche eine zusätzliche Stromleitung vom Verteilerkasten in die Waschküche verlegt. Außerdem hatte er neue Wasserrohre mit der Hauptanschlussstelle im Keller verbunden. Für die Dusche hatte er, Stein auf Stein wie ein Maurer, zwei Abtrennwände hochgezogen, alles sauber verputzt und die entstandene Nische bis auf Schulterhöhe mit Kacheln ausgekleidet.

Mine hatte ihn nicht gefragt, wo er das ganze Zeug herhatte. Ein Teil davon stammte vermutlich aus der Zeche. Es war ein offenes Geheimnis, dass die Kumpels nicht nur regelmäßig Mutterklötzchen mit nach Hause nahmen, sondern hin und wieder auch ihren Heimwerkerbedarf auf dem Pütt deckten. Über und unter Tage ließ sich alles Mögliche an brauchbarem Zubehör organisieren. Schon zu Jupps Zeiten war das nicht anders gewesen. Wenn etwa in der Waschkaue neue Brausen eingebaut oder Wände und Böden gefliest wurden, blieb regelmäßig »Verschnitt« übrig, der auf wundersame Weise verschwand. Immer wieder gingen in den kilometerweit verzweigten Stollen tief unter der Erde Werkzeuge, Kupferkabel und ähnliche nützliche Dinge verloren, die später in den Häusern der Zechensiedlungen wiederauftauchten.

Mine nahm die fertig gerösteten Zwiebeln vom Herd, dann ging sie hinunter in den Keller, um zwei Gläser Apfelkompott aus dem Vorratsraum zu holen. Bei dieser Gelegenheit begutachtete sie den Stand der Arbeiten in der Waschküche. Johannes hockte vor dem Badeofen und schraubte daran herum, während Stan ihn mit fachmännischen Kommentaren unterstützte.

Mine sah ihnen für eine kleine Weile bei der Arbeit zu, die beiden Einmachgläser vor der Brust. So wie Johannes gerade dort kniete, den Rücken gebeugt und den blonden Schopf vornübergeneigt, rief er starke Erinnerungen an Karl in ihr wach. Karl war ein Stück kleiner als Johannes, aber trotzdem ein ganzer Kerl, strotzend vor Kraft und Energie. Sie wusste noch genau, wie er an jenem Tag ausgesehen hatte, als sie ihn das letzte Mal in Berlin besucht hatte. 1942 war das gewesen, der Krieg hatte bereits um sich gegriffen, und Karl war trotz aller entgegenstehender Hoffnungen eingezogen worden, obwohl er Familienvater war und seine Frau ein Kind erwartete. Hochschwanger war Katharina zu jener Zeit gewesen, weshalb sie auch nicht mehr ins Ruhrgebiet reisen wollten.

Er hatte an Mine geschrieben, ob sie nicht noch einmal zu Besuch kommen wolle, ehe er einrücken müsse, und sie hatte spontan entschieden, alles stehen und liegen zu lassen und zu ihm zu fahren. Zum Glück, denn so war sie wenigstens noch ein letztes Mal bei ihm gewesen, bevor der menschenfressende Krieg ihn verschlungen hatte. Sie hatte sich mit eigenen Augen davon überzeugen können, wie stark die Bindung zwischen ihm und Katharina war. Ja, seine Hoffnung hatte sich erfüllt, sie waren zu einer glücklichen Familie zusammengewachsen und freuten sich unsagbar auf das gemeinsame Kind.

In den Jahren davor hatte sie ihn nur sehr selten gesehen. Berlin war weit weg, und er hatte viel zu tun. Zu seiner Hochzeit mit Katharina hatte er sie nicht eingeladen, aber es waren ja auch sonst keine Gäste da gewesen, und Mine kannte den Grund dafür. Sie hatte Karls Brief all die Jahre über aufbewahrt.

Liebe Mutter!

Heute habe ich große Neuigkeiten: Ich habe wieder geheiratet. Meine Frau Katharina ist noch sehr jung, fast ein Kind mit ihren siebzehn Jahren, und sie hat bereits eine kleine Tochter von gerade einmal drei Monaten. Ihr ist übel mitgespielt worden vom Leben. Schon als ich sie das erste Mal traf, erwachte in mir der Wunsch, ihr zur Seite zu stehen. Vielleicht hängt es damit zusammen, dass Gisela und der Kleine mir so früh genommen wurden und ich deshalb bis heute nie Gelegenheit hatte, für eine eigene Familie zu sorgen. Nun habe ich plötzlich eine Frau und ein Kind – die Kleine heißt Ingrid und ist ein entzückendes Baby –, und ich hoffe inständig, ein guter Vater und treusorgender Gatte zu sein.

Es gab keine Feier, nur eine schlichte Zeremonie auf dem Standesamt. Ich will dir die Wahrheit sagen: Die Ehe ist aus Gründen der Vernunft geschlossen worden, weil Katharina jemanden braucht, der für sie und das Kind da ist. Noch leidet sie sehr nach allem, was ihr widerfahren ist. Doch bin ich voller Zuversicht, dass sie meine innigen Gefühle eines Tages erwidern kann.

Karl hatte in diesem Brief sämtliche Umstände geschildert, die zu der Eheschließung geführt hatten, und er hatte auch ein Foto beigelegt, das ihn zusammen mit Katharina und dem Baby zeigte. Ein einziger Blick auf das ausdrucksstarke Antlitz der jungen Frau hatte Mine erkennen lassen, was Karl zu ihr hinzog. Es war nicht nur ihre Schönheit, sondern viel mehr, auch wenn Mine lange überlegen musste, mit welchen Worten Katharinas besondere Anziehungskraft am besten zu umschreiben war. Vielleicht war es Unbeugsamkeit, die aus diesen Zügen sprach, der unbezwingbare Wille, sich durchs Leben zu kämpfen, auch wenn es Opfer kostete. Zugleich jedoch strahlte sie etwas aus, das in Männern den Wunsch weckte, sich schützend vor sie zu stellen, eine gewisse zärtliche Sanftmut und Anschmiegsamkeit, wie sie sich manchmal auch im Umgang mit ihren Töchtern offenbarte.

Und dann gab es natürlich noch die rein körperliche Seite, für die sie gewiss nichts konnte, aber auch nichts tat, um sie zu verbergen – diese aufreizende Weiblichkeit, die mit den Jahren immer noch ausgeprägter zu werden schien, statt zu verblassen. Die Männer wurden davon angelockt wie Motten vom Licht, einer wie der andere. Nicht nur Karl hatte ihr sein Herz zu Füßen gelegt. Jörg und Pawel hatten sie ebenso begehrt wie die Bergleute, die vor ihnen im Haus Quartier gehabt hatten. Stan Kowalski hätte ihr lieber heute als morgen einen Ring an den Finger gesteckt. Und in der Nachbarschaft wurde darüber getratscht, dass ein feiner Pinkel aufgetaucht war, offenkundig ein weiterer Verehrer. Einer, der womöglich sogar Gründe hatte, Anspruch auf sie zu erheben.

Und nun zu allem Überfluss auch noch ihr Enkel. Es war Mine nicht entgangen, dass Johannes sich in Katharina verguckt hatte – wen wunderte es, nach all den Jahren im Lager. Und es war auch schon was zwischen den beiden passiert, so viel war sicher. Ein Kuss oder vielleicht sogar mehr, so genau wollte

Mine es gar nicht wissen. Denn seitdem rissen die zwei sich am Riemen, das war die Hauptsache. Mine wollte, dass Karl seine Familie vorfand, wenn er zurückkam. Und er *würde* zurückkommen, nicht nur, weil sie so oft dafür betete, sondern weil sie es ganz tief in ihrem Inneren spürte. Dieses Band, das eine Mutter zu ihrem Kind hat, war niemals abgerissen. Sie hätte es sonst sicher gewusst, so wie damals, als Mathilde gestorben war. Sie hatte in aller Deutlichkeit gespürt, dass ihre Tochter tot war, schon bevor der Brief mit der Traueranzeige gekommen war. Auch diesen Brief besaß sie noch. Eigentlich war es nur eine unpersönliche Karte gewesen. Zu Mathildes Mann hatte sie ohnehin kaum Kontakt gepflegt. Nur einmal hatte er sie nach Mathildes Tod zusammen mit Johannes noch hier besucht, danach nie wieder. Sie lebten in verschiedenen Welten.

Zu Weihnachten kamen immer in artiger Kinderschrift verfasste Grußkarten von Johannes, die mit *Liebe Oma Mine* begannen und mit *Dein Enkel Johannes* endeten, und dazwischen stand in vorgedruckten Lettern *Ein gesegnetes Weihnachtsfest und ein glückliches neues Jahr!*

Eingeladen hatte sein Vater sie nur ein einziges Mal, Jahre später zu Johannes' Konfirmation. Mathilde war katholisch gewesen, aber sie und ihr Mann hatten den Jungen evangelisch erziehen lassen. Mine hatte nicht hinfahren können, den Grund hatte sie vergessen. Danach war der Kontakt eingeschlafen, auch die Weihnachtskarten blieben irgendwann aus.

Johannes riss sie aus ihren Erinnerungen. Er drehte den neuen Wasserhahn auf. Er und Stan hielten die Hände unter den sprudelnden Strahl, der aus der Brause kam.

»Es wird warm!«, rief Stan erfreut. »Jetzt könnt ihr alle richtig duschen! Kann sofort ausprobiert werden!«

Johannes drehte sich breit grinsend zu Mine um, und ihr Herz tat einen Satz, weil er plötzlich genauso aussah wie Jupp, als er jung gewesen war. Wie hatte sie nur vergessen können, was für ein gut aussehender Bursche ihr Mann gewesen war? Er war jetzt schon so lange tot, gestorben am Tag vor seinem achtundvierzigsten Geburtstag, und seither hatte sie immer nur sein von der Silikose ausgezehrtes Gesicht vor Augen gehabt, nicht mehr das des kraftvollen, hübschen Mannes, der er vor der Krankheit gewesen war.

Sie musste schlucken, weil Johannes ihr die verblasste Erinnerung gerade für einen kostbaren, unwiederbringlichen Augenblick zurückgegeben hatte.

»Dat Essen is gleich fertich«, sagte sie. »Unter de Brause könnt ihr hinterher immer noch gehen.«

*

Es wurde eng beim Essen an Mines Küchentisch. Die Mädchen und Katharina rückten auf der Eckbank zusammen, Mine und die beiden Männer saßen auf den Stühlen. Mine häufte allen Kartoffelbrei und Pannas auf die Teller und stellte die Einmachgläser mit dem Apfelmus zur Selbstbedienung auf den Tisch.

Johannes und Stan tranken Bier, Mine hatte vorher extra welches im Eisschrank kaltgestellt.

Katharina saß Johannes und Stan gegenüber. Die Männer unterhielten sich angeregt über die Funktion des Badeofens. Die Mädchen stritten, wer zuerst die Dusche ausprobieren durfte. Mine verzehrte ihr Essen schweigend, ebenso wie Katharina.

Zu ihrer Erleichterung benahm Johannes sich völlig unauffällig. Weder warf er ihr verstohlene Blicke zu, noch ließ er sie auf andere Weise spüren, dass sie ein anrüchiges Geheimnis teilten. Wenn sie sich überhaupt zwischendurch heimlich beobachtet fühlte, dann eher von Stan. Ihr war klar, dass er immer noch auf ein Signal von ihr wartete, sie umwerben zu dürfen, aber dazu würde es nicht kommen. Nicht nur, weil sie nach wie vor verheiratet war, sondern weil Stan wie ein Bruder für sie war – jedenfalls stellte sie sich vor, so für einen Bruder zu fühlen, wenn sie einen gehabt hätte.

Als Kind hatte sie sich oft Geschwister gewünscht, aber ihr Vater war gestorben, als sie noch sehr klein gewesen war; sie konnte sich kaum an ihn erinnern. Sein Bild vor ihrem inneren Auge war im Laufe der Jahre weiter verblasst. Andere, echte Bilder gab es nicht mehr. Alle Fotos, die sie von ihm besessen hatte, waren von den Russen zusammen mit ihren sonstigen Dokumenten verbrannt worden.

Ihre Mutter hatte versucht, weitere Kinder zu bekommen, später, während ihrer Ehe mit David. Einmal hatte Katharina sich kurzzeitig Hoffnung auf ein Geschwisterchen machen dürfen, doch ihre Mutter hatte eine Fehlgeburt erlitten.

»Es schmeckt *so* lecker, Oma Mine!«, sagte Bärbel hingebungsvoll kauend.

»Mit vollem Mund spricht man nicht«, wies Katharina ihre Tochter zurecht, fügte dann aber an Mine gewandt höflich hinzu: »Es schmeckt wirklich großartig, Mutter.«

Wie immer schien ihre Stimme vor dem Wort *Mutter* stolpern zu wollen. Die Anrede war korrekt und für Schwiegertöchter üblich, aber sogar nach all den Jahren fühlte es sich für Katharina immer noch seltsam an. Sie hätte ihre Schwiegermutter gern beim Vornamen genannt, aber das war ihr nie angeboten worden, folglich hatte sie es sich auch nicht eigenmächtig herausgenommen.

Johannes und Stan beeilten sich, Mine ebenfalls für ihre Kochkunst zu loben.

»Ich find's auch sehr lecker, Oma Mine«, sagte Johannes pflichtschuldigst.

»Es geht nichts über deftige Hausmannskost, Frau Wagner«, stimmte Stan zu. »Ihr Pannas ist weit und breit der beste.«

Katharina wusste, dass er einiges von gutem Essen verstand. Hanna bereitete ihm häufig die Leibspeisen aus ihrer gemeinsamen Kindheit in Polen zu, aber ebenso oft servierte sie ihm französische Gerichte und gab sie ihm auch im Henkelmann zur Arbeit mit. Stan verdiente gut, an den Zutaten musste Hanna kaum sparen. Allein die Namen mancher Rezepte klangen für Katharina wie purer Genuss: Coq au vin, Pot au feu, Boeuf Bourguignon. Köstlich waren aber auch die Gemüseeintöpfe oder Hannas Zwiebelsuppe, die auf französische Art mit Brot und Käse überbacken war.

Im Gegensatz zu Katharina kochte Hanna oft und gern – und vor allem gut. Katharina freute sich immer, wenn Hanna für sie und die Mädchen eine große Portion abzweigte und rüberbrachte. Doch sie war auch dankbar dafür, dass Mine sich so oft fürs Essenkochen zuständig fühlte, sodass sie selbst eher zum Nähen kam.

Das war auch nötig, denn ihr Arbeitsaufwand war gestiegen, weil sie in den letzten Wochen dazu übergegangen war, die Kunden zu Hause zu besuchen. Die Hin- und Rückwege kosteten Zeit und verursachten zusätzliche Kosten, weil sie, wenn der Weg länger war, den Bus oder die Straßenbahn nahm. Sie hatte inzwischen sogar Kundinnen in Frillendorf und Katernberg – da hätte sie bei Wind und Wetter stundenlang durch die Gegend marschieren müssen und wäre zu nichts anderem mehr gekommen.

Doch dafür musste sie nun nicht mehr extra vor jedem Besuch Flur und Treppe wienern oder sich wegen allzu durchdringender Essensdünste den Kopf zerbrechen. Von ihren neuen Kunden, die deutlich zahlungskräftiger waren als die bisherigen, musste niemand die Nase über sie rümpfen. Katharina traf jedes Mal hübsch zurechtgemacht und gut aufgelegt bei ihnen ein, Stoff und Zubehör in einer schicken großen, selbstgenähten Tasche über der Schulter, und bevor es mit dem Maßnehmen oder der Anprobe losging, bot man ihr echten Bohnenkaffee aus Goldrandtassen im Wohnzimmer an. Man betrachtete es mit Wohlwollen, dass sie für alle Abschlagszahlungen und Endabrechnungen ordentliche Quittungen ausstellte, sogar mit Durchschrift auf Kohlepapier.

Genau diese Art von Kunden würde sie später auch in ihrem Modesalon empfangen – Gattinnen von höhergestellten Beamten und besserverdienenden Angestellten, Töchter von Unternehmern, Rechtsanwälten und Ärzten. Sie würden von weit her kommen, vielleicht sogar aus den umliegenden Städten, weil die ausgesuchte Qualität, die in ihrem Atelier geboten wurde, sich überall herumsprach.

Eine Bemerkung von Johannes riss sie aus ihren rosigen Zukunftsträumen.

»Ich hab's mir überlegt, ich will die Ausbildung zum Steiger machen«, sagte er zu Stan.

»Oh, hast du dich entschieden? Das ist prima!« Stan lächelte ihn erfreut an. »Dann besorge ich dir die Unterlagen für die Anmeldung. Im nächsten Frühjahr würde es dann losgehen.«

»Eine Ausbildung?«, erkundigte Mine sich stirnrunzelnd.

»Keine Sorge, Frau Wagner, Johannes liegt dabei keinem auf der Tasche. Er bleibt in der Zeit erst mal auf dem Pütt und verdient weiter seinen Lohn als Hauer. Aber dann arbeitet er nur noch in der Frühschicht, weil er abends zur Schule muss. Bergvorschule, zwei Jahre. Danach zweieinhalb Jahre Studium auf der Bergschule. Da gibt's dann nicht mehr ganz so viel Geld, aber verhungern muss in der Zeit keiner.«

»Das dauert ja ganz schön lange«, sagte Inge. »Fast fünf Jahre!«

Stan zuckte mit den Schultern. »Die Zeit geht schnell rum. Und als Steiger ist man noch nicht am krausen Bäumchen, da ist noch Luft nach oben. Man kann sogar zum Betriebsleiter aufsteigen. Oder Markscheider werden.«

»Was ist ein Markscheider?«, fragte Katharina.

»Ein Vermessungsingenieur im Bergbau.«

»Mach dat, Jung«, sagte Mine unvermittelt zu Johannes. »Da hasse wat Vernünftiges. Dat Kohlekloppen darfsse nich zu lange machen. Da bisse schnell weg vom Fenster.« Nach dieser impulsiven Äußerung verstummte sie wieder und blickte auf ihren Teller, und Katharina ahnte, dass Mine an Jupp dachte, der viel zu früh gestorben war. Nach allem, was sie von Karl wusste, hatten seine Eltern einander sehr geliebt. Katharina hatte es angesichts des harschen Wesens ihrer Schwiegermutter lange kaum glauben können. Doch manchmal, wenn Mine mit den alten Sachen ihres Mannes hantierte, etwa Werkzeuge hervorholte oder die an Johannes ausgeliehenen Kleidungsstücke, zeigte sich auf ihrem Gesicht ein Ausdruck, der eine tiefere Wahrheit erkennen ließ.

Nach dem Essen verabschiedete Stan sich, und Johannes führte Katharina und den Mädchen in der Waschküche die neue Dusche vor. Katharina hielt ihren entblößten Arm unter den warmen Wasserstrahl und war rundum begeistert.

»Das hast du großartig gemacht!« Sie lachte Johannes an.

Für einen Moment versanken ihre Blicke ineinander, und wie schon beim letzten Mal erschrak sie über die Intensität dieses Augenblicks und das verräterische Pochen ihres Herzens.

»Ich will heute noch duschen!«, rief Bärbel. »Und Claudia auch! Sie hat noch nie geduscht!«

»Du spinnst«, sagte Inge grinsend. »Puppen haben keinen eigenen Willen.«

»Claudia hat einen! Sie hat eine echte Seele!«

»Du bist bekloppt. Lass so was bloß nicht den Pastor hören.«

Während die Mädchen den Badeofen von allen Seiten begutachteten und unter fröhlichem Gekicher den Hahn auf- und zudrehten, nahm Johannes Katharina zur Seite.

»Stan lässt fragen, ob wir am Kirmes-Sonntag noch mal zusammen ausgehen wollen. Also wir vier. Er und Hanna und wir beide.«

»Wir wollen doch schon mit den Mädchen auf die Kirmes.«

»Ich weiß. Aber wir könnten ja zweimal hin. Es gibt da wohl eine Tanzerei.«

»Wieso hat Stan mich nicht vorhin bei Tisch direkt gefragt?«

»Vielleicht, weil er dachte, *ich* hätte dich schon gefragt.«

»War das mit dem Tanzen deine Idee oder die von Stan?«

»Stan hat es heute Morgen vor der Arbeit vorgeschlagen. Er meinte, wir könnten uns paarweise untereinander abwechseln, dann wäre es lustiger.«

»Und, hast *du* denn Lust zum Tanzen?«

Er hob verlegen die Schultern. »Früher habe ich sehr gern getanzt. Aber das ist lange her. Wahrscheinlich habe ich alle Schritte verlernt.«

»Es ist nicht wie beim Schwimmen oder Radfahren«, stimmte sie zu. »Es gibt kaum eine Sache, die man so schnell wieder verlernt wie das Tanzen. Dafür reichen schon ein paar Monate.«

»Dann werde ich mich bloß nach Strich und Faden blamieren. Also gehe ich besser nicht mit.«

»Doch, das wirst du«, widersprach sie sofort. »Wir gehen beide dahin, und ich werde mit dir tanzen. Ganz egal, was du seit damals verlernt hast – ich verspreche dir, es kommt alles wieder zurück!«

Nachdem sie Mine beim Abwasch geholfen hatte, setzte sie sich wieder an die Nähmaschine. Während sie den Stoff unter der ratternden Nadel durchschob, fragte sie sich immer noch, was zum Teufel bloß in sie gefahren war. Die Entscheidung, mit zum Tanzen zu gehen, war in mehrfacher Hinsicht fatal. Es war klar, dass Stan das Ganze angezettelt hatte, um ihr auf diese Weise näherzukommen. Er hatte Johannes vorgeschickt, damit es nicht zu offensichtlich war. Aber ebenso klar war, dass Johannes sich etwas Ähnliches davon versprach.

Und sie war eine dumme Gans, weil sie durch ihre Zusage Hoffnungen weckte, wo es keine geben durfte!

Sie log sich in die Tasche, wenn sie sich damit herausredete, dass sie eigentlich bloß Johannes' Tanzkünste auffrischen wollte. Oder dass sie ihm lediglich helfen wollte, neue Bekanntschaften zu knüpfen und wieder mehr unter Leute zu kommen. Oder gar, dass sie es hauptsächlich deshalb tat, weil er nach so vielen schrecklichen Jahren Anrecht auf ein kleines bisschen Freude hatte.

All diese Argumente hatte sie sich zurechtgelegt, um die Wahrheit zu verdrängen.

Denn die Wahrheit war, dass sie es selbst wollte. Sie wollte tanzen. Sie wollte sich zur Musik in den Armen eines Mannes wiegen. Sie wollte gehalten und geführt werden und den Gleichklang von Rhythmus und Schritten bis in ihr Inneres spüren. Früher war das Tanzen ihr Leben gewesen, und sie vermisste es manchmal so sehr, dass es fast körperlich wehtat.

Neben ihren Beinen surrte das Schwungrad. Ihre Füße traten in unermüdlichem Takt das Antriebspedal, und ihre Hände bewegten zielsicher den Stoff, während die auf und nieder ratternde Nadel saubere Zickzack-Nähte hinterließ.

Es war nicht irgendein Mann, mit dem sie tanzen wollte. Es war nicht Stan oder Clemens oder sonst wer.

Sondern nur Johannes.

Sie verfluchte sich innerlich. Doch sie wusste, dass sie an dem Kirmes-Sonntag mit ihm tanzen gehen würde.

Kapitel 13

Am Samstag der darauffolgenden Woche duschte Johannes nach Schichtende ausgiebig mit den anderen Kumpels in der Waschkaue. Er wusch sich am ganzen Körper mit der weißen Bergmannsseife und schäumte auch mehrmals sein Haar ein. Unter dem heiß herabbrausenden Wasser dehnte und streckte er die von der Arbeit verspannten Muskeln und hob das Gesicht dem prasselnden Strahl entgegen, um den zäh anhaftenden Kohlenstaub auch von den Wimpern und Augenrändern sowie aus den Nasenlöchern zu spülen.

Mit der Nagelbürste schrubbte er sich die Fingernägel sauber und rubbelte mit der Seife auch noch einmal gründlich über ein paar Schrammen am Arm, die er sich beim Herumklettern im Streb zugezogen hatte. Wenn man solche Wunden nicht akribisch reinigte, konnten dunkle Narben zurückbleiben.

Weil er wegen der Hitze unter Tage meist mit nacktem Oberkörper arbeitete, war auch der Rücken entsprechend schwarz geworden.

»Buckeln!«, rief er durch den rauschenden Wasserstrahl seinem Nebenmann zu, der gerade mit dem Duschen fertig war. Der Kumpel kam herüber und wusch ihm den Rücken. Johannes bedankte sich und erwies dann einem anderen Bergmann auf dessen Zuruf hin den gleichen Gefallen.

Das Buckeln in der großen Waschkaue war ein sichtbares Zeichen für die Zusammengehörigkeit unter den Bergleuten. Hier auf dem Pütt half jeder dem anderen, immer und überall, sowohl unter als auch über Tage. Die Männer bildeten eine verschworene Gemeinschaft, fast so, als gehörten sie alle zu einer großen Familie. Und Johannes, der solche Beschreibungen immer für übertriebene Zechenromantik gehalten hatte, fühlte sich zu seinem Erstaunen zunehmend als Teil dieser Familie. Wenn er sich morgens für die Arbeit umzog und gemeinsam mit den anderen in den Förderkorb stieg, hörte man von allen Seiten den traditionellen Bergmannsgruß, ein kräftiges *Glückauf!* Wenn einer seine Stullen vergessen hatte, teilten die anderen ihr Frühstück mit ihm, und wenn jemand unter Tage verletzt oder verschüttet wurde, gab es keinen, der für die Rettung des Kumpels nicht ohne zu zögern sein eigenes Leben aufs Spiel gesetzt hätte.

Nach dem Duschen ließ Johannes den Kauenkorb mit seiner Alltagskluft von der Decke herab. Er nahm sein Zeug und zog sich an. Das Hemd war frisch, er hatte es vor der Schicht extra gebügelt. Vor einem der Spiegel kämmte er sich sorgfältig, dann lieh er sich von Heinz Rasierschaum und -messer und schabte sich Kinn und Wangen glatt. Danach fand er sich akzeptabel.

»Gehsse heute noch aus?«, fragte der ältere Kumpel augenzwinkernd.

»Auf die Kirmes«, bestätigte Johannes.

»Hasse ein Mädel dabei?«

»Sogar drei.«

Heinz lachte. »En richtigen Schwerennöter, wat?«

»Man tut, was man kann«, gab Johannes gut gelaunt zurück.

Er zog seine Jacke über und machte sich auf den Heimweg, mitsamt seinem Pöngel, wie man das in dunkel karierte Grubenhandtücher eingerollte Bündel nannte. Darin befand sich das verdreckte Arbeitszeug, das die Bergleute an den Wochenenden zum Waschen mit nach Hause nahmen.

Er verließ das Zechengelände und ging mit ausgreifenden Schritten die Anhöhe zur Siedlung hinauf. Die Sonne schien, es war warm, deshalb zog er die Jacke wieder aus und hängte sie sich über die Schulter. Die Kirmes wurde in der Essener Innenstadt veranstaltet, und Johannes hatte schon mit Katharina ausgemacht, dass sie den Bus nehmen würden. Er hatte die frisch gefüllte Lohntüte in der Tasche und brannte darauf, sich mit Katharina und den Mädchen eine schöne Zeit zu machen.

Er sah den Fremden, der vor Mines Haus stand, nicht sofort, sondern erst beim Näherkommen. Der Mann löste sich aus dem Schatten eines Baums und kam Johannes entgegen. Er war mittelgroß, um die vierzig und von bulliger Statur. Ein Filzhut mit breiter Krempe beschattete das von alten Aknenarben gezeichnete Gesicht. Ein schlecht sitzender Anzug und ältere, aber sorgsam polierte Schuhe vervollständigten das Bild. Johannes wusste sofort, dass das der rätselhafte Besucher sein musste, von dem der Nachbar Brüggemann berichtet hatte.

»Sind Sie Herr Schlüter? Johannes Schlüter?« Die Stimme klang befehlsgewohnt. Fast militärisch. Dieser Mann kam nicht einfach bloß von irgendeiner Behörde. Alles an ihm schrie nach Geheimdienst. Johannes erstarrte innerlich zu Eis. Die Russen hatten jemanden geschickt, um ihn zurückzuholen!

Nur mit äußerster Mühe unterdrückte er den Drang, sein Heil in der Flucht zu suchen.

»Der bin ich«, gab er ausdruckslos zurück. »Und wer sind Sie?«

»Mein Name ist Hagemann.«

Hagemann. Hagemann. So hieß der Kerl vom Amt, mit dem er wegen der Heimkehrerbeihilfe gesprochen hatte! Ganz offensichtlich waren die beiden miteinander verwandt, wahrscheinlich Brüder. Wenn man genauer hinsah, bemerkte man auch eine gewisse Ähnlichkeit. Damit war klar, auf welchem Weg dieser Hagemann, der heute hier vor ihm stand, an seine Informationen gekommen war! Konnte es einen noch grauenvolleren Zufall geben?

»Sicher glauben Sie jetzt, dass ich mit dem Beamten verwandt bin, bei dem Sie wegen einer Heimkehrerbeihilfe vorgesprochen hatten«, sagte der Mann mit unverkennbarem Amüsement in der Stimme. »Aber dem ist nicht so. Er ist nur ein zufälliger Namensvetter. Der mich davon in Kenntnis gesetzt hat, unter welchen Umständen Sie *heimgekehrt* sind.« Er betonte das Wort auf eine verächtliche Weise, es klang beinahe wie ein Schimpfwort.

»Was wollen Sie von mir?«, fragte Johannes. Es war, als säße er wieder einem der Verhörspezialisten gegenüber, mit denen er im Laufe seiner Gefangenschaft immer wieder zu tun gehabt hatte. Er gab sich gelassen, aber sein Herz raste wie eine Dampflok.

Hagemann musterte ihn wie ein aufgespießtes Insekt unter dem Mikroskop. »Können Sie sich das nicht denken, Herr Schlüter?«

Johannes wich dem bohrenden Blick des anderen nicht aus. »Nein.«

»Dann will ich Ihnen auf die Sprünge helfen. Sie geben vor, ein Spätheimkehrer zu sein. Seltsam bloß, dass Sie nie offiziell als solcher registriert worden sind.«

Johannes straffte sich. Jetzt nur nicht die Nerven verlieren, befahl er sich scharf.

»Was geht Sie das überhaupt an? Welche Befugnis haben Sie, mich hier zu verhören?«

Die wasserhellen Augen unter der Hutkrempe wurden schmal. »Aber das ist doch kein Verhör, Herr Schlüter! Ich befrage Sie nur. Und zwar mit hochoffizieller Ermächtigung meiner Dienststelle.«

»Dann können Sie sich bestimmt entsprechend ausweisen, Herr Hagemann.«

Johannes gewann allmählich Oberwasser. Sein Verstand hatte die offenkundige Tatsache erfasst, dass der Mann ihm allein gegenüberstand und augenscheinlich unbewaffnet war. Wenn dieser Kerl ihn wirklich im Auftrag des NKWD zurück nach Russland verschleppen wollte, musste er schon mehr aufbieten.

Der Mann, der sich Johannes als Hagemann vorgestellt hatte, zückte einen Dienstausweis.

Johannes betrachtete das Dokument befremdet. »Historisches Forschungsinstitut? Was erforschen Sie denn?«

»Das Schicksal von Spätheimkehrern. Wir befragen alle. Ohne Ausnahme. Behördliche Anweisung.«

»Und wenn ich keine Lust habe, mich befragen zu lassen?«

»Dann werden Sie als feindlicher Agent in unsere Kartei aufgenommen. Die Konsequenzen für Sie können sehr unangenehm sein.« Diese Antwort kam ohne Umschweife und mit kühler Arroganz. »Da Sie sich nach Ihrer Rückkehr der Registrierung entzogen haben, sind Sie bereits in hohem Maße verdächtig. Es würde somit nur Ihrer eigenen Entlastung dienen, wenn Sie uns so umfassend wie möglich Auskunft erteilen.«

»Auskunft worüber?«

»Über alles«, erklärte Hagemann schlicht. »Lückenlos und vollständig. Sämtliche Einzelheiten der zurückliegenden sechs Jahre. Jedes Lager, jeder russische Offizier und Wachhabende, jegliche Aktivitäten. Ihre eigenen und die aller anderen. Auch die der Plennys. So nennt man doch da die Kriegsgefangenen, oder? Es heißt, dass viele von euch der Roten Armee beigetreten sind.«

Johannes fiel es wie Schuppen von den Augen. Mit einem Mal war ihm alles klar. Wie hatte er nur auf die hirnverbrannte Idee verfallen können, dass der NKWD hinter ihm her war?!

Trotzdem war seine erste intuitive Einschätzung richtig gewesen, der Kerl kam ohne Frage vom Geheimdienst. Allerdings nicht von einem russischen. Er war im Auftrag der Deutschen unterwegs, die in panischer Furcht vor der kommunistischen Bedrohung anscheinend alles über den Todfeind im Osten herauszufinden versuchten. Was lag näher, als sämtliche Spätheimkehrer so gründlich wie möglich über ihre Erlebnisse auszuhorchen?

Um ein Haar wäre Johannes in hysterisches Gelächter ausgebrochen.

Welche Ironie! Man unterstellte ihm, ein Spion der Sowjets zu sein! Ausgerechnet ihm, der wegen seiner Angst vor sowjetischen Spionen fast paranoid geworden war!

Ich bin auf eurer Seite, hätte er am liebsten ausgerufen. *Ich fürchte und hasse die Kommunisten noch viel mehr als ihr!*

Aber der unbarmherzige Ausdruck im Gesicht seines Gegenübers ließ klar erkennen, dass man ihn bereits auf einer bestimmten Seite eingeordnet hatte – auf der falschen. Er steckte längst in der Feindkartei. Im Grunde war es genau wie beim NKWD, nur mit umgekehrten Vorzeichen. Ihm drohten endlose Vernehmungen, jede Aussage würde dreimal herumgedreht und auf den Prüfstand gestellt werden, und am Ende würde man ihm doch nicht glauben. Denn er hatte sich ja der Registrierung entzogen. Warum sollte jemand so etwas tun (zumal er sich damit die Heimkehrerbeihilfe verscherzte), außer um sich unbemerkt und unbeobachtet im Westen einnisten zu können? Umgedreht und gehirngewaschen von den Roten, stalinistisch indoktriniert und eingeschworen auf die Parolen der Sowjets – der perfekte Agent.

Abermals konnte Johannes nur mit Mühe ein gequältes Lachen unterdrücken. Es gelang ihm nicht ganz.

»Was ist so komisch?«, wollte Hagemann wissen. Seine Stimme klang plötzlich anders. Härter, fast aggressiv.

»Sie«, sagte Johannes. »Ich find's lustig, dass Sie mich für einen sowjetischen Agenten halten. Weil das nämlich zufällig genau die Leute sind, mit denen ich nie wieder was zu tun haben will.«

»Ist das so? Dann überzeugen Sie mich davon, indem Sie mir alles über Ihre Gefangenschaft erzählen.«

»Jetzt sofort?« Johannes konnte nicht verhindern, dass sich ein spöttischer Unterton in seine Stimme schlich. »Ich fürchte, dann stehen wir nächste Woche noch hier.«

Hinter ihm öffnete sich die Haustür, und Katharina kam zusammen mit den Mädchen heraus, alle drei fertig zum Aufbruch.

»Ich hatte gar nicht mitgekriegt, dass du schon auf uns wartest.« Fragend blickte sie den ungebetenen Besucher an, ehe sie sich wieder Johannes zuwandte. »Wollen wir los, oder hast du noch was zu besprechen?«

»Nein, ich war hier fertig«, sagte Johannes. »Ich bring nur rasch den Pöngel rein, dann können wir uns auf den Weg machen.«

»Ich komme wieder«, meinte Hagemann. Seine Miene war unbewegt, sein Blick kalt. Ohne Abschiedsgruß drehte er sich um und ging weg. An der Straßenecke stand ein Moped. Er ließ die Maschine an und knatterte in einer Auspuffwolke davon.

*

»Wer war der Kerl?«, fragte Katharina, nachdem Johannes sein verdrecktes Grubenzeug im Haus abgeladen und sich wieder zu ihnen gesellt hatte.

»Eine Art Forschungsreisender«, sagte Johannes.

Erstaunt nahm sie den sarkastischen Tonfall in seiner Antwort wahr. »Das ist ein Scherz, oder?«

»Nur zum Teil.« Er warf einen Blick auf die Mädchen, die bereits ein Stück vorausgegangen waren und sich außer Hörweite befanden. »Angeblich kommt er wirklich von einem Forschungsinstitut, aber ich bin ziemlich sicher, dass es ein Geheimdienstler war.«

»Was wollte er?«

»Was alle Schlapphüte wollen. Informationen. In meinem Fall über die Russen.«

»Dann war er von der OG«, sagte Katharina.

»OG?«

»Organisation Gehlen. So heißt der Nachrichtendienst, der nach dem Krieg gegründet wurde. Mit Genehmigung der Besatzungsmächte natürlich.«

»Gehlen … Heißt so der Leiter dieser Organisation? Etwa Reinhard Gehlen?«

»Keine Ahnung, so genau weiß ich es nicht. Wieso? Wer ist das?«

»Ein ehemaliger Generalmajor der Wehrmacht. Gehörte zum Stab und hat die Abteilung Fremde Heere Ost geleitet.«

»Dann würde es ja passen«, meinte Katharina. Voller Verachtung schüttelte sie den Kopf. »Manche Leute fallen immer wieder auf die Butterseite, was?«

»Scheint so«, stimmte Johannes mit düsterer Miene zu.

»Stan weiß übrigens mehr über diese Agenten von der OG«, sagte Katharina. »Anscheinend gab's da auch schon Ärger. Einer von denen ist wohl mal zwei Heimkehrern, die auf dem Pütt gearbeitet haben, mit seinen vielen Fragen zu sehr auf die Pelle gerückt, worauf die ihm eine Tracht Prügel verpasst haben. Er konnte ihnen aber nichts beweisen, weil es dunkel war.«

Johannes hatte ihr interessiert zugehört. »Und das hat die OG sich bieten lassen?«

»Nein, natürlich nicht.« Katharina rief sich in Erinnerung, was Stan ihr über die Sache erzählt hatte. »Der, den sie verprügelt hatten, ging sogar zur Direktion der Zeche und wollte, dass die Kumpel rausgeworfen werden. Wegen staatsgefährdenden Verhaltens. Daraus wurde dann aber nichts, weil die ganze Schicht geschlossen mit Streik gedroht hat. Die sind ja alle in der Gewerkschaft und kennen ihre Rechte. So ist das dann irgendwie im Sande verlaufen.« Sie blickte Johannes aufmerksam an. »Hat der Kerl dir Angst eingejagt?«

»Die hatte ich vorher schon. Nur vor was anderem.« Er

lachte kurz auf, es klang bitter, fast zornig. »Ich konnte manchmal kaum schlafen deswegen.«

»Du hast Angst, dass die dich irgendwie wieder zurückschaffen, oder?«

»Woher weißt du das?«

»Inge hat mal so was angedeutet. Ich kann verstehen, dass du dir Gedanken machst. Die ganze Welt hat Angst vor den Kommunisten. Aber wir leben wieder in einem freien Land. Hier bist du sicher. Die da drüben können dir überhaupt nichts. Lass dir bloß nichts anderes einreden, Johannes.«

Er gab keine Antwort. Das Thema schien ihm unangenehm zu sein, offenbar wollte er nicht darüber sprechen.

Dennoch fand Katharina einen abschließenden Hinweis angebracht. »Wenn du dir Sorgen über die Sache mit der OG machst, solltest du unbedingt mit Stan sprechen.«

Er nickte und schien sich dann einen Ruck zu geben. »Lass uns jetzt über was anderes reden.«

»Natürlich«, sagte sie sofort bereitwillig.

Er betrachtete sie von oben bis unten. »Darf ich dir ein Kompliment machen? In dem Kleid siehst du umwerfend aus.«

Katharina verspürte einen Anflug von Stolz, denn das Lob tat ihr gut. Und sie merkte, dass es keine hohle Schmeichelei war, sondern dass er es ehrlich meinte. »Den Schnitt habe ich selbst entworfen.«

Sie trug ein neues Nachmittagskleid aus blauem Batist, mit ausgestelltem Rock, aufgesetzten, bestickten Taschen und einer flotten weißen Kragenschleife. Wie alle ihre Kleider hatte sie es akribisch und passgenau nach den Maßen genäht, die Inge ihr vorher abgenommen hatte – ein aufwendiger Vorgang, bei dem man nicht sorgfältig genug arbeiten konnte.

»Ich habe gehört, dass der richtige Schnitt eine Kunst ist«, meinte Johannes.

»Wer hat das gesagt?«

»In den Lagern wurde viel genäht. Natürlich nicht so, wie du es machst, sondern eher in dem Sinne, dass man das, was vorhanden war, aufbereitet hat. Also Sachen aufgetrennt, neu zugeschnitten, umgearbeitet. Und natürlich wurde alles Mögliche ausgebessert. Einmal saß ich für ein paar Monate mit einem Herrenschneider in einer Baracke. Er stammte aus Schlesien und hatte dort früher einen eigenen Betrieb. Der hatte das Handwerk sogar in Paris gelernt und erzählte oft davon. Eigentlich war er nicht mehr ganz richtig im Kopf, denn er dachte manchmal, er wäre wieder zu Hause, und dann beschwerte er sich über die miese Hygiene und die vielen fremden Betten in seinem Schlafzimmer.« Johannes grinste verhalten. »Aber nähen konnte er wie ein Gott. Man gab ihm irgendwelche Lumpen, und er zauberte daraus eine erstklassige Jacke. Sogar die Aufseher haben ihm ihr altes Zeug gebracht, damit er was Besseres daraus fabrizierte. Sie drückten alle Augen zu, wenn er seine Nadeln machte.«

»Nadeln machen?«

»Ja, die Nähnadeln musste man sich im Lager selber machen, denn es gab ja keine. Man konnte nirgends was kaufen, nur tauschen. Es wurde nichts weggeworfen, weil man alles brauchen konnte, Lumpen, Papierfetzen, leere Büchsen.« Johannes' Blick ging in die Ferne. »Da war einer, der bastelte aus einer uralten Zeitung ein Mobile für sein Kind zu Hause. Als Weihnachtsgeschenk. Aus dem Papier faltete er winzige Schiffchen, und aus einem kaputten Hemd zog er ein paar Fäden für die Aufhängung. Die Stäbe hat er ganz dünn geschnitzt, aus Stöckchen, die er bei der Arbeit aufgesammelt hatte. Die Schiffchen bemalte er, mit selbst gemachter Farbe aus Kalk und Ziegelstaub. Abend für Abend hat er daran gesessen, damit es rechtzeitig vor Weihnachten fertig wurde. Er hat es sogar geschafft, das Ganze so klein zusammenzufalten, dass es in den Brief passte, den er nach Hause schreiben durfte. Aber der wachhabende Offizier hat's entdeckt und alles zerrissen.«

Katharina hatte unwillkürlich die Luft angehalten. »Was ist dann passiert? Was hat der Mann getan?«

Johannes hob die Schultern. »Er hat geweint, sonst nichts. Widerstand kam selten vor, denn darauf standen Essensentzug und Bunker. Später habe ich gehört, dass er gestorben ist. Da war ich aber schon wieder in einem anderen Lager.«

Katharina erschauderte. Wie grausam musste es dort zugegangen sein! Unwillkürlich gingen ihre Gedanken zu dem Tag Anfang Januar zurück, als sie Johannes das erste Mal gesehen hatte, ein menschliches Wrack, an Leib und Seele gezeichnet. Kaum vorstellbar, was er all die Jahre durchgemacht haben musste!

Sie gab dem Impuls nach, seine Hand zu ergreifen und sie tröstend zu drücken, ließ sie aber sofort wieder los, damit kein falscher Eindruck bei ihm aufkam.

»Ich bin noch gut weggekommen«, sagte er. »Jedenfalls besser als viele andere. Denn ich lebe noch und bin wieder gesund. Übrigens gibt es nicht nur Lager mit deutschen Kriegsgefangenen in Russland. Die sperren da auch ihre eigenen Leute ein und lassen sie hungern und Zwangsarbeit verrichten, zu Hunderttausenden, wenn nicht gar Millionen. Ich bin immerhin freigekommen. Unzählige andere nicht. Du brauchst mich nicht zu bemitleiden, Kathi.«

Es berührte sie seltsam, die Koseform ihres Namens aus seinem Mund zu hören. Ihre Freunde nannten sie so, auch Clemens, doch nicht einmal bei ihm hatte es je dieses Gefühl von Nähe in ihr geweckt.

»Du hast mir noch nicht erzählt, wie das mit den Nähnadeln ging«, meinte sie hastig. »Wie wurden die da im Lager gemacht?«

»Man hat ein Stück Draht zurechtgehämmert und mit einem spitz zugefeilten Metallzinken ein Loch hineingebohrt. Der Mann, der die Nähnadeln machte, hat sie auch stundenweise vermietet, gegen einen Kanten Brot. Unter der Hand wurde alles Mögliche getauscht, teilweise sogar mit den Wärtern. Zigaretten, Eier, Brot – das waren beliebte Tauschwaren.«

»Ja, Not macht erfinderisch«, kommentierte Katharina knapp. Sie selbst hätte ebenfalls einiges dazu erzählen können, doch sie schwieg sich zu dem Thema lieber aus. Während der ersten Nachkriegsjahre hatte auch sie sich das Tauschen und Schachern als wichtigste Überlebensstrategie angeeignet. Zigaretten gegen Nylons, Schnaps gegen Schokolade, Seide gegen Wolle, Kaffee gegen Zahnpasta. Die Hauptwährung waren Zigaretten gewesen, vorzugsweise amerikanische, dafür ließ sich alles nur Erdenkliche beschaffen, auch das, was es offiziell nirgends zu kaufen gab. Nicht immer war sie auf anständige Weise an Zigaretten gekommen, und manchmal schämte sie sich auch jetzt noch dafür, hin und wieder eines dieser *Fräuleins* gewesen zu sein, mit denen die Soldaten der Alliierten sich gern vergnügt hatten. Aber sie hatte Glück gehabt, keiner von denen war gewalttätig oder gemein gewesen, alle hatten sie mit ausgesuchter Freundlichkeit behandelt, sie teilweise regelrecht verehrt. Ein junger britischer Leutnant, der damals in der Villa Hügel stationiert war, hatte sie sogar unbedingt heiraten wollen. Sie hatte jedoch sämtliche Avancen abgewehrt und die Verabredungen auf ein Minimum beschränkt. Und im Bett war sie mit keinem der Männer gewesen, mehr als ein paar Knutschereien hatte sie ihnen nicht zugestanden.

Das hatte sie allerdings nicht davor bewahrt, dass sich die Leute immer noch das Maul über sie zerrissen. Seit damals hatte sie ihren miesen Ruf weg und wurde ihn auch nicht mehr los.

Inge und Bärbel waren stehen geblieben und wandten sich ungeduldig zu ihnen um. »Trödelt doch nicht so«, sagte Bärbel, einen entrüsteten Ausdruck auf dem schmalen Kindergesicht. »Sonst kommen wir nie auf die Kirmes!«

»Wir verpassen noch den Bus«, stimmte Inge mit einem vorwurfsvollen Blick auf ihre Armbanduhr zu.

Den erwischten sie tatsächlich nur knapp, denn sie sahen ihn schon von Weitem kommen und mussten das letzte Stück bis zur Haltestelle rennen, um noch einsteigen zu können. Johannes zahlte bei der Schaffnerin für alle das Fahrgeld.

Katharina blickte während der Fahrt in die Innenstadt aus dem Fenster und betrachtete die Umgebung. In der letzten Zeit hatte sich einiges zum Besseren hin verändert, aber die Spuren des Krieges waren immer noch unübersehbar. Durch die Luftangriffe waren über neunzig Prozent aller Gebäude im Stadtzentrum zerstört worden. Provisorisch umzäunte Bombenschächte, nackte Mauerreste und trostlose Schutthaufen kennzeichneten immer noch ganze Straßenzüge. Die Fassaden der übrig gebliebenen Häuser waren infolge der verheerenden Brände teilweise rußgeschwärzt. Die meisten anderen wiesen den für das Stadtbild typischen mattgrauen Überzug auf, weil jeder frische Farbanstrich über kurz oder lang unter den Ablagerungen des allgegenwärtigen Kohlenstaubs verschwand.

Im Vergleich zum Berlin ihrer Jugend empfand Katharina Essen als erdrückend hässlich. Sogar an diesem Sonnabend lag trüber Dunst über der Stadt, ausgespien und genährt von zahlreichen Fabrikschloten und qualmenden Schornsteinen. Andernorts war der Himmel strahlend blau, hier dämpfte der Kohlenstaub das Sonnenlicht wie ein Filter.

Katharina erinnerte sich daran, dass Clemens ihr von den vielen hustenden Kindern erzählt hatte, die er und seine Kollegen behandelten. Nicht nur die Bergleute wurden lungenkrank, sondern auch die Anwohner, vor allem in direkter Nähe der Fabriken und Zechen. Die Kohle ernährte die Menschen im Pütt, aber sie blies ihnen auch fortwährend ihren schwarzen, ersticckenden Atem ins Gesicht.

Am Limbecker Platz stiegen sie aus und gingen das letzte Stück zu Fuß. Die Kirmes war auf dem Holleplatz aufgebaut worden, schon von ferne war das Gedudel der Fahrgeschäfte zu hören. Aktuelle Schlager wurden abgespielt und bildeten ein schallendes Durcheinander. Die Ansager priesen ihre Attraktionen über weithin tönende Mikrofone und forderten die Besucher zum Einsteigen oder Mitmachen auf. Der Duft von gebrannten Mandeln und knuspriger Bratwurst lag in der Luft.

Als sie näher kamen, wurden sie rasch von der dichten Menschenmenge aufgesogen und hatten Mühe, beisammenzubleiben. Katharina nahm Bärbel fest bei der Hand, weil sie Angst hatte, die Kleine im Gewühl zu verlieren. Auf dem Rummelplatz wimmelte es von Besuchern, überall drängten sich Scharen von Menschen um die Stände und die unterschiedlichen Fahrgeschäfte.

Die Veranstaltung war nicht so groß wie die Cranger Kirmes in Herne, die Katharina mit den Mädchen im vergangenen August besucht hatte, aber es wurden genug Vergnügungen geboten, um sich stundenlang die Zeit zu vertreiben. Jung und Alt genoss die ausgelassene Atmosphäre und gönnte sich diese Abwechslung vom tristen Alltag.

»Mama, guck mal, da gibt es Zuckerwatte!« Bärbel zerrte an Katharinas Hand und deutete auf einen kleinen Stand, hinter dem ein Mann an einer Maschine stand und geschickt das süße weiße Gespinst um einen Holzstab wickelte. »Ich will auch welche!«

»Es heißt, ich *möchte* welche«, verbesserte Katharina ihre Tochter, doch Johannes hatte schon seine Geldbörse gezückt und kaufte eine Portion für Bärbel.

»Ihr auch?«, fragte er Katharina und Inge.

Katharina schüttelte dankend den Kopf, und auch Inge lehnte ab, sie wollte lieber eine Bratwurst. Also kaufte Johannes auch noch Bratwürste für alle, die sie mit großem Genuss im Weitergehen verzehrten. Es schien ihm ehrliche Freude zu bereiten, für sie und die Kinder bezahlen zu dürfen, weshalb Katharina ihr Unbehagen darüber schnell ablegte, obwohl sie anfangs erwogen hatte, sich an den Ausgaben zumindest zu beteiligen. Sie würde es ihm einfach auf andere Weise vergelten. Vielleicht mit einem weiteren Pullover, einen für alle Tage. Den blauen hatte er bisher nur sonntags getragen.

»Kann ich auch ein Los bekommen?«, rief Bärbel, als sie an einer Losbude vorbeikamen. In hohen Regalreihen wurden dort die farbenfrohen Gewinne präsentiert: Puppen mit aufgemalten Gesichtern, voluminöser Lockenpracht und grellbunten Rüschenkleidern, Plüschtiere in unterschiedlichen Größen und meterweise Plunder in Gestalt von billigen Blumenvasen, Porzellanfiguren und diversem Haushaltskram.

»Jedes dritte Los gewinnt!«, rief der Budenbesitzer, der mit einem Eimerchen voller Lose hin und her ging und mit seiner durchdringenden Stimme die Aufmerksamkeit der Besucher auf sich lenkte.

Johannes kaufte drei Lose, und als die sich samt und sonders als Nieten erwiesen, erstand er umgehend drei weitere. Bärbel durfte die Papierröllchen aus dem Eimer ziehen und öffnen, und als das letzte Los eine Zahl zeigte, kreischte sie vor Freude.

Der Gewinn entpuppte sich als schlichter Kamm, doch das schmälerte Bärbels Freude nur unwesentlich, obwohl sie sich fraglos Hoffnungen auf eine der Puppen gemacht hatte.

An einer der Schießbuden versuchte Johannes sein Glück. Er zielte bedächtig und schoss eine der künstlichen Nelken ab, die er Katharina mit feierlicher Geste überreichte. Sie bedankte sich kichernd und steckte sich das Ding an den Gürtel ihres Kleides.

In gelöster Stimmung gingen sie weiter. Kettenkarussell, Berg- und Talbahn, Schiffschaukel, Geisterbahn und Selbstfahrer – alles musste der Reihe nach ausprobiert werden. Bärbel und Inge wollten auf die Geisterbahn, Johannes und Katharina entschieden sich für eine Runde auf dem Selbstfahrer. Johannes lenkte mit einer Hand und hatte den freien Arm über die Lehne von Katharinas Sitz gelegt, so lässig und geübt wie die anderen jungen Männer, die mit ihren Freundinnen über die Fläche sausten und haarscharf sämtlichen Kollisionen auswichen – was nicht immer gelang.

Katharina drehte sich lachend zu den anderen Fahrzeugen um, als sie unversehens in eine Massenkarambolage gerieten und der Mann vom Kartenschalter herbeieilen musste, um die eingeklemmten Wagen wieder voneinander zu trennen.

Die ganze Zeit tönte um sie herum Musik und schien sie in eine andere Welt zu versetzen – schwerelos, kunterbunt und von unbändiger Fröhlichkeit erfüllt.

Katharina warf Johannes einen Blick von der Seite zu. Sein Mienenspiel wirkte lebhaft wie das eines unbekümmerten Jungen. So sorglos und glücklich hatte sie ihn bisher noch nicht gesehen. Sein ganzes Gesicht leuchtete förmlich vor Freude.

Mit einem Mal erfüllte sie eine beinahe schmerzliche Sehnsucht, diesen Augenblick für immer zu bewahren, um seinetwillen und weil er so unendlich lange auf Momente wie diese hatte warten müssen. Er war schon früher auf dem Rummel gewesen, war mit einem Mädchen an seiner Seite auf dem Selbstfahrer herumgekurvt, den Arm seitlich auf der Lehne ausgestreckt und eine Hand am Lenkrad. Das erkannte sie an der Art, wie er neben ihr saß und den kleinen, mit Gummipuffern bestückten Wagen einhändig kreuz und quer über die Fläche steuerte.

Die Musik verklang, die Wagen rollten aus. Die Fahrt war zu Ende.

Strahlend wandte er sich ihr zu. »Noch mal?«

Ihr Herz schien einen Schlag auszusetzen, als ihre Blicke sich ineinander verfingen, auf eine beunruhigend neue Weise, die alles um sie herum schlagartig verblassen ließ.

Sie konnte nur schweigend nicken.

Kapitel 14

Als sie am nächsten Tag wieder zur Kirmes fuhren, diesmal zum Tanzen, nahmen sie Stans Auto. Katharina und Hanna saßen auf der Rückbank, Johannes auf dem Beifahrersitz neben Stan. Das Wetter war prächtig, noch wärmer als am Vortag. Eine sanfte Maibrise wehte ihnen um die Nase, als Stan das Fenster auf der Fahrerseite zum Lüften herunterkurbelte. Die Bäume erstrahlten in frischem Grün, und die Menschen, an denen sie vorbeifuhren, schienen allesamt guter Dinge. Nach dem eher kühlen Frühling lag bereits ein Hauch von Sommer in der Luft. Auf dem Baldeneysee kreuzten Segel- und Paddelboote, und auf den Spazierwegen am Ufer waren Familien mit Kindern unterwegs. Die Dunstwolken über der Stadt hatten sich verzogen, der Himmel war blendend blau wie selten, abgesehen von ein paar zartweißen Schönwetterwölkchen.

Katharina hielt im Fonds des Wagens ihre Knie umfasst und achtete darauf, dass sie nirgends mit den Strümpfen hängen blieb. Es war ihr letztes gutes Paar, und sie hatte es schon zweimal zum Repassieren gebracht. Noch eine Laufmasche an der falschen Stelle, und sie würde sich neue kaufen oder wieder mit den alten plattierten herumlaufen müssen. Perlonstrümpfe waren immer noch unerschwinglich. Auch wenn sie inzwischen mit den Nähaufträgen gut verdiente – die Ausgabe für Strümpfe markierte in ihrem Finanzbudget weiterhin eine Grenze, die schwer zu überwinden war. Dabei handelte es sich allerdings nicht nur um eine materielle Hürde, sondern auch um eine gefühlsmäßige, denn feine Strümpfe standen wie kaum etwas anderes für dekadenten und überflüssigen Luxus.

Dagegen hatte sie kein Problem damit, ständig Geld für neue Stoffe auszugeben, die mindestens ebenso viel kosten konnten wie ein Paar Perlonstrümpfe. Aber das waren Auslagen, die sich rechneten. Für den Stoff, den sie für ihre Aufträge benötigte, ließ sie sich regelmäßig von den Kunden einen Abschlag auf die spätere Rechnung auszahlen. Für die Kleidungsstücke, die sie für sich selbst oder die Mädchen schneiderte, kaufte sie herabgesetzte Ware, meist Restposten hochwertiger Stoffe, aus denen sich immer noch ein schöner Rock oder eine geschickt zugeschnittene Bluse zaubern ließ.

Beides, sowohl die Auftragsarbeiten als auch die für sich selbst und ihre Töchter gefertigten Sachen, brachten ihr Gewinn – Erstere durch die gute Bezahlung, Letztere durch den Werbeeffekt. Diese Ausgaben waren somit sinnvolle Investitionen, genau wie Karl es ihr einmal beschrieben hatte. Als Prokurist hatte er sich damit gut ausgekannt. Die Betriebsabläufe eines erfolgreichen Unternehmens waren ihm vertraut, er wusste, wie man eine Firma zum Florieren und Expandieren brachte. Früher hatte er ihr häufig von seiner Arbeit erzählt, meist abends bei einem Glas Wein, wenn sie Zeit für sich hatten. Inge war dann bereits im Bett gewesen, und sie und Karl hatten zusammen auf dem Sofa gesessen, Radiomusik gehört und sich unterhalten.

Die Erinnerungen huschten durch ihre Gedanken wie geisterhafte Schatten, teils greifbar, teils so konturlos wie Nebel. Es war alles lange her. Und doch waren da noch manche Augenblicke, die sich ihr so stark eingeprägt hatten, als wäre es erst gestern gewesen. Einmal – damals war sie mit Bärbel schwanger gewesen – hatte Karl nach ihrer Hand gegriffen und sie direkt angesehen.

»Wir haben es gut hingekriegt, oder? Auch wenn der Anfang schwer war.«

»*Du* hast es gut hingekriegt«, hatte sie erwidert. »Du hast mich gerettet.«

»Nein«, hatte er schlicht entgegnet. »Du hast *mich* gerettet, Kathi.«

»Willst du nicht aussteigen, Kathi?« Hanna stand draußen und blickte durch den offenen Schlag in den Wagen. Sie lächelte Katharina an. »Träumst du wieder von besseren Zeiten?«

Katharina murmelte irgendeine unverständliche Antwort und stieg aus. Johannes sprang hinzu, er streckte ihr die Hand entgegen und half ihr aus dem Wagen, so wie er zuvor auch Hanna beim Aussteigen geholfen hatte. Katharina bedankte sich bei ihm und rückte möglichst unauffällig ihre verrutschten Strumpfnähte zurecht.

»Sehr aufmerksam von ihm«, flüsterte Hanna ihr ins Ohr. »Ist er immer so?«

Katharina nickte. Ihr war schon vorher aufgefallen, wie gut Johannes erzogen war, und sie fragte sich, ob ihm wohl sein Vater all diese Benimmregeln beigebracht hatte. Johannes stand vom Tisch auf und rückte ihr den Stuhl zurecht, wenn sie in die Küche kam und sich dazusetzen wollte. Er half ihr in den Mantel, hielt Türen auf und ließ ihr stets den Vortritt, nur nicht dort, wo es Gedränge gab. In diesem Fall ging er voran, um ihr schützend den Weg zu bahnen, so wie hier auf der Kirmes.

Auf dem Gelände herrschte Hochbetrieb, es schien noch mehr los zu sein als am Vortag. Auf dem Tanzboden tummelten sich die Paare, und das benachbarte Bierzelt war voll besetzt. Trotzdem ergatterten sie einen freien Tisch, denn zufällig standen gerade ein paar Leute auf und gingen. Stan holte Bier, und Johannes ging Bratwurst kaufen, während die Frauen ihnen die Plätze frei hielten. Aus den Lautsprechern schallte Schlagermusik, so laut, dass man sich nur mit Mühe unterhalten konnte. Hanna versuchte es trotzdem.

Sie neigte sich zu Katharina, damit diese sie besser verstehen konnte.

»Du magst Johannes sehr, oder?«, fragte sie.

Katharina erwog kurz, sich dumm zu stellen, doch Hanna kannte sie zu gut, also versuchte sie es gar nicht erst.

»Ja, ich mag ihn. Er ist ein netter Kerl.«

»Bloß nett? Oder läuft da eventuell mehr?«

Katharina spürte, wie sie errötete, und Hanna nickte wissend.

»Du kannst es schlecht verbergen«, sagte sie. »Und Johannes erst recht nicht. Die anderen merken vielleicht nichts. Aber ich schon. Du weißt, für so was habe ich ein Auge. Den Röntgenblick sozusagen. Geht das schon lange zwischen euch?«

Katharina reagierte ablehnend. »Es ist nur ein einziges Mal passiert, und es war ein schwerer Fehler. Johannes und ich sind uns einig, dass es sich nicht wiederholen darf.«

»Wirklich?«

»Hundertprozentig. Du kennst mich. Wenn ich einen Entschluss gefasst habe, halte ich mich daran.«

Hanna wirkte leicht belustigt. »Vor mir brauchst du dich nicht zu rechtfertigen, wenn du trotzdem schwach wirst. Im Gegenteil. Ich habe volles Verständnis dafür.«

»Ich werde aber nicht schwach. Johannes und ich sind nur gute Freunde.«

»Du meinst, so wie du und Stan?«

»Genau.«

»Liebes, ein Mann und eine Frau, die zusammen im Bett waren, können hinterher unmöglich einfach bloß gute Freunde sein. Das ist eine altbekannte Tatsache.«

»Nein, das ist lediglich deine persönliche Meinung.«

»Na schön«, meinte Hanna mit gutmütigem Grinsen. »Dann beweist du mir halt einfach das Gegenteil.«

Die Männer kehrten mit Bier und Bratwurst zurück, und Katharina war erleichtert, dass die Unterhaltung über ihre Verfehlung und ihre guten Vorsätze damit beendet war. Hanna konnte man so leicht nichts vormachen.

Sie aßen und tranken und unterhielten sich. Ihre Gespräche drehten sich um harmlose Themen, etwa die Möglichkeiten, die sich Johannes bei einer Fortbildung im Bergbau boten, oder Katharinas Aussichten auf eine baldige Geschäftseröffnung.

»Wenn es weiter so gut läuft, kann ich vielleicht dieses Jahr schon loslegen«, antwortete sie auf Stans Frage. »Vorausgesetzt, ich finde passende Räumlichkeiten. Damit sieht es im Moment noch mau aus.« Sie hatte in der letzten Zeit hin und wieder die Immobilienanzeigen studiert – nicht mit konkreten Absichten, sondern einfach nur, um sich über Angebote und Preise zu informieren. Zu ihrem Verdruss war die Auswahl mehr als bescheiden, jedenfalls in der für sie erschwinglichen Preisklasse. Wohl gab es immer mehr nutzbare Geschäftsgebäude in Essen, aber die Zeitungsanzeigen machten bereits deutlich, wen man sich dort als Mieter wünschte. *Ideal geeignet für Apotheker, Ärzte oder Rechtsanwälte* – dergleichen hatte sie schon häufiger gelesen.

»Wenn du direkt in Essen nichts findest, kannst du vielleicht in die Umgebung ausweichen, zum Beispiel nach Velbert«, schlug Stan vor. »Da kommst du mit dem Bus genauso schnell hin wie hierher in die Innenstadt, und die Einkaufszone kann sich mittlerweile sehen lassen. Der Aufschwung kommt auch dort allmählich an. Ich hatte neulich in der Gegend zu tun und fand es gar nicht übel.«

»Das klingt interessant, ich denke mal drüber nach«, sagte Katharina, der dieser Gedanke ebenfalls schon gekommen war.

»Ich will übrigens auch wieder arbeiten gehen«, sagte Hanna unvermittelt.

Katharina blickte ihre Freundin erstaunt an. Dieser Plan war ihr neu. Hanna hatte bisher immer gemeint, bereits genug um die Ohren zu haben. Anders als Katharina, die sich die lästigen Arbeiten im Haushalt mit Inge teilte, musste Hanna sich um alles allein kümmern. Waschen, bügeln, kochen, putzen, und dazu noch der Garten – all das waren kräftezehrende, tagesfüllende Beschäftigungen, bei denen nebenher nur wenig Zeit für anderes blieb. Katharina hätte kaum so viele Nähaufträge annehmen können, wenn Mine nicht so oft für die gesamte Familie gekocht und Inge nicht immer und überall dort mit angepackt hätte, wo es gerade nötig war. Nicht zu vergessen die ganze Gartenarbeit, die Johannes in der Zwischenzeit übernommen hatte.

»Ich will's mal wieder als Sekretärin versuchen«, erklärte Hanna. An Johannes gewandt fügte sie hinzu: »Diesen Beruf habe ich vor Urzeiten gelernt. Wahrscheinlich bin ich ein bisschen eingerostet, aber wenn ich vorher fleißig übe, krieg ich's bestimmt hin.«

»Was genau musst du denn dafür üben?«, erkundigte Johannes sich.

»Hauptsächlich Steno, denn es ist lange her, dass ich es das letzte Mal gebraucht habe. Auf der Schreibmaschine bin ich noch ganz gut, sogar auf dem uralten Ding, das Onkel Jakub uns vermacht hat.«

»Jakub hieß mein Onkel, mit dem wir beide damals nach Deutschland gekommen sind«, sagte Stan zu Johannes. »Von ihm haben wir auch das Haus geerbt.«

»Den übrigen Bürokram traue ich mir noch zu«, meinte Hanna. »In der Galerie war ich für die gesamte Buchhaltung zuständig, Alphonse hat sich immer gern davor gedrückt, er hat lieber den künstlerischen Part übernommen.« Ihr Blick schien sich für einen Moment nach innen zu wenden, und Katharina wusste, dass Hanna wehmütigen Erinnerungen nachhing. Hanna und Alphonse hatten sich sehr nahegestanden. *Er war die Liebe meines Lebens.* So hatte Hanna ihre Ehe mit ihm einmal beschrieben.

»Hast du schon eine Stelle in Aussicht?«, fragte Katharina.

Hanna schüttelte den Kopf. »So direkt nicht. Aber es werden

neuerdings immer mehr Sekretärinnen gesucht, also werde ich mich demnächst mal irgendwo bewerben.«

»Und ich bewerbe mich dann vielleicht für einen Kochkurs«, sagte Stan. Er zog eine komische Grimasse. »Sonst bleibt mein Henkelmann am Ende noch leer.«

»Gute Idee«, meinte Hanna. »Viel mehr Männer sollten lernen, wie es in der Küche zugeht.« Ihre Stimme klang ernst, doch um ihre Mundwinkel zuckte es verräterisch. Dann lachte sie laut heraus. »Keine Angst, du fällst schon nicht vom Fleisch! Zum Kochen wird mir noch genug Zeit bleiben. Und die Wäsche gebe ich aus dem Haus. Fürs Putzen lasse ich eine Zugehfrau kommen, das kann ich mir dann leisten.«

»Davon träume ich auch noch«, sagte Katharina seufzend.

»He, Leute, genug übers Arbeiten geredet, wir sind zum Tanzen hergekommen«, rief Stan aufmunternd aus. Er sprang auf und streckte Katharina die Hand hin. »Darf ich bitten, schöne Frau?«

Katharina zögerte kaum merklich. Eigentlich hatte sie in erster Linie mit Johannes tanzen wollen, schließlich hatte sie das mehr oder weniger mit ihm ausgemacht. Doch da sie Stans herzliche Einladung schlecht ausschlagen konnte, stand sie auf und ging mit ihm zum Tanzboden. Auf dem Weg dorthin blickte sie über die Schulter zurück. Johannes wirkte verunsichert, stand dann aber auf und wandte sich an Hanna, offensichtlich ebenfalls mit einer Aufforderung zum Tanz. Hanna nickte strahlend und hakte sich bei Johannes ein, während er sie zu der mit Holzbohlen ausgelegten Tanzfläche führte. Der Anblick der beiden versetzte Katharina einen Stich, und zu ihrem Schrecken begriff sie, dass sie eifersüchtig war. Dann gerieten sie außer Sicht, denn Stan zog sie ins Gewühl der Tanzenden.

Aus den Lautsprechern am Rand der Fläche tönte *Cruising Down The River*, ein Walzer, der im Vorjahr ständig im Radio zu hören gewesen war und immer noch oft gespielt wurde. Stan zog sie in seine Arme, und sie überließ sich seiner Führung. Er war ein geübter Tänzer, beherrschte beim Walzer die Rechtsdrehung ebenso wie die Linksdrehung, und wenn ihnen andere Tänzer in die Quere kamen, ging er zum Wiegeschritt über und passte genau den richtigen Moment ab, in welchem sie wieder freie Bahn hatten, um erneut über die Tanzfläche zu wirbeln.

In den letzten Jahren waren sie gelegentlich zusammen aus gewesen, gemeinsam mit Hanna und ein paar anderen Leuten, hauptsächlich Kumpel von Stan aus dem Pütt, sowohl alleinstehende als auch solche, die ihre Frauen oder Freundinnen mitbrachten. Sie waren immer eine bunte Truppe gewesen und hatten das Tanzvergnügen genossen. Katharina hatte nicht nur mit Stan getanzt, sondern auch mit anderen jungen Männern, aber Stan war von allen der beste Tänzer, folglich hatte sie ihn vorgezogen – bis ihr klar geworden war, dass sie damit Hoffnungen in ihm wachrief, die sie nicht erfüllen wollte. An einem jener Abende hatte er auf dem Heimweg versucht, sich ihr zu nähern – verstohlen und zaghaft, aber dennoch eindeutig. Sie hatten das Schlusslicht gebildet, niemand hatte es bemerkt. Vor ihnen lachten und schäkerten die anderen Paare, es war ein schöner Maiabend gewesen, so wie jetzt auch, und Stan hatte nach ihrer Hand gegriffen. Sie hatte es kurz zugelassen, aber nicht länger als für einen Atemzug, dann hatte sie ihm ihre Hand entzogen.

»Das kann ich nicht«, hatte sie zu ihm gesagt.

»Es tut mir leid.« Seine Stimme hatte zutiefst niedergeschmettert geklungen, beinahe entsetzt.

»Ist schon gut«, hatte sie ihn beruhigt. »Ich bin dir nicht böse. Es ist nur … es geht nun mal nicht.«

»Wegen Karl?«

»Ja«, hatte sie entgegnet, weil das die einfachste Erklärung war.

Danach war sie trotzdem weiter mit ihm und den anderen ausgegangen, aber sie hatte nicht mehr so oft mit ihm getanzt und jedes Mal darauf geachtet, keine falschen Signale auszusenden. Sie waren gute Freunde geblieben – ein Beweis dafür, dass eine Freundschaft zwischen Männern und Frauen, anders als Hanna es behauptet hatte, durchaus möglich war. Und dasselbe würde sie auch bei Johannes hinbekommen. Natürlich würde es nicht so einfach sein wie bei Stan, schließlich hatte sie mit Johannes geschlafen, wenn auch nur ein einziges Mal. Aber das würde sie irgendwie vergessen. Wenn sie sich nur genug anstrengte, würde sie das schaffen.

Während ihr all das mehr oder minder zusammenhanglos durch den Kopf ging, hielt sie nach Hanna und Johannes Ausschau und war nicht wenig erstaunt, wie harmonisch die beiden miteinander tanzten. Johannes' Befürchtung, er könne sich blamieren, weil er alle Schritte vergessen habe, erwies sich schon auf den ersten Blick als gegenstandslos. Er glitt über die Tanzfläche, als würde er andauernd solche Veranstaltungen besuchen.

Vielleicht lag es daran, dass Hanna eine ausgesprochen versierte Tänzerin war und es deshalb nicht weiter schwer war, sie zu führen und dabei selbst eine gute Figur zu machen. Aber das konnte es nicht allein sein. Selbstredend sahen ungeschickte Tänzer besser aus, wenn sie eine erfahrene Partnerin hatten, doch das half kaum etwas bei einer falschen Tanzhaltung oder gar einem mangelhaften Gefühl für Takt und Rhythmus. Von alldem war bei Johannes nichts festzustellen. Für seinen Wiener Walzer musste er sich wirklich nicht schämen.

»Er tanzt ganz gut, oder?«, fragte Stan neben ihrem Ohr, während sie sich zu den Klängen von Russ Morgans Schlager drehten.

Sie nahm den erwartungsvollen Tonfall seiner Bemerkung wahr und zog den richtigen Schluss. »Du hast mit ihm geübt.«

»Worauf du wetten kannst.« Stan grinste zufrieden. »Die ganze Woche, immer in der Pause, und ein paarmal auch am Ende der Schicht.«

Katharina wandte ihm den Kopf zu und sah ihn ungläubig an. »Du meinst, unter Tage?«

»In einem stillgelegten Stollen«, bestätigte Stan vergnügt.

Katharina entwich ein Kichern.

»Mit Musik?«, erkundigte sie sich.

»Natürlich.« Sein Gesicht war todernst, doch in seinen Augen blitzte der Schalk. »Ich habe das alte Grammofon von Onkel Jakub mit runtergenommen, und dann ging's da unten rund. Jeden Tag war ein anderer Tanz dran.«

»Dürft ihr das denn einfach?«

»Ich bin der Steiger«, sagte er nur. Schwungvoll wich er einem anderen Tanzpaar aus und wechselte die Richtung.

»Es war sehr nett von dir, mit ihm zu üben«, sagte Katharina.

»Ich bin immer nett zu meinen Freunden.«

»Ja, das bist du.«

Sie verfielen wieder in Schweigen. Ein anderer Schlager wurde gespielt, *Von den blauen Bergen kommen wir* von Goldy und Peter de Vries. Stan summte die Melodie mit, während sie eine schmissige Polka zusammen tanzten. Als die letzten Takte des Liedes verklangen, tauchte Hanna hinter Stan auf und tippte ihm auf die Schulter.

»Bäumchen, wechsle dich!«, rief sie. Ihr hübsches Gesicht war vom Tanzen gerötet, und das rote Haar fiel ihr in zerzausten Wellen ins Gesicht. »So war's ausgemacht, lieber Bruder!«

Katharina spürte Stans Widerstreben, aber er ließ sie los und wandte sich wortlos seiner Schwester zu. Zu den Klängen von *Riders In The Sky* wirbelten die zwei in einem rasanten Foxtrott davon.

Johannes trat vor Katharina hin und deutete eine Verbeugung an. »Darf ich bitten?«, fragte er höflich.

Sie nickte stumm, und als er sie in die Arme nahm und mit ihr zu tanzen begann, erkannte sie, dass Hanna doch recht hatte. Johannes war mehr als nur ein guter Freund. Viel mehr. Mit einem Mal stand ihr wieder alles vor Augen, jeder einzelne Moment. Wie er sie gehalten und geküsst hatte. Ihre völlige Hingabe. Der Ausdruck in seinem Gesicht, als ihre Körper sich vereinigt hatten.

Sie stolperte mitten in einer Drehung, fing sich aber sofort wieder.

»Es tut mir leid!«, sagte Johannes bestürzt, während sie weitertanzten, fehlerfrei und in perfektem Einklang.

»Es war meine Schuld«, wehrte sie ab. »Du tanzt prima.«

»Ich habe mit Stan geübt«, platzte er heraus. »Die ganze Woche.«

»Ich weiß. Aber du hast schon vorher gut getanzt. In einer Woche kann man das unmöglich lernen.«

Ihr Rücken schien dort, wo seine Hand lag, zu prickeln, und während des Tanzens merkte sie hautnah, wie großgewachsen und kräftig er war. Es war nicht zu übersehen, dass er in den letzten Wochen weiter an Gewicht und Muskelmasse zugelegt hatte. In seiner Nähe fühlte sie sich plötzlich zierlich und klein, obwohl sie von ganz normaler Statur und sogar etwas größer war als die meisten Frauen in ihrem Bekanntenkreis. Sie spürte den Puls in ihrer Kehle pochen und vermied es, Johannes direkt anzusehen.

Das nächste Lied war wieder ein Walzer. Unversehens tauchte Hanna erneut neben ihnen auf und legte die Hand auf Johannes' Schulter.

»Darf ich abklatschen?«

Katharina schwankte zwischen Enttäuschung und Erleichterung, doch die Erleichterung siegte. Ihr war klar, auf welch dünnem Eis sie sich die ganze Zeit bewegt hatte. Bei Stan fühlte sie sich sicherer. Sie tanzte den Walzer mit ihm zu Ende, und danach einen Tango zu *Besame mucho*.

Anschließend machten sie eine Pause und holten sich noch ein Bier. Zu viert schlenderten sie über die Kirmes. An einem der Stände kaufte Stan Paradiesäpfel für alle, an denen sie während des Weitergehens knabberten. Die Schlangen vor den Fahrgeschäften und Buden waren lang. Sie stellten sich zuerst bei einer Schießbude an und danach bei den Schiffschaukeln. Katharina und Hanna nahmen auf der Bank Platz, während die Männer die Stangen umklammerten und mit vereinten Kräften das hölzerne Boot immer höher hinaufschaukelten, fast bis zum Überschlag. Hanna warf jauchzend den Kopf zurück und genoss jede Sekunde, doch Katharina war froh, als die Schaukel wieder zum Stillstand kam und sie alle ausstiegen. Sie war seit sechs Uhr auf den Beinen und hatte den ganzen Tag genäht, nur unterbrochen durch den obligatorischen Kirchgang. Allmählich wurde sie müde.

Stan schien es ähnlich zu ergehen. Er warf einen Blick auf seine Armbanduhr.

»Es ist ziemlich spät, Leute. Ich will ja kein Spielverderber sein, aber morgen geht's für Johannes und mich wieder in aller Herrgottsfrühe raus.«

»Bloß noch einen Abschlusstanz!«, rief Hanna. Sie war bester Laune und wirkte kein bisschen erschöpft.

Stan gab nach, und gemeinsam gingen sie noch einmal zum Tanzboden. Inzwischen wurde langsamere Musik gespielt. Die von Lampions matt erhellte Tanzfläche hatte sich bis auf wenige Paare geleert.

Stan wandte sich Katharina zu, doch bevor er sie auffordern konnte, kam Hanna ihm zuvor und griff nach seiner Hand.

»Komm, Brüderchen, der letzte Tanz gehört uns beiden!«

Johannes nahm ohne weitere Aufforderung Katharinas Hand und zog sie an sich, während die ersten Takte eines melancholischen Evergreens erklangen. Zuerst achtete Katharina darauf, einen ausreichenden Sicherheitsabstand einzuhalten, doch nach und nach zog Johannes sie enger an sich, und sie wehrte sich nicht. Am Ende schmiegte sie sich beinahe an ihn, völlig versunken in der Musik und dem berauschenden Gefühl seiner Nähe. Ihr Kopf lag an seiner Schulter, und sein Kinn berührte ihre Schläfe. Sie sog den Geruch seines Körpers ein, eine Mischung aus Seife, Rasierwasser, einem Hauch von frischem Schweiß und jenem undefinierbaren, aber unverwechselbaren Etwas, das bei jedem Menschen anders ist. Sie hätte ihn mit geschlossenen Augen unter Dutzenden anderer Männer wiedererkannt. Abermals beschleunigte sich ihr Herzschlag.

Oh Gott, dachte sie hilflos. Was zum Teufel mache ich hier bloß?

Er wiegte sie in seinen Armen, bis die letzten Takte des Liedes verklungen waren, und danach noch einige Augenblicke länger, als wäre ihm nicht bewusst, dass der Tanz zu Ende war. Nur zögernd ließ er sie los und trat einen Schritt zurück. Wie schon zu Anfang verneigte er sich kurz vor ihr, ganz Kavalier alter Schule, und bedankte sich. Er bot ihr seinen Arm, damit sie sich einhaken konnte, während er sie von der Tanzfläche führte.

Während der Rückfahrt durch die nächtliche Stadt schwiegen sie die meiste Zeit. Vor Stans und Hannas Haus stiegen sie aus und wünschten einander eine gute Nacht.

»Wir sollten öfters zusammen tanzen gehen«, sagte Hanna zu Katharina und Johannes.

»Na klar«, antwortete Katharina, doch insgeheim dachte sie: Besser nicht.

*

Johannes schloss die Haustür auf, dann ließ er Katharina den Vortritt, ehe er die Tür hinter ihnen zuzog. Im Flur war es dunkel. Katharina streckte die Hand zum Lichtschalter aus und wollte ihn drehen. Gleichzeitig tat Johannes dasselbe. Ihre Hände trafen in der Dunkelheit aufeinander.

Die Berührung traf Katharina wie ein elektrischer Schlag.

Hastig wollte sie die Hand wegziehen, doch Johannes hielt sie fest. Ihre Finger verschränkten sich miteinander. Um sie herum war es stockfinster.

»Kathi ...«, hörte sie ihn flüstern.

Sie schüttelte heftig den Kopf, um ihrer Ablehnung Ausdruck zu verleihen. Erst nach einigen Augenblicken wurde ihr klar, dass er es wegen der Dunkelheit ja gar nicht sehen konnte. Und wenn sie es wirklich nicht wollte – warum zog sie dann die Hand nicht weg?

Endlich tat sie es, aber nicht ruckartig, sondern langsam und zögerlich. Ihr Herz raste zum Zerspringen.

»Ich muss raufgehen. Gute Nacht. Und danke für den schönen Abend.«

Sie tastete nach dem Treppengeländer, fand den hölzernen Lauf und huschte im Dunkeln die Stufen hinauf. Oben war alles still, die Mädchen waren längst im Bett und schliefen. Sie machte Licht in der Küche und atmete tief durch. Auf dem Tisch standen noch Reste vom Abendessen – etwas Konsumbrot, ein halb leeres Einmachglas mit sauren Gurken, der Margarinebecher. Ein Anflug von Ärger mischte sich in ihre aufgepeitschten Gefühle. Die Kinder wussten genau, dass die Margarine über Nacht in den Eisschrank gehörte, sonst wurde sie unweigerlich ranzig und schmeckte noch öliger als ohnehin schon. Und die Gurken waren gekühlt auch besser aufgehoben, wenn das Glas einmal angebrochen war.

Sie würde ein ernstes Wort mit Inge reden müssen. Es ging nicht, dass sie so sorglos mit Lebensmitteln umging. Dergleichen gewöhnte man sich nur allzu schnell an. Auch wenn sie sich inzwischen jeden Tag satt essen konnten und keinen Hunger mehr fürchten mussten – die Jahre, in denen sie um jeden Extrabissen gekämpft hatten, lagen noch nicht so lange zurück.

Mit der Margarine und dem Gurkenglas ging sie hinunter in den Vorratskeller, wo sie beides im Eisschrank verstaute. Dabei hörte sie von oben das Knarren der Kellertür. Als sie durch die Waschküche zur Treppe zurückging, stand sie unerwartet Johannes gegenüber.

»Ich habe ein Geräusch gehört und wollte nachsehen, ob die Hintertür zu ist«, sagte er.

Er hatte bereits sein Hemd ausgezogen. Das Unterhemd betonte die Muskelstränge an seinen Schultern und Oberarmen. Im schwachen Licht der Kellerlampe schimmerte seine Haut wie Bronze. Katharina schluckte, weil sich ihr Mund plötzlich strohtrocken anfühlte. Mit hängenden Armen stand sie vor ihm, außerstande, sich zu bewegen oder etwas zu sagen.

Er streckte die Hände nach ihr aus und umfasste sanft ihr Gesicht, dann beugte er sich vor und küsste sie vorsichtig auf den Mund.

Sie fühlte sich wie eine Lunte, die gerade jemand angezündet hatte. Die Hitze explodierte zwischen ihnen, als hätte sie die ganze Zeit bloß auf einen auslösenden Funken gewartet, verborgen unter einer viel zu dünnen Schicht aus Vernunft und Zurückhaltung.

Katharina öffnete die Lippen und erwiderte seinen Kuss mit ungezügelter Leidenschaft. Blindlings drängte sie sich an ihn. Er umschlang sie mit beiden Armen. Rückwärts stolpernd wurde sie zurück in die Waschküche gedrängt, als er sie vor sich herschob. Schließlich hob er sie hoch und trug sie die letzten Schritte. Sie landeten im Gerätekeller vor der Werkbank. Er hielt Katharina mit einem Arm umklammert und fegte mit der freien Hand allen möglichen Kram von der hölzernen Arbeitsplatte, dann setzte er Katharina darauf ab und schob sich zwischen ihre gespreizten Schenkel. Sie wollte nicht warten und machte sich an seinem Gürtel zu schaffen, während er gleichzeitig versuchte, ihr das Höschen auszuziehen. Schließlich schafften sie es irgendwie, sich in einem Durcheinander aus Händen und hinderlicher Kleidung ausreichend zu entblößen. Katharina umfasste sein Glied und drängte Johannes, sie zu nehmen, sie wollte kein Vorspiel. Keuchend legte sie den Kopf in den Nacken, als er in sie eindrang. Er griff in ihr Haar, drückte ihr Gesicht gegen seins, suchte ihre Lippen. Sie küssten sich wie von Sinnen, während er ein ums andere Mal in sie stieß. Mit einer Hand hielt er ihren Rücken, mit der anderen streichelte er ihre Brüste. Katharina umschlang seinen Nacken und fühlte sich in nie gekannte Sphären der Lust emporgehoben. Es war so überwältigend, dass sie im Augenblick ihres Höhepunkts für einen Moment fürchtete, die Besinnung zu verlieren. Um ihren Aufschrei zu unterdrücken, biss sie ihm fest in die Schulter. Er zuckte zusammen, blieb aber stumm, kein Laut kam über seine Lippen. Ein Zittern durchlief seinen Körper, dann zog er sich ruckartig aus ihr zurück, und sie spürte die Nässe seines hervorströmenden Samens an den Innenseiten ihrer Schenkel.

Danach hielten sie einander noch minutenlang umschlungen. Katharina spürte das wilde Klopfen seines Herzens unter ihren Händen, den Schweiß der Erregung an ihren Fingerspitzen. Behutsam, als wäre sie aus zerbrechlichem Porzellan, hob er sie schließlich von der Werkbank. Sie stand mit wackligen Knien da und musste sich an ihm festklammern, bis sie sich wieder sicher auf den Beinen halten konnte. Er half ihr, sich abzuwischen und anzuziehen, und erst danach schloss er seine Hose, die ihm tief auf die Hüften hinabgerutscht war. Die ganze Zeit über sprachen sie kein Wort.

Katharina sagte nicht, dass es sich nicht wiederholen dürfe. Diesmal nicht. Sie hätte sich damit nur etwas vorgemacht, so wie schon beim ersten Mal. Inzwischen wusste sie genau, dass ihre guten Vorsätze so viel Bestandskraft hatten wie Butter in der Sonne. Ihr waren sogar die zerrissenen Nylons egal. Von denen war nach dem hitzigen Akt auf der Werkbank nicht mehr viel übrig.

»Wie fühlst du dich, Kathi?« Ein wenig linkisch streichelte er ihr übers Haar. »Alles in Ordnung?«

Sie lachte, kurz und zittrig. »Ist das eine ernsthafte Frage?«

»Ja«, sagte er ruhig.

»Nichts ist in Ordnung«, gab sie zurück. »Überhaupt nichts. Wir hätten es verflucht noch mal sein lassen sollen.«

»Falls du denkst, es täte mir jetzt leid – das tut es nicht.«

»Mir auch nicht«, sagte sie leise. »Nicht ein bisschen. Das ist ja das Schlimme.«

TEIL 3

Kapitel 15

An einem der darauffolgenden Sonntage machte Stan sein Versprechen wahr und nahm Johannes zu einem wichtigen Fußballspiel mit. Eigentlich war Stan ein glühender Anhänger des SF Katernberg und lobte vor allem seinen Lieblingsspieler Helmut Rahn über den grünen Klee.

Für die Teilnahme an der Endrunde der deutschen Fußballmeisterschaft hatte sich jedoch ein anderer Verein qualifiziert, nämlich der Meister der Oberliga West, Schalke 04. Also fuhren Stan und Johannes an diesem letzten Sonntag im Mai nach Gelsenkirchen zur Glückauf-Kampfbahn, wo Schalke ein Heimspiel gegen die Spielvereinigung Fürth austrug. Es ging dabei mehr oder weniger um die Ehre des Reviers, hatte Stan Johannes erläutert. Nachdem Schalke in der Hinrunde sämtliche Spiele verloren oder unentschieden gespielt hatte, musste der Verein in den noch verbleibenden Gruppenspielen unbedingt siegen, um ins Finale zu gelangen.

Die Stimmung rund um das Stadion war entsprechend aufgeheizt. Die Kassenhäuschen brachen unter dem Ansturm der Besucher fast zusammen. Johannes und Stan hatten ein ganzes Stück laufen müssen, weil die Umgebung von Autos und Mopeds zugeparkt war. Die Tribünen quollen nach dem Einlass bald über vor Zuschauern, an die dreißigtausend Besucher drängten sich auf den Rängen. Fahnen und Bierflaschen wurden geschwenkt und Parolen gebrüllt, als die Mannschaften endlich einliefen. Dann stimmte die Kapelle am Spielfeldrand das Steigerlied an, und es kehrte für einen Moment ehrfürchtige Stille ein, bevor die Zuschauer wie aus einer Kehle laut mitsangen.

Glückauf, Glückauf!
Der Steiger kommt!
Und er hat sein helles Licht bei der Nacht,
und er hat sein helles Licht bei der Nacht,
schon angezünd't,
schon angezünd't.

Johannes, der sich bisher nur mäßig für Fußball interessiert hatte, war nach wenigen Spielminuten Feuer und Flamme und ließ sich restlos mitreißen. Genau wie Stan feuerte er die Schalke-Spieler bei jedem Angriff an, und er stieß Flüche aus, wenn der Gegner die Oberhand gewann. Überschäumende Freude erfüllte ihn, als Matzkowski kurz vor der Halbzeitpause einen Elfmeter verwandelte, und als der Verein nach dem Siegtreffer von Kleina in der dreiundachtzigsten Minute mit einem verdienten 2:1 die Partie für sich entschied, war der Jubel groß.

»Ohne Gegentor wäre es besser gewesen«, meinte Stan aufgeräumt auf dem Rückweg zum Auto. Gemeinsam bahnten sie sich einen Weg durch das Gedränge. »Nächste Woche gegen den FC St. Pauli klappt es ja vielleicht. Und in zwei Wochen steht auch noch das Rückspiel gegen Kaiserslautern an. Ist auch wieder hier auf Schalke, da kannst du ja noch mal mitkommen, wenn du willst.«

»Sehr gerne«, sagte Johannes, der sich nicht erinnern konnte, wann er sich das letzte Mal dermaßen für eine Sportveranstaltung begeistert hatte. Früher hatte er hin und wieder mit Freunden auf dem Bolzplatz gekickt, aber sein eigentliches Interesse hatte der Leichtathletik gegolten. In Hannover war er während seiner Schulzeit im Sportverein gewesen und hatte als Zehnkämpfer auch an Wettkämpfen teilgenommen. Auch beim Schwimmen hatte er sich in der Schule hervorgetan und war regelmäßig Stufenbester gewesen. Doch bei einem Fußball-Meisterschaftsspiel war er noch nie gewesen, das war eine ganz neue Erfahrung.

»Du hast dich nach den schlimmen Jahren in Russland wieder gut eingewöhnt, oder?«, fragte Stan angelegentlich während der Rückfahrt nach Essen. »In der letzten Zeit kommst du mir weltoffener und besser gelaunt vor. So, als würde das Leben dir wieder richtig Spaß machen.«

»Ja, kann sein«, sagte Johannes auf die Frage. Dabei spürte er, dass Stan ihn von der Seite anblickte, beinahe so, als wollte er den Wahrheitsgehalt seiner Antwort ergründen. Johannes wusste, dass er mit seinen Äußerungen vorsichtig sein musste, vor allem, wenn die Rede auf Katharina kam. Mittlerweile war ihm klar, dass Stan tiefere Gefühle für sie hegte. Auf keinen Fall durfte er erfahren, was zwischen Johannes und Katharina lief.

Es war schlimm genug, dass Hanna davon wusste. Katharina hatte ihm erzählt, dass ihre Freundin dahintergekommen war.

»Sie hat's mir irgendwie angesehen. Aber ich habe gesagt, es war nur das eine Mal und würde sich nicht wiederholen. Dabei muss es bleiben. Ich werde nicht zugeben, dass es noch mal passiert ist. Du darfst dir auf keinen Fall anmerken lassen, dass wir wieder schwach geworden sind.«

Schwach geworden. Diese Bezeichnung hatte bei Johannes dumpfes Unbehagen ausgelöst. Es klang so, als hätte sie – womöglich aus einer Laune heraus – bloß einem schlichten körperlichen Bedürfnis nach purer Lust nachgegeben, etwa so, wie man etwas aß, weil man Hunger hatte.

Für ihn war es anders. Sie in den Armen zu halten war für ihn so aufwühlend und bedeutsam, dass es ihn bis in die Grundfesten seiner Seele erschütterte. Er liebte Katharina mit jeder Faser seines Seins, mehr als alles andere auf der Welt, sein eigenes Leben eingeschlossen. Manchmal drängte es ihn, es ihr zu sagen, so sehr, dass er sich zwingen musste, die Worte hinunterzuschlucken, die ihm in jenen Augenblicken auf den Lippen lagen und unbedingt ausgesprochen werden wollten. Er hatte zu viel Angst, sie könnte antworten, dass sie seine Gefühle nicht erwidere. Jedenfalls war diese Angst stärker als der Wunsch, sich ihr zu offenbaren. Sicherlich war das gut so. Denn so konnte er sich zumindest weiterhin vorstellen, dass sie ähnlich empfand wie er.

Er sehnte sich jeden Tag, jede Stunde nach ihr. Doch seit dem letzten Mal war es zu keiner intimen Zusammenkunft mehr gekommen. Es hatte sich schlichtweg keine Gelegenheit ergeben. Katharina wich ihm nicht etwa aus, im Gegenteil, sie trafen sich regelmäßig in Mines Küche beim Essen oder im Garten. Aber es war stets jemand dabei, entweder Mine oder die Mädchen oder alle. Es erforderte Konzentration, jedes Mal so zu tun, als wären es rein familiäre Begegnungen. Ihm durfte kein Fehler unterlaufen. Kein verräterischer Blick, keine verdächtige Geste – es war ein ständiger Eiertanz der Gefühle. Katharina beherrschte sich eisern, sie wirkte wie immer, gelassen, ungerührt, manchmal sogar etwas kühl, vor allem in Mines Gegenwart.

Johannes ahnte, dass Stan ihm weitere Fragen stellen wollte, deshalb kam er ihm zuvor, indem er das Thema wechselte.

»Hast du eigentlich noch etwas über diesen Hagemann von der Organisation Gehlen herausfinden können?«, fragte er.

Stan nickte. »Gut, dass du fragst, ich wollte es dir sowieso noch erzählen. Der Kerl war anscheinend bei der Gestapo. Eine ehemalige Angestellte auf Pörtingsiepen hat während der Nazizeit in der Nachbarschaft von dem Burschen gewohnt, in Ratingen. Da hat sie offenbar einiges mitgekriegt. Der Mann soll bei den Judentransporten im Raum Düsseldorf eine wichtige Rolle gespielt haben. Nach Kriegsende war er dann erst mal von der Bildfläche verschwunden, so wie viele andere auch. Und zwar buchstäblich. Ist aus Ratingen abgehauen und wurde da nicht mehr gesichtet.«

»Wie konnte er den Persilschein bekommen, wenn er bei der Gestapo war?«

»Den haben viele von den Braunen gekriegt. Die mussten einfach nur behaupten, dass sie Mitläufer waren und bloß Befehle befolgt haben. Und natürlich, dass sie keine Ahnung hatten, was mit den Juden in den KZs wirklich passierte. Wenn man denen nicht direkt nachweisen kann, dass sie in führender Position bei den Ermordungen dabei waren, haben sie gute Karten. Die OG ist durchseucht von ehemaligen Nazis, viele von denen haben da ein warmes Zuhause gefunden. Die Belastungszeugen, die ihnen was hätten anhängen können, sind ja fast alle tot. Die Frau, die früher auf Pörtingsiepen die Ablage gemacht hat, war jedenfalls ziemlich baff, als der Kerl plötzlich im Pütt auftauchte – das war im Zuge von Ermittlungen gegen ein paar Kumpel, die ihn angeblich verprügelt hatten. Davon hatte Katharina dir ja erzählt.«

Johannes nickte. »Diese Frau – hast du mit ihr gesprochen?«

»Noch nicht. Wie gesagt, die arbeitet nicht mehr auf dem Pütt. Sie ist mit ihrem Mann weggezogen. Das, was ich erfahren habe, stammt von einem Bürokollegen, mit dem sie darüber geredet hatte. Aber ich finde noch raus, wo sie jetzt wohnt und was sie genau weiß. Hauptsache, du lässt dich von dem Drecksack nicht mehr einschüchtern, wenn er noch mal hier aufkreuzt.«

»Das habe ich mir sowieso vorgenommen.« Johannes ließ unerwähnt, dass er trotzdem befürchtete, sich im entscheidenden Moment vor Angst ins Hemd zu machen. Er hatte immer noch Albträume, in denen er vom NKWD überwacht, bespitzelt und gejagt wurde. Aus diesen Albträumen zu erwachen und zu begreifen, dass die Realität zwar eine ganz andere, aber keineswegs angenehmer war, taugte kaum dazu, seine Ängste zu besänftigen. Im Gegenteil – die Bedrohung kam ihm nur noch erschreckender vor. Als vermeintlicher Kommunist konnte er leicht ins Fadenkreuz behördlicher Verfolgung geraten. Hagemanns eisige Miene und seine unheilschwangeren Worte zum Abschied gingen ihm nicht aus dem Sinn.

Ich komme wieder.

Den Kommunisten schlug in der Westzone fanatischer Hass entgegen, sie galten als Wurzel allen Übels und wurden mit größter Entschlossenheit bekämpft. Stand gar der Verdacht der Spionage im Raum, musste man sich auf unbarmherzige Repressionen gefasst machen, ganz gleich, ob an dem Vorwurf was dran war oder nicht.

Nicht erst seit der Berlinblockade '48/49 war der Kalte Krieg in vollem Gange. Die Welt war in zwei Blöcke geteilt, und soweit Johannes es beurteilen konnte, saß er momentan zwischen allen Stühlen. Jahrelang vom Feind erniedrigt, gequält und ausgebeutet, wurde ihm nach glücklicher Heimkehr nun von seinen eigenen Leuten angedichtet, mit ebenjenem Feind zu paktieren. Weil ihm jenes Stück Papier fehlte, das ihn als echten Heimkehrer ausgewiesen hätte, war er nun mal keiner. Sondern ein Lügner, der sich mit hinterhältigen Absichten ins Land geschlichen hatte.

Quod erat demonstrandum – so hätte sein Vater es mit bissiger Ironie kommentiert.

Wie sollte er da das Gegenteil beweisen, wenn dieser Hagemann das nächste Mal auftauchte, womöglich sogar mit amtlicher Verstärkung?

Es war schlichtweg unmöglich. Absolut aussichtslos. Nur ein Wunder konnte ihn retten.

*

Stan unterbrach seine sorgenvollen Grübeleien.

»Ich wollte noch rasch bei Heinz vorbeischauen. Dem geht's gerade ziemlich dreckig.«

Der ältere Kumpel war seit zwei Wochen krankgeschrieben. Auf dem Pütt wurde schon gemunkelt, dass er vielleicht nicht wiederkäme.

»Silikose?«, fragte Johannes.

»Nein, die Leber«, antwortete Stan. »Der hat sein Leben lang wohl einfach zu viel gesoffen. Zirrhose, hat der Arzt gesagt. Er gibt ihm nicht mehr lange.«

Johannes war betroffen, obwohl er schon vermutet hatte, dass Heinz zu viel trank. Viele Bergleute waren dem Suff verfallen. Die knochenharte Arbeit unter Tage laugte sie aus und machte sie kaputt. Nicht jeder wurde mit den Belastungen fertig. Manch einer betrachtete in seiner Misere den Schnaps als einzigen Trost. Etliche – darunter auch Heinz – erschienen sogar mit dem Flachmann zur Schicht. Wer während der Arbeit beim Saufen erwischt wurde, flog raus, doch kein Kumpel hätte je einen anderen verpfiffen.

Sie fuhren nach Steele. In der dortigen Bergarbeitersiedlung bewohnte Heinz mit seiner Familie die Hälfte eines rußgeschwärzten Doppelhauses. Im Hintergrund ragten Schlote und Fördertürme in die Höhe.

Auf dem Asphalt vorm Haus spielte ein rundes Dutzend Kinder Fußball auf ein Tor. Als Pfosten dienten ein paar aufgetürmte Steinbrocken, offenbar Trümmerstücke von einem zerbombten Grundstück, von denen es hier in der Gegend noch viele gab, so wie überall in Essen. Der Ball war ein aus Lederfetzen zusammengeschnürtes rundes Gebilde. Mehrere Jungs balgten sich darum, das Ding in ihren Besitz zu bringen. Einem gelang es schließlich. Während er aufs Tor losstürmte, liefen die anderen mit. Einer brachte sich in Schussposition und brüllte: »Tu mich mal die Pille rüber!«

Doch der andere ballerte lieber selbst aufs Tor. Gegnerisches Jubelgeschrei erhob sich, als er danebenschoss.

Stan hatte den Wagen ein Stück weit vom Haus entfernt geparkt, um das Fußballspiel nicht zu stören. Eine verhärmt wirkende Frau machte ihnen die Tür auf.

»Tach, Stan«, sagte sie.

»Tag, Renate. Ich wollte mal nach deinem Mann sehen. Wie fühlt er sich heute?«

Die Frau zuckte mit den Schultern. »Et geht zu Ende, Stan.« Sie ließ die Besucher ins Haus. Heinz saß zusammengesunken auf der Eckbank in der Küche, trotz der Wärme in eine Decke gewickelt. Auf dem Herd köchelte ein Eintopf, es roch nach Mettwurst, Lauch und Graupen.

Heinz begrüßte sie mit einem Nicken. »Wart ihr auf Schalke? Wie isset ausgegangen?«

»Zwei eins für unsere Jungs«, sagte Stan.

»Dann habense ja noch Changsen«, meinte Heinz. Er hustete kurz, dann befahl er seiner Frau: »Hol mal Bier rauf.«

»Für mich nicht«, erklärte Stan. »Ich muss noch fahren.«

»Für mich bitte auch nicht«, sagte Johannes. Er hatte schon während des Spiels eine Flasche getrunken und wollte nachher zu Hause auf keinen Fall so wirken, als hätte er einen zu viel gehoben.

»Dann eben nich«, sagte Heinz. »Bleibt mehr für mich selber übrig.« Er lachte krächzend. »Der Arzt hat gemeint, getz kommt et auch nich mehr drauf an.« Er blickte Johannes an. Seine Augäpfel waren fast so gelb wie sein Gesicht. »Geh bloß vonne Zeche runter, Junge, sons gehsse eines Tages genauso ein wie ich.«

»Noch bisse ja da«, meldete sich seine Frau. Sie stand am Herd und rührte den Eintopf um. »Willsse nicht Stan und dem Jungen die Tauben zeigen?« Sie wandte sich an Stan. »En besseren Taubenvatter wie den Heinz findet man im ganzen Ruhrpott nich.«

»Jau«, sagte Heinz. »Lass uns mal raufgehn.« Er kämpfte sich von der Bank hoch. Die Decke ließ er liegen. Gefolgt von Johannes und Stan ging er die Treppe hoch auf den Dachboden. Mühsam, Stufe für Stufe, erklomm er die hölzerne Stiege. Unter den Sparren staute sich die Wärme. Das Gurren der Tauben erfüllte den niedrigen Raum. Untergebracht waren die Vögel in Käfigen, die Heinz selbst gebaut hatte, alles akkurat von Hand zusammengezimmert aus Sperrholzleisten. Schon sein Vater hatte Tauben gezüchtet, wie er Johannes mal erzählt hatte. Der Brieftaubensport war sein Ein und Alles, seine Vögel gehörten zu den schnellsten im Revier.

Heinz öffnete einen der Schläge und holte seinen gefiederten Schatz heraus, die Siegerin der letzten Weibchenmeisterschaft. Die ganze Siedlung hatte mitgefiebert und Wetten abgeschlossen, und als sie den Pokal nach Hause geholt hatte, war es der glücklichste Tag in Heinz' Leben gewesen.

»Da war ein Schweizer, der hat mir tausend Mark geboten, sofort auffe Hand. Ich wollte nich. Da hat er auf zweitausend erhöht. Aber ich verkauf nich.« Zärtlich strich er über das graue Gefieder und setzte die Taube wieder in den Schlag. »Vielleicht halt ich noch bis zur nächsten Langstrecke durch, die nehm ich noch mit.« Im matten Licht des Dachbodens wirkte sein ausgemergeltes Gesicht wie aus altem gelben Wachs.

»Nimm mit, was du kannst«, sagte Stan und klopfte Heinz auf die Schulter.

Während der restlichen Rückfahrt nach Fischlaken dachte Johannes über Stans Worte nach. *Nimm mit, was du kannst* – diese Aufforderung, die zunächst nur wie eine freundliche Floskel geklungen hatte, schien ihm mit einem Mal weit bedeutungsvoller als zu Anfang. Eine tiefere Wahrheit schien ihr innezuwohnen, eine profunde Sinnhaftigkeit, die sich erst bei näherer Betrachtung erschloss.

Jeder hatte nur ein Leben. Ein einziges. Und wenn es zu

Ende ging, blieb für die Zukunft keine Zeit mehr. Keine Zeit mehr für Träume, keine für Hoffnungen, keine für das Irgendwann, um das sich so viele Pläne rankten.

Nimm mit, was du kannst.

»Woran denkst du?«, wollte Stan wissen. »Du bist so still.«

»Ich denke daran, dass es morgen schon vorbei sein kann.«

»Was?«

»Alles. Das Leben.«

»Ein paar Monate hat Heinz schon noch, denke ich.«

»Ich meine nicht sein Leben.«

»Nicht?« Stan wandte sich ihm stirnrunzelnd zu. »Wessen denn? Etwa deins? Du bist doch nicht krank, oder?«

Johannes schüttelte den Kopf und verfiel wieder in Schweigen.

»Eins ist klar«, sagte Stan, als sie in der Straße vor seinem Haus anhielten. »Du machst dir zu viele Gedanken. Über nichts. Vom vielen Denken wird dein Leben auch nicht besser. Alles wäre für dich viel leichter, wenn du deinen Kopf mal abschaltest und deine freie Zeit einfach nur genießt. Oder es wenigstens versuchst.«

»Ja«, stimmte Johannes zu. »Du hast völlig recht.«

Nimm mit, was du kannst. Unvermittelt gewannen die Worte eine beinahe leuchtende Eindringlichkeit.

Er lächelte den Freund zögernd an. »Danke, dass du mich mitgenommen hast. Und auch sonst für alles.«

»Immer gern.« Stan klopfte ihm auf die Schulter, genau wie bei Heinz, oben auf dessen Dachboden und kurz danach zum Abschied. »Einen schönen Abend noch.« Er blickte zu Mines Haus hinüber, als käme ihm gerade ein spontaner Einfall. »Habt ihr heute noch was vor? Ich meine, du und Katharina? Falls nicht, könnt ihr gern noch für ein Stündchen rüberkommen. Ich habe kaltes Bier, und im Kühlschrank liegen noch ein paar Knackwürstchen.«

»Ich frage Katharina mal«, sagte Johannes vage, doch er hatte nicht vor, es zu tun.

Nimm mit, was du kannst.

———
*
———

Eine Weile saß er still in Mines ehemaliger guter Stube, die er nun allein bewohnte. Die nicht mehr genutzten Betten hatte er zusammen mit Jörg vor dessen Auszug abgeschlagen und auf den Dachboden verfrachtet, wo sich auch schon Mines Wohnzimmermobiliar stapelte. Sie hatte erklärt, vorerst keine Bergleute mehr einquartieren zu wollen. Es war nun auch nicht mehr nötig, denn Johannes gab ihr ein Drittel seines Lohns für Kost und Logis.

Die Stube wirkte jetzt beinahe weitläufig, obwohl sie gerade einmal drei auf vier Meter maß. So viel Platz für einen einzigen Menschen galt in diesen Zeiten als unerhörter Luxus. In den Randbezirken der Städte gab es immer noch jede Menge armselige Flüchtlingsbaracken, kaum besser als Ställe, vollgestopft mit den Vertriebenen aus dem Osten, die keiner haben wollte. Polacken, Pack und Gesindel, das waren noch die netteren Bezeichnungen für den ungebetenen und allseits verhassten Bevölkerungszuwachs.

Ganze Familien lebten da zusammen in einem Raum, der so groß war wie Mines Stube. Doch es ging noch schlimmer, wie Johannes aus eigener Erfahrung wusste: In den russischen Lagern hatte man auf derselben Fläche zwei Dutzend Leute zusammengepfercht, Pritsche an Pritsche, oftmals drei übereinander.

Hier bei seiner Großmutter hatte er das ganze Zimmer für sich, mitsamt einem Ofen, einem Radio, einem Bett mit einer richtigen Matratze, einem Nachttisch, einem Tisch mit Stuhl, einer emaillierten Waschschüssel und einem Schrank, den er mit keinem teilen musste. Inzwischen war auch ein Bücherregal dazugekommen, mit einem stetig wachsenden Sortiment an Romanen und Sachbüchern. Er las nicht nur die Bücher, die Inge ihm aus der Leihbibliothek mitbrachte, sondern auch andere, die er sich kaufte – meist antiquarisch, davon gab es eine große Auswahl für kleines Geld. Wenn er Frühschicht hatte, fuhr er manchmal nachmittags nach der Arbeit mit dem Bus in die Stadt und stöberte in den Buchläden nach Angeboten.

Früher, in seinem ersten Leben, zu Hause in Hannover, war sein Zimmer größer gewesen als dieses hier, mit deutlich mehr Büchern, die sein Vater ihm im Laufe der Jahre geschenkt hatte. Zu Weihnachten und zum Geburtstag hatte er immer mehrere auf einmal bekommen, sein Vater hatte Freude daran gehabt, sie für ihn auszusuchen. Nicht alle hatten ihm jedoch zugesagt. Manche hatten ihn regelrecht angeödet, besonders die Auswahl an altertümlichen Tragödien und düsteren Novellen, deren er schon in der Schule überdrüssig geworden war, desgleichen einige literarisch hochgestochene, teils sogar mit dem Nobelpreis ausgezeichnete Romane, die nicht einen Hauch von Spannung entfalteten. Doch sein Vater hatte darauf bestanden, dass er sie trotzdem las, weil sie, wie er sich ausgedrückt hatte, zu einem kulturell unverzichtbaren Kanon höherer Bildung gehörten.

»Glaub mir, mein Junge, ihre Bedeutung wird sich dir eines Tages erschließen, und dann bist du froh, dass du sie gelesen hast.«

An diesem Abend las er nicht, obwohl es sich anbot – es war Sonntag, die Arbeit ruhte, somit war dies die beste Zeit zum Lesen. Draußen war es noch hell, er hätte sich gemütlich auf dem Bett ausstrecken und sich das Buch vornehmen können, das er in der vergangenen Woche gekauft hatte, *Ich an dich* von Dinah Nelken. Es war ein Briefroman, ungewöhnlich gestaltet und mit aufwendiger Innenausstattung. Von der romantisch angehauchten Aufmachung her war es eher ein Buch für Frauen, aber durchaus auch für Männer lesenswert, wie der Buchhändler gemeint hatte. Das Exemplar, das Johannes erstanden hatte, stammte aus einem Nachlass und hatte nur fünfzig Pfennige gekostet – für ein leinengebundenes Buch ein äußerst günstiger Preis. Taschenbücher waren schon für eine Mark fünfzig zu haben, weshalb er sich überwiegend in diesem Segment eindeckte. An Lesestoff mangelte es ihm jedenfalls nicht, ein Zustand, der häufig Glücksgefühle in ihm auslöste.

In der Gefangenschaft hatte ihn die geistige Verarmung mitunter stärker bedrückt als die schwere Arbeit. Der körperliche Hunger, verursacht durch die erbärmliche Verpflegung, hatte sich gleichsam nahtlos auf einer geistigen Ebene fortgesetzt.

Nun auf einmal wieder reichlich zu essen *und* zu lesen zu haben war wie warmes Sonnenlicht nach jahrelanger Finsternis. Er konnte in diesem Genuss förmlich schwelgen und sich immer noch voller Dankbarkeit daran erfreuen.

Doch all das war nichts im Vergleich zu dem, was er empfand, wenn er an Katharina dachte.

Von der Treppe her waren Schritte zu hören. Das war der Moment, auf den er gewartet hatte. Er erhob sich und ging leise zur Zimmertür. Es konnte nur Katharina sein. Bärbel hüpfte immer wie ein wildes Fohlen die Stufen hinunter, außerdem war sie bestimmt längst im Bett, genau wie Mine, die immer früh schlafen ging. Inge war nicht da. Fräulein Brandmöller, die Leiterin der Bücherei, feierte im *Hesperkrug* ihren fünfzigsten Geburtstag, und Inge war eingeladen. Fräulein Brandmöller wollte sie um Punkt zehn Uhr abends von ihrem Neffen nach Hause bringen lassen. Es war noch keine neun. Zeit genug.

Nimm mit, was du kannst.

———
*
———

Als sie an seinem Zimmer vorbeiging, öffnete sich auf einmal die Tür. Katharina zuckte erschrocken zusammen. Johannes fasste sie beim Arm und zog sie an sich. Ihren schwachen Protestlaut erstickte er mit seinen Lippen, während er beide Arme um sie schlang.

Sie wehrte sich nicht, im Gegenteil. Ihr Verlangen nach ihm erwachte sofort, denn seit dem letzten Mal hatte sie ohnehin kaum an etwas anderes denken können. Beim Nähen, beim Einkaufen, beim Wäschemachen. Wenn sie zu Bett ging und wenn sie wieder aufstand, im ersten Licht des frühen Tages, wenn sie für sich und die Mädchen Frühstück machte. Johannes war immer auf besondere Weise präsent, in ihren Gedanken ebenso wie in der Wirklichkeit. Wenn sie sich zusammen in einem Raum befanden, konnte sie kaum noch klar denken. Dann musste sie alle nur erdenklichen Verschleierungstaktiken aufbieten, um ihre Gefühle zu verbergen. Sie hielt sich die Hand vor den Hals, damit keiner dort die Adern pulsieren sah. Sie schaute betont an ihm vorbei, obwohl alles in ihr danach schrie, ihn anzusehen. Sie begann Unterhaltungen mit den Mädchen und sogar mit ihrer Schwiegermutter, um nicht häufiger als nötig das Wort an Johannes richten zu müssen.

»Wir können das nicht machen«, sagte sie schwer atmend, während seine Lippen über ihren Hals glitten. »Nicht hier.« Sie war sich bewusst, dass ihre Schwiegermutter nebenan im Bett lag, nur ein paar Schritte von ihr entfernt. Die Wände waren dünn, das Haus hellhörig.

»Du hast recht. Wir gehen in den Garten.« Er ergriff ihre Hand und zog sie mit sich. Sie schlichen sich durch den Hausflur zur Kellertreppe. Möglichst geräuschlos und ohne vorher Licht zu machen, stiegen sie die Stufen hinunter, tasteten sich durch den dunklen Vorraum in die Waschküche und von dort zur Hintertür. Draußen hatte sich mittlerweile die Abenddämmerung herabgesenkt. Der Himmel war bedeckt und die Luft kühl, aber das brachte sie nicht von ihrem Vorhaben ab.

Im Hof blieben sie stehen und küssten sich erneut. Katharina fühlte sich von wachsender Erregung ergriffen. Er roch nach Bier, doch daran störte sie sich nicht. An ihm gab es *nichts*, was sie hätte stören können!

Hand in Hand liefen sie in den Garten, hinunter zu der Bank. Um sie herum war es still, nur das leise Rauschen des Windes war zu hören.

Es war ein Fehler. Ein unverzeihlicher, schwerer Fehler.

Doch dieser Gedanke verflüchtigte sich so unvermittelt, wie er Katharina in den Sinn gekommen war. Es gab nur noch diesen Moment, in dem er sie umarmte und küsste. Der Rest der Welt war ihr völlig gleichgültig.

»Das ist verrückt!«, keuchte sie, bevor die Begierde endgültig ihr Denkvermögen lähmte. »*Wir* sind verrückt! Wir dürfen das nicht tun!«

Doch sie tat es schon längst und konnte nicht mehr aufhören. Sein Atem mischte sich mit ihrem, ihre Haut rieb sich an seiner, bis sie nicht mehr wusste, wo ihr Körper endete und seiner begann. Die einbrechende Dunkelheit umfing sie beide und löschte alles um sie herum aus.

Kapitel 16

In der Woche darauf begegnete sie Clemens. Es war reiner Zufall, dass er ihr über den Weg lief, und das auch noch zu einem Zeitpunkt, als Katharina im Traum nicht daran gedacht hatte, ihn je wieder zu treffen.

Sie war zum Einkaufen in die Innenstadt gefahren. Im Kaufhaus Karstadt, das bei den Essenern immer noch *Althoff* oder einfach nur *Warenburg* hieß, stöberte sie in der Stoffabteilung nach Restposten und herabgesetzter Ware. Sie erstand zwei Meter chinesischer Seide in einem wunderbar changierenden Muster, gerade genug für ein Tageskleid. Von dem übrigen Nähbudget besorgte sie Futterstoff und ein Stück roten Samt, außerdem Knöpfe, Garn und neue Nadeln.

Anschließend gab sie einer spontanen Anwandlung nach – sie kaufte sich in der Abteilung für Damenwäsche einen seidenen, spitzenbesetzten Schlüpfer und ein Paar neue Perlonstrümpfe. Eigentlich eine unverzeihliche Verschwendung, für das Geld wäre ein gutes Stück Fleisch drin gewesen, sogar richtiger Lendenbraten, wie es ihn früher sonntags in Berlin manchmal gegeben hatte. Ihr Stiefvater David war ein versierter Hobbykoch gewesen, sein Filet Wellington hatte unvergleichlich geschmeckt. Katharina hatte das Rezept an Festtagen hin und wieder nachgekocht, später, in der Zeit mit Karl. Er hatte es geliebt.

Nur einmal wieder Rinderlende auf den Tisch bringen – wie oft hatte sie das in den letzten Jahren gedacht! Doch Fleisch war nicht nur teuer, sondern auch viel zu schnell aufgegessen. Die Strümpfe hielten wenigstens für eine Weile, und von dem

Schlüpfer würde sie ebenfalls länger was haben, auch wenn er eher verspielt als praktisch war. In jedem Fall fühlte sie sich damit attraktiv und jung, und aus einleuchtenden Gründen erschien ihr genau das in den vergangenen Wochen wichtiger als je zuvor. Anfangs hatte sie sich nicht den Kopf darüber zerbrochen, dass Johannes deutlich jünger war als sie. Mittlerweile verursachte es ihr aber Unbehagen.

Nach dem Kaufhausbummel leistete sie sich noch eine Tasse Bohnenkaffee bei Overbeck, und dazu als Gipfel der Dekadenz ein Stück Buttercremetorte. Wenn schon, denn schon. Die Aufwallung von schlechtem Gewissen löste sich beim ersten Bissen Torte in nichts auf. Die zarte Creme schmolz auf der Zunge, und sie musste die Augen schließen, weil es so ein unübertrefflicher Genuss und jeden Pfennig wert war. Der köstliche Kaffee rundete diesen teuren Abstecher zu Overbeck ab.

Vielleicht lag es an Johannes, dass sie plötzlich derartig über die Stränge schlug. Nach dem letzten Mal hatte er sie wortlos gestreichelt und erst wieder gesprochen, als sie ihn gefragt hatte, wie er sich das mit ihnen beiden, zum Teufel noch mal, eigentlich vorstelle.

»Ganz einfach«, hatte er geantwortet. »Heirate mich.«

»Ich bin schon verheiratet«, hatte sie nur knapp bemerkt, und damit war dieses Thema für sie abgehakt gewesen, auch wenn ihr klar war, dass es für ihn noch lange nicht vom Tisch war.

»Dann ist es eben noch einfacher«, hatte er erwidert, als sei es völlig selbstverständlich. »Wir pflücken den Tag.«

Sie war seinerzeit umständehalber vorzeitig vom Lyzeum abgegangen, aber sie beherrschte noch genug Latein, um zu verstehen, worauf er anspielte. *Carpe diem*, ein Ausspruch des römischen Dichters Horaz. Nutze den Tag, wörtlich: Pflücke den Tag.

»Woher wollen wir wissen, ob wir beide morgen noch leben?«, hatte Johannes mit betonter Gelassenheit hinzugefügt.

Er hatte sie noch einmal geküsst, dann waren sie, leise und jeder für sich, ins Haus zurückgekehrt. Und in der Asche ihrer Schuld glomm seither wie ein schwelendes Feuer das Wissen, dass er recht hatte und dass sie es bei nächstbester Gelegenheit wiederholen würden.

Offenbar war nichts so unwiderstehlich wie die Sünde, sei es in Gestalt teurer Strümpfe, süßer Torte oder verbotener Liebe.

Gerade, als ihr das durch den Kopf ging, betrat Clemens das Café, wie immer tadellos gekleidet. Doch nicht sein Äußeres zog Katharinas Blicke auf sich, sondern die Frau an seiner Seite. Sie war Mitte bis Ende dreißig und von zierlicher Statur. Ihr halblanges Haar war mit dem Glätteisen in Wellen gelegt, so wie es vor dem Krieg modern gewesen war – der perfekte Rahmen für ihre feinen, ebenmäßigen Gesichtszüge. Das Kostüm, das sie trug, war fraglos sehr teuer gewesen und bestimmt nicht von der Stange, aber das Geld war schlecht angelegt, denn der Schnitt war nicht optimal, um die Taille herum saß es nicht richtig. Dafür war der Sommerhut aus weiß lackiertem Stroh ausgesprochen schick, mit aufgebogener Krempe und einer dezenten Blumengarnitur. Auch die Handschuhe waren wunderbar, aus feinstem Leder, genau wie das dazu passende Handtäschchen.

All das erfasste Katharina fast intuitiv auf den ersten Blick, noch bevor sie erkannte, dass es sich um Clemens' Ehefrau handelte. Als sie im vergangenen Jahr das erste Mal bei ihm in der Praxis gewesen war, hatte ein Foto von ihr auf seinem Schreibtisch gestanden. Sie hieß Agnes und war drei Jahre jünger als er. Er hatte sie während seines Medizinstudiums kennengelernt; sie war die Tochter eines angesehenen Professors, der wiederum ein Studienfreund von Clemens' Vater gewesen war. Die Familien hatten einen gemeinsamen Urlaub an der Ostsee verbracht, in einem der Kaiserbäder, Katharina hatte vergessen, in welchem. Darauf folgte bald die Verlobung und ein Jahr später die Hochzeit. So, wie Clemens es ihr geschildert hatte, war diese Ehe von Anfang an eine abgekartete Sache gewesen. Alles habe sich mehr oder weniger ohne sein Zutun ergeben, kein Wunder, so wie seine und Agnes' Eltern die Fäden gezogen hätten. Nicht, dass er sich dagegen aufgelehnt hätte; eigentlich gab es dafür auch keinen Grund. Aber vielleicht hätte er dennoch ganz anders über sein künftiges Leben entschieden, wenn da nicht dieser Erwartungsdruck gewesen wäre. Gleichwohl habe er Agnes geliebt, zumindest in der ersten Zeit, doch das war lange her, und es kam nicht annähernd den Gefühlen gleich, die er für Katharina hegte. Erst bei ihr habe er richtig begriffen, was Liebe überhaupt bedeutete. In der Art hatte er es jedenfalls umschrieben.

Ihre konfusen Gedankengänge endeten schlagartig, als Clemens und seine Frau durch das Café direkt auf sie zusteuerten und dabei nach einem freien Platz Ausschau hielten. Verschreckt wog sie ihre Möglichkeiten ab, ungesehen zu verschwinden. Sie hätte aufstehen und die Wendeltreppe hinaufeilen können, oben gab es auch Tische. Doch wenn sie einfach ihre halb aufgegessene Torte stehen ließ, wäre sie erst recht aufgefallen. Also griff sie zu einer plumpen, aber naheliegenden Methode: Sie versteckte ihr Gesicht hinter der Speisekarte und gab vor, sorgfältig das Angebot zu studieren.

Es half nichts – Clemens und seine Frau kamen an ihrem Tisch vorbei, und Clemens sah sie sofort. Für einen Augenblick verlor er die Kontrolle über seine Gesichtszüge und stockte mitten im Schritt. Einen Herzschlag lang glaubte Katharina, er würde stehen bleiben und sie ansprechen, aber dann ging er rasch weiter, bevor seine Frau etwas merken konnte.

»Dahinten scheint noch ein Tisch frei zu sein«, hörte sie ihn sagen, und dann geriet er außer Sicht. Sie schaute ihm nicht hinterher, spürte jedoch seine Blicke in ihrem Rücken. Er hatte sich bestimmt so hingesetzt, dass er sie sehen konnte. Und das, obwohl er gerade noch so getan hatte, als würde er sie nicht kennen. Etwas von dem Zorn über die demütigenden Erfahrungen der vergangenen Monate erwachte wieder in ihr. Unwillkürlich straffte sie sich und drückte die Schultern durch. Entschlossen aß sie den Rest der Torte auf, als könnte sie Clemens auf diese Weise demonstrieren, dass sie auch ohne ihn ein gutes Leben führen konnte, mit Kaffee und Kuchen im Overbeck, schön wie ein Filmstar, gekleidet wie ein Mannequin und mit vollen Einkaufstüten auf dem Stuhl neben sich. Die Torte schmeckte plötzlich fade und fettig, aber das war ihr egal. Wichtig war nur, dass sie blendend aussah, die Spiegel in den Kaufhäusern hatten es ihr ebenso bewiesen wie die zahlreichen Blicke der Männer und Frauen, die ihr während des Einkaufsbummels begegnet waren. Natürlich hatte auch sie einen Hut auf, das gehörte sich für eine gut angezogene Dame. Er war blau mit weißen Punkten und mit einem kurzen Schleier verziert, der ihr exakt bis zu den Brauen reichte. Dazu trug sie das perfekt sitzende Kleid, das sie auch beim Kirmestanz angehabt hatte, und ihre zweitbesten Pumps. Ihre Handschuhe waren nicht aus Leder, sondern aus Seide, was aber wegen der Wärme sowieso viel angenehmer war. Immerhin war es schon Juni, wer trug da noch Glacéhandschuhe?

Sie brauchte Clemens nicht, um was zu gelten, weder sein Geld noch seinen Status. Auch ohne ihn konnte sie allen zeigen, was sie wert war. Er konnte ihr nichts geben, was sie nicht schon besaß. Vor allem nicht das, was sie mit Johannes erlebt hatte. *Kein* Mann außer ihm konnte ihr das geben, so viel hatte sie inzwischen erkannt. Es ging nicht um Liebe, es war die pure, blinde Lust, die sie zu ihm hintrieb – die vollständige Übereinstimmung zweier Körper, fast so, als seien sie aufeinander geeicht wie empfindliche Messinstrumente, die sofort ausschlugen, wenn das jeweilige Gegenstück auch nur in die Nähe kam.

Katharina bezweifelte, dass dergleichen häufig vorkam oder

dass es vielen Frauen vergönnt war. Sie empfand es als teuflischen Hohn des Schicksals, diese einzigartige körperliche Erfahrung ausgerechnet mit einem Mann zu teilen, dem sie vor den Augen der Welt niemals angehören konnte – weil es ein Ding der Unmöglichkeit war. Er war viel zu jung. Er war der Neffe ihres vermissten Mannes, der Enkel ihrer Schwiegermutter, der Cousin ihrer Töchter. Sie war seine vermaledeite *Tante!* Nur angeheiratet, aber das würde im Ernstfall nicht zählen.

Außerdem schleppte er die Bürde grauenhafter Erfahrungen mit sich herum, die seinen Geist immer wieder verdunkelten und Hoffnung in ausweglose Bedrückung verwandelten.

Und er würde, wenn er seine Berufspläne weiterverfolgte, nie von der Zeche wegkommen. Er würde immer den Kohlenstaub mit sich herumtragen und im Revier hängen bleiben, sei es als Hauer oder als Steiger. In fünf Jahren, am Ende seiner Ausbildung, würde er hier Wurzeln geschlagen haben. In ihren Augen war das eine gewaltige Zeitspanne, an deren Ende sie sich selbst längst woanders sah. In einer Stadt, wo der Himmel an schönen Sommertagen blau war und die Häuser in frischem Anstrich leuchteten. Wo kein Ruß die Wäsche auf der Leine verdreckte und keine Bergbauhalden die Gegend verschandelten. Wo ihr keine argwöhnischen Blicke folgten, weil sie modische Kleidung trug. Wo die Leute Hochdeutsch sprachen, sodass sie sich nicht länger wie eine überflüssige Zugezogene fühlen musste.

Dieser Ort mochte überall sein. Nur nicht im Ruhrgebiet. Und schon gar nicht in Essen, auf keinen Fall. Das Modeatelier, das sie im nächsten Jahr eröffnen wollte, würde sie zu gegebener Zeit einfach verlegen. Oder es als Filiale behalten, während sie ihr Stammhaus an jenem anderen, besseren Ort etablierte, der sich bis dahin schon gefunden haben würde.

Eines war jedenfalls absolut sicher: In ihrer Zukunft gab es für Johannes keinen Platz.

Und für Clemens ebenso wenig. Seine angeblichen Trennungspläne hatte er trotz aller Beteuerungen ganz offensichtlich nicht in die Tat umgesetzt.

Sie merkte, dass sie die Kuchengabel krampfhaft umklammert hatte und sie vor sich hielt, als müsste sie sich damit verteidigen. Ihr Teller war längst leer, auch der Kaffee war ausgetrunken. Sie winkte der Bedienung und bezahlte die Rechnung.

Am Ausgang stand plötzlich Clemens vor ihr.

»Kathi«, sagte er. Seine Stimme klang bittend, aber zugleich auch entschlossen. »Wir müssen reden.«

*

Er sah ihr an, dass sie am liebsten sofort weggelaufen wäre. Peinlich berührt blickte sie sich um, als wollte sie feststellen, wer von den Besuchern des Cafés bereits mitbekommen hatte, dass hier eine moralisch fragwürdige Begegnung stattfand.

»Komm, gehen wir ein Stück«, sagte er, und als sie einfach losmarschierte – nicht mit ihm, sondern ohne ihn –, hielt er Schritt und blieb neben ihr.

Es war ihm durch und durch gegangen, sie im Café zu entdecken; nur mit Mühe hatte er Haltung bewahren und mit Agnes weitergehen können. Dabei war ihm wieder einmal klar geworden, was er ohnehin längst wusste: Er musste Katharina zurückgewinnen.

Bis jetzt hatte sie noch kein Wort gesagt. Sie blickte stur geradeaus, als wäre er ein Fremder, der zufällig neben ihr herging.

»Kathi, nun sei doch nicht so!«

Sie warf ihm einen erzürnten Blick von der Seite zu. »Wie soll ich denn sonst sein? Was hast du erwartet? Dass ich mich zu dir und deiner Frau an den Tisch setze und ein wenig Konversation mache?« Stirnrunzelnd hielt sie inne. »Wo ist sie überhaupt? Hast du sie einfach allein im Café sitzen lassen?«

»Sie ist rausgelaufen.«

»Warum?«

»Weil ich ihr da drin gesagt habe, dass ich die Scheidung einreiche.«

»Oh. Schon?« Sie machte aus ihrem Sarkasmus keinen Hehl. »Woher dieser plötzliche und unerwartete Entschluss?«

»Es ist nicht so, wie du denkst«, sagte Clemens beschwörend. »Ich hatte schon vorher mit ihr geredet. Über alles.«

»Und trotzdem geht ihr noch zusammen ins Café.« Es war keine Frage, sondern eine Feststellung.

»Sie hatte einen Termin bei der Bank, zu dem ich sie begleitet habe.«

»Richtig. Sie besitzt ja jetzt ein Vermögen, das muss verwaltet und angelegt werden, stimmt's?« Katharinas Stimme war voller Bitterkeit. »Als Nächstes erzählst du mir wahrscheinlich, dass sie für die Trennung noch Zeit braucht. Dass ihr *beide* noch Zeit braucht.«

Dem konnte er nicht viel entgegensetzen, denn es war die traurige Wahrheit. Auch wenn er inzwischen bei Agnes viel Boden gutgemacht und sie zur Scheidung überredet hatte, war sie noch nicht bereit, sich den nötigen Konsequenzen zu stellen.

»Es dauert vielleicht noch ein paar Monate, Scheidungsverfahren nehmen Zeit in Anspruch. Doch sobald die Sache erst mal auf den Weg gebracht ist, bin ich ein freier Mann. Wir trennen uns, so oder so. Wenn sie nicht auszieht, nehme ich mir eine Wohnung.«

»Soll das heißen, sie will bei dir bleiben?«

»Nein, das nicht. Aber ...«

»Sie macht trotzdem Schwierigkeiten«, fasste Katharina es zusammen.

Clemens nickte stumm. Er hatte Agnes gebeten, sich nach einem anderen Haus umzuschauen, irgendwo außerhalb von Essen, schließlich war nun genug Geld da. Sie hatte versprochen, sich darum zu kümmern, doch seither war nicht viel geschehen. Schließlich hatte er selbst mehrere Immobilienmakler damit beauftragt, geeignete Objekte zu finden, vorzugsweise im Raum Düsseldorf, wo Agnes gern und oft hinfuhr, aber auch in einigen Kurstädten, die sie kannte und mochte. Es lagen etliche Vorschläge auf dem Tisch, doch immer, wenn es darum ging, sich zu einer Besichtigung aufzumachen, hatte sie irgendwelche Ausflüchte parat. Entweder war ihr das Wetter zu schlecht, oder sie hatte Migräne. Oder sie befand das vorgeschlagene Domizil schon aufgrund des Maklerexposés als ungeeignet.

»Sie will sich ein Haus suchen, aber es geht nicht richtig voran«, erklärte Clemens.

»Sie hält dich also hin.«

Damit traf Katharina den Nagel auf den Kopf. Er hatte seit Wochen das Gefühl, auf der Stelle zu treten. Die anfängliche Euphorie, die er verspürt hatte, als er nach dem Tod seiner Schwiegermutter von der Erbschaft erfuhr, war grimmiger Resignation gewichen. Immer wieder versuchte er, Agnes zum Ausziehen und zur Scheidung zu bewegen, meist durch freundliches Zureden. Vorhin im Café hatte er seiner Frau zum ersten Mal die Pistole auf die Brust gesetzt. Aufgewühlt durch die unerwartete Anwesenheit Katharinas, hatte er sogar zu einer unverblümten Drohung gegriffen. Mittlerweile schämte er sich dafür, doch es war nun mal passiert.

»Ich habe ihr gesagt, dass ich das nicht mehr länger mitmache«, berichtete er Katharina. »Sie hatte mir fest zugesagt, die Scheidung einzureichen, aber den Gesprächstermin beim Anwalt hat sie platzen lassen. Schon zweimal. Ich habe ihr eben klargemacht, dass ich nun selbst die Scheidung einreichen werde. Mit der offiziellen Begründung, dass wir schon seit einer Ewigkeit kein Eheleben mehr führen. Es läuft dann wohl alles auf einen Rosenkrieg hinaus. Während des Verfahrens würde ich mir eine Wohnung nehmen. Dann kann jeder sehen, dass sie die Verlassene ist.«

Katharina blickte ihn mit großen Augen an. »Also hast du ihr mit einer Schlammschlacht gedroht?«

Er hob peinlich berührt die Schultern. »Welche Wahl habe ich denn? Sie sabotiert unsere Abmachung. Wir hatten vereinbart, dass *sie* den Scheidungsantrag stellt und ich im Gegenzug sofort alle Schuld auf mich nehme. Das Verfahren wäre rasch und ohne Aufsehen über die Bühne gegangen. In der Zwischenzeit hätte sie wegziehen können, und mögliches Gerede hätte dann allein mich getroffen, nicht sie.«

»Meinst du, es nützt was, dass du jetzt Druck ausübst?«, wollte Katharina wissen. Ihre anfängliche Abwehrhaltung schien sie aufgegeben zu haben, denn sie sah ihn mit aufrichtigem Interesse an. »Was hat sie vorhin gesagt, als du ihr erklärst hast, dass du selbst die Scheidung anstrengen und ausziehen willst?«

»Nichts«, antwortete er düster. »Kein einziges Wort. Sie ist einfach aufgestanden und gegangen.«

Er hätte noch hinzufügen können, dass sie mit hocherhobenem Kopf hinausgeeilt war, ohne jegliche sichtbare Gefühlsregung. Nie würde sie sich in der Öffentlichkeit eine emotionale Blöße geben. Die Fassung verlor sie immer nur zu Hause, wenn niemand außer ihm es mitbekam. Tränen hatte sie allerdings seit der Beisetzung ihrer Mutter nicht mehr vergossen, zumindest nicht in seinem Beisein. Ihre Trauer hatte sie offenbar schnell verwunden. Zumeist wirkte sie gelassen, beinahe entspannt, als wäre alles in bester Ordnung. Doch ihre Bereitschaft, die von ihm gewünschte Trennung mitzutragen, schien von Woche zu Woche nachzulassen, anders konnte sich Clemens ihren passiven Widerstand nicht erklären.

»Weiß sie, dass wir uns nicht mehr treffen?«, erkundigte sich Katharina.

Er nickte. Der Himmel allein mochte ahnen, auf welchen Wegen Agnes davon erfahren hatte. Er selbst hatte es ihr jedenfalls nicht gesagt.

»Vielleicht sieht sie deswegen keinen Grund mehr für eine Trennung«, meinte Katharina. Sie hatten die Bushaltestelle erreicht und blieben stehen. »Warum sollte deine Frau sich denn auch scheiden lassen, wenn keine andere mehr im Spiel ist?«

Der Gedanke war ihm ebenfalls schon gekommen. Er konnte bei Agnes noch so sehr auf die Trennung drängen – solange er selbst keine vollendeten Tatsachen schuf, würde sich nichts ändern.

»Ich werde wirklich noch diesen Monat die Scheidung einreichen, wenn sie es nicht tut«, erklärte er. »Das war vorhin im Café mein voller Ernst. Ich hätte ihr das schon viel früher klarmachen sollen, doch es kam mir rücksichtslos vor, so kurz nach dem Tod ihrer Mutter. Da wusste ich allerdings noch nicht, dass ihre Trauer sich in Grenzen hält.«

Katharina blickte ihn mit undeutbarer Miene an. »Es wäre besser, wenn du dir das alles noch mal in Ruhe überlegst, Clemens. Ich will offen zu dir sein – das mit uns, das wird wohl nichts mehr. Ganz egal, ob du dich nun scheiden lässt oder nicht. Ich kann mir nicht vorstellen, mit dir zusammen noch mal von vorn anzufangen.«

Entsetzt starrte er sie an. »Was meinst du damit? Hast du einen anderen?«

»Nein«, sagte sie, aber er hatte das Gefühl, dass sie womöglich log. Zugleich war ihm klar, dass sie das Gegenteil niemals zugeben würde, ganz gleich, wie dringend er es wissen wollte.

»Das Leben ist einfach ohne dich weitergegangen«, fuhr sie vage fort. »Ich habe Pläne, Clemens. Eigene Pläne.«

»Dein Modeatelier?«, fragte er eifrig. »Aber diese Pläne kannst du doch trotzdem weiterverfolgen! Ich würde dir niemals Steine in den Weg legen, auch nicht, wenn wir verheiratet sind! Glaubst du etwa, ich gehöre zu der Sorte Männer, die ihren Ehefrauen das Arbeiten verbieten? Kathi, ich würde dich unterstützen, wo es nur geht!«

Sie schüttelte den Kopf. »Damit hat es nichts zu tun, das meinte ich nicht. Es geht einfach nur um … um mein Leben. Ich brauche keinen Ehemann. Keinen neuen jedenfalls. Denn ich habe ja schon einen, wie du weißt. Und momentan gibt es für mich keinen Grund, ihn für tot erklären zu lassen. Es würde alles viel zu kompliziert machen. Im Augenblick kann ich das nicht brauchen.«

»Und später? Wenn ich geschieden und frei für dich bin?«

Sie zuckte mit den Schultern. »Wenn du dich nur meinetwegen scheiden lassen willst – tu es besser nicht.«

»Kathi, ich lasse mich so oder so scheiden. So schnell wie möglich. Das ist beschlossene Sache.«

»Wirklich?«, fragte sie zweifelnd.

»Wirklich«, bekräftigte er. »Es gibt keine Prämissen.« Erläuternd setzte er hinzu: »Es ist nicht daran geknüpft, dass du hinterher meine Frau wirst.«

»Ich weiß selbst, was eine Prämisse ist«, sagte sie. Es klang leicht gereizt.

»Ich wollte nicht …«

»Schon gut«, fiel sie ihm ins Wort. »Hauptsache, du erwartest nichts von mir. Genauso wenig, wie ich irgendwas von dir erwarte.«

Er umfasste ihre Schultern und drehte sie zu sich um, und sie ließ es geschehen, obwohl er für einen Augenblick den Eindruck hatte, dass sie sich ihm entziehen wollte. Eindringlich blickte er ihr in die Augen. »Ich stehe zu dir, Kathi! Vor aller Welt! Schon heute, wenn du es willst. Geh mit mir aus! Zeige dich an meiner Seite!«

Sie wirkte verblüfft. »Das ist verrückt.«

»Nein«, sagte er entschlossen. »Ich will keine Kompromisse mehr. Lass uns was zusammen unternehmen! Ich habe Premierenkarten für das neue Folkwang-Tanztheater im Opernhaus, ein Pharmavertreter hat sie mir geschenkt. Wir gehen da einfach hin, wir beide! Du liebst doch das Tanzen!«

Überrumpelt schüttelte sie den Kopf. »Das kann ich nicht machen.«

Er setzte an, sie zu überreden, doch er spürte, dass es keinen Sinn hatte.

»Ich verlange nicht, dass du auf mich wartest, Kathi«, fuhr er ein wenig zurückhaltender fort. »Lebe dein Leben, so wie du es dir vorgenommen hast. Aber gib mir bitte noch eine Chance, wenn ich ein freier Mann bin.«

»Ich sagte doch, dass ich dir nichts versprechen kann.«

»Das musst du auch nicht. Und ich will auch nicht betteln, glaub mir. Mir reicht es schon, wenn ich mich wieder bei dir melden darf. Falls du mich dann wegschickst, akzeptiere ich es, und du musst mich nie wiedersehen.«

Schweigend erwiderte sie seinen Blick, und mit einem Mal glaubte er, in ihren Augen einen Ausdruck von Verzweiflung zu erkennen.

Doch dann wandte sie sich ab, denn der Bus kam und hielt direkt neben ihnen. Eilig stieg sie ein. Durch die offene Tür winkte sie ihm kurz zu, dann suchte sie sich einen Platz, ohne ihn noch einmal anzusehen.

Kapitel 17

Aufregung und Vorfreude erfüllten Inge, als sie gemeinsam mit Klaus-Peter Voss die Lichtburg betrat. Vor dem Kassenhäuschen mussten sie eine Weile anstehen, der Andrang war enorm. Es schien genug Leute zu geben, die es sich leisten konnten, regelmäßig ins Kino zu gehen. Klaus-Peter war einer von ihnen – genauer gesagt sein Vater, dem eine Apotheke gehörte und der seinen einzigen Sohn mit reichlich Taschengeld ausstattete. Klaus-Peter hatte Inge schon häufiger ins Kino eingeladen, doch bisher hatte sie nicht mitgehen dürfen.

Von Katharina kamen regelmäßig Äußerungen wie: »Wir reden mal darüber, wenn du sechzehn bist.«

Bis dahin dauerte es aber noch fast ein halbes Jahr, also eine Ewigkeit. Beharrlich hatte sie ihre Mutter jedes Mal erneut angebettelt. Diesmal hatte Katharina endlich nachgegeben und ihr sogar Geld für eine Nachmittagsvorstellung gegeben – allerdings in der irrigen Annahme, dass Inge mit einer Schulfreundin hinwollte. Die aufkommenden Gewissensbisse, weil sie mit einem Jungen in den Film ging, statt wie behauptet mit einer Freundin, waren bald vergessen. Endlich wieder ein Kinobesuch in der Lichtburg! Es gab eine Menge gut besuchter Filmtheater im weiteren Umkreis, doch keines war so prächtig wie dieses. Erst im vergangenen Jahr war es nach dem Wiederaufbau neu eröffnet worden. Viele bedeutende Filmpremieren fanden hier statt, große Stars reisten extra aus aller Welt dazu an.

Die luxuriöse Innenausstattung war durch nichts zu überbieten. Die samtbespannten, dick gepolsterten Klappsessel waren himmlisch weich, die glitzernde Beleuchtung erinnerte an einen

Sternenhimmel. Der Klang der eingespielten Musik umschmeichelte einen von allen Seiten, und wenn der Vorhang aufging und den Blick auf die gewaltige Leinwand freigab, schienen sich dem Zuschauer die wunderbarsten und spannendsten Geheimnisse der ganzen Welt zu offenbaren.

Inge kostete jeden einzelnen Augenblick des Vorprogramms aus. Die gezeigte Reklame pries Gegenstände an, die für Normalsterbliche regelmäßig viel zu teuer waren. Man konnte sie betrachten und dabei davon träumen, eines Tages genug Geld zu besitzen, um sich all das kaufen zu können, sei es nun das hochwertige Waschpulver, die wohlschmeckende Zigarettensorte, die prickelnde Limonade oder gar das auf Hochglanz polierte Auto.

Auch der restliche Vorspann ließ keine Langeweile aufkommen: Die Wochenschau fasste alle wichtigen Ereignisse der Welt zu einer abwechslungsreichen und ansprechenden Reportage zusammen. Ankündigungen der demnächst laufenden Filme stimmten den Besucher auf großartige künftige Kinoerlebnisse ein. Und als endlich der Hauptfilm begann, saßen alle still und gebannt auf ihren Sitzen und konnten es kaum erwarten.

Es handelte sich um eine deutsche Liebeskomödie von eher seichter Machart. Inge fand den männlichen Hauptdarsteller zu alt, und auch der Handlung konnte sie nicht viel abgewinnen. Insgesamt war der Film jedoch trotz seiner Schwächen halbwegs unterhaltsam, obwohl Inge viel lieber eines der berühmten Meisterwerke aus Hollywood gesehen hätte, über die man in der letzten Zeit viel Lob hörte, beispielsweise *Boulevard der Dämmerung* oder *Asphalt-Dschungel*. Für ihr Leben gern hätte sie auch die gerade laufende Berlinale besucht, die ersten internationalen Filmfestspiele in Deutschland nach dem Krieg. Sie hatte einen Zeitungsartikel darüber gelesen. Der Eröffnungsfilm *Rebecca* war unter der Regie von Alfred Hitchcock entstanden, nach dem Roman von Daphne du Maurier, den Inge bereits kannte. Sicher würde der Film auch bald in Essen laufen. Aber in solche Kinovorstellungen mit Tiefgang und Niveau durfte man regelmäßig erst ab sechzehn, und im Zweifelsfall musste ein Ausweis vorgelegt werden.

Zum Ende des Films hin unternahm Klaus-Peter einen Annäherungsversuch. Es begann damit, dass er wie unabsichtlich den Arm auf die Lehne ihres Kinosessels legte, obwohl er dadurch ziemlich verrenkt dasaß. Als Nächstes berührten seine Finger – ebenfalls scheinbar zufällig – ihre Schulter und dann ihren Hals. Ihr stockte der Atem, sie wusste nicht, was sie denken sollte. Gleich würde er sie küssen wollen!

Doch da ertönte hinter ihnen eine energische Männerstimme. »Pfoten weg von dem Mädel, junger Mann! Sonst rufe ich die Aufsicht!«

Blitzartig nahm Klaus-Peter den Arm von der Lehne, Inge hörte sein Schultergelenk knacken.

Ihr Gesicht brannte vor Scham und Verlegenheit, und sie bewegte sich keinen Millimeter. Am liebsten hätte sie sich auf der Stelle in Luft aufgelöst. Mit heißen Wangen starrte sie auf die Leinwand, ohne noch viel vom Fortgang der Handlung mitzubekommen. Doch da der Inhalt des Films von Beginn an ohnehin absolut vorhersehbar gewesen war, spielte es keine Rolle. Als er aus war, brachen sie und Klaus-Peter überstürzt auf, ohne den Abspann abzuwarten. Während sie vom Rand der Sitzreihe aus dem Ausgang zustrebten, blickte Inge verstohlen zurück. Der Mann, der Klaus-Peter so barsch zurechtgewiesen hatte, war ein Brillenträger mittleren Alters. Neben ihm saß eine korpulente Frau. Erleichtert atmete Inge aus. Weder den Mann noch die Frau hatte sie je zuvor gesehen.

In diesem Augenblick blickte der Mann auf und starrte Inge an. Hastig wandte sie sich ab und lief hinaus in die Halle. Klaus-Peter musste seine Schritte beschleunigen, um aufzuschließen.

»Das hättest du nicht machen dürfen«, hielt sie ihm vor. »Stell dir nur vor, das wären Leute gewesen, die uns kennen!«

»Es *waren* Leute, die uns kennen«, meinte er, doch im Gegensatz zu ihr schien er sich nicht allzu sehr daran zu stören. »Zumindest kennen die *mich*. Sie wohnen bei uns in der Straße, ein paar Häuser weiter. Blöde Nachbarn, haben ständig was zu meckern.«

Inge erschrak. »Meinst du, die erzählen es deinen Eltern?«

»Was denn? Dass ich dich an der Schulter berührt habe? Ist das etwa ein Verbrechen?«

»Nein, dass du mit mir im Kino warst!«

»Das ist auch kein Verbrechen«, hob Klaus-Peter hervor. »Ich komme demnächst in die Oberprima und darf in alle Filme. Meine Eltern wissen, dass ich ins Kino gehe. Und deine Mutter weiß es auch. Sie hat's dir erlaubt, du hast es mir selber erzählt. Der Film ist ab zwölf, was soll sie also dagegen haben?«

Inge druckste herum, dann platzte sie heraus: »Sie denkt, ich wäre mit einer Freundin hier.«

Er grinste verhalten. »Du bist ja ganz schön raffiniert. Schwindelst extra deine Mutter an! Bloß, damit du mit mir ausgehen kannst!«

Seine Bemerkung rief Ärger in ihr hervor. »Nein, ich habe geschwindelt, weil ich ins Kino wollte. Ich will *Filme* sehen! Viele! Am liebsten jede Woche!«

Verdattert sah er sie an. »Du würdest auch ohne mich ins Kino gehen?«

Sie schüttelte entnervt den Kopf. »Natürlich nicht. Denn wie würde es aussehen, wenn ich allein ins Kino gehe?«

»Ich weiß nicht«, gab er ratlos zurück.

Inge unterdrückte ein Schnauben. »Ich bin erst fünfzehn. Es würde einen sehr schlechten Eindruck machen. Wenn junge Mädchen allein irgendwohin gehen, dann höchstens in die Bücherei. Vielleicht noch ins Schwimmbad, aber da würde man auch schon komisch angeguckt, wenn sonst keiner dabei ist.«

Klaus-Peter runzelte die Stirn. »Du meinst, es wäre ungehörig?«

»Was ich meine, spielt keine Rolle. Es geht darum, was die Leute meinen. Du hast ja keine Ahnung, wie schnell ein Mädchen einen schlechten Ruf weghat.«

»Das finde ich nicht richtig«, erklärte er. »Nachmittags ins Kino zu gehen ist absolut harmlos. Schwimmbad auch.«

»Jungs können überallhin, auch allein«, sagte Inge. »Frauen erst, wenn sie alt sind.«

»Wie alt sollten sie denn dafür sein?«

Inge dachte nach. »Vielleicht dreißig oder so.«

»Das ist ziemlich alt«, befand Klaus-Peter.

»Ja, ist das nicht ungerecht?«

»Was ist mit Café oder Eisdiele?«, wollte Klaus-Peter wissen.

»Das geht auch erst, wenn man älter ist.«

»Nein, ich meinte, ob du jetzt gleich noch mit ins Café oder in die Eisdiele gehen möchtest. Ich lade dich natürlich ein.«

Inges Laune hob sich merklich. Er hatte schon die Eintrittskarten fürs Kino bezahlt, und wenn er auch noch die Ausgabe für eine Coca-Cola oder ein Eis übernahm, hatte sie noch mehr gespart und könnte das Geld für Schminke und Perlonstrümpfe zurücklegen. Dafür hatte sie schon einiges beisammen. Für ihre Mithilfe in der Bücherei bekam sie zwar nur ein paar Mark monatlich, denn es war eher eine symbolische Entlohnung als eine richtige, aber seit dem Frühjahr hatte sie das Geld eisern gebunkert und sich nichts gegönnt, keine Bonbons an der Bude, kein Eis, keine Limonade.

»Wo wollen wir denn hingehen?«, fragte sie.

»Ins Overbeck«, antwortete er lässig. »Ich habe noch sechs Mark. Die können wir auf den Kopf hauen.«

Inges Begeisterung wuchs – im piekfeinen Overbeck war sie

erst zweimal gewesen, und allein die Erinnerung an die Auswahl der köstlichen Torten ließ ihr das Wasser im Mund zusammenlaufen.

Sie verließen die Lichtburg und schlenderten ein kurzes Stück die Kettwiger Straße entlang. Das Café befand sich schräg gegenüber vom Kino. Klaus-Peter bot ihr galant seinen Arm und führte sie hinein, und Inge musste ein kleines Kichern unterdrücken, weil er auf einmal so erwachsen tat. Doch insgeheim fand sie es auch aufregend und romantisch, und sie fragte sich, wie es wohl gewesen wäre, wenn er sie tatsächlich im Kino geküsst hätte.

Sie gingen die Treppe hoch und setzten sich an einen Tisch im ersten Stock. Dort studierten sie sorgfältig die Karte und bestellten dann jeder eine Coca-Cola. Den Kuchen hatten sie schon vorher an der Theke ausgewählt – Inge hatte sich für Käsesahnetorte entschieden, Klaus-Peter für Frankfurter Kranz. Die Bedienung, Spitzenschürzchen auf dunklem Kleid und vornehm onduliert, nahm die Bestellung auf und musterte sie dabei aus den Augenwinkeln, was Inge mit Missmut quittierte. Sie hegte den Verdacht, dass sie vielleicht jünger wirkte als sie war. Mit Schminke und Dauerwelle wäre ihr das garantiert nicht passiert. Wenn sie doch bloß erst sechzehn wäre!

Während sie auf ihre Getränke und den Kuchen warteten, betrachtete Klaus-Peter sie unter gesenkten Lidern.

»Du siehst wunderhübsch aus«, sagte er plötzlich.

Überrascht erwiderte sie seinen Blick und sah dabei, dass er errötet war.

»Danke«, sagte sie verlegen.

»Du bist wirklich das schönste Mädchen, das ich kenne«, entfuhr es ihm, und er schien das Kompliment ehrlich zu meinen, denn die Röte in seinen Wangen vertiefte sich noch.

Inge wusste, dass die Leute sie für hübsch hielten, obwohl sie selbst die Meinung der anderen nicht ganz teilen konnte. Sie fand ihren Mund zu breit und ihre Brauen zu dunkel. Ihre Haare waren naturblond und sehr dicht, aber glatt wie die Mähne eines Pferds. Außerdem wäre sie gern ein paar Zentimeter kleiner gewesen. Wenn sie neben Klaus-Peter stand, war sie fast genauso groß wie er, obwohl er nicht gerade schmächtig war.

Wenigstens hatte sie keine unreine Haut, darüber war sie ausgesprochen froh. Einige Mädchen in ihrer Klasse sahen aus wie Streuselkuchen und hätten alles getan, um ihre Pickel loszuwerden.

»Die Leute sagen, dass du deiner Mutter gleichst«, fuhr Klaus-Peter fort.

»Hast du sie schon mal gesehen?«, erkundigte Inge sich neugierig.

»Einmal, letztes Jahr im Strandbad. Sie ist wirklich schön. Aber du bist noch schöner.«

Nun war es Inge, die rot wurde. Mit ihrer Mutter verglichen zu werden empfand sie als unverdiente Schmeichelei, denn in ihren Augen gab es keine schönere Frau als Katharina. Sogar wenn sie morgens aus dem Bett kam, zerzaust und mit Schlaf in den Augen, sah sie hinreißender aus als jede Filmschauspielerin.

»Wie fandest du eigentlich den Film?«, fragte Klaus-Peter.

»Er war recht simpel«, antwortete Inge. Das Wort gefiel ihr, es drückte auf gefällige Weise aus, was gemeint war. Außerdem klang es als Beschreibung eines Films nicht ganz so vernichtend wie *fade* oder *flach*. *Einfallslos* hätte es auch noch ganz gut getroffen, aber sie ahnte, dass sie Klaus-Peter mit so viel Ehrlichkeit vor den Kopf stoßen würde. Immerhin hatte er sie eingeladen, hier galt wohl das Sprichwort, dass man einem geschenkten Gaul nicht ins Maul schauen sollte. Ein bisschen Rücksicht musste sie schon nehmen. Sicherheitshalber fügte sie hinzu: »Ich habe mich aber trotzdem ganz gut unterhalten gefühlt.«

Er nickte geistesabwesend. »Letzte Woche war deine Mutter übrigens auch hier im Café«, sagte er dann unvermittelt. »Meine Mutter hat sie gesehen.«

»Ja, kann sein, sie geht ab und zu in die Stadt, zum Einkaufen.« Inge hätte noch hinzufügen können, dass Katharina in der letzten Zeit mehr Geld verdiente als früher und sich daher einen Cafébesuch leisten konnte. Auch der Zuschuss fürs Kino wäre vor ein paar Monaten noch nicht drin gewesen. Doch das ging Klaus-Peter nichts an. Er gehörte zu den Leuten, die sich keine Gedanken darüber machen mussten, ob man sich einen Besuch im Café oder im Kino leisten konnte. Seine Eltern fuhren ein neues Auto und planten eine Reise nach Afrika, um dort an einer Safari teilzunehmen.

»Sie ist mit einem Mann weggegangen, mit dem sie sich hier getroffen hat«, sagte Klaus-Peter.

»Was?« Inge glaubte, sich verhört zu haben, und starrte ihn entgeistert an.

»Meine Mutter kennt ihn. Er ist Arzt in Werden und heißt Jacobi. Doktor Clemens Jacobi.«

»Was meinst du mit *getroffen*?«, wollte Inge wissen. Ihre Frage klang herausfordernd, fast wütend.

»Du weißt schon.«

»Nein, ich weiß *nicht*«, gab sie mit scharfer Stimme zurück. »Willst du meiner Mutter irgendwas unterstellen?«

Klaus-Peter schüttelte den Kopf, halb reumütig, halb erschrocken. Aber sie sah ihm an, dass er sich bereits eine Meinung gebildet hatte. So wie viele andere Leute auch. Inge hatte in den vergangenen Jahren genug von dem Gerede mitbekommen. Sie wusste, dass über ihre Mutter getratscht wurde. Dass manche Leute sie hinter ihrem Rücken *Schickse* nannten und ihr Liebschaften andichteten. Und sie hatte auch erfahren, dass im Mai ein Mann mit einem Porsche vorgefahren war, um Katharina zu besuchen. Elfriede Rabe hatte es überall herumposaunt, bis auch wirklich jeder im Bilde gewesen war.

»Wenn meine Mutter diesen Arzt getroffen hat, dann war das garantiert rein zufällig«, sagte Inge mit fester Stimme. »Sie war mit meiner Schwester bei ihm in Behandlung, letztes Jahr. Bestimmt wollte er bloß von ihr wissen, wie es Bärbel geht. Mehr steckt auf keinen Fall dahinter, und wenn deine Mutter irgendwas anderes behauptet, ist es nicht wahr!« Tränen stiegen ihr in die Augen. »Meine Mutter ist verheiratet! Mein Vater ist vermisst, und wir hoffen alle, dass er noch zurückkommt! Es ist gemein und hässlich, ihr solche … Sachen zu unterstellen!«

Mit einem Mal wirkte Klaus-Peter schockiert, er schien zu erkennen, was er mit seinen Worten angerichtet hatte. »Verzeih, Inge. Ich wollte deine Mutter nicht beleidigen oder schlecht über sie reden. Auf gar keinen Fall!«

Sie nahm es stumm zur Kenntnis, doch ihre gute Stimmung hatte sich schlagartig verflüchtigt. Ihr Inneres hatte sich in einen Klumpen aus Schmerz verwandelt, und ihr Gedächtnis quoll auf einmal über von all den niederträchtigen Sticheleien, die sie sich im Laufe der Jahre hatte anhören müssen – draußen beim Spielen mit den Nachbarskindern, aber auch auf der Volksschule und später auf dem Lyzeum.

Ist es wahr, dass du unehelich auf die Welt gekommen bist? Stimmt es, dass deine Mutter dich schon mit siebzehn bekommen hat? Hast du eigentlich gewusst, dass deine Mutter für Zigaretten und Nylons mit den Tommies gegangen ist?

Und dann musste sie auf einmal auch wieder an die Flucht aus Berlin denken. An das Schreckliche, das ihrer Mutter widerfahren war.

Der Appetit auf Kuchen und Coca-Cola war ihr gründlich vergangen.

Sie stand auf. »Mir ist nicht gut, ich gehe jetzt«, teilte sie Klaus-Peter mit, und dann wandte sie sich ab und ließ ihn ohne ein weiteres Wort sitzen.

---

*

Als das durchdringende Flötengedudel ertönte, liefen die Kinder der ganzen Straße zusammen und rannten hinter dem Pritschenwagen her. Es war immer ein aufregendes Ereignis, wenn der Schrottsammler kam. Im Schritttempo fuhr er alle Häuser ab. Der am Wagen montierte Lautsprecher verbreitete unaufhörlich die Flötenmelodie, die alle Kinder der Gegend anlockte.

»Fast wie beim Rattenfänger von Hameln«, sagte Bärbel zu Klausi, während sie dem knatternden Wagen hinterherliefen.

»Wat fürn Rattenfänger?«, fragte Klausi. »Und wat fürn Hammel?«

Bärbel setzte an, es ihm zu erklären, doch dafür blieb keine Zeit, denn nun hielt der Schrottsammler den Wagen an und stieg aus, weil es bei einem der Häuser was zu holen gab. Alle, die irgendwelchen alten Krempel loswerden wollten, konnten ihn dem Klüngelskerl geben, der war dankbar für jeden noch so gammeligen Kram, speziell den aus Metall.

Auch bei Oma Mines Haus hielt der Wagen an. Johannes hatte die alten Feldbetten vom Dachboden geholt, die schon anfingen zu rosten. Eine ganze Reihe von Flüchtlingen hatte in den Jahren nach dem Krieg darauf geschlafen, Bärbel konnte sich noch an einige von ihnen erinnern. Einmal war eine ganze Familie in Mines Stube einquartiert worden, Mutter, Großmutter und vier Kinder, alle aus Schlesien vertrieben. Sie hatten manchmal Lieder gesungen, die Bärbel noch nie gehört hatte, und die alte Frau hatte dauernd das Klo belegt, weil sie an Durchfällen litt.

Nach den Zwangseinquartierungen waren Bergleute eingezogen, immer mindestens zwei auf einmal, manchmal auch drei. Jetzt war nur noch Johannes da, und die ganzen rostigen Betten konnten endlich weg.

Er hatte in dieser Woche Spätschicht und war daher gerade zu Hause. Zusammen mit dem Klüngelskerl warf er die Bettgestelle auf den Laster, während die Kinder dabeistanden und zusahen, bis alles aufgeladen war. Dann fuhr der Wagen weiter, und die Kinderschar lief hinterher.

»Wat die wohl mit dem ganzen Pröttel machen?«, fragte sich Klausi.

»Auffe Kippe schmeißen«, sagte sein jüngerer Bruder Wolfi.

»Nä«, widersprach Manni, der ältere. »Dat wird wie-der-ver-wer-tet.« Er sprach das Wort sorgfältig und Silbe für Silbe aus, wie zum Beweis dafür, dass er sich auskannte.

»Was bedeutet das?«, fragte Bärbel wissbegierig. »Machen die neue Betten aus den alten?«

»So wat in der Art«, antwortete Manni unbestimmt.

»Aber wie?«, fragte Bärbel.

»Die streichen dat mit frische Farbe an«, erklärte Manni.

Bärbel runzelte die Stirn. Mit der Antwort war sie nicht zufrieden. Denn was geschah mit dem anderen Schrott, dem schon auf den ersten Blick anzusehen war, dass er völlig unbrauchbar war? Verbogene und gebrochene Rohre aus Kupfer oder Messing, total kaputte Fahrradgestelle, angerostete Zaunstangen – das ganze Zeug türmte sich meterhoch auf der Ladefläche des Wagens. Keiner konnte damit noch was anfangen, ganz egal, wie dick man es mit Farbe überstrich.

»Ich weiß dat«, meldete sich Klausi plötzlich. »Die schmelzen dat einfach wieder ein, damit dat flüssig wird! So wie dat Eisen im Hochofen. Dann kann man da neue Sachen draus gießen. Werkzeuge und so wat.«

Genau! Das war es. Bärbel war entzückt über die kluge Erklärung. Manchmal war Klausi viel schlauer, als man erwartete. Vieles wusste er nicht, aber das war nicht seine Schuld. Woher sollte er beispielsweise das Märchen vom Rattenfänger von Hameln kennen, wenn es ihm keiner erzählt hatte? Oder wie sollte er vernünftiges Hochdeutsch lernen, wenn er es nur selten hörte? Sogar die Klassenlehrerin in der Volksschule verfiel oft in Ruhrpott-Platt, vor allem, wenn eins der Kinder laut oder aufsässig war. Dann lief sie vor Wut rot an und fing an zu schreien, etwa: »Getz krisse aber wat hinter de Löffel, du dösiges Blach!« Oder: »Ab inne Ecke mit dir!«

»Wat machen wir getz?«, fragte Klausi, nachdem der Wagen des Klüngelskerls mit melodischem Pfeifen davongetuckert war.

»Wir können am Bach spielen«, sagte Bärbel, mit Betonung auf dem Wörtchen *am*.

»Nä, wir spielen Räuber und Schendarm«, bestimmte Manni.

Dafür nutzten sie immer dasselbe Gelände rund um Pörtingsiepen. Im Hespertal gab es diverse stillgelegte Förderschächte. Wenn es da nichts mehr zu holen gab, wurde an anderer Stelle ein neuer Schacht abgeteuft, so hieß es in der Bergmannssprache, wie Bärbel wusste. Sie hatte schon mehrmals in dem Buch geschmökert, aus dem Johannes die Wörter lernte, die man unter Tage kennen musste.

Die nicht mehr genutzten Stollen nannte man *Alter Mann*. Wenn dort keine Kohle mehr abgebaut wurde, schmiss man *Berge* hinein, was bedeutete, dass man sie mit Steinbrocken auffüllte. Oder man versperrte sie oder deckte sie ab. Das Stilllegen hieß bei den Bergleuten *abwerfen*.

Um die Schächte herum lagerte haldenweise *Abraum*, so bezeichnete man das herausgehauene Gestein und den ganzen Dreck, der ja irgendwo hinmusste, wenn unter der Erde die Stollen hindurchgetrieben wurden. Diese Halden eigneten sich sehr gut zum Spielen. An manchen Stellen waren sie bereits von Gestrüpp überwuchert, an anderen zerklüftet wie kleine Gebirge.

Manni und Wolfi waren die Räuber, Bärbel und Klausi die Gendarmen. Die Räuber hatten einen Vorsprung von hundert Sekunden und mussten sich verstecken. Anschließend mussten die Gendarmen sie suchen und fangen.

Bärbel erläuterte Klausi, was sie über das Abwerfen von Alten Männern wusste, während er unverdrossen bis hundert zählte. Dann fingen sie an zu suchen, doch Manni und Wolfi hatten sich gut versteckt.

»Lass uns mal da drüben gucken«, sagte Klausi und zeigte auf eine Halde, die näher bei der Zeche gelegen war. An einer Stelle kräuselte sich Rauch über dem Abraum.

»Ein Vulkan!«, rief Bärbel begeistert.

Das wollte Klausi sich sofort genauer ansehen. Voller Tatendrang erklomm er die Halde, doch plötzlich geriet der ganze Hang in Bewegung. Bärbel konnte gerade noch zur Seite springen und dem herabrutschenden Gestein ausweichen. Hitze breitete sich aus, und weiter oben stieß Klausi einen markerschütternden Schrei aus. Schockiert beobachtete Bärbel, wie er im nächsten Moment verschwand. Sie schrie ebenfalls, gellend laut, und dann versuchte sie hinaufzuklettern, um nach Klausi zu sehen, doch das Geröll rutschte unter ihren Füßen weg. Wieder musste sie ausweichen, als massenhaft Abraum herunterkam und sie zu verschütten drohte. Sie kreischte vor Angst und Entsetzen.

Dann sah sie Klausi. Er war mit dem letzten Erdrutsch die Halde hinabgestürzt und lag halb begraben da, reglos und wie tot. Schluchzend kämpfte Bärbel sich zu ihm vor. Mit beiden Händen schaufelte sie sein Gesicht frei. Seine Augen waren geschlossen, seine Haut grau wie Asche.

Sie schrie und schluchzte, und als von irgendwoher Männer herbeigelaufen kamen und Klausi hochhoben, weinte sie immer weiter, wenn auch etwas leiser. Einer der Männer fragte sie nach Klausis Namen und Adresse, dann nahm jemand sie bei der Hand und führte sie zum Verwaltungsgebäude der Zeche. Der Mann sprach mit ihr, aber sie verstand seine Worte nicht. Denn ihr Kopf war von einer anderen Stimme ausgefüllt, die immer wieder sagte: Du darfst nicht weinen. Du musst ein großes Mädchen sein. Du darfst nicht weinen. Du musst ein großes Mädchen sein.

Es war Inges Stimme, die unaufhörlich auf sie einredete, und als Bärbel die Augen schloss, sah sie plötzlich eine kaputte Mauer. Dahinter war ihre Mutter. Und die bösen Männer, die sie töten würden, wenn sie weinte.

Du darfst nicht weinen.

Doch sie konnte nicht damit aufhören.

Der Mann von der Zechenverwaltung gab ihr ein Taschentuch und brachte sie nach Hause. Er hatte einen Wagen, in dem sie mitfahren durfte. Sie saß zum ersten Mal in einem Auto, aber sie konnte keine Freude darüber empfinden, denn innerlich war sie wie abgestorben. Sie sah immer nur die kaputte Mauer, und zwischendurch auch Klausi, wie er still und grau inmitten von Geröll und Dreck lag.

Zu Hause machte niemand die Tür auf.

»Ist keiner da«, sagte der Mann von der Zeche, der mit ihr zur Haustür gekommen war. »Kannst du durch die Kellertür rein? Ist von deinen Leuten vielleicht jemand hinten im Garten?«

Bärbel nickte stumm auf beide Fragen.

»Na dann«, sagte der Mann. »Ich geh jetzt mal rüber zu Rabes und sag da Bescheid.«

Bescheid. Das Wort war wie ein böses, dunkles Etwas voller schrecklicher Bedeutungen. So schlimm wie die kaputte Mauer.

In diesem Moment kam Johannes über den Gartenweg nach vorn vors Haus, und Bärbel rannte ihm mit einem lauten Aufschluchzen entgegen. Sie warf sich in seine Arme, und er hob sie hoch und drückte sie an sich.

»Was ist los?«, fragte er.

»Klausi«, konnte sie nur hervorstoßen.

»Der Junge ist auf die brennende Halde geklettert«, sagte der Mann von der Zeche. »Er wurde nach Werden ins Krankenhaus gebracht.«

»Besteht Lebensgefahr?«, hörte Bärbel Johannes fragen. Sie

hatte ihr tränenüberströmtes Gesicht an seine Schulter gedrückt.

»Nein, er hatte riesengroßes Glück. Ein paar oberflächliche Verbrennungen und Quetschungen, und er hat was von dem Schwelgas eingeatmet und das Bewusstsein verloren. Aber auf dem Transport ist er schon wieder zu sich gekommen. Allerdings sind beide Beine gebrochen.«

Bärbel weinte lauter, aber diesmal vor überschäumendem Glück. Klausi war gar nicht tot!

Johannes strich ihr über den Kopf. »Schsch. Das wird alles wieder.«

»Ich sag dann jetzt mal den Rabes Bescheid«, wiederholte der Mann von der Zeche.

Diesmal erschien Bärbel das Wort wie ein strahlender Sonnenaufgang.

---

*

Als Katharina vom Einkaufen nach Hause kam, fand sie Johannes vorm Haus stehend vor, das weinende Kind auf dem Arm, und nebenan bei Rabes die aufgelöste Elfriede, beide Hände schluchzend vors Gesicht geschlagen.

Katharina bekam keine Luft mehr, es war, als würde eine Faust aus Eisen ihr Herz zerquetschen. Bärbel, wollte sie schreien, aber sie brachte keinen Ton heraus.

Sie rannte die letzten Schritte bis zum Haus und blieb nach Luft ringend vor Johannes stehen.

»Bärbel geht es gut, ihr fehlt nichts«, sagte Johannes schnell. »Alles in Ordnung, Kathi. Klausi wurde verletzt, er hat beide Beine gebrochen und ist im Krankenhaus, doch das wird wieder. Die Kleine war dabei, sie ist noch ganz außer sich, aber es wird alles gut!«

Sofort konnte sie wieder freier atmen. Die grauenhafte Angst verflog. Bärbel war nichts geschehen, mehr musste sie nicht wissen. Johannes hielt ihr Kind an sich gedrückt. Er strich der Kleinen übers Haar und murmelte ihr beruhigende Worte ins Ohr.

Katharina starrte ihn an. Tief in ihrem Inneren schien etwas zu schmelzen, als sie ihn so dastehen sah, ihre Tochter in seinen Armen, während Bärbel sich an ihn klammerte, als wäre er ihr Retter in der Not.

Sie widerstand dem Impuls, zu ihm zu treten und beide Arme um ihn und das Kind zu schlingen.

Schweigend legte sie das volle Einkaufsnetz neben der Haustür ab, dann nahm sie Johannes die Kleine ab, die noch eine Weile an ihrer Schulter weiterheulte. Am liebsten hätte sie das Kind ins Haus gebracht, aber sie konnte Elfriede nicht einfach so stehen lassen. Bärbel wurde ihr zu schwer, sie stellte sie neben sich und nahm sie fest bei der Hand, ehe sie Johannes hinüber zum Haus der Rabes folgte. Dort zog sie ihre Tochter dicht an ihre Seite. Inzwischen hatte Bärbel sich beruhigt. Sie hatte aufgehört zu weinen und schniefte nur noch leise. Dafür schallte Elfriedes Geheul durch die ganze Nachbarschaft. Frau Czervinski und Herr Brüggemann erschienen umgehend auf der Bildfläche, aufgescheucht von dem tränenreichen Geschrei.

Der Angestellte der Zechenverwaltung, der Elfriede die Unglücksnachricht überbracht hatte, duckte sich stumm unter den Anklagen, die Elfriede ihm entgegenschleuderte.

»Wieso habt ihr dat nich dem Klausi sein Vatter aufm Pütt gesacht?! Warum is der Fritz nich direkt mit hergekommen?«

»Der Fritz ist unter Tage vor der Kohle«, erklärte Johannes. »Sicher hat man ihm schon übers Grubentelefon Bescheid gesagt, aber bis er wieder oben ist, dauert es eine Weile. Bestimmt kommt er gleich.«

»Wie kann dat sein, dat die Halde da brennt und keiner dat löscht?«, lamentierte Elfriede. »Dat ist doch gefährlich, vor allem für die Blagen!«

»Brennende Halden kann man nicht löschen«, antwortete der Mann von der Zechenverwaltung. »Es sind Schwelbrände im Inneren. Man darf eben nicht drauf rumtrampeln. Da steht extra ein Schild, dass das Betreten des Geländes wegen Lebensgefahr verboten ist.«

Elfriede zeigte mit ausgestrecktem Finger auf Bärbel. »Dat hat das kleine Rabenaas ausgeheckt, wetten?! Dat hat garantiert den Klausi angestiftet, da rumzuklettern!«

»Es sind doch Kinder«, warf Johannes ein. Seine Stimme klang sanft. »Das war ein Unglücksfall. So was kommt vor.« Er trat zu Elfriede und legte ihr die Hand auf die Schulter. »Das wird schon wieder! Wenn du willst, gehe ich gleich mit dir ins Krankenhaus, dann können wir zusammen nach deinem Jungen sehen.«

Sie sah ihn aus verheulten Augen an, ein wenig erstaunt, aber zugleich besänftigt. Zögernd nickte sie. »Dat wär nett.«

Im nächsten Moment tauchte der Rest der Familie Rabe auf, Elfriedes Ehemann Fritz sowie Manni und Wolfi. Sichtlich aufgelöst kamen alle drei angerannt, die zwei vom Spielen verdreckten Jungs vorneweg und der über und über mit Kohlenstaub bedeckte Fritz hinterher.

»Wat is mit dem Klausi?«, fragte Fritz schnaufend seine Frau.

»Beide Beine gebrochen.«

»Sonst nix?«

»Nä.«

»Dann muss ich widder einfahren, sonst gibt et Lohnabzug«, verkündete Fritz. Dann wandte er sich zu seinen beiden Söhnen um und verpasste jedem eine Ohrfeige.

»Aua!«, schrie Manni empört. »Wofür war dat denn getz?«

»Dafür«, sagte Fritz, als wäre das eine plausible Erklärung.

Zwischenzeitlich war auch Mine aus dem Haus gekommen.

»Wat is passiert?«, wollte sie von Katharina wissen, die am nächsten stand.

»Klausi hat sich beim Spielen die Beine gebrochen und liegt im Krankenhaus.«

Wortlos wandte Mine sich ab und ging wieder ins Haus. Gleich darauf kehrte sie zurück, mit einer Flasche Aufgesetzten in der einen Hand und einem Tablett voller Schnapsgläschen in der anderen.

»En Pinnken auf den Schreck«, sagte sie zu Elfriede.

Weitere Nachbarn kamen dazu. Reihum wurde Aufgesetzter ausgeschenkt, und jeder gönnte sich ein Gläschen. Elfriede bekam zwei, weil ihr das Geschehen so an die Nieren gegangen war. Danach fühlte sie sich besser.

Sie ging sich rasch umziehen, weil sie schnellstmöglich mit Johannes zum Krankenhaus gehen wollte, und die Kinder trollten sich wieder zum Spielen, auch Bärbel, die zwar noch etwas blass war, aber sichtbar erleichtert wirkte.

Fritz eilte zurück zum Pütt, aber nicht ohne vorher sein Gläschen runterzukippen.

Die anderen Erwachsenen unterhielten sich noch eine Weile. Katharina zog es unterdessen vor, ihre Einkäufe ins Haus zu bringen und alles einzuräumen. Vom oberen Flurfenster aus beobachtete sie anschließend, wie Johannes und Elfriede gemeinsam zum Krankenhaus aufbrachen, während Mine mit der leeren Flasche ins Haus zurückging. Alle anderen blieben vorm Haus der Rabes stehen und redeten, vermutlich auch über die Schickse aus Berlin und deren Unfähigkeit, ihre Töchter richtig zu erziehen.

Katharina wandte sich ab und setzte sich an ihre Nähmaschine. Bei diesen Leuten würde sie niemals dazugehören, sie fühlte sich fehl am Platze wie eh und je. Doch sie bezweifelte nicht, dass sie einen besseren Ort finden würde. Nicht irgendwann, sondern bald.

Kapitel 18

Am nächsten Morgen war Katharina mit Johannes allein im Haus. Die Mädchen waren in der Schule. Mine hatte schon früh am Tag die Schubkarre mit Rhabarber und frisch gepflücktem Spinat vollgepackt und war zum Markt gegangen, um dort einen Teil ihrer Ernte zu verkaufen, so wie sie es schon seit ewigen Zeiten tat.

Katharina wusste, dass Johannes noch da war. In dieser Woche hatte er Spätschicht und würde erst am Nachmittag zur Arbeit gehen. Trotzdem war er bereits aufgestanden, womöglich sogar noch vor ihr. Als sie nach einer schnellen Dusche in aller Frühe wieder aus dem Keller nach oben gegangen war, hatte sie hinter seiner Zimmertür leise Radiomusik gehört.

An diesem Morgen hatte sie schon zeitig mit der Arbeit begonnen, konnte sich aber schlecht konzentrieren. Zweimal hörte sie auf zu nähen und stellte sich – versteckt hinter der Gardine – ans Fenster, um nachzuschauen, ob er im Garten war. Doch dort ließ er sich nicht blicken.

Sicher liest er, dachte sie, und dann setzte sie sich wieder an die Maschine und versuchte so zu tun, als wäre er nicht da.

Dennoch ertappte sie sich dabei, wie sie zwischendurch auf die Uhr sah. Bärbel, die lange vor Inge aus der Schule kam, würde erst in zwei Stunden eintreffen, und Mine würde mindestens genauso lange wegbleiben.

Zwei Stunden, in denen nur sie und Johannes hier waren.

Denk nicht mal dran!, ermahnte sie sich. Verbissen machte sie sich wieder an die Arbeit.

Kurz darauf war der Rock, den sie für eine Kundin genäht hatte, bis auf ein paar Kleinigkeiten fertig. Ruhelos erhob sie sich und ging in ihre kleine Küche, um einen Happen zu essen. Sie hatte seit dem Aufstehen nichts gefrühstückt, nur eine Tasse Malzkaffee getrunken. Doch das Brot blieb ihr im Hals stecken. Obwohl es frisch war und sie es dick mit selbst gemachter Erdbeermarmelade bestrichen hatte, schmeckte es wie Sägemehl. Sie legte die Schnitte zur Seite und horchte in Richtung Treppe. Hatte sich unten gerade seine Zimmertür geöffnet?

Wie von einem Magneten angezogen ging sie zur Treppe und dann hinunter, zögernd, Stufe für Stufe, die Hand am Geländer und die Lider gesenkt. Noch konnte sie wieder umdrehen und sich zwingen, vernünftig zu sein.

Aber dann blickte sie auf und sah ihn unten am Fuß der Treppe. Seine Augen wirkten dunkel und verhangen.

Sie war wie angewurzelt auf halber Treppe stehen geblieben, doch sofort stieg sie weiter die Stufen hinab, denn das, was sie zu ihm hintrieb, war mächtiger als alle Vernunft.

Das letzte Stück eilte sie hinunter, fast so überhastet wie sonst immer Bärbel, und sie streckte die Arme nach ihm aus, sodass er sie auffangen konnte.

Johannes flüsterte ihren Namen, und dann küssten sie sich, als wäre es das erste und zugleich letzte Mal. Er hob sie auf seine Arme und trug sie die Treppe wieder hinauf, so leichtfüßig, als wöge sie nichts.

»Die Kellertür ist abgeschlossen«, murmelte er ihr ins Ohr, während er sie im Schlafzimmer auf ihr Bett legte. Sie nickte nur und konnte nichts mehr sagen, denn sein nächster Kuss raubte ihr den Atem.

Für sie zählte nur noch der Augenblick. Was auch immer sie bisher davon abgehalten hatte, wieder mit ihm zusammenzukommen – es hatte keine Bedeutung mehr.

*

»Wir dürfen auf keinen Fall einschlafen«, murmelte Katharina an seiner Schulter, nachdem ihr Herzschlag sich beruhigt hatte und die Erregung abgeklungen war.

»Wir schlafen nicht ein«, versicherte er.

»Ich bin seit sechs Uhr auf. Mir fallen schon die Augen zu.«

»Dann schlaf ein bisschen. Wir haben noch fast eine Stunde, bis Bärbel aus der Schule kommt.«

»Und wenn du auch einschläfst? Du bist doch mindestens genauso früh aufgestanden wie ich!«

»Keine Sorge, ich schlafe nicht ein. Ich kann tagelang wach bleiben, wenn es sein muss.«

Das war nicht übertrieben. Während der Gefangenschaft hatte er Situationen erlebt, in denen man wach bleiben musste, wenn man nicht sterben wollte. In manchen Baracken hatte es Männer gegeben, die bereit waren, für ein Stück Brot zu töten, vor allem dann, wenn die Lage so verzweifelt war, dass es kaum jemanden interessierte, wer am nächsten Morgen alles tot war. Es starben ja immer welche, in schlimmen Nächten sogar Dutzende. Hunger, Frost und Seuchen – Ursachen gab es mehr als genug.

Zum Glück stellte Katharina seine Fähigkeiten, sich wach zu halten, nicht zur Diskussion, denn er mochte nicht darüber sprechen, weil er den Zauber des Augenblicks nicht zerstören wollte. Hier mit ihr im Bett zu liegen und sie nach dem Liebesakt in den Armen zu halten – es kam ihm so vor, als hätte das Schicksal ein Füllhorn des Glücks über ihm ausgeschüttet.

»Wir könnten auch miteinander reden«, schlug er vor. »Dann bleibst du wach.«

»Ja«, stimmte sie schläfrig zu. »Erzähl mir was.«

»Was möchtest du hören?«

»Irgendwas über dich. Dein Leben. Die Zeit vor der Gefangenschaft.«

»Da war ich in der Schule.«

»Ich weiß.«

Am Tonfall ihrer Stimme hörte er, dass sie lächelte.

»Ich vergesse immer, wie jung du noch bist«, fügte sie hinzu.

»Ich bin schon lange erwachsen«, protestierte er. Er ahnte, dass der Altersunterschied ihr zu schaffen machte. »Die paar Jahre zwischen uns zählen nicht.«

»Das denkst du nur. Ich habe eine Tochter, die bald sechzehn wird.«

»Du warst ein halbes Kind, als sie auf die Welt kam. Das macht dich nicht älter, als du bist. Und du bist jung! Versuch bloß nicht, mir was anderes einzureden!« Er küsste ihre Schläfe, und dann streichelte er mit den Fingerspitzen über den kleinen Wirbel in ihrem Nacken, wo die helle Lockenfülle sich widerspenstig in unterschiedliche Richtungen teilte. Sie hatte keine Dauerwelle, sondern naturkrauses Haar, worüber sie sich manchmal aufregte, weil es sich bei Regenwetter aufplusterte und nicht immer leicht zu frisieren war. Andererseits hatte sie, wie sie einmal angemerkt hatte, wegen ihrer natürlichen Locken schon viel Geld für den Friseur gespart, ebenso wie für fragwürdige Selbstbehandlungen. Ihrer Schilderung zufolge gab es Frauen, die eher aufs Essen als auf eine Dauerwelle verzichteten. Manche von ihnen legten selbst Hand an, sie panschten chemische Substanzen zu stinkenden Pasten zusammen und schmierten sie sich auf die Köpfe, wobei sie in Kauf nahmen, die Haut zu verätzen oder ihre Haarwurzeln dauerhaft zu schädigen.

»Erzähl mir was über deine Mutter«, sagte sie. »Mathilde. Karl hat manchmal von ihr gesprochen, aber viel weiß ich nicht über sie. Wie war sie? Du erinnerst dich doch noch an sie, oder?«

»Natürlich. Ich war schon fast sieben, als sie starb. Sie war wunderbar. Liebevoll, warmherzig, schön wie ein Engel. Für mich war ihr Tod ein schrecklicher Schlag.«

»Das glaube ich dir«, sagte Katharina leise. »Als mein Vater starb, erging es mir ähnlich. Obwohl ich erst fünf war, kann ich mich noch genau daran erinnern. Zum Glück bekam ich später einen tollen Stiefvater. An ihm habe ich sehr gehangen. Wie war dein Vater so? Wenn man Mine zuhört, war er ganz anders als deine Mutter, oder?«

»Das stimmt. Er war ein eher sachlicher Mensch. Reserviert im Umgang, häufig sarkastisch. Er lachte nur selten. An Umarmungen kann ich mich kaum erinnern, das war nicht seine Art.«

»Er war Lehrer am Gymnasium, nicht wahr?«

»Ja, für Deutsch und Geschichte.« Zögernd fuhr er fort: »Und er war ein ziemlich überheblicher Snob. Das war mir damals nicht klar, aber heute weiß ich es. Die Herkunft meiner Mutter hat ihn wohl immer schon gestört. Nach ihrem Tod hat er den Kontakt zu ihrer Familie abreißen lassen. *Ungebildete Primaten*, so hat er sie mal genannt. Da war ich noch klein, ich wusste nicht, was er meinte, doch ich hab's nicht vergessen.«

»Du bist nicht wie er«, sagte sie. »Ich glaube, du kommst mehr nach deiner Mutter.«

»Mein Vater war kein schlechter Mensch.« Johannes hatte das Gefühl, einen Irrtum ausräumen zu müssen. »Auf seine Art war er durchaus fürsorglich und hat sich um mich bemüht. Wir haben viel zusammen unternommen. Radtouren, Kinobesuche, Angelausflüge – er hat sich oft intensiv mit mir beschäftigt und seine Vaterrolle sehr ernst genommen. Von ihm habe ich meine Liebe zu Büchern. Er hat großen Wert darauf gelegt, dass ich viel lese. Außerdem hat er mich musikalisch gefördert. Ich spielte ganz passabel Klavier und war im Schulorchester. Allerdings konnte ich gut verschmerzen, dass ich im Krieg keine Möglichkeit mehr dazu hatte. Die Bücher habe ich eindeutig mehr vermisst.«

»Hat dein Vater wieder geheiratet?«

»Nein, nie. Ab und zu ging er mit Frauen aus, doch keine von ihnen wurde mir näher vorgestellt. Ich glaube, er hat meine Mutter sehr geliebt.«

»Hast du Fotos von ihr?«

»Leider nicht. Das Bild, das ich an die Front mitgenommen hatte, ist verloren gegangen. Und alle Fotos, die noch bei uns zu Hause waren, ebenfalls.« Er versuchte, sich an die in Leder gebundenen Alben zu erinnern, nach Jahren sortiert und ordentlich aufgereiht im Wohnzimmerschrank, in seinem Elternhaus, das beim letzten Bombenangriff von Hannover völlig zerstört worden war. In jener Nacht hatte er viel verloren – seinen Vater, sein Zuhause, alles, was ihm von seiner Kindheit geblieben war.

Die Alben waren voll gewesen mit schönen Bildern, hauptsächlich aus der Zeit, in der seine Mutter noch gelebt hatte.

»Mine müsste noch Bilder haben«, meinte Katharina. »Sie hat jedenfalls welche von Karl. Bestimmt gibt es auch einige von Mathilde. Hast du Mine schon mal danach gefragt?«

»Nein, der Gedanke kam mir bisher gar nicht. Aber das hole ich schnellstens nach!« Die Aussicht, dass es vielleicht noch Fotos von seiner Mutter gab, weckte freudige Hoffnung in ihm.

»Hast du nicht noch andere Verwandte, die Bilder von deiner Familie aufbewahrt haben könnten?«

»Nein«, antwortete er. »Ihr seid meine einzige Familie.«

Sein Vater hatte zwei Geschwister gehabt, doch die waren schon im Kindesalter verstorben. Auch seine Großeltern väterlicherseits waren schon lange tot. In Hannover gab es niemanden mehr, den er nach Familienfotos hätte fragen können.

»Ich habe auch keine Familie mehr in Berlin«, sagte Katharina leise. »Und auch keine Bilder mehr von meiner Mutter. Sie sind alle weg.«

»Sind sie auf der Flucht verloren gegangen?«

»Ja.« Ihre Stimme klang plötzlich rau, fast erstickt.

Sie hatte angefangen zu zittern. Instinktiv hielt er sie fester, denn mit einem Mal wusste er, was ihr zugestoßen war. Er hätte es schon früher merken müssen! Die ausweichenden Blicke und nichtssagenden Bemerkungen, wenn die Sprache auf ihre Flucht aus Berlin kam. Inges abgewandtes Gesicht, sobald das Thema auch nur am Rande gestreift wurde.

»Kathi«, sagte er eindringlich. »Du solltest es nicht fortwährend in dich hineinfressen. Sprich darüber. Rede es dir von der Seele. Wenigstens ein einziges Mal. Du wirst sehen, dass es hilft.«

»Ich weiß nicht, was du meinst«, sagte sie, aber ihr Zittern hörte nicht auf.

»Doch, du weißt es genau. Und ich weiß es auch.«

»Woher?«, wollte sie wissen. Es klang erschrocken, fast panisch.

»Keiner hat's mir gesagt. Ich weiß es auch so.«

»Das ist lange her, es ist vorbei«, sagte sie abwehrend. »Ich lebe noch und hab's überstanden. Außerdem ist das nichts, was andere Leute erfahren sollten. Es geht sie einen Scheißdreck an.«

Er überging ihre grobe Bemerkung. »Ich bin aber nicht andere Leute. Sondern jemand, der ebenfalls überlebt hat. Und du sollst es ja auch gar nicht anderen Leuten erzählen. Erzähl es nur mir.«

Sie schwieg, und ihr Zittern hörte allmählich auf. Er dachte schon, dass sie nichts mehr sagen würde, aber dann begann sie unvermittelt doch zu sprechen.

»Bärbel war gerade erst drei, ich hatte sie auf dem Arm, weil sie zu müde zum Laufen war. Inge war neun, sie ging an meiner Hand. Auf dem Rücken hatte ich den Rucksack, da war alles drin – Papiere, Proviant, meine Fotos, ein paar Erinnerungen. Überall hat es gebrannt, um uns herum war die Hölle los, die Bomber kamen immer wieder. Die Russen hatten die Stadt überrannt, uns blieb nur der Weg nach Westen. Doch da waren sie auch schon. Sie haben mich erwischt. Rotarmisten. Sie waren zu dritt ...« Ihre Stimme war tonlos, kaum mehr als ein Flüstern, aber ihre Worte waren klar verständlich. Er hielt sie fest und hörte es sich an, jede furchtbare Einzelheit bis zum Schluss. Und als sie endlich alles erzählt hatte, schlief sie erschöpft in seinen Armen ein.

*

Er hielt sein Versprechen und blieb wach, doch er weckte sie nicht, sondern ließ sie schlafen. Nachdem er leise aufgestanden war und sich angezogen hatte, ging er nach unten. Er fing Bärbel bei ihrer Heimkehr von der Schule an der Haustür ab, ehe sie klingeln konnte.

»Deine Mutter hat sich hingelegt, sie war müde«, erklärte er. »Du solltest sie noch ein bisschen schlafen lassen.«

Vom Vortag war noch Suppe übrig, er wärmte sie für Bärbel auf und ließ sie anschließend ihre Hausaufgaben an Mines Küchentisch machen. Danach spielten sie zusammen eine Partie Halma. Irgendwann tauchte Katharina auf, gekämmt und ordentlich angezogen, und holte ihre Tochter zu sich nach oben. Sie sagte nichts zu ihm, aber um ihre Lippen spielte ein leichtes Lächeln.

Am darauffolgenden Sonntag folgte sie seiner Einladung zum Frühschoppen in der Kneipe. Es war – wieder einmal – Stans Idee gewesen, und Johannes, dem jedes Mittel recht war, um Zeit mit Katharina zu verbringen, fragte sie, ob sie nicht mitkommen wolle. Sie stimmte zu, aber er merkte, dass es sie Überwindung kostete. Sonst ging sie nie in die Kneipe. Aber seit dem letzten Mal hatte sich etwas zwischen ihnen verändert, Johannes wusste es, auch ohne dass sie es ihm gesagt hatte. Es schien, als hätte sie ihren Widerstand aufgegeben und die Verbindung zwischen ihnen akzeptiert.

Als Johannes zusammen mit Katharina die Kneipe betrat, schallten ihm von allen Seiten Begrüßungen entgegen. Die scheelen Blicke, die Katharina zuteilwurden, ließ sie mit stoischer Miene an sich abprallen. Johannes bewunderte sie dafür. Er spürte, wie unwohl sie sich in der für sie ungewohnten Umgebung fühlte. Ihm selbst war es bei seinen ersten Besuchen in dieser Kneipe nicht viel anders ergangen.

Anfangs hatte er sich von Pawel und Jörg mehr oder weniger mit hinschleppen lassen und stumm neben ihnen sein Pils getrunken. Mit der Zeit war er bereitwilliger mitgegangen, vor allem, nachdem Stan ihn aufgefordert hatte, sich geselliger zu verhalten, da man ihn sonst als Sonderling abstempeln würde. Diese Phase hatte er hinter sich, inzwischen war er hier ein gern gesehener Gast. Natürlich nicht in dem Maße wie Stan, auf den alle große Stücke hielten, aber er hatte sowohl auf dem Pütt als auch im Ort entscheidende Fortschritte gemacht. Die Leute mochten ihn und kannten seinen Namen; immerhin hatte er sich bei manchen auch schon als Handwerker nützlich gemacht und war daher wohlgelitten.

Stan und Hanna waren bereits da, sie hatten ihnen zwei Plätze frei gehalten. Johannes fasste Katharina leicht am Ellbogen und führte sie zum Tisch, scheinbar eine höfliche Geste ohne jede tiefere Bedeutung, wie man eben eine Familienangehörige durchs Lokal geleitete. Offenbar war er ein guter Schauspieler, denn kaum einer nahm nach den ersten neugierigen Augenblicken noch Notiz von ihnen.

Um den wimpelgeschmückten großen Stammtisch in der Ecke saß eine Männerrunde und schwadronierte über Sport, Politik und Wirtschaft. Die Themen waren bis auf marginale Abweichungen immer dieselben. Im Wesentlichen wurden die gleichen Gespräche geführt wie in den Pausen unter Tage, nur dass man hier in der Kneipe reichlich Bier dazu trank und rauchte. Gerade wurden dort ausgiebig die Höhepunkte des Endspiels um die Deutsche Fußballmeisterschaft erörtert, welches der 1. FC Kaiserslautern mit einem 2:1-Erfolg gegen Preußen Münster für sich entschieden hatte. Keiner der hier anwesenden Männer hatte das Spiel gesehen, da es in Berlin stattgefunden hatte, aber alle hatten die Übertragung im Radio verfolgt.

Am Nachbartisch klopften drei Männer lautstark einen Skat, während zwei danebensitzende Frauen den neuesten Klatsch austauschten. An der Theke hockten ebenfalls Männer, von denen der eine oder andere sicherlich später Ärger mit seiner besseren Hälfte bekommen würde, weil er zu tief ins Glas geschaut hatte. Sobald das Geld im Portemonnaie für die Striche auf dem Bierdeckel nicht mehr reichte, wurde angeschrieben, und ab da war der Krach zu Hause unausweichlich.

Einer der Männer war Fritz Rabe, vor sich ein Herrengedeck, bestimmt nicht das erste an diesem Sonntag. Elfriede würde entsprechend zetern. In der letzten Zeit war sie sowieso ziemlich dünnhäutig, weil Klausi noch immer im Krankenhaus war, beide Beine bis zur Hüfte in Gips, befestigt mit einer Aufhängung zur Optimierung der Knochenheilung. Sie besuchte den Jungen täglich und kam jedes Mal heulend wieder nach Hause, weil er sie ständig anflehte, ihn nicht alleinzulassen. Doch die Krankenschwestern warfen sie am Ende der Besuchszeit immer gnadenlos raus, Vorschrift war Vorschrift.

Zigarettenqualm waberte durch das Lokal, und wer nicht selber rauchte, musste hart im Nehmen sein, um sich nicht daran zu stören. Johannes hatte das Rauchen wieder aufgegeben. Nicht unbedingt, weil es schlecht für die Lungen war – sicher war es bei Weitem nicht so schädlich wie der Kohlenstaub unter Tage –, sondern weil auch Katharina nach ihrem kurzen Rückfall vor dem Hühnerstall den Zigaretten wieder abgeschworen hatte. Er wusste, dass sie Zigarettenrauch im Haus fast genauso sehr verabscheute wie die Essensdünste, die sich bis in den letzten Winkel ausbreiteten, sobald Mine anfing zu kochen. Jörg und Pawel, die beide qualmten wie die Schlote, hatten sich deswegen ein paar Mal ganz schön was von Katharina anhören müssen.

Hanna und Stan rauchten ebenfalls, doch sie taten es nicht im Haus, sondern gingen dazu vor die Tür. Hier in der Kneipe, wo fast alle rauchten, galt diese Regel nicht – Stan hatte sich eine filterlose Roth-Händle angezündet und Hanna eine Gold Dollar, die sie in eine silberne Spitze gesteckt hatte. Mit ihren lackierten Fingernägeln, den schulterlangen roten Haaren und dem perfekt geschminkten Schmollmund sah sie aus wie eine Filmdiva, aufreizend und unnahbar zugleich. Johannes konnte nicht umhin, ihre Schönheit mit der von Katharina zu vergleichen. Beide Frauen waren gleichaltrig und jede auf ihre Art attraktiv, doch Katharina schien mehr Wärme und Sanftmut auszustrahlen. Vielleicht lag es daran, dass sie Mutter war, auch wenn rein äußerlich nichts an ihr darauf hindeutete. Ihr Körper war makellos, ihr Gesicht so glatt und pfirsichzart wie bei einem jungen Mädchen.

Er hatte ihr gesagt, wie schön er sie fand, doch sie hatte nur mit den Schultern gezuckt und gemeint, er sehe sie durch eine rosarote Brille, und falls sie tatsächlich jünger wirke, sei es nicht ihr Verdienst, sondern das ihrer Mutter, von der sie die gesunde Haut und das jugendliche Aussehen geerbt habe.

Johannes bestellte bei der Bedienung für sich ein Pils und für Katharina eine Flasche Sinalco. Stan und Hanna hatten bereits Getränke vor sich stehen.

»Bleibt es bei unseren Plänen für nachher?«, erkundigte Stan sich bei Katharina und Johannes.

»Von meiner Seite aus – ja«, erwiderte Katharina. »Ich war sonntags schon lange nicht mehr spazieren.«

Im Anschluss an den Frühschoppen sollte eine gemeinsame Wanderung durch den Wald stattfinden, und danach, wenn sich das Wetter hielt, noch eine Bootspartie auf dem Baldeneysee.

»Kommen die Mädchen auch mit?«, fragte Hanna.

Katharina nickte. »Bärbel freut sich schon, sie ist ganz verrückt aufs Bötchenfahren. Inge hat zuerst eine Schnute gezogen, sie findet Wandern spießig.«

»Sie wird langsam erwachsen«, meinte Hanna.

»Eher schnell«, gab Katharina zurück. Sie lächelte ein wenig schief. »Manchmal denke ich: *zu* schnell.«

»Sie ist ein kluges Mädchen und wird ihren Weg gehen«, sagte Hanna voller Überzeugung. »Um sie brauchst du dir keine Sorgen zu machen, das steht fest.«

Katharina nahm es stumm zur Kenntnis, und Johannes ahnte, dass sie an ihre eigene Jugendzeit zurückdachte. Sie war kaum älter gewesen als Inge jetzt, als sie sich Hals über Kopf verliebt und alle moralischen Bedenken in den Wind geschlagen hatte. Ob sie befürchtete, ihrer Tochter könnte dasselbe widerfahren? Inge war ungewöhnlich hübsch, es würde nicht mehr lange dauern, bis die Verehrer sie von allen Seiten belagerten.

Wenn ein Mädchen sich in einen allzu stürmischen jungen Hitzkopf verguckte, konnte Zurückhaltung leicht zur Nebensache werden. Unerwünschte Folgen ließen sich dann nicht immer durch eine rasche Hochzeit in geordnete Bahnen lenken. Und die Leidtragenden waren in solchen Fällen stets die jungen Mädchen – und ihre Kinder. Die gesellschaftlichen Konventionen waren gnadenlos.

An dieser Stelle schweiften Johannes' Gedanken ab und kehrten zu Katharina zurück. Er gab sich Mühe, sie nicht zu oft zu betrachten, denn das wäre womöglich aufgefallen. Für den Moment reichte es ihm, einfach nur neben ihr zu sitzen und ihre Gegenwart mit allen Sinnen wahrzunehmen – den Duft ihres frisch gewaschenen Haars, den Klang ihrer Stimme, den Anblick ihrer Hände, die sie vor sich auf dem Tisch verschränkt hatte.

Ihre Nägel waren kurz geschnitten, die Finger schlank, aber zugleich kräftig, man sah, dass sie daran gewöhnt war, beherzt zuzupacken. Diese Hände zeigten, dass sie keine harte Arbeit scheute – ihre Fingerkuppen waren rissig vom vielen Nähen, und hier und da gab es eine Schramme von der Gartenarbeit oder vom Schrubben der Fußböden.

Seine eigenen Hände bewegten sich rastlos, und er verspürte das Bedürfnis, Katharinas Hände in die seinen zu nehmen. Sie schützend zu umschließen und ihr auf diese Weise wortlos mitzuteilen, dass sie immer auf ihn zählen konnte.

Er wusste, dass sie sich hier fremd und deplatziert fühlte und nur seinetwegen mitgekommen war. Dafür liebte er sie noch mehr. Für ihn hatte sie sich in ein Umfeld gewagt, das ihr nicht geheuer war. Damit zeigte sie ihm, wie wichtig es für sie war, bei ihm zu sein.

Es waren hauptsächlich einfache Arbeiter und Handwerker, die hier unter der Woche ihr Bierchen zischten oder sonntags zum Frühschoppen kamen, allesamt Männer in schlichter Kleidung, manche kriegsversehrt, die meisten ziemlich arm. Einige hatten ihre Frauen mitgebracht, doch viele waren allein da. Sie genossen die kurzen Stunden, in denen sie unbeschwert zusammensitzen konnten. Sie sprachen Platt, rauchten oft Kette und tranken zu viel. Die Stammkneipe war ihr Treffpunkt, wo sie den harten Alltag für eine Weile vergaßen und von einer besseren Zukunft träumten. Diese Lokale waren Anlaufstellen, die für die Leute der Gegend mindestens so wichtig waren wie die Kirchen, in denen sie sich vor dem Frühschoppen zum obligatorischen Sonntagsgottesdienst einfanden. Man ging zum *Schwarzen* oder in die *Strunzhütte*. Man steckte ein bisschen Geld in den Sparschrank, der an der Wand hing, und wenn man Hunger bekam, bestellte man bei der Bedienung am Tresen eine bescheidene Zwischenmahlzeit – eine hausgemachte Frikadelle, ein paar saure Gurken oder ein in Salzlake eingelegtes Ei.

Johannes fühlte sich diesen Männern auf eine eigentümliche, fast tröstliche Weise zugehörig. Genau wie er verdienten sie sich ihren Lebensunterhalt mit schwerer körperlicher Arbeit. Sie rieben sich auf, um den Kampf gegen die Armut zu gewinnen und eines Tages dort anzukommen, wo die Sonne heller schien und das Leben leichter war. Sie träumten ihren Traum vom Glück und legten sich dafür krumm, und weil alle in dieser Kneipe dasselbe taten, fühlten sie sich hier geborgen.

Rückblickend empfand er es als besonders einschneidende Verletzung seiner seelischen Integrität, dass ihm dieses Zusammengehörigkeitsgefühl während der Gefangenschaft verwehrt geblieben war. Der NKWD hatte mit ausgeklügelten Methoden zu verhindern gewusst, dass die Lagerhäftlinge sich als Teil einer Schicksalsgemeinschaft fühlten und darin Trost oder gar Hoffnung fanden. Man hatte sie alle gegeneinander ausgespielt und sie damit zu Ausgelieferten gemacht, jeden Einzelnen zur Einsamkeit unter vielen verdammt.

Die Arbeit mit den Kumpels unter Tage hatte ihn, so merkwürdig es scheinen mochte, aus diesem Loch der Isolation ebenso befreit wie seine Besuche in dieser Kneipe. Er fühlte sich wieder als Teil eines Ganzen, mit einer Gesamtheit verbunden.

Und seine Liebe zu Katharina war der Kitt, der alles zusammenhielt und zugleich seinen Alltag überstrahlte wie ein Topf voller Gold am Ende des Regenbogens. Er wünschte sich für sie nichts so sehr, als dass sie dieses Gefühl von Fremdheit und Ausgrenzung genauso hinter sich lassen konnte wie er.

»Denkst du schon wieder zu viel?«, fragte Stan, und Johannes gab reumütig zu, dass er wohl nicht gerade der ideale Gesellschafter sei. In der Folge nahm er wieder stärker an der Unterhaltung teil. Sie redeten über dieses und jenes, sprachen über amüsante Vorfälle und interessante Tagesthemen, in jenem leichten Ton, der zu einem Frühschoppen mit Freunden passte. Für Schwermut und Schweigsamkeit war kein Platz.

Sie sprachen auch über die Ruhrfestspiele in Recklinghausen, zu denen man vielleicht mal fahren sollte. Über die Audienz von Bundeskanzler Adenauer beim Papst. Über den Versuch der Sowjets, eine neue Berlinblockade zu verhängen.

Sie lachten über einige Bergbau-Witze, die Stan zum Besten gab. *Was hat der liebe Gott gesagt, als er den Ruhrpott erschaf-*

fen hat? Essen ist fertig!, haha, und dann wollte Hanna wissen, wie Johannes den zähen Kohlenstaub aus den Augen bekam, weil bei Stan nach jeder Schicht was hängen blieb, egal wie er es anstellte. Die Männer mussten sich vorbeugen und ihre Augen von den Frauen begutachten lassen, wobei sich herausstellte, dass bei beiden an den Lidrändern ein Hauch von Schwärze zurückgeblieben war. Johannes hielt die Luft an, als Katharina ihr Gesicht ganz dicht vor seines brachte. Er sah die feinen Goldsprenkel in ihren Augen, wodurch das Blau ihrer Iris auf geheimnisvolle Weise zu leuchten schien. Auf ihrer Nase tummelten sich Sommersprossen, kaum sichtbar und sonst meist unter Puder versteckt, doch an diesem Sonntag war sie ungeschminkt – auch das ihm zuliebe, denn er hatte einmal beiläufig erwähnt, dass sie ihm ohne jede Schminke am besten gefiel.

Stan bestellte für alle noch eine Runde und bestand bei ihrem Aufbruch darauf, die Rechnung zu zahlen. Anschließend holten sie gemeinsam Inge und Bärbel von zu Hause ab und machten sich zu dem geplanten Spaziergang auf.

Johannes war glücklich. Seinem Eindruck nach hätte der Tag nicht besser sein können. Für ihn war es der perfekte Sonntag.

*

Katharinas Wahrnehmung war eine andere. Schon beim Betreten der Kneipe erkannte sie, dass sie besser daheimgeblieben wäre. Sie hatte sich eingeredet, Johannes einen Gefallen zu tun, indem sie mitging, und dass es gegen ein nettes Treffen mit befreundeten Nachbarn überhaupt nichts einzuwenden gebe. Doch in Wahrheit war sie nur hier, weil sie mit ihm zusammen sein und seine Nähe spüren wollte. Weil sie aus Gründen, die ihr unerklärlich waren, mehr Zeit mit ihm verbringen wollte und dafür jede Gelegenheit nutzte.

Damit erhöhte sich natürlich zwangsläufig das Risiko, dass es jemandem auffiel. Es war wie ein fortdauernder Drahtseilakt. Eine Balance auf einem Brückengeländer in schwindelnder Höhe. Das Durchqueren eines von Stromschnellen gespickten Flusses. Jederzeit musste sie damit rechnen, dass entweder er oder sie selbst sich durch Blicke, Gesten oder Worte verrieten und die anderen eins und eins zusammenzählten.

Hanna hatte längst ihre Schlüsse gezogen, das stand allemal fest. Ein einziger Seitenblick, und es war klar gewesen, dass ihre Freundin Bescheid wusste. Mit der Behauptung, das mit Johannes wäre nur ein einziges Mal passiert und würde sich nicht wiederholen, brauchte Katharina ihr nicht mehr zu kommen.

Es grenzte an ein Wunder, dass Stan die Situation immer noch verkannte. Er schien sich von ihren gemeinsamen Unternehmungen nach wie vor zu erhoffen, dass mehr daraus werden konnte – in Bezug auf Katharina und ihn selbst. Er war glänzender Laune und warf ihr zuweilen verstohlene, aber erkennbar sehnsüchtige Blicke zu. Sie sah dann stets rasch woandershin und fühlte sich deswegen zunehmend unwohl. Es war fast so, als würde sie ihn hintergehen, weil sie ihm nicht deutlich genug zu verstehen gab, dass es keinen Zweck hatte.

Immerhin war das Wetter ihnen während ihres gemeinsamen Spaziergangs wohlgesonnen, die Sonne stand an einem weitgehend wolkenlosen Himmel, und es war angenehm warm. Entsprechend viele Familien waren an diesem Sonntag im Wald unterwegs und genossen den beginnenden Sommer.

Der Wanderweg führte in Richtung Velbert, in den Langenhorster Wald. Stan erzählte, dass in früheren Zeiten mithilfe einer Pferdebahn Kohle und Erze aus dem Hespertal über diesen Weg abtransportiert worden waren, weshalb er immer noch *Schleppbahn* hieß.

Inge und Johannes unterhielten sich angeregt über Bücher,

und Stan ließ sich von Bärbel in allen Einzelheiten schildern, wie Klausi auf die brennende Halde geklettert und dabei verunglückt war. Je häufiger sie darüber reden konnte, desto besser schien sie mit dem Erlebten fertigzuwerden.

Katharina und Hanna schwiegen die meiste Zeit. Katharina wusste, was Hanna beschäftigte. Das Thema würde zur Sprache kommen, sobald sie das nächste Mal ungestört miteinander reden konnten. Hanna liebte ihren Bruder, sie würde nicht hinnehmen, dass er unnötig verletzt wurde – wozu es unweigerlich kommen würde, wenn er nicht endlich aufhörte, an eine gemeinsame Zukunft mit Katharina zu glauben.

»Ich hab Hunger!«, meldete sich Bärbel, und Katharina war froh, dass sie ihre Grübeleien für eine Weile beiseiteschieben konnte. Auch die anderen wollten einen Happen essen, weshalb sie in ein am Weg liegendes Ausflugslokal einkehrten, das *Papenberg*. Die Tochter der Wirtsleute war im selben Alter wie Inge, die beiden kannten sich vom Sehen und unterhielten sich eine Weile, während die Gastwirtin hausgemachten Kartoffelsalat mit Bockwurst auftrug. Der Kartoffelsalat schmeckte ausgezeichnet, Hanna bestand darauf, dass die Wirtin ihr das Rezept verriet. Zum Nachtisch gab es köstlichen gedeckten Apfelkuchen mit frischer Schlagsahne.

Wieder übernahm Stan trotz Johannes' Protest die gesamte Rechnung. Es entging Katharina nicht, dass Johannes sich darüber ärgerte. Sie spürte die daraus erwachsende Spannung zwischen den Männern, und an Hannas Gesichtsausdruck erkannte sie, dass die Freundin es ebenfalls bemerkt hatte. Beklommen fragte sie sich, wo das alles noch hinführen sollte.

Nach dem Essen setzten sie den Spaziergang fort. Über den eingeschlagenen Rundweg führte der Wanderpfad an Wiesen und Gesträuch vorbei weiter durch den Wald und schließlich hinab ins Hespertal. Gemächlich folgten sie dort der Straße. An der Anlegestelle bei Haus Scheppen bestiegen sie ein Schiff der

Weißen Flotte und fuhren damit bis Werden. Beim dortigen Bootsverleih herrschte bereits Hochbetrieb, sie ergatterten gerade noch ein Tretboot und ein Ruderboot.

Hanna bestimmte kurzerhand die Aufteilung. »Zwei ins Tretboot, vier ins Ruderboot, und Katharina und ich nehmen das Tretboot.«

Bevor jemand Einwände erheben konnte, stieg sie auch schon ins Boot und winkte Katharina, sich neben sie zu setzen. Während die anderen noch damit beschäftigt waren, im Ruderboot ihre Plätze einzunehmen, trat Hanna bereits kräftig in die Pedale und lenkte das Boot vom Ufer weg. Katharina beschattete die Augen mit der Hand und blickte zurück zur Anlegestelle. Stan winkte zu ihnen herüber, dann hörte sie sein gutmütiges Lachen, als er sich in die Riemen legte. Johannes saß ihm gegenüber auf der vorderen Bank, die Hände auf den Knien und den Kopf in ihre Richtung gewandt.

Hanna kam ohne Umschweife zur Sache.

»So kann das nicht weitergehen, Kathi.«

»Ich weiß«, sagte Katharina resigniert.

»Du musst es Stan sagen.«

»*Ich* bin nicht diejenige, die ständig gemeinsame Unternehmungen vorschlägt«, verteidigte Katharina sich.

»Mir ist klar, dass es von Stan ausgeht«, räumte Hanna ein. »Und auch, dass er immer wieder Johannes vorschiebt, um unsere Treffen zu organisieren. Aber du gehst jedes Mal mit, und je öfter du das machst, desto mehr Wolkenschlösser baut mein Bruder um dich herum.«

»Stan weiß, dass ich nicht mehr für ihn sein kann als eine gute Freundin. Ich hab ihm das bereits gesagt.«

»Das ist lange her. Und als Grund hast du Karl genannt. Aber der hat keine Rolle gespielt, als du was mit Clemens angefangen hast. Stan ist nicht blöd, Kathi. Er hat mitbekommen, dass du einen Liebhaber hattest. Die ganze Nachbarschaft redet ja schon darüber. Und er weiß auch, dass diese Beziehung zerbrochen ist. Jetzt ist er davon überzeugt, dass du wieder frei bist. Für ihn.«

»Das bin ich aber nicht. Was Stan betrifft, hat sich für mich nichts geändert. Der Unterschied ist einfach der, dass ich mich in Clemens verliebt habe. Nicht in Stan.«

»Dann solltest du ihm das sagen. Und zwar bald. Warte nicht damit, bis er dir sein Herz zu Füßen legt, denn dann müsstest du es zertreten, und dabei möchte ich ehrlich gesagt nicht zusehen. Erklär ihm, dass du einen anderen liebst.«

Katharina schüttelte den Kopf. »Ich liebe Clemens nicht mehr.«

»Ich meinte nicht Clemens.«

»Johannes?« Katharina lachte auf, kurz und unsicher. »Das ist keine Liebe. Es ist … Du weißt schon.«

»Triebe statt Liebe?«

»So ungefähr.« Katharina blickte angestrengt geradeaus. Das Gespräch war ihr peinlich.

»Na, dann ist es ja ganz harmlos«, stellte Hanna fest. In ihrer Stimme schwang Spott mit. »Bloß ein unwichtiger kleiner Ausrutscher.«

Katharina reagierte gereizt. »Soll das eine Moralpredigt werden?«

»Um Gottes willen, nein! Habe ich dir jemals Vorhaltungen gemacht?«

»Für mich klingt es gerade schwer danach.«

»So war es aber nicht gemeint, ehrlich nicht. Auch wenn ich es für ziemlich leichtsinnig und gefährlich halte – der Teufel soll mich holen, wenn ich dir ein bisschen Spaß im Bett missgönne. Ich möchte nur nicht, dass mein Bruder vor die Hunde geht.« Und leise schloss Hanna: »Ich würde es ihm ja gern selbst erklären, doch das wäre ein Vertrauensbruch dir gegenüber. Deshalb ist es deine Sache.«

»Wie stellst du dir das vor? Soll ich ihm ins Gesicht sagen, dass ich ihn nicht lieben kann?«

»Ja«, antwortete Hanna ruhig.

»Aber ihr beiden seid meine besten Freunde!« Katharina schüttelte verzweifelt den Kopf. »Meine *einzigen* richtigen Freunde! Ich will euch nicht verlieren!«

»Das wirst du nicht. Stan wird sich damit abfinden. Genauso, wie er es schon mal getan hat. Er muss akzeptieren, dass Johannes wichtiger für dich ist.«

»Das mit Johannes werde ich ihm *nicht* sagen! Auf keinen Fall! Keiner darf davon erfahren! Auch du darfst es niemandem sagen, bitte, Hanna! Nicht mal Stan!«

Hannas Miene wirkte traurig, als sie sich Katharina zuwandte und sie offen ansah. »Keine Angst. Dein Geheimnis ist bei mir sicher. Wahrscheinlich sicherer als bei Johannes.«

»Wie meinst du das?«

»Kathi, der Junge liebt dich. Mehr als Stan und Clemens zusammen. Das ist so offensichtlich, dass er sich genauso gut ein Schild um den Hals hängen könnte, auf dem seine Gefühle gut lesbar draufstehen.«

»Er hat nie über Gefühle gesprochen.«

»Muss er das etwa? Siehst du es denn nicht selbst? Oder willst du es nicht sehen?«

Katharina umklammerte die Bootseinfassung und schloss die Augen. »Wenn es deiner Meinung nach so klar ist – wieso merkt dein Bruder dann nichts davon?«

»Ich denke, Stan merkt es durchaus, aber er hat keine Ahnung, wie weit es mit euch schon gekommen ist. Noch hält er es wahrscheinlich für eine einseitige Verliebtheit, die hauptsächlich von Johannes ausgeht. Deshalb versucht er ja auch die ganze Zeit, noch bei dir zu landen, bevor alles zu spät ist. Ich hoffe nur, dass die Freundschaft zwischen den beiden darüber nicht kaputtgeht.«

Katharina öffnete die Augen wieder und blickte übers Wasser. Die Sonne streute funkelnde Tupfen auf die Oberfläche. Vor ihnen kreuzte eine kleine Jolle, und dann tauchte das Ruderboot mit Johannes, Stan und den Mädchen an ihrer Seite auf.

»Kommt, wir veranstalten ein Wettrennen!«, rief Inge strahlend herüber. »Tretboot gegen Ruderboot! Start auf mein Kommando!«

Johannes hatte neben Stan auf der Ruderbank Platz genommen, jeder hielt eines der Paddel umfasst. Sie manövrierten den hölzernen Kahn auf eine Linie mit dem Tretboot, und auf Inges Zuruf ging es los.

Unter den wilden Anfeuerungsrufen der Mädchen führten sie ein Wettrennen bis zum Anleger durch. Das Ruderboot gewann um Längen, aber der Spaß war auf beiden Seiten gleich groß.

Als sie anschließend wieder auf den Steg kletterten, war die Stimmung immer noch ausgelassen. Katharina und Hanna lachten und scherzten mit den anderen, als wäre alles in bester Ordnung. Katharina hielt das falsche Spiel den ganzen Heimweg über durch. Zu Hause angekommen, schloss sie sich jedoch umgehend in ihrem Schlafzimmer ein. Sie setzte sich an die Nähmaschine und ließ sich für den Rest des Tages nicht mehr blicken.

Kapitel 19

Fluchend verscheuchte Mine eine Schar gefräßiger Vögel vom Erdbeerbeet und bückte sich dann, um die Schutznetze wieder festzustecken. Sobald die süßen Früchte reif wurden, entdeckten die Vögel jede noch so kleine Lücke und pickten alles kurz und klein, was ihnen vor die Schnäbel kam.

Mine zupfte ein paar der beschädigten Erdbeeren ab und warf sie in den Eimer zu dem Gemüse, das sie vorhin fürs Mittagessen geerntet hatte. Ein bisschen Vogelfraß störte nicht, solange die Erdbeeren nicht faulten oder schimmelten. Man konnte sie noch sehr gut essen, klein geschnibbelt auf dem Pudding oder mit Zucker zerdrückt im Haferbrei.

Bevor sie ins Haus zurückging, holte sie noch eine Handvoll Petersilie aus dem Kräuterbeet. Vom Hof aus ließ sie anschließend ihre Blicke über den Garten schweifen. Auch nach all den vielen Jahren, die sie nun schon hier lebte, fühlte sie sich von Besitzerstolz und tiefer Freude erfüllt, wenn sie die Beete und Bäume betrachtete. Das alles gehörte ihr, der Tochter eines bitterarmen Tagelöhners, dem die Hälfte der Familie an Hunger weggestorben war. Dass sie Jupp gefunden hatte, war ihr größtes Glück gewesen, mit ihm war alles besser geworden. Zwar hatte sie auch während ihrer Ehe und in der Zeit danach kaum etwas anderes gekannt als harte Arbeit, doch die ganze Plackerei hatte sich bezahlt gemacht. Dank des Gartens hatte sie immer genug zu essen gehabt, und ihre Kinder und Enkel genauso. Aus ihrer und Jupps Familie musste keiner mehr Hunger leiden.

Doch ein voller Teller war heutzutage für die jungen Leute längst nicht mehr alles. Während Mine in der Waschküche aus den Holzpantinen schlüpfte und ihre ausgelatschten Filzpantoffeln überstreifte, dachte sie düster darüber nach, wie sich die Dinge derzeit um sie herum entwickelten. Nichts war mehr, wie es hätte sein sollen. Es kam ihr vor, als säße sie auf einem Pulverfass, das bald explodieren würde.

Sie wusch sich die Hände am Spülstein oben im Flur neben der Küche, da, wo sie sich auch immer noch kämmte und ihr Gebiss abschrubbte, bevor sie es über Nacht in ein Glas mit Essigwasser legte. Diese Angewohnheit würde sie wohl nie aufgeben, ganz egal, zu welchen Neuerungen es hier im Haus noch kam. Dasselbe galt für das Baden. Inzwischen war sie die Einzige, die sich samstags noch in die alte Zinkwanne setzte, um sich den Schweiß und den Schmutz der ganzen Woche vom Körper zu spülen. Die anderen zogen es vor, täglich zu duschen, seit Johannes den Badeofen eingebaut hatte.

Mine hatte die neue Duschkabine einmal ausprobiert, aber sie mochte es nicht, wenn der Wasserstrahl ihr ins Gesicht und über die Haare lief, sie fühlte sich dabei blind und hilflos, fast wie ein Kind, das mit angehaltenem Atem erdulden musste, dass die Mutter ihm Wasser über den Kopf schüttete, um es sauber zu bekommen. Sie badete lieber. Baden war eine ordentliche, ruhige und angenehme Sache, ohne großes Herumgespritze. Außerdem war es bestens geeignet, den Schmutz aufzuweichen und die müden Knochen zu entspannen. Sogar Jupp hatte immer gern gebadet, obwohl er sich jeden Tag außer sonntags gründlich auf dem Pütt abgebraust hatte.

Doch die Dinge änderten sich, damit musste man wohl leben. Vor ein paar Tagen hatte Johannes angekündigt, eine neue Toilette einbauen zu wollen. Eine mit Wasserspülung, die an den Kanal angeschlossen war. Mines Einwand, dass sich dann in der Sickergrube keine Jauche mehr für die Beete sammeln ließ, hatte er damit abgetan, dass man für die Gartendüngung ja auch Pferdemist besorgen könne.

Natürlich konnte man das, allerdings kostete es Geld, das man mit der eigenen Jauche sparte. Aber auch Sparsamkeit schien heutzutage weniger zu bedeuten als früher. Alte Sachen wurden bedenkenloser weggeworfen und dafür häufiger neue angeschafft.

Was diesen Punkt betraf, war Mine indes geneigt, ein Auge zuzudrücken, denn dank Johannes stand ihr jetzt deutlich mehr Geld zur Verfügung als vorher. Sie musste nicht mehr jeden Pfennig dreimal umdrehen, bevor sie ihn ausgab. Im Garten stand nun ein Gewächshaus aus Glas, das sie sich im letzten Jahr noch nicht hätte leisten können. Im Haus gab es warmes Wasser. Und sie würde sich bestimmt nicht ernsthaft gegen eine Toilette mit Wasserspülung sträuben, ebenso wenig wie gegen die Pläne, auf dem Dachboden ein Mansardenzimmer für die Mädchen einzurichten, damit die beiden nicht länger zu zweit in dem alten Klappbett schlafen mussten. Karl und Mathilde hatten schließlich auch eigene Zimmer gehabt, als sie größer wurden. Mine war sogar bereit, sich für den Dachausbau von ihrem guten Wohnzimmermobiliar zu trennen, das seit dem Krieg dort oben aufbewahrt wurde. Es war aus solider Eiche und würde bestimmt noch ein paar Mark einbringen, wenn sie es verkaufte.

Sie war mit vielem einverstanden. Man konnte mit ihr über alles reden, jederzeit. Über ein Dachzimmer. Eine Wassertoilette. Das teure Schulgeld fürs Lyzeum, sogar für die Oberstufe, wenn Inge nach dem Einjährigen noch das Abitur machen wollte. Auch ein neuer Kühlschrank war drin, dafür würde sie notfalls vielleicht von sich aus etwas von ihrem Ersparten opfern, denn der alte Eisschrank war undicht und miefte ständig. Im Sommer war das Ding schon fast eine Zumutung. Die Milch wurde darin regelmäßig schneller sauer, als man sie aufbrauchen konnte.

Nein, sie war bestimmt nicht knickrig oder starrköpfig, das ließ sie sich nicht nachsagen. Aber es gab Dinge, die gingen einfach nicht. Nicht hier im Haus und auch sonst nicht. Sie musste ein Machtwort sprechen und es beenden. Doch wie, um alles in der Welt? Diese schicksalsschwere Frage schien seit Wochen ihr ganzes Leben auszufüllen, und Mine wusste immer noch keine Antwort darauf.

Ihre Hände zitterten leicht, als sie die ausgekochten Suppenknochen aus der Brühe fischte, die sie am Morgen aufgesetzt hatte.

Die Sache war die, dass sie zwar genau wusste, was los war, aber keine Beweise anführen konnte. Katharina und Johannes waren äußerst vorsichtig und warteten immer, bis Mine für einige Stunden aus dem Haus war, entweder auf dem Markt oder in der Stadt. Oder sie stahlen sich hinaus in den Garten, spätabends, wenn sie im Bett war und bereits schlief.

Einmal hatte sie es geschafft, länger wach zu bleiben, und sie hatte das Fenster ihres Schlafzimmers extra weit offen stehen lassen, um beim leisesten Geräusch hinausspähen zu können. Doch dann war sie trotzdem eingeschlafen und erst wieder aufgewacht, als Katharina durch die Hintertür ins Haus zurückgekehrt war. Auf leisen Sohlen und allein. Johannes war schon vor ihr hereingekommen, Mine hatte ihn nebenan in seinem Zimmer gehört. Sie hatte allerdings nicht den geringsten Zweifel daran, dass die beiden vorher zusammen im Garten gewesen waren. Wahrscheinlich unten auf der Bank, wo sonst. Dorthin hatten Jupp und sie sich früher auch manchmal im Dunkeln geschlichen, damals, als sie jung gewesen waren und die Kinder noch bei ihnen im Zimmer geschlafen hatten.

Manche Dinge ließen sich nicht verheimlichen, jedenfalls nicht lange. Auch nicht das Verhältnis in Werden. Mine wusste Bescheid: Fast ein halbes Jahr lang – als könnte man so was auf Dauer verbergen! Und dann fuhr der Mensch auch noch hier vorm Haus mit seinem dicken Wagen vor, dreist wie Graf Koks von der Gasanstalt!

Mines Hände zitterten stärker. Die Angst kroch wieder in ihr hoch, jene würgende Angst, dass Katharina Karl einfach ablegte wie einen alten Mantel. Es war so leicht: eine kurze Erklärung von ihr beim Amt, und Karl war offiziell tot. Endgültig und für immer. Und der Rest war auch leicht: Katharina zog mit den Mädchen aus, zu Graf Koks nach Werden oder sonst wohin, und dann waren die Kinder weg, so wie damals Johannes. Aus den Augen, aus dem Sinn.

Die Sache in Werden war aber inzwischen wohl vorbei, zumindest diese Gefahr schien also gebannt.

Die neue Gefahr war jedoch viel schlimmer. Die Sünde lebte nun unter ihrem Dach, es war das reinste Sodom und Gomorrha!

Manchmal konnte Mine kaum atmen vor Zorn und Entsetzen darüber, dass Gott dergleichen zuließ. Die Frau ihres Sohnes hatte den Sohn ihrer Tochter verführt! Der arme Junge, er war Katharina rettungslos verfallen, doch es war nicht seine Schuld. Katharina trug die Verantwortung!

Aber wenn Katharina gehen musste, würde Johannes mit ihr gehen. Und die Kinder natürlich auch.

Dann würde Mine wieder allein zurückbleiben.

Allein. Das Wort blähte sich in ihrem Inneren zu einer dunklen Bedrohung auf, es weckte Visionen von einer Zukunft, die jeglichen Sinn verloren hatte.

Und was wäre dann erst, wenn Karl zurückkehrte? Wie sollte er es ertragen, dass seine eigene Mutter seine Familie verstoßen hatte? Wie sollte *sie* das ertragen?

Nein, sie konnte Katharina nicht rauswerfen, damit schnitt sie sich nur ins eigene Fleisch und verbaute Karl jede Hoffnung auf ein bisschen Glück. Aber genauso wenig konnte sie es hinnehmen, dass dieser Frevel weiterging. Das musste aufhören. Sofort. Ehe noch ein Unglück geschah. Und vor allen Dingen, ehe die Nachbarn dahinterkamen und bösen, lüsternen Klatsch verbreiteten. Katharina mochte es gleichgültig sein, wenn die halbe Welt mit Fingern auf sie zeigte, denn sie wollte ja sowieso nur weg, seit Jahren schon. Aber Mine hatte hier ihr Leben und ihr Zuhause. Und die Mädchen und Johannes ebenso. Sie gingen zur Schule und zur Arbeit und mussten mit den Leuten klarkommen.

Mine kratzte das Mark aus den Suppenknochen und ließ es in der Pfanne aus. Sobald es erkaltet war, würde sie Klößchen daraus machen, nach dem alten Rezept ihrer Mutter, mit eingeweichtem Weißbrot, Ei, gehackter Petersilie, Pfeffer und Salz. In die Suppe gehörte auch Eierstich und als zusätzliche Einlage eine gute Portion fein gestifteltes Gemüse – Sellerie, Möhren und Porree.

Die vertrauten Abläufe am Herd halfen ihr, innerlich wieder etwas zur Ruhe zu kommen und an andere Dinge zu denken.

Johannes liebte Markklößchensuppe, genauso wie Karl. Das hatten die beiden wohl von Jupp, der hatte immer besonders davon geschwärmt, so sehr, dass es die Suppe manchmal auch unter der Woche gab, nicht nur sonntags wie früher bei Mines Mutter.

Die Mädchen und Katharina aßen auch ganz gern Markklößchensuppe, aber die drei waren sowieso immer froh, wenn es was Warmes gab, das zufällig auch noch schmeckte. Manchmal ließen sie sich auch was von der Madame aus der Nachbarschaft rüberbringen – wie man hörte, kochte Stans Schwester ganz gut, vor allem französisches Essen. Aber nach Mines Überzeugung ging nichts über ordentliche deutsche Hausmannskost.

Natürlich war die Suppe nur eine Vorspeise, satt wurde man davon nicht. Als Hauptgericht sollte es Stielmus durcheinander geben und dazu langsam gebratene Bratwurst. Das Röstfett von der Wurst würde Mine wie üblich vor dem Servieren über das Gemüse löffeln, damit das Essen die richtige Würze bekam.

Von dem Eintopf würde sie eine reichliche Menge zubereiten und alles am nächsten Tag noch mal aufwärmen.

Es klingelte an der Haustür, und sie zog die Pfanne mit dem schmelzenden Rindermark vom Feuer, bevor sie aufmachen ging. Vor ihr stand Elfriede Rabe. Sie hielt einen Kuchen in den Händen.

»Ich hab euch Käsekuchen gebacken«, sagte sie mit angestrengtem Lächeln. »Den esst ihr doch immer so gern.«

Mine, die genau wusste, was los war, ließ Elfriede wortlos eintreten. Die Nachbarin ging durch den Flur in die Küche und stellte den Kuchen auf den Tisch.

Mine deutete auf die Eckbank. »Setz dich. Ich mach uns Kaffee.«

Mit *Kaffee* meinte sie Muckefuck, die echten Kaffeebohnen wären bei Elfriede die reinste Verschwendung. Sie war so durcheinander, dass sie den Unterschied gar nicht bemerkt hätte.

Mine stellte ihr eine Tasse dampfenden Malzkaffee hin und rührte sich auch selbst eine an. Sie setzte sich zu der Nachbarin an den Tisch und wartete.

Elfriede nahm die Tasse und schlürfte geräuschvoll. Dabei schielte sie auf den Kuchen. Mit einem stummen Seufzen erhob Mine sich wieder und schnitt ein Stück für Elfriede ab. Sie selbst verzichtete lieber, sie wollte sich den Appetit aufs Mittagessen nicht verderben. Elfriedes Käsekuchen war in Ordnung, man konnte ihn essen, aber noch besser hätte er geschmeckt, wenn zwei oder drei Eier mehr und gute Butter drin gewesen wären.

Elfriede schlang den Kuchen herunter und fing währenddessen an zu weinen. Mine stand wieder auf und holte ein Fläschchen 4711 aus dem Küchenschrank, welches sie Elfriede zur Erfrischung und zur Beruhigung der Nerven reichte. Für Aufgesetzten war es noch etwas zu früh am Tage.

Elfriede tupfte sich mit dem Kölnisch Wasser Hals und Handgelenke ab und heulte unterdessen vor sich hin, gerade so, als wäre es das Normalste von der Welt, dass sie hier in Mines Küche bei Kaffee und Kuchen einen Nervenzusammenbruch hatte. Irgendwann hörte sie dann doch auf zu weinen und schnüffelte nur noch gedankenverloren an dem Eau de Toilette, bis Mine die Geduld verlor und es ihr wieder wegnahm.

»Wie viel?«, wollte sie wissen. Ihr war klar, dass ihre Frage nicht besonders feinfühlig war, aber bei Elfriede kam man mit Zurückhaltung nicht weit.

Elfriede wand sich ein wenig, ihr war anzusehen, wie unangenehm ihr die Situation war. »Zehn Mark«, flüsterte sie. Erneut strömten Tränen aus ihren Augen. »Der Fritz hat widder zu viel gesoffen. Letztes Mal war kaum noch wat inne Lohntüte. Du krisset auch schnell zurück, ganz bestimmt!«

Mine hatte schon von der letzten Leihgabe nur die Hälfte zurückbekommen, und von der davor auch nur einen Teil. Elfriede und Fritz Rabe waren offenbar auf ewig dazu verdammt, auf Pump zu leben. Sie hatten Schulden von den Anschaffungen, Schulden in der Kneipe, Schulden bei den Nachbarn. Mine ahnte, dass sie nicht die Einzige war, bei der Elfriede sich durchschnorrte.

Sie stand auf und holte zehn Mark aus der alten Kaffeetasse im Schrank.

»Et is aber auch alles so furchtbar gerade, auch für den Fritz«, sagte Elfriede mit tränenerstickter Stimme, während sie den Schein eilig in ihrer Schürzentasche versenkte. »Der Pütt macht ihn ganz kaputt! Und ich weiß auch bald nich mehr weiter! Der arme Klausi, getz liegt er schon so lange im Krankenhaus, und der Arzt hat gesacht, dat dat eine Bein vielleicht steif bleibt! Dann kann der Jung nie wieder rennen!«

»Dann kann er auch nich mehr vonne Bäume oder die Treppe runterfallen«, meinte Mine, die Elfriedes Klagen für übertrieben hielt. Von Johannes wusste sie, dass Klausis Genesung gute Fortschritte machte. Von einem steifen Bein war bisher nicht die Rede gewesen. Natürlich würde Klausi nicht sofort wieder in der Gegend herumspringen können wie vor dem Unfall, aber Mine war davon überzeugt, dass sich mit der Zeit alles einrenken würde. Karl hatte sich auch als Junge bei einem Sturz das Bein gebrochen und fast sechs Wochen mit Streckgips im Krankenhaus zugebracht. Anschließend hatte es noch mal gut drei Monate gedauert, bis alles wieder richtig in die Gänge gekommen war. Aber danach hatte man ihm nichts mehr angemerkt. Es war nichts zurückgeblieben.

»Wenn ich dich mal en guten Rat geben darf«, meinte sie mit gespielter Anteilnahme, »dann stellsse dich samstags vor Schichtende anne Zeche und schnappst dich sofort die Lohntüte, wenn der Fritz aussem Tor rauskommt. So machen dat die anderen Frauen auch, von denen die Männer saufen gehen.«

»Du has dat aber früher nich gemacht, oder?«

Nein, das hatte Mine nicht getan, weil es nicht nötig gewesen war. Jupp hatte auch ganz gern mal einen getrunken, aber er hatte ihr jede Woche die volle Lohntüte nach Hause gebracht. Das Geld hatten sie immer in der alten geblümten Porzellantasse im Küchenschrank aufbewahrt, und im Laufe der Woche hatten sie sich dann beide jeweils herausgenommen, was sie brauchten, egal wofür es war – Essen, Haushaltsbedarf, mal ein Bier in der Kneipe, Sachen für die Kinder. Das Geld fürs Haus und für die Schule hatten sie immer schon vorher zur Seite gelegt. Am Ende der Woche waren meist noch ein paar Mark übrig geblieben, die sie für teurere Anschaffungen sparen konnten.

»Wat hörsse denn die letzte Zeit so inne Nachbarschaft?«, fragte Mine beiläufig, während sie Elfriede noch ein Stück Käsekuchen auf den Teller legte.

»Nix Neues«, sagte Elfriede, bevor sie sich über den Kuchen

hermachte. Dann besann sie sich. »Doch, der vonne Behörde war noch ma da, dat wollt ich dich sowieso noch sagen. Der hat wieder inne ganze Nachbarschaft rumgefragt wegen dem Johannes. Wat der so macht und wohin er geht.« Elfriede senkte verschwörerisch die Stimme. »Der Brüggemann sacht, dat is bestimmt einen vom Geheimdienst.« Sie hob die Schultern. »Ich hab dem jedenfalls nix davon verraten.«

»Wovon hasse dem nix verraten?«

»Dat der Johannes mit dem Käthe am Poussieren is.«

Mine erstarrte innerlich. Nach außen hin gab sie sich ehrlich erstaunt. »Du liebe Güte, wie kommsse denn bloß auf son Kappes?«

Abermals zuckte Elfriede mit den Schultern. »Die gehen ja immer zusammen auffe Rolle.«

»Wat meinsse damit?«

»Na, zum Beispiel auffe Kirmes. Oder inne Kneipe. Sach bloß, dat hasse noch nich mitgekricht.«

»Dat hat nix zu bedeuten«, erklärte Mine. Sie zwang sich ein Lachen ab. »Die treffen sich immer bloß mit dem Stan und dem seine Schwester, dat hat nix mit Poussieren zu tun.«

»Ach so«, sagte Elfriede, doch es klang nicht allzu überzeugt. »Na ja, sind ja auch junge Leute, da will man wat haben vom Leben.«

Mine verkniff sich den Hinweis, dass Elfriede jünger war als Katharina, gerade mal neunundzwanzig, auch wenn sie um Jahre älter aussah.

»Der Fritz und ich sind früher auch gerne weggegangen«, sagte Elfriede trübselig. »Wo wir noch verlobt waren. Da waren wir öfters mal im Kino. Und sonntags oben auffe Schwarze Lene. Aber dat ist ja alles getz kaputt.«

Mine war vor dem Krieg das letzte Mal in dem Ausflugslokal gewesen, zusammen mit Karl und Gisela, seiner ersten Frau. Die Aussicht auf den Baldeneysee und das ganze umliegende Land war grandios gewesen, und sie hatte sich gewünscht, dass Jupp dabei gewesen wäre. Zu seinen Lebzeiten war das Gasthaus noch ein alter Fachwerkkotten gewesen, und auch den See hatte es noch nicht gegeben, weil man den erst 1933 aufgestaut hatte. Davor war sie häufiger drüben auf der anderen Seite der Ruhr gewesen. Sie hatte sich von einem Fährmann übersetzen lassen, zum Schloss Baldeney, das damals zuerst ein Schullandheim gewesen war, bevor eine Gastwirtschaft daraus wurde. Dort hatte sie ihr Gemüse verkauft und hinterher in der Schlosskapelle gebetet. Eigentlich könnte sie mal wieder hin, es hatte ihr früher gut da gefallen, vor allem in der Kapelle.

Irgendwer hatte ihr letztens erzählt, dass die *Schwarze Lene* wiederaufgebaut wurde. Vielleicht waren sie sogar schon damit fertig. Mine wusste es nicht, und es war ihr auch egal, weil sie höchstwahrscheinlich sowieso nie wieder hingehen würde. Was sollte sie denn auch allein dort. Johannes und Katharina kamen bestimmt nicht auf die Idee, sie mal irgendwohin mitzunehmen.

»Meinsse, dat Käthe könnte mir noch mal en Kleid nähen?«, fragte Elfriede zaghaft. »Dat vom letzten Mal passt mir nich mehr.«

»Dat kommt vom vielen Essen.« Mine räumte den leeren Kuchenteller ab. »Du muss nich immer so reinhauen, Elfriede.«

»Da kommt dat nich von, Mine.« Elfriede fing schon wieder an zu weinen. »Ich glaub, ich krich noch ein Kind.«

*

Johannes erschrak bis in die Knochen, als Hagemann ihn von hinten ansprach. Langsam drehte er sich zu ihm um, außerstande zu atmen. Wie gelähmt stand er da und spürte, wie ihm am ganzen Körper der Schweiß ausbrach. Der Holzeimer, den er gerade aufgehoben hatte, entglitt seinen tauben Fingern und polterte zu Boden.

»Da sind Sie ja, Herr Schlüter. Endlich trifft man Sie mal an. Aber besser spät als nie.«

Johannes war beim Anblick des Besuchers viel zu geschockt, um zu antworten. Sooft er Hagemanns Auftauchen auch schon in seinen Vorstellungen durchexerziert hatte – der Moment, in dem er tatsächlich auf der Bildfläche erschien, hätte ihn nicht stärker erschüttern können.

Gerade hatte er mit dem Kübel Jauche für die Beete aus der Grube schöpfen wollen – sein Plan war, möglichst bald das neue Wasserklosett anzuschließen –, und im nächsten Augenblick war ihm vor Entsetzen auch schon der Eimer aus der Hand gefallen. Zum Glück war er leer.

Nie hätte er damit gerechnet, dass Hagemann ihn ausgerechnet hier heimsuchen würde, hinterm Haus auf Mines Hof, und dann auch noch um diese Tageszeit. Es war spät, die Dämmerung hatte bereits eingesetzt. Johannes hatte keine Schritte gehört, nichts hatte Hagemanns Kommen angekündigt, nicht mal das entfernte Knattern eines Motorrads. Falls der Mann wieder mit dem Moped gekommen war, musste er es weit genug vom Haus weg abgestellt haben.

Wirre Gedanken schossen Johannes durch den Kopf, etwa die absurde Erkenntnis, dass die Formulierung *Ihm gefror das Blut in den Adern* durchaus ihre Berechtigung haben konnte. Erst gestern hatte er sich mit Inge darüber unterhalten, die dazu gemeint hatte, sie müsse schon fast immer lachen, wenn sie diese Redewendung in Romanen lese. »Warum können sich die Schriftsteller nicht mal etwas anderes ausdenken?«, hatte sie zu ihm gesagt. »Schließlich ist es doch ihr Beruf.« Das Gleiche galt ihrer Ansicht nach für *rasende Herzen*, die viel zu oft vorkamen. *Inflationär*, das war ihr Ausdruck dafür gewesen. Sie drückte sich gern gewählt aus.

Aber sein Herz raste wirklich in diesem Augenblick, und sein Blut fühlte sich an wie zu Eis erstarrt. Vielleicht gab es einfach keine besseren Beschreibungen dafür.

»Ich denke, die Zeit ist reif, dass wir beide uns endlich einmal ausführlicher unterhalten«, sagte Hagemann.

Johannes schaffte es irgendwie, Luft zu holen und die Herrschaft über seine Stimme zurückzugewinnen.

»Worüber?«, fragte er krächzend.

»Über Ihre Kontakte zu den Russen natürlich«, antwortete Hagemann.

»Ich habe keine Kontakte zu den Russen. Ich war ein Kriegsgefangener.« Johannes betonte das Wort, um unmissverständlich klarzustellen, dass er zu keinem Zeitpunkt aus freien Stücken dort gewesen war. Vorsorglich fügte er hinzu: »Sämtliche Kontakte, die ich während meiner Haft dort hatte, beschränkten sich auf die anderen Gefangenen. Mit den Russen hatte ich nichts zu tun.«

»Aber Sie sind doch von denen verhört worden, oder nicht? Sie selbst haben das erwähnt. Hat man Ihnen nicht eine Verbesserung Ihrer Lage in Aussicht gestellt, wenn Sie sich den Doktrinen des Kommunismus unterwerfen?«

»Ich habe mich keinerlei kommunistischen Doktrinen unterworfen. Nie.«

»Das müssen Sie mir schon genauer erklären.« Hagemann zückte einen Block und einen Bleistift. »Nennen Sie mir doch einmal die Namen der sowjetischen Offiziere, von denen Sie verhört wurden. Und dann berichten Sie mir ganz exakt den Verlauf dieser Verhöre. Jedes Wort, das Ihnen noch einfällt. Ach ja, und wenn Sie sich an die Namen der Übersetzer erinnern, muss ich die selbstverständlich auch erfahren.«

Johannes fühlte sich, als sei er in einem kafkaesken Schauspiel gefangen. Das konnte doch alles nicht wahr sein! Er stand hier direkt neben der offenen Jauchegrube und sollte diesem alten Nazi Rede und Antwort stehen! Die ganze Situation war völlig absurd, geradezu grotesk!

Stumm starrte er den ungebetenen Besucher an. Hagemann trug dieselben Sachen wie beim letzten Mal, sogar den Hut hatte er auf, obwohl es bereits Mitte Juli und trotz der späten Tageszeit immer noch sehr warm war.

Nicht mal der Gestank der Jauche schien ihn zu stören, er wartete ungerührt auf Johannes' Antworten.

»Ich weiß nicht mehr, wie diese Männer hießen«, teilte Johannes ihm mit. »Weder die Offiziere noch die Übersetzer. Die haben sich mir nicht vorgestellt. Keiner von denen.«

»Dazu haben andere Gefangene abweichende Aussagen gemacht«, sagte Hagemann. »Die kannten sehr wohl noch diverse Namen. Dass Sie angeblich keine mehr wissen, ist unglaubhaft.«

»Tut mir leid, aber es ist, wie es ist. Ich weiß nichts und kann Ihnen daher auch nichts sagen.«

Hagemanns Augen verengten sich. »Sie scheinen dieser Angelegenheit nicht den gebotenen Ernst entgegenzubringen, Herr Schlüter.«

»Das tue ich durchaus, aber ich kann Ihnen nichts erzählen. Außer, dass ich sechs beschissene Jahre hinter mir habe und froh bin, jeden einzelnen Moment davon so schnell wie möglich vergessen zu können.«

»Seien Sie versichert, dass ich Mittel und Wege habe, Ihnen die Notwendigkeit einer umfassenden Berichterstattung begreiflich zu machen. Falls Sie nicht kooperieren, lasse ich Sie verhaften und zu einer Vernehmung vorführen. Ich habe amtliche Befugnisse. Dieses Forschungsinstitut, für das ich arbeite ... Das ist in Wahrheit eine Bundesbehörde, müssen Sie wissen. Sie können mit mir zusammenarbeiten – oder gegen mich. Wenn Sie gegen mich arbeiten, kann ich Sie vernichten.« Hagemann hielt inne und lächelte schmallippig. »Nein, das trifft es nicht ganz, lassen Sie es mich lieber so ausdrücken: Ich *werde* Sie vernichten.«

Das Blut in Johannes Adern fühlte sich immer noch kalt an, es schien sich aus seinen Händen und Füßen zu seinem Herzen zurückzuziehen, bis die Gliedmaßen taub wurden, fast so, als gehörten sie gar nicht mehr zu ihm. Doch seine Stimme klang klar, und seine Worte waren unmissverständlich.

»Sie gehen jetzt besser. Es ist schon spät, und das hier ist privater Grund und Boden. So wie ich das sehe, haben Sie sich widerrechtlich Zutritt verschafft. Haben Sie mich zufällig von der Straße aus gesehen und sind einfach zu mir runter auf den Hof gekommen? Ohne zu klingeln, ohne zu fragen? Das unerlaubte Betreten fremder Grundstücke ist gesetzlich verboten, ist Ihnen das nicht bewusst? Man nennt es Hausfriedensbruch, und es steht unter Strafe. Wenn Sie jetzt nicht sofort verschwinden, muss ich nachhelfen.«

»Drohen Sie mir etwa?«, fragte Hagemann. Sein Tonfall war süffisant, aber in seinen Augen meinte Johannes ein winziges Flackern wahrzunehmen, ein Zeichen von Unsicherheit, gepaart mit Wut und Hass. Johannes hatte einen Nerv getroffen: Der Mann hatte seine Kompetenzen überschritten.

Johannes blickte ihn unverwandt an. »Sie weigern sich also zu gehen?«

»Und wenn ich es täte?«, kam es eisig zurück. »Würden Sie dann wirklich Gewalt anwenden?«

Johannes spürte, wie sein Herz einen Schlag aussetzte, doch er zwang sich zu einer Antwort. »Vielleicht werfe ich Sie einfach in diese Jauchegrube. Dazu wäre nicht viel Gewalt nötig, zumal ich viel größer und stärker bin als Sie. Ich glaube, das wäre eindeutig Notwehr, weil Sie ja ein unbefugter Eindringling sind. Was ist, soll ich Sie da reinwerfen? Oder gehen Sie freiwillig?«

Seine Worte hörten sich an, als hätte jemand anders sie ausgesprochen. Er konnte selbst nicht fassen, dass er zu so einer Äußerung imstande war – gegenüber einem Mann, der es in der Hand hatte, sein Leben zu zerstören.

Unwillkürlich trat er einen Schritt zurück, wie um Abstand zu nehmen von seiner Ankündigung, die so ungeheuerlich war, dass er sie niemals hätte verwirklichen können. Und Hagemann deutete dieses Zurückweichen offenbar richtig, wertete es als Zeichen der Schwäche und der Unterwerfung und schien daraus frische Arroganz zu ziehen, vielleicht sogar den Entschluss, nun erst recht seinen überlegenen Willen zu demonstrieren. Denn so wie Johannes einen Schritt nach hinten tat, machte Hagemann einen nach vorn, den Blick herrisch auf Johannes' Gesicht geheftet.

Aus diesem Grund übersah er den vor ihm liegenden Deckel der Jauchegrube und geriet ins Stolpern. Während ihm der Hut vom Kopf fiel, versuchte er noch mit rudernden Armen, das Gleichgewicht zu halten, doch es misslang.

Er stürzte nicht etwa in die Jauchegrube, was nach Lage der Dinge noch eine tragisch-komische Zuspitzung der Situation gewesen wäre, sondern landete dicht daneben, wobei sein Kopf voller Wucht gegen den Kübel prallte. Das Geräusch klang grässlich, ganz ähnlich wie das Knacken, mit dem sich eine Axt in ein Holzscheit gräbt.

Hagemann blieb reglos auf der Seite liegen, das Gesicht im Schatten des stinkenden Kübels. Sein Mund stand offen, die Augen waren bis auf einen winzigen Spalt geschlossen. Aus seinem Mund drang kein Atemzug. Kein Röcheln, kein Stöhnen, nichts.

Nach den ersten Schrecksekunden beugte sich Johannes hastig über den Mann. Entgeistert horchte er nach Atemgeräuschen, und als er keine vernahm, hockte er sich neben den Gestürzten und tastete am Handgelenk nach einem Puls. Nichts.

Hagemann war tot.

Kapitel 20

In dieser Haltung fand Mine ihren Enkel gleich darauf vor, tief gebückt über den leblosen Körper des Geheimdienstlers, von dem Elfriede ihr am Vormittag erzählt hatte. Der Kerl war wohl einfach über den Gartenweg auf den Hof gegangen, eine Frechheit, gegen die sie sofort eingeschritten wäre, wenn sie es bemerkt hätte. Doch es war ihr erst aufgefallen, als sie den Aufschrei des Mannes durch das offene Schlafzimmerfenster gehört hatte. Jetzt lag er da und rührte sich nicht mehr, und Johannes stand daneben, das Gesicht weiß vor Entsetzen. Mine zog sofort die richtigen Schlüsse und nahm umgehend das Heft in die Hand.

»Der Drecksack muss weg«, erklärte sie, und dann ging sie runter zum Schuppen hinterm Hühnerstall, wo sie den Sommer über ihre Gartengeräte aufbewahrte. Mit der Schubkarre kehrte sie zurück und forderte Johannes auf, den Toten hineinzuladen.

Doch er blickte sie nur wortlos und verstört an.

»Tu ihn da rein«, wiederholte sie ihren Befehl. »Hier kann der nich bleiben, da würde man den bloß finden, und dann bisse dran.«

»Was hast du denn vor?«, fragte er. Seine Stimme klang kratzig wie ein Reibeisen.

»Der Kerl muss hier weg«, erläuterte sie ihm noch einmal. »Oder willsse in den Knast?«

»Ich habe ihn nicht umgebracht. Er ist aus Versehen gestürzt und mit dem Kopf aufgeschlagen. Es war nicht meine Schuld.«

Mine runzelte die Stirn. Das war sicher besser für seinen Seelenfrieden. Aber es änderte rein gar nichts an der Situation.

»Dat glaubt dir keiner, Jung. Wir bringen den irgendwo inne Büsche. So weit weg wie et geht.«

Johannes verfiel wieder in Schweigen und schien mit sich zu kämpfen. Schließlich rang er sich zu einem weiteren Einwand durch. »Und was ist, wenn jemand mitbekommen hat, dass er hier ist? Oder wenn er sich über den geplanten Besuch vorher eine Aktennotiz gemacht hat?«

»Dann war er nur kurz hier und is widder gegangen.« Nachdrücklich fügte Mine hinzu: »Keiner kann dich wat, wenne dich zusammenreißt! Los, bring den Kerl weg!«

»Das würde nur schiefgehen. Irgendwer wird es mitbekommen.«

»Dann warten wir eben, bis et richtich dunkel is.«

»Wenn es richtig dunkel ist, sehe ich nichts.«

Auch dafür hatte Mine eine Lösung. »Ich geh mit. Mitte Taschenlampe. Ich zieh mich nur schnell wat über.« Sie deutete auf ihr Nachthemd. Sie hatte sich gerade bettfertig gemacht, als auf einmal der Schrei ertönt war.

Johannes legte den Kopf schräg und dachte nach. Den ersten Schock schien er überwunden zu haben, seine Wangen zeigten wieder etwas Farbe. Alles andere hätte Mine auch sehr gewundert. Im Krieg und in der Gefangenschaft hatte er sicher jede Menge Tote gesehen. Sie selbst ließ sich davon ebenfalls nicht aus der Fassung bringen. Mit Leichen hatte sie zwar nicht oft zu tun, aber ihr waren schon genug davon untergekommen.

»Wat is getz?«, fragte sie ungeduldig.

»So können wir das nicht machen«, erklärte er. »Nicht mit der Schubkarre. Der Mann ist zu sperrig, das Gelände zu unwegsam. Wir müssen uns was anderes ausdenken.«

Mine überlegte kurz, ob man dem Problem mit dem Beil oder der Säge auf den Leib rücken konnte, doch davon kam sie sofort wieder ab. Die Schweinerei wäre zu groß. Nicht zu vergleichen mit dem bisschen Blut von den Hühnern, die sie regelmäßig hier unten auf dem Hof schlachtete.

»Wat willsse denn sons machen?«, wollte sie wissen. Sie blickte zum Himmel hoch. »Dunkel genuch ist dat getz schon.«

»Ich gehe rüber zu Stan. Der ist zu Hause. Wir bringen den Toten mit dem Wagen weg, das ist einfacher.«

»Bisse sicher, dat der Stan dat mitmacht?«

Johannes nickte. »Auf alle Fälle. Der Mann hier war bei der Gestapo, hat Juden deportiert. Er hat auf dem Pütt schon mal Ärger gemacht, keiner ist da gut auf ihn zu sprechen.«

Der Plan mit dem Wagen leuchtete Mine ein. Ihr kam auch sofort noch eine nützliche Idee.

»Warte mal.« Sie eilte in den Keller und holte zwei leere Kartoffelsäcke aus dem Vorratsraum. Die benutzte sie immer, um die Ernte aus ihrem Garten zum Markt zu befördern. »Da tun wir den rein. Einen für übern Kopp un einen für umme Beine. Dann bleibt dem Stan sein Auto wenigstens sauber. Musse dann aber widder mitbringen, die kann ich noch brauchen.«

»Gut«, sagte Johannes. »Ich bin gleich zurück.«

Und dann eilte er davon. Mine blickte ihm sorgenvoll nach, doch nur einen Moment lang. Dann bückte sie sich und stülpte dem Toten einen der beiden Kartoffelsäcke über den Kopf.

*

Johannes blickte stumm geradeaus durch die Windschutzscheibe in die Dunkelheit. Stan saß mit grimmiger Miene und ebenso schweigsam neben ihm hinterm Steuer. Hagemann lag quer hinter ihnen auf der Rückbank, mit angezogenen Beinen, weil er sonst nicht in den Wagen gepasst hätte. Im Kofferraum war für ihn kein Platz gewesen, da lag noch allerhand Camping-Gerümpel von Stans und Hannas Urlaubsreise – die beiden waren gerade für zwölf Tage in Italien gewesen. Dann war es ihnen zu heiß geworden, und sie waren eine Woche früher als geplant zurückgekommen.

»Kein Mensch kann sich vorstellen, wie heiß es im Juli an der Adria ist«, hatte Stan gemeint. »Freiwillig fahre ich um die Jahreszeit bestimmt nicht mehr dahin.«

Aber abgesehen von der Hitze hatte es ihnen im Süden gefallen. Sie hatten auf der Rückfahrt einen Abstecher nach Venedig gemacht und schwärmten in den höchsten Tönen von der Stadt. Johannes war als Kind einmal dort gewesen, auf einer Bildungsreise mit seinen Eltern. Mehr als ein paar flüchtige Eindrücke von stinkenden Kanälen und verwitterten Gemäuern hatten sich jedoch nicht in seinem Gedächtnis gehalten. Er war ja auch erst fünf oder sechs Jahre alt gewesen, so genau wusste er es nicht mehr.

Schließlich brach Johannes das Schweigen. »Wohin fahren wir eigentlich?«

»Möglichst weit weg«, sagte Stan. »Dann kann man ihn nicht mehr mit dir in Verbindung bringen.« Er nahm einen kräftigen Schluck aus der Schnapsflasche, die Mine ihm vor dem Aufbruch noch in die Hand gedrückt hatte. Zur Stärkung für unterwegs, hatte sie gemeint, und dann hatte sie auf ihre pragmatische Art angeregt, später den Rest aus der Flasche über den Toten zu kippen, damit es beim Auffinden der Leiche so aussah, als wäre Hagemann im Suff gestürzt und dabei zu Tode gekommen.

»Aber zuerst die Säcke abmachen«, hatte sie noch hinzugefügt, bevor sie in Nachthemd und Pantoffeln wieder im Keller verschwunden war.

Anschließend hatten sie noch eine Weile abgewartet. Stan hatte den Wagen dicht vors Haus gefahren, und dann war alles ganz schnell gegangen. Gemeinsam hatten sie den in Kartoffelsäcken steckenden Hagemann zum Auto geschleppt und ihn auf die Rückbank gelegt. In den umliegenden Häusern war es schon dunkel gewesen, alle Nachbarn lagen längst im Bett. Inzwischen war es schon nach elf, der nächste Tag war ein normaler Arbeitstag.

Sie fuhren durch Velbert in Richtung Wuppertal. Bis auf das Licht vereinzelter Laternen am Straßenrand war es stockfinster. Nur selten sahen sie irgendwo ein erleuchtetes Fenster. Hinter Neviges bog Stan auf einen einsam gelegenen, unbeleuchteten Feldweg ab.

»Das hier müsste reichen«, meinte er. »Weiter nach Wuppertal rein gibt es zu viele Häuser.«

Im matten Scheinwerferlicht breiteten sich ringsumher wogende Weizenfelder aus, hüfthoch mit reifen Ähren bewachsen.

»Da liegt er erst mal eine Weile sicher«, sagte Stan. »Wenigstens bis der Bauer mit dem Mähdrescher kommt. Aber davon merkt er dann ja nichts mehr.«

Mit vereinten Kräften hievten sie den schweren Körper aus dem Auto und schleiften ihn hinüber zum Feldrand.

»Warte, erst die Säcke«, sagte Johannes. »Mine will die unbedingt noch benutzen.«

»Deine Oma ist wirklich hart wie Kruppstahl«, meinte Stan.

Er half Johannes, die Säcke zu entfernen, dann nahm er noch einmal einen Schluck aus der Schnapsflasche und reichte sie an Johannes weiter. »Hier, trink auch was, dann geht es leichter.«

Johannes tat wie geheißen und gab Stan die Flasche zurück. Der kippte den verbliebenen Inhalt über Hagemanns Kopf und Brust.

»Was für eine Verschwendung«, sagte er dabei bedauernd.

Ein Stöhnen antwortete ihm. Es kam von Hagemann.

Mit einem Aufschrei sprang Stan zurück. »Hast du das gehört?«

Johannes beugte sich über den Totgeglaubten und sah, dass Hagemann am Leben war. Mehr noch, er war zu Bewusstsein gekommen und blickte aus trüben Augen zu ihnen auf.

»Wo bin ich?«, krächzte er. »Wer sind Sie?«

Johannes starrte ihn an. Das Scheinwerferlicht des hinter ihnen abgestellten Wagens war hell genug, um ihn und Stan deutlich zu erkennen.

»Was ist mit mir passiert?«, fragte Hagemann mit dumpfer Stimme. Benommen versuchte er, sich aufzurichten. Nach einigen vergeblichen Bemühungen gelang es ihm sogar. Sitzend nahm er Johannes und Stan in Augenschein. »Wer sind Sie?«, wiederholte er.

»Zwei Retter in der Not«, behauptete Stan. »Sie lagen sturzbetrunken mitten auf der Straße. Um ein Haar hätten wir Sie überfahren. Da haben wir Sie erst mal hier an die Seite gebracht, damit Sie gefahrlos Ihren Rausch ausschlafen können. Mann, Sie haben aber ganz schön getankt!« Er zeigte Hagemann die fast leere Schnapsflasche. »Da ist ja kaum noch was drin!«

Hagemann rieb sich die Stirn und stöhnte schmerzerfüllt. »Mir tut der Kopf weh! Ich habe keine Ahnung, wie ich hierhergekommen bin!«

»Zu Fuß, wie's aussieht. Mit der Flasche in der Hand.«

»War ich in der Kneipe?« Verwirrt blickte Hagemann Stan an.

»Scheint so«, erwiderte Stan. »Wohnen Sie hier in der Nähe? Wahrscheinlich wollten Sie nach Hause.«

Hagemann blinzelte, er wirkte konfus und desorientiert.

»Ich weiß nicht, wo ich wohne«, sagte er schließlich. Es klang ungläubig. »Ich … ich weiß nicht mal, wie ich heiße!«

»Sie sollten in Ihrer Brieftasche nachsehen, sicher haben Sie da einen Ausweis drin«, schlug Stan vor.

Johannes trat unruhig von einem Fuß auf den anderen, er hätte sich am liebsten irgendwo versteckt. Nicht zu fassen, wie abgebrüht Stan diese Scharade aufrechterhielt! Hagemann hatte keine Brieftasche mehr in der Hosentasche, geschweige denn Ausweise. Sie hatten ihm alle Papiere weggenommen, bevor sie ihn ins Auto verfrachtet hatten, in der logischen Annahme, dass ein Toter ohne Ausweis schlechter zu identifizieren war. Mine hatte alles in den Ofen gesteckt, bis auf die fünf Mark, die im Portemonnaie gewesen waren, dafür wollte sie in der Kirche Kerzen anzünden.

Später mussten sie nur noch das Moped finden und verschwinden lassen. Sie hatten alles gut durchdacht.

Nur dass sich die ganze Situation plötzlich grundlegend geändert hatte. Hagemann lebte! Johannes schwankte immer noch zwischen Entsetzen und Erleichterung.

Allem Anschein nach hatte der Mann durch den Sturz das Gedächtnis verloren. So was kam vor, ging aber meist nach einer Weile wieder vorüber, Johannes hatte es schon bei einigen Lagerinsassen mit Kopfverletzungen erlebt. Einmal hatte ein Wärter einem Häftling den Gewehrkolben über den Schädel gezogen. Der arme Kerl hatte sich drei Tage lang an nichts erinnern können, nicht mal an seinen Namen. Ein anderer hatte einen Schlaganfall erlitten und fast eine Woche gebraucht, um wieder halbwegs klar denken zu können.

Was natürlich nicht bedeutete, dass es bei Hagemann genauso lange dauern würde. Vielleicht fiel ihm schon in fünf Minuten alles wieder ein. Oder in ein paar Augenblicken.

»Meine Brieftasche ist weg«, sagte Hagemann kläglich, nachdem er vergeblich seine Taschen abgetastet hatte.

»Tja, das wundert mich jetzt ehrlich gesagt überhaupt nicht«, erklärte Stan. »Sie waren wahrscheinlich so voll, dass Sie für die Räuber leichte Beute waren.«

Johannes hielt es nicht länger aus. »Wir müssen los«, sagte er zu Stan.

Der nickte zu seiner Erleichterung sofort. »Du hast recht, wir kommen zu spät nach Hause, meine Frau steht wahrscheinlich schon mit der Bratpfanne hinter der Tür.« Er lachte wie über einen guten Witz und reichte Hagemann die Schnapsflasche. »Da, das ist Ihre. Trinken Sie aus, das weckt die Lebensgeister. Dann fällt Ihnen bestimmt auch wieder ruckzuck ein, wo Sie wohnen. Gute Nacht, Kamerad!«

Johannes eilte zum Wagen zurück und atmete tief durch, als Stan endlich hinterm Steuer saß und den DKW wieder auf die Straße lenkte. Als er ein letztes Mal zurückschaute, sah er gerade noch, wie Hagemann sich hochrappelte und anschließend die Flasche ansetzte, um sie in einem Zug leer zu trinken.

*

In der Woche darauf war Johannes immer noch nervös und schreckhaft. Katharina merkte es ihm an, wann immer sie ihm begegnete. Häufig drehte er sich um, als könnte plötzlich jemand hinter ihm auftauchen, und manchmal holte er tief Luft und straffte sich, als müsste er sich gegen einen unerwarteten Angreifer wappnen.

Katharina hasste diesen Menschen von der OG aus tiefstem Herzen, und sie hoffte inbrünstig, dass er sich nie wieder an Johannes erinnerte.

Nachdem Johannes ihr die ganze abenteuerliche Geschichte erzählt hatte, war sie spontan in ungläubiges Gelächter ausgebrochen, weil es sich angehört hatte wie eine Szene aus einem haarsträubend komischen Film. Doch das Lachen war ihr sofort im Hals stecken geblieben, als sie erkannte, wie sehr ihn die Ereignisse mitgenommen hatten. Sie wusste, welche Ängste er ausstand, und sie wünschte sich sehnlichst für ihn, dass er endlich diese negativen Gefühle überwand und befreit in die Zukunft blicken konnte.

Das Gleiche wünschte sie sich auch für sich selbst, aber die Hürden schienen bei ihr ähnlich hoch zu sein wie bei Johannes. Kaum meinte sie, ein Hindernis aus dem Weg geräumt zu haben, türmte sich auch schon das nächste vor ihr auf.

Ihr Antrag auf Erteilung eines Gewerbescheins, den sie wegen ihrer wachsenden Einkünfte früher gestellt hatte als ursprünglich geplant, hing irgendwo zwischen den Behörden fest. Einer der pingeligeren Bürokraten wollte einen Nachweis von der Berliner Handwerkskammer, den sie natürlich nicht beibringen konnte, weil sie dort nicht eingetragen war. Eine Verlustmeldung ihrer – in Wahrheit nicht existenten – Zeugnisse lag bei einer anderen Behörde zur Bearbeitung. Schließlich hatte sie vorsorglich einen zusätzlichen Antrag gestellt, diesmal als selbstständige Modeschöpferin, was den zuständigen Sachbearbeiter beim Einreichen des Formulars zu dümmlichen Blicken veranlasst hatte. Man werde sie bescheiden, so lautete die ausweichende Antwort auf ihre Frage, was denn nun werden solle. Ihr blieb nichts anderes übrig, als das Ergebnis abzuwarten.

Unterdessen nähte sie allerdings fleißig weiter für ihre Kundschaft; unermüdlich produzierte sie neue Kleider, Blusen, Röcke, Jacken und Mäntel. Inzwischen musste sie sogar Aufträge ablehnen, obwohl Inge momentan so viel mitarbeitete wie nie zuvor – sie hatte gerade Sommerferien und daher mehr Zeit, ihr zu helfen.

Katharina gab ihr neuerdings etwas Geld fürs Nähen, alles andere wäre ungerecht gewesen. Inge war ein junges Mädchen, und dass sie beinahe ihre gesamte Freizeit für die Schneiderei opferte, war keine Selbstverständlichkeit.

Katharina hatte eine zweite Nähmaschine angeschafft, ein gebrauchtes, etwas einfacheres Modell, aber Inge kam damit gut zurecht. Sie lernte jeden Tag dazu und hatte in der letzten Zeit ein Händchen dafür entwickelt, auch kompliziertere Schnitte zufriedenstellend umzusetzen. Katharina nahm sie nun gelegentlich sogar zum Maßnehmen mit, damit Inge auch hier an Routine gewann. Rundrücken oder Hohlkreuz, lange oder kurze Arme, große oder kleine Brüste, schmale oder breite Taille –

keine Frau war wie die andere, und man musste ein Auge dafür haben, welche Schnittanpassungen jeweils erforderlich waren.

Auf lange Sicht würde eine tüchtige und versierte Schneiderin aus ihrer Tochter werden, das war jetzt schon abzusehen. Egal, was Inge später mal beruflich machte – diese Fertigkeit konnte ihr keiner mehr nehmen.

Am letzten Sonntag im Juli gönnten sie sich zum ersten Mal seit Wochen wieder einen freien Nachmittag. Sie packten Handtücher und Badezeug ein und gingen schwimmen. Bärbel hatte schon seit Tagen deswegen gedrängelt, und als Katharina endlich nachgab, war der Jubel groß.

Sie gingen ins Strandbad Scheppen, das war die nächstgelegene Badeanstalt. Die Bezeichnung *Strandbad* war nichts weiter als Schönfärberei, dort befand sich kaum mehr als eine Liegewiese und eine Reihe Betonstufen, über die man vom Ufer in den See hinabsteigen konnte. Die meisten Leute aus der Umgebung besuchten lieber das Strandbad Baldeney auf der anderen Seeseite, da war die Liegefläche größer, und es gab einen Sprungturm und eine Rutsche. Inzwischen durften die Essener dieses Bad auch wieder allein benutzen; in den ersten Nachkriegsjahren war es noch aufgeteilt gewesen – eine Hälfte für die in der Gegend stationierten Tommies, die andere für die Deutschen.

Das kleinere Strandbad Scheppen am Hardenbergufer war trotzdem vollkommen überlaufen an diesem Tag, es gab fast kein freies Fleckchen mehr. Beschaulichkeit konnte man hier nicht erwarten – nebenan legten in stetem Wechsel die Schiffe der Weißen Flotte an. Am gegenüberliegenden Ufer stachen die Türme der Zeche Carl Funke in den blauen Himmel, und die am diesseitigen Ufer gelegenen Förderanlagen von Pörtingsiepen waren auch nur einen Katzensprung entfernt. Kinder und Jugendliche tummelten sich kreischend und lachend im Wasser, während die Erwachsenen versuchten, abseits des Trubels eine ruhigere Stelle zum Schwimmen zu finden.

Katharina war nicht besonders erpicht auf das Baden im See, deshalb blieb sie lieber auf dem Handtuch sitzen. Sie konnte zwar schwimmen, aber nicht besonders gut, und wenn sie den Boden unter den Füßen verlor, hatte sie immer ein bisschen Angst vorm Untergehen. Es reichte ihr, den Mädchen und Johannes von der Liegewiese aus dabei zuzusehen, wie sie fröhlich im Wasser herumtollten. Im Augenblick vertrieben sie sich die Zeit mit einem Ballspiel.

Katharina konnte die Augen kaum von ihm wenden, sie sog seinen Anblick förmlich in sich auf – seinen muskulösen Oberkörper, gestählt vom Kohlehauen und gebräunt von der Gartenarbeit, das ansteckende Lachen, die leuchtenden Augen. Während sie ihn betrachtete, wuchs ihr Begehren, und sie verfluchte sich, weil sie nicht dagegen ankämpfen konnte.

Das letzte Mal war schon wieder viel zu lange her. In der vergangenen Woche hatte sich keine Gelegenheit ergeben. Johannes hatte Nachtschicht gehabt und musste tagsüber schlafen, und wenn er wach war, hielt sich meist Mine in der Nähe auf.

Manchmal dachte Katharina, dass ihre Schwiegermutter bestimmt längst etwas ahnte. Neuerdings hatte sie bei Mine häufiger bohrende Seitenblicke wahrgenommen, und ihre Gesichtszüge wirkten auf Katharina verkniffener als sonst.

Doch immer, wenn ihr solche Gedanken kamen, sagte sie sich trotzig, dass sie schließlich erwachsen und mündig war und tun und lassen konnte, was sie wollte. Sie mischte sich ja auch nicht in Mines Angelegenheiten ein.

Wenn ihre Schwiegermutter sich einbildete, dass Katharina wegen Karl enthaltsam leben müsse, war sie schief gewickelt. Kein Mensch konnte noch ernsthaft glauben, dass er je wieder zurückkehrte. Es war allein Katharinas Entscheidung, dass sie ihn bisher nicht für tot hatte erklären lassen. Sie konnte es jederzeit nachholen, sobald sie es für angebracht hielt. Und falls Mine dann der Meinung war, dass sie deswegen alle aus dem Haus ausziehen müssten, würde das eben geschehen. Mine sollte bloß was sagen, dann würde sie schon sehen, was sie davon hatte. So einfach war die Sache.

Doch all diese eigensinnigen Überlegungen konnten nicht darüber hinwegtäuschen, dass die Sache eben *nicht* so einfach war. Das Gegenteil war der Fall. Ihnen drohte ein Spießrutenlauf der Schande. Ringsumher würden sich die Moralapostel aufschwingen, und ihr bösartiges Getuschel würde sie verfolgen und einhüllen wie giftiger Nebel.

Ja, sofern Katharina allein fortging, nur sie und die Mädchen, dann konnte man es noch als familiäres Zerwürfnis auslegen. Das Zusammenleben mit der schlecht gelaunten Schwiegermutter hatte auf Dauer einfach nicht geklappt, irgendetwas in dieser Art, jeder würde es verstehen. Aber diese Ausrede verfing nicht, wenn Johannes sich ihr anschloss. Offen und für alle sichtbar. Dann wäre es unweigerlich vorbei mit Anstand und Moral.

Katharina zog die Beine an und legte die Arme um die Knie. Der Lärm um sie herum, das Lachen und Rufen und Plantschen, verebbte zu einer bedeutungslosen Kulisse, als sie mit geschlossenen Augen ihre Gedanken schweifen ließ, in dem Bemühen, die Sorgen auszublenden. Sie sollte aufhören, sich zu grämen. Endlich mal nur an schöne Dinge denken. An ihr Atelier. An ihr Leben, wenn sie erst woanders war.

Doch da war immer nur Johannes. Er drängte sich vor ihr geistiges Auge, als hätte er schon immer dorthin gehört. Meist ernsthaft und grübelnd, aber manchmal auch strahlend oder laut lachend, so wie gerade eben beim Ballspiel mit ihren Töchtern. Er schien ständig präsent zu sein. Er und seine Art, sie anzusehen und zu streicheln, wenn sie sich liebten, so intensiv, als wollte er nicht nur ihre Haut, sondern auch ihre Seele berühren. Seine Brauen zogen sich dann auf bestimmte Weise zusammen, wie bei jemandem, der jedes Detail ergründen und mit allen Sinnen absorbieren wollte. Manchmal zitterten seine Hände, wie aus Angst, ins Leere zu greifen, als könnte sie sich in seinen Armen in Luft auflösen.

Katharina erinnerte sich wieder an Hannas Worte, vor ein paar Wochen auf der Bootspartie.

Kathi, der Junge liebt dich.

Liebte sie ihn denn auch?

Sie verbot sich eine Antwort auf diese Frage, obwohl in ihren gesamten Empfindungen kaum noch Raum für etwas anderes war. Es war nicht so wie bei Karl oder Clemens, bei denen sie irgendwann gewusst hatte, dass sich so die Liebe anfühlen musste. Bei Johannes drängten sich ganz andere Wahrnehmungen in den Vordergrund, sie gingen von einer sinnlicheren Ebene aus, hatten einen beinahe animalischen Ursprung. Es war ihr Körper, der diese Gefühle weckte und dirigierte. Wie sonst war es möglich, dass ihr Blut manchmal zu kochen schien, wenn sie ihm nahekam, oder dass ihr Brustkorb sich zu eng anfühlte für ihr schlagendes Herz? Sie wurde feucht, wenn sie nur daran dachte, dass er in sie eindrang, und seine Küsse ließen sie förmlich zerfließen vor Erregung.

Konnte das Liebe sein? Oder andersherum gefragt – machte all das etwa eine bessere, stärkere Liebe aus, im Unterschied zu der, die sie für Karl oder Clemens empfunden hatte?

Manchmal spürte sie dieser vergangenen Liebe zu den beiden Männern im Geiste nach und versuchte, sie zurückzuholen, wenigstens in ihrer Erinnerung, als wollte sie prüfen, ob man da, wo man einst aufgehört hatte, wieder anfangen könnte. Doch solche Gedanken entglitten ihr regelmäßig wie Wasser, das man nicht zu fassen bekam. Sie vermittelten ihr keine Erkenntnis außer jener, dass sie noch nie derart intensive Empfindungen erlebt hatte wie bei Johannes. Alles, woran sie dachte, führte immer wieder zu ihm zurück.

Stan hatte sie trotz Hannas Bitte immer noch keinen reinen

Wein eingeschenkt, und wenn es nach ihr ging, würde es dazu auch nicht mehr kommen. In der letzten Zeit schien er von selbst gemerkt zu haben, dass sie nicht zu haben war. Die Entscheidung, nach Italien zu verreisen, war ziemlich spontan gefallen. Er hatte sich kurzfristig Urlaub genommen, und dann war es auch schon losgegangen. Hanna und er hatten zwar sowieso vorgehabt, diesen Sommer noch in den Süden zu fahren, aber einen festen Termin hatten sie bis dahin noch nicht ins Auge gefasst.

Hanna hatte allerdings kurz davor eine Arbeitsstelle als Sekretärin gefunden, schon kommende Woche sollte sie dort anfangen. Deshalb hatte sie den Reiseantritt forciert – um vorher noch mal richtig Sonne zu tanken, wie sie es ausgedrückt hatte.

Aber Katharina ahnte, dass Hanna ihren Bruder für eine Weile von hier weghaben wollte. Vielleicht auch, um ihm klarzumachen, dass er seine Träume an die falsche Frau verschwendete.

Ein Wassertropfen traf sie an der Stirn, und sie schlug die Augen auf. Johannes stand grinsend vor ihr und spritzte sie nass.

»Wirklich keine Lust zum Schwimmen?«, fragte er. Seine Augen blitzten schalkhaft. Er strich sich das Haar aus der Stirn und lächelte sie an. »Ich halte dich, wenn's dir zu tief ist!«

»Lass das!« Lachend wich sie den kalten Tropfen aus. »Hier auf der Wiese bin ich sicherer. Da kann ich garantiert nicht ertrinken.«

»Wenn ich bei dir bin, ertrinkst du auch nicht. Ich würde dich sofort retten. Ich würde dich festhalten und nicht mehr loslassen.«

Ja, dachte sie. Das würdest du. Aber dann wären wir beide verloren. Hoffnungslos versunken in einem See aus Schuld und Verlangen.

»Wo sind die Mädchen?«, fragte sie.

»Bärbel holt sich was an der Bude, ich hab ihr fünfzig Pfennig gegeben.«

»Sie wird sich wieder mit Süßkram vollstopfen.«

Er zuckte mit den Schultern und sah schuldbewusst aus, aber nicht allzu sehr. Jede ungestörte Minute war wertvoll, wahrscheinlich hätte er der Kleinen auch zehn Mark gegeben, wenn ihm das Gelegenheit verschaffte, wenigstens kurz mit Katharina allein zu sein – soweit davon auf einer vollen Liegewiese überhaupt die Rede sein konnte.

»Inge hat zwei Freundinnen aus der Schule getroffen«, fuhr er fort. »Und sie hat ein Auge auf Bärbel, ich hab sie drum gebeten.«

Er setzte sich dicht neben Katharina – *zu* dicht, obwohl er sie nicht berührte.

»Kathi, du fehlst mir«, sagte er leise. Mehr nicht. Doch dieser Satz drückte bereits alles aus. Er wollte sie. Am liebsten sofort und auf alle nur erdenkliche Arten. Unter halb gesenkten Lidern blickte er sie an. Ihr wurde heiß, und das Luftholen fiel ihr schwer. Mit einem Mal fühlte sie sich fast nackt in ihrem Badeanzug, obwohl es ein züchtig geschnittener Einteiler war, der deutlich weniger Haut sehen ließ als bei den meisten anderen jungen Frauen, die um sie herum über die Wiese flanierten.

Unwillkürlich rückte sie ein Stück von ihm ab. Es waren zu viele Menschen hier, Leute aus dem Ort, die sie kannten und die nur darauf warteten, irgendeine anrüchige Sensation aufzudecken. Diesmal waren Stan und Hanna nicht dabei, um das Ganze wie ein harmloses Freundestreffen aussehen zu lassen, und die Mädchen, die diesem Schwimmbadbesuch einen familiären Anstrich geben sollten, waren weit und breit nicht zu sehen.

»Heute Nacht?«, raunte er.

Sie schüttelte den Kopf. Doch leise erwiderte sie: »Ja.«

Kapitel 21

Bärbel saß auf den Stufen, die ins Wasser hinabführten. Genüsslich lutschte sie saure Drops und summte dabei das Lied von der Kleinen Cornelia vor sich hin. Der Titel lautete *Pack die Badehose ein* und war der neueste Sommerschlager aus dem Radio. Bärbel liebte dieses Lied.

Eigentlich hieß die Kleine Cornelia nicht Kleine Cornelia, sondern Cornelia Froboess, und sie war sogar jünger als Bärbel. Und jetzt war sie auf einmal berühmt. Bärbel fragte sich, ob sie auch berühmt werden würde, wenn sie ein Lied im Radio singen dürfte. Sie fand, dass sie schön singen konnte, bestimmt genauso gut wie die Kleine Cornelia. Auch der Lehrerin gefiel ihre Stimme, weshalb Bärbel auch im Schulchor sang. Doch bisher hatte noch niemand sie gefragt, ob sie ein Lied im Radio singen wolle. Vielleicht musste man dafür in Berlin wohnen wie die Kleine Cornelia.

Früher hatte sie auch in Berlin gelebt. Von Inge wusste sie, dass sie da ein wunderhübsches Kinderzimmer gehabt hatten, in einer großen Etagenwohnung in einer herrschaftlichen Stadtvilla.

Eine herrschaftliche Villa sah in Bärbels Vorstellung aus wie die Villa Hügel am anderen Seeufer – eine helle Pracht inmitten des Grüns, das sie umgab. Früher hatten dort die Krupps gewohnt, die reichsten Leute in Deutschland. Doch nach dem Krieg hatte man sie aus der Villa geworfen, damit die amerikanischen und englischen Soldaten da wohnen konnten. Die freuten sich jetzt bestimmt, dass sie es so schön hatten.

In Berlin hatten Inge und sie es auch schön gehabt. Bärbel

erinnerte sich nicht mehr daran, aber Inge sprach gelegentlich davon. Inge hatte in der herrschaftlichen Stadtvilla in einem Himmelbett geschlafen, und Bärbel in einem Gitterbettchen mit geblümter Stoffbespannung. Sie hatten außerdem Teddybären und Puppen und einen Plüschteppich besessen. Papa war da schon weg gewesen, im Krieg, und Mama hatte sie alle irgendwie durchgebracht.

Das Wort *durchbringen* hatte für Bärbel einen geheimnisvollen, vielschichtigen Klang, es konnte vieles bedeuten. Wahrscheinlich war damit *retten* oder *beschützen* gemeint, vielleicht musste man es aber auch wörtlich nehmen, etwa so, dass ein Mensch einen anderen von hier nach dort brachte, durch Not und Gefahren und schreckliche Ereignisse. Das hatte ihre Mutter auf jeden Fall für Inge und sie getan, nachdem sie in Berlin ausgebombt worden waren.

Ausgebombt war ein weiteres Wort voller Geheimnisse, es war dunkel und drohend und umfasste all das, woran man besser nicht zurückdachte, weil es zu den Dingen gehörte, die einen weinen ließen. Große Mädchen weinten nicht, und Bärbel wollte kein kleines Mädchen mehr sein.

Sie aß den letzten Drops aus der Papiertüte und zermalmte ihn zwischen den Zähnen, so wie die anderen davor, obwohl man Bonbons nicht kauen sollte, weil das schlecht für die Zähne war. Ihre Mutter legte großen Wert darauf, dass sie und Inge ihre Zähne pfleglich behandelten und sie dreimal am Tag gründlich putzten. Und das taten sie, weil sie auch so schöne Zähne wollten wie ihre Mutter, und weil sie ihnen erklärt hatte, dass sie ihnen sonst ausfallen würden.

Oma Mine hatte keine Zähne mehr, nur ein Gebiss, das sie mit der Wurzelbürste abschrubbte. Bärbel fand es immer ein bisschen gruselig, wenn es im Glas lag, es sah dann aus wie ein bissiges Tier, das nur aus Zähnen bestand und darauf lauerte, nach einem zu schnappen.

Bärbel aß die verbliebenen zuckrigen Krümel aus der Bonbontüte und watete anschließend in den See, wo sie kurz untertauchte und sich gründlich den Mund mit Wasser ausspülte, mehrmals hintereinander. Prustend kam sie wieder hoch und sah sehnsüchtig zu den Bojen hinüber, die den Schwimmerbereich abgrenzten. Gern wäre sie noch einmal bis zu einer der Bojen geschwommen. Sie wusste genau, dass sie es konnte. Doch sie durfte nicht allein so weit rausschwimmen. Das gehörte zu den Sachen, die Katharina ihr ausdrücklich verboten hatte, also musste sie hier in Ufernähe bleiben, wo sie noch stehen konnte. Dabei konnte Bärbel viel besser schwimmen als ihre Mutter, sogar ein ganzes Stück tauchen; im vergangenen Sommer hatte sie den Freischwimmmer gemacht.

Manchmal stellte sie sich vor, das Wasser des Sees wäre klarer, so durchsichtig, dass man bis auf den Grund blicken konnte. Ob man dann wohl die ganzen versunkenen Häuser sehen würde, die beim Aufstauen der Ruhr für immer untergegangen waren? Damals hatten die Menschen hier ihre Häuser aufgeben und wegziehen müssen, bevor alles überflutet wurde. Bärbel hatte gehört, dass immer noch Balken und andere Teile dieser Häuser aus der Tiefe des Sees an die Oberfläche emporstiegen, fast wie Schätze von einem uralten Schiffswrack.

Sie überlegte, ob sie wohl tief genug tauchen konnte, um ein altes Haus am Grund des Baldeneysees zu erforschen. Vielleicht könnte sie durch die verlassenen Zimmer schwimmen und nachsehen, ob die Leute etwas Wichtiges vergessen hatten.

Unvermittelt kam ihr ein neuer Gedanke – ihre Mutter hatte nicht festgelegt, mit wem sie hinausschwimmen durfte. Sie hatte nur verboten, dass Bärbel es allein tat. Was, wenn sie direkt hinter jemandem herschwamm? Dann wäre sie gar nicht allein. Es war schließlich nicht vorgeschrieben, dass sie den Betreffenden kannte!

Höchst angetan von dieser Lücke in der mütterlichen Regel machte sie sich bereit, ihre Idee in die Tat umzusetzen. Sie musste nur noch warten, bis ein paar von den größeren Jungs sich entschlossen, ein Wettschwimmen zu veranstalten, das taten andauernd welche von denen. Sie würde einfach mitschwimmen. Vielleicht war sie sogar schneller als die!

*

Inge hatte nicht damit gerechnet, Klaus-Peter Voss hier am See zu treffen. Aufregung erfasste sie, als er unversehens vor ihr auftauchte, und hastig zupfte sie ihren nassen Bikini zurecht. Eigentlich war es gar kein richtiger Bikini, sondern ein zweiteiliger Badeanzug. Der Bauchnabel war sittsam verborgen, und auch das Oberteil war kein bisschen aufreizend, man sah kaum Dekolleté, und der Abstand vom unteren Saum bis zum Hosenbund betrug höchstens fünf Zentimeter. Aber dafür waren ihre Beine in voller Länge zu sehen. Ob Klaus-Peter sie hübsch fand?

Er selbst wirkte unerwartet drahtig und wohlgestaltet in seiner dunkelblauen Badehose. Inge wusste, dass er regelmäßig Fußball spielte und im Schwimmverein aktiv war. Seine Waden- und Schultermuskeln waren entsprechend ausgeprägt. Ihr Mund wurde trocken, und sie versuchte, nicht auf seine braun gebrannte Brust zu starren.

»Hast du meine kleine Schwester gesehen?«, fragte sie zur Ablenkung, nachdem sie einander begrüßt und ein paar Nichtigkeiten ausgetauscht hatten. Inge reckte den Hals und hielt nach Bärbel Ausschau. Johannes hatte sie gefragt, ob sie kurz auf Bärbel aufpassen könne, weil er etwas mit ihrer Mutter besprechen wollte. Inge hatte achselzuckend zugestimmt. Bärbel konnte gut schwimmen und war kein Baby mehr, das man keine Sekunde aus den Augen lassen durfte. Aber seit Inge vorhin gemeinsam mit ihren Schulfreundinnen aus dem Wasser gekommen war, hatte sie ihre Schwester nicht mehr gesehen. »Gerade saß sie noch da vorn am Ufer«, fügte sie hinzu.

Klaus-Peter hob die Schultern. Er war mehr daran interessiert, das Debakel ihrer letzten Verabredung in Ordnung zu bringen.

»Weißt du, als wir letzten Monat nach dem Kino zusammen im Café waren, hast du mich völlig falsch verstanden, Inge. Ich hab's überhaupt nicht so gemeint. Deine Mutter ist eine feine Frau. Sie näht großartig. Das hat sogar meine Mutter gesagt. Und als unser dämlicher Nachbar ihr verraten hat, dass ich im Kino meinen Arm um deine Schultern gelegt habe, fand sie das überhaupt nicht schlimm. Ich hoffe, du bist nicht mehr sauer auf mich. Falls doch, tut es mir sehr leid!« Seine letzten Worte klangen bittend.

Inge schaute zu ihm auf und stellte fest, dass er rot angelaufen war und auf ihren Busen starrte. Es war fast so, als hätte er seine Entschuldigung nicht an sie, sondern an ihre Brüste gerichtet. Erst dann bemerkte sie, was es da zu sehen gab – ihre Brustwarzen hatten sich durch das kühle Wasser des Sees zusammengezogen und zeichneten sich durch den Trikotstoff des Oberteils deutlich ab. Rasch verschränkte sie die Arme vor der Brust und versuchte, sich nicht anmerken zu lassen, wie peinlich ihr die Situation war.

»Willst du dich ein bisschen zu mir setzen?«, fragte er eifrig. »Ich habe den besten Platz hier.« Er deutete auf eine Stelle zwischen zwei Büschen am Rand der Liegewiese. »Da latschen einem die Leute nicht dauernd übers Handtuch. Und ich habe einen Sonnenschirm.«

Tatsächlich, er hatte einen Sonnenschirm mitgebracht, ohne Fuß zwar, aber er spendete auch so einigen Schatten. Klaus-Peter hatte ihn, so wie man einen offenen Regenschirm zum Trocknen auf dem Boden ablegt, einfach neben seinem Badelaken im Gras deponiert. Seine Hose und sein Hemd lagen säuberlich zusammengerollt daneben.

»Bist du allein hier?«, fragte Inge.

Er nickte, immer noch rot im Gesicht. »Ich dachte, ich treffe dich vielleicht. Ich war die letzten beiden Wochen schon hier, immer, wenn das Wetter schön war. Aber du warst nie da.«

»Im Moment helfe ich meiner Mutter viel.«

Er nickte. »In den Ferien helfe ich meinem Vater auch öfters in der Apotheke. Kisten auspacken und Bestelllisten durchgehen und Sachen einsortieren und so was.«

Das hätte sie nicht gedacht und war entsprechend beeindruckt. Sie setzte sich neben ihn auf das rot gemusterte Badetuch – es war viel größer als ihres und noch ganz neu, aus dickem, weichem Frottee. Dabei achtete sie darauf, dass genügend Abstand zwischen ihnen beiden blieb. Auch wenn der seitlich aufgespannte Sonnenschirm einen gewissen Sichtschutz bot – so was wie im Kino wollte sie nicht noch einmal erleben!

Klaus-Peter hatte Stullen von zu Hause mitgebracht, eine mit Käse und eine mit Fleischwurst belegt, und er teilte sie redlich mit ihr. Sie bekam von jedem Butterbrot die Hälfte ab und freute sich über die leckere Zwischenmahlzeit. Schwimmen machte hungrig. Bärbel hatte von Johannes Geld bekommen und sich davon an der Bude Brausetütchen, Nappos und Drops geholt, aber sie hatte in Windeseile alles allein aufgefuttert. Inge hatte nur einen einzigen bröckeligen Drops abbekommen.

Während sie den Rest ihrer Stullenhälfte aß, entschied sie, doch besser kurz mal nach Bärbel zu sehen, aber ehe sie ihren Entschluss in die Tat umsetzen konnte, rückte Klaus-Peter näher an sie heran. Sein Oberarm drückte sich gegen ihren. Seine nackte Haut fühlte sich heiß und glatt an. Mit den Fingerspitzen fuhr er über ihre angezogenen Füße.

»Du hast so wunderschöne Füße, Inge.«

Ein Beben durchlief sie – teilweise kam es daher, weil sie kitzlig war, doch zum größeren Teil lag es daran, dass noch kein Mann sie jemals unterhalb der Gürtellinie berührt hatte, auch wenn es sich nur um den Spann ihrer nackten Füße handelte.

»Es sind bloß Füße«, sagte sie mit belegter Stimme.

Seine Finger strichen weiter hinauf, glitten über ihr linkes Schienbein und dann spielerisch herum zu ihrer Wade.

»Deine Beine sind auch wunderschön. Alles an dir ist schön! Aber das weißt du selbst ganz genau, oder?«

»Nein«, sagte sie und schob seine Hand weg. »Ich weiß bloß, dass du mich nicht so anfassen darfst. Das gehört sich nicht.«

»Es tut mir leid.« Er schluckte hart, machte aber keine Anstalten, von ihr abzurücken. Im Gegenteil, er drängte sich noch näher an sie heran, bis sein Hüftknochen gegen ihren stieß. »Ich kann nicht anders. Ich liebe dich, Inge.«

Sie hielt den Atem an. Keine Film- oder Romanszene hätte aufregender und bedeutsamer sein können als dieser Augenblick! Ob er gleich versuchen würde, sie zu küssen? Egal, sie konnte es auf keinen Fall zulassen, es waren ja tausend Leute um sie herum. Na gut, vielleicht eher nur ein- oder zweihundert, aber eindeutig zu viele. Sicherheitshalber sollte sie sofort aufstehen und gehen. Vorher musste sie ihm allerdings eine Antwort geben. Eine, die ihn nicht zu sehr verletzte, denn er sah nach seiner Liebeserklärung richtiggehend verzweifelt aus. Ihre Gedanken überschlugen sich auf der Suche nach einer passenden Erwiderung. Leider fiel ihr keine ein. Es half nichts, sie musste ihn ohne Antwort sitzen lassen. Doch gerade, als sie aufstehen wollte, wurde der Sonnenschirm zur Seite gezogen, und sie blickte in das erzürnte Gesicht ihrer Mutter.

*

Katharina glaubte, ihren Augen nicht zu trauen. Außer sich vor Empörung sah sie ihre Tochter Hüfte an Hüfte mit einem jungen Mann auf dessen Badetuch sitzen. Er hatte sich so eng an Inge geschmiegt, dass kein Haar zwischen die beiden gepasst hätte.

Einen Sekundenbruchteil später war er aufgesprungen und wich ein Stück zurück, aber damit konnte er die verfängliche Situation auch nicht ungeschehen machen.

Erbost funkelte Katharina ihre Tochter an. »Ich fasse es nicht. Du sitzt hier hinterm Sonnenschirm und knutschst rum, und deine Schwester kann gerade sonst wo stecken!«

»Da war nichts«, stammelte der junge Adonis. »Ich habe nichts gemacht! Heiliges Ehrenwort!«

Er mochte um die achtzehn sein, höchstens neunzehn. Exakt das Alter, in dem Jungs ihre Hände nicht bei sich behalten konnten. Genau wie Leo damals. Fatalerweise war er rein äußerlich sogar ein ganz ähnlicher Typ – groß, ansehnlich, mit kräftigen Schultern und einem treuherzigen Lächeln ausgestattet. Sein dichtes kastanienbraunes Haar fiel ihm in einer Tolle in die Stirn, und als er Katharina – eher erschrocken als freundlich – anlächelte, blitzten seine Zähne weiß im Sonnenlicht.

Inge war ebenfalls aufgestanden. Statt reumütig den Kopf einzuziehen, bot sie ihrer Mutter voller Trotz die Stirn.

»Ich habe nicht rumgeknutscht. So eine bin ich nicht. Du solltest nicht von dir auf andere schließen.«

Katharina fuhr wie unter einem Schlag zurück. Inges Gesicht wurde kreidebleich, und ihre Augen verrieten ihr Entsetzen über ihre eigenen Worte. Doch sie nahm das Gesagte nicht zurück. Katharina wandte sich ruckartig ab und rannte zum Ufer des Sees, wo Johannes nach Bärbel suchte.

»Bärbel!«, rief er, während er sich nach allen Seiten umsah. »Bärbel, wo bist du?!« Beunruhigt wandte er sich zu Katharina um. »Ich sehe sie nirgends!«

Sie schaute sich ebenfalls um, hektisch und verzweifelt. »Bärbel«, schrie sie.

Johannes starrte mit zusammengekniffenen Augen übers Wasser, hinüber zu den Bojen.

»Großer Gott«, stieß er hervor. »Sie ist da draußen!«

Er deutete hinaus auf den See, und wie ein kleiner roter Punkt war dort der Kopf eines Kindes mit Badekappe zu sehen. Bärbel trug eine rote Badekappe! Der Punkt schien auf und ab zu tanzen – und verschwand immer wieder unter der Wasseroberfläche.

Johannes war ins Wasser gewatet, stürzte sich nach wenigen Schritten mit einem Hechtsprung hinein, um schneller Tiefe zu gewinnen und losschwimmen zu können. Zügig und mit gestrecktem Körper kraulte er zu den Bojen hinüber.

Inge tauchte neben Katharina auf, sie hatte angefangen zu weinen. »Bärbel! Oh Gott, bitte nicht! Mama, das wollte ich nicht!« Schluchzend watete sie ebenfalls ins Wasser und wollte Johannes hinterherschwimmen, doch der Junge mit dem kastanienbraunen Haar war ihr gefolgt und hielt sie zurück.

»Du bleibst hier, lass mich das machen.«

Und schon warf er sich ebenfalls ins Wasser und kraulte mit rasenden Armschlägen hinaus, mindestens so schnell wie Johannes. Er kam fast gleichzeitig mit ihm an der Stelle an, wo der rote Punkt das letzte Mal aufgetaucht war.

»Bitte, bitte, bitte«, hörte Katharina sich murmeln, während sie mit brennenden Augen hinüberstarrte. Wie lange war Bärbel schon unter Wasser? Seit fünf Atemzügen? Zehn? Sie wusste es nicht, weil die Panik ihr die Luft abschnürte.

Die Köpfe von Johannes und dem Jungen verschwanden ebenfalls unter Wasser, sie tauchten nach dem Kind.

Gleich darauf kamen sie wieder hoch – und mit ihnen Bärbel. Die rote Badekappe war deutlich zwischen ihnen zu sehen.

Die Sekunden danach schienen sich zu einer Ewigkeit zu dehnen. Katharina flehte alle Mächte des Himmels an, dass Bärbel nichts geschehen war.

»Bitte«, murmelte sie wieder. »Bitte, bitte, bitte!«

Im nächsten Moment riss der Junge den Arm hoch und machte das Siegeszeichen.

Am Ufer brach Jubel aus. Katharina fuhr verschreckt herum und blickte in zahlreiche erleichterte Gesichter. Sie hatte gar nicht mitbekommen, dass die Leute sich um sie herum versammelt und das Geschehen mitverfolgt hatten.

Der Junge beförderte Bärbel im Rettungsgriff zum Ufer. Johannes schwamm eilig voraus und kam vor den beiden an. Triefend stieg er aus dem Wasser und blieb vor Katharina und Inge stehen.

»Es geht ihr gut. Sie hustet ein bisschen, hat Wasser geschluckt. Aber es geht ihr gut.«

Inge schluchzte abermals auf. Sie fiel Johannes um den Hals und bedankte sich laut weinend, während er ihr unbeholfen den Rücken tätschelte. Katharina wartete angespannt, bis der Junge Bärbel ans Ufer brachte. Johannes watete ihm entgegen und nahm ihm das Kind ab. Er trug Bärbel die Steinstufen hinauf, wo Katharina ihre Tochter sofort in ein Handtuch hüllte und sie fest in ihre Arme zog. Sie setzte sich mit Bärbel auf die Wiese und hielt sie eng umschlungen, wiegte sie hin und her und murmelte tröstende Worte. Ab und zu drang ein kurzes Husten unter dem Handtuch hervor. Der kleine Körper war eiskalt und zitterte.

Jemand brachte eine Thermoskanne mit warmem Tee, und Katharina bedankte sich und ließ Bärbel davon trinken. Dann zog sie ihr die Badekappe vom Kopf und strich ihr zärtlich das Haar glatt. Die Lippen des Kindes sahen blau aus, das Gesichtchen war noch bleich, aber der Husten hatte aufgehört, und auch das Zittern ließ allmählich nach.

Die Kleine blickte schüchtern hoch. »Danke, dass ihr mich gerettet habt«, sagte sie mit piepsiger Stimme.

Jetzt erst bemerkte Katharina, dass Johannes, Inge und der Junge um sie herumstanden. Inge war das Entsetzen immer noch ins Gesicht geschrieben, und auch das Mienenspiel des Jungen offenbarte seine Emotionen – Gewissensbisse, Sorge, aber auch Stolz über die unbestreitbare Heldentat.

In Johannes' Augen erkannte sie andere Gefühle. Sie sah seine kompromisslose Liebe und fühlte sich davon eingehüllt wie von einem warmen Leuchten.

Sie wandte sich dem Jungen zu. »Danke«, sagte sie mit tief empfundener Aufrichtigkeit. »Ich danke dir unendlich.«

Und ihrer großen Tochter gab sie mit einem wortlosen Blick zu verstehen, dass alles wieder gut war. Inge verstand, und ihre Brust hob sich in einem bebenden Seufzer.

»Er heißt Klaus-Peter«, sagte sie.

Der Junge deutete eine linkische Verbeugung an. »Klaus-Peter Voss.«

»Ich bin Johannes Schlüter. Inges Cousin.« Johannes klopfte dem Jungen auf die Schulter. »Du bist ein sehr guter Schwimmer. Im Verein?«

Klaus-Peter nickte verlegen. »Sie schwimmen aber auch nicht schlecht.«

Damit schien das Eis gebrochen.

Bärbel hustete noch einmal kurz, dann fragte sie kleinlaut: »Krieg ich jetzt viel Hausarrest?«

Katharina musste lachen, sie konnte nicht anders, auch wenn es noch reichlich zittrig klang.

»Darüber unterhalten wir uns, wenn wir zu Hause sind.«

*

Es ging schon auf Mitternacht zu, als sie sich in den Keller schlich und von dort gleich weiter durch die Hintertür hinaus in den Garten. Johannes wartete bei der Bank auf sie, so wie immer in der letzten Zeit. Ohne ein einziges Wort warf sie sich in seine Arme, und während sie sich stürmisch küssten, fragte sie sich, wie sie es je ohne diese wilden, verrückten, sündigen Minuten der Leidenschaft aushalten sollte. Es war gefährlich und verboten, und es schien genau das zu sein, was ihr Leben erträglich und hoffnungsvoll machte.

Sein Hemd stand bereits offen, seine Hose ebenfalls, als wollte er keine Zeit damit vergeuden, sich erst umständlich ausziehen zu müssen. Sie sanken auf den mit Grasbüscheln bewachsenen Boden, ohne einander loszulassen, und als Katharina auf dem Rücken lag und ihn in sich aufnahm, blickte sie zu den Sternen hinauf. Das Funkeln und Flimmern hoch oben am Himmel schien ihr eine Richtung weisen zu wollen. Sie aufzufordern, sich fallen zu lassen in die verheißungsvolle Unendlichkeit.

Wie immer liebte er sie geräuschlos, nur ihr eigenes stoßweises Keuchen drang an ihre Ohren. Ihr Herz hämmerte im Rhythmus seiner Bewegungen, und sie schlang die Beine um seine Hüften, damit er tiefer in sie eindringen konnte. Sie wollte, dass er sie ganz und gar besaß, dass sie ihm gehörte, und an dieser schrankenlosen Hingabe entzündete sich ihre Ekstase wie an einer lodernden Fackel. Sie verbrannte und ging in Flammen auf, und als es vorbei war, blieb nur erloschene Glut zurück.

Sie wusste nicht, woher auf einmal die Ahnung kam, dass es das letzte Mal gewesen war. Vielleicht lag es daran, dass sich Wolken vor die Sterne geschoben hatten, als sie vom Boden aufstanden und ihre Kleidung wieder richteten. Oder daran, dass ihre kleine Tochter heute fast gestorben wäre, während sie neben Johannes auf der Liegewiese gesessen hatte, fiebrig vor unerfülltem Verlangen nach ihm.

Womöglich hatte sie aber auch auf einer unterbewussten Ebene einfach nur kommen sehen, was sie erwartete, als sie ins Haus zurückkehrte.

Dort stand Mine oben im Flur, direkt neben dem Treppenaufgang. Sie war vollständig angezogen. Nicht einmal das Gebiss hatte sie abgelegt. Alles sah danach aus, als hätte sie sich auf diese nächtliche Begegnung vorbereitet.

Ihre Stimme klang beherrscht, doch ihre Miene verriet ihren inneren Aufruhr. Im schwachen Licht der Flurlampe wirkte ihr Gesicht verzerrt, wie zersprungen von den vielen tiefen Falten, die sich im Laufe harter Jahrzehnte in ihre Haut gegraben hatten.

»Was ist?«, fragte Katharina, obwohl sie es ganz genau wusste. Ebenso wusste sie, dass man es ihr ansah. Ihren geschwollenen Lippen, ihren funkelnden Augen. Ihren vom Küssen rot gescheuerten Wangen. Johannes hatte sich nicht extra vorher rasiert, denn sie liebte das Kratzen seines Barts. Sie trug die Markierungen ihrer Lust wie einen Stempel, den er ihr aufgedrückt hatte, und es war ein Teil dessen, was sie wollte. Ebenso symbolisierte es jedoch auch die Zerstörung ihrer Träume, all das, was sie sich schon aufgebaut hatte und worauf sie so zäh und entschlossen hinarbeitete. Ihre Ziele, ihre Wünsche, ihr Leben.

Und es ging auch um sein Leben. Er war noch so jung. *Zu* jung. Er hatte noch so viel vor sich. Welches Recht hatte sie denn, ihm eine solche Verantwortung aufzubürden? Für eine Frau, die so viel älter war als er, und dazu zwei heranwachsende Töchter?

»Ihr müsst aufhören«, sagte Mine, und es waren exakt die Worte, die Katharina erwartet hatte.

Johannes kam ebenfalls in den Flur, wie immer zeitversetzt nach Katharina, eine Vorsichtsmaßnahme, die sich in dieser Nacht als sinnlos erwiesen hatte.

Seine Großmutter wandte sich ihm zu. »So kann dat nich weitergehen, Jung.«

Sofort erfasste er die Situation, und als er zu sprechen begann, klang es, als hätte auch er sich schon länger darauf vorbereitet.

»Du hast völlig recht«, sagte er. »Das ist auf Dauer kein Zustand. Für keinen von uns. Ich werde Katharina heiraten.«

»Sie hat schon einen Mann.«

»Karl wird nicht wiederkommen, Oma Mine. Er ist tot. Es wird Zeit, sich damit abzufinden. Wenn du das nicht kannst, ziehen wir aus. Katharina, die Mädchen und ich.« Er sprach ruhig und bedächtig, als wäre es schon ausgemachte Sache. »Wir fangen woanders neu an. Karl wird für tot erklärt, es geht nicht anders.«

Mine schüttelte den Kopf. »Er ist am Leben und kommt zurück!«

Mitleid zeigte sich auf Johannes' Zügen, doch bevor er widersprechen konnte, meldete Katharina sich zu Wort.

»Wir hören auf«, sagte sie zu Mine. Nur diese drei Worte. Sie sah Johannes dabei nicht an, weil sie den Schmerz und die Fassungslosigkeit in seinen Augen nicht ertragen hätte. Dann eilte sie ohne zurückzublicken die Treppe hinauf.

TEIL 4

Kapitel 22

Der August kam mit Wolken und Regen, die Sonne zeigte sich nur selten. Es schien, als wäre der Sommer bereits vorbei – ein Eindruck, der sich in Johannes' Wahrnehmungen auf vielfältige Weise bestätigte. Die Welt war grau und kalt geworden, und die Trauer schien alles Licht zu ersticken.

Gemeinsam mit Stan und vielen anderen Kollegen von Pörtingsiepen ging er in der ersten Augustwoche zu einer Beerdigung. Heinz war gestorben, und die Kumpel wollten ihm die letzte Ehre erweisen. Es goss in Strömen. Dennoch harrten sie alle miteinander stoisch am Grab aus, während der Priester die Abschiedsgebete für Heinz sprach. Ein Ministrant hielt einen aufgespannten schwarzen Regenschirm über den Geistlichen und wurde unterdessen selbst klatschnass, genauso wie viele der Trauergäste, die nicht daran gedacht hatten, einen Schirm mitzubringen.

Johannes und Stan hatten einen dabei, Mine hatte ihn Johannes mitgegeben, ein weiteres Zeichen ihrer Fürsorglichkeit. Seit dem Eklat vor zwei Wochen bewies sie ihm unentwegt, wie sehr ihr sein Wohlbefinden am Herzen lag. Der Fleischanteil in seinem Henkelmann war größer als sonst, der Kaffee in der Thermosflasche nur noch aus echten Bohnen, auf die Stullen bekam er gute Butter. Sie tat alles für ihn.

Nur seine Liebe, die gönnte sie ihm nicht.

Aber wie viel war eine Liebe schon wert, die nicht erwidert werden konnte?

Katharina hatte ihm erklärt, dass es nur körperlich war. Wunderbar und erfüllend und einmalig, das Schönste, was sie je erlebt hatte. Aber nicht genug, um alles über den Haufen zu werfen. Und dass er bald eine andere Frau finden würde, eine in seinem Alter, die ihn *richtig* lieben würde.

Sie hatte ihm alles ganz vernünftig auseinandergesetzt, als wäre nur sie erwachsen und er noch ein Kind, zu jung, um die wichtigen Aspekte der Liebe zu verstehen. Es war ein kurzes Gespräch gewesen, schmerzvoll und schrecklich. Er hatte im Garten gestanden und eines der Beete umgegraben, am Tag nach dem letzten Mal. Sie war extra zu ihm rausgekommen, um es ihm zu sagen, und als sie wieder ins Haus zurückgegangen war, hatte er sich auf die Schaufel gestützt und auf die schwarze Erde zu seinen Füßen hinuntergestarrt, und für unendliche Augenblicke war es ihm vorgekommen, als wollte er sein eigenes Grab ausheben.

Aber er lebte noch und stand jetzt an einem anderen Grab, und als die Kapelle der Bergleute das Steigerlied spielte und der Knappenchor dazu sang, flossen ab der fünften Strophe bei vielen die Tränen, auch bei ihm.

> *Ade, ade! Herzliebste mein!*
> *Und da drunten im tiefen finstern Schacht bei der Nacht*
> *Und da drunten im tiefen finstern Schacht bei der Nacht*
> *Da denk ich dein, da denk ich dein.*

Und als er zur nächsten Schicht einfuhr und zusammengekrümmt im Streb hockte, den ratternden Abbauhammer in den Händen und den schwarzen Staub im Gesicht, dachte er an Katharina und weinte wieder.

*

Im Alltag begegneten sie einander mit Höflichkeit. Sie unterhielten sich freundlich, so wie Familienmitglieder es tun, wenn sie sich gut verstehen. Beim Essen saßen sie an Mines Küchentisch und redeten über alles, was gerade anstand. Dabei taten sie so, als könnten sie doch noch die Freundschaft finden, die sie vor Monaten vereinbart, aber nie wirklich zustande gebracht hatten.

Die Mädchen schienen von dieser unterschwelligen Traurigkeit nichts zu spüren. Sie erzählten von der Schule, die nach dem Ende der Sommerferien wieder angefangen hatte, und Katharina sprach mit Inge über deren Aussichten, nach der Mittleren Reife die Oberstufe zu besuchen. Auch Bärbel sollte auf die Marienschule in Werden gehen, und Katharina ermahnte sie, dass sie sich im letzten Schuljahr auf der Volksschule mehr anstrengen müsse. Nicht in den Hauptfächern, da brachte sie ohnehin immer nur Einsen mit nach Hause. Aber ihre Kopfnoten hätten besser sein können. Ordnung, Fleiß, Betragen, Aufmerksamkeit – auch darin mussten die Schülerinnen gut abschneiden, um an der höheren Mädchenschule aufgenommen zu werden.

Mine wuselte still zwischen Herd, Anrichte und Tisch hin und her und schien kein anderes Interesse zu haben als den Inhalt ihrer Pfannen und Töpfe. Wenn sie überhaupt sprach, dann über den Garten und die Arbeiten, die gerade nötig waren und die sie wegen der Arthrose in ihren Fingern nicht gut allein erledigen konnte, beispielsweise das Enthülsen der Dicken Bohnen, eine Tätigkeit, die Mine *Döppen* nannte. Hierbei erwartete sie wie immer die Mithilfe der anderen und bestimmte auch gleich in autokratischer Manier einen Nachmittag, an dem es erledigt werden musste.

Als Mine den Tag fürs Bohnendöppen festlegte, musste Katharina um ihre Beherrschung kämpfen. Nur mit Mühe konnte sie ihren tiefsitzenden Groll hinunterschlucken. Am liebsten hätte sie ihren Teller genommen und ihn an die Wand geworfen, mitsamt dem darauf befindlichen Essen – Pfefferpotthast mit Kartoffelbrei und viel Soße, eines von Johannes' Leibgerichten. Und auch von Karl, wie Mine scheinbar beiläufig erwähnt hatte.

Nein, Katharina hasste Mine nicht, aber vereinzelt gab es Tage, da war sie nahe dran. An solchen Tagen blieb sie lieber oben, wenn die anderen sich unten zum Essen trafen. Dann setzte sie sich an die Nähmaschine oder stopfte Socken, egal wie hungrig sie war.

Sie versuchte, sich mit der Einsicht zu besänftigen, dass Mine nur das vorweggenommen hatte, was die Vernunft sowieso über kurz oder lang geboten hätte. Mit ihrer rigorosen Forderung hatte sie endlich für klare Verhältnisse gesorgt, etwas, wozu Katharina viel zu lange nicht in der Lage gewesen war. Im Grunde hätte sie sich schon deutlich früher dazu durchringen müssen. Dann hätte es Johannes vielleicht nicht das Herz gebrochen.

Wie Katharina jedoch aus eigener Erfahrung wusste, heilte Liebeskummer schnell. Ein paar Monate, dann würde er drüber hinweg sein und konnte sich neu verlieben.

Aber warum kam es ihr dann so vor, als ob ihr eigener Kummer von Tag zu Tag schlimmer statt besser wurde?

Einmal, als Stan Spätschicht hatte und nicht zu Hause war, ging sie zu Hanna, in der Hoffnung, bei einem Glas Sekt endlich auf andere Gedanken zu kommen.

Hanna wusste bereits, dass es mit Johannes vorbei war, und sie spendete Katharina während dieses Weiberabends den Trost, den sie so dringend brauchte – nicht nur mit Sekt, sondern auch mit der ernst gemeinten Beteuerung, dass es die richtige Entscheidung gewesen sei.

Doch zu Katharinas Erstaunen führte Hanna dafür andere Gründe an als sie selbst. Die Beziehung sei nicht deswegen zum Scheitern verurteilt gewesen, weil Johannes zu jung sei, um mit der plötzlichen Verantwortung für eine Familie fertigzuwerden.

Ganz im Gegenteil, er habe ein für sein Alter sehr ausgeprägtes Verantwortungsbewusstsein. Die eigentliche Ursache, warum es schiefgegangen wäre, war Mine.

»Mine hätte auf einmal allein dagesessen, mit dem Haus und dem Garten und allem«, erläuterte Hanna. »Das hätte Johannes bestimmt nur schwer ertragen. Es hätte nicht lange gedauert, bis ihn sein Gewissen gequält hätte.«

Diesen Aspekt hatte Katharina noch nicht bedacht. Dabei klang es durchaus logisch, sogar naheliegend, und eigentlich hätte es sie in ihrer bereits getroffenen Entscheidung bestärken sollen. Dennoch sträubte sich etwas in ihr, diesen Blickwinkel gelten zu lassen.

»Johannes hätte Mine ja trotzdem weiterhin bei allem helfen können«, meinte sie nur.

Hanna schüttelte den Kopf. »Ihr hättet schon ziemlich weit wegziehen müssen, um dem Gerede zu entkommen. Zu weit, um mal eben bei Mine vorbeizuschauen. Er hätte beispielsweise unmöglich neben seiner Arbeit noch regelmäßig bei ihr den Garten machen können.«

»Sie ist auch früher sehr gut ohne Unterstützung zurechtgekommen. Nach Jupps Tod war sie viele Jahre lang ganz allein. Mathilde ist früh weggezogen, und Karl auch. Den Garten hatte sie auch ohne Hilfe immer tipptopp in Schuss.«

»Wie lange ist das her? Zwanzig Jahre? Fünfundzwanzig?«

So leicht wollte sich Katharina diesen Argumenten nicht beugen. »Mine könnte sich eine Hilfe für die Gartenarbeit nehmen. Wenn sie mich nicht mehr mit dem Schulgeld unterstützen muss, wäre genug dafür übrig. Johannes hätte ihr ja weiterhin anstandshalber ein paar Mark geben können. Außerdem spart sie Zeit und Kosten, wenn sie bloß noch für sich allein kochen muss. Sie ist zäh und käme schon klar.«

»Und was glaubst du, wie lange? Sie geht auf die siebzig zu. Ich sagte doch, Johannes ist ein Mann mit starkem Verantwortungsgefühl. Es hätte ihn innerlich zerrissen, sie einfach ihrem Schicksal zu überlassen.«

»Was weißt du denn schon über Johannes' Verantwortungsgefühl?«, entfuhr es Katharina, und sie konnte nicht verhindern, dass ihre Stimme aufgebracht klang. Doch sofort rief sie sich zur Ordnung. »Du hast recht«, fuhr sie nach einigen unangenehmen Augenblicken des Schweigens fort. »Er ist wirklich einer von denen, die sich um andere kümmern. Ich glaube ... Ich glaube, es liegt in der Familie. Karl war auch so. Mathilde sicherlich auch.«

»Und Mine ebenfalls«, sagte Hanna.

Katharina nickte, stumm und ergeben. Falls Mines fortschreitendes Alter wirklich ein tragendes Argument dafür war, dass sie zu Recht mit Johannes Schluss gemacht hatte, dann sollte es halt so sein. Es konnte gar nicht genug Argumente dafür geben, denn sie hatte ständig das Gefühl, dass die bisherigen nicht ausreichten.

Hanna schenkte ihr etwas Sekt nach, und sie wechselten das Thema. Hanna erzählte von ihrer neuen Stelle. Seit Anfang des Monats war sie bei einer Gießerei in Velbert beschäftigt, die Schlösser und Beschläge herstellte. Sie fuhr mit dem Rad hin, es war nicht allzu weit. Allerdings hatte sie sich wohl zu viel von diesem beruflichen Neustart versprochen – bisher war sie nur angeödet und enttäuscht. Die Arbeit war trocken und langweilig, der Chef cholerisch, die Bürokollegen missgünstig und verknöchert, und im ganzen Betriebsgebäude hörte man den ohrenbetäubenden Krach von den Metallfräsen und Stanzmaschinen.

Hanna trug sich bereits mit dem Gedanken, wieder aufzuhören, doch vorschnell wollte sie sich nicht geschlagen geben.

»Bevor ich da die Reißleine ziehe, bewerbe ich mich erst mal in aller Ruhe woanders«, verkündete sie in vergnügtem Tonfall. »Dann kann ich denen mit einem fetten Grinsen im Gesicht erzählen, dass ich was Besseres gefunden habe!« Aufmunternd blickte sie Katharina an. »Wir warten einfach, bis du deine Gewerbeerlaubnis hast, dann gehen wir zusammen nach Düsseldorf und bauen uns da eine neue Existenz auf, was hältst du davon?«

»Viel«, erwiderte Katharina spontan. »Da wäre ich nur zu gern dabei!« Sofort entstanden vor ihrem geistigen Auge eine Reihe verheißungsvoller Bilder. Von sauberen neuen Geschäftsgebäuden und großstädtischem Flair. Einem lichterfüllten Atelier, mit Regalen voller herrlicher Stoffe. Einem gehobenen Wohnviertel, in dem nur liebenswürdige, betuchte und gebildete Menschen lebten.

»Aber was ist mit Stan?«, fuhr sie fort. »Der ist doch hier im Pott festgewachsen. Kannst du denn da einfach weg?«

Hanna zuckte mit den Schultern. »Es ist nicht in Stein gemeißelt, dass ich ihm auf ewig den Haushalt führen muss, auch wenn er das gern hätte. Vielleicht sucht er sich ja endlich mal eine Frau, wenn ich nicht mehr da bin.« Sie kicherte. »Und vor allem, wenn *du* nicht mehr da bist.«

Das kommentierte Katharina lieber nicht. Sie war froh, dass sich das Thema vorläufig erledigt hatte. Stan hielt sich seit Wochen von ihr fern. Oder sie sich von ihm, wie auch immer man es betrachtete. Jedenfalls hatte er keinerlei Anstrengungen mehr unternommen, irgendwelche geselligen Unternehmungen zu planen.

Hanna wollte ihr Sekt nachschenken, obwohl das Glas noch halb voll war. Katharina schob die Hand dazwischen.

»Für mich nicht mehr, danke. Ich hab schon von dem einen Glas Sodbrennen.«

»Kein Wunder nach dem ganzen Ärger. Du musst das alles erst mal verdauen. Genau wie ich in der Arbeit, da brauche ich auch ständig Magentabletten. Ich hätte noch welche da, wenn du willst.«

»Es geht schon. So schlimm ist es auch wieder nicht. Ich sollte wohl allmählich heimgehen, es ist schon spät.«

»Na schön, dann trink ich eben alles allein aus.« Doch den launigen Worten zum Trotz schob Hanna die Flasche beiseite und setzte sich aufrecht hin. Mit einem Mal wurde sie ernst und holte tief Luft, bevor sie weiterredete. »Kathi, du musst Johannes was Wichtiges ausrichten. Er und Stan haben diese Woche ja unterschiedliche Schichten, da sehen sie sich nicht auf der Zeche, also kann er es Johannes nicht selbst erzählen. Deshalb hat er mich gebeten, es euch zu sagen, sobald ich einen von euch sehe. Stan hat gestern endlich die Angestellte ausfindig gemacht, die früher auf Pörtingsiepen die Ablage gemacht hat. Sie hat ihm alles über diesen Hagemann von der OG erzählt. Wobei es eher heißen müsste: den *angeblichen* Hagemann. Der heißt in Wahrheit ganz anders. Nämlich Rübenstrunk.«

Entgeistert blickte Katharina ihre Freundin an. »Was? Wirklich?«

Hanna nickte. »Unglaublich, oder? Wobei das natürlich kein Einzelfall ist. Kein Mensch weiß, wie viele von diesen braunen Verbrechern sich einen neuen Lebenslauf ausgedacht haben. Die ducken sich einfach weg und tauchen woanders als Unschuldsengel wieder auf. Mit falschem Namen, falschen Papieren und einer blütenweißen Weste.«

»Also hat er gar keinen Persilschein?«

Hanna schüttelte mit Nachdruck den Kopf. »Garantiert nicht! Nie und nimmer hätte er den bekommen! Es heißt, dass er während des Krieges zeitweise persönlich für die Selektion in Treblinka zuständig war. Er hat dort an der Eisenbahnrampe gestanden und die Menschen ins Gas geschickt, Kathi. Da sind Hunderttausende umgebracht worden!« Hanna hielt inne. Abermals atmete sie durch, sie musste sich zuerst sammeln, ehe sie fortfahren konnte. Ihr Mann Alphonse war nach seiner Deportation in einem der Vernichtungslager gestorben, vielleicht in Treblinka. Womöglich sogar unter Mitwirkung jenes Verbrechers.

Katharina verstand, wieso Hanna diese Mitteilung für Johannes bis zum Ende ihres gemeinsamen Abends aufgeschoben hatte. Die Stimme ihrer Freundin zitterte vor Emotionen, als sie weitersprach. »Die Frau, mit der Stan gesprochen hat, war mit der Ehefrau von diesem Rübenstrunk eng befreundet. Die hatte ihr vor lauter Verzweiflung und unter dem Siegel der Verschwiegenheit anvertraut, was ihr Mann da im Osten alles so anstellte. Als er dann nach Kriegsende abgehauen ist, war seine Frau aber schon tot. Bei einem Luftangriff umgekommen. Doch für seine Beteiligung an den Gräueln im Lager dürfte es noch Zeugen geben. Man muss sie nur finden. Ich habe einige jüdische Freunde in Paris, denen werde ich schreiben, vielleicht wissen die was.«

»Johannes wird sich bestimmt freuen, das zu hören«, sagte Katharina. »Bis jetzt ist der Kerl allerdings noch nicht wieder aufgekreuzt.« Aus tiefstem Herzen schloss sie: »Wenn es nach mir ginge, könnte er immer noch unter Gedächtnisverlust leiden.«

»Bis ans Ende seiner Tage«, pflichtete Hanna ihr bei. Auf ihrem Gesicht zeigte sich ein Ausdruck, den Katharina bisher noch nie bei ihr wahrgenommen hatte: unversöhnlicher Hass. Manchen Menschen konnte man irgendwann vergeben. Anderen niemals.

*

Bärbel war froh, dass Klausi endlich wieder richtig spielen durfte. Nachdem er aus dem Krankenhaus entlassen worden war, hatte er zuerst an einem Bein noch ein Ding tragen müssen, das sich Gehgips nannte, und damit hatte seine Mutter ihn nur in den Garten oder auf die Straße gelassen. Er hatte damit weder rennen noch klettern können, und die meiste Zeit hatte er nur trübsinnig danebengestanden und zugesehen, wie die anderen Kinder Fangen spielten oder Wettrennen veranstalteten.

Inzwischen war der Gehgips ab, und er durfte wieder mit runter ins Hespertal. Da konnte man immer noch am besten spielen, fand Bärbel, auch wenn sie sich vom Bach und den Gleisen und der brennenden Halde fernhalten mussten. Ihre Mutter hatte es ihr extra noch mal eingeschärft, damit erst gar keine Missverständnisse aufkamen.

Bärbel hatte immer noch ein schlechtes Gewissen wegen ihres Badeunfalls – das war die offizielle Bezeichnung dafür. Es hatte sogar in der Zeitung gestanden, dass der im Rettungsschwimmen ausgebildete Oberprimaner Klaus-Peter Voss sie vor dem Ertrinken gerettet hatte. Sie selbst konnte sich nicht mehr richtig daran erinnern, zumindest nicht daran, dass sie untergegangen war. Ihre Erinnerungen setzten erst wieder ab da ein, als man sie gepackt und ins Helle gezogen hatte. Von der Zeit davor hatte sie nur noch vage Bilder im Kopf, von der schwankenden Boje und dem grünen Ufer dahinter. Die Boje war plötzlich viel zu weit weg gewesen, und die Jungs, denen sie hinterhergeschwommen war, konnte sie auch nirgends mehr sehen. Mit aller Kraft hatte sie versucht, es bis zur Boje zu schaffen, denn dort, das wusste sie, konnte sie sich festhalten und eine Weile ausruhen. Doch ab da zerfloss alles irgendwie, und das Letzte, woran sie sich noch ganz bewusst erinnerte, war ihre Angst vor dem zu erwartenden Hausarrest.

Seltsamerweise hatte sie diesmal keinen bekommen. Allerdings brauchte sie diese Strafe auch nicht, um zu verstehen, was sie angerichtet hatte, und es verstörte sie immer noch sehr. Ihre Mutter war tagelang in sich gekehrt gewesen, das Gesicht bleich wie Schnee, und hatte kaum ein Wort gesagt. Inge hatte am Tag des Badeunfalls abends im Bett geweint, und als Bärbel, die wie immer im selben Bett schlief, sie gefragt hatte, was denn los sei, hatte Inge ihr schluchzend erklärt, dass es ihretwegen sei. Dass sie es nicht ertragen hätte, wenn ihr was passiert wäre. Bärbel war von ihrem Ende des Bettes – sie schliefen immer mit den Köpfen in entgegengesetzter Richtung – zu Inge gekrabbelt und hatte sie tröstend in den Arm genommen, aber Inge hatte nicht aufgehört zu weinen.

»Mach so was bloß nie wieder!«, hatte sie Bärbel befohlen, und Bärbel hatte es ihr schwören müssen. Anschließend hatten sie beide geweint, bis sie endlich eingeschlafen waren.

An diesen Tränenausbruch musste sie denken, als sie mit Klausi zum Spielen hinunter ins Hespertal ging, denn sie unterhielten sich ausführlich über das Weinen.

Er erzählte, dass er nach dem Unfall auf der brennenden Halde viel geweint hatte. Am Anfang, weil es so wehgetan hatte, und später, weil er nicht mit nach Hause durfte. Die Krankenschwester hatte zu ihm gesagt, dass Indianer keinen Schmerz kennen, aber davon war es nicht besser geworden. Er hatte sogar geweint, als es unter dem Gips gejuckt hatte, denn das Jucken war fast so schlimm gewesen wie die Schmerzen. Klausi wollte nie wieder ins Krankenhaus. Es gab nichts, was er schlimmer fand, auch wenn es dort einmal Eis zum Nachtisch gegeben hatte.

Bärbel erzählte ihm im Gegenzug alles über den Badeunfall, und er wollte begierig wissen, ob das Ertrinken wehgetan hatte.

Nein, hatte es nicht, nur das Husten hinterher, und außerdem war sie ja gar nicht ertrunken, bloß beinahe.

»Ich habe trotzdem geweint«, sagte sie. »Ich wollte es nicht, aber ich konnte nicht anders. Weil meine Schwester geweint hat.«

»Meine Mutter hat nach meim Unfall auch viel geweint«, sagte Klausi. »Und dat tut sie getz immer noch. Jeden Tag. Sie liegt im Bett und sagt, sie kann nich aufstehn.«

»Vielleicht ist sie krank.«

Klausi zuckte nur mit den Schultern und stocherte mit einem Stock, den er unterwegs aufgelesen hatte, in der Erde herum.

»Meine Mutter hat nicht geweint«, meinte Bärbel. »Sie weint nie.« Nachdenklich verstummte sie, denn bisher war es ihr gar nicht weiter aufgefallen, dass sie ihre Mutter noch nie weinen gesehen hatte. Aber Oma Mine weinte ja auch nicht. Bärbel wusste, dass große Mädchen nicht weinten, vielleicht gab es irgendeine Vorschrift darüber. Obwohl, nein, das konnte nicht stimmen, denn neulich erst war ihre Lehrerin vor der ganzen Klasse in Tränen ausgebrochen, weil einer der Jungs sie eine hässliche alte Scharteke genannt hatte, die nie einen Mann abkriegen würde.

Bärbel hatte keine Ahnung, was eine Scharteke war, und sie nahm sich vor, Inge noch danach zu fragen. Auf jeden Fall musste es etwas Furchtbares sein, sonst hätte die Lehrerin deswegen bestimmt nicht so laut geweint. Dass sie anschließend den Stock rausgeholt und dem Jungen zehn Schläge auf die Finger verpasst hatte, sprach ebenfalls für die Ungeheuerlichkeit seiner Verfehlung, denn normalerweise verteilte sie nur Kopfnüsse und Ohrfeigen.

Das mit dem Weinen war schon eine seltsame Sache. Bärbel versuchte jedes Mal, es zu unterdrücken, wenn es sie überkam, aber es klappte nicht immer.

Sie und Klausi kamen an den Höfen vorbei, die unterhalb der Wohnsiedlung über den Abhang verstreut in der Sonne lagen. Dort gab es Weiden mit Kühen und Schafen. Oma Mine hatte früher auch ein Schaf gehabt, es hatte im Garten auf der Wiese gestanden und Gras gefressen, und einmal im Jahr wurde das Fell abgeschoren und Wolle daraus gemacht. Doch das Schaf gab es schon lange nicht mehr, und der Stall im Keller, in dem es bei Kälte gestanden hatte, war jetzt ein Werkzeugraum.

Bärbel zupfte Klausi am Ärmel, als sie den Schäfer sah, der sich an einem der Weidezäune zu schaffen machte.

»Er ist wieder da«, flüsterte sie. Heute würde sie sich trauen. Ganz bestimmt! Klausi war diesmal dabei, und wenn es schiefging, würden sie einfach wegrennen.

Der Schäfer tat das, was er auch beim letzten Mal gemacht hatte, als Bärbel allein hier vorbeigekommen war: Er stellte sich aufrecht hin und starrte sie an, reglos wie eine Vogelscheuche. Und genauso sah er auch aus – ein abgerissener Hut mit breiter Krempe beschattete sein Gesicht, das so zerfurcht war wie eine schrumpelige Backpflaume. Die Jacke schien nur noch aus Lumpen zu bestehen, und die Hose war so fadenscheinig und verblichen, dass man nicht mehr sehen konnte, welche Farbe sie einmal gehabt hatte. In der rechten Hand hielt er seinen Schäferstock, einen furchterregend langen Stab mit einem rundgebogenen Ende, an dem vorn noch ein nach außen gekrümmter Haken war – vielleicht zum Aufhängen einer Lampe, wenn es dunkel wurde, wie in einem von Bärbels alten Bilderbüchern.

»Und wenn der uns haut?«, flüsterte Klausi ihr zu, als sie sich dem Mann näherten.

»Der ist doch hinterm Zaun«, beruhigte Bärbel ihn, aber vor lauter Aufregung kippte ihre Stimme fast über. Womöglich konnte er den Stock ja auch benutzen, um über den Zaun zu springen. Beim letzten Sportfest hatte sie gesehen, dass Männer mit langen Stöcken über eine Stange sprangen, die zwei Meter über ihren Köpfen lag. Mindestens.

Doch sie bezwang ihre Furcht. Diesmal würde sie nicht einfach vorbeirennen!

Ihren ganzen Mut zusammennehmend, blieb sie vor dem Mann stehen. Klausi hatte sich vorsichtshalber hinter sie gestellt, was sie mit leisem Unmut registrierte, aber auch davon ließ sie sich nicht beirren.

Aus der Nähe sah der Schäfer noch gruseliger aus. Wirklich

wie eine Vogelscheuche, die irgendwie lebendig geworden war. Nichts an seinem Körper rührte sich, er stand so starr da wie die echten Vogelscheuchen, nur der Wind blähte leicht seine Jacke.

Das einzig Bewegliche an ihm waren seine Backen und sein Kiefer. Er kaute und kaute, unermüdlich und mit offenem Mund, und die wenigen Zähne, die dabei sichtbar wurden, waren so dunkel und verwittert wie die Pfosten des Zauns, hinter dem er stand. Und dann spuckte er aus – einen dicken braunen Klecks, direkt vor ihre Füße!

Bärbel sprang mit einem unterdrückten Aufschrei zurück und stieß dabei beinahe Klausi um. Um ein Haar wäre sie doch noch weggelaufen, aber nein, diesmal wollte sie keine Memme sein!

Tapfer hob sie den Kopf und trat wieder vor, fast bis an den Zaun. Schon die letzten Male hatte sie den Mann kauen sehen, gründlich und genüsslich, aber sie hatte zu viel Angst vor ihm gehabt, deshalb hatte sie ihn nicht gefragt. Aber heute war der Tag gekommen.

»Hast du Kaugummi?«, fragte sie. Dieselbe Frage hatte sie auch immer den Soldaten gestellt, die ihr über den Weg gelaufen waren. Ganz egal, wo man sie antraf und ob sie gerade kauten oder nicht – man fragte sie nach Kaugummi. Natürlich auf Englisch, da hieß es *Chewing gum*, und die Soldaten hatten sie jedes Mal gut verstanden und gelacht, und meist hatten sie einen Streifen Kaugummi herausgerückt. Es schmeckte köstlich, nach Pfefferminz, und man hatte lange was davon, ehe der Geschmack nachließ. Doch in der letzten Zeit waren die Soldaten weniger geworden, und in Fischlaken sah man sie noch seltener als woanders, also gab es auch keine Kaugummis mehr. Man konnte zwar welche an der Bude kaufen, aber Bärbel hatte kein Geld, und Klausi sowieso nicht.

Das Kaugummi von dem Schäfer musste etwas Besonderes

sein, davon war sie überzeugt. Weil es so braun war, schmeckte es vielleicht nach Cola. Oder nach Schokolade.

Der Schäfer schien sie nicht richtig verstanden zu haben, also wiederholte sie ihre Frage.

»Hast du Kaugummi? Kannst du uns ein Stück abgeben?«

Jetzt verstand er sie und schüttelte den Kopf.

»Aber du hast doch was im Mund!«

»Dat is en Priem.«

»Was ist das für eine Kaugummisorte?«

»Hanewacker«, sagte der Schäfer.

Das kannte Bärbel nicht. Sie fand, dass seine Stimme fast normal klang. Ein bisschen heiser, aber eigentlich nicht so, dass man sich unbedingt davor fürchten musste.

»Wir wollen auch was«, sagte sie.

»Kinder, die wat wollen, kriegen wat auffe Bollen«, entgegnete der Schäfer.

Den Spruch kannte Bärbel schon von Oma Mine.

»Bitte«, sagte sie höflich. »Wir *möchten* auch was davon.«

»Dat, wat ich im Mund hab, is der Rest.«

»Ist denn da noch Geschmack drin?«

Er fasste sich in den Mund, holte den nassen braunen Klumpen hervor und reichte ihn Bärbel über den Zaun.

»Kannsse ja mal probieren. Aber ausspucken nich vergessen.«

Bärbel bedankte sich höflich und ging eilig weiter. Die Spucke von dem Schäfer wischte sie mit einem Zipfel ihres Schürzenkleides sorgfältig von dem Klumpen ab.

»Ich will auch wat«, sagte Klausi, während er aufschloss, und Bärbel teilte bereitwillig den Klumpen in zwei gleich große Teile. Einen davon bekam Klausi, den anderen schob sie sich selbst in den Mund. Im Weiterlaufen kauten sie beide eifrig darauf herum und spuckten auch hin und wieder wie empfohlen aus, aber der erwartete Genuss wollte sich nicht einstellen. Es schmeckte weder nach Cola noch nach Schokolade, sondern eher nach einer Mischung aus Dörrobst und Lakritz und etwas anderem, das Bärbel nicht richtig einordnen konnte. Immerhin hielt der Geschmack lange vor, länger als bei den herkömmlichen Kaugummis.

Leider wurde ihr unten im Tal schlecht, und sie musste sich übergeben, was dazu führte, dass der Priem nicht mehr zu gebrauchen war, weil er mit der Kotze rausgekommen war. Kotze hatte den widerlichsten Geschmack der Welt. Bärbel überlegte kurz, den Priem im Bach abzuwaschen, aber dazu hätte sie ganz nah ans Wasser gehen müssen, und das war ja verboten. Klausi hinzuschicken war auch keine Lösung, denn das war inzwischen genauso verboten – Katharina hatte es ausdrücklich betont.

Klausi bot ihr an, von seinem Priem ein Stück für sie abzureißen, aber ihr war die Freude am Kauen vergangen. Zum Glück ging es ihr nach einer Weile wieder besser, weshalb sie entschied, dass sie nicht heimgehen mussten. Sie stromerten weiter durch den Wald, bauten zwischen den Wurzeln einer alten Eiche ein Mooshäuschen für die Wichtelmänner (höchstwahrscheinlich gab es gar keine, aber Klausi glaubte noch fest daran), und dann folgten sie dem Lauf des Baches entgegen der Fließrichtung. Aus sicherer Entfernung warfen sie Stöcke und Steine hinein und freuten sich, wenn das Wasser so richtig hochspritzte. Zwischendurch redeten sie über Gott und die Welt. Mit Klausi gingen ihr nie die Gesprächsthemen aus. Manchmal schwiegen sie aber auch einfach nur einträchtig, das war genauso schön.

Leider bekam er später zu Hause wieder Ärger, weil er immer noch den Priem im Mund hatte. Seine Mutter kam rüber und beschwerte sich bei Katharina über Bärbel, was lange nicht mehr vorgekommen war. Aber diesmal klang ihr Geschimpfe nicht ganz so wütend wie sonst immer, im Gegenteil, sie schien eher traurig zu sein, denn mittendrin fing sie an zu weinen und sagte zu Katharina, sie könne einfach nicht mehr, es wäre alles so schrecklich.

Bärbel, die mit einem Pucki-Buch und einem Glas Milch in der Küche saß und der nebenan im Wohnzimmer geführten Unterhaltung lauschte, zog entsetzt den Kopf ein. Sie hätte nicht gedacht, dass die Sache mit dem Kaugummi so schlimm sein könnte, zumal sie überhaupt nicht gewusst hatte, dass es in Wahrheit kein Kaugummi, sondern Tabak gewesen war. Tabak war sehr schädlich für Kinder, und natürlich hätte sie den Vogelscheuchen-Schäfer nie um welchen gebeten, wenn sie geahnt hätte, worum es sich handelte.

Anscheinend war sie ziemlich dumm, denn Inge hatte gemeint, dass sogar der letzte Blödmann wisse, was Kautabak sei und wie er aussehe. Aber Bärbel fand trotzdem, dass sie nichts dafürkonnte, schließlich hatte ihr noch keiner den Unterschied zum Kaugummi erklärt.

»Komm, wir gehen mal ins Schlafzimmer«, sagte Katharina zu Elfriede Rabe, und dann machten sie die Tür hinter sich zu, sodass Bärbel nichts mehr verstehen konnte und auch das Weinen nicht mehr zu hören war.

Sie legte *Puckis neue Streiche* zur Seite und versuchte sich auszurechnen, wie viel Hausarrest die Sache mit dem Kautabak wohl einbrachte, doch auch diesmal bekam sie keinen, was sie enorm erleichterte. Dennoch konnte sie nicht aufhören, darüber nachzudenken, warum Klausis Mutter so geweint hatte.

Kapitel 23

Nachdem Elfriede wieder gegangen war, blieb Katharina noch für eine Weile in ihrem Schlafzimmer sitzen und starrte die Wand an. Als die Nachbarin vorhin vor ihr gesessen hatte, am ganzen Körper zitternd und völlig aufgelöst vor Kummer, hatte Katharina die Gedanken, die jetzt in ihr rumorten, noch verdrängen können, doch nun musste sie sich ihnen wohl oder übel stellen.

Elfriede hatte abgetrieben, es war zwei Wochen her, und sie wurde nicht damit fertig.

»Ich konnte dat Kind doch nicht kriegen«, hatte sie geschluchzt, mehrmals hintereinander, nur um dann in selbstquälerischer Trostlosigkeit hinzuzufügen: »Aber wat, wenn et ein Mädchen gewesen wäre?!«

Katharina hatte ihr beklommen zugehört und versucht, sie irgendwie zu trösten. Dass es wieder aufwärtsgehen würde. Dass Elfriede irgendwann ihre Schulden loswerden würde. Dass Fritz bestimmt bald mit dem Saufen aufhörte.

Es war nicht Elfriedes erste Abtreibung, Katharina wusste noch von mindestens einer anderen, vor zwei Jahren war das gewesen. Elfriede wollte keine Kinder mehr, sie schaffte es ja kaum mit den drei Jungs, und Fritz versoff regelmäßig mehr Geld, als dafür übrig war. Manchmal, wenn Elfriede sich allzu penetrant darüber beschwerte, schlug er sie. Die Jungs vermöbelte er sowieso ständig, da genügten schon die geringsten Anlässe.

Ein weiteres Kind wäre für Elfriede eine Katastrophe gewesen, zumal sie unbedingt wieder arbeiten wollte. Sie war gelernte Verkäuferin und hatte sich bereits auf eine Stelle beworben. Die

Aussichten waren gut, das hatte sie Katharina noch vor drei Wochen erzählt. Jetzt war die Stelle leider weg, denn es hatte zu lange gedauert, bis sie sich von der Abtreibung erholt hatte. Und in Wahrheit hatte sie sich gar nicht davon erholt.

Katharina stand vom Bett auf und ging zum Kalender, der neben der Nähmaschine an der Wand hing. Es war ein großer Jahresplaner, mit einem Feld für jeden Tag, sodass sie dort alle ihre Termine eintragen konnte, für Anproben und sonstige Kundenbesuche. Sie blickte auf den Kalender, ging Woche für Woche zurück und versuchte, die abgehakten Termine mit ihren Erinnerungen in Übereinstimmung zu bringen. Vor nicht allzu langer Zeit hatte sie noch ihre Periode gehabt, dessen war sie sich ganz sicher, aber wann genau? Ihr Zyklus war nicht sehr verlässlich, manchmal tat sich monatelang gar nichts, wofür sie nicht undankbar war – welche Frau brauchte das schon?

Im vorletzten Monat hatte sie auf jeden Fall ihre Tage gehabt, das fiel ihr beim Betrachten des Kalenders wieder ein. Nur schwach, aber sie hatte ihre Binden aus dem Schrank geholt. Vor ein paar Wochen hatte sie noch mal geblutet, allerdings sehr wenig, sie hatte nur zwei oder drei Binden gebraucht und war froh gewesen, es danach schon wieder hinter sich zu haben.

Sie schloss die Augen und rief sich die Anfangszeit ihrer beiden ersten Schwangerschaften ins Gedächtnis. Beide Male hatte sie zu Beginn Blutungen gehabt, zwar nur leicht, aber doch so, dass sie zunächst keinen Verdacht geschöpft hatte. Ihr war nie übel gewesen. Sie hatte in den ersten Monaten kaum zugenommen. Das nach ein paar Wochen einsetzende Brustspannen hatte sie in der ersten Schwangerschaft wegen ihrer Unerfahrenheit nicht einordnen können. Und in der zweiten hatte sie es auf einen schlecht sitzenden Büstenhalter geschoben, denn bei Bärbel hatte sie überhaupt nicht damit gerechnet, je wieder ein Kind zu bekommen – Karl und sie hatten es zuvor fast drei Jahre lang vergeblich versucht.

Als sie damals bei Inge gemerkt hatte, dass sie in anderen Umständen war, war sie schon im fünften Monat gewesen. Bei Bärbel im vierten.

Unwillkürlich glitten ihre Hände zu ihrem Bauch.

Um die Mitte herum saßen ihre Kleider vielleicht etwas enger als sonst, aber nicht so sehr, dass es ihr Sorgen bereitet hätte. Wenn sie zugenommen hatte, dann vielleicht drei oder vier Pfund, mehr sicher nicht. Sie besaß keine Waage.

Ihre Brüste fühlten sich in letzter Zeit etwas geschwollen an, aber seit wann genau? Bisher hatte sie geglaubt, es läge an der Hitze.

Von Clemens konnte sie unmöglich schwanger sein, das war zu lange her. Und Johannes und sie hatten immer aufgepasst. Jedes Mal. Konnte es denn trotzdem passiert sein? Himmel, sie wusste so wenig über diese Dinge!

Ihre Hände fingen an zu zittern. Sie grub die Finger in den Stoff ihres Kittelkleides und zerknüllte ihn so heftig, dass sie einen Knopf abriss.

Sie war schwanger, alles deutete darauf hin.

Aber wie lange schon?

*

Katharina sprach mit niemandem darüber, doch noch am selben Abend besuchte sie Elfriede und brachte ihr eine fast volle Flasche Klosterfrau Melissengeist. Sie selbst mochte das Zeug nicht, es stand seit Monaten nur bei ihr herum; eine Kundin hatte es ihr geschenkt, in der Annahme, ihr damit was Gutes zu tun. Elfriede würde es sicher binnen Tagen aufbrauchen.

Katharina wartete mit dem Besuch, bis sie sicher sein konnte, dass die Rabe-Jungs im Bett waren. Fritz hatte diese Woche Spätschicht, er würde auf jeden Fall noch eine Weile fortbleiben.

Im Haus der Rabes roch es nach Kohl und kaltem Rauch.

Es war unaufgeräumt, der Fußboden schmutzig, die Tapeten zu schmierigem Grau verblichen. Die Armut sprang einem förmlich ins Gesicht.

Allerdings hätten auch die Rabes es zweifellos etwas besser haben können, wenn nicht so viel vom Einkommen für die Kneipe und fürs Rauchen draufgegangen wäre. Und vielleicht gab es ja wirklich Licht am Ende des Tunnels, wenn Elfriede wieder Arbeit fand.

»Ich wollte mal nach dir sehen«, sagte Katharina. »Darf ich reinkommen?«

»Ja klar«, erwiderte Elfriede, offensichtlich erstaunt über ihr Erscheinen. Katharina ließ sich selten bei ihr blicken, denn meist sah sie keinen Anlass dafür – im Gegensatz zu Elfriede, die häufig bei Mine oder Katharina hereinschneite, entweder um zu schimpfen oder sich was zu borgen, sei es eine Tasse Zucker oder ein paar Mark. Oder um einfach nur zu reden, so wie vor ein paar Stunden, als sie in Katharinas Schlafzimmer zusammengebrochen war.

Elfriede führte Katharina ins Wohnzimmer. Der Raum war vollgestellt mit Möbeln, ihren eigenen und denen ihrer Eltern, die schon vor Jahren verstorben waren und ihr und Fritz das Haus hinterlassen hatten. Sie holte zwei Schnapsgläschen aus der Glasvitrine und goss in Ermangelung anderer Alkoholvorräte den mitgebrachten Melissengeist ein. Katharina lehnte dankend ab, worauf Elfriede sich beide Gläschen genehmigte.

»Mir geht et schon besser«, sagte sie anschließend. »Irgendwie muss et ja weitergehen.«

»Da hast du recht«, gab Katharina zurück. »Ich glaube, du schaffst das. Hast du ja bisher auch immer.«

Elfriede nickte. Sie sah müde und abgekämpft aus. In der letzten Zeit hatte sie weiter zugenommen, bestimmt nicht nur von der Schwangerschaft. Der Himmel wusste, wann sie die Zeit zum Essen fand, aber wenn man den Zustand von Haus und Garten betrachtete, drängte sich einem die Antwort förmlich auf. So wie Fritz sein inneres Gleichgewicht in der Kneipe suchte, schien seine Frau es beim Essen finden zu wollen.

»Sag mal, im wievielten Monat warst du denn eigentlich?«, fragte Katharina scheinbar beiläufig, nachdem sie über unterschiedliche belanglose Themen geredet hatten.

Elfriede hob die Schultern. »Wat weiß ich. Zweiter oder dritter, so genau hab ich dat nich nachgerechnet.«

»Warst du denn nicht beim Arzt?«

Elfriede lachte misstönend. »Bisse verrückt? Dann ist dat doch sofort alles hochoffiziell! Auch bei der Krankenkasse und so. Die dürften dat gar nich mitkriegen! Ich wollt doch wieder arbeiten gehen!«

»Wo bist du denn gewesen? Ich meine, zum Wegmachen. Du hast das doch nicht etwa selber getan, oder?«

Elfriede schüttelte sofort entrüstet den Kopf. »Bin ich lebensmüde? Meine Cousine hat dat mal bei sich gemacht, mitte Stricknadel. Die war drei Tage später tot.«

»Also warst du bei einer …« Katharina stockte, sie hatte Schwierigkeiten, das Wort auszusprechen. »Bei einer Engelmacherin?«

Elfriede nickte nur stumm.

»In Essen? Oder bist du dafür extra woanders hingefahren?«

»Nee, bloß nach Bredeney. Wozu willsse dat denn überhaupt wissen?«

»Eine von meinen Kundinnen hat dasselbe Problem«, behauptete Katharina sofort aalglatt. »Sie hat mich gefragt, ob ich jemanden kenne.« Die Lüge hatte sie sich schon vorher zurechtgelegt.

»Dat darf sich aber nich rumsprechen«, sagte Elfriede. »Wenn dat rauskommt, bin ich wech vom Fenster. Und die Frau auch.«

Katharina nickte. Sie wusste natürlich, dass es verboten war. »Hast du eine Adresse?«

Elfriede stemmte sich schwerfällig aus dem Sessel hoch und ging zu dem mächtigen Eichenschrank. Dort kramte sie in einer der Schubladen herum und kam mit einem zerknitterten Stück Papier wieder, auf dem eine Telefonnummer und eine Anschrift notiert waren.

»Hier«, sagte sie. »Man muss die vorher anrufen und sich en Termin geben lassen.«

Katharina steckte den Zettel ein. »Danke.« Sie schluckte heftig, dann rang sie sich zu einer weiteren Frage durch. »Wie ist das denn so? Tut es weh?«

Elfriede schüttelte den Kopf. »Da krisse so 'n Tuch aufm Gesicht, und dann macht die Frau da Äther drauf, da bisse sofort weg. Und wenne wieder wach wirs, is alles vorbei. Dann musse noch ne Stunde liegen bleiben. Hinterher krisse ne Schmerztablette und kanns nach Hause.«

Katharina blieb noch eine Weile bei Elfriede sitzen, um erst gar nicht die Vermutung aufkommen zu lassen, sie sei nur wegen der Adresse hergekommen. Sie sprachen über die Kinder, und Elfriede klagte Katharina ihr Leid wegen der Schulbücher, die immer so schnell kaputtgingen. Wortreich regte sie sich über die horrenden Kosten für Hefte und Stifte auf und über alles, was die in der Schule sonst noch an Anschaffungen verlangten.

»Schön, datte da wars«, sagte Elfriede, nachdem sie die Unterhaltung beendet hatten und sich an der Haustür verabschiedeten. »Kanns ruhig öfters mal zum Töttern rüberkommen, wenn der Fritz nich da is.«

»Ja, wieso nicht«, erwiderte Katharina, und auch wenn es nur eine fromme Lüge war, hielt sich ihre innere Ablehnung erstaunlicherweise in Grenzen.

Als sie in ihre Wohnung zurückkam, schliefen die Mädchen schon, an jedem Ende des aufgeklappten Wandbetts ein blonder Schopf. Unwillentlich überlegte sie, ob das Kind, das in ihr wuchs, wohl auch blond sein würde. Vielleicht war es ja ein Junge.

Doch augenblicklich verbot sie sich jeden weiteren Gedanken daran. Noch war es kein Mensch. Musste nie einer werden.

Sie setzte sich auf ihr Bett und starrte die Wand an, bis ihr die Augen brannten.

*

Nach der Schicht traf Johannes zufällig Stan draußen vorm Zechentor und begleitete ihn bis zu den Parkplätzen, wo Stan seinen Wagen abgestellt hatte.

»Wie geht's dir so?«, fragte Stan.

»Ganz gut«, log Johannes.

»Hat Kathi dir das über diesen Hagemann alias Rübenstrunk ausgerichtet?«

Johannes nickte und bedankte sich aufrichtig bei Stan. Seine panische Angst vor behördlicher Verfolgung hatte sich seither um einiges verringert, auch wenn er im Moment unter ganz anderen, weitaus schlimmeren Seelenqualen litt.

»Ich hab noch was für dich«, sagte Stan. »Ich geb's dir gleich im Wagen. Muss nicht jeder mitbekommen.«

»Was ist es denn?«

»Lass dich überraschen. Eigentlich wollte ich es dir schon vorige Woche geben, aber in der letzten Zeit sieht man dich so selten. Ich weiß, ich hätte mal zu euch rüberkommen können, aber wie gesagt, es braucht nicht jeder zu wissen.«

In den vergangenen Wochen waren sie einander tatsächlich seltener über den Weg gelaufen als früher. Teilweise lag es an unterschiedlichen Arbeitsschichten, aber in erster Linie hing es natürlich damit zusammen, dass es nun keine gemeinsamen Treffen mit Hanna und Katharina mehr gab.

Hinzu kam, dass Johannes sich seit jener unseligen Nacht

von fast allen geselligen Aktivitäten zurückgezogen hatte. Er ging nur noch selten in die Kneipe. Meist verkroch er sich nach getaner Arbeit in seinem Zimmer, denn da hatte er alles, was er brauchte. Wenn er sich überhaupt von seinem Elend ablenken konnte, dann mit Lesen. Inge versorgte ihn nach wie vor mit Büchern, und hin und wieder fuhr er auch in die Stadt und holte sich selbst Nachschub.

Ständig fragte er sich, wie er es immer wieder schaffte, sich zu den Mahlzeiten mit Katharina an einen Tisch zu setzen und dabei so zu tun, als hätte sie ihm nicht das Herz herausgerissen. Das Verstörende daran war, dass sie darunter genauso zu leiden schien wie er. Er konnte sich nicht erinnern, wann er sie zuletzt richtig lachen gehört hatte. Ihre Munterkeit war ebenso vorgetäuscht wie die fröhlichen Kommentare, die sie hin und wieder während ihrer Tischgespräche fallen ließ. Häufig war sie blass und hatte Ringe unter den Augen, und wenn er versuchte, ihren Blick festzuhalten, sah sie hastig zur Seite. Doch in dem einen Sekundenbruchteil, bevor sie wegschaute oder die Lider senkte, nahm er jedes Mal den Schmerz in ihren Augen wahr.

Stan und er erreichten den Parkplatz. Die Anzahl der hier abgestellten Wagen war überschaubar. Nur wenige Bergleute konnten sich ein Auto leisten, egal ob neu oder gebraucht. Abgesehen von den besserverdienenden Angestellten in der Zechenverwaltung, von den Arbeitern meist leicht abfällig *Beamte* genannt, waren die meisten der hier Beschäftigten auf Fahrräder oder öffentliche Verkehrsmittel angewiesen.

Sprunghaft angestiegen war jedoch im Laufe des letzten Jahres die Zahl der Mopedbesitzer. Die knatternden Zweiräder erfreuten sich immer größerer Beliebtheit und bestimmten zunehmend das Straßenbild.

Unwillkürlich fragte sich Johannes, was wohl aus dem Moped des OG-Beamten geworden war. In jener Nacht hatten Stan und er es nach ihrer Rückkehr aus Neviges ziemlich rasch gefunden, es war nur eine Straße weiter abgestellt gewesen. Stan hatte sich darum gekümmert, das hieß, er hatte dafür gesorgt, dass die Maschine verschwand.

Er schien Johannes' Gedanken zu lesen. »Du denkst an das Moped von dem OG-Heini, oder?«

Verblüfft wandte Johannes sich ihm zu. »Wie hast du das erraten?«

»Na, du schaust dir gerade völlig geistesabwesend diese Reihe von Mopeds an, die hier parken, da liegt es auf der Hand, oder?« Stan grinste. »Komm, steig ein, dann kann ich dir endlich geben, was ich schon seit Tagen mit mir rumschleppe.«

Im Auto holte er ein Bündel Geldnoten aus seiner Aktentasche und überreichte es Johannes.

Der betrachtete die vielen Scheine verdutzt. »Wofür ist das?«

»Na, für dich. Ich hab das Moped verkauft. Dreihundert für dich, dreihundert für mich.«

»Das ist eine Menge.« Johannes musterte das Bündel voller Unbehagen. Es fühlte sich falsch an, das Geld zu nehmen.

Wieder schien Stan zu wissen, was er dachte. Ruhig sagte er: »Du musst es ja nicht für dich ausgeben. Du kannst damit was Gutes tun. Hab ich auch gemacht.«

»Was denn?«

»Ich hab's dem Müttergenesungswerk gespendet. Das ist eine wohltätige Stiftung, wurde erst letztes Jahr gegründet. Extra zur Unterstützung von kranken Müttern. Die können immer Geld brauchen. Jedenfalls dringender als ein eiskalter Mörder, der immer noch frei rumläuft.«

Johannes nickte entschlossen. »Dann mach ich das genauso.«

»Tu das.« Stan startete den Motor und fuhr los. »Übrigens trifft es sich gut, dass wir uns über den Weg gelaufen sind. Ich wollte die ganze Zeit schon was mit dir bereden.«

Halb und halb fürchtete Johannes, dass Stan vorhatte, ihn auf Katharina anzusprechen, und er wappnete sich innerlich, alle Vorstöße, die in diese Richtung zielten, entschieden abzublocken. Doch Stan hatte ein ganz anderes Thema im Sinn.

»Du weißt doch, dass ich in der Gewerkschaft bin, oder?«

»Sicher. Ich bin ja selber auch drin.«

Angehenden Bergleuten wurde der Mitgliedsantrag meist gleichzeitig mit den übrigen Arbeitsunterlagen in die Hand gedrückt. Johannes kannte keinen einzigen Kumpel, der nicht der Gewerkschaft beigetreten war.

»Ja, das ist schon klar«, stimmte Stan zu. »Ich meinte ja auch, dass ich da *aktiv* bin. Also als Delegierter auf Versammlungen gehe und an den Beschlüssen mitwirke.«

Auch das hatte Johannes natürlich gewusst, und jetzt begriff er auch, worauf Stan mit seiner Frage abzielte.

Bei seinen nächsten Worten wurde es deutlicher. »Wir brauchen dort gute Leute, Johannes. Männer, die denken und argumentieren können. Die sich nicht wegducken, wenn sie es mit den gebildeten Geldsäcken zu tun haben. Die Gewerkschaft kann viel bewirken! Allein ist der Kumpel nichts. Zusammen sind wir stark.« Stan ereiferte sich richtiggehend bei seinen Ausführungen. »Das Montanmitbestimmungsrecht von diesem Sommer ist nicht vom Himmel gefallen. Es war ein hartes Stück Arbeit, unsere Rechte durch alle Gremien zu bringen. Und wir haben noch mehr erreicht! Nächsten Monat wird ein Gesetzespaket verabschiedet, das die Leistungen für Arbeiter und Bergleute in der gesetzlichen Rentenversicherung um ein Viertel erhöht. Ein Viertel!« Stans Gesicht nahm einen triumphierenden Ausdruck an, als er fortfuhr: »Und es gibt endlich ein Kündigungsschutzgesetz!«

»Das wusste ich nicht«, sagte Johannes.

»Deshalb erzähl ich's dir ja. Damit du mal siehst, wofür wir stehen und was wir können. Seit dem letzten Jahr haben wir über dreitausend Tarifverträge abgeschlossen, davon mehr als die Hälfte in Industrie und Handwerk.«

Johannes war beeindruckt von der Größe der Zahl. »Das ist wirklich sehr viel!«

»Ja, aber bei Weitem noch nicht genug. Wir wollen einen besseren Arbeitsschutz. Stärkere Absicherungen im Krankheitsfall. Mehr Urlaub. Mehr Lohn. Mehr Teilhabe insgesamt. Und wir wollen langfristig von den vielen Wochenarbeitsstunden runter.«

»Gab es nicht vor ein paar Monaten einen Erlass vom Bundesarbeitsministerium gegen zu viele Überstunden? Ich habe davon in der Zeitung gelesen.«

»Ich rede nicht von Überstunden, sondern von der regulären Wochenarbeitszeit. Achtundvierzig Stunden sind zu viel. Wir wollen den arbeitsfreien Samstag, Johannes. Dafür machen wir Gewerkschafter uns stark. Das ist das Ziel, da wollen wir hin. Und dafür werden wir kämpfen.« Stan nahm eine Hand vom Lenkrad und ballte sie zur Faust. »Alle Räder stehen still, wenn dein starker Arm es will!«

Johannes kannte den Spruch, es war ein Zitat aus dem fast hundert Jahre alten Bundeslied des deutschen Arbeitervereins, und zugleich diente es den Gewerkschaften als Parole für Streik und Boykott. Stans Stimme hatte bei diesem letzten Satz launig geklungen, fast schalkhaft. Aber der Ernst des Gesagten war dennoch leicht zu erkennen.

»Was ist?«, fragte Stan, während er Johannes von der Seite ansah. »Gehst du mal mit auf eine Versammlung?«

Johannes musste einen Moment überlegen, aber dann traf er seine Entscheidung schneller, als er es zu Beginn des Gesprächs für möglich gehalten hatte.

»Ja«, sagte er. »Ja, ich gehe mit.«

*

Clemens blätterte in einer Krankenakte und überlegte dabei, wie er es anstellen sollte, noch mehr Patienten aufzunehmen. Es widerstrebte ihm, die Menschen wegzuschicken, die zu ihm wollten, das hatte er noch nie getan. Aber die Anzahl der Kranken schien in den letzten Monaten auf wundersame Weise zuzunehmen, es wurden immer mehr.

Vielleicht kam es ihm aber auch nur so vor. Wahrscheinlich hatte nur die Zahl derer zugenommen, die lieber zu ihm als zu einem seiner Kollegen gehen wollten. Einige der Patienten, die zum ersten Mal in seine Praxis gekommen waren, hatte er gefragt, wieso sie bei ihm vorsprachen statt bei ihrem früheren Hausarzt, und sie hatten geantwortet, dass man so viel Gutes über ihn hörte. Um was genau es sich dabei handelte, hatte er noch nicht herausgefunden.

Fest stand nur, dass es unmöglich so weitergehen konnte, denn der Tag hatte nur vierundzwanzig Stunden. Selbst wenn er die Hälfte davon den Patienten widmete, konnte er nicht allen gerecht werden.

Er klappte eine andere Akte auf und bereitete sie für die Abrechnung mit der Krankenkasse vor. Den eigentlichen Schriftkram würde Brigitte erledigen, seine langjährige Sprechstundenhilfe, die sich ebenfalls in der letzten Zeit heillos überfordert fühlte.

Vor Kurzem hatte er eine zweite Helferin eingestellt, die einen tüchtigen Eindruck machte, doch sie musste zuerst eingearbeitet werden, also würde es noch eine Weile dauern, bis die Praxis von der zusätzlichen Arbeitskraft profitierte. Die beiden Mädchen, die bei ihm ihre Ausbildung zur Arzthelferin absolvierten, waren ebenfalls noch nicht lange genug dabei, um Brigitte zu entlasten.

Es war ein schwüler Augustabend, ein Sommergewitter lag in der Luft. Durch das geöffnete Fenster des Behandlungsraums drang feuchtwarme Luft herein, zusammen mit zahlreichen tanzenden Mücken. Clemens erschlug eine, die sich ge-

377

rade auf seinen Handrücken setzen wollte, dann schob er die Akte zur Seite. Er war hundemüde, restlos erledigt, und er saß nur noch hier an seinem Schreibtisch, weil er nicht nach oben in seine Wohnung gehen wollte, wo nichts auf ihn wartete als ein leerer Kühlschrank und ein ungemachtes Bett. Die Zugehfrau hatte vor zwei Wochen gekündigt, und er hatte noch nicht die Energie aufbringen können, wegen einer neuen zu annoncieren. Sie hatte keinen Hehl daraus gemacht, dass ihre Kündigung im Zusammenhang mit seiner Scheidung stand – er konnte nur ahnen, was Agnes ihr darüber erzählt hatte.

Clemens hatte seiner Frau versprochen, alle Schuld auf sich zu nehmen, und sie hatte dafür gesorgt, dass er es unter keinen Umständen vergaß. Alle Welt wusste inzwischen, dass er sie schamlos betrogen hatte, und der Ehefrau eines befreundeten Apothekers hatte Agnes sogar erzählt, dass Clemens sie deswegen verstoßen habe.

In einer Aufwallung morbider Ironie überlegte er, ob das vielleicht am Ende der wahre Grund dafür war, dass immer mehr Patienten zu ihm in die Praxis kamen. Nichts zog die Leute so sehr an wie deftiger Klatsch.

Wenigstens hatte er jetzt, was er wollte – Agnes hatte die Scheidung eingereicht, er hatte dem Antrag zugestimmt, und der Rest war nur eine Frage der Zeit. Sie hatte eine schmucke kleine Villa in Düsseldorf bezogen und schien sich dort wohlzufühlen. Von einem gemeinsamen Bekannten war Clemens zugetragen worden, dass sie bereits einen Verehrer hatte – allem Anschein nach traf sie sich mit dem Immobilienmakler, der ihr das Haus vermittelt hatte.

Clemens hatte die Neuigkeit in einer Mischung aus Ärger und schwarzem Humor aufgenommen; er konnte nur raten, wie lange die Sache schon lief. Sicher nicht erst seit ihrem Auszug. Ob sie den Mann zu gegebener Zeit wohl in ihr Bett lassen würde? Oder war das gar schon passiert?

Doch letztlich konnte es ihm egal sein, denn jetzt war der Weg zu Katharina endlich frei. Zumindest in der Theorie. Bevor er einen neuen Anlauf unternehmen konnte, musste er zuerst den Mut dafür aufbringen, und daran haperte es nach dem Desaster der letzten Begegnung mit Katharina immer noch gewaltig. Einstweilen betäubte er sich mit Arbeit und hoffte auf bessere Tage.

Er stand auf, um das Fenster zu schließen, bevor er nach oben ging. Dabei nahm er eine Bewegung auf dem gepflasterten Weg wahr, der von der Straße zur Eingangstür des Hauses führte. Es war eine Frau, aber sie kam nicht, sondern ging. Sie war schlank und gut angezogen. Das Haar hatte sie unter einem eleganten Sommerhut mit breiter Krempe hochgesteckt, der auch ihr Gesicht verbarg. Im ersten Augenblick glaubte Clemens, sie hätte vielleicht etwas in den Briefkasten geworfen, da landeten ständig irgendwelche Prospekte. Doch dann erkannte er die Frau, und sein Puls schoss rapide in die Höhe.

Laut rief er ihren Namen. »Katharina!«

Sie fuhr erschrocken zu ihm herum. Einen Moment lang hatte es für ihn den Anschein, als wollte sie weglaufen.

»Warte!«, rief er beschwörend. »Ich mach dir auf!«

Und schon rannte er zur Haustür und riss sie auf.

Sie stand immer noch mitten auf dem Weg, bezaubernd schön, modisch gekleidet von Kopf bis Fuß – und erkennbar unschlüssig.

»Bitte komm herein, Katharina!« Er eilte zu ihr und fasste sie beim Arm, um sie zum Eingang zu führen. Sanft und höflich, auf keinen Fall wollte er sie nötigen, aber er musste um jeden Preis verhindern, dass sie jetzt einfach wieder verschwand. Für eine oder zwei Sekunden spürte er ihr Widerstreben, doch dann gab sie nach und begleitete ihn ins Haus. Im Vestibül musste er blitzartig entscheiden, wohin er sie bringen sollte. Mit Schrecken dachte er an sein ungeputztes, unordentliches

Wohnzimmer. In seinem Schlafzimmer – er nächtigte immer noch in der Mansarde unterm Dach – sah es nicht viel besser aus. Folglich wählte er spontan den Raum, in dem er eben noch gesessen und gearbeitet hatte, das schien ihm nach Lage der Dinge der am besten geeignete Ort zu sein. Katharina war ersichtlich nicht darauf aus, mit ihm ins Bett zu gehen, sie wollte nur reden. Und womöglich nicht einmal das, denn anderenfalls hätte sie nicht auf halbem Weg zum Hauseingang den Rückzug angetreten.

»Komm bitte herein«, sagte er, während er sie in sein Besprechungszimmer führte. Diesen Raum nutzte er zwar auch für Behandlungen, aber er wirkte nicht ganz so nüchtern wie die übrigen Praxisräume. An den Wänden hingen gerahmte Drucke, es gab Bücherregale, einen Ledersessel und ein Tischchen, auf dem Erfrischungen standen – eine Karaffe Wasser, ein Tellerchen mit Keksen. Brigitte stellte ihm immer was hin, bevor sie Feierabend machte. Sie wusste, dass er meist noch lange weiterarbeitete.

»Setz dich doch«, bat er Katharina. Er lehnte sich mit der Hüfte gegen seinen Schreibtisch und beobachtete sie, während sie in steifer Haltung auf dem Ledersessel Platz nahm. »Kann ich dir was anbieten? Wasser? Ich könnte auch rasch Kaffee machen.« Nebenan im Personalraum gab es eine kleine Teeküche mit dem Nötigsten – Tassen, ein Tauchsieder, Tee, Malzkaffee, Würfelzucker und Dosenmilch.

»Ein Schluck Wasser wäre nett.«

Er schenkte ihr ein Glas voll und reichte es ihr. Seine Hand zitterte leicht, als seine Finger die ihren berührten, und am liebsten hätte er ihr das Glas wieder weggenommen, sie von dem Sessel hoch in seine Arme gezogen und ihr den Hut abgenommen, um sie küssen zu können. Die Sehnsucht nach ihr verschlug ihm den Atem, er konnte kaum sprechen.

»Du hast mir so verdammt gefehlt«, sagte er heiser. »Ich

wollte mich schon die ganze Zeit bei dir melden, aber ich … Ich hatte Angst, dass du wieder Nein sagst. Kathi, meine Scheidung läuft. Agnes ist ausgezogen. Sie hat sogar schon einen Neuen, wie ich hörte. Du und ich, wir beide können …« Seine Stimme versagte, als sie zu ihm aufblickte.

In ihren Augen lag ein Ausdruck von Schmerz und Bedauern, und jäh zog sich alles in seinem Inneren zusammen, denn er wusste plötzlich, dass ihre nächsten Worte ihm wehtun würden. Sie wollte ihm etwas sagen, das sie beide für immer trennen würde.

»Ich erwarte ein Kind, Clemens.«

Sie wich seinen Blicken nicht aus, als sie ihm diese vernichtende Neuigkeit mitteilte. Für den Bruchteil einer Sekunde nahm sie Hoffnung in seinen Zügen wahr, fraglos verursacht durch den Irrtum, das Kind könnte vielleicht von ihm sein, aber nur einen Herzschlag später hatte er die Wahrheit begriffen und wurde kreidebleich. Doch er fing sich sofort, zumindest nach außen hin. Seine Stimme klang betont sachlich.

»Bist du gekommen, um mir das zu sagen? Um mir mitzuteilen, dass aus uns nichts mehr werden kann?«

Sie nickte stumm. Dann schüttelte sie den Kopf, wie um sich selbst Lügen zu strafen. »Wenn es nur das wäre, hätte ich es dir auch schreiben können, dafür hätte ich nicht extra herkommen müssen.«

»Du wolltest gerade wieder gehen, als ich dich gesehen habe. Warum?«

»Weil … weil mir plötzlich klar wurde, dass es eine Schnapsidee ist. Weil ich es dir nicht zumuten wollte.«

»Was willst du mir nicht zumuten?« Eindringlich sah er sie an.

Sie senkte den Kopf. »Ich weiß nicht, wie weit ich schon bin.«

Er konnte seine Fassungslosigkeit nicht verbergen. »Du möchtest, dass ich dich untersuche!«

Sie nickte errötend und trank hastig von dem Wasser, um ihre Verlegenheit zu überspielen.

»Hast du einen Test gemacht?«, fragte er, sichtlich um Haltung bemüht. »Deinen Urin in eine Apotheke gebracht?«

»Nein.« Sie stellte das Wasserglas weg. »Ich weiß es auch so.«

»Du bist schlank wie immer, lange kannst du also noch nicht schwanger sein. Schnürst du dich, trägst du eine Leibbinde?«

»Nein. Ich habe nicht viel zugenommen. Aber ... Damals bei Inge und Bärbel blieb ich auch lange schlank. Ich hatte zwischendurch Blutungen, deshalb habe ich zunächst nicht bemerkt, dass ich ... Und jetzt ist es wieder so. Ich habe keine Ahnung, wann genau ...« Sie unterbrach ihre gestammelten Erklärungen, und dann sagte sie es geradeheraus. »Ich will das Kind nicht haben, Clemens.«

Ein schockierter Ausdruck erschien auf seinem Gesicht. »Erwartest du etwa von mir, dass ich ...«

»Nein, nein!«, fiel sie ihm sofort ins Wort. Es kostete sie Mühe, die nächsten Worte auszusprechen. »Ich habe ... eine Adresse.«

»Du meinst, von einer Engelmacherin? Kathi, um Himmels willen! Hast du eine Ahnung, was dabei alles passieren kann? Du könntest sterben!«

»Ich kann ja schlecht zu einem Frauenarzt oder in die Klinik gehen und es dort machen lassen.« Sie war selbst erschrocken über ihre zornigen, bitteren Worte, doch es war nun einmal die Wahrheit. »Ich weiß, dass es unter Strafe steht. Aber ich habe keine Wahl. Was glaubst du denn, was los ist, wenn ich das Kind bekomme? Ich wäre für alle Zeiten erledigt! Meine ganzen Pläne ... Mein Modeatelier ... Alle meine Kundinnen würden sich sofort von mir abwenden, ich würde keinen einzigen Auftrag mehr bekommen, Clemens!« Die Verzweiflung, die sie seit Tagen erfüllte, drückte sich in ihrer Stimme aus. Sie konnte nicht mehr richtig atmen, weil die Angst vor der Zukunft ihr die Kehle zusammenschnürte.

»Was ist mit dem Vater des Kindes? Will er keine Verantwortung übernehmen?«

An seinem Tonfall merkte sie, wie schwer es ihm fiel, diese Frage zu stellen.

»Er weiß es gar nicht. Und ich will es ihm auch nicht sagen.«

»Wer ist es?«

»Ach, Clemens. Welche Rolle spielt das denn?«

»Wir haben uns geliebt, Kathi. Ich liebe dich immer noch. Auch wenn du denkst, dass ich kein Recht habe, es zu erfahren – kannst du mir verübeln, dass ich es wissen möchte?«

»Nein, natürlich nicht«, erwiderte sie erschöpft. »Es ist jemand, den ich nicht heiraten kann. Nicht mal dann, wenn ich Karl für tot erklären lasse. Es geht einfach nicht.«

»Es ist der junge Bursche, der bei euch vorm Haus stand, als ich da war und dich sprechen wollte, nicht wahr? Er ist der Spätheimkehrer, von dem du mir bei deinem letzten Besuch hier erzählt hast. Der Neffe deines Mannes. Habe ich recht?«

Die Gewissheit, die in seiner Frage mitschwang, nötigte ihr ein stummes Nicken ab.

»Liebst du ihn?«

Zum ersten Mal stellte ihr jemand diese Frage direkt. Sie schien sich mitten in ihr Herz zu bohren, es aufzubrechen und etwas freizulassen, das schon die ganze Zeit hinausgewollt hatte. Doch sie konnte es nicht aussprechen.

»Er liebt mich«, antwortete sie nur. »Aber er ist viel zu jung. Er steht mit allem erst ganz am Anfang. Sein ganzes Leben wäre ruiniert.« Sie ersparte es sich, all die anderen widrigen Umstände aufzuzählen – die familiären Verstrickungen, die häuslichen Zwänge, die tragischen Konsequenzen.

Clemens deutete auf den Wandschirm, hinter dem die Behandlungsliege stand. »Leg dich auf die Liege dort. Ich untersuche dich.«

»Muss ich mich ausziehen?«, fragte sie leise.

»Nur den Rock.«

Sie ging hinter den Wandschirm, streifte ihren Hut und den Rock ab und legte sich hin. Clemens trat zu ihr und nahm ihre Hand.

»Ich untersuche dich nur äußerlich, Kathi. Es tut nicht weh. Ein richtiger gynäkologischer Befund wäre exakter, aber ich werde es dir auch so ziemlich genau sagen können.«

Bei der ersten Berührung zuckte sie leicht zusammen, entspannte sich dann aber. Seine Hände tasteten über ihren Leib, und sie schloss die Augen und überließ sich völlig seiner ärztlichen Sachkunde.

Schließlich half er ihr, sich aufzusetzen. »Du kannst dich wieder anziehen. Wir besprechen dann alles an meinem Schreibtisch.«

Hastig zog sie ihren Rock an und trat anschließend hinter dem Wandschirm hervor. Clemens hatte bereits Platz genommen; er hatte ein medizinisches Lehrbuch vor sich liegen, das er aus einem der Regale genommen hatte. Er deutete auf den Stuhl gegenüber. Dort hatte sie auch im letzten Sommer schon gesessen, damals, als sie mit Bärbel hier gewesen war. War das wirklich schon über ein Jahr her? Wie schnell die Zeit vergangen war!

Nervös ließ sie sich nieder und wartete mit angehaltenem Atem auf seine Diagnose.

»Du bist seit etwa drei Monaten schwanger«, erklärte Clemens. »Das Kind dürfte im Februar auf die Welt kommen.«

Sie rechnete hastig zurück. »Dann muss es irgendwann im Mai passiert sein, oder?«

Er nickte und schlug das vor ihm liegende Lehrbuch auf, um ihr eine Abbildung zu zeigen. »So sieht es jetzt aus, Kathi. Das

Herz schlägt bereits, schon seit Wochen. Es hat ein Gesicht. Arme, Hände, Beine, Füße. Es kann sehen, hören, fühlen, schlucken. Es ist ein fertiger kleiner Mensch, der nur noch wachsen muss.«

Erschüttert starrte sie das Bild an, die Augen weit aufgerissen und beide Hände vor den Mund geschlagen.

Clemens klappte das Buch wieder zu. Seine Augen waren voller Mitleid.

»Warum tust du mir das an?«, flüsterte sie nach einer Weile.

»Weil ich nicht will, dass du in dein Unglück läufst. Ich kann nicht zulassen, dass du zu einer Kurpfuscherin gehst. Wenn du wüsstest, welche schlimmen Fälle mir schon vor Augen gekommen sind, würdest du das gar nicht erst in Erwägung ziehen.« Er stand auf, kam um den Schreibtisch herum und zog sie sanft aus dem Stuhl hoch. Mit beiden Händen umfasste er ihre Schultern und hielt ihren Blick fest. »Kathi, es gibt eine bessere Lösung.«

»Welche denn?«

»Werde meine Frau.«

»Was?« Sie war restlos verwirrt. »Aber wie kannst du ... Ich bekomme ein Kind! Von einem anderen Mann!«

»Es wäre *mein* Kind, wenn du mich vorher heiratest. So bestimmt es das Gesetz. Meine Scheidung läuft, es wurde schon ein Termin bestimmt. Die Sache ist noch dieses Jahr durchgestanden. Auch die Todeserklärung für deinen Mann ist nur eine Formalität und wahrscheinlich in ein paar Wochen erledigt. Kathi, überleg doch nur! All deine Probleme wären auf einen Schlag gelöst! Und meine auch. Ich hasse die Einsamkeit, ertrage sie kaum noch. Und ich liebe dich über alles, daran hat sich nichts geändert! Wir könnten eine Familie sein. Du, ich, deine Mädchen. Und dieses Kind. Ich würde es wie mein eigenes behandeln, das schwöre ich dir.«

Katharina wusste nicht, was sie sagen sollte.

»Mein Gott, Clemens«, entfuhr es ihr schließlich. »Du weißt doch überhaupt nicht, welche Last du dir damit aufbürdest!«

»Du könntest mir niemals zur Last fallen«, sagte er ruhig, und dann zog er sie fest an sich und barg sein Gesicht in ihrem Haar. Sie zitterte in seiner Umarmung, außerstande, einen klaren Gedanken zu fassen. Schließlich löste sie sich von ihm.

»Clemens, ich kann unmöglich …«

»Nein, sag jetzt nichts«, unterbrach er sie, während sie ihn zutiefst aufgewühlt ansah. »Triff keine übereilte Entscheidung, die du vielleicht später bereust. Lass dir alles in Ruhe durch den Kopf gehen und sag mir dann Bescheid. In drei Tagen. Was meinst du? Kannst du es dir bis dahin überlegen?«

Sie zögerte, dann nickte sie hilflos.

»Und versprichst du mir, dass du nicht zu dieser Adresse gehst?«

Diesen Wunsch konnte sie ihm bedenkenlos erfüllen. »Keine Angst, ich tu's ganz sicher nicht.«

Erleichtert atmete er aus. Dann beugte er sich vor und küsste sie behutsam auf die Stirn.

»Denk immer dran, dass ich dich liebe, Kathi. Liebe schafft alles!«

»Ich danke dir, Clemens«, sagte sie leise. »Du bist ein wunderbarer Mann. Ich glaube nicht, dass ich dich verdiene.«

Er setzte an, ihr zu widersprechen, doch sie hatte bereits ihre Handtasche und ihren Hut an sich genommen und eilte zur Tür.

»Rufst du mich an?«, rief er ihr nach.

Sie blickte sich kurz zu ihm um und nickte bloß, ehe sie das Haus verließ, genauso verstohlen, wie sie gekommen war.

Kapitel 24

Inge sortierte einen Stapel Bücher und stellte sie anschließend zurück in die Regale, jedes an seinen Platz – Kinderbücher, Jugendbücher, Romane für Erwachsene, Sachbücher. In der Bibliothek wurde fortlaufend eine Menge ausgeliehen, und sie hörte immer interessiert zu, wenn die Leute bei der Rückgabe eines Buchs berichteten, wie es ihnen gefallen hatte. Manche Titel waren ständig ausgeliehen, es gab sogar Wartelisten dafür, obwohl sie in mehrfacher Ausführung vorgehalten wurden. Andere standen wie Blei im Regal, keiner mochte sie mitnehmen, obwohl doch kaum jemand seine Meinung über ein Buch verbreiten konnte, das so gut wie nie gelesen wurde. Es war beinahe, als sprächen – allem Anschein zum Trotz – bereits die Aufmachung oder der Titel gegen das betreffende Werk, sodass die Leser sich davon abgeschreckt fühlten und lieber zu einem anderen griffen.

Ungebrochener Beliebtheit erfreuten sich hingegen die meisten Bücher ihrer Kindheit, etwa die Pucki-Bücher. Inge hatte Bärbel die ersten Bände zum Lesen gegeben, und ihre kleine Schwester hatte sich auch mehr oder weniger bereitwillig damit befasst, aber so richtig warm werden konnte sie mit der Heldin nicht. Auf Inges Frage, was ihr daran nicht gefiel, hatte Bärbel nur die Schultern gehoben und gemeint, dass Pucki manchmal ganz schön dämlich sei.

»Jedes Mal, wenn sie Blödsinn anstellt, lässt sie sich erwischen.«

Inge hatte sich ein Lächeln nicht verkneifen können. »Ganz im Gegensatz zu dir, wie?«

»Da kannst du aber drauf wetten«, hatte Bärbel nur gemeint, und Inge glaubte ihr aufs Wort.

Als Kind hatte sie die Pucki-Bücher geliebt, allerdings war Fräulein Brandmöller der Ansicht, man müsse die Romane, in denen Pucki erwachsen war, kritischer hinterfragen, da die Figur darin auf eine Rolle als fügsames Hausmütterchen reduziert werde. Dergleichen sei nicht mehr zeitgemäß.

Inge hatte die Bibliothekarin wie immer für ihr geschliffenes Vokabular bewundert und ihre Worte verinnerlicht. Sie wollte jedenfalls kein fügsames Hausmütterchen werden, und auch Bärbel sollte das nicht passieren, weshalb sie ihrer Schwester beizeiten andere Bücher mitbringen würde – idealerweise solche, in denen Frauen durch ihre Intelligenz, ihre Unabhängigkeit und ihren Freigeist bestachen. Vielleicht etwas von George Sand, der französischen Schriftstellerin aus dem vorigen Jahrhundert, die sich ein männlich klingendes Pseudonym zugelegt und ein höchst ungezwungenes Leben geführt hatte, mit wechselnden Liebhabern und Verehrern, darunter auch der berühmte Chopin. Auf Konventionen hatte sie keinen Deut gegeben.

Allerdings musste Inge, die bisher von Sand nur *Ein Winter auf Mallorca* gelesen hatte, selbstkritisch einräumen, dass sie bei der Lektüre streckenweise massive Langeweile empfunden hatte. Womöglich war sie doch noch nicht reif genug dafür.

Nachdem Inge mit dem Einräumen der Bücher fertig war, ging sie zu Fräulein Brandmöller, um sich zu verabschieden. Wie immer hatte sie sich schon einen kleinen Stapel Bücher zum Mitnehmen bereitgelegt. Beim Verlassen des Gebäudes war sie ein wenig aufgeregt, denn Klaus-Peter holte sie an diesem Nachmittag wieder ab. Auch für ihn hatte sie ein Buch dabei, inzwischen kannte sie seinen Geschmack recht gut.

Er stand schon draußen auf dem Vorplatz und wartete auf sie, beide Hände in den Hosentaschen vergraben und mit dem rechten Fuß ein paar Steinchen wegkickend, als wäre er zum Trainieren auf dem Fußballplatz.

Als Inge ins Freie trat, ging ein breites Lächeln über sein Gesicht. Er kam auf sie zu und schüttelte ihr artig die Hand. »Da bist du ja. Ich habe schon auf dich gewartet.«

Dass er eine so offensichtliche Tatsache erwähnte, war nicht gerade geistreich, machte ihn in ihren Augen aber nicht weniger anziehend. Jedes Mal, wenn sie ihn traf, schien er noch ein bisschen besser auszusehen – größer, breitschultriger, männlicher. Sie wusste nicht, woran das lag, allerdings vermutete sie, es könnte damit zu tun haben, dass er ihr im Schwimmbad seine Liebe erklärt hatte.

Er holte sie heute bereits zum dritten Mal ab, um sie nach Hause zu bringen. Beim ersten Mal war es ihr noch unsagbar peinlich gewesen, vor allem der Moment, als sie vor Oma Mines Haus angekommen waren, das um ein Vielfaches schlichter war als sein Zuhause.

Sie selbst war immer so schick angezogen, stets nach der neuesten Mode, als würde sie zu einer wohlhabenden Familie gehören. Zu Leuten wie seinen Eltern. Aber in Wahrheit war es ganz anders. Er konnte nicht wissen, dass sie erst seit einer Woche eine Toilette mit Wasserspülung besaßen (was für ein Luxus!) und dass sie sich immer noch mit ihrer Schwester ein Bett teilen musste.

Doch das Äußere des Hauses schien ihn überhaupt nicht zu stören, und dann hatte er ihr anvertraut, dass er schon mehrmals mit dem Rad hier vorbeigefahren war, in der Hoffnung, sie zufällig zu sehen.

Gleich danach hatte es prompt einen weiteren peinlichen Augenblick gegeben – die Kinder aus der Straße, die ein paar Häuser weiter gerade zusammen *Machet auf das Tor* gespielt hatten, kamen zu ihnen herübergelaufen. Auf den Einsatz von Manni Rabe hin skandierten sie:

»Ei, ei, ei, was seh ich da, ein verliebtes Ehepaar! Noch ein Kuss, dann ist Schluss, weil die Braut nach Hause muss!«

Und das nicht bloß einmal, sondern immer wieder, begleitet von albernem Kreischen und Kichern.

Klaus-Peter hatte nur gelacht, aber Inge war das Ganze sehr unangenehm gewesen, zumal einer der kleinen Schreihälse ihre Schwester gewesen war. Inge hatte ihr abends im Bett gehörig den Kopf gewaschen.

Beim zweiten Mal, vor wenigen Tagen, hatte zum Glück gerade Ruhe in der Straße geherrscht.

Klaus-Peter riss sie mit einer Frage aus ihren Gedanken. »Willst du mit mir gehen?«

Sie sah ihn erstaunt an und nickte nur. Natürlich wollte sie das, er war ja extra hergekommen, um sie abzuholen, so wie die beiden anderen Male davor; was sollte die unlogische Frage?

Doch nach ihrem Nicken lief er glühend rot an und bekam mindestens drei Minuten lang kein Wort heraus. Da erkannte sie zwangsläufig, worauf er in Wirklichkeit hinauswollte. Sie brachte es nicht über sich, das Missverständnis aufzuklären. Außerdem ging sie möglicherweise tatsächlich bereits mit ihm, denn wie sollte man es sonst nennen, wenn ein Junge ein Mädchen regelmäßig traf und es nach Hause brachte?

Sie ahnte zwar, dass nach seiner Vorstellung dazu noch mehr gehörte, vor allem das Küssen, aber aus ihrer Sicht war das in einer Beziehung eine ganz andere Stufe – eine von der Art, die sie derzeit noch nicht anstrebte.

Klaus-Peter dachte jedoch offensichtlich anders darüber. Auf halbem Weg erklärte er ihr, dass er ihr etwas zeigen wolle. Er führte sie zu einem Baum etwas abseits des Weges, und mit schwacher Besorgnis registrierte sie, dass es sich um eine Stelle handelte, die von der Straße aus nicht einsehbar war. Die nächsten Häuser waren ziemlich weit entfernt.

Allerdings hatte er keineswegs im Sinn, überfallartig ihre

Nähe zu suchen. Er zeigte ihr lediglich die Inschrift, die er in die Rinde des Baums geschnitzt hatte – links standen die Buchstaben K.-P., rechts I. Und dazwischen ein Herz mit einem Pfeil durch die Mitte.

»Wie gefällt es dir?«, fragte er sie. Es klang, als hätte er einen Frosch verschluckt.

Inge fand die Schnitzerei furchtbar kitschig, so was machten doch höchstens Zwölfjährige, trotzdem war sie zutiefst gerührt, denn sie wusste ja, dass er es aus Liebe getan hatte. Über ihre eigenen Gefühle war sie sich immer noch nicht im Klaren, aber es ließ sich nicht von der Hand weisen, dass er unglaublich gut aussah und sie auf gewisse Weise durcheinanderbrachte. Deshalb ließ sie es wider besseres Wissen zu, dass er sie küsste. Er beugte sich vor, ohne sie anzufassen (er hatte zum Glück keine Hand frei, weil er die Bücher für sie trug), und als sie erwartungsvoll die Augen schloss, drückte er vorsichtig seine Lippen auf ihren Mund. So standen sie für ein paar Sekunden da, und Inges Herz klopfte stürmisch. Seltsam, dachte sie, es ist wirklich wie in den Romanen beschrieben, man kann es kaum anders bezeichnen.

Im nächsten Moment spürte sie seine Zungenspitze, er versuchte, sie ihr zwischen die Lippen zu schieben, worauf Inge augenblicklich zurücksprang und den Kuss beendete. Damit er es gar nicht erst noch einmal versuchte, eilte sie zurück zur Straße.

»Es tut mir leid«, rief er, bevor sie irgendetwas sagen konnte.

»Schon gut«, erwiderte sie. Es war ihre eigene Schuld, sie hätte den Kuss ja schließlich von vornherein verhindern können.

»Wir sollten es noch mal versuchen«, schlug er vor. »Dann klappt es besser!«

»Lieber nicht«, meinte sie. »Bevor ich einen Jungen richtig küsse, will ich verlobt sein. Und verloben kann ich mich erst mit sechzehn.«

Diese Behauptung war ihr spontan in den Sinn gekommen. Das würde Klaus-Peter sicher wirkungsvoll davon abhalten, weitere Küsse von ihr zu verlangen.

Er versank für eine Weile in nachdenkliches Schweigen. Dann betrachtete er die Bücher, die sie ihm vorhin vor der Bibliothek überreicht hatte, damit er sie für sie trug.

»Für mich?« Er deutete auf das Buch, das sie für ihn herausgesucht hatte. Es schilderte die Abenteuer eines fiktiven Seehelden namens Horatio Hornblower. Klaus-Peter liebte diese Art von Romanen; einen anderen Band aus der Reihe hatte er bereits begeistert verschlungen.

Inge bejahte, und als sie die Freude in seinen Augen sah, schmolz ihre innere Abwehr ein wenig. Beinahe bereute sie ihre Weigerung, ihn noch einmal zu küssen. Jemand, der sich dermaßen für ein Buch begeistern konnte – auch wenn es sich nur um einen profanen Seefahrerschinken handelte –, verdiente es eigentlich nicht, so rigoros zurückgewiesen zu werden. Bis zu ihrem Geburtstag dauerte es immerhin noch über vier Monate, und das mit der Verlobung hatte sie sowieso nur auf die Schnelle erfunden. Vielleicht küsste sie ihn ja doch noch, bevor sie sechzehn war.

Aber nicht heute, dachte sie verträumt, in Gedanken ihrer Lieblingsromanheldin Scarlett folgend. Schließlich war morgen auch noch ein Tag.

*

Johannes arbeitete schnell und effizient, er enthülste Bohne um Bohne und warf die leeren Schalen in den Eimer zu seinen Füßen. Die Bohnenkerne kamen in eine Schüssel, die vor ihm stand.

Gemeinsam mit Mine, Katharina und Bärbel saß er an dem Klapptisch, den er vorher im Hof aufgestellt hatte. Das Wetter war wieder schöner geworden, der Sommer hatte sich zurückgemeldet. Die letzte Bohnenernte konnte verarbeitet werden.

Nach einer Weile gesellte sich auch Inge zu ihnen. Davor hatte sie noch in der Bücherei geholfen, das ging regelmäßig allen anderen Verpflichtungen vor, genauso wie die Schule mit den dazugehörigen Aufgaben.

Aus der offenen Kellertür dudelte Radiomusik. Johannes hatte das Gerät in die Waschküche gestellt, damit sie bei der Arbeit ein wenig Unterhaltung hatten.

Ab und zu blickte er verstohlen zu Katharina hinüber, die an diesem Nachmittag ungewöhnlich schweigsam war. Sie sah blass aus und war unaufmerksam, bei der Arbeit unterliefen ihr Fehler. Oft musste sie mehrmals ansetzen, um die Bohnenhülsen aufzubrechen, und immer wieder fielen ihr beim Auslösen einzelne Kerne auf den Boden. Einmal schnitt sie sich in den Finger und sprang mit einem unterdrückten Fluch auf. Die kleinen Schälmesser, die sie bei der Arbeit benutzten, waren scharf, sogenannte Pittermesser aus Solingen. Nur Bärbel hatte ein stumpferes Messer bekommen.

»Du hast ein böses Wort gesagt«, meinte das Kind, während Katharina die Wunde an ihrem Finger begutachtete.

»Kommt nicht wieder vor«, sagte Katharina knapp, und dann saugte sie entschlossen den kleinen Blutstropfen weg und setzte sich wieder hin.

Mine hatte die ganze Zeit nicht gesprochen. Stumm wie ein Fisch saß sie da und enthülste die Bohnen, die Augen fest auf ihre Hände gerichtet. Sie schien kein Interesse daran zu haben, wie es den Menschen, die hier mit ihr am Tisch saßen, gerade ging. Doch vielleicht wusste sie es auch nur zu genau und blickte deshalb nicht auf. Möglicherweise ahnte sie sogar bereits, dass Johannes die Situation nicht länger tatenlos hinnehmen wollte. Auch wenn Mine vor der Realität die Augen verschloss und glaubte, alles könne einfach so weitergehen wie bisher – er für seinen Teil tat das nicht. Er würde Katharina nicht kampflos aufgeben. Niemals. Es ging nur noch darum, den richtigen Augenblick abzupassen. Bis jetzt hatte sich noch keine Gelegenheit ergeben, allein mit ihr zu sprechen, aber das war nur eine Frage von Tagen, vielleicht Stunden. Nachdem er erst richtig begriffen hatte, dass sie unter der Trennung genauso litt wie er, stand sein Entschluss fest: Er würde versuchen, sie umzustimmen. So bald wie möglich.

Eine Männerstimme ertönte auf dem Gartenweg neben dem Haus.

»Hallo? Jemand zu Hause?«

Johannes hielt die Luft an, es fühlte sich an wie bei einem Schlag in den Magen.

Doch der Mann, der gleich darauf den Hof betrat, war nicht wie befürchtet Rübenstrunk von der OG, sondern ein Fremder um die dreißig. Er trug einen billigen Anzug und hatte eine Aktentasche unterm Arm. In seiner Begleitung befand sich ein weiterer Mann, hager und groß, mit angenehmen Gesichtszügen. Er mochte Ende vierzig sein und trug schlichte Freizeitkleidung. Sein graues Haar wich über den Schläfen bereits ein wenig zurück. Über der Schulter hatte er eine kleine Reisetasche hängen.

Mine sprang auf. Der Stuhl fiel krachend hinter ihr um. Auch Katharina war aufgestanden. Das Messer glitt ihr aus der Hand und landete auf dem Boden. Sie begann haltlos zu zittern.

Erschrocken beobachtete Johannes, wie ihr ohnehin schon blasses Gesicht auch noch den letzten Rest Farbe verlor. Plötzlich war sie bleicher als der Tod.

Doch er verstand ihre Reaktion immer noch nicht. Die Ursache wurde ihm erst klar, als Mine einen Schrei ausstieß, so laut und durchdringend, dass es ihm in den Ohren wehtat. Und dann sackte sie einfach zu Boden, als hätte ihr jemand in die Kniekehlen getreten. Johannes konnte gerade noch hinzuspringen und seine Großmutter auffangen.

Der Moment des Begreifens überrollte ihn mit der zerschmetternden Wucht einer Dampfwalze.

Karl war zurückgekommen.

*

»Wer ist das?«, hörte Katharina ihre jüngere Tochter verunsichert fragen.

»Das ist Papa«, flüsterte Inge. »Oh mein Gott, Papa ist zurückgekommen!« Mit einem erstickten Aufschrei rannte sie auf Karl zu. »Papa! Du bist wieder da!« Sie warf beide Arme um ihn, doch er blieb stocksteif stehen und machte keine Anstalten, die Umarmung zu erwidern. Seine verschreckten Blicke irrten umher, als hätte er keine Ahnung, wo er sich befand.

Katharina stützte sich mit beiden Händen am Tisch ab, denn ihr war für einige Augenblicke schwarz vor Augen geworden. Sie musste sich festhalten, weil sie sonst hingefallen wäre. Das Unmögliche war geschehen, und sie war nicht in der Lage, es zu begreifen. Die wenigen Meter, die sie von Karl trennten, bildeten eine unüberwindliche Distanz. Es waren höchstens fünf Schritte, aber sie konnte sich nicht von der Stelle rühren, ihre Beine gehorchten ihr nicht. Doch nicht nur ihr Körper, sondern auch ihr Geist war gelähmt, so vollständig, als wäre sie in einem stockfinsteren Raum gefangen, ohne Türen, ohne Fenster, ohne Ausweg.

»Papa?«, fragte Inge. Sie hatte Karl losgelassen und war einen Schritt zurückgetreten. Ihre Stimme klang verstört. Hilflos drehte sie sich zu ihrer Mutter um.

Katharina wiederum suchte Karls Blick, doch er schaute sie nicht an, sondern betrachtete die ganze Zeit nur seine Umgebung – den Hof, die Rückseite des Hauses, den etwas unterhalb gelegenen Hühnerstall, den Garten. Seine Augen bewegten sich suchend, wirkten zugleich aber auch seltsam leer.

Der Fremde, mit dem er hergekommen war, räusperte sich und lenkte so ihre Aufmerksamkeit auf sich.

»Er kann sich an nichts erinnern.«

*

Johannes empfand die ganze Situation als surreal, fast wie einen verrückten Albtraum, aus dem er jederzeit erwachen konnte. Alles war so unwirklich, dass es nie und nimmer Bestandteil der Realität sein konnte.

Während er seiner wieder aus der Ohnmacht erwachten Großmutter behutsam half, sich auf den Klappstuhl zu setzen, den Bärbel hastig hingestellt hatte, schossen ihm unzusammenhängende und teilweise völlig sinnlose Gedanken durch den Kopf. Etwa die Frage, was Rübenstrunk von der OG mit Karl gemeinsam hatte. Gewiss, Karl hatte wie Rübenstrunk das Gedächtnis verloren, das hatte der Besucher mit der Aktentasche ja gerade eben erzählt. Aber darüber hinaus gab es noch ein anderes verbindendes Element, etwas, das viel tiefer ging und eine mythische Ebene berührte. Johannes musste unbedingt herausfinden, worum es sich handelte. Es gab einen Namen dafür, das wusste er genau, und wenn er nur scharf genug nachdachte, würde es ihm bestimmt einfallen.

Doch der Schock, der ihn bis in den letzten Winkel seines Verstandes durchdrang, verhinderte jeden klaren Gedanken. Er kam nicht darauf.

Mit den mechanischen Bewegungen einer Marionette holte er zwei weitere Klappstühle aus dem Keller, damit die beiden Neuankömmlinge ebenfalls Platz nehmen konnten.

Inge räumte derweil die Schüsseln mit den Bohnenkernen weg, und Bärbel brachte den Eimer mit den Hülsen zum Komposthaufen.

Dann setzten sich alle hin, schweigend, steif, erschrocken.

Katharina saß neben Karl. Ihr Gesicht zeigte einen gehetzten Ausdruck, und Johannes bemerkte, dass sie immer noch zitterte. Am liebsten hätte er sie auf seine Arme gehoben und ins Haus getragen, dorthin, wo sie allein sein konnten. Nur sie und er. Doch das ging selbstverständlich nicht. Ihr Ehemann war jetzt hier. Karl war wieder da.

Erneut wurde er von Entsetzen durchflutet.

Nur Mine hatte sich anscheinend gefangen. Ruhig und gelassen saß sie da, und in ihren Augen stand ein Strahlen, als hätte sie einen Blick ins Paradies getan. Dass Karl nicht mehr der Alte war, schien von zweitrangiger Bedeutung zu sein. Hauptsache, er lebte und war wieder zu Hause. Gott hatte ihre Gebete erhört, die vielen Kerzen hatten geholfen. Sie hielt die Hände ihres Sohnes und sah ihn unentwegt an. Den Erklärungen des Mannes, der Karl hergebracht hatte, hörte sie nur mit halbem Ohr zu.

Endlich fiel Johannes der Begriff ein, den er so verzweifelt gesucht hatte: Parabel.

In der Literatur war dies ein Gleichnis, eine Geschichte, die eine übertragene Bedeutung aufwies. Der Gedächtnisverlust war das verbindende Element zwischen Rübenstrunk und Karl. Zwei Schicksale mit einem gemeinsamen Berührungspunkt, an dem sie sich zu stärkster Durchschlagskraft verschränkten. So wie eine Zange, die aus zwei Backen bestand und unerbittlich jedes Quäntchen Glück zerquetschte, das Johannes sich in den letzten Monaten erkämpft hatte.

Inmitten seiner Erstarrung überlegte er dumpf, was die Moral dieser Geschichte war, die essenzielle Erkenntnis, welche ihn befähigt hätte, all das als logische Folge unentrinnbarer Kausalverläufe zu begreifen. Doch falls es eine solche Erkenntnis überhaupt gab, vermochte er es nicht, ihrer teilhaftig zu werden.

»Er war nicht lange in Kriegsgefangenschaft«, erzählte Karls Begleitung gerade. Er hatte sich als Herr Stolze vorgestellt und war Sachbearbeiter beim Roten Kreuz. »Den Unterlagen lässt sich nicht mehr entnehmen, wann genau er in der Berliner Einrichtung aufgenommen wurde, aber er muss mit einem der ersten Entlassungstransporte aus Russland zurückgekommen sein, wahrscheinlich schon sechsundvierzig.«

Somit war Karl die ganze Zeit bereits in Deutschland gewesen, in einem Heim für Schwerbeschädigte in Berlin. Natürlich hätte man ihn gern schon viel früher nach Hause gebracht, nur hatte er schlichtweg nicht gewusst, wer er war.

»Sein Name fiel ihm irgendwann wieder ein, aber mehr leider nicht«, erklärte Herr Stolze. »Da konnten wir zunächst nicht viel tun. Sie können sich nicht vorstellen, was in den ersten Nachkriegsjahren beim Roten Kreuz los war – wir hatten Millionen von Suchanzeigen und mussten lange daran arbeiten, alles zu ordnen, zu katalogisieren und zentral zusammenzuführen!«

Erst im Laufe der letzten Jahre, so erfuhren sie weiter, hatte man dank verfeinerter Methoden und besserer Ressourcen die Listen genauer prüfen und abgleichen können, und da sei man schließlich auf den in Essen vermissten Karl Wagner gestoßen. Alle Daten hatten auf den Patienten gepasst, und so sei es endlich gelungen, einen Suchtreffer zu erzielen.

»Als man ihm die Heimatadresse und den Namen seiner Mutter nannte, reagierte er sofort darauf und sagte, dass er dieser in Essen wohnhafte Karl Wagner sei.« Herr Stolze kramte in einigen mitgebrachten Unterlagen. »Wir hatten unser Kommen angekündigt. Haben Sie das Schreiben nicht erhalten?«

Nein, das hatte Mine nicht, aber für sie spielte es offenkundig keine Rolle. Karl war am Leben, er war hier, was wollte sie mehr.

»Hatte Papa eine Kopfverletzung?«, erkundigte sich Inge scheu. Sie und Bärbel saßen dicht nebeneinander, eingeschüchtert und sichtlich beklommen.

Herr Stolze nickte. »Man sieht zwar nichts mehr davon, aber es muss ein sehr schweres Schädeltrauma gewesen sein.«

»Kann er denn gar nicht sprechen?«, fragte Bärbel zaghaft.

»Doch, er hat sein Sprachvermögen wiedergefunden und kann sich auch mitteilen. Im Moment ist er allerdings etwas verängstigt wegen der ungewohnten Umgebung, deshalb redet er nicht. Bestimmt gibt sich das bald. Leider hat er ein sehr schlechtes Personen- und Kurzzeitgedächtnis. Menschen, mit denen er heute spricht, kennt er morgen vielleicht nicht mehr. Aber ich bin guter Dinge, dass sich das in einer vertrauten und liebevollen häuslichen Umgebung sehr bald verbessert.« Herr Stolze seufzte, dann sagte er resigniert: »Sie glauben nicht, was für schreckliche Schicksale ich tagtäglich erlebe! Waisen, die nach ihren Eltern weinen, und wenn man dann endlich noch Angehörige findet, will keiner die armen Kinder aufnehmen! Mehrfachamputierte und Blinde, die im Versehrtenheim elend vor sich hin vegetieren, weil ihre Verwandten sie nicht bei sich zu Hause haben möchten!«

Einem weiteren Fall aus dieser Kategorie schien er dringend vorbeugen zu wollen, anders ließ sich sein Klagen schwerlich einordnen. Die Mappe mit den Unterlagen reichte er an Mine weiter, da diese auf ihn offenbar am ehesten den Eindruck machte, Karl willkommen zu heißen.

»Hier finden Sie alles Wichtige«, sagte Herr Stolze zu ihr. »Beispielsweise, was Karl an Medikamenten braucht und was Sie sonst noch beachten müssen.« Er stand auf und deutete auf die Reisetasche, die neben Karls Stuhl abgestellt war. »Da drin sind seine Sachen. Viel ist es nicht, aber jetzt ist er ja wieder zu Hause.« Er klopfte seinem Schützling auf die Schulter. »Leb wohl, Karl! Ich wünsche dir alles Gute!«

In jäher Panik begriff Johannes, dass der Mann aufbrechen und Karl einfach hierlassen wollte. Von jetzt auf gleich, ganz ohne Umschweife.

»Warten Sie«, sagte er hastig. »Sie können doch nicht schon wieder los! Sie müssen …« Er brach ab, dann fuhr er mühsam beherrscht fort: »Sie sollten zuerst eine Tasse Kaffee trinken und etwas essen!«

Herr Stolze schüttelte den Kopf und klemmte sich seine Aktentasche unter den Arm. »Danke, aber ich muss mich beeilen. Mein Zug geht in einer Stunde.« Schon im Gehen, nickte er zum Abschied freundlich in die Runde. »Auch Ihnen alles Gute! Auf Wiedersehen und eine schöne Zeit!«

*

Nachdem Herr Stolze gegangen war, saßen sie alle wie betäubt da, bis Bärbel unvermittelt die Stille unterbrach.

»Freust du dich denn gar nicht, Mama?«

Erst bei dieser Frage kam wieder Leben in Katharina. Sie setzte sich aufrecht hin und holte tief Luft.

»Doch, natürlich freu ich mich!« Sie brachte die Lüge kaum heraus. Ihre Stimme klang, als müsste sie durch Sand sprechen. Dann überwand sie sich und legte ihre Hand auf Karls Arm. Ebenso gut hätte sie einen völlig Fremden berühren können. Noch nie war Karl ihr so fern gewesen wie in diesem Augenblick. Sie hatte nicht die geringste Vorstellung davon, was sie jetzt tun oder sagen sollte.

Für Mine war es viel einfacher, sie wurde geleitet von ihren Muttergefühlen und ihrer unverbrüchlichen, niemals versiegenden Liebe zu ihrem Sohn. Katharina konnte auf nichts dergleichen zurückgreifen, sie fühlte sich innerlich wie ausgehöhlt.

»Wie geht es dir, Karl?«, fragte sie diesen Fremden, der ihr Mann war. »Erkennst du mich denn gar nicht mehr? Ich bin Katharina, deine Frau! Und die beiden Mädchen hier sind deine Töchter, Inge und Bärbel!«

Aus den Augenwinkeln sah sie, wie Johannes sich bei ihren

Worten verkrampfte, und sie musste gegen den Drang ankämpfen, laut aufzuschreien. Was passierte hier bloß, um Himmels willen? Es fühlte sich alles so falsch an! So furchtbar verlogen! Sie wollte aufspringen und wegrennen, so weit sie nur konnte, aber sie blieb wie festgenagelt auf ihrem Stuhl sitzen.

Karl wandte sich ihr zu. Überrascht gewahrte sie, dass er immer noch fast so aussah wie früher. Er war natürlich älter geworden, mittlerweile war er fast neunundvierzig, und die Jahre waren nicht spurlos an ihm vorübergegangen. Falten hatten sich in seine Züge gegraben, sein Haar war vollständig ergraut. Doch ansonsten schien er rein äußerlich unbeeinträchtigt. Nur sein Gesichtsausdruck wirkte eigenartig konturlos.

»Angenehm«, sagte Karl zu ihr, mit derselben Stimme, die sie von früher kannte. »Ich heiße Karl Wagner. Leider habe ich ein schlechtes Gedächtnis und kann mich nicht erinnern.«

Inge entfuhr ein unterdrücktes Schluchzen. Von Bärbel kam kein Laut. Das Kind blickte seinen Vater nur verstört an.

»Dat können wir alles später noch klären«, mischte Mine sich ein. In ihren Augen glühte ein kämpferisches Feuer. »Getz gehsse erst mal mit mir hoch inne Küche, Jung. Da krisse wat zu essen. Du bis viel zu dünn geworden und brauchs wat auffe Rippen.«

Karl legte den Kopf schräg. Er schien in sich hineinzuhorchen. Seine Gesichtszüge gerieten in Bewegung, hinter seiner Stirn arbeitete es. Dann schaute er Mine zögernd an.

»Mutter?«, fragte er leise. »Mutter?«

Und Mine, die man sonst nie weinen sah, brach in Tränen aus.

*

Katharina hielt es nicht mehr aus. Sie floh in ihr Schlafzimmer, setzte sich an die Nähmaschine und ließ die Nadel über ein Stück Stoff rattern, plan- und ziellos und ohne richtig hinzusehen. Ihre Füße hoben und senkten sich auf dem Pedal, doch sie spürte nicht wirklich, was sie tat. Es war, als würde ihr Körper nicht mehr ihr gehören. Als wäre er ihr entglitten, so wie vorhin das Messer auf dem Hof.

Die Mädchen saßen unten mit Karl bei Mine in der Küche, sie aßen Reibekuchen. Das war – neben Bratfisch und Sauerkraut – das Gericht, das den durchdringendsten Geruch verbreitete. Schon nach kurzer Zeit stank es im ganzen Haus nach Zwiebeln und heißem Öl, die scharfen Dünste zogen unter der geschlossenen Tür von Katharinas Schlafzimmer hindurch und hüllten sie ein. Wieder hätte sie gern laut aufgeschrien, voller hilflosem Zorn, doch sie konnte nichts weiter tun, als das Fenster aufzureißen und den Kopf hinauszustrecken, als wäre das eine Möglichkeit, nicht nur dem Essensgeruch, sondern zugleich auch allem anderen zu entfliehen.

Katharina wusste nicht, wo Johannes gerade war und was er machte. Vielleicht hatte er sich zu den anderen gesetzt, aber sie hielt es für wahrscheinlicher, dass er sich in sein Zimmer zurückgezogen hatte, ähnlich wie sie. Ihr war nicht entgangen, wie hart ihn Karls plötzliches Auftauchen getroffen hatte. Vielleicht sogar noch schlimmer als sie selbst, obwohl das kaum möglich war. Denn im Gegensatz zu ihr hatte er es noch gut – er konnte einfach weggehen. Woandershin.

Großer Gott, was sollte sie denn jetzt nur tun? Was würde als Nächstes geschehen? Musste sie damit rechnen, dass Karl bei ihr einquartiert wurde, dass sie gar das Bett mit ihm teilen sollte? Panisch ging sie in dem vollgestellten kleinen Zimmer auf und ab. Ihre Gedanken waren ein einziger Wirrwarr. Karl. Das Kind, das sie erwartete. Die Mädchen. Mine. Karl. Das Kind.

Clemens' Angebot, mit ihm neu anzufangen, hatte sich durch Karls Rückkehr erledigt, dieser rettende Ausweg war ihr nun versperrt. Auf einmal fühlte sie sich wie eingemauert, in einem

Gefängnis hätte es nicht schlimmer sein können. Jede Empfindung von Zuversicht war zerstört. All ihre Träume waren wie Seifenblasen zerplatzt, es gab kein Zurück und kein Entfliehen.

Ihr Blick fiel auf Elfriedes Zettel, den sie vor ein paar Tagen achtlos aufs Fensterbrett gelegt hatte, zusammen mit einigen Rechnungsunterlagen für ihre Kundenaufträge. Zögernd griff sie danach.

In diesem Moment klopfte es an der Tür.

Johannes!, dachte Katharina in einer unvernünftigen Aufwallung von Hoffnung. Ihr *Herein* klang verloren und trostbedürftig, und sie erkannte, dass sie genau das jetzt brauchte – jemanden, der sie in den Arm nahm und ihr versicherte, dass alles gut werden würde.

Die Tür öffnete sich, aber im Flur stand nicht etwa Johannes, sondern Mine, die sonst so gut wie nie in der oberen Etage auftauchte. Daran ließ sich ersehen, welch besonderer Tag heute für sie war.

»Ich wollte dir nur kurz Bescheid sagen, dat Karl erst mal bei mir im Zimmer unterkommt. In den Unterlagen steht, dat er manchmal unruhig schläft. Du brauchs also hier nix herzurichten.«

Katharina spürte, wie ein Teil der unerträglichen Last von ihren Schultern genommen wurde. Sie nickte mechanisch, von vager Dankbarkeit erfüllt.

Mine betrachtete mit scharfem Blick den Zettel, den Katharina in der Hand hielt.

»Wo hasse dat her?«, wollte sie wissen, doch gleich darauf beantwortete sie sich ihre Frage selbst. »Dat Elfriede is vielleicht schwer von Kapee, aber ich nich. Ich weiß, dat du die Adresse von ihr has, sie hat et mir erzählt, und außerdem kenn ich ihre Schrift. Du has dat doch nicht wirklich vor, oder?«

»Es geht dich einen Scheißdreck an, was ich vorhabe«, entfuhr es Katharina.

»Et geht uns alle an«, gab Mine ungerührt zurück. »Wenne nämlich dabei draufgehs und tot bis, hat keiner von uns wat davon.« Sie musterte Katharina. »Wie weit bisse? Bestimmt nich viel weiter als drei Monate, sons ginge dat gar nich mehr mit dem Zettel da. Rechne doch mal. Wenn et im Februar auffe Welt kommt, wäre dat ein Siebenmonatskind. So wat gibt et oft.«

Katharina starrte Mine verständnislos an. Dann begriff sie, und ihre Gedanken überschlugen sich. »Du meinst, weil Karl wieder da ist ... Die Leute würden denken, er und ich ...«

Mine nickte. »Wat denn sons? Keiner von deine Kunden kann dich schief angucken. Et hätte alles seine Ordnung. Ich helf dir dann auch mit dem Kind, dann kannsse nähen.«

Alle Hindernisse schienen plötzlich aus dem Weg geräumt. Die Aufträge würden nicht abreißen. Ihr Kind konnte leben. Sie war nicht länger von Schimpf und Schande bedroht. Die Familie blieb vollständig erhalten.

Aber ihr Gefängnis auch.

Kapitel 25

Der Sommer verging leise, fast unbemerkt, und dann war es eines Tages im September wieder so weit, dass morgens der Ofen zum Heizen angemacht werden musste. Wie immer fiel Bärbel die Aufgabe zu, mit der Tröte regelmäßig die Kohlen aus dem Keller zu holen, was sie ungewohnt klaglos erledigte. Die Rückkehr ihres Vaters schien einen mäßigenden Einfluss auf sie auszuüben. Sie heckte deutlich weniger Unsinn aus und blieb an den Nachmittagen, wenn die die anderen Kinder draußen waren, häufiger zu Hause, um Zeit mit Karl zu verbringen.

Sie saßen zusammen an Mines Küchentisch und spielten Halma oder Mühle, und wenn er – was immer öfter vorkam – dabei gewann, klatschte sie vor Begeisterung in die Hände, obwohl sie sonst meist diejenige war, die am lautesten protestierte, wenn sie verlor.

Es ließ sich nicht leugnen, dass Herr Stolze vom Roten Kreuz recht gehabt hatte – in der vertrauten Umgebung seiner Kindheit begann Karls Erinnerungsvermögen langsam aber sicher zu gesunden. In seinen geistigen Fähigkeiten war er nach wie vor stark eingeschränkt, er konnte nicht auf intellektuellem Niveau diskutieren oder komplizierten Gedankengängen folgen, doch er schaffte es nun wieder, seine Erinnerungen von einem auf den anderen Tag zu bewahren.

Während er anfangs jeden Morgen neu hatte lernen müssen, wie die Menschen um ihn herum hießen und in welcher Beziehung sie zu ihm standen, fiel ihm das im Laufe der Wochen immer leichter. Mine hatte er von Beginn an als seine Mutter erkannt, doch inzwischen konnte er sich auch merken, dass die

Mädchen seine Töchter waren. Bei Katharina brauchte er länger, bis er sie richtig einordnen konnte, was wohl daran lag, dass sie selten Zeit für ihn hatte. Oder genauer gesagt: Sie mied ihn, wenn es irgend ging, denn seine bloße Anwesenheit im Haus symbolisierte für sie mehr als alles andere die Fesseln, die sie gefangen hielten.

Mine hatte sich um alle amtlichen Formalitäten gekümmert, weil Katharina nicht die nötige Energie dafür aufbrachte. Es gab neue Versorgungsansprüche, Anträge mussten gestellt und bewilligt werden, und schließlich stellte sich heraus, dass es nun mehr Geld gab als vorher. Auch das war eine positive Wendung, die Mine sich auf die Fahnen schreiben konnte, was wiederum bei Katharina, die sich eigentlich darüber hätte freuen sollen, nur zusätzliche Verbitterung weckte.

Jedes Mal, wenn sie ihre Töchter mit Karl in Mines Küche zusammensitzen sah, versetzte es ihr einen Stich. Früher hatten die Mädchen sich mehr bei ihr oben im Wohnzimmer aufgehalten. Sie hatten gelesen und Musik gehört, während Katharina nähte, und abends hatten sie zu dritt noch eine Kleinigkeit zusammen gegessen. Mittlerweile schien sich das gesamte Familienleben nur noch bei Mine abzuspielen, in deren enger, von Essensdünsten erfüllten Küche. Inge und Bärbel bauten eine Beziehung zu ihrem Vater auf, suchten zutraulich seine Nähe und gewöhnten sich an ihn, während Katharina größtenteils außen vor blieb.

Anders wäre es vielleicht gewesen, wenn sie sich dazu hätte durchringen können, Karl zu sich nach oben zu holen, damit auch er Teil ihres gemeinsamen Alltags mit den Mädchen werden konnte, aber nichts hätte sie stärker ängstigen können. Mine würde es womöglich als Signal verstehen, dass Katharina Karl als Ehemann und Familienvater zurückhaben wollte, eine Vorstellung, die bei Katharina Entsetzen hervorrief. Nicht nur um ihretwillen, sondern auch wegen Johannes. Alles in ihr sträubte sich bei dem Gedanken, irgendetwas zu veranlassen, das ihm weiteren Schmerz zufügen könnte.

Immer, wenn sie ihm begegnete, fühlte sie sich niedergedrückt und von Traurigkeit übermannt, und sie spürte, dass sein Leid dem ihren in nichts nachstand.

Wenn doch nur, dachte sie manchmal. Wenn doch nur ...

Ihr ganzes Leben schien aus diesen drei Worten zu bestehen. Jener verheißungsvolle Tag, auf den sie so hart hingearbeitet hatte und an dem endlich alles besser werden sollte, schien mit einem Mal in unerreichbare Ferne gerückt. Sie steckte in einer zermürbenden Warteschleife fest und war unfähig, sich daraus zu befreien.

Es dauerte lange, bis sie sich dazu aufraffen konnte, mit Clemens reinen Tisch zu machen. Sie hatte versprochen, ihn binnen drei Tagen anzurufen, aber am Ende waren drei Wochen daraus geworden.

Als Stan wieder Frühschicht hatte und aus dem Haus war, ging sie zu Hanna hinüber und bat sie, deren Telefon benutzen zu dürfen.

Seit Karls Rückkehr hatte sie die Freundin nur einmal unter vier Augen gesprochen, bei einem kurzen Kaffee drüben bei Hanna, als Katharina dringend jemanden gebraucht hatte, um sich alles von der Seele zu reden. Über die Schwangerschaft, über die Situation zu Hause, über ihre Ängste.

Katharina wählte die Nummer von Clemens' Praxis und ließ sich von seiner Sprechstundenhilfe zu ihm durchstellen. Sie hatte die Tageszeit bewusst ausgesucht, weil er bestimmt gerade viel zu tun hatte – damit war zugleich gewährleistet, dass das Gespräch sachlich blieb und nicht zu lange dauerte.

Trotzdem klang seine Stimme aufgewühlt, als er sich meldete. »Kathi?«

»Entschuldige, dass ich so lange mit dem Anruf gewartet habe, Clemens. Mir ist etwas dazwischengekommen.«

»Ich hab's schon gehört, Kathi«, sagte er nur. »Gleich am nächsten Tag.«

»Es tut mir so leid, Clemens.«

»Du kannst doch nichts dafür.«

»Ich weiß. Es tut mir trotzdem leid.«

»Sag mir nur eins«, bat er. »Hättest du … wenn er nicht zurückgekommen wäre …« Er stockte. Die Sache schien ihm so nahezugehen, dass er keinen vollständigen Satz zustande brachte.

»Ich weiß es nicht, Clemens«, antwortete sie ehrlich. Sie hätte ihm eine fromme Lüge auftischen und seine Frage bejahen können. Es hätte niemandem geschadet, und Clemens hätte sich vielleicht etwas besser gefühlt, wenn er davon ausgehen durfte, dass ihre Liebe den Umständen zum Opfer gefallen war. Doch Katharina brachte es nicht fertig, ihm etwas vorzumachen, auch wenn sie nicht wusste, warum. Leise verabschiedete sie sich von Clemens und legte auf.

Hanna hatte Kaffee gekocht. »Komm, setz dich erst mal«, sagte sie, während sie zwei Tassen auf den Couchtisch stellte.

Katharina blickte unschlüssig auf ihre Armbanduhr. »Viel Zeit habe ich nicht. Ich muss gleich noch zu einer Anprobe nach Kettwig.«

»Komm schon, fünf Minuten hast du sicher noch.« Hanna setzte sich zu Katharina und rührte Dosenmilch in ihren Kaffee. »Wie hat Clemens es aufgenommen?«

Katharina zuckte mit den Schultern. »Er wusste es schon. Ich vergesse immer, dass wir in einem Dorf leben.«

»Wie läuft es momentan bei euch zu Hause?«

»Alles unverändert. Ich habe das Gefühl, dass sich nichts bewegt. Es geht nicht vor und nicht zurück.«

»Du arbeitest ziemlich viel. Wenigstens in dem Bereich geht's doch voran.«

»Ja, das schon. Aber irgendwie …« Katharina machte eine unbestimmte Handbewegung. »Es scheint kein Ziel mehr zu geben, weißt du. Ich sehe nicht mehr vor mir, wohin mich das alles bringt. Irgendwie ist alles dunkel. Die ganze Zukunft.«

Hanna musterte sie mitfühlend. »Vielleicht solltest du einfach mal ein bisschen kürzertreten. Dich etwas schonen.«

Katharina schüttelte den Kopf. »Die Arbeit ist das Einzige, womit ich mich ablenken kann. Dabei habe ich wenigstens noch das Gefühl, ich selbst zu sein.«

»Meinst du, dass du irgendwann mit der Situation klarkommst? Damit, dass Karl wieder da ist?«

»Das muss ich ja wohl«, gab Katharina lakonisch zurück. »Was bleibt mir auch sonst übrig?«

»Er macht Fortschritte, oder? Ich habe Mine gestern beim Einkaufen getroffen. Sie meinte, er kann sich jetzt schon an Sachen erinnern, die vor zwei Wochen passiert sind. Und dass er manchmal sogar plötzlich Dinge aus seiner Kindheit und Jugend wieder weiß. Sie hat ihm Fotos von früher gezeigt, und auf einmal wusste er wieder alles Mögliche. Ich finde das ganz erstaunlich! Mine sagte, Karl hilft ihr auch im Garten und stellt sich dabei sehr geschickt an.«

»Ja, das wird wirklich alles immer besser«, stimmte Katharina zu.

»Wer weiß«, sagte Hanna. »Vielleicht, eines Tages …«

»Nein«, erklärte Katharina sofort. »Es wird nie wieder wie damals. Auch wenn er sich an Einzelheiten aus unserer gemeinsamen Zeit erinnert – er wird immer auf dem geistigen Stand eines Kindes bleiben.«

»Und Johannes?«, fragte Hanna. »Wie wird er mit alldem fertig? Hast du mit ihm darüber gesprochen?«

Katharina schüttelte den Kopf. »Nicht mehr, seit wir Schluss gemacht haben.«

»Dann hat er also immer noch keine Ahnung, dass du schwanger bist?«

»Nein.«

»Irgendwann musst du es ihm sagen. Es wäre nicht richtig, wenn er es als Letzter erfährt.«

»Ich weiß. Das ist auch so eine Sache, die mich fertigmacht. Als gäbe es nicht schon genug davon.« Katharina rührte lustlos in ihrem Kaffee. Er schmeckte nicht. Das war ebenfalls eine Folge der Schwangerschaft. Alles, woran sie sonst Freude gehabt hatte, konnte sie jetzt vergessen. Sie vertrug keinen Sekt und keinen Kaffee, und ihre auf Taille geschnittenen Kleider passten ihr auch nicht mehr.

Sie seufzte, doch dann lachte sie unvermittelt sarkastisch auf. »Lieber Himmel, wie sich das alles anhört! Ich bin eine richtige Heulsuse geworden!«

»Du hast ja auch allen Grund dazu.«

»Das ist keine Entschuldigung. Ich muss endlich aufhören, mir selbst leidzutun. Sonst komme ich auf keinen grünen Zweig.«

»Etwas mehr Optimismus kann sicher nicht schaden«, pflichtete Hanna ihr bei. Ein wenig zögernd fuhr sie fort: »Findest du nicht, dass Johannes über kurz oder lang bei euch ausziehen sollte? Ich meine ... Er ist so jung, hat das Leben noch vor sich, du hast es selbst gesagt. Bestimmt kommt er schneller wieder ins Gleis, wenn er in einer anderen Umgebung wohnt und neue Interessen verfolgen kann.«

»Welche neuen Interessen?«, fragte Katharina. Sie fühlte sich von Hannas Ansinnen vor den Kopf gestoßen, obwohl die Vernunft ihr sagte, dass es daran nichts auszusetzen gab.

»Du hast es wahrscheinlich nicht mitbekommen, aber Johannes will sich zusammen mit Stan in der Gewerkschaft engagieren«, erzählte Hanna. »Er war schon auf zwei Delegiertenversammlungen dabei. Während der letzten ist er aufgestanden und hat einen Vortrag gehalten, über mögliche Tarifverbesserungen und zusätzliche Arbeitsschutzbestimmungen. Praktisch aus dem Stand, ohne lange Vorbereitung. Stan sagt, er sei ein Naturtalent.«

Katharina nahm Hannas Ausführungen konsterniert zur Kenntnis. Wieso hatte sie nichts davon erfahren?

»Ich sehe es wie Stan«, fuhr Hanna fort. »Johannes ist ein Mann mit unglaublichem Potenzial. Er wird es noch weit bringen. Egal, was er anpackt – er kann alles schaffen.«

Katharina starrte sie an. Ihr kam ein ungeheuerlicher Verdacht. »Du hast dich in ihn verguckt!«

Ihr Instinkt hatte sie nicht getrogen. Hanna wurde rot.

»Ich mag ihn«, gab sie leicht reserviert zu.

Katharina ballte unwillkürlich die Fäuste. »Das kann nicht dein Ernst sein!«

»Wieso denn nicht? Du hast ja mit ihm Schluss gemacht. Ich hatte lange keinen Mann, und ich bin nicht aus Stein. Da du mir selbst gesagt hast, dass du keine tieferen Gefühle für ihn hast, brauchst du wirklich nicht die Krallen auszufahren. Gönnst du ihm denn etwa kein neues Glück? Eins, das er nicht geheim halten muss?«

Katharina fuhr wie von einem Fausthieb getroffen zusammen. Die Worte, die ihr auf der Zunge lagen, konnte sie nur mit Mühe zurückhalten. Sie sprang auf und warf dabei ihre Tasse um. Der Kaffee ergoss sich auf den Tisch und den darunterliegenden neuen Teppich. Hanna stieß einen französischen Fluch aus, doch Katharina hörte gar nicht hin. Spornstreichs eilte sie hinaus. Im Vorbeilaufen erhaschte sie noch einen Blick auf Hannas schockiertes Gesicht und musste an sich halten, ihren Zorn und ihr Elend nicht laut herauszuschreien. Sie behalf sich damit, die Haustür hinter sich zuzuknallen, und der Krach, den sie dabei verursachte, fiel mit der quälenden und unabwendbaren Erkenntnis zusammen, wie sehr sie Johannes liebte.

*

Das Leben ging weiter, und die Arbeit in Haus und Garten auch. Johannes und Karl pflückten die reifen Zwetschgen, die von den Bäumen mussten. Alle verfügbaren Eimer und Körbe füllten sich der Reihe nach, und Mine kam mit dem Einkochen kaum hinterher. Der große Kessel in der Waschküche dampfte unablässig vor sich hin.

»Ich kann das allein tragen«, erklärte Karl. »Ich bin stark genug.«

Er wollte zwei volle Körbe stapeln und zum Haus schleppen, so wie Johannes es auch die ganze Zeit machte, aber es war abzusehen, dass Karl stolpern und alles fallen lassen würde, ähnlich wie beim ersten Mal, als er es versucht hatte.

»Ja, du bist sehr stark und kannst zwei Körbe tragen«, stimmte Johannes zu. Er verzichtete darauf, es Karl auszureden, denn das würde ihn kränken. Er mochte auf das geistige Niveau eines Fünfjährigen zurückgefallen sein, doch er war ein Mensch mit Gefühlen.

»Warte mal, stell den größeren Korb unter den kleineren, dann klappt es besser!« Er half Karl beim Stapeln und Aufheben der Körbe, und als es gelang, lachte Karl zufrieden.

»Ich kann es!«

»Ja, du machst das ganz prima.«

Karl stapfte mit den vollen Körben über die Obstwiese davon, und Johannes blickte ihm für eine Weile nach, ehe er die große Klappleiter zum nächsten Baum schleppte und hinaufstieg.

Anfangs war es ihm seltsam vorgekommen, sich mit Karl zu befassen, es hatte ihm zutiefst widerstrebt, sich in der Nähe des Mannes aufzuhalten, der ihm jede Chance auf sein Glück genommen hatte. Aber je öfter er sich überwand und den Kontakt zuließ, desto einfacher war es, alle Vorbehalte abzulegen.

Karl machte es einem leicht, ihn gernzuhaben. Er war wie ein Kind – arglos, friedfertig und anhänglich. Mine behütete ihn wie eine Glucke, fast so, wie sie auch Johannes in den ersten Wochen nach seiner Heimkehr umsorgt hatte, nur mit dem Unterschied, dass Karl viel mehr Aufmerksamkeit brauchte. Sie ging täglich mit ihrem Sohn in den Garten, wo sie ihm die unterschiedlichen Gemüsesorten und Früchte erklärte, und unter ihrer Anleitung fütterte er die Hühner, jätete Unkraut und grub die Beete um.

Auch Bärbel und Inge verbrachten viel Zeit mit Karl. Sie kümmerten sich rührend um ihn, und bald war nicht mehr zu übersehen, wie sehr beide ihn ins Herz geschlossen hatten. Karl sog diese Zuneigung in sich auf wie eine Blume das Sonnenlicht – er blühte auf und wirkte von Tag zu Tag vitaler und fröhlicher.

Gemeinsam blätterten sie in alten Illustrierten oder spielten Brett- und Würfelspiele. Manchmal saßen sie auch einfach nur zusammen und hörten Musik. Karl kannte noch viele Lieder von früher, es schien fast, als könnte er auf vertraute Melodien und Texte leichter zugreifen als auf andere Erinnerungen. Oft summte oder sang er die Lieder mit und hatte große Freude daran.

Nur Katharina blieb diesen Zusammenkünften weitestgehend fern, und ihre Blicke, die Johannes manchmal auffing, verrieten ihm den Grund. Dann fühlte er sich jedes Mal genauso wie sie – innerlich zerrissen und wurzellos, verloren in Kummer und Einsamkeit.

Wie Katharina betäubte er sich mit Arbeit. Er machte keine Überstunden auf der Zeche, aber er beschäftigte sich viel mit Tarif- und Streikrecht und lernte nebenher aus den Büchern, die Stan ihm für die im Frühjahr anstehende Ausbildung zum Steiger überlassen hatte. An den Sonntagen bereitete er den Dachboden des Hauses für den Ausbau vor. Sie brauchten mehr Platz zum Wohnen, denn Karl konnte nicht auf Dauer neben seiner Mutter im Doppelbett nächtigen. Johannes hatte Mine zwar angeboten, in seinem Zimmer ein Bett für Karl aufzustellen, doch das wollte sie nicht. Stattdessen hatte sie ihn gebeten, den Dachausbau voranzutreiben.

Dort oben sollten zwei neue Räume entstehen – der größere für die Mädchen, der kleinere für Karl. Mines alte Möbel waren bereits verkauft und der verstaubte Plunder aus früheren Jahrzehnten verschenkt oder weggeworfen worden. Mine war es sichtlich schwergefallen, die Sachen herzugeben. Nachdem Johannes ein paar Kisten mit uraltem Kram und Kleidungsstücken von Jupps Eltern nach unten gebracht hatte, wollte sie alles unbedingt noch einmal durchgehen. Stundenlang hatte sie den Inhalt sortiert, und wäre nicht das meiste schon von Motten zerfressen gewesen, hätte sie vielleicht darauf bestanden, das Zeug zu behalten.

Johannes stieg von der Leiter, den nächsten vollen Zwetschgenkorb unterm Arm. Karl war noch nicht zurückgekommen; entweder hatte er die Körbe fallen lassen und musste zuerst den verstreuten Inhalt aufsammeln, oder er war unterwegs stehen geblieben, weil ihm etwas aufgefallen war, das näher erforscht werden musste. Auch in diesem Punkt war er wie ein Kind – er konnte freudig jede Arbeit liegen lassen, wenn es in der Nähe Spannenderes zu entdecken gab.

Johannes ging mit dem Zwetschgenkorb zum Haus. Als er freie Sicht auf Hof und Gartenweg hatte, blieb er abrupt stehen. Ein Zittern durchlief seinen Körper. Sein Herz schlug hart gegen die Rippen, er bekam keine Luft mehr.

Rübenstrunk von der Organisation Gehlen war da. Er stand neben Karl auf dem Gartenweg neben dem Haus und unterhielt sich mit ihm.

Es kostete Johannes übermenschliche Kraft, einen Fuß vor den anderen zu setzen und weiterzugehen. Zu Karl, der ja auch ein Spätheimkehrer war und sich nicht gegen dieses Schwein wehren konnte, weil er so hilflos war wie ein Kleinkind.

Karl hatte die Körbe mit den Zwetschgen wie erwartet fallen

gelassen. Die blauvioletten Früchte lagen überall um ihn herum auf dem Boden. Karl fing soeben an, sie aufzulesen.

Während Johannes sich mit schleppenden Schritten näherte, fest entschlossen, den Naziverbrecher mit bloßen Händen zu töten, geschah etwas, womit er nicht gerechnet hatte – Rübenstrunk bückte sich, um Karl beim Einsammeln der Zwetschgen zu helfen.

Johannes gelangte schließlich in Hörweite der beiden, und da wurde er Zeuge einer bizarren Unterhaltung. Bereits die ersten Worte brachten ihn dazu, stehen zu bleiben und zuzuhören.

»Nein, nein, bei mir war es anders als bei Ihnen«, sagte Rübenstrunk gerade zu Karl. »Mein Name und meine Adresse sind mir schon nach zwei Wochen wieder eingefallen. Ich heiße Karl Rübenstrunk und wohne in Ratingen.«

»Ich heiße auch Karl«, sagte Karl. »Aber nicht Karl Rübenstrunk.«

»Das wäre tatsächlich ein seltsamer Zufall«, sagte Rübenstrunk. »Wo war ich stehen geblieben?«

»Ich weiß nicht«, sagte Karl.

»Ach so. Ich wohne in Ratingen. Aber meine Adresse war weg. Also das Haus. Da sind Bomben draufgefallen.«

»War bei mir auch so«, sagte Karl.

»In Ratingen?«

»Nein, in Berlin. Aber zum Glück hatte ich hier noch eine Adresse.«

»Ich habe auch zwei Adressen. Will sagen, ich *hatte* zwei. Die zweite fiel mir leider erst zu spät ein. Da war sie schon an jemand anders vermietet, weil ich zu lange weg war.«

»Wo wohnen Sie denn jetzt?«

»Im Obdachlosenasyl«, sagte Rübenstrunk frustriert. »Meine Arbeit wurde mir auch genommen, ich kann da nicht mehr hin. Sie behaupten dort, ich hätte mich unter falschem Namen eingeschlichen und dass ich Dreck am Stecken habe. Aber das halte ich für eine Ausrede, so was ist nämlich überhaupt nicht meine Art. Die haben mich garantiert nur deshalb rausgeworfen, weil ich so lange weg war.«

»Ich war auch lange weg«, sagte Karl. Es klang mitfühlend. Mit aufrichtigem Interesse blickte er sein Gegenüber an. »Wo waren Sie denn?«

»In der Irrenanstalt.«

»Weil Sie verrückt sind?«

»Nein, weil ich mein Gedächtnis verloren habe. So jemand kommt halt zu den Irren.«

»Ich habe auch mein Gedächtnis verloren.«

»Das sagten Sie bereits.«

»Haben Sie Ihr Gedächtnis schon ganz wiedergefunden?«

Rübenstrunk schüttelte missmutig den Kopf. »Den Großteil habe ich vergessen, auch von der Arbeit. Und die ganzen Kriegsjahre sind komplett weg. Ich glaube, ich war Offizier.«

»Ich auch.«

»Wo?«

»Das weiß ich nicht mehr.«

»Ich auch nicht. Haben Sie vielleicht mein Moped gesehen? Deshalb bin ich eigentlich gekommen.« Rübenstrunk hielt inne und rieb sich in einer hilflosen Geste über die Stirn. »Ich kann mich noch erinnern, dass ich hier zu tun hatte, bevor ich mein Gedächtnis verloren habe.«

»Was wollten Sie denn hier?«

»Keine Ahnung. Aber ich hatte ein Moped dabei. Das weiß ich bestimmt.«

»Wir haben leider kein Moped.«

Rübenstrunk und Karl hatten alle Zwetschgen eingesammelt. Beide richteten sich auf.

»War nett, mit Ihnen zu reden«, sagte Rübenstrunk und reichte Karl die Hand.

»Das finde ich auch«, sagte Karl. »Und viel Glück beim Finden Ihres Mopeds!« Er winkte Rübenstrunk zu, als dieser den Gartenweg zur Straße hinaufging.

Jetzt erst bemerkte Johannes, dass Rübenstrunk wieder dieselbe Kleidung trug wie die beiden letzten Male. Trotzdem sah er ganz anders aus. Der Anzug war verdreckt, das Leder seiner Schuhe stumpf. Auch seine arrogante Haltung hatte er verloren. Er ging mit gesenktem Kopf und hängenden Schultern, ein verwahrloster, verachteter alter Mann.

Johannes blickte ihm gedankenverloren nach. Etwas von der Dunkelheit in seinem Inneren war mit Rübenstrunk über den Gartenweg davonspaziert, er spürte es, als hätte jemand einen schwarzen Schleier von ihm weggezogen. Oder die Zange entfernt, die seine Seele so lange umklammert hatte.

Die Parabel, so es denn eine gab, war zu Ende erzählt, und genau an dieser Stelle begriff Johannes, welche Lehre sich daraus ziehen ließ: dass die Angst nur dann Macht über einen gewinnt, wenn man es zulässt, und dass sie etwas ist, gegen das man aufstehen und kämpfen kann. Um sie schließlich loszuwerden und hinter sich zu lassen wie den ganzen alten Kram, den er von Mines Dachboden geholt hatte.

Er half Karl, die Körbe mit den Zwetschgen in die Waschküche zu tragen, und anschließend ging er wieder zurück in den Garten.

*

Am Abend stieg er hinauf auf den Dachboden, wo es noch viel zu tun gab. Er hatte bereits neue Stromleitungen verlegt und eine Verschalung für den Einbau der Steckdosen angebracht. Die Platten für die Wandabdeckung lagen auch schon bereit. Zum Dämmen der Hohlräume hatte er Holzwolle beschafft, das würde den Winter über für mehr Wärme sorgen. Einen Kohleofen wollte er hier oben nicht einbauen, das hätte zu viel Platz weggenommen. Stattdessen wollte er eine moderne Stromheizung installieren und hatte den Anschluss mit einer entsprechenden Sicherung versehen. Außerdem mussten die beiden winzigen Dachluken gegen neue, größere Klappfenster ausgetauscht werden. In der Zeche arbeitete ein Kumpel, der einen Bauglashändler in der Verwandtschaft hatte, so konnte Johannes günstig an neue Fenster kommen. Auch im Giebel wollte er eins einbauen, damit es in den neuen Räumen genug Luft und Sonne gab.

Im Licht einer Bauleuchte sortierte er sein Werkzeug und machte sich dann daran, die Dämmplatten auf das passende Maß zu kürzen. Er war so auf seine Arbeit konzentriert, dass er zuerst gar nicht merkte, dass er nicht mehr allein war. Langsam ließ er die Säge sinken und drehte sich um.

Katharina stand neben dem Treppenaufgang und blickte ihn unter gesenkten Lidern an. Sie wirkte zutiefst verzweifelt.

Jähe Besorgnis erfüllte ihn. Sofort stand er auf und ging zu ihr. »Was ist los? Ist was passiert?«

Sie schüttelte den Kopf, doch gleich darauf nickte sie, als wüsste sie nicht genau, welche Antwort zutraf.

Er nahm ihre Hand und zog sie von der Treppe weg. Was auch immer sie ihm zu sagen hatte – es brauchte außer ihm keiner zu hören. Hinter den aufgestapelten Dämmplatten blieben sie stehen. »Was ist los?«, wiederholte Johannes seine Frage.

Sie schluckte angestrengt. »Ich muss dir zwei Dinge sagen. Ich bekomme ein Kind von dir. Und ich liebe dich.«

Im ersten Moment herrschte nur gähnende Leere in seinem Kopf, als hätten seine Ohren zwar die Botschaft vernommen, aber vergessen, sie an sein Gehirn weiterzuleiten. Dann drang die Ungeheuerlichkeit ihrer Mitteilung vollends zu ihm durch, und alle Gefühle, die ihn vorher beherrscht hatten, wurden von einem Glücksrausch hinweggefegt. Er war von solcher Freude erfüllt, dass ihm Tränen in die Augen traten, und er schämte sich nicht dafür, dass er sie wegwischen musste, um Katharina richtig ansehen zu können.

»Ich liebe dich auch«, sagte er voller Inbrunst. »Schon von Anfang an.«

Sie lächelte leicht. »Ich weiß.«

Scheu blickte er auf ihren Bauch. »Seit wann …«

»Seit Mai. Es wird irgendwann im Februar geboren.«

»Man sieht noch nichts.«

»Ich trage keine engen Kleider und keine Gürtel mehr, nur noch weite Sachen. Man wird es hoffentlich noch eine ganze Weile nicht sehen.«

Furcht stieg in ihm auf, denn ihm fiel wieder ein, wie verzweifelt sie ausgesehen hatte, als sie eben hier aufgetaucht war. »Du willst das Kind doch, oder?«

Sie nickte, aber etwas an ihrem Gesichtsausdruck ließ ihn vermuten, dass sie nicht immer so darüber gedacht hatte.

»Warum bist du dann so niedergeschlagen?«, wollte er wissen.

»Hast du gerade nicht zugehört? Ich liebe dich! Ich bekomme dein Kind!«

»Du bist unglücklich, weil wir nicht zusammen sein können«, stellte er fest. Mit vagem Erstaunen hörte er sich selbst diese logische Schlussfolgerung ziehen und fragte sich, wieso sie ihn erst mit der Nase darauf stoßen musste. Es konnte nur daran liegen, dass ihre Liebeserklärung ihn vollständig umgehauen hatte. Insgeheim hatte er die ganze Zeit daran geglaubt, dass sie so für ihn empfand, doch es war immer ein Rest von Unsicherheit geblieben.

»Wir finden eine Lösung«, sagte er, einfach nur, um überhaupt etwas zu äußern.

»Es gibt keine Lösung. Jedenfalls keine, die anderen Menschen nicht sehr wehtäte. Die Mädchen lieben Karl, er ist ihr Vater, und er liebt sie. Diese Liebe wächst von Tag zu Tag. Ich könnte Karl und die Kinder niemals auseinanderreißen. Aber ich kann auch meine Töchter nicht verlassen, um mit dir wegzugehen und eine neue Familie zu gründen. Johannes, ich liebe dich aus tiefstem Herzen, doch meine Kinder liebe ich mehr, und ich kann nichts tun, was ihnen das Herz bräche.«

Hilflos hatte er ihren Worten zugehört. »Kathi, wenn das alles so ist – wieso sagst du mir dann überhaupt, dass wir ein Kind bekommen und dass du mich liebst?«

»Weil du die Wahrheit verdienst. Und weil du es wissen solltest, wenn du deine Entscheidungen triffst.«

»Welche Entscheidungen meinst du?«

»Die über dein Leben. Du bist jung. Du solltest deine Zeit nicht mit Warten vergeuden.«

»Warten? Was meinst du damit?«

Sie hob die Schultern. »Das Warten auf bessere Zeiten.«

»Wenn du mit besseren Zeiten auf die künftige Möglichkeit unseres Zusammenseins anspielst – darauf würde ich den Rest meines Lebens warten«, versetzte Johannes.

»Das kann unmöglich dein Ernst sein. Du weißt ja gar nicht, wovon du da redest.«

»Ich habe jedes einzelne Wort so gemeint, wie ich es gesagt habe, Kathi.«

»Du musst dein eigenes Leben führen. Eine neue Liebe finden. Jemanden, mit dem du all das haben kannst, was uns beiden verwehrt bleibt.«

»Ich will kein neues Leben. Mein Leben ist hier. *Du* bist hier! Und mein Kind wird auch hier sein. Glaubst du denn, ich wäre als Vater so wenig wert, dass ich mein Kind im Stich lasse, um woanders von vorn anzufangen?«

Blass und stumm nahm sie seine Worte auf. Nach einer Weile sagte sie zögernd: »Das hatte ich nicht bedacht.«

»Stell mich nicht auf eine Stufe mit Männern wie Leopold Bruckner«, sagte er rau, und an ihrem Blick erkannte er, wie überrascht sie darüber war, dass er sich den Namen von Inges leiblichem Vater gemerkt hatte. »Ich stehe zu meiner Verantwortung. Immer und überall. Und vergiss bitte nicht, dass alle Menschen, die hier im Haus leben, auch *meine* Familie sind. Versuch nie wieder, mich fortzuschicken, Kathi!«

Sie nickte schweigend, und er dachte schon, sie wollte sich abwenden und wieder zur Treppe gehen, doch sie blieb stehen und sagte mit bedrückter Stimme: »Das Baby – es wird offiziell Karls Kind sein.«

»Das ist mir klar«, sagte Johannes, obwohl er sich darüber bisher keine Gedanken hatte machen können. »Aber du und ich – wir beide werden die Wahrheit wissen, das ist für mich die Hauptsache.«

»Na ja, es wären nicht nur wir beide. Mine weiß es, und Hanna auch. Und ganz ohne Frage wird es noch ein paar andere Leute geben, die es sich an einer Hand abzählen können. Inge zum Beispiel, sie ist alt genug, und sie sieht ja, dass Karl nie mit mir allein ist. Von diversen Nachbarn ganz zu schweigen. Die werden sich allesamt schön das Maul zerreißen, wenn ich mein Siebenmonatskind auf die Welt bringe!« Katharina lachte, doch es klang bitter.

»Lass die Leute doch reden. Irgendwann haben sie ein neues Thema. Das ist immer so. Wir werden uns beide nach Kräften um unser Kind kümmern und es lieben, und es wird keinen Augenblick in seinem Leben Angst haben müssen, dass ich es im Stich lasse. Wenn es mich nicht *Papa* nennt, sondern *Johannes*, komme ich damit schon klar.« Johannes nahm Katharinas Hände in die seinen. Ernst sah er sie an. »Und jetzt will ich wissen, warum du es mir *wirklich* verraten hast.«

»Dass ich ein Kind bekomme? Na, hör mal, du bist der Vater!«

»Ich meinte nicht das Kind. Sondern dass du mich liebst.«

Ihr entwich ein zitternder Atemzug: »Ich hab's einfach nicht mehr ausgehalten. Ich wollte, dass du's weißt. Keine Ahnung, warum, aber ich *musste* es dir sagen!«

»Fühlst du dich dadurch besser als vorher?«

Sie nickte langsam. »Ja.« Sie schien selbst erstaunt darüber zu sein. »Ja, ich fühle mich besser. Es ist verrückt, aber so ist es.« Fragend blickte sie ihn an. »Und du?«

»Ich fühle mich *definitiv* besser. Ich könnte Bäume ausreißen.« Mit einem schiefen Lächeln deutete er auf die gestapelten Dämmplatten. »Sobald ich mit denen hier fertig bin.«

»Ach, Johannes«, sagte sie. Er sah die Sehnsucht und das Verlangen in ihren Augen, und es kostete ihn übermenschliche Selbstbeherrschung, sie nicht auf der Stelle in seine Arme zu reißen und zu küssen.

»Eines Tages, Kathi«, sagte er nur. »Du wirst schon sehen.«

Sie verdrehte die Augen. »Sind wir jetzt doch wieder beim Warten?«

»Glaubst du, ich kann's nicht? Im Warten bin ich gut! Das habe ich von der Pike auf gelernt, weißt du. Zufällig hatte ich nämlich sechs Jahre lang nichts anderes zu tun.«

Katharina lachte erneut, und diesmal kam es von Herzen.

Kapitel 26

Inge hatte in der Nacht kaum geschlafen, und auch in der Schule war sie unkonzentriert. In Mathe wurde sie aufgerufen und wusste die Lösung nicht – das war ihr noch nie passiert. Sonst war sie die Einzige in der Klasse, die immer das richtige Ergebnis parat hatte. Sie konnte jederzeit zur Tafel gehen und den kompletten Rechenvorgang niederschreiben, inklusive Beweisführung. Wenn sie in allen Fächern so gut gewesen wäre wie in Deutsch und Mathe, hätte sie die restlichen Schuljahre bis zum Abitur überspringen können. Die Bücher für die Oberstufe hatte sie schon alle durchgearbeitet und nichts davon als besonders schwierig empfunden.

Der Lehrer blickte sie überrascht an, als sie die Antwort auf seine Frage schuldig blieb, und Inge, die in Gedanken ganz woanders gewesen war, beeilte sich mit einer Erklärung.

»Ich habe wahnsinnige Kopfschmerzen.«

»Oh. Dann solltest du vielleicht besser nach Hause gehen, Inge.«

Das kam nicht infrage. Ihre Mutter würde sofort merken, dass Inge nicht das Geringste fehlte, zumal sie noch nie Kopfschmerzen gehabt hatte.

»Dürfte ich vielleicht einfach mal für eine Viertelstunde an die frische Luft? Dann geht es bestimmt wieder.«

Damit konnte sie erkennbar bei dem Lehrer punkten und die Schlappe von eben wiedergutmachen. Bereitwillig erteilte er ihr die Erlaubnis.

Sie zog ihre Jacke an und ging auf den Schulhof, wo sie mit großen Schritten hin und her lief und versuchte, das Chaos ihrer Gedanken zu ordnen.

Gestern, als sie die Unterhaltung auf dem Dachboden belauscht hatte, war ihr schlecht geworden vor Entsetzen, sie hatte sich die Hand vor den Mund drücken müssen, um sich nicht zu übergeben. Mittlerweile hatte sie sich halbwegs gefangen, aber der Schock saß immer noch tief.

Sie war ihrem Verdacht gefolgt und hatte sich die Stiege hinaufgeschlichen, und dann hatten sich ihre schlimmsten Befürchtungen bewahrheitet. Sie hatte nicht alles gehört, nur dass Katharina ein Kind von Johannes erwartete und ihn liebte. Danach war Inge sofort hinaus in den Garten gerannt, ganz weit hinunter auf die Obstwiese, wo keiner mitbekam, wie verstört sie war.

Nachdem sie irgendwann ins Haus zurückgekehrt war, hatte sie sich hinter einem Buch verschanzt, um ihrer Mutter nicht ins Gesicht sehen zu müssen.

Sie fragte sich, wieso ihr die Schwangerschaft nicht schon früher aufgefallen war. Katharina trug seit Längerem keine engen Sachen mehr. Sie lief mit einem Gesichtsausdruck herum wie sieben Tage Regenwetter. Und Johannes wirkte wie das personifizierte Leiden Christi, wenn er und Katharina sich gleichzeitig in einem Raum aufhielten.

Inge konnte es immer noch nicht fassen. Ihre Mutter hatte sich Johannes hingegeben und erwartete ein Kind von ihm! Sie hatte ihm ihre Liebe gestanden, obwohl ihr Ehemann wieder da war!

Ehebruch war eine Todsünde, aber noch viel schlimmer fand Inge den Betrug, der dahintersteckte. Dass ihr Vater so grausam hintergangen wurde – gerade er, der nichts tun konnte, um es zu verhindern!

Das Verhalten ihrer Mutter erfüllte sie mit ohnmächtiger Wut. Welche Frau konnte derart gemein sein, etwas so Furchtbares ausgerechnet dem Mann anzutun, der sie damals gerettet hatte? Der ihrem unehelichen Kind seinen Namen gegeben und es vor der ganzen Welt beschützt hatte. Der sie auf Händen getragen und ihr ein schönes Leben geschenkt hatte. Der alle Liebe verdiente, nach den schrecklichen Dingen, die er durchgemacht hatte. Stattdessen begegnete Katharina ihm mit Gleichgültigkeit und ging ihm aus dem Weg. Sie ließ ihn nicht mal nach oben in die Wohnung, es gab immer irgendwelche Ausreden. Entweder war er ihr bei der Arbeit im Weg oder sie hatte gerade keine Zeit, sich um ihn zu kümmern.

Inge schaute auf ihre Uhr. Die Viertelstunde war vorbei. Sie ging wieder zurück in den Klassenraum und strengte sich an, während des restlichen Schultags nicht mehr unangenehm aufzufallen.

Als sie nach Hause kam, war sie erleichtert, dass Katharina zu einer Kundin gefahren war. Hastig aß sie bei Oma Mine eine Kleinigkeit zu Mittag, dann erledigte sie ihre Hausaufgaben. Anschließend hätte sie einige fertig zugeschnittene Stoffteile für ein Kleid zusammenheften sollen, doch stattdessen machte sie sich auf den Weg zur Bücherei.

Fräulein Brandmöller war überrascht, dass sie bereits so früh eintraf, doch Inge behauptete einfach, dass sie heute früher mit allen häuslichen Pflichten fertig geworden sei.

Sie fieberte dem Wiedersehen mit Klaus-Peter entgegen, er war für sie der einzige Lichtblick an diesem Tag. Als es so weit war, rannte sie förmlich nach draußen und vergaß dabei völlig die Bücher, die sie eigentlich hatte mitnehmen wollen.

Klaus-Peter bemerkte sofort, wie aufgewühlt sie war.

»Was ist passiert?«

Sie schüttelte nur den Kopf und ging mit Riesenschritten voraus. Er beeilte sich, zu ihr aufzuschließen.

»Was ist denn bloß mit dir, Inge?«

Da brach es aus ihr heraus. »Meine Mutter kriegt ein Kind!«

Er wirkte verunsichert. »Ist das denn schlimm? Ich meine, so alt ist sie doch noch nicht, oder?«

Die anklagenden Worte lagen ihr bereits auf der Zunge, doch Inge schluckte sie gerade noch herunter. Um ein Haar hätte sie den schlimmsten aller denkbaren Fehler begangen: den Verrat an ihrer eigenen Familie. Wenn sie es jetzt Klaus-Peter erzählte, würde er es weitersagen. Die Sünde ihrer Mutter war so ungeheuerlich, dass er es bestimmt nicht für sich behalten konnte. Danach würde es bald ganz Essen wissen, und am Ende würde alles auf sie selbst zurückfallen. Und auf Bärbel und auf Karl und auf Oma Mine. Ausgerechnet auf die Menschen, die am wenigsten etwas dafürkonnten, dass Katharina ihrer Wollust nachgegeben hatte. Ihre Mutter, die ihr ständig verbieten wollte, mit einem Jungen ins Kino zu gehen!

Erneut wallte Zorn in Inge auf, und er wuchs zu etwas Unbekanntem, Bösem heran, das immer stärker wurde.

Auf Höhe der Stelle, an der sich der Baum mit Klaus-Peters Inschrift befand, übermannte es sie.

»Ich will es noch mal sehen«, verlangte sie.

»Was denn?«

»Das Herz und die Buchstaben.«

Er ging mit ihr zu dem Baum und sah sie verlegen an. Sie starrte zuerst die lächerliche Inschrift an und dann Klaus-Peter.

»Liebst du mich noch?«

Er nickte errötend.

»Dann küss mich!«, forderte sie ihn auf.

»Aber … wir sind doch noch gar nicht verlobt!«

»Scheiß auf die Verlobung«, sagte sie grob. »Willst du mich jetzt küssen oder nicht?«

Er wollte. Zögernd beugte er sich vor und drückte seinen Mund auf ihren. Sofort schlang sie die Arme um ihn und öffnete ihre Lippen, damit er das tun konnte, was er schon beim letzten Mal vorgehabt hatte. Plötzlich wusste sie, dass das Böse in ihrem Inneren Rachsucht war, aber es war ihr gleichgültig.

Klaus-Peter erstickte sie fast mit einem wilden, stürmischen

Kuss und hielt sie in einer bärenhaften Umarmung gefangen, so eng, dass sie sich kaum bewegen konnte. Sein Unterleib presste sich gegen ihren, und dann tastete er mit einer Hand nach ihrer Brust. Sie ließ es geschehen. Das schien er als Aufforderung zu begreifen, bis zum Äußersten zu gehen. Er griff ihr unter den Rock.

Inge merkte gar nicht, dass sie angefangen hatte zu weinen. Es wurde ihr erst klar, als Klaus-Peter sie losließ und erschrocken zurückwich.

»Großer Gott, Inge!«, stammelte er. »Es tut mir so unendlich leid!«

Sie lehnte sich gegen den Baum und schluchzte.

»Wieso hast du aufgehört?«, stieß sie unter Tränen hervor. »Ich bin doch auch so eine! Eine, der es egal ist, für wen sie die Beine breit macht!«

»Himmel, wovon redest du da, Inge?«

Sie schüttelte hastig den Kopf. Abermals hätte sie fast den schweren Fehler begangen, das Schreckliche zu verraten.

»Du willst das doch gar nicht wirklich«, sagte Klaus-Peter. »Wenn wir es täten, würdest du mich hassen. Und dich selbst auch. Komm her. Es wird alles gut.« Er zog sie in seine Arme, aber diesmal nicht, um sie zu küssen oder anzufassen. Er hielt sie einfach nur fest und strich ihr vorsichtig übers Haar. »Vielleicht weißt du es noch nicht«, sagte er ihr leise ins Ohr. »Aber Liebe ist viel mehr als das, was du gerade wolltest. Liebe, das kann manchmal auch bedeuten, auf den anderen zu warten.«

Sie wusste nicht, was sie erwidern sollte, aber er schien auch keine Antwort zu erwarten. Irgendwann hatte sie sich beruhigt, und dann gingen sie gemeinsam weiter, als wäre nichts geschehen.

*

Der September verstrich und machte dem Oktober Platz, doch der Wechsel im Kalender schien keine besondere Bedeutung zu haben, weil das Leben der meisten Menschen nicht im Monatsrhythmus voranschritt, sondern im Wochentakt. Unter der Woche wurde gearbeitet, samstags wurden die Lohntüten ausgeteilt, sonntags war frei. Dazwischen gab es einzelne wichtige Tage, über die man redete, weil sich bedeutsame Ereignisse zugetragen hatten, etwa der Sieg der deutschen Fußballnationalmannschaft gegen Österreich oder der Weltrekord im Langlauf von Emil Zatopek. Auch politische Umwälzungen hatten im September das Tagesgeschehen bestimmt, vor allem der allseits begrüßte Beschluss über die Aufhebung des Besatzungsstatuts. Durch einen neuen Vertrag sollte die Bundesrepublik gleichberechtigter Partner der westlichen Alliierten werden.

Der Oktober hatte hingegen mit der Schreckensmeldung begonnen, dass die Sowjets zwei Atombomben gezündet hatten, angeblich zu Versuchszwecken. Dabei war jedem klar, dass dahinter eine Drohung gegen den Westen stand, was überall die Angst vor einem dritten Weltkrieg wieder aufflammen ließ.

Katharina war nicht entgangen, dass Johannes sich deswegen ebenfalls Sorgen machte. Obwohl es ihr so vorkam, als hätte er seine schlimmsten Ängste endgültig überwunden, schien ein Teil seiner alten Furcht immer noch lebendig zu sein. Er hatte sogar davon gesprochen, dass man für den Ernstfall einen Luftschutzbunker bauen könnte – etwa, indem man die jetzt nicht mehr genutzte Sickergrube entsprechend vergrößerte. Zum Glück hatte Mine diese Idee sofort mit Entschiedenheit zurückgewiesen.

Katharinas Leben wurde weiterhin durch ein gleichbleibend hohes Arbeitspensum bestimmt – und durch ihre fortschreitende Schwangerschaft. Ihr Leibesumfang hatte zu ihrem Verdruss schneller als erwartet zugenommen, ihr Zustand ließ sich nun kaum noch verbergen. Offiziell war sie allerdings erst im dritten Monat. Immerhin konnte sie auf die altbekannte Tatsache verweisen, dass Frauen, die schon mehrere Kinder geboren hatten, regelmäßig aussahen, als wären sie schon ein paar Monate weiter.

Mine beteuerte jedem in der Nachbarschaft, wie glücklich Katharina und Karl seien, so bald schon wieder Eltern zu werden. Dasselbe erzählte Katharina ihren Kundinnen, die ihr gratulierten und sie mit guten Ratschlägen oder netten Geschenken bedachten.

Bärbel freute sich auf einen kleinen Bruder oder eine kleine Schwester. Nur Inge hatte wortkarg und abweisend reagiert, als sie von der Neuigkeit erfahren hatte. Katharina kam nicht um die Vermutung herum, dass ihre Tochter die Wahrheit ahnte, doch sie brachte nicht die Courage auf, Inge darauf anzusprechen. Sie musste einfach darauf vertrauen, dass irgendwie alles gutging.

Als Katharina eines Vormittags ein Glas Apfelmus aus dem Vorratskeller holte, lief sie ihrer Schwiegermutter über den Weg. Mine trug einen Wäschekorb unterm Arm, randvoll mit dem frisch gewaschenen Grubenzeug von Johannes und sauberen Sachen von Karl. Mit einem Anflug von schlechtem Gewissen machte Katharina sich bewusst, dass ihre Schwiegermutter sich um sämtliche Belange kümmerte, die Karl betrafen, obwohl Mine selbst keine Vorteile davon hatte. Natürlich abgesehen davon, dass sie ihren Sohn wiederhatte, für dessen Rückkehr sie all die Jahre so inbrünstig gebetet hatte.

Allerdings war Katharina in der Zwischenzeit nicht völlig untätig geblieben – sie hatte Stoff für ein Hemd besorgt, das sie für Karl nähen wollte.

Den Entschluss hatte sie spontan getroffen, er beruhte auf der Erkenntnis, dass sie nicht mit zweierlei Maß messen durfte. Als Johannes aus der Gefangenschaft gekommen war, hatte sie für ihn genäht und gestrickt – zu einer Zeit, als von Liebe noch keine Rede gewesen war. Und nun war ihr Mann wieder da, doch für ihn hatte sie noch keinen Finger krumm gemacht. Karl trug, genau wie anfangs Johannes, ständig Jupps alte Sachen, ein unhaltbarer Zustand. Dabei war es Katharina egal, was andere über ihre bislang fehlenden Bemühungen dachten – es störte einfach ihr eigenes Gerechtigkeitsempfinden.

»Ich will ein Hemd für Karl nähen«, teilte sie ihrer Schwiegermutter mit. »Er soll doch bitte nachher mal zum Maßnehmen kommen.«

»Wohin?«

»Rauf zu mir.«

Mine warf ihr einen erstaunten Blick zu. Wirklich?, schienen ihre Augen zu fragen, doch sie sagte kein Wort, sondern nickte nur.

Katharina räumte flüchtig das Wohnzimmer auf und legte das Zentimeterband sowie Papier und Bleistift zum Notieren der Maße bereit. Ihr Inneres sträubte sich dagegen, im Schlafzimmer Karls Maße zu nehmen. Sie hätte dann vielleicht ständig daran denken müssen, wie es bei Johannes gewesen war. Die Erinnerungen waren noch zu frisch.

Erst bei erneutem Nachdenken erkannte sie den wahren Grund, warum sie lieber im Wohnzimmer bleiben wollte: Im Schlafzimmer hatte sie Karl betrogen. Auch wenn es sich für sie nicht so anfühlte und sie zu keinem Zeitpunkt auch nur im Entferntesten daran gedacht hatte, ihn zu hintergehen – faktisch hatte sie die Ehe gebrochen. Und im Grunde tat sie es immer noch, selbst wenn sie nicht mehr mit Johannes schlief. Sie trug das Kind eines anderen Mannes aus und wollte es Karl unterschieben, mit Billigung sämtlicher Beteiligten, sogar der seiner Mutter. Nur Karl wusste nichts davon und würde es nie erfahren, denn er war gar nicht imstande, es zu begreifen.

Er würde gleich hereinkommen und sich vor sie hinstellen, unschuldig wie ein kleiner Junge, der sich freute, ein neues Kleidungsstück zu bekommen, und sie würde ihm vorspielen, dass sie ihm einen großen Gefallen tat.

Lieber Gott, was mache ich denn hier?, durchfuhr es sie, doch es war zu spät, das Maßnehmen abzusagen oder es wenigstens nach unten in Mines Wohnbereich zu verlegen. Karl kam bereits die Treppe hoch. Er strahlte, als er sie sah, und Katharina wurde von einem Gefühl hilflosen Versagens erfasst. Mit erzwungener Freundlichkeit sagte sie:

»Komm herein, Karl. Ich will dir ein neues Hemd nähen.«

»Ja, das hat Mutter mir gesagt. Ich bin sehr froh. Ich hatte lange kein neues Hemd mehr.«

Sie stutzte. »Du kannst dich erinnern, wann du das letzte Mal eins bekommen hast?«

Er hob die Schultern. »Mir fällt vieles wieder ein. Ich weiß, dass du mir früher auch ein Hemd genäht hast. Ein weißes mit blauen Streifen. Es war ein Weihnachtsgeschenk.«

Sie konnte kaum atmen. »Du erinnerst dich an dieses Hemd?«

Er nickte. »Auch an andere Dinge. Es kommt fast jeden Tag was zurück. Katharina, ich weiß wieder, wie lieb ich dich habe. Die ganze Zeit hatte ich es vergessen, aber es ist mir wieder eingefallen. Darüber bin ich froh. Mutter hat gesagt, ich darf dich nicht mehr liebhaben, aber ich tu's trotzdem.«

Sie sog heftig die Luft an und brachte kein Wort heraus.

Karl blickte sie unbefangen an. »Willst du jetzt meine Maße nehmen?«

Katharina nickte mühsam. Sie bat Karl nicht, den Pulli auszuziehen, und sie beeilte sich mit dem Messen. Er stand mit leicht gesenktem Kopf vor ihr, einen konzentrierten und zugleich eifrigen Ausdruck im Gesicht. Es war ein Mienenspiel, das eine halb verschüttete Erinnerung in ihr wachrief – so hatte er ausgesehen, als er Inge das erste Mal die Windel gewechselt hatte. Katharina hatte neben ihm am Wickeltisch gestanden, bereit, ihm sofort zu helfen, falls es nötig war, doch er hatte darauf bestanden, es allein zu versuchen.

Ich kann das nicht, dachte sie. Ich muss weg. Fort von Karl, von allem!

Doch sie blieb stehen und nahm seine Maße, so wie sie es schon vor vielen Jahren getan hatte. Sein Geruch war ihr immer noch vertraut. Sie sah seinen Nacken, braun von der Gartenarbeit. Sein graues Haar mit dem Wirbel am Hinterkopf. Dort befand sich eine große, gezackte Narbe, die ihr vorher noch nicht aufgefallen war. War das die Kopfverletzung, von der dieser Sachbearbeiter vom Roten Kreuz gesprochen hatte? Das Haar war darüber gewachsen, man sah die Stelle tatsächlich nur bei genauerem Hinschauen. Ob es bereits im Krieg geschehen war oder erst danach, in einem der russischen Gefangenenlager? Von Johannes wusste sie, welche Grausamkeiten dort an der Tagesordnung waren.

Karls Schultern wirkten schmaler als früher, der Hals wies Falten auf. Er hatte viel Ähnlichkeit mit Jupp in seinen mittleren Jahren, so wie sie ihn von den Fotos kannte. Ob Karl sich auch wieder an seinen Vater erinnerte? An seine Schwester Mathilde und die Reise nach Hannover, als Johannes ein Baby gewesen war?

Katharina war von dem Drang erfüllt, Karl danach zu fragen, doch eine innere Scheu hielt sie davon ab, die Vergangenheit aufzurühren. Denn zu dieser Vergangenheit gehörte auch ihre gemeinsame Zeit, in der sie einander vertraut und geliebt hatten. Die Zeit, in der sie ihn so sehr vermisst hatte, dass sie glaubte, sterben zu müssen, wenn er nicht zu ihr und den Kindern zurückkehrte.

»Karl.« Sie legte ihm sanft die Hand auf die Schulter. »Ich bin fertig.«

Sein Blick fiel auf das Radio. »Oh, darf ich Musik hören?« Und schon ging er hin und machte es an. Es war ein britischer Sender eingestellt. Die Melodie von *How High the Moon* tönte aus dem Lautsprecher, gesungen von Ella Fitzgerald.

»Das kenne ich«, sagte Karl erfreut. »Dazu haben wir getanzt. Du warst die beste Tänzerin der Welt.« Er verneigte sich vor ihr. »Darf ich bitten?«

Sie unternahm keinen Versuch, ihm auszuweichen. Karl ergriff ihre Hand und zog sie leicht an sich, und gemeinsam bewegten sie sich im Takt der Musik. Sie konnten nur auf der Stelle tanzen, weil es viel zu eng für Schwünge oder Drehungen war, aber es gelang Karl erstaunlich schnell, den richtigen Rhythmus zu finden. Früher hatte er sehr gut getanzt. Vor dem Krieg waren sie gelegentlich zusammen ausgegangen. Damals war Bärbel noch nicht auf der Welt gewesen. Die Kinderfrau hatte Inge gehütet, während Karl und sie sich einen freien Abend gegönnt hatten. Nur sie beide.

Leise sang er den Text mit, er hatte ihn nicht vergessen. Oder er war ihm wieder eingefallen, was auf das Gleiche herauskam.

»There is no moon above, when love is far away too, till it comes true, that you love me as I love you ...«

Als der letzte Refrain verklang, ließ er sie los und trat einen Schritt zurück. Sein Gesicht leuchtete förmlich vor Begeisterung. »Das war sehr schön. Ich kann gut tanzen, oder?«

»Ja«, sagte Katharina mit brüchiger Stimme.

Karl furchte grübelnd die Stirn. »Waren wir früher tanzen? Ich kann mich nicht erinnern.«

»Manchmal waren wir aus.«

»Karl?«, rief Mine von unten. »Essen ist fertig!«

»Oh, da muss ich wohl«, sagte Karl in einer Mischung aus Bedauern und Vorfreude. »Auf Wiedersehen, Katharina.«

»Auf Wiedersehen«, murmelte sie, und als er die Treppe hinuntereilte, fühlte sich ihr Herz an wie ein scharfkantiger Stein.

*

In den folgenden Wochen musste Katharina mit der Arbeit kürzertreten. Sie nahm kaum noch neue Aufträge an, weil sie es nicht mehr schaffte. Die Schwangerschaft bereitete ihr zusehends Probleme. Sie war oft kurzatmig und fühlte sich schwerfällig, vor allem beim Treppensteigen.

Immerhin half Inge ihr nun wieder mehr beim Nähen, nachdem sie sich vorübergehend nahezu vollständig davor gedrückt hatte – immer mit Verweis auf zu viele Hausaufgaben und die dringenden Vorbereitungen für die Klassenarbeiten, die sie vor dem nächsten Zeugnis noch schreiben musste.

Katharina hatte den Eindruck, dass ihre Tochter sie permanent beobachtete. Dabei schien Inge besonders darauf zu achten, ob und wann Katharina mit Johannes allein war. Doch weil es dazu praktisch nicht mehr kam, gab es nichts, was Inge in ihrem Verdacht hätte bestärken können. Nach einer Weile sah sie offenbar ein, dass ihr Misstrauen unbegründet war. Zumindest wurde sie wieder ein wenig zugänglicher und nahm Katharina liegen gebliebene Näharbeiten ab.

Zu diesem wiedererwachten Entgegenkommen trug wohl auch entscheidend bei, dass Katharina sich nicht mehr gegen Karls Besuche sperrte. Mittlerweile kam er mehr oder weniger regelmäßig nach oben, um mit den Mädchen im Wohnzimmer Musik zu hören oder Karten zu spielen. Dabei verhielt er sich meist still und machte auch keine Bemerkungen mehr über früher. Katharina nahm an, dass Mine ihm eingeschärft hatte, nicht davon anzufangen. Was immer auch der Grund für seine Zurückhaltung war – Katharina war dankbar dafür, denn es enthob sie der Notwendigkeit, ständig nur darüber nachzudenken, wie sie mit der Situation klarkommen sollte.

Johannes begegnete sie außerhalb der gemeinsamen Mahlzeiten noch seltener, höchstens hin und wieder im Vorübergehen, wenn er Baumaterial auf den Dachboden schleppte oder nach getaner Arbeit wieder die Stiege herunterkam, verschwitzt, erschöpft und mit Zementstaub oder Fasern von dem Dämmmaterial bedeckt. Der Ausbau machte Fortschritte, Johannes hatte gemeint, er werde wohl noch im Laufe des Novembers fertig werden. Die Mädchen freuten sich bereits wie verrückt auf ihr neues Zimmer. Vor allem Inge konnte es kaum erwarten.

Johannes arbeitete jede freie Minute oben, und das Hämmern und Sägen strapazierte Katharinas Nerven in einem Maße, dass sie oft glaubte, es keine Sekunde länger auszuhalten.

Und doch ertrug sie es stoisch, so wie auch alles andere, von dem sie glaubte, daran zerbrechen zu müssen. Manchmal kam sie sich vor wie ein Elefant, duldsam und dickhäutig, ein Bild, das durch ihren immer stärker werdenden Leibesumfang plastische Realität zu gewinnen schien. Sie konnte sich nicht entsinnen, bei ihren beiden ersten Schwangerschaften so angeschlagen und unbeweglich gewesen zu sein. Ihre Fußknöchel waren an den Abenden oft geschwollen, und manchmal musste sie auch tagsüber die Füße hochlegen, weil sie ihr wehtaten. Zudem litt sie häufiger unter Kopfschmerzen und trank Unmengen von Kamillentee, um sie wieder loszuwerden. Der Kaffee, der ihr früher dagegen geholfen hatte, schmeckte und roch weiterhin wie ein widerlicher Hexentrunk, sie konnte keinen mehr anrühren.

Ihre Gedanken wandten sich mehr und mehr nach innen. Zuweilen saß sie einfach nur da, beide Hände auf den wachsenden Bauch gelegt, um das Strampeln des Babys zu spüren. Eine neue und schwere Verantwortung kam auf sie zu, aber in manchen Augenblicken ließ sie auch die zaghafte Hoffnung zu, die sie dabei empfand.

Mitte November rang sie sich endlich dazu durch, mit Hanna reinen Tisch zu machen. Die Freundin fehlte ihr schmerzlich, jeden Tag mehr, und irgendwann hielt Katharina es einfach nicht mehr aus. Mit einem halben Pfund Kaffee ging sie zu ihr rüber und hoffte, dass sie nicht gleich wieder achtkantig hinausgeworfen wurde.

Ihre Sorge war unbegründet. Hanna empfing sie mit Tränen in den Augen.

»Endlich«, sagte sie leise. Dann fuhr sie mit einem kleinen Schluchzen in der Stimme fort: »*Merde!* Ich wollte nicht heulen, wenn du wieder auftauchst. Jetzt tu ich es doch. Da siehst du mal, wie du mir gefehlt hast, du liebe, dumme, verrückte ...« Hanna fiel kein passendes Wort ein. Statt weiterzusprechen, zog sie Katharina in ihre Arme und drückte sie fest an sich. Dann nahm sie ihr den mitgebrachten Kaffee aus der Hand und zog sie ins Haus. In der Küche brühte sie sich einen auf und machte Tee für Katharina, und dann setzten sie sich wie in früheren Zeiten ins Wohnzimmer und redeten.

Katharina wollte sich für ihren Ausfall beim letzten Besuch entschuldigen, doch Hanna winkte sofort ab.

»Es war meine eigene Schuld«, sagte sie. »Ich habe einfach nicht kapiert, dass du ihn liebst.«

»Das hab ich ja selber lange nicht kapiert.«

»Ich weiß. Sonst hätte ich es bestimmt früher gemerkt.« Forschend sah sie Katharina an. »Was ist seither geschehen, Kathi?«

Katharina hob die Schultern. »Nicht viel. Ich habe mich mit Johannes ausgesprochen. Er weiß jetzt, dass er Vater wird. Ich habe ihm erklärt, dass er woanders ein neues Leben anfangen soll, aber das hat er rundheraus abgelehnt. Er liebt mich.«

»Das war schon lange klar«, meinte Hanna trocken.

Katharina zuckte mit den Schultern. »Ich habe ihm gestanden, dass ich ihn liebe, obwohl das eigentlich überhaupt nichts mehr zur Sache tut. Denn es ist nach wie vor Schluss zwischen uns. Das wird sich auch nicht ändern. Karl ist ja jetzt da. Er ist der gesetzliche Vater des Kindes, obwohl er immer noch keine Ahnung davon hat. Es ist so schlimm, Hanna.«

»Wie hältst du das alles nur aus?«

»Schlecht«, sagte Katharina wahrheitsgemäß.

»Du siehst auch schlecht aus«, erklärte Hanna unumwunden. »Blass und erschöpft und mit ziemlich dunklen Ringen unter den Augen.«

»Danke für das Kompliment«, gab Katharina zurück. In einer Aufwallung von Galgenhumor musste sie grinsen. »So was Nettes hat mir lange keiner mehr gesagt.« Dann seufzte sie. »Ich weiß, dass ich reichlich erledigt aussehe. Andere Frauen werden in der Schwangerschaft schön. Mir ist es anscheinend diesmal nicht vergönnt.«

»Warst du eigentlich zwischendurch mal beim Arzt?«

»Du lieber Himmel, da kann ich doch nicht hingehen! Dann käme ja sofort raus, dass ich in Wahrheit schon viel weiter bin. Der ganze Plan mit dem Siebenmonatskind wäre in null Komma nichts geplatzt.«

»Du solltest nicht mehr so viel arbeiten.«

»Tu ich ja nicht. Momentan nehme ich nichts Neues mehr an. Ach, das hätte ich fast vergessen …« Katharina hielt inne und nestelte das Schreiben von der Behörde aus der Tasche ihrer Umstandsbluse. Anstelle einer Erklärung reichte sie es Hanna.

Die Freundin überflog es und ließ einen überraschten Ausruf hören. »Du hast die Gewerbeerlaubnis! Wahnsinn! Und das erzählst du mir erst jetzt?«

»Es kam ja auch erst heute.«

»Und? Freust du dich denn gar nicht? Das hier ist doch genau das, worauf du die ganze Zeit mit aller Kraft hingearbeitet hast!«

»Natürlich freue ich mich«, sagte Katharina, aber die Wahrheit war, dass sie sich vor einigen Monaten viel mehr darüber gefreut hätte. In der letzten Zeit war es fast so, als wäre ihr die Fähigkeit zu solch positiven Gefühlen nach und nach abhandengekommen.

»Mensch, dann können wir unsere Pläne ja jetzt endlich in die Tat umsetzen!« Hanna war wie elektrisiert. »Weggehen! Einen Laden aufmachen! Du dein Modeatelier, ich eins für Kunst! Wir werden einschlagen wie eine Bombe!«

Katharina lachte. »Da wird wohl die nächsten Jahre nichts draus werden. Ich habe demnächst ein Baby.« Sie brach ab, ihre Heiterkeit verflog schlagartig. »Außerdem kann ich jetzt sowieso nicht mehr weg. Karl, die Mädchen ... es geht nicht mehr.«

»Aber was ist mit deinem Traum?«

»Ausgeträumt«, sagte Katharina nur. Sachlich fuhr sie fort: »Das heißt, nicht ganz. Ich kann natürlich immer noch hier in der Gegend ein Atelier aufmachen. Und das habe ich auch vor, davon lasse ich mich nicht abbringen. Vielleicht wird aus Essen irgendwann ja doch noch eine richtig schöne Stadt. Oder ich gewöhne mich daran, wie es hier ist. Bestimmt gibt es schlimmere Orte.«

»Das sind ja ganz neue Töne!«

Katharina hob nur die Schultern. Sie hätte Hanna erklären können, dass der Prozess des Umdenkens bereits vor Wochen eingesetzt hatte. War es der Tanz mit Karl gewesen? Oder das Gespräch mit Johannes auf dem Dachboden, wo er ihr eröffnet hatte, dass hier sein Zuhause sei? Da hatte sie sich jedenfalls zum ersten Mal die Frage gestellt, warum es nicht auch ihr Zuhause sein konnte. Die Antwort war dann eigenartigerweise ganz leicht gewesen, so einleuchtend, dass sie sich wunderte, warum es ihr nicht schon eher bewusst geworden war: Sie hatte erkannt, dass das Zuhause immer dort war, wo die Menschen waren, die einen liebten und brauchten. Nirgendwo anders.

Nachdem sie das begriffen hatte, war ein gewisser Frieden über sie gekommen, so sanft wie ein unverhoffter Sonnenstrahl, der auf einmal die Dunkelheit zerteilte. Es ließ sich auch in Worte kleiden – sie hatte sich mit dem Kohlenpott ausgesöhnt.

Und doch war ein Teil der Dunkelheit geblieben, eine Furcht, die nicht weichen wollte. Sie hatte keine Erklärung dafür und wollte auch keine finden. Ein seltsamer innerer Widerstand hielt sie davon ab, genauer darüber nachzudenken.

Eines musste sie Hanna unbedingt noch sagen.

»Johannes will hierbleiben, weil er mich liebt und dem Kind ein Vater sein möchte. Aber falls er sich eines Tages doch dazu entschließt, von hier wegzugehen … Ich meine, um ein neues Leben anzufangen … Dann kannst du … Wenn du willst …« Verlegen brach sie ab.

Hanna sah sie groß an. »Du willst, dass ich mich mit ihm zusammentue?«

»Ich würde dir nicht im Weg stehen. Du bist meine beste Freundin. Und für Johannes wünsche ich mir einfach nur, dass er glücklich wird.« Katharina holte tief Luft. »Es stimmt alles, was du über ihn gesagt hast – er ist ein wunderbarer Mensch.«

»Mein Gott, Kathi – du liebst ihn wirklich, oder?«

»Mehr als mein Leben«, sagte Katharina leise.

Kapitel 27

Der Winter hielt mit nebligem und feuchtem Wetter Einzug. Aus der von den Menschen erhofften weißen Weihnacht wurde nichts. Doch dafür waren die meisten Tische reich gedeckt. Leckereien und Delikatessen gab es in Westdeutschland wieder in Hülle und Fülle, und die Familien, die es sich leisten konnten, schwelgten in üppigen Mahlzeiten und gönnten sich auch sonst all die schönen Dinge des Lebens, die an Weihnachten dazugehörten.

Auch Mine hatte alles aufgeboten, was Keller und Küche hergaben, und beim Einkaufen der übrigen Zutaten hatte sie ebenfalls nicht geknausert. Das Fleisch, das sie für die Familie zubereitete, war von höchster Qualität. Für das Weihnachtsessen hatte sie eine horrend teure Schweinelende besorgt. Mit Speck umwickelt und einer feinen Kräuterfarce gefüllt, wurde der köstlichste Braten daraus. Auch die Beilagen waren ein Genuss. Sie tischte knusprige Kartoffelkroketten auf und mit Mandelblättchen verfeinerten Rosenkohl. Zum Nachtisch gab es Birne Helene, das hatte sie schon in ihrer Kindheit an Festtagen immer am liebsten gegessen.

Johannes, Karl und die Mädchen lobten das Weihnachtsessen in den höchsten Tönen, und auch Katharina ließ sich zu einer anerkennenden Bemerkung herab, obwohl sie die meiste Zeit nur still und in sich gekehrt dasaß und keinen rechten Anteil am Geschehen nahm. Nur beim Auspacken der Geschenke wurde sie etwas lebhafter. Wobei sie sich allerdings weniger für das begeisterte, was sie erhielt, sondern sich eher mit den anderen über die von ihr selbst überreichten Gaben freute. Sie hatte für jeden ein schönes Kleidungsstück genäht. Für Karl ein Hemd, für Johannes eine Jacke, für Inge und Bärbel jeweils einen Winterrock. Mine hatte ein Kleid bekommen, sie konnte es kaum glauben. Es war aus anthrazitfarbener Seide und hatte einen ähnlichen Schnitt wie das Kleid, das sie zu ihrer silbernen Hochzeit mit Jupp getragen hatte. Sprachlos hatte sie es angezogen und darüber gestaunt, wie gut es saß. Katharina hatte nie ihre Maße genommen. Inge verriet Mine schließlich, dass ihre Mutter alles nach dem alten Kleid abgemessen und darauf vertraut hatte, dass es passte.

Johannes hatte sich um den Weihnachtsbaum gekümmert. Zusammen mit Karl war er in den Wald gegangen und hatte eine kleine Fichte abgesägt, und die Mädchen hatten das Bäumchen mit Lametta und Weihnachtskugeln geschmückt.

Mine war an diesem Tag von so viel Glück erfüllt, wie es nur irgend möglich war, und im Stillen dankte sie Gott dafür, dass er ihr Karl zurückgegeben und alles zum Guten gewendet hatte. Sie ging in die Christmette und betete darum, dass dieses Glück anhalten möge.

Als am 26. Dezember Inges Geburtstag gefeiert wurde, gaben alle sich die größte Mühe, dem Mädchen einen schönen Tag zu bereiten, obwohl ein Geburtstag am zweiten Weihnachtstag es naturgemäß mit sich brachte, dass die Feierstimmung bereits im Vorhinein sozusagen aufgebraucht war. Sie saßen zusammen in Katharinas Wohnzimmer, wo es jetzt deutlich mehr Platz gab, auch für Besucher, weil die Mädchen inzwischen in ihr neues Mansardenzimmer umgezogen waren. Katharina hatte echten Bohnenkaffee gekocht, obwohl sie selbst keinen Schluck davon trank, und Mine hatte den Kuchen beigesteuert – Käsesahnetorte, die mochte Inge am liebsten.

Johannes konnte an der Geburtstagsfeier nicht teilnehmen, weil er arbeiten musste; auf dem Pütt wurden auch an den Feiertagen immer Schichten gefahren. Dafür war Hanna rübergekommen, mit selbst gebackenen Keksen und flaschenweise Coca-Cola.

Mit einer Spur von Argwohn registrierte Mine, wie die Madame ihre Schwiegertochter auf beide Wangen küsste und mit ihr tuschelte. Die beiden hatten schon immer Geheimnisse geteilt, von denen Mine ausgeschlossen war, aber wen scherte das. Heute wurde der sechzehnte Geburtstag ihrer Enkelin gefeiert. Inge war die Hauptperson, niemand sonst.

Karl freute sich wie ein Kind, als Inge ihre Geschenke auspackte, es war fast, als hätte er selbst Geburtstag. Inge bedankte sich für den Plüschteppich, den sie sich für ihr neues Zimmer gewünscht und von Katharina bekommen hatte, und natürlich auch für die zehn Mark, die Mine ihr geschenkt hatte. Mine war der Meinung, dass man mit Geld zum Geburtstag nichts falsch machen konnte. Darüber freute sich schließlich jeder.

Doch anscheinend war das ein Irrtum, denn plötzlich sprang Inge mit verzerrtem Gesicht auf. Ihre Augen füllten sich mit Tränen.

»Das ist so verlogen!«, schrie sie. »Wie könnt ihr bloß die ganze Zeit hier sitzen und so tun, als wäre alles in Ordnung?«

Karl zuckte erschrocken zusammen, und auch die anderen blickten Inge schockiert an.

Das Mädchen zeigte mit ausgestrecktem Finger auf Katharina.

»Sie kriegt ein Kind von Johannes! Ihr wisst es alle, und keiner sagt was!«

Bärbel starrte ihre Schwester mit weit aufgerissenen Augen an. Das verstörte Kind verstand die Welt nicht mehr.

Katharina hatte sich aus ihrem Sessel erhoben. Das Aufstehen fiel ihr nicht mehr leicht, Mine hatte es in der letzten Zeit häufiger beobachtet. Die Schwangerschaft mit diesem Kind hatte ihre Schwiegertochter stark mitgenommen.

»*Ich* sage was«, erklärte Katharina ruhig. »Und ihr könnt es alle hören. Ja, Johannes ist der Vater des Kindes. Und er ist der Mann, den ich liebe.«

In der Stille, die daraufhin einsetzte, hätte man eine Stecknadel zu Boden fallen hören können. Hanna griff nach Katharinas Hand und hielt sie fest.

Mit klarer Stimme fuhr Katharina fort: »Als ich mit Johannes zusammenkam, wusste ich nicht, dass Karl noch lebt. Und Gott ist mein Zeuge, dass am Tag von Karls Rückkehr bereits alles wieder vorbei war. Es war meine freie Entscheidung, dass wir aufhören. Es hatte nichts damit zu tun, dass Karl wiedergekommen ist. Oder dass seine Mutter auf einem sündenfreien Haus bestanden hat.« Sie bedachte ihre Schwiegermutter mit einem Blick, den diese nicht deuten konnte. »Aber eins dürft ihr alle wissen: Ich habe keine Sekunde aufgehört, Johannes zu lieben, und daran wird sich für den Rest meines Lebens nichts ändern. Eher sterbe ich, als ihn nicht mehr zu lieben.«

Die lastende Stille hielt an, keiner gab einen Mucks von sich. Katharina ließ sich wieder in den Sessel sinken und schwieg ebenso wie die anderen. In Inges Gesicht zeigten sich widersprüchliche Emotionen – Wut, Fassungslosigkeit, Entsetzen … und schließlich Respekt, vielleicht sogar ein Hauch von Verständnis.

Mine erkannte, dass Katharina diese Rede hauptsächlich für Inge gehalten hatte. Bärbel und Karl begriffen sowieso kaum, worum es ging, und die Übrigen wussten Bescheid, Mine selbst eingeschlossen.

Doch im nächsten Augenblick wurde ihr klar, dass sie sich getäuscht hatte. Karl hatte sehr wohl verstanden, wovon Katharina gesprochen hatte. Denn er war derjenige, der das Schweigen brach, mit einer Bemerkung, die nur im ersten Moment naiv und unvernünftig klang.

»Wieso heiratest du Johannes nicht?«, fragte er Katharina.

Bärbel antwortete ihm. »Das geht doch nicht! Weil Mama schon verheiratet *ist*, Papa. Mit dir!«

Karl ließ sich nicht beirren. »Wir lassen uns scheiden. Dann kann Katharina Johannes heiraten.«

»Das ist Blödsinn, Papa«, erklärte Inge mit aufgewühlter Miene. »Mama hat doch gerade gesagt, dass Johannes und sie nicht mehr zusammen sind!«

»Aber sie liebt ihn. Und ich habe es ihr versprochen. Es steht in dem Brief.«

Mine wusste, von welchem Brief er sprach. Es war sein eigener. Der, den er damals nach der Hochzeit an sie geschrieben hatte. Er hatte ihn gelesen, neulich erst, als er die ganzen alten Fotos und Dokumente betrachtet hatte, die sie in einem Schuhkarton aufbewahrte. Er stöberte gern in der Schachtel herum. Dabei war ihm bereits vieles wieder eingefallen. Auch sein idiotisches ritterliches Versprechen gegenüber Katharina, sie freizugeben, wenn sie sich je in einen anderen Mann verliebte. Grollend fragte Mine sich, warum sie den Brief nach Karls Heimkehr nicht gleich verbrannt hatte.

Katharina war bleich geworden. Sie erinnerte sich offensichtlich ebenfalls daran.

»Karl, das ist lange her. Damals hatte ich keine Ahnung vom Leben.«

»Aber ich«, gab er zurück. Eigensinnig fuhr er fort: »Heirate ihn. Ich habe es dir versprochen, und Versprechen muss man halten.«

Katharina wollte etwas erwidern, und Mine sollte sich in den darauffolgenden Jahren immer wieder fragen, was ihre Schwiegertochter wohl gesagt hätte. Sie kam nicht mehr zum Antworten, denn im selben Moment klingelte es unten an der Haustür Sturm. Alle im Raum schraken zusammen, es musste etwas passiert sein!

Bärbel lief überstürzt die Treppe hinunter, um zu öffnen, und nur wenige Sekunden später tauchte Stan in Katharinas Wohnzimmer auf, außer Atem und das Gesicht erstarrt vor Angst und Sorge.

Eine eiskalte Hand schien nach Mines Herz zu greifen. Sie hielt die Luft an, als Stan sprach.

»Auf Pörtingsiepen hat es ein Grubenunglück gegeben. Johannes wurde verschüttet.«

---

*

Johannes war mit zwei Kumpels auf der Abfuhrstrecke unterwegs gewesen, als es ohne Vorwarnung krachte und vor ihnen das Hangende runterkam.

»Gebirgsschlag!«, konnte einer der beiden Kumpel noch brüllen, und dann wurde er auch schon von den herabpolternden Brocken erwischt. Johannes und dem anderen Kumpel, einem achtzehnjährigen Schlepper namens Eberhard, gelang es gerade noch, in den angrenzenden Streb zurückzuweichen, bevor die ganze Strecke unter dem nachsackenden Gebirge begraben wurde. Doch Johannes schaffte es nicht ganz – sein linkes Bein wurde getroffen und blieb zwischen zwei Riesenbrocken stecken. Es tat unsagbar weh, und er musste die Zähne zusammenbeißen, um nicht zu schreien.

Das übernahm dafür Eberhard, der unversehrt drei Schritte von ihm entfernt im Streb hockte und sofort die Beherrschung verlor. Mit durchdringendem Schluchzen starrte er auf den Bruch, der sich vor ihnen türmte. »Eugen! Mein Gott, Eugen!«

So hieß der Kumpel, der es nicht geschafft hatte.

»Der lebt nicht mehr«, sagte Johannes. »Hör auf zu schreien, du verbrauchst nur die Luft.«

Es war nicht sein erstes Grubenunglück, bei den Russen hatte er mehrere überlebt, aber noch nie war es so knapp gewesen. Nur ein Meter weniger, und er wäre ebenso wie Eugen zermalmt worden. War sonst noch jemand in der Nähe gewesen? Kurz vorher hatte er auch einige andere Kumpel auf der Strecke gesehen. Vielleicht hatte es noch mehr erwischt.

Eberhard fing an zu wimmern. »Ich will hier raus.«

»Das will ich auch. Mach deine Lampe aus. Uns reicht erst mal eine.« Er musste es dem Jungen dreimal sagen, bis er endlich gehorchte.

Eberhard hörte auf zu heulen und saß nur noch stumm da. Irgendwann fragte er: »Was ist mit dir? Steckst du fest?«

»Nein, ich hab's mir nur hier unter dem Felsklotz gemütlich gemacht«, knirschte Johannes zwischen den Zähnen hervor. Der Schmerz wurde schlimmer, und er wusste nicht, ob er nicht doch irgendwann anfangen würde zu schreien.

»Gut, dass wir schon gebuttert haben«, meinte Eberhard, als wäre das ein Trost. »Dann kriegen wir wenigstens erst mal keinen Hunger.«

Johannes hätte ihm sagen können, dass der Hunger nicht das Problem war, sondern eher der Durst. Ohne Essen konnte man wochenlang überleben, ohne zu trinken nur drei Tage. Höchstens.

»Was ist, wenn die gar nicht mitgekriegt haben, dass wir verschüttet sind?«, fragte Eberhard plötzlich voller Panik. »Dann sterben wir hier!«

»Keine Sorge, das wissen die jetzt schon.«

Das traf vermutlich zu, aber die eigentliche Frage war, wie lange es dauern würde, bis die Retter zu ihnen vordrangen. Es konnte Stunden dauern oder auch Tage. Johannes wusste, dass sie nicht eher ruhen würden, bis es geschafft war, ganz egal, wie beschwerlich die Arbeiten waren. Doch manchmal kam eben jede Hilfe zu spät.

»Hast du eine Uhr dabei?«, fragte er Eberhard.

»Nein.«

Johannes hatte auch keine. Er musste sich auf sein Zeitgefühl verlassen. Irgendwann, vielleicht eine halbe Stunde später, hörte er hinter dem Bruch das Geräusch von Presslufthämmern.

*

Der Tag verging, und die Nacht brach herein, aber niemand dachte an Schlaf. Katharina erschienen die Stunden des Wartens wie eine Ewigkeit. Sie wäre gern zur Zeche gegangen, doch sie konnte dort nichts tun. Stan hatte gesagt, dass es lange dauern könnte, schlimmstenfalls Tage. Acht Männer waren vermisst, drei Tote hatten sie schon geborgen. Sie würden weitermachen, bis sie auch den Letzten gefunden hatten. Es gab Überlebende, man hatte Klopfzeichen gehört. Allerdings waren die Rettungsarbeiten kompliziert, man brauchte vielleicht eine Unterfahrung.

Katharina wusste nicht, was das bedeutete, und Stan hatte keine Zeit, es ihr zu erklären, weil er wieder losmusste, um am Unglücksort die Arbeiten zu beaufsichtigen.

Seitdem saß sie unbeweglich auf ihrem Sessel und starrte in die Luft. Mine und Karl waren nach unten gegangen. Die Mädchen waren oben auf ihrem Zimmer, Katharina hatte sie lange weinen hören. Irgendwann kam Inge wieder herunter. Sie ging neben dem Sessel in die Hocke und nahm Katharinas Hände.

»Mama«, sagte sie leise. »Ich möchte ... Ich wollte dir nur sagen, wie lieb ich dich habe. Und dass ich immer zu dir stehe. Ganz egal, was ... Ich meine ... Du weißt schon.«

»Ich hab dich auch lieb, Inge.«

»Das von heute Nachmittag – es tut mir leid. Ich hätte das nicht sagen dürfen.«

»Du musst dich nicht entschuldigen. Ich bin froh, dass du es getan hast.«

»Wirklich?« Inge blickte sie ungläubig an.

Katharina nickte. »Ohne dich hätte ich vielleicht nicht den Mut gehabt, es vor allen zuzugeben. Doch es musste gesagt werden.«

Sie rieb sich die Schläfen, ihre Kopfschmerzen waren wieder schlimmer geworden. Ihr ganzer Körper fühlte sich zerschlagen an, als hätte sie einen kilometerlangen Marsch hinter sich.

»Brauchst du noch irgendwas, Mama? Soll ich dir einen Tee machen? Komm, leg doch die Füße hoch.« Eifrig schob Inge ihr den Hocker hin.

In diesem Augenblick klingelte es. Nicht stürmisch wie am Nachmittag. Sondern nur ein einziges Mal.

Katharina erstarrte.

»Ich geh aufmachen, Mama.« Inge rannte die Treppe hinunter, Katharina hörte Stimmen an der Haustür. Hanna war da. Und Stan! Stan war gekommen! Es hielt sie nicht mehr in dem Sessel. Sie stemmte sich hoch und drückte sich eine Hand ins Kreuz, das ihr von dem langen Sitzen wehtat.

Ihre Tochter kam wieder nach oben, gefolgt von Hanna und Stan. Inges Augen schwammen in Tränen.

»Sie haben ihn rausgeholt und ins Krankenhaus gebracht, Mama. Er ist am Leben.«

Katharina hielt sich am Lauf des Treppengeländers fest, und wenn Stan sie nicht geistesgegenwärtig aufgefangen hätte, wäre sie zu Boden gesunken.

Hanna griff nach ihrer Hand. »Stan bringt dich zu ihm. Ich bleibe bei den Mädchen. Es wird alles gut, Kathi. Sein Bein wurde verletzt, aber sonst fehlt ihm nichts!«

Katharina stieß einen lang gezogenen Seufzer aus. Das Gefühl der Erleichterung durchströmte sie mit solcher Intensität, dass sie am ganzen Körper zitterte. Etwas in ihr wollte heraus, brach sich Bahn und ließ sich nicht aufhalten.

Und bevor sie ergründen konnte, was es war, geschah es auch schon.

Sie fing an zu weinen.

*

Stan fuhr sie zum Krankenhaus. Sie wollten auch Mine mitnehmen, doch die war schon losgelaufen, weil sie nicht warten wollte. Unterwegs hielt Stan nach ihr Ausschau. Sie war jedoch nirgends zu sehen, vermutlich nahm sie querfeldein eine Abkürzung.

Als Stan vor dem Krankenhaus anhielt, blickte er Katharina ernst an. »Er wird keine Kohle mehr hauen, Kathi. Das geht nach der Verletzung nicht mehr, jedenfalls nicht auf absehbare Zeit. Aber das ist dir sicher ganz recht.«

»Ja«, sagte sie. »Ja, das ist es.«

»Bei der Gewerkschaft werden immer gute Leute gesucht. Hauptamtliche. Die Bezahlung ist ordentlich, und man kann Karriere machen. Sogar eine bessere als auf dem Pütt. Johannes könnte es in die oberste Riege schaffen, das Zeug dazu hat er. Vielleicht wär das was für ihn.«

Sie nickte. »Vielleicht. Jetzt geh ich erst mal zu ihm.«

»Mach das. Ich schau morgen wieder bei ihm rein. Und, Kathi …«

»Ja?«

»Ihr zwei gehört zusammen. Lasst euch das nicht kaputtmachen.«

Erstaunt sah sie ihn an. »Ist das dein Ernst?«

»Mein voller. Und jetzt ab mit dir.«

»Danke, Stan.« Mit beiden Händen nahm sie seine Rechte und drückte sie, dann stieg sie aus und lief zur Eingangstür der Klinik hinüber.

Die Stationsschwester wollte sie gleich wieder rauswerfen,

die Besuchszeit sei längst zu Ende, doch Katharina ließ sich nicht abwimmeln.

»Ich bin seine Frau«, behauptete sie. »Er war verschüttet.«

»Ach, das Grubenunglück. Schlimme Sache. Die armen Männer. Na, dann kommen Sie mal. Aber nur eine Viertelstunde!«

Johannes lag nicht allein in dem Krankenzimmer. Er teilte es sich mit zwei anderen Männern. Einer trug einen dicken Kopfverband und wirkte mehr tot als lebendig. Der andere hatte beide Arme in Gips und schnarchte rasselnd vor sich hin.

Johannes war wach. Ein Strahlen verklärte sein Gesicht, als Katharina das Zimmer betrat.

»Meine Güte, dein Bein!« Sie eilte zu ihm ans Bett und nahm seine Hände. Sein linkes Bein steckte von oben bis unten in Gips und war an einer Vorrichtung aufgehängt, die es ihm unmöglich machte, sich außerhalb des Bettes aufzuhalten.

»Ja, ich kriege allmählich einen Eindruck davon, wie der arme Klausi sich gefühlt haben muss«, meinte er. »Und dabei ist es bei mir nur das eine Bein.«

»Hast du Schmerzen?«

»Jetzt nicht mehr. Sie haben mich mit allerhand Zeug vollgepumpt. Der Arzt sagt, ich kann jederzeit mehr davon bekommen.«

»Hör auf, sonst werde ich noch neidisch. Ich hab schon den ganzen Tag Kopfweh.« Erschöpft deutete Katharina auf den Stuhl neben Johannes' Bett. »Kann ich mich hinsetzen? Mir ist gerade ein bisschen schwindlig.«

»Natürlich.« Er musterte sie besorgt. »Du siehst blass aus. Geht es dir nicht gut?«

»Das wird schon wieder. Sobald die ganze Aufregung sich ein bisschen gelegt hat. Du kannst dir nicht vorstellen, welche Angst wir um dich ausgestanden haben!«

Er streckte die Hand nach ihr aus, und sie ergriff sie und

legte sie an ihre Wange. Sie sahen einander an und hingen ihren Gedanken nach.

Dabei merkten sie zunächst nicht, dass Mine ins Zimmer gekommen war, bleich wie ein Gespenst und mit blau gefrorenen Fingern. Anscheinend hatte sie vergessen, Handschuhe anzuziehen. Auch an die Mütze hatte sie wohl nicht gedacht. Das graue Haar stand ihr wie geeiste Wolle vom Kopf ab.

»Da bisse ja, Jung. Gott sei Dank.« Sie hatte die Hände wie zum Gebet gefaltet. Ohne einen Blick auf die beiden anderen Patienten zu verschwenden, sagte sie mit resoluter Stimme zu Katharina: »Wir machen dat mitte Scheidung. Nur datte dat weißt. Versprochen is versprochen. Der Karl lässt da getz sowieso nich mehr locker. Ich kenn mein Jung, so war der immer schon. Ihr zwei, ihr heiratet. Und wenn die Leute sich dat Maul zerreißen oder mit irgendwelche Fisimatenten ankommen, geht mich dat komplett am Arsch vorbei.«

Johannes sah seine Großmutter entgeistert an. Er konnte sich keinen rechten Reim darauf machen, was sie da redete. Selbst wenn sie es wirklich so meinte – er konnte es kaum glauben. Doch dafür glaubte er dem unermesslichen Glücksgefühl, das sich bei ihren Worten in ihm ausbreitete.

»Ich versteh das nicht«, sagte Katharina ungläubig zu Mine. »Seit wann stehst du auf unserer Seite?«

»Schon immer. Denn bei uns inne Familie gibt et keine zwei Seiten. Bloß eine. Und da stehn wir alle.« Zusammenhanglos fuhr Mine fort: »Aus dem Haus können wir noch wat machen. Nebenan passt en Anbau dran, dat haben andere inne Siedlung auch schon gemacht. Dat gibt mindestens noch mal vier Zimmer extra. Kann ja sein, dat ihr dann noch mehr Blagen wollt.« Mit diesen Worten drehte sie sich um und ging.

»Hast du das auch gehört, oder habe ich mir das alles nur eingebildet?«, fragte Johannes Katharina. Erstaunt bemerkte er ihr tränennasses Gesicht. »Mein Gott, Kathi, du weinst ja!«

Katharina nickte schluchzend. Hilflos sah Johannes sie an. Er war an das verdammte Bett gefesselt und konnte sie nicht einmal umarmen! Mit plötzlicher Entschlossenheit sagte er: »Komm mal her, leg dich neben mich, damit ich dich trösten kann.«

»Ich heul doch vor Freude, Johannes. Weil jetzt endlich alles gut wird.«

»Dann leg dich neben mich, damit ich dich in den Arm nehmen kann.«

»Das ist garantiert verboten«, sagte sie unter Tränen.

Johannes grinste nur.

Sie schüttelte den Kopf. »Dein Bein!«

»Das kaputte ist auf der anderen Seite. Ich hab noch ein gesundes. Neben dem kannst du liegen.«

»Aber da ist doch kein Platz!«

»Dann mach ich welchen.«

So gut es ging, rückte er zur Seite, und Katharina zog zögernd ihren Mantel aus. Dann setzte sie sich zu ihm auf die Bettkante. Ihr Bauch war ein wenig im Weg, doch Johannes half ihr, damit sie die Beine ausstrecken und sich hinlegen konnte.

Sie rutschten ein wenig herum, bis sie beide die richtige Position gefunden hatten. Und dann küsste Johannes sie, das erste Mal nach Monaten. Das Herz lief ihm über vor Glück, es war kaum zu ertragen.

Sie nahm seine Hand und legte sie auf ihren Leib.

»Fühl doch mal«, sagte sie leise. »Unser Baby.«

Und dann spürte er es, das kräftige Strampeln unter der festen Bauchdecke. Die Bewegungen seines Kindes. Er hätte nicht geglaubt, dass sein Glück sich noch steigern ließ, aber es war so. Wenn es ein Paradies gab, dann war es hier, in diesem Krankenbett.

Er wusste nicht, wie lange sie so dagelegen hatten, endlich richtig zusammen und von ihrer gemeinsamen Zukunft träumend, doch irgendwann merkte er, dass Katharina eingeschlafen war.

»Du kannst leider nicht hier liegen bleiben«, flüsterte er ihr ins Ohr. »Die Schwester kann jede Minute reinkommen, die kreuzt mindestens einmal in der Stunde mit der Bettpfanne oder dem Fieberthermometer auf, und ich will nicht, dass die dich rausschmeißt. Vielleicht stehst du jetzt besser wieder auf.«

Katharina rührte sich nicht.

»Kathi?« Er versuchte, sie wachzurütteln, doch sie stöhnte nur. Ihr Gesicht war kalkweiß. Und dann fing sie in seinen Armen plötzlich an zu krampfen.

Mit einem entsetzten Aufschrei tastete er nach der Klingel und wäre dabei fast aus dem Bett gefallen.

»Hilfe!«, brüllte er. »Zu Hilfe!«

Trotzdem schien es eine Ewigkeit zu dauern, bis endlich die Schwester auftauchte.

»Du liebe Güte, was ist denn hier los?« Beim Anblick der Besucherin im Bett des Patienten schnaubte sie entrüstet, doch Johannes schrie sie an, dass sie gefälligst ihren Arsch bewegen und sich um Katharina kümmern solle.

Sie kam zum Bett und fühlte Katharinas Puls. In dem Moment setzte ein weiterer Krampfanfall ein. Die Schwester wurde panisch und rannte hinaus auf den Flur. Johannes hörte die Absätze ihrer Schuhe auf dem Linoleum klappern.

»Schnell, eine Liege!«, schrie sie irgendwem zu. »Wir haben hier einen Notfall!«

Danach ging alles rasend schnell.

Zwei Schwestern kamen mit einer Rollliege ins Zimmer und hoben Katharina darauf.

»Mein Gott, was hat sie denn?«, schrie Johannes. Er rüttelte an dem Gestänge, an dem sein Bein hing, um die Aufmerksamkeit der Krankenschwestern auf sich zu lenken.

»Ihre Frau muss jetzt in den Kreißsaal«, sagte die eine nur

knapp zu ihm. »Und Sie müssen mit Ihrem gebrochenen Bein endlich ruhig liegen bleiben!«

»Ich komm so schnell wie möglich zurück und sag Ihnen Bescheid«, versprach die andere Schwester.

Und dann wurde Katharina hinausgeschoben.

Johannes blieb nichts anderes übrig, als zu warten. Kalte Angst hatte sich seiner bemächtigt, und er starrte an die Decke, als gäbe es dort eine Antwort auf die Frage, wann er endlich erfuhr, was los war.

Es dauerte zwei Stunden, und sie kamen Johannes länger vor als die sechs Jahre Lagerhaft.

Als die Schwester endlich zurückkam, hatte sie rot geweinte Augen. »Sie haben einen kleinen Jungen. Er ist zu früh auf die Welt gekommen, aber er ist gesund. Ihre Frau ... leider ... Die Ärzte haben alles versucht ...« Sie brach ab und schluchzte laut auf. Dann wollte sie ihm noch mehr erklären, sprach von Eklampsie und Notkaiserschnitt. Johannes bekam nichts mehr mit. Die Stimme der Schwester schien auf einmal von weit her zu kommen, er hörte sie von ferne, verstand jedoch ihre Worte nicht.

»Nein«, flüsterte er. Und dann brüllte er auf wie ein gepeinigtes Tier, legte seine ganze Seele in diesen Schrei, flehte den Himmel und alle Mächte an, doch sie würden ihn nicht erhören.

Er hatte Katharina verloren.

*

Erst acht Wochen später konnte er zu ihrem Grab gehen, so lange hatte er untätig herumliegen müssen, gefangen in seiner Trauer, die ihn von innen her in etwas zu verwandeln schien, das dem Gips ähnelte, von dem sein Bein umschlossen war. Den Gips war er mittlerweile los, doch Johannes fühlte sich immer noch wie versteinert. Der einzige Grund, warum er noch lebte, war Jakob.

Johannes hatte den Kinderwagen mit auf den Friedhof genommen, Mine hatte vorgeschlagen, dass er ja gleich mal damit üben könnte.

»Frische Kinder müssen anne frische Luft«, hatte sie mit dem ihr eigenen Pragmatismus gemeint.

Johannes hatte festgestellt, dass das Laufen mit dem Kinderwagen besser ging, weil er sich am Griff abstützen konnte. Sein Bein tat immer noch etwas weh und war noch nicht wieder voll belastbar.

Das Grab wirkte trostlos und seltsam nackt. Blumen und Kränze waren schon seit Wochen weggeräumt, und ein Marmorstein konnte erst aufgestellt werden, wenn der Boden sich gesetzt hatte. Einstweilen stand nur ein schlichtes Holzkreuz da.

Katharina Wagner, geb. 1918 – gest. 1951

Sie war nur dreiunddreißig Jahre alt geworden. Von ihrem Geburtstag im Sommer hatte er nicht viel mitbekommen. Er hatte in jener Woche Doppelschichten gefahren, und der betreffende Tag war ausgerechnet in die Zeit gefallen, in der sie einander aus dem Weg gegangen waren.

Er wischte sich über die Augen, weil ihm wieder die Tränen kamen. »Weißt du«, sagte er zu dem Baby im Kinderwagen, »deine Mutter war eine großartige Frau! Ich kannte sie nur ein Jahr, aber es war das beste meines Lebens!«

Diese und ähnliche Worte hatte er schon häufiger zu Jakob gesagt, und er war davon überzeugt, dass sein Sohn ihn irgendwie verstand.

Mine hatte dafür gesorgt, dass Jakob regelmäßig an sein Bett gebracht wurde, auch wenn es die ganze Routine im Krankenhaus durcheinanderbrachte. Der Kleine hatte anfangs ein paar Tage im Brutkasten liegen müssen, er hatte bei der Geburt nur fünf Pfund gewogen, doch danach hatte Mine ihren Willen durchgesetzt. Johannes hatte seinen winzigen Sohn in den Armen gehalten und Rotz und Wasser geheult.

»Einer kommt, einer geht«, hatte Mine gemurmelt, und dann hatte sie für Katharina ein Vaterunser gebetet.

Vom Friedhof aus öffnete sich der Blick ins Tal. Nebel stieg aus der bewaldeten Senke auf, und darüber spannte sich ein blasser, bewölkter Himmel. Es war Ende Februar und noch ziemlich kalt, aber in den letzten Tagen schien bereits ein Hauch von Frühling in der Luft zu liegen.

Über dem warmen Federbettchen, mit dem der Kinderwagen abgedeckt war, tauchte ein fuchtelndes Fäustchen auf. Johannes berührte es sanft. Sofort griff sein Sohn zu und umklammerte seinen Zeigefinger. Johannes streichelte mit dem Daumen die winzige Hand und schwor sich, sie niemals loszulassen.

»Irgendwie geht es weiter«, sagte er zu dem Kleinen. »Es geht *immer* irgendwie weiter. Zusammen kriegen wir das schon hin. Deine Mutter hätte das so gewollt. Wir werden ihr beweisen, dass wir es können.«

Er blickte zum Himmel hinauf, und als gäbe es dort jemanden, der für solche Dinge zuständig war, brach in diesem Augenblick die Sonne durch die Wolken. Ihr Licht fiel auf das Grab und auf ihn und das Kind, und Johannes spürte ganz tief in seinem Inneren etwas aufkeimen, von dem er geglaubt hatte, es für immer verloren zu haben.

Ein Gefühl von Hoffnung.

Nachwort

Die Pläne für dieses Buch habe ich lange mit mir herumgetragen. Alle möglichen Leute wussten davon – Familienmitglieder, Freunde, Kollegen. Immer wieder sprach ich davon, dass ich eines Tages meinen Ruhrpottroman schreiben wollte – so nannte ich das Projekt. Manchmal aber auch einfach nur *mein Herzensbuch* oder *meinen Heimatroman*.

Weil es genau das tatsächlich ist.

Jedenfalls stand für mich seit vielen Jahren fest, dass dieses Buch geschrieben werden musste. Aber das *Wann* blieb aus unerfindlichen Gründen immer im Ungewissen. Die Frage, warum es so lange gedauert hat, bis ich das Projekt endlich verwirklicht habe, beschäftigt mich bis heute, und die endgültige Antwort darauf weiß ich immer noch nicht. Vielleicht hat es damit zu tun, dass ein Teil der Thematik bis vor Kurzem noch zur Gegenwart gehörte, während der Roman, den ich schreiben wollte, nur von früher erzählen sollte. Von dem, was die Menschen aus dem Revier, die Teil meiner eigenen Vergangenheit sind, mir an Erinnerungen hinterlassen haben – Erinnerungen, die auch meine frühe Kindheit geprägt und sie mit unzähligen Bildern ausgemalt haben. Als Kind der 50er Jahre, hineingeboren in eine Essener Arbeiterfamilie mit weit zurückreichender Siedlungs- und Bergbauvergangenheit, empfand ich es all die Jahre über wie ein stilles Vermächtnis, das unbedingt irgendwann aufgeschrieben werden wollte.

Voriges Jahr war es dann schließlich so weit. Im Ruhrgebiet war endgültig Schicht im Schacht, die letzte Steinkohlezeche wurde geschlossen und damit der Niedergang einer Ära besiegelt. Mein Neffe, der die alte Bergbautradition unserer Familie fortgesetzt hat und als Steiger hautnah mit dabei war, brachte mir als Andenken ein letztes Stück Kohle von unter Tage mit.

Da merkte ich, dass jetzt die Zeit für das Buch gekommen war. Und auf einmal war auch die Geschichte da, die ich schreiben musste, ebenso wie die Menschen, von denen sie handelt.

Hervorzuheben ist dabei noch, dass die Namen aller Romanfiguren frei erfunden und etwaige Ähnlichkeiten oder Übereinstimmungen mit echten Personen unbeabsichtigt sowie rein zufällig sind.

Mir persönlich bleibt am Schluss wie immer nur, allen Beteiligten von Herzen zu danken. Diejenigen, denen ich ganz besonderen Dank für ihre Mitwirkung und Unterstützung schulde, wissen schon Bescheid, aber bitte fühlt euch auch von dieser Stelle aus noch einmal fest von mir gedrückt. Vor allem du, Mama.

Glückauf bis zum nächsten Buch!

Die Autorin im September 2019

Bergbau- und Ruhrplattglossar

Abteufen	Herstellen eines Schachts von oben nach unten
Abwetter	Aus den Grubenbauen abgeleitete verbrauchte Luft
Arschleder	Gesäßschutz des Bergmanns
Auffahren	Einen Grubenbau herstellen
Ausbiss	Das Hervortreten einer Lagerstätte an der Tagesoberfläche
Ausfahrt	Verlassen des Bergwerks
Ausrichtung	Erschließung eines Grubenfeldes
Ausschram	Weicher Bereich eines Ganges
Backenbrecher	Aufbereitungsmaschine zur Grobzerkleinerung
Beraubestange	Werkzeug für die Entfernung loser Gebirgsteile
Berechtsame	Nutzungsrecht an Grubenfeldern
Blindschacht	Schacht, der nicht an die Tagesoberfläche reicht
Böse Wetter	Schädliche Gasgemische im Bergbau
Bremsberg	Berg, in dem mithilfe gebremster Förderwagen abwärts gefördert wird
Bruchbau	Abbaumethode, bei der leergebaute Grubenräume planmäßig zu Bruch gehen
Bullenkloster	Umgangssprachlich: Wohnheim für Bergleute
Füllort	Erweiterung der zum Schacht führenden Strecke, wo das Fördergut verladen wird

Gebirge	Das Gestein, in dem sich die Grubenbaue des Bergwerks befinden
Gesenk	Von oben nach unten hergestellter Blindschacht
Gezähe	Werkzeug
Hangendes	Gestein im First einer Strecke
Knappe	Berufsbezeichnung für den Bergmann
Mutterklötzchen	Ein Stück Holz, das der Bergmann am Arbeitsplatz abzweigte und als Anmachhilfe zum Ofenanzünden mit nach Hause nahm
Querschlag	Von einem Schacht ausgehender waagerechter Gang
Stempel	Stütze zum Abstützen des Gebirges
Unterfahrung	Einen Grubenbau unter einer Lagerstätte oder einem anderen Grubenbau anlegen

Blag/Blach	Kind
Bollen	Oberschenkel
Bräterkes	Bratkartoffeln
Brasseln	Arbeiten, schuften
Krösken	Liebschaft, (heimliches) Verhältnis
Senge	Prügel
Töttern	Reden, sich unterhalten
Stochen	Heizen
Verdellich	Verflixt, verdammt
Verschwatten	Verprügeln

Drei starke Frauen. Ein kleines Atelier. Eine verbotene Liebe ...

Marie Lamballe
ATELIER ROSEN
Die Frauen aus
der Marktgasse
Roman

544 Seiten
ISBN 978-3-404-18399-9

Kassel, 1830. Die zwanzigjährige Elise Rosen betreibt zusammen mit ihrer Mutter und Großmutter ein kleines Putzmacher-Atelier. Ihre Hutkreationen sind weithin gefragt und öffnen ihnen Türen in höchste gesellschaftliche Kreise. So macht Elise eines Tages die Bekanntschaft der jungen Sybilla von Schönhoff, mit der sie schon bald eine innige Freundschaft verbindet. Als sich deren Verlobter unsterblich in Elise verliebt, gerät diese in einen schweren Konflikt, der sie auf die Spur eines lang gehüteten Geheimnisses führt ... .

Die neue große Saga von Bestsellerautorin Marie Lamballe

Lübbe

Ein neuer Anfang und große Träume in der weißen Stadt am Meer

Michaela Grünig
PALAIS HEILIGENDAMM
- EIN NEUER ANFANG
Roman

576 Seiten
ISBN 978-3-7857-2707-2

Heiligendamm, 1912: Die Berliner Hoteliersfamilie Kuhlmann hat große Pläne, man will dem berühmten Grand Hotel Konkurrenz machen. Doch die High Society steigt lieber weiter bei dem etablierten Rivalen ab. In dieser schweren Zeit zeigt ausgerechnet die junge Tochter Elisabeth kaufmännisches Geschick, während sich der sensible Sohn Paul für Musik begeistert. Als sich die Lage gefährlich zuspitzt, sieht Vater Kuhlmann sich gezwungen, den Emporkömmling Julius Falkenhayn um Hilfe zu bitten. Der hegt recht unkonventionelle Ansichten, was der ehrgeizigen Elisabeth zunächst alles andere als recht ist …

Lübbe